Sylvia Eichenwald
Paminas Traum vom Leben

Sylvia Eichenwald

Paminas Traum vom Leben

Roman

edition fischer

Bibliografische Information der Deutschen Nationalbibliothek:
Die Deutsche Nationalbibliothek verzeichnet diese Publikation in
der Deutschen Nationalbibliografie; detaillierte bibliografische
Daten sind im Internet über http://dnb.dnb.de abrufbar.

© 2019 by edition fischer GmbH
Orber Str. 30, D-60386 Frankfurt/Main
Alle Rechte vorbehalten
Schriftart: Minion pro 10 pt
Herstellung: ef/bf/1A
ISBN 978-3-86455-160-4

Meinem Traumleser
Christopher Schmidt
in Herzlichkeit zugeeignet

Inhalt

Introduktion:
Ein holder Jüngling sanft und schön 9

1. Teil:
Tod und Verzweiflung 21

Zwischenspiel:
Ist mir denn kein Herz gegeben 77

2. Teil:
Tugend und Gerechtigkeit 87

Zwischenspiel:
Fürchterlich ist dieses Rauschen 157

3. Teil:
Wir wandeln durch des Tones Macht 163

Finale:
Es siegte die Stärke 423

Introduktion: Ein holder Jüngling sanft und schön

Er rennt um sein Leben, strauchelt und fällt und fällt und fällt. Um ihn herum wird es Nacht.

Während er aus der Tiefe der Bewusstlosigkeit zurücktaumelt ins Licht des Tages, schießt ihm das Bild einer züngelnden Schlange durch den Kopf. Er setzt sich auf und sieht seinen nackten Fuß. Der ist unversehrt. Er will die Sandale von der Erde aufnehmen und bemerkt dabei, dass sein rechter Ärmel hochgekrempelt ist und dass er einen Einstich in der Armbeuge hat. Er hat keine Ahnung, was das zu bedeuten hat, und wo er ist. Er schaut sich um in dem endlos erscheinenden, schattigen Park.

Als er den Burschen bemerkt, der gemächlich auf ihn zukommt, ist er unsicher, ob er vielleicht noch immer nicht ganz bei Sinnen ist, denn der Bursche ist bepackt mit Flöten und Tamburinen in verschiedenen Größen, die zu seinen Bewegungen fröhlich summen, trällern, pfeifen und klopfen. In der Hand hält der Bursche eine Mundharmonika, auf der er ein Liedchen spielt, sobald er neben dem jungen Mann steht. Der nimmt seine Sandale, zieht sie an und steht auf. Die Benommenheit ist wie weggeblasen. Er atmet tief durch.

»Danke«, sagt er und lächelt den merkwürdigen Burschen an.

»Bitte«, antwortet der und lächelt ebenfalls. »Wo kommst du denn her? Bist du neu hier?«

»Ich … ich weiß es nicht. Ich kann mich nicht erinnern. Nicht einmal an meinen Namen kann ich mich erinnern. Und du? Lebst du hier? Wie heißt du?«

»Ich heiße Ricky Löwenherz.«

»Ricky?«

»Ricky. Eigentlich Richard, aber alle nennen mich Ricky.«
Jetzt lacht der namenlose Fremde.

»Kein Mensch heißt Richard Löwenherz.«

Rickys Miene verdüstert sich. »Willst du damit sagen, dass ich kein Mensch bin? Du weißt nicht einmal deinen eigenen Namen, aber meinst zu wissen, dass ich kein Mensch bin, weil ich Ricky heiße.«

»Ricky ist in Ordnung, aber Richard Löwenherz –«

»Richard Löwenherz ist ein Königsname«, unterbricht ihn Ricky stolz.

»Ja, eben.«

»Du findest, den Namen verdiene ich nicht?« Ricky macht einen Schritt auf den Fremdling zu. Dabei geraten die Flöten und Tamburine an seinem Körper wieder in ein helles Pfeifen, Trällern, Klopfen und Summen. Das scheint Ricky zu versöhnen.

»Sag mal, hat die Spritze gewirkt?«, fragt er freundschaftlich.

»Welche Spritze?«

Ricky deutet auf den Einstich am Arm des jungen Mannes. Der setzt sich rasch wieder hin und zieht die Knie hoch.

»Das kann doch alles nicht wahr sein.«

»Oh doch. Du bist umgekippt, und die Spritze –«

»Hast du sie mir gegeben? Bist du Arzt?« Er springt auf, um seinem Retter zu danken. Der wehrt bescheiden ab.

»Kein Problem. Hauptsache, dir geht es wieder besser.«

»Danke, ja, Löwenherz, es geht mir wieder gut.«

»Dann bekommst du jetzt einen neuen Namen, bis du deinen eigenen wiederfindest.«

»Wieso das denn?«

»Vorschrift. Was hältst du von Runzifunzi?«

»Was? Nein, danke.«

»Rozkapumpa?«

Der andere stöhnt nur.

»Dann nehmen wir Scultetti. Du hattest zweimal die Wahl, es bleibt bei Scultetti. Vorname?«

»Löwenherz, ich bitte dich –«

»Löwenherz? Erst findest du den Namen komisch, und dann willst du ihn für dich selbst haben? Nun, von mir aus. Klingt merkwürdig, Löwenherz Scultetti, aber was soll ich tun, dann gibt es jetzt halt zwei Löwenherzen.«

Er hält seinem fassungslosen Gegenüber ein nachtblaues Dokument entgegen, darauf steht »In Lieu of National Passport«. Darüber, wie ein Wappen, glänzen drei goldene Sterne. Der junge Mann nimmt und öffnet es. Darin sieht er ein Bild von sich und darunter den Namen »Löwenherz Scultetti«.

»Unterschreiben, bitte«, befiehlt Ricky und hält ihm einen Stift hin. Er unterschreibt kopfschüttelnd.

»Willkommen auf Lunenburg. Willkommen im Reich von Signora Regina«, spricht Ricky und spielt noch ein Liedchen auf seiner Mundharmonika. Sobald er aufhört, ist Löwenherz Scultetti wieder zum Heulen zumute.

»Was machst du, wenn du nicht gerade Reisedokumente ausstellst?«, fragt er, in der Hoffnung auf ein wenig Ablenkung.

»Ich bin der Gärtner hier im Park und der Spielmann für die Frauen da drin.« Ricky deutet auf eine burgähnliche Villa mitten im Park.

»Kannst du mir das bitte etwas näher erklären?«

»Ich singe und spiele für die Frauen oder schlage Purzelbäume oder zaubere ein wenig oder lese ihnen etwas vor oder lasse die Vögel etwas erzählen.«

Löwenherz Scultetti zweifelt nicht daran, dass Richard Löwenherz das Blaue vom Himmel herunter lügt, aber das hat immerhin einen gewissen Unterhaltungswert, also führt er das Gespräch weiter: »Welche Vögel?«

»Hier im Park sind Vögel, die singen und sprechen können, die fange ich ein und führe sie dann den Frauen vor. Wenn sie nicht singen oder sprechen können, landen sie sofort in der Küche und werden für das Nachtmahl zubereitet.«

»Die Frauen?«

»Nein, die Vögel natürlich.«

Scultetti versucht, sich nicht anmerken zu lassen, dass er Ricky kein Wort glaubt.

»Und was sind das für Frauen?«

»Eine ist blond, die zweite brünett und die dritte rothaarig.«

»Aha.«

So hat das keinen Sinn, findet er. Er muss versuchen, von hier wegzukommen, und zwar sofort. Er streckt Ricky zum Abschied die Hand hin und sagt: »Jedenfalls danke ich dir nochmals, dass du mir das Leben gerettet hast.«

»Gern.« Ricky räuspert sich und schaut zu Boden.

Plötzlich finden sich die beiden Löwenherzen umringt von drei Damen. Die eine ist blond, die zweite brünett und die dritte rothaarig. Ihre Frisuren sind identisch, und alle drei tragen große, runde, spiegelnde Sonnenbrillen.

»Das sind die Frauen, von denen ich dir erzählt habe«, raunt Ricky dem anderen zu, und vernehmlich spricht er: »Ich darf vorstellen: Herr Löwenherz Scultetti und die Damen Schurimuri, Stachelschwein und Gaulimauli, denen zu dienen ich die Ehre habe.«

Er macht eine kleine Verbeugung, wodurch die Flöten und Tamburine an seinem Körper wie zuvor lustig klopfen, trällern, summen und pfeifen.

»Schön, dass Sie sich wieder besser fühlen«, findet die blonde Frau Schurimuri.

»Herr Löwenherz hat mir das Leben gerettet«, berichtet Löwenherz Scultetti.

»Wie warrr das?«, fragt die rothaarige Frau Gaulimauli mit dunkler Stimme und das R in »war« endlos rollend.

»Ich bin zusammengeklappt. Ich dachte, mich hätte eine Schlange gebissen, und Herr Löwenherz hat mir eine Spritze gegeben, und nun ist mir wieder wohl.«

»Soso«, meint Frau Schurimuri, öffnet einen riesigen

Schirm und richtet seine Spitze gegen Ricky. Die beiden anderen Damen tun es ihr nach. Die Schirme sind nachtblau und mit funkelnden goldenen Sternen verziert, jedenfalls meint Löwenherz Scultetti, die Sterne funkeln zu sehen.

»Wie warrr das?«, wiederholt Frau Gaulimauli.

Ricky windet sich. Die Schirmspitzen sind nur noch wenige Millimeter weit entfernt von seiner Brust, und obwohl die Instrumente an seinem Körper wie ein Panzer wirken, hat er sichtlich Angst.

»Hast du uns vielleicht etwas zu sagen, Richardherzchen?«, fragt ihn die brünette Frau Stachelschwein freundlich.

»Entschuldigung«, murmelt Ricky.

»Bitte?«, hakt Frau Gaulimauli laut nach.

»Ich habe geflunkert, und das tut mir leid.«

»Na also, geht doch«, stellt Frau Schurimuri fest, und sie und ihre beiden Gefährtinnen schließen ihre Schirme, bevor sie, zu Löwenherz Scultetti gewandt, fortfährt: »Ich kam mit meinen Freundinnen zufälligerweise hier vorbei und habe Sie liegen sehen.«

»Es war uns ein Vergnügen, Ihnen mit einer winzig kleinen Spritze helfen zu dürfen«, ergänzt Frau Stachelschwein.

»In der Tat«, bestätigt Frau Gaulimauli.

Die drei Damen drehen sich wieder zu Ricky um.

»Richardherzchen, Signora Regina ist nicht gerade erfreut über dein lügnerisches Verhalten«, tadelt Frau Schurimuri.

»Darum hat sie deinen nächsten Wochenendurlaub gestrichen«, ergänzt Frau Stachelschwein. »In der Zeit kannst du gütigerweise deiner Verpflichtung nachkommen, den Park nach neuen Vögeln abzusuchen. Und nach Schlangen.«

»Schlangen? Dann bin ich also doch von einer Schlange gebissen worden?« Löwenherz Scultetti schaut sich entsetzt um.

»Aber wo denken Sie denn hin«, beruhigt ihn Frau Stachelschwein.

»Du darfst dich jetzt empfehlen, Richardherzchen«, entscheidet Frau Schurimuri.

Ricky zuckt mit den Schultern und trollt sich.

»Sie hingegen, lieber Herr Scultetti«, gurrt Frau Gaulimauli und lässt ihre tiefe Stimme und das gerollte R in »Herr« so sanft wie möglich klingen, »möchte Signora Regina näher kennenlernen.«

»Es ist ihr ein Bedürfnis, sich bei Ihnen für Ihr Ungemach persönlich zu entschuldigen«, lächelt Frau Stachelschwein.

»Wenn Sie uns bitte ins Haus folgen möchten«, trällert Frau Schurimuri und folgt ihren Gefährtinnen, die sich schon auf den Weg gemacht haben.

Löwenherz Scultetti bleibt noch einen Augenblick stehen und versucht, einen klaren Kopf zu bekommen. Was er gerade erlebt hat, kann nicht wahr sein. Richard Löwenherz mit seinen erfundenen Geschichten und den merkwürdigen Musikinstrumenten, die Damen Schurimuri, Stachelschwein und Gaulimauli mit ihrem verwirrend ähnlichen Äußeren und dem gestelzten Gehabe und den sternfunkelnden Schirmen, das Reisedokument mit seinem Bild und dem neuen Namen, dieser unbekannte Park – er muss geträumt haben. Vermutlich träumt er noch immer. Er wünscht sich sehnlichst, sofort zu erwachen, und zwar zuhause, mit seinem eigenen Namen, in seinem eigenen Bett. Er hat jedoch keinen eigenen Namen und keinerlei Vorstellung von seinem Zuhause. Das ist kein Traum, nicht einmal ein Albtraum, das ist eine Katastrophe.

In der Villa ist es totenstill. Löwenherz Scultetti schaut sich um. Die fensterlosen Wände scheinen aus unzähligen Türen zu bestehen. Soll er hier warten oder irgendwo klopfen? Da hört er eine Frauenstimme.

»Treten Sie doch näher.«

Er öffnet eine der Türen, ohne den geringsten Zweifel, dass es die richtige ist, und tatsächlich, hinter einem ausladenden Schreibtisch aus dunklem Holz sitzt eine Frau. Zu ihren beiden Seiten flackern blaue Kerzen in hohen silbernen Ständern. Sie sieht, abgesehen von ihrem silbergrauen Haar und den brillenlosen Augen, aus wie die drei Frauen im Park: schlank, mit hohen Wangenknochen, einer schmalen Nase und einem zierlichen Mund.

»Treten Sie doch näher«, wiederholt sie hoheitsvoll.

Die Entfernung zwischen der Tür und dem Schreibtisch erscheint ihm unüberwindlich, nach vier oder fünf Schritten jedoch steht er unvermittelt davor.

»Ich bin Signora Regina. Meine Gefährtinnen haben Sie ja schon kennengelernt. Und Sie sind der junge Prinz, nicht?«

In seinem Kopf explodiert etwas, und ein Ruck geht durch seinen Körper. »Ja«, ruft er glücklich, »ich bin David Prinz.« Er weiß wieder, wer er ist. Seine Erleichterung ist grenzenlos. Sie lächelt.

»Kann ich bitte Ihr Reisedokument sehen?«

Er nimmt es hervor und öffnet es. Unter seinem Bild steht der Name »David Prinz«, sowohl gedruckt als auch in seiner Handschrift. Er schüttelt ungläubig den Kopf, während er Signora Regina den Pass übergibt.

»Den Löwenherz Scultetti haben Sie überstanden«, stellt Signora Regina fest, »das ist ein guter erster Schritt.« Sie vertieft sich in den Anblick des Dokuments. Endlich hebt sie den Kopf.

»Sie kommen ganz nach Ihrem Vater«, stellt sie fest.

»Sie haben meinen Vater gekannt?«

»Nun ja, das ist lange her. Er sah damals ungefähr so aus wie Sie jetzt, abgesehen davon, dass Ihr Haar nicht so flammend rot ist wie seines, nicht wahr?« David nickt. Es entsteht eine Pause.

»Was hat Sie in meinen Park geführt?«

David versucht, sich zu erinnern. Erneut steigt Panik in ihm auf. »Ich weiß es nicht«, gesteht er niedergeschlagen.

»Aber ich weiß es. Mein Name ist Regina Sternlicht.«

»Sternlicht?« David schaut sie erstaunt an.

»Und Liora Sternlicht ist meine Tochter, und –«

»Liora ist meine große Liebe«, unterbricht David sie aufgeregt, »und ich bin auf der Suche nach ihr. Es muss ihr etwas zugestoßen sein. Sie meldet sich nicht bei mir, und ich kann sie nicht erreichen. Irgendwie habe ich mich offenbar in Ihren Park verirrt, Signora Regina. Ich bitte Sie dafür um Entschuldigung.«

Er will sich verabschieden, um sofort die Suche wieder aufzunehmen, die er durch seine Ohnmacht und den Gedächtnisverlust unterbrochen hat. »Ich danke Ihnen und Ihren Gefährtinnen und auch Richard Löwenherz, aber jetzt –«

»Und Sie sind hier, damit ich Ihnen den Weg zu Liora weisen kann.«

David zögert. »Sie wissen, wo Liora sich aufhält?«

»Sie ist nicht weit von hier, aber Sie werden sie vermutlich nicht sehen können.«

»Warum nicht? Ich liebe sie, und sie liebt mich auch.«

»Ich weiß, aber meine Tochter wird gegen ihren Willen in der geschlossenen Abteilung einer psychiatrischen Klinik festgehalten.«

David schüttelt den Kopf. »Das muss sich um eine Verwechslung handeln. Liora ist ganz bestimmt nicht in einer psychiatrischen Einrichtung.«

»Gegen ihren Willen, wie gesagt.« Signora Reginas Sprechweise lässt keinen Widerspruch zu.

»Und wie komme ich dahin?«

»Bis zum Tor des Parks werden meine drei Gefährtinnen Sie bringen, und Herr Löwenherz wird Sie zu Liora begleiten, aber vorher habe ich noch etwas Wichtiges mit Ihnen zu besprechen. Nehmen Sie doch bitte noch kurz Platz.«

David leistet der Einladung Folge. Dabei fällt sein Blick auf die beiden Ölgemälde in Signora Reginas Rücken. Das eine Bild zeigt sie selbst mit ernstem, majestätischem Gesichtsausdruck, das andere einen Mann mit einem ungewöhnlich sanften Lächeln.

»Meine Gefährtinnen werden Ihnen ein Instrument überreichen, bevor Sie Lunenburg verlassen«, spricht Signora Regina. »Wenn Sie es annehmen, ist das mit einem großen Gewinn für Sie, aber auch mit gewissen Verbindlichkeiten verbunden. Wollen Sie sich dieser Aufgabe stellen?«

Verbindlichkeiten? Gewinn? David kann sich nicht vorstellen, dass hier von Geld die Rede ist. Ob ihm Signora Regina ein neues Cello anbieten will? Auch das kann er sich nicht vorstellen, davon abgesehen, dass er mit seinem eigenen Instrument durchaus zufrieden ist.

»Worin besteht der Gewinn?«, fragt er skeptisch.

»Mit dem Instrument und Ihrem Gesang werden Sie die Welt verzaubern und beglücken.«

»Werde ich damit Liora retten können?«

»Meine Tochter wird sich dem Zauber so wenig entziehen können und wollen wie alle anderen Geschöpfe auch.«

»Ich weiß nicht, ob das für mich das Richtige ist«, murmelt David nach einer Pause.

»Das Instrument schenkt demjenigen eine unvergleichliche menschliche und musikalische Erfahrung, der mit der göttlichen Gabe des Singens geboren wurde.«

David singt zwar seit jeher gern, bezweifelt aber, dass er mit einer besonderen Begabung dafür geboren wurde, wohl schon eher zum Cellospielen, was hier jedoch offenbar nicht zur Diskussion steht. Das Angebot von Signora Regina erscheint ihm reichlich abstrakt. Und was soll er überhaupt mit einem fremden Instrument anfangen? Also beschließt er, darauf zu verzichten und sich unverzüglich auf den Weg zu Liora zu machen.

Während er nach Worten sucht, um seine Entscheidung angemessen zu formulieren, fällt sein Blick wieder auf das

Gemälde mit dem so außerordentlich sanft dreinschauenden Mann, dessen Gesichtszüge sich nun allmählich verwandeln in Davids eigenes Spiegelbild. Er sieht seine hellbraunen Augen und erkennt in dem leuchtenden Antlitz plötzlich Liora, die hier noch viel bezaubernder wirkt, als er sie in Erinnerung hat. David steht entschlossen auf.

»Wenn Sie jetzt gehen, verspielen Sie Ihr eigenes Lebensglück und dasjenige meiner Tochter.«

Davids Beine geben nach, und er muss sich in den Sessel zurückfallen lassen. »Und worin bestehen die Verbindlichkeiten?«, fragt er leise und schließt die Augen. Nach einer Weile meint er einzelne Wörter wie aus weiter Entfernung zu vernehmen: »Musik ... Verantwortung ... Schönheit ... Harmonie ... Freiheit ...«

»Orpheus«, hört er sich schließlich sagen, den Klang einer himmlischen Harfe noch im Ohr. Oder war es ein Cello? Geigen? Das ferne Trällern, Pfeifen, Klopfen und Summen von Rickys Flöten und Tamburinen? Ein Chor? Signora Reginas Stimme? David öffnet die Augen. Signora Regina hält ihm stehend die Hand entgegen.

»So könnte man es zusammenfassen. Meine Gefährtinnen werden Sie nun zu Herrn Löwenherz begleiten. Ich wünsche Ihnen viel Glück, junger Prinz.«

Die Damen Schurimuri, Stachelschwein und Gaulimauli nehmen ihn in Empfang, und gemeinsam verlassen die vier die Villa. Der Weg durch den Park erscheint David endlos. Gehen sie vielleicht im Kreis? Die Frauen sprechen kein Wort, und David hat das Gefühl, dass auch er schweigen soll. Unvermittelt stehen sie vor einem großen schmiedeeisernen Tor, auf dem verschieden geformte goldene Sterne und Monde angebracht sind. Wie von Geisterhand öffnet sich eine kleine Tür, darin steht Ricky. Er und die drei Damen bilden einen Halbkreis um David.

»Signora Regina hat mir aufgetragen –«, setzt Frau Schurimuri an.

»Ihnen dieses Instrument zu übergeben«, fährt Frau Stachelschwein fort und hebt es mit beiden Händen hoch.

»Es ist ein Geschenk aus uralter Zeit«, ergänzt Frau Gaulimauli.

»Was ist das denn?«, fragt Ricky.

»Das ist eine Lyra«, antworten die drei Damen unisono.

»Sie sieht wunderschön aus, eine Leier wie auf einem griechischen Vasenbild«, stellt David fest und fügt erschrocken hinzu: »Aber dieses Instrument kann ich doch gar nicht spielen.«

»Sie werden die Lyra zum Klingen bringen«, prophezeit Frau Stachelschwein, »mit Ihrem Gesang.«

Sie überreicht ihm das sechssaitige Instrument mit dem jochförmigen Rahmen, während Frau Gaulimauli Ricky das Gewand mit den Flöten und den Tamburinen abnimmt. Er versucht, sich zu wehren, wodurch die Instrumente noch einmal lebhaft summen, pfeifen, trällern und klopfen.

»Richardherzchen, als Begleiter von Herrn Prinz wird dir eine neue Aufgabe zugewiesen«, erklärt Frau Gaulimauli. »Du wirst dich in nächster Zeit nicht um die Bäume und die Vögel und Schlangen hier im Park kümmern. Gegebenenfalls wird Signora Regina dich für unsere nächtlichen Spiele rufen lassen.«

»Deine Mundharmonika darfst du mitnehmen auf eure Wanderung«, fügt Frau Stachelschwein hinzu.

»Auf Wiedersehen«, hauchen die drei Damen und verschwinden rasch im Schatten der Bäume.

1. Teil: Tod und Verzweiflung

Ich heiße Liora Sternlicht. Ich bin die Tochter von Regina Sternlicht, der berühmten Opernsängerin. Ich bin ohne Vater aufgewachsen. Er ist gestorben, als ich ein kleines Kind war. Das ist nicht wahr, aber das weiß ich erst, seit –

So komme ich nicht weiter. Ich versuche es anders. Ich beginne mit der Katastrophe: Nathan und ich – aber ich muss doch erklären, wer Nathan ist, oder vielleicht ergibt sich das ja aus dem Zusammenhang. Also: Nathan und ich trafen uns an jenem Sonntag im Juni zufällig bei Wackernagels, wo Baschi zu seinem achten Geburtstag ein paar andere Kinder hatte einladen dürfen, unter ihnen Michael Morgenthau, Nathans Sohn, der etwa genauso alt war wie Baschi. Michael war der mittlere Sohn von Nathan und Noemi Morgenthau, die beide als ärztliche Psychotherapeuten in einer Privatklinik arbeiteten. Ihr Ältester, Raphael, war neuneinhalb, der Jüngste, Gabriel, gerade sechs geworden. Raphael Morgenthau, Baschi Wackernagels älterer Bruder Lukas und Yuvál Prinz waren ausgewählt worden, in der kommenden Spielzeit im Basler Stadttheater die Drei Knaben in Mozarts *Zauberflöte* zu singen. Yuvál war der kleine Bruder von David Prinz, meinem Freund. Ich arbeitete damals als Regieassistentin der Oper am Theater und studierte mit Yuvál, Raphael und Lukas ihre Partien ein. Das war zwar eigentlich nicht die Aufgabe einer Regieassistentin, aber ich durfte sie übernehmen, weil es praktisch und kostensparend war für das Theater, und für mich war es eine Ehre und Freude, denn Mozart war meine große Liebe, mein Leitstern, mein Glaube an das Leben.

Seit ich Lukas auf seine Mitwirkung in der *Zauberflöte* vorbereitete, war ich gelegentlich bei Wackernagels zum Tee eingeladen. Sie wohnten in einem schönen Haus am Rhein, nahe der sogenannten Solitude. Andreas Wackernagel war Anwalt in einer Kanzlei, die er mit einem Bruder und dem

Vater gemeinsam führte, seine Frau Marianne war wohl früher Lehrerin gewesen, widmete sich aber nun hauptberuflich der Familie. In ihrem Salon stand ein Steinway-Flügel, und beide sangen im Bach-Chor. Sie waren freundlich und kultiviert, aber ich wurde nicht richtig warm mit ihnen. Trotzdem folgte ich ihren Einladungen ganz gern, vor allem, wenn die Kinder dabei waren. Die vierzehnjährigen Zwillinge Esther und Salome beteiligten sich kaum an unseren Gesprächen, sie tuschelten lieber miteinander. Sie sahen einander ähnlich wie ein Ei dem anderen, bestanden darauf, immer gleich angezogen zu sein, und waren unzertrennlich, also nie allein. Ich habe Familien mit mehreren Kindern immer spannend gefunden, ich, das vaterlose Einzelkind. Baschi, der Jüngste, war offensichtlich der Liebling der Familie und nutzte das nach Kräften aus. Ich mochte Lukas, meinen *Zauberflöte*-Knaben und Sandwichkind bei Wackernagels, besonders gern, er war lieb und gewissenhaft und sah herzig aus mit seinen braunen Augen und den weichen blonden Haaren. Von seinem Cellospiel hatte ich auf Wunsch seines Vaters gleich bei meinem ersten Besuch eine Kostprobe bekommen, da war Lukas hörbar auf gutem Weg.

Zu Baschis Geburtstagfest hatte mich Marianne Wackernagel mit der Bitte eingeladen, nach dem Kuchenessen und Schokoladetrinken in einem kleinen Hauskonzert, wie sie es nannte, ihre Kinder am Klavier zu begleiten. Ich sagte aus Höflichkeit zu, obwohl ich nicht viel hielt von der Idee, denn von den vieren waren eigentlich nur zwei weit genug für so ein Vorspiel, wenn es denn überhaupt sein musste bei dieser Gelegenheit, nämlich Lukas mit dem Cello und Salome, die schon richtig schön Querflöte spielte. Die kleinen Gäste indes ließen die Vorführung mit bemerkenswerter Geduld über sich ergehen, inklusive Baschis Anfängerübung auf der Geige und Esthers Bemühungen mit der widerspenstigen Oboe. Am Ende kam Michael Morgenthau zu mir an den Flügel gelaufen und lehnte sich an mich. Dabei bewegte er beide Hände über der Tastatur, ohne sie zu berühren, mit einer eindrücklichen Scheu, fand ich. Dann schaute er mich groß an und fragte: »Darf ich bitte auch Klavier spielen lernen? Bitte, bitte.«

»Das ist eine gute Idee. Frag doch mal deine Eltern, was sie darüber denken«, antwortete ich und nahm ihn in die Arme, was er gern geschehen ließ.

»Hallo, Charlie, was machst du denn hier?« Mein Hund hatte sich unerlaubt zu uns in den Salon geschmuggelt.

»Charlie, Charlie«, rief Michael, löste sich von mir und kniete sich neben Charlie hin, um ihn zu streicheln und zu herzen.

Am späteren Nachmittag wurden die Kinder von ihren jeweiligen Eltern abgeholt. Michael lief seinem Vater entgegen. »Abba, Abba, darf ich bitte Klavier spielen lernen? Bitte, bitte. Liora kann doch meine Lehrerin werden.« Er hatte Nathan an der Hand gefasst und in meine Nähe gezerrt. »Abba« ist hebräisch und bedeutet Papa.

»Schalom, Liora, entschuldige bitte, aber du weißt ja, mein Herr Sohn ist manchmal ein wenig stürmisch.« Nathan lächelte zuerst mir zu, dann Michael. Sein Lächeln begleitete mich seit unserer ersten Begegnung.

»Gehen wir ein Stück zusammen?«, fragte er, als wir nach einer ausgedehnten, lautstarken Verabschiedungsszene vor dem Haus der Familie Wackernagel standen.

»Sehr gern«, antwortete ich, und das kam von Herzen. Ich schlug vor, statt zu Fuß mit der Fähre den Rhein zu überqueren. Michael lief jauchzend voraus zur Anlegestelle, dicht gefolgt von Charlie. Es war ein regnerischer Tag, der Fluss führte viel Wasser, und die Fähre schwankte ziemlich, als wir sie bestiegen, was Michaels Begeisterung noch vergrößerte. Er wollte während der Fahrt nicht auf der Bank sitzen bleiben, aber Nathan hielt ihn mit beiden Armen auf seinem Schoß fest, bis wir das Großbasler Ufer erreicht hatten. Als Erster verließ Charlie schwanzwedelnd die Fähre. Michael strampelte sich frei und folgte dem Hund. Nathan und ich reihten uns hinter den anderen Passagieren ein, denen der Fährmann beim Aussteigen half.

Es klopfte. Ich musste gedöst oder vielleicht auch geschlafen haben. Die Türe öffnete sich und Marianne Wackernagel streckte den Kopf hinein, bevor sie das Zimmer betrat. Nun sah ich auch Andreas, der neben der Tür stehen blieb.

»Guten Tag, Liora, wie fühlen Sie sich?«, fragte Marianne, nahm einen Stuhl und setzte sich zu mir ans Bett.

»Matschig.«

Sie nickte. »Das kann ich mir vorstellen, nach allem, was passiert ist.«

Es entstand eine Pause, die mich verunsicherte und die ich unverzüglich beenden wollte. »Was ist denn überhaupt passiert? Ich erinnere mich, dass Michael geschrien hat, aber dann –« Ich schloss die Augen. Mir war übel und schwindlig.

»Matschig«, wiederholte ich. Wieder entstand eine Pause.

»Vielleicht sollten wir Ihnen noch etwas Zeit geben«, schlug Andreas schließlich zögernd vor, »bis Sie sich weniger matschig fühlen.«

»Zeit wozu?« Ich öffnete die Augen. Er kam langsam näher. Bisher hatte ich ihn immer als recht kühl erlebt, reserviert, aber heute wirkte er mitgenommen, und das alarmierte mich.

»Wir waren ja auch nicht dabei«, murmelte er, »vielleicht sollte Ihnen Doktor Morgenthau –« Marianne warf ihm einen, wie mir schien, warnenden Blick zu.

»Liora«, sagte sie, »Sie waren unglaublich mutig. Doktor Morgenthau hat erzählt, als Sie beide Michael rufen gehört hätten, seien Sie zusammen zum Ufer gerannt. Er habe sich da offenbar nicht rühren können, aber Sie hätten keinen Moment gezögert, sondern seien ins Wasser gesprungen, um Michael zu retten.«

»Und dann?«

»Sie waren schon ganz in seiner Nähe –« Sie verstummte. Ich schaute sie an, dann Andreas. Der hob abwehrend die Hände. Für einen Augenblick sah ich Michaels dunklen Schopf im Wasser treiben und seine hochgerissenen Arme, ein riesiges Bild, wie in einem leeren Kino. Andreas' Stimme brachte mich in die Gegenwart zurück.

»Ich kann nicht.«

»Sie haben einigermaßen Glück gehabt«, fuhr also Marianne fort. »Sie haben sich nichts gebrochen, wahrscheinlich haben Sie nur eine Gehirnerschütterung.«

»Und Michael?«

Marianne schaute mich an und schüttelte langsam den Kopf.

»Nein«, schrie ich und versuchte mit aller Kraft, mich aufzusetzen, fiel jedoch wie ein Stein in die Kissen zurück. Andreas hatte aufgeschaut, aber nun hielt er den Kopf wieder gesenkt.

»Nein«, flüsterte ich, »bitte nicht.« Ich schlug beide Hände vors Gesicht. Mir war fürchterlich schwindlig und übel, und weitere Bilder und Erinnerungsfetzen jagten durch meinen Kopf. Ich meinte fast körperlich zu spüren, wie sie sich jagten. Nathan, der Michael während der Fahrt fest in den Armen hielt. Er war ziemlich blass in dem Moment, jedenfalls in meiner Erinnerung. Michaels vor Aufregung gerötetes Gesicht. Das Schwanken der Fähre, das sich nun mit meinem Schwindel vermischte. Charlie, der das Ufer schon erreicht hatte. Offenbar war er an den Leuten vorbeigelaufen und Michael ihm nach. Michaels Schreien. »Abba, Abba«, schrie er, »Abba, Abba.« Ein Ruck ging durch die Passagiere, die mit uns auf der Fähre darauf warteten auszusteigen. Das war meine letzte Erinnerung. Wie aus der Ferne hörte ich Mariannes Stimme.

»Möchten Sie einen Schluck Wasser trinken?«

Ich nickte. Marianne schob mir die Hand in den Nacken und hob meinen Kopf so weit an, dass ich trinken konnte. Andreas stand nun auf der anderen Bettseite und schaute mich besorgt an.

Ich wäre jetzt lieber mit Marianne allein gewesen. Noch lieber wäre ich ganz allein gewesen, denn ich musste versuchen, meine Gedanken zu ordnen. Das erschien mir plötzlich als lebensnotwendig und unaufschiebbar. Marianne ließ mich noch einen Schluck trinken, dann legte sie meinen Kopf wieder aufs Kissen und stand auf.

»Brauchen Sie noch etwas? Kann ich Ihnen etwas bringen?«, fragte sie. Ich schüttelte leicht den Kopf. Das war keine gute Idee. Das Zimmer drehte sich.

»Nein danke, ich glaube nicht. Aber wenn Sie bitte im Theater anrufen könnten, um da mitzuteilen, dass ich krank bin –«

»Das hat Frau Doktor Morgenthau schon erledigt.«

»Danke. Wie lange muss ich denn überhaupt im Spital bleiben?«

»Soweit wir gehört haben, nicht sehr lange. Die Frage ist, wo Sie dann hingehen. In Ihre WG wohl nicht sofort. Zu Ihrer Mutter vielleicht?«

Meine Mutter. Wackernagels waren große Opernliebhaber und Regina Sternlicht ein großer Name. Ich hatte schon früher das Gefühl gehabt, dass sie, vor allem Marianne, mich nicht zuletzt so freundlich aufgenommen hatten aus Verehrung für meine Mutter und vielleicht auch, um ein wenig Privates über sie zu erfahren. Lunenburg war jedoch so ungefähr der letzte Ort, wo ich jetzt hinwollte.

»Das muss ich mir überlegen und auch mit meinen beiden Wohngenossen besprechen. Wo ist denn eigentlich Charlie?«

Charlie war mein bester Freund, außer Ricky natürlich und David. Merkwürdig, dass mir zuerst Ricky einfiel und dann erst David. Aber, schoss es mir wie ein Stich durch den Kopf, war Charlie vielleicht Schuld an dem Unglück, weil Michael ihm nachgerannt und dabei ins Wasser gestürzt war?

Nein. Ein Hund ist nicht schuldfähig. Aber ich, ich bin schuldfähig, und ich bin schuldig. Ich bin schuldig, weil ich die Fahrt vorgeschlagen und zu spät auf Michaels Hilfeschrei reagiert habe und nicht schnell genug geschwommen bin, und weil ich Charlie nicht an der Leine gehalten habe auf der Fähre.

»Bei uns«, antwortete Andreas. »Die Kinder sind begeistert von Charlie, sie würden ihn am liebsten behalten.« Ich erschrak.

»Das kommt natürlich nicht infrage«, wandte Marianne hastig ein, »er ist ja schließlich Ihr Hund. So, Andi, ich glaube, wir lassen Liora nun wieder ausruhen.«

Ich hätte sie gerne noch gefragt, wie es Noemi und Nathan gehe, und Raphael und Gabriel, aber ich traute mich nicht. Und was hätten sie schon antworten können, und so verabschiedeten sie sich und ließen mich allein.

Charlie. Ich wollte, er wäre bei mir, mein bester Freund. Vielleicht jedoch sollte ich mich von ihm trennen. Das machte zwar Michael nicht wieder lebendig, aber es wäre eine Strafe für mich, und Strafe hatte ich verdient. Die Trennung von meinem Hund wäre ein möglicher Anfang einer Reihe von Strafen, die ich mir ausdenken musste. Tränen liefen mir übers Gesicht, zum ersten Mal, seit ich denken konnte. In den folgenden Wochen und Monaten hingegen hatte ich fast ständig mit Tränen zu kämpfen, und oft verlor ich diesen Kampf gegen mich selbst und fühlte mich dann noch elender als sowieso schon. Ich wollte mich nicht von Charlie trennen, er war alles, was ich von Lunenburg nach Basel mitgenommen hatte nach dem finalen Streit mit meiner Mutter.

Selbstredend hätte meine Mutter mir nie erlaubt, einen Hund zu haben, Ricky und ich wollten aber unbedingt einen, also warteten wir, bis Mutter mal wieder auf Gastspiel unterwegs war und wir allein waren mit Ell, Ess und Dee, die wir mit Tante Lina, Tante Sina und Tante Dina anzusprechen hatten. Ricky war zwei Jahre jünger als ich und schon immer auf Lunenburg gewesen. Sein Vater hatte hier bis zu seinem frühen Tod als Gärtner gearbeitet. Als wir größer wurden, spekulierten wir darüber, ob eine der sogenannten Tanten Rickys Mutter sein könnte. Tante Lina war blond, primadonnenhaft, weltgewandt, Tante Sina verträumt, warmherzig, brünett und Tante Dina pflegte das R so dramatisch zu rollen, als stünde sie ununterbrochen auf der Bühne. Ihre Stimme war dunkel, ihr Haar rot. Natur? Gefärbt? Nicht auszumachen. Manchmal hatten Ricky und ich den Eindruck, sie trügen alle Perücken, wie auch Mutter, silbergrau, seit wir denken konnten. Ihre Nachnamen wurden in unserer Gegenwart nur geflüstert. Schurimuri, Stachelschwein, Gaulimauli.

Eines Tages kam Ricky mit einem jungen Hund an. Zu unserem Erstaunen holte zwar Tante Ell Luft, um zu einer Standpauke anzusetzen, aber Tante Ess kam ihr zuvor, wodurch Tante Dee so verblüfft war, dass sie darauf verzichtete, sich zu äußern, eine außerordentliche Situation. Wir standen zu fünft im Park und betrachteten den kleinen Hund. Der hatte sich inzwischen hingelegt, die Schnauze auf den Vorderpfoten, und schaute vertrauensvoll vom einen zum andern.

»Ist das nicht ein goldiges Kerlchen«, rief Tante Sina. »Bestimmt ist er hungrig.«

»Es ist ein Golden Retriever«, behauptete Ricky kühn. Vermutlich war er auf die Idee gekommen, weil Tante Ess »goldig« gesagt hatte. Tante Ess zeigte sich beeindruckt. Sie zeigte sich immer beeindruckt, während Tante Ell und Tante Dee ihre Skepsis nicht einmal zu verbergen versuchten. Tante

Ess machte sich entschlossen auf den Weg zur Villa, die beiden anderen tänzelten ihr hinterher. Ricky grinste mir zu und rannte mit dem Hund an den Tanten vorbei Richtung Küche, ich ihm nach, wie immer. Als Mutter von ihrem Gastspiel zurückkam, war Charlies Anwesenheit nicht mehr verhandelbar, oder Mutter hatte ausnahmsweise ein Herz oder Wichtigeres zu tun, als sich deswegen mit mir herumzustreiten. Das war etwa zwölf Jahre her, Charlie war nun viel ruhiger als damals, aber fatalerweise immer noch so lebhaft, dass er als Erster von der Unglücksfähre gelaufen war.

Ich versuchte krampfhaft, mich daran zu erinnern, wie Michael dem Hund von der Fähre ans Ufer gefolgt war, aber es gelang mir nicht. Ich sah erst wieder den dunklen Schopf vor mir, ganz nahe, die riesigen Augen, die hochgestreckten Arme, die gespreizten Finger. Vielleicht war er überhaupt nicht tot, vielleicht hatten Wackernagels da etwas falsch verstanden. Länger als einen Augenblick konnte ich mich dieser Hoffnung nicht hingeben, dann überfielen mich wieder die Bilder des ertrinkenden Kindes und die Gewissheit, dass ich an seinem Tod schuld war. Mir war sterbenselend zumute, ich wollte, ich könnte tatsächlich sterben, am besten jetzt sofort. Vielleicht war ich schwerer verletzt als vermutet, vielleicht hatte ich innere Verletzungen, die noch nicht diagnostiziert worden waren. Es war unvorstellbar, weiterzuleben mit dieser furchtbaren Schuld. Es war ebenso unvorstellbar, Nathan und Noemi je wieder in die Augen zu blicken, und dabei wünschte ich mir sehnlichst, sie würden jetzt hier auftauchen, denn das würde mich trösten in meiner bodenlosen Verzweiflung. Was für eine absurde Idee. Ich hatte ihren Sohn auf dem Gewissen, Trost stand mir sowieso nicht zu, und am wenigsten von Michaels Eltern. Wenn ich überlebte, was zu befürchten war, musste ich sofort nach der Entlassung aus dem Spital von der Bildfläche verschwinden und mich mit meiner Schuld für immer vor Nathan und Noemi verstecken. Das war die zweite Strafe, die mir einfiel, nach dem Verzicht auf Charlie. Ich konnte mir ein Leben ohne Nathan und seine Familie nicht mehr vorstellen, schon nach meinem ersten Besuch bei ihnen nicht, ganz gewiss nicht nach dem zweiten, der mein Leben buchstäblich auf den Kopf gestellt hatte.

Vor einigen Wochen, nach einer Probe mit den Drei Knaben, hatte mich im Theater eine Frau angesprochen. »Guten Tag, Frau Sternlicht. Ich bin Raphaels Mutter, Noemi Morgenthau. Schön, Sie endlich kennenzulernen, mein Sohn hat schon so viel von Ihnen erzählt.«

Sie war wohl um die Vierzig, mittelgroß und hatte wunderschöne helle Augen von der Farbe des Meeres an einem stürmischen Tag und dichte dunkle Locken wie ihr Sohn. Sie war mir auf den ersten Blick sympathisch und ich ihr offenbar auch.

»Haben Sie an Erev Schabbat schon etwas vor?«, fragte sie. Ich verneinte. »Erev Schabbat« ist hebräisch und bezeichnet den Vorabend von Schabbat, also den Freitagabend, der in jüdischen Familien traditionell mit einem festlichen Nachtessen gefeiert wird, nicht allerdings bei uns zuhause auf Lunenburg, da war der Freitagabend ein Abend wie alle anderen gewesen und der Schabbat ein Wochentag wie alle anderen. Erst seit ich mit David befreundet war, also seit letztem Herbst, war der Schabbat für mich von praktischer Bedeutung, denn David hielt sich an die entsprechenden Vorschriften. Noemi Morgenthau war wohl davon ausgegangen, dass Liora Sternlicht ein jüdischer Name sei, was ja auch stimmte.

»Dann kommen Sie doch zu uns, so lernen Sie Raphaels Brüder kennen, und meinen Mann natürlich, und meine Mutter, die ist meistens auch bei uns an Schabbes.«

»Schabbes« ist das jiddische Wort für Schabbat.

Ich zog also am folgenden Freitagabend etwas Hübsches

an, packte den Blumenstrauß für die Gastgeberin, gelbe Rosen, und ging mit Charlie zu Fuß zur Pilgerstraße 13. Ich hatte noch nicht geklingelt, da öffnete sich die Haustüre von innen und Raphael kam strahlend auf mich zu. Er trug ein helles Hemd und eine dunkle Hose, und in seinem Haar steckte ein weißes Käppchen.

»Schabbat Schalom, Raphi«, sagte ich und hielt ihm die Hand hin.

»Schabbat Schalom«, antwortete er und nahm meine Hand.

»Ist das Charlie?« Hinter Raphael waren zwei andere Buben an die Tür gekommen, zweifellos seine jüngeren Brüder. Auch sie hatten dunkle Locken und dunkle Augen und waren schabbatlich angezogen, inklusive weißem Käppchen. Der Größere der beiden steuerte schnurstracks auf Charlie zu.

»Er beißt doch nicht, oder?«, fragte er mich, und ohne die Antwort abzuwarten: »Darf ich ihn streicheln?« Er kniete sich neben dem Hund hin und umarmte ihn.

»Sie müssen Liora Sternlicht sein, Schabbat Schalom und herzlich willkommen. Ich bin Nathan Morgenthau, der Vater dieser Rasselbande.«

Er sah mich eine ganze Weile nachdenklich an. Dann atmete er tief ein, schüttelte andeutungsweise den Kopf und fuhr fort: »Mimi, steh auf, komm her und sag Frau Sternlicht Guten Abend, und du auch, Gabilein. Entschuldigen Sie bitte den überfallsmäßigen Auftritt meiner Herren Söhne. Sie haben sich so auf Sie gefreut, und erst auf Ihren Hund ...«

Sein Lächeln strahlte eine Wärme aus, die mir augenblicklich die Scheu nahm. In seinen dunklen Augen meinte ich einen Hauch von Melancholie wahrzunehmen. Sein Haar, ebenfalls dunkel, war über der hohen Stirn schon etwas gelichtet. Auch wenn er lächelte, wie jetzt, blieben seine Lippen locker geschlossen. Er sprach schweizerdeutsch mit einem unüberhörbaren hochdeutschen Akzent.

»Darf ich Charlie die Leine abnehmen?«, fragte der Junge, während er aufstand.

»Ja, natürlich. Schabbat Schalom, ich nehme an, du bist Michael«, antwortete ich. Er nickte und gab mir die Hand.

»Schabbat Schalom«, sagte er brav.

Ich wandte mich an den Dritten, den Kleinsten. Von Raphael wusste ich die Namen seiner Brüder. »Dann musst du Gabriel sein. Schabbat Schalom, Gabriel.«

»Schabbat Schalom. Können wir jetzt Charlie mit nach oben nehmen?«

»Moment, Moment, lasst unseren Gast erst mal in Ruhe hereinkommen.« Der Hausherr hielt die Tür auf und ließ mich mit Charlie eintreten.

»Imma, Imma, sie ist da, sie ist da, und der Hund auch.« Ich nahm an, es sei Michael, den ich hinter mir hörte. »Imma« ist hebräisch und bedeutet Mama.

»Schabbat Schalom«, sagte sie herzlich, während sie aus der Küche in den Flur kam, »herzlich willkommen. Meine Männer haben Sie also schon kennengelernt. Und das ist meine Mutter, ich habe Ihnen, glaube ich, gesagt, dass sie auch hier sein wird.«

»Gut Schabbes, Frau Sternlicht, wir haben uns ja bei Raphis Vorsingen im Theater schon kennengelernt. Es war eine sehr gute Idee meiner Tochter, Sie einzuladen. Ich heiße Vera Lustig.« Die Ähnlichkeit zwischen ihr und ihrer Tochter war ebenso frappierend wie die zwischen ihren drei Enkelsöhnen.

»Nathan, rauchen wir noch eine kleine Kippe vor dem Essen?« Sie verzog mit gespieltem Schuldbewusstsein das Gesicht.

»Ich bin froh, dass mein Schwiegersohn mich beim Sündigen begleitet«, sagte sie munter, »so ist es bestimmt weniger ungesund.«

Die beiden verschwanden Arm in Arm, und mir kam siedend heiß in den Sinn, dass ich vergessen hatte, meiner Gastgeberin vorher zu sagen, dass ich Vegetarierin war. Sie nahm es gelassen.

»Mögen Sie Rühreier?«, fragte sie.

»Ja, sehr sogar.«

»Gut. Und wenn Sie nächstes Mal kommen, habe ich neben der Hühnersuppe für Sie eine Gemüsesuppe bereit. Versprochen.« Sie drückte mit einem freundschaftlichen Nicken kurz meinen Arm. Als die beiden Raucher zurückkamen, wandte sich Frau Lustig an mich.

»Wissen Sie was, mein Kind, wir kennen uns zwar noch kaum, was sich hoffentlich bald ändern wird, aber ich bin eine alte Frau, und Sie sind so jung, und ich möchte Sie fragen, ob ich Sie beim Vornamen nennen darf.«

»Ja, natürlich, gern. Ich heiße Liora.«

»Ich weiß. Und ich heiße Vera, und das weißt du auch, und nun ist alles schon viel einfacher.«

Ihre Tochter nahm den Faden auf: »Ich heiße Noemi, und das weißt du auch schon, und ich muss meiner Mutter ausnahmsweise recht geben, es ist doch viel gemütlicher, wenn wir uns duzen.«

Ich schaute etwas unsicher zu ihrem Mann. Er nickte und legte einen Arm um Noemis Schulter. »Die Damen geben in diesem Haus den Ton an, und das ist auch gut so. Darf ich mich der allgemeinen Verbrüderung – Entschuldigung: Verschwesterung – anschließen?«

»Du willst dich mit Liora verschwestern?«, fragte ihn Noemi lachend.

»Vielen Dank«, stotterte ich, »das ist wunderbar.« Es ist fast, als gehörte ich zur Familie, dachte ich.

»Du gehörst doch praktisch zur Mischpoche«, sagte Nathan. Ich war sehr glücklich an diesem Abend.

Drei oder vier Wochen später war ich wieder bei Morgenthaus eingeladen, diesmal zum Mittagessen an einem Sonntag. Noemi hatte Spaghetti mit Tomatensauce vorbereitet, mein Lieblingsessen. »Damit haben wir auch den Jungens die größte Freude gemacht«, versicherte sie, als ich mich dafür bedankte.

Vor dem Nachtisch fragte Raphael seinen Vater, ob er mir jetzt sofort sein Zimmer zeigen dürfe. Also stiegen wir die Treppen hoch in den zweiten Stock. Gabriel folgte uns, und natürlich Charlie, mein Hund. Michael blieb unten, um mit Noemi den Kuchen zu verzieren, den sie zusammmen gebacken hatten. Über dem Bett in Raphaels Zimmer hingen mehrere Kinderzeichnungen mit Szenen aus der *Zauberflöte*. Papageno in seinem Vogelkostüm, die Königin der Nacht unter einem Sternenhimmel, der böse Mohr Monostatos, die Drei Knaben mit Pamina. Auf diesem Bild waren drei Kinder zu sehen, die, abgesehen von der unterschiedlichen Größe, ungefähr gleich aussahen. Alle drei trugen kurze Hosen und bunte T-Shirts, alle drei hatten dunkle Augen und dunkle Locken, und alle drei blickten ausgesprochen fröhlich in die Welt. Sie hielten sich an den Händen. In einiger Entfernung stand eine Frau in einem geblümten Kleid. Auch sie hatte dunkle Locken, aber helle Augen. Ihr Mund war traurig verzogen.

»Sind das die Drei Knaben und Pamina?«, fragte ich Raphael.

»Nein«, widersprach Gabriel sofort, »das sind doch wir mit Imma.«

Bei Gelegenheit wollte ich Noemi oder Nathan fragen, warum sie sich von ihren Kindern hebräisch anreden ließen. Raphael studierte sein Bild ausgiebig, dann erklärte er ernsthaft: »Nein, das sind die Drei Knaben mit Pamina. Wenn das wir wären, hätte ich doch Abba auch gemalt. Hier ungefähr.« Er zeigte auf die Seite der Frau, also Pamina, die den Knaben zugewandt war.

»Und Imma ist doch nicht traurig«, ergänzte Raphael, »aber Pamina schon. Und Mimi und Gabi sind sowieso noch viel zu klein für die *Zauberflöte*.«

»Ich bin überhaupt nicht zu klein«, protestierte der sechsjährige Gabriel und wandte sich Charlie zu.

Später beim Nachtisch erzählte Noemi, dass Raphael seine Oma letzten Winter hatte begleiten dürfen zu einer Vorstellung der *Zauberflöte* im Marionettentheater. Er war begeistert gewesen, worüber sich die Oma, ebenfalls eine große Opern- und Mozartfreundin, so gefreut hatte, dass sie ihm zu seinem nächsten Geburtstag eine Gesamtaufnahme der *Zauberflöte* geschenkt hatte. Wenn sie bei Morgenthaus war, zogen sich Oma und Enkel manchmal ins Wohnzimmer zurück und hörten sich gemeinsam eine Plattenseite oder zwei an. Michael und Gabriel waren daran weniger interessiert, Noemi hatte meistens keine Zeit, aber Nathan gesellte sich gern hin und wieder zu ihnen. Oma Vera war es, die die Zeitungsanzeige sah, laut der das Stadttheater musikalische Buben ab neun Jahren für die *Zauberflöte* in der nächsten Spielzeit suchte. Als Raphael davon erfuhr, war er nicht mehr zu halten, er wollte unbedingt zu diesem Vorsingen. Seine Eltern hatten verschiedene Vorbehalte, vermutlich wollten sie ihm vor allem die Enttäuschung ersparen, wenn es nicht klappte. Papperlapapp, befand die Oma und begleitete Raphael zum angegebenen Termin. Ich konnte mich gut an die beiden erinnern und ihre Freude, als wir ihnen mitteilten, Raphael sei unter den Auserwählten.

Ich bestaunte die Zeichnungen, sie waren wirklich wunderbar lebendig und stimmungsvoll.

»Ich will dir jetzt unser Zimmer zeigen«, verkündete Gabriel und nahm meine Hand. Er teilte es sich mit dem zwei Jahre älteren Michael. Auch hier waren die Wände mit Kinderzeichnungen geschmückt. Über dem einen Bett prangten viele Bilder mit Sternen und Monden und Raketen und Figuren, die aussahen wie farbige Schneemänner.

»Die hat Mimi gemalt«, sagte Gabriel.

»Michael«, präzisierte Raphael.

»Wenn er groß ist, will er Asto …, Asto …«, Gabriel schaute zu seinem großen Bruder.

»Astronaut«, ergänzte der.

»Ja, das will er werden. Oder Bäcker für Kuchen und Schokolade. Aber komm, schau jetzt endlich meine Bilder an.«

Er zog mich an der Hand weiter, hüpfte dann auf sein Bett und deutete stürmisch auf die Zeichnungen von Tieren, die dicht an dicht über seinem Bett hingen.

»Gabi, hörst du bitte auf, auf dem Bett herumzuhüpfen.« Nathan stand in der Tür und lächelte seinem Jüngsten zu. Der sprang sofort auf den Boden, da hielt es ihn aber nicht, und er hüpfte erneut auf sein Bett.

»Gabriel.« Sein Vater ging zu ihm, nahm ihn in die Arme, stellte ihn auf den Boden, gab ihm einen Kuss auf den Kopf und hielt ihn leicht an den Schultern fest.

»Die habe ich gemalt«, verkündete Gabriel stolz. »Wenn ich groß bin, will ich einen Zoo haben, mit Zebras und Felanten und Affen und Bären. Und Charlie«, ergänzte er nach einem Augenblick, befreite sich von Nathan und setzte sich neben den Hund auf den Boden.

Nachdem ich die Kunstwerke gebührend bewundert hatte, gingen wir wieder nach unten. Alle Zimmertüren standen offen. Ich bemühte mich, nicht in die Räume zu blicken und so versehentlich die Privatsphäre meiner Freunde zu verletzen. Später habe ich mich immer wieder gefragt, warum ich das Bild in Nathans Arbeitszimmer beachtet habe. Es sprang mir förmlich in die Augen. Ich blieb unwillkürlich einen Augenblick stehen und folgte dann rasch Nathan und den beiden Jungen.

In Mutters sogenanntem Studio auf Lunenburg hingen zwei Ölgemälde, Portraits meiner Eltern. Das klang merkwürdig, meine Eltern, den Ausdruck benutzte ich kaum. Mutters Blick war selbstbewusst und ernst, das Alter nicht abzuschätzen, auch bei meinem Vater nicht, aber er schaute sanft und freundlich in die Welt. Ich war erst sechs, als er starb, und im Laufe der Jahre vermischte sich meine Erinnerung an ihn mit dem Bild, das ich jedes Mal sah, wenn ich das Studio betrat. Nicht, dass das oft vorkam. Der riesige dunkle Schreibtisch, auf dem sich Berge von Papieren türmten, und die Ständer mit den immer gleich stark flackernden, nachtblauen Kerzen machten mir Angst, und Mutter selbst wirkte in diesem Raum noch unnahbarer als sonst.

Ich hätte vermutlich meinen Vater nicht erkannt, wenn er mir heute auf der Straße begegnet wäre, aber bei der Bleistiftskizze in Nathans Arbeitszimmer war ich sofort sicher, dass sie ihn darstellte.

»Du bist so blass«, sagte Noemi beim Kuchen. »Ist dir nicht wohl?«

»Doch, doch, vielen Dank, alles in Ordnung«, behauptete ich und versuchte, mich weiterhin an der Konversation zu beteiligen. Irgendwann jedoch fasste ich mir ein Herz, schaute zu Nathan und begann zögernd: »Der Mann auf dem Bild in deinem Arbeitszimmer –« Ich stockte. Ich spürte die Blicke von Noemi und Nathan auf mir ruhen. Ich atmete tief ein und sagte dann leise, aber deutlich: »Der Mann auf dem Bild ist mein Vater.«

Ich schaute auf. Noemi sah zu Nathan, und der hielt den Kopf gesenkt.

»Imma, kann ich spielen gehen?«, fragte Michael in die Stille hinein.

»Ich auch«, riefen Raphael und Gabriel unisono. Noemi nickte, und die drei verschwanden.

»Das muss sich um eine Verwechslung handeln«, meinte

Noemi nach einer weiteren Pause, »der Mann auf dem Bild ist Nathans verstorbener Freund Salomon Redlich.«

»Sichrono Livracha«, murmelte Nathan, ohne aufzublicken, »seligen Angedenkens.«

»Mein Vater hat Salomon geheißen. Salomon Sternlicht.« Ich blickte zu Nathan, in der Hoffnung auf rasche Aufklärung, aber er hielt den Kopf weiterhin gesenkt.

»Nathan, kannst du vielleicht etwas sagen?«, fragte Noemi gereizt. Er wandte sich ihr zu und bestätigte: »Der Mann auf dem Bild ist Salomon Redlich.« Nun richtete er sich an mich. »Und es ist dein Vater.«

Ich schüttelte den Kopf.

»Doch, Liora, es ist so«, beharrte er leise, »dein Vater und deine Mutter waren nicht verheiratet, darum heißt du nicht Redlich wie dein Vater, sondern eben Sternlicht wie deine Mutter.«

»Und warum erfahre ich das erst jetzt?«, fuhr Noemi heftig dazwischen. So kannte ich sie nicht, und auch Nathan schaute sie an, als hätte sie ihn geschlagen. Meine Stimmung hingegen hob sich augenblicklich. Meine Eltern waren nicht verheiratet gewesen. Je nun. Andererseits wusste ich nun endlich, warum es mir trotz intensiver Bemühungen nicht gelungen war, irgendwelche Spuren meines Vaters zu finden. Ich hatte nach Professor Salomon Sternlicht geforscht, und den gab es nicht. Es gab indessen viele Fragen. Ob Nathan sie mir mindestens teilweise beantworten konnte? Den Namen Redlich hatte ich noch nie gehört.

»Hast du meinen Vater gekannt?«

»Ja.«

Ich wartete auf mehr, Noemi offenbar auch, aber Nathan schwieg. Plötzlich fühlte ich mich unwohl und aufdringlich. »Ich glaube, ich sollte jetzt besser gehen. Charlie braucht auch noch etwas Bewegung.«

Ich stand auf. Nach einem Augenblick erhob sich Noemi

ebenfalls und schlug Nathan vor: »Vielleicht willst du Liora ein Stück begleiten?« Ihre Stimme klang wieder einigermaßen normal. Er nickte.

»Ihr habt also meinen Vater gekannt?«, fragte ich, kaum hatten wir das Haus verlassen.

»Ja. Also ich habe ihn gekannt, Noemi nicht. Er ist gestorben, bevor ich sie kennenlernte.«

»Ja, das ist ja schon ewig her, dass er gestorben ist. Ich war damals noch ein kleines Kind. Sechs Jahre alt.« Ich rechnete. »Achtzehn Jahre«, murmelte ich, »achtzehn Jahre ist das jetzt schon her. Darf ich fragen, wie du meinen Vater kennengelernt hast? Hast du ihn gut gekannt? Würdest du sagen, ihr seid befreundet gewesen?«

Wir gingen nebeneinander her, ohne uns anzuschauen. So konnte man leichter reden, fand ich, und fragen. Nathan ließ sich Zeit mit der Antwort, aber er schien sich zusehends zu entspannen, und ich mich auch. Es war doch fantastisch, dass er meinen Vater gekannt hatte, ich verstand die Aufregung von vorhin nicht.

»Aber natürlich darfst du fragen. Salomon, dein Vater ...« Er schaute mich kurz von der Seite an und ich ihn. Seine Augen glänzten.

»Dein Vater ... entschuldige, ich muss mich erst daran gewöhnen, Salomon deinen Vater zu nennen, dabei siehst du ihm so ähnlich ... also, dein Vater hat seinerzeit an jedem zweiten Donnerstag des Monats Leute zu sich nach Hause eingeladen. Jemand hat zu einem bestimmten Thema ein Referat gehalten oder einen Text vorgelesen, und nachher hat man bei einem Glas Wein darüber diskutiert. Es war mir eine Ehre, dass er mich damals in diesen Kreis aufgenommen hat, obwohl ich noch ein kleiner Medizinstudent war und er schon ein bedeutender Wissenschaftler.«

»Wo war das?«

»In Zürich.«

Ich musste lachen. Ich hatte meinen Vater überall gesucht, dabei war er einfach da geblieben, wo ich geboren war und die ersten Jahre meines Lebens verbracht hatte. Nathan setzte seine Schilderung fort: »Ich habe ihn bewundert und geschätzt. Sehr geschätzt. Mehr als das. Wir waren an diesen Abenden jeweils so zwischen acht und zwölf Leute, die meisten von der Uni und vom Theater, Schauspieler und andere Künstler, die es im Krieg nach Zürich verschlagen hatte. Es ging in dem sogenannten Redlich-Kreis immer im weitesten Sinne um jüdische Spiritualität. Wobei zu sagen ist, dass Salomon selbst der phänomenalste Kenner der talmudischen Literatur war, den man sich nur vorstellen kann.«

Ich blieb stehen und schaute ihn an. »Mein Vater war religiös?«

»Ja, durchaus. Er hat mich in dieser Hinsicht immer an Yeshayahu Leibowitz erinnert. Diese Kombination aus scharfem Intellekt und ebenso wacher Einhaltung der Mitzvot, der jüdischen Gesetze.«

Nathan machte eine Pause und fügte dann nachdenklich hinzu: »Im Rahmen seiner Möglichkeiten.«

Er war größer als ich, aber nicht sehr viel. Selbst in seinem Wintermantel wirkte er fast knabenhaft grazil. Wir setzten uns wieder in Bewegung.

»Was heißt das?«

Er zögerte, bevor er antwortete. »Es ist manchmal nicht leicht, die Mitzvot zu erfüllen. Ich meine damit nicht, dass sowieso kein Mensch die 613 Ge- und Verbote ständig einhalten kann. Es gibt vielmehr Lebensumstände, die das verunmöglichen.«

»Das verstehe ich nicht.«

»Ja, es ist kompliziert, und deshalb wäre ich froh, wenn wir es bei einer nächsten Gelegenheit besprechen könnten.«

Ich hätte ihm liebend gern jede Bitte zu erfüllen versucht,

also wechselte ich das Thema. »Kannst du mir etwas über unser Privatleben als Familie ohne Trauschein erzählen?«

Auch hier ließ er sich Zeit mit der Antwort. Ich fand seine Nachdenklichkeit von Minute zu Minute attraktiver. Seine Nachdenklichkeit wie auch seine Art zu sprechen.

»Das lief die ersten Jahre wohl ganz gut, wobei die Rollenverteilung eher unüblich war. Deine Eltern waren sich darüber einig, dass deine Mutter ihre sängerische Karriere möglichst nicht unterbrechen sollte deinetwegen, und so hat dein Vater versucht, neben seiner Arbeit an der Uni möglichst viel Zeit mit dir zuhause zu verbringen. Er hat das offenbar sehr gern getan.«

»Daran kann ich mich nicht erinnern.«

»Du warst ja auch noch ganz klein.«

»Es macht mich trotzdem traurig. Und warum wollte er meine Mutter nicht heiraten?«

Nathan lachte. »Was heißt, er wollte nicht heiraten. Und wie er das wollte, aber deine Mutter nicht, sie fand die Ehe eine bürgerliche Kiste, und er fügte sich. Er hatte ja auch keine Wahl, wenn er nicht die Beziehung zu seinem Töchterchen gefährden wollte.«

Ich schaute zu Nathan und sah, dass er lächelte. Ich war meinem Vater also wichtig gewesen. Wie hatte ich ihn eigentlich angesprochen? Wenn Mutter ihn je erwähnte, sprach sie immer von »deinem Vater«. Sie selbst wollte keinesfalls »Mama« genannt werden, aber ich glaubte mich jetzt daran zu erinnern, dass ich zu ihm »Papa« gesagt hatte.

Nathan erzählte weiter: »Eines Tages hat er sich plötzlich von deiner Mutter getrennt, oder genauer gesagt: Sie hat ihn aus dem Haus geworfen.«

»Wieso das denn?«

»Er hatte eine Affäre.«

»Eine Affäre?«

»Ja. Eine Affäre. Oder mehr als das. Deine Mutter wollte

nichts mehr mit ihm zu tun haben, als sie dahinter kam, und sie untersagte ihm den Kontakt mit dir für alle Zeit und Ewigkeit.«

»Und darauf hat er sich eingelassen?« Ich war zum ersten Mal in meinem Leben bewusst enttäuscht von meinem Vater.

»Ja, offenbar war er damit einverstanden, oder er fügte sich wieder einmal, jedenfalls verließ er euch von einem Tag auf den anderen.«

»Wann war das?«

»Als du etwa sechs warst, so alt wie unser Gabriel jetzt. So ein kleines Kind ... Du hast vorhin gesagt, dein Vater sei vor achtzehn Jahren gestorben, das stimmt aber nicht. Vor achtzehn Jahren ist er aus deinem Leben verschwunden, aber gestorben ist er tatsächlich fünf Jahre später.«

Mich packte die Wut. »Meine Mutter hat also meinen Vater mir gegenüber einfach für tot erklärt? Wieso hat sie das getan? Ich meine, es ist zwar nicht schön, wenn der eigene Mann eine Affäre hat, vielleicht ist es auch eine persönliche Katastrophe, aber trotzdem ...«

Ich schüttelte mich. Wir gingen eine Weile stumm nebeneinander her. Ich war Nathan dankbar für seine Geduld. Schließlich konnte ich weitersprechen. »Ich habe vor etwa zwei Jahren versucht, meinen Vater zu finden. Ich wusste, dass er irgendwo Professor für Astronomie gewesen war, aber ich wusste nicht, wo. Ich suchte seinen Namen in Büchern über Astronomie und in alten Vorlesungsverzeichnissen verschiedener Unis, aber natürlich habe ich keinen Salomon Sternlicht gefunden. Das habe ich meiner Mutter eines Tages in aller Unschuld erzählt, und da ist sie total ausgerastet. Wir sind nach seinem Tod nach Lunenburg gezogen, also ich meine: nach der Trennung meiner Eltern, und haben da ganz abgeschieden gelebt. Ist es nicht eigenartig, dass ich all die Jahre von meiner Mutter nichts über meinen Vater wissen wollte?«

»So, wie du das schilderst, hat deine Mutter alles getan, um dein Interesse an ihm nicht zu wecken. Ich kann mir vorstellen, dass sie damit versuchen wollte, dich zu schützen.«

»Mich wovor zu schützen?«

»Nun, sie fand vielleicht, ein toter Vater sei weniger problematisch für ein Kind als einer, der wegen einer Affäre abgetaucht ist. Oder abgetaucht worden ist, eher.«

Er schaute auf seine Uhr und blieb stehen. »Entschuldige bitte, ich glaube, ich sollte langsam zurückgehen. Ist das in Ordnung für dich?«

Ich nickte, und wir verabschiedeten uns. Er zog den Mantelkragen hoch und stapfte davon.

Es hatte als Spiel begonnen, nachdem Mutter und ich wenige Wochen nach dem Verschwinden meines Vaters nach Lunenburg gezogen waren. Ich war traurig, dass Papa sich nun, wie Mutter sagte, im Licht der Sterne befand. Das sei der ehrenvolle Ort in der Ewigkeit für diejenigen, die den edlen Namen Sternlicht trugen. Selbstredend wies Mutter mich weder darauf hin, dass Papa nicht Sternlicht geheißen hatte, im Gegenteil, sie lenkte mich wirkungsvoll von dieser Tatsache ab, noch sagte sie mir, warum er weg von uns ins Licht der Sterne hatte gehen wollen. »Liora« ist hebräisch und bedeutet »du bist mein Licht«, zu einem Mädchen gesprochen. Ein Junge mit dieser Bedeutung heißt auf Hebräisch »Uri« oder »Lior«. Nun, da mich Nathan darüber aufgeklärt hatte, der Name meines Vaters sei Redlich gewesen, Salomon Redlich, keine Spur von Sternlicht, und meine Mutter habe, entgegen den gesellschaftlichen Gepflogenheiten der damaligen Zeit, ihn auch mit einem gemeinsamen Kind nicht heiraten wollen, geschweige denn seinen Familiennamen annehmen, verstand ich, wie das viele Licht in meinen Namen gekommen war. »Liora Redlich« hätte, fand ich, durchaus genug davon enthalten für mich, aber nun hieß ich eben »Du bist mein Licht

Sternlicht«. Wörter wie »tot« oder »gestorben« benutzte Mutter im Zusammenhang mit meinem Vater erst später, und noch viel später realisierte ich, warum. Papa war ja weder tot zu der Zeit noch im Licht der Sterne, sondern hatte sich anderweitig verliebt und deswegen Frau und Kind verlassen.

Zum Trost durfte ich mit zu einer Vorstellung der *Zauberflöte*, in der meine Mutter die Königin der Nacht sang. Nachher war ich so beglückt und aufgeregt, dass ich tagelang schwieg, weil ich fürchtete, die Musik in mir zu verlieren, wenn ich sie durch Sprechen daran hinderte, in meinem Kopf weiter zu klingen. Ich hoffte, meine Mutter würde auch zuhause Mozarts Königin bleiben, wenn ich um die Vorstellung und das Leben ein Band des Schweigens legte. Ich war damals sechs Jahre alt. Mutter fand mein Verhalten offenbar allenfalls eigenartig, auf keinen Fall beängstigend, sie fand ohnehin niemals irgendetwas beängstigend außer Schnupfen. Wenn Ricky oder ich erste Anzeichen von Schnupfen hatten, wurden wir in einen anderen Teil der Villa verbracht und sahen meine Mutter erst wieder, wenn wir drei Tage ohne Taschentuch verbracht hatten, denn Kammersängerin Regina Sternlicht sagte niemals eine Vorstellung ab, das war ein ehernes Gesetz.

Sie war zur Zauberin geboren, und vielleicht wollte sie mir tatsächlich eine Freude machen, oder sie wollte mich ablenken von der Abwesenheit meines Vaters. So begann das Spiel, so begann der Spuk. Sie übertrug in meiner Erinnerung von einem Tag auf den anderen das Reich der nächtlichen Königin samt ihren Drei Damen, dem Vogelfänger Papageno und dem bösen schwarzen Monostatos auf unser Zuhause, auf Lunenburg. An unseren privaten Papageno habe ich keine Erinnerung, er starb wohl recht bald, aber Ricky, sein Sohn mit unbekannter Mutter und mein Ziehbruder, der eigentlich Richard Löwenherz hieß, war seit jeher Teil dieser skurrilen Welt. Mutter herrschte auf Lunenburg in Gestalt der Königin der Nacht mit den drei Damen Lina Schurimuri, Sina Stachelschwein und Dina Gaulimauli, auch genannt die alten Tanten, letzteres aber nur hinter ihrem Rücken, oder auch »Rischona«, »Schnia« und »Schlischit«, das ist hebräisch und heißt die Erste, die Zweite und die Dritte, auch dies nur hinter ihrem Rücken. Ich bekam Hebräisch-Unterricht, Ricky nicht. Er ging später auch nicht aufs Gymnasium, dabei war er mindestens so schlau wie ich. Darüber regte ich mich manchmal auf, er sich überhaupt nicht. Er machte eine Gärtnerlehre bei Herrn Freistädtler, der sowohl für Mutters schwarze Limousine als auch für Park Lunenburg mit seinen Pflanzen und Tieren verantwortlich war und in einem kleinen Nebengebäude wohnte, obwohl in der verwinkelten Burg mehr als genug Platz gewesen wäre. Ricky und ich stellten die wildesten Spekulationen über ihn an. Er war ein außerordentlich wortkarger Mann und riesig wie ein Kleiderschrank. Wir machten uns einen Sport daraus, ihn mit verzwickten Fragen einzudecken, um aus seiner Antwort seine Muttersprache und seine Herkunft zu enträtseln, meistens ohne Erfolg, allenfalls murmelte er etwas Unverständliches. Schließlich einigten wir uns darauf, dass Herr Freistädtler ein Indianer war wie Winnetou oder vielleicht ein Eskimo oder ein Muselmane wie Osmin in Mozarts *Entführung aus dem Serail*. Ricky kam recht gut mit ihm zurecht, während ich ihn nicht ausstehen konnte.

Nachdem ich den Pfleger Silbersee kennengelernt hatte, erzählte mir Ricky, der wohne seit einigen Jahren im selben Nebengebäude wie der Indianer. Nicht Silbersee hieß der Pfleger, sondern Eisenmann. Nein, er hieß auch nicht Eisenmann, zum Teufel, sondern Eisenring. Nein, Eisenring hieß er auch nicht. Ich wollte, ich würde mich an seinen Namen nie mehr erinnern müssen und an den Widerling von Mensch auch nicht, der er war. Silberling hieß er, ja richtig, Silberling, Fürchtegott Silberling, und genauso fischige Augen wie er hatte Gottlieb Freistädtler. Als Monostatos in Regina Sternlichts

Dauerinszenierung der *Zauberflöte* auf Lunenburg war Herr Freistädtler eine krasse Fehlbesetzung, im Gegensatz zu dem verschlagenen Pfleger Silberling, den Mutter allerdings erst in ihr absurdes Ensemble aufnahm, als ich schon ausgezogen war.

Als ich größer wurde, durfte ich oft zu Vorstellungen in verschiedenen Opernhäusern Europas reisen, in denen Mutter auftrat. Herr Freistädtler fuhr mich jeweils in der schwarzen Limousine hin und zurück und führte mich schweigend durch die fremden Städte. Mutter sah ich dann ausschließlich auf der Bühne. Meine Bewunderung für sie war grenzenlos. Ihre Stimme hatte ein einmalig schönes Timbre, Koloraturen sang sie mit einer schlafwandlerischen Sicherheit, und darüber hinaus erfüllte sie alle ihre Figuren mit Temperament und Innigkeit. Ihr Repertoire enthielt neben Mozart Partien von Verdi und den Belcanto-Komponisten des neunzehnten Jahrhunderts bis zur Zerbinetta in *Ariadne auf Naxos* von Richard Strauss, der Titelpartie in Alban Bergs *Lulu* und der Marie in Bernd Alois Zimmermanns *Soldaten*. Meine Lieblingsopern des italienischen Repertoires änderten sich im Lauf der Jahre, aber meine ganz große Liebe war und blieb Mozart.

Zuhause lebten wir nach wie vor in unserer Parallelwelt mit meiner zauberischen Mutter und den drei exzentrischen Tanten und Herrn Freistädtler und den zahllosen stummen, namenlosen Hausangestellten. Niemals kam ich auf die Idee, mich dem skurrilen Theater zu entziehen, und Ricky offenbar auch nicht. Wir sprachen beide mit niemandem über unser spezielles Leben auf Lunenburg, nicht einmal miteinander sprachen wir darüber, als ob wir ein unauflösliches Schweigegelübde abgelegt hätten. Vielleicht hoffte ich unbewusst, mir damit den Zauber von Mozarts Musik zu bewahren.

»Ich habe zwei Fragen, die mich am allermeisten beschäftigen«, sagte ich, sobald es möglich war, ohne mit der Tür ins Haus zu fallen. Es war Sonntagnachmittag, und der Rest der Familie Morgenthau war ausgeflogen.

»Die eine ist, woran mein Vater gestorben ist, und die andere, wer die Glückliche war, für die er mich und meine Mutter verlassen hat.«

»Deine erste Frage ist relativ leicht zu beantworten, auch wenn der Gedanke daran noch immer wehtut. Die andere Frage …«

Wir saßen in Nathans Arbeitszimmer einander gegenüber, beide das Bild meines Vaters im Blickfeld, aber wir vermieden beide, es anzuschauen. Nathan atmete tief ein. Er setzte zum Sprechen an, schüttelte dann aber mit aufeinander gepressten Lippen den Kopf. Ich fand seine Ratlosigkeit mindestens genauso attraktiv wie sein Lächeln. Seine Lider über den dunklen Augen waren schräg geschnitten, sehr apart. Am liebsten hätte ich ihn in den Arm genommen. He, Liora, dachte ich, der Mann ist Vater dreier Kinder und schätzungsweise doppelt so alt wie du, und überhaupt. Es herrscht zwar im Moment Funkstille mit David, aber er ist doch deine große Liebe, oder?

»Danke, dass du mir so viel Zeit gibst.«

»Gern.«

Es war leicht, ihm so viel Zeit zu geben, weil es schön war in seiner Nähe. Mit meiner nächsten Frage konnte ich ihm jedoch vielleicht weiterhelfen. »Kenne ich die Frau vielleicht? Hast du eigentlich meine Mutter auch gekannt?«

»Ja.«

Nun lächelte er mich an. Vielleicht war sein Lächeln doch noch attraktiver als seine Ratlosigkeit.

»Ich habe sie nur zwei oder drei Mal im Freundeskreis deines Vaters miterlebt, sonst war sie in diesen Jahren beruflich schon viel unterwegs. Salomon wollte, dass wir uns kennenlernen. Als er mich ihr vorstellte, erzählte er mit sichtlichem Stolz, dass ihre Dissertation die originellste sei, die er je als Doktorvater betreut habe. Er sagte an dem Abend auch, wie schade es sei, dass sie sich nicht für die Wissenschaft entschieden habe, sondern für die Musik, und dass sie noch immer ein wenig der Astrologie nachhinge, ihrem alten Steckenpferd. Sie schien das nicht besonders gern zu hören.«

»War ich an dem Abend dabei? Oder bei anderen Abenden in dieser Runde?«

»Nein, nie. Die Abende begannen immer relativ spät, da warst du vermutlich schon im Bett, wohin dein Vater dich meistens gebracht hat.«

»Schade.«

»Ja, sehr schade. Du warst bestimmt ein zauberhaftes kleines Mädchen.« Er lächelte sein unwiderstehliches Lächeln. »So alt wie unser Gabriel jetzt. Ganz bestimmt warst du genauso süß wie Gabi. Salomons Kind, und Reginas. Deine Mutter habe ich als eine außergewöhnliche Erscheinung in Erinnerung. Ihre Präsenz hat den Raum irgendwie verändert.«

Das kann man wohl behaupten, dachte ich, eine außerordentliche Erscheinung war Mutter allemal. Dass sie neben ihrer Karriere als Opernsängerin noch so eben eine Dissertation geschrieben hatte, war mir neu und imponierte mir, ebenso, dass sie es das mir gegenüber nie erwähnt hatte, obwohl sie es bei unserem finalen Krach leicht als Argument gegen mich hätte verwenden können. Sie hätte sich in der Zeit vielleicht auch mehr um mich kümmern können, fuhr mir durch den Kopf, aber ich verscheuchte den Gedanken rasch.

Ich wollte nach dem Abitur am Konservatorium in Basel studieren und hatte die Aufnahmeprüfung für Klavier auch bestanden, aber Mutter wollte davon nichts hören. »Willst du vielleicht eine dieser ältlichen Klavierlehrerinnen werden wie

Fräulein Danzeisen, die nach Mottenkugeln riechen und Kinder plagen?«

Fräulein Danzeisen war Rickys und meine Klavierlehrerin gewesen, als wir klein waren. Selbstverständlich kam sie zu uns nach Hause, genauso wie Mutters Korrepetitor Herr Schubert. Fräulein Danzeisen hasste ich mit der gleichen Intensität, wie ich Herrn Schubert bewunderte. Fräulein Danzeisen, von Ricky und mir gänzlich unpassend »Tanzeisen« genannt und »Fräulein«, worauf sie bestand, Vorname unbekannt, tat alles, um uns das Klavierspiel zu verleiden. Wir sollten wochenlang und bei jedem Stück zuerst die rechte Hand allein und dann die linke Hand allein üben und dazu laut den Takt zählen, bis uns alles zu den Ohren heraushing, bevor wir überhaupt das Zusammenspiel beider Hände erlaubt bekamen. Fräulein Danzeisen ließ uns nur Kinderkram spielen, und auch dafür hasste ich sie. Ricky machte das einige Zeit brav mit und wechselte dann vom Klavier zur Klarinette. Dafür bekam er sogar die Erlaubnis, zum Unterricht außer Haus zu gehen. Ich hingegen unterlief Fräulein Danzeisens Anweisungen vorsätzlich und spielte – mit beiden Händen auf einmal und ohne laut dazu zu zählen – alles, was ich in die Finger bekam, außer Fräulein Danzeisens blöden Kinderkram, also die Opern von Mutters Repertoire und die Klavierwerke, die im Musikzimmer im Schrank lagen. Das tat ich in jeder freien Minute, die Mutter nicht zuhause war.

Mein Vorbild war Herr Schubert, der nichts dagegen einzuwenden hatte, dass wir ihn für einen Nachfahren von Franz Schubert hielten, und Klavier spielte, als würden die Tasten seine Finger, und zwar immer und ausschließlich die richtigen Finger, regelrecht ansaugen. Er war ein kleines, dünnes Männchen mit riesigen Händen, Füßen und Ohren. Am Beginn der täglichen Proben mit Mutter standen die »Gurgelübungen«, das waren die halsbrecherischsten Passagen aus verschiedenen Sopranpartien, zum Beispiel der Königin der Nacht, der

Fiordiligi aus Mozarts *Così fan tutte* oder der Zerbinetta aus *Ariadne auf Naxos* von Richard Strauss. Zum Einsingen spielte Herr Schubert die Sachen gelegentlich einen Halbton oder sogar einen ganzen Ton tiefer als komponiert, wenn er hingegen Mutter zu Höchstleistungen anregen wollte, auch einen Halbton höher, was mich entsetzte, ich wusste nicht, warum.

»Natürlich will ich nicht so werden wie Fräulein Danzeisen. Schon eher wie Herr Schubert«, entgegnete ich.

»Herr Schubert wollte eigentlich Dirigent werden.« Mutter sah mich während dieser Enthüllung prüfend an.

»Ich will auch Dirigentin werden.«

Ich hielt ihrem Blick stand, was mir nicht leicht fiel. Sie verdrehte die Augen. »Was für ein Stuss«, befand sie, »rate mal, warum Herr Schubert nicht Dirigent geworden ist.«

Ich überlegte. Gut genug Klavier spielen konnte er ja zweifellos für einen Opern-Kapellmeister, und er kannte das Repertoire in- und auswendig.

»Keine Ahnung. Sag's mir halt.«

Warum mochte mich meine Mutter nicht? War ich vielleicht, ohne es zu wissen, schuld am Tod meines Vaters?

»Denk mal nach, Lilly. Denk mal an Dirigenten, die du kennst.«

»Karajan, Bernstein, Solti, Sawallisch …«, zählte ich gelangweilt auf.

»Und so weiter. Und dann denk an Isidor Schubert und wie er aussieht. So winzig und –«

»Karajan ist auch klein«, unterbrach ich, was Mutter nicht ausstehen konnte.

»Aber er sieht fabelhaft aus. Vor allem im Profil.«

»Willst du damit sagen, dass ich nicht Dirigentin werden kann, weil ich nicht gut genug aussehe?« Ich versuchte, meine Wut zu verbergen, und Mutter tat, als ob sie sie nicht bemerkte, oder es war ihr egal, wie ich mich fühlte.

»Ich will damit sagen, dass Dirigieren für eine Frau so wenig realistisch ist wie für einen verwachsenen Zwerg, und dass du eigentlich zu alt bist für solche Kinderträume.«

Ich hasste sie dafür, dass sie meinen Kindertraum als solchen bezeichnete, und wollte sie ärgern. »Was hat denn deine Mutter damals dazu gesagt, dass du Opernsängerin werden wolltest?«, fragte ich forsch. »Wenn das kein Kindertraum war ...«

Sie wurde weiß wie die Wand. »Untersteh dich, meine Mutter je wieder zu erwähnen«, zischte sie keuchend, »nie wieder. Hast du das kapiert?«

Ich nickte irritiert. Sie atmete allmählich wieder normal, dann erhob sie sich. Die Audienz war so gut wie beendet. »Wenn du nicht später als Klavierfräulein dein Brot verdienen willst, gehst du auf die Uni. Du bist ein gescheites Kind, deshalb stelle ich dir frei zu studieren, was du willst. Eine akademische Karriere wirst du mit links schaffen.«

Sie erwartete stehend meine Entscheidung. Mit viel gutem Willen konnte ich die Andeutung eines Lächelns in ihrem Gesicht sehen. »Musikwissenschaft«, verkündete ich resigniert.

Mutter nickte und sagte mir zu, Studium und Wohnen in Basel zu finanzieren. Sie schenkte mir überraschend die Freiheit, ich durfte Lunenburg verlassen. Dafür hätte ich sie umarmen mögen, was jedoch ganz undenkbar war. Sie ließ mir sogar nach einigen Wochen ein Klavier in die Wohnung am Höhenweg stellen, die ich mit zwei anderen Studenten teilte. Dank ihrer großzügigen monatlichen Überweisung konnte ich mir Klavierstunden bei Heinz Bonjour leisten, einem Lehrer des Konservatoriums, der auch als Dirigent und Komponist tätig war und mich mit schweren Stücken und hohem Anspruch forderte. Er erwirkte die Erlaubnis für mich, an Klassenkursen des Konservatoriums teilzunehmen und dort auch auf einem der Konzertflügel zu üben, was ich so oft wie möglich tat. Die Einführung in die Harmonielehre im Rahmen des musikwissenschaftlichen Studiums eröffnete mir eine neue Welt, die ich auf eigene Faust weiter erforschte. Es war eine spannende und unbeschwerte Zeit für mich. Das Studium gefiel mir insgesamt besser als erwartet, vor allem Werkanalyse und das Verfassen von schriftlichen Arbeiten, sodass ich zu gegebener Zeit eine Dissertation über die Sonettform in der Musik vorzubereiten begann. Ein schönes Thema, dachte ich, mit viel Primär- und wenig Sekundärliteratur.

Eines Vormittags jedoch, das war jetzt ziemlich genau ein Jahr her, rief mich ein mir bis dahin unbekannter Herr Kocher an, das Stadttheater suche für die heutige Vorstellung von Webers *Freischütz* jemanden, der die Beleuchtungszeichen gab, Beleuchtungsinspizienz nenne man das. Es müsse jemand sein, der zuverlässig Noten lesen könne, und da sei ich ihm empfohlen worden. Er selbst sei Erster Regieassistent der Oper und habe bis dato die Beleuchtungsinspizienz gemacht, werde aber mehr und mehr für andere Aufgaben gebraucht, heute sowieso, weil er sich um zwei Sänger kümmern müsse, die für erkrankte Kollegen einspringen würden. So kam ich zur Position der Zweiten Regieassistentin mit der Verpflichtung zur Beleuchtungsinspizienz sämtlicher Opernvorstellungen wie die Jungfrau zum Kind, nur vermutlich viel glücklicher. Die meisten Musikstudenten, die ich kannte, schlossen in diesem Sommer ihr Studium mit dem Lehrdiplom ab, und ich hatte mir schon Gedanken darüber gemacht, wie auch ich vom Studentenstatus in eine Berufstätigkeit wechseln könnte. Die Doktoranden in meinem Umfeld arbeiteten als Assistenten oder Hilfsassistenten oder verdienten ein wenig Geld in der Bibliothek, aber ich wollte der universitären Isolation entrinnen, da kam die Anfrage von Herrn Kocher wie gerufen. Für die nächste Spielzeit, die laufende, hatte ich vom Theater einen richtigen Vertrag erhalten, mit vielen Verpflichtungen, wenig Geld und keinen Kompetenzen, was mich nicht störte, nichts davon, denn nun hatte ich mich endlich den ganzen Tag und viele Abende mit nichts anderem zu befassen als mit Opern. Während der Vorstellungen beobachtete ich von meinem Arbeitsplatz schräg über der Bühne aus die Dirigenten und prägte mir ein, wie sie Tempi vorbereiteten und Einsätze schlugen, ich träumte also meinen Kindertraum vom Dirigieren weiter. Leichten Herzens meldete ich mich von der Uni ab und ließ mein Promotionsprojekt sausen.

Meine Mutter reagierte, als ob ich mindestens einen Mord begangen hätte. »Meinst du, ich habe dich vier Jahre studieren lassen, damit du nun irgendwelchen selbstverliebten Regisseuren Kaffee holst oder ihnen den Mantel in die Reinigung bringst oder mit ihnen ins Bett gehst?«

Ich setzte zu einer Entgegnung an, aber Mutter ließ mich nicht zu Wort kommen. »Ich weiß doch, was Regieassistenten den ganzen lieben langen Tag machen, und das ist ganz bestimmt keine sinnvolle Fortsetzung eines Studiums und kein Grund, ein Promotionsprojekt aufzugeben. Lilly, Lilly, dass du immer noch nicht erwachsen werden willst …«

Sie kehrte sich um und entzog mir von jetzt auf sofort ihre finanzielle Zuwendung, von der emotionalen ganz zu schweigen. Wir waren geschiedene Leute. Das war der Status quo.

Sprich weiter, dachte ich, während ich Nathan anschaute an diesem Sonntagnachmittag. Sprich über meine Mutter, sprich über meinen Vater, sprich über dich, sprich bitte einfach weiter. Er schien mich zu hören.

»Du wolltest wissen, woran dein Vater gestorben ist.«

Ich nickte. »Er hatte einen Hirnschlag. Kaum vierzig war er damals. Furchtbar. Er hat zunächst die Sprache verloren. Komplett. Dieser Mann, der sich immer so brillant ausgedrückt hat – stumm. Es war kaum zu ertragen. Für ihn nicht, und für mich auch nicht.«

»Das heißt, du warst all die Jahre mit ihm in Kontakt?«

Nathan ließ sich viel Zeit für die Antwort, obwohl mir die Frage einfach vorkam. »Ja«, sagte er schließlich, »ja.«

Er presste die Lippen aufeinander und schüttelte den Kopf, wie zu Beginn des Gesprächs. Lass dir Zeit, dachte ich wieder, lass dir alle Zeit der Welt. Die Todesumstände meines Vaters interessierten mich zwar, aber sie bereiteten mir wesentlich weniger Schmerzen als offenbar Nathan. Ich hatte ihn ja auch nicht erlebt in dieser Zeit, ich konnte mir Papa als kranken Mann überhaupt nicht vorstellen.

»Er hat die Sprache nach und nach wiedererlangt, was nur möglich war, weil er so willensstark war. Er hat sich wirklich zurückgekämpft ins Leben. Trotzdem war es fast wie ein Wunder angesichts der Schwere der Hirnblutung, die er erlitten hatte. Es war, rückblickend gesehen, als ob er die Zeit nutzen wollte, die ihm blieb.«

»Bis zu seinem Tod«, ergänzte ich.

»Nein, bis zur nächsten Hirnblutung. Und dann noch einer. Und noch einer. Allmählich ergab er sich in sein Schicksal. Er verstand alles, was gesprochen wurde, und er konnte sich bewegen, essen und trinken, also auch schlucken, aber er verlor die Sprache, nach und nach, und diesmal endgültig.«

Er atmete tief ein. »So jung er war, ungefähr gleich alt wie ich jetzt, und so entsetzlich traurig es war, es war wirklich eine Erlösung für ihn, als er sterben konnte.« Und nach einer weiteren Pause: »Ich bin dankbar für alles, was er mir in der Zeit zwischen dem ersten und dem endgültigen Verstummen erzählt hat. Anvertraut hat.«

Ich würde diesem Mann auch alles anvertrauen, dachte ich, vermutlich geht das vielen Menschen so, und deshalb ist er so ein erfolgreicher Psychiater. »Praktizierst du eigentlich auch hier zuhause?«, fragte ich.

»Nicht mehr oft, aber es kommt vor, ja, wenn Not am Mann ist.«

Mit Noemi und den Kindern sprachen wir schweizerdeutsch, aber sobald wir zu zweit waren, wechselten wir automatisch in unsere gemeinsame hochdeutsche Muttersprache.

»Gibt es in der Psychiatrie Spezialgebiete, oder behandelt jeder Psychiater alle … alle psychischen Probleme?« Den Ausdruck »psychische Krankheit« hatte ich vermieden, er machte mir zutiefst Angst.

»Es gibt schon Schwerpunkte, zum Beispiel hat sich Noemi früher intensiv mit Essstörungen befasst, vor allem bei Jugendlichen, und mein Spezialgebiet, um deinen Ausdruck aufzunehmen, sind Depressionen, aber seit wir in der Klinik arbeiten, haben wir es mit ganz unterschiedlichen Krankheitsbildern zu tun.«

Ich fühlte mich in Nathans Gegenwart und in diesem Raum so wohl und sicher wie sonst kaum, außer natürlich im Theater. Nun wagte ich endlich, das Bild meines Vaters in aller Ruhe zu betrachten, zum ersten Mal. Ich meinte, eine entfernte Ähnlichkeit zu mir selbst in ihm zu sehen, vielleicht war das aber reines Wunschdenken.

»Wer hat diese Zeichnung eigentlich gemacht?«

»Ich.« Nathan lächelte auf eine Weise, in der ich ein leichtes Erröten zu sehen glaubte.

»Du? Ich wusste nicht, dass du so gut zeichnen kannst.«

Tatsächlich wusste ich zu meinem Leidwesen überhaupt nicht viel von ihm. Noch nicht, hoffentlich, dachte ich.

»Ich habe früher gern gezeichnet, vor allem Portraits. Dieses hier von Salomon, also von deinem Vater, habe ich ihm zu einem Geburtstag geschenkt. Er war damals wohl so Mitte dreißig.« Eine Weile lang vertieften wir uns beide in den Anblick meines Vaters.

»Er sieht sehr sympathisch aus«, sagte ich schließlich.

»Ja, das war er ja auch. Und mehr als das«, bestätigte Nathan.

»Und wer war nun die Dame, die offenbar auch dieser Meinung war, und die er attraktiver fand als Frau und Kind?« Ich war in guter Stimmung. Ich gönnte meinem Vater nachträglich seine große Liebe, zumal das Leben mit meiner Mutter bestimmt nicht immer einfach gewesen war, und es war sowieso alles so lange her und Papa schon so lange tot.

Ich schaute wieder zu Nathan, dessen Gesicht noch immer etwas gerötet war. Wie hieß es doch bei Lessing: »Erröten macht die Hässlichen so schön, und sollte Schöne nicht noch schöner machen?«

»Liora, es war keine Dame.« Er betrachtete noch immer das Bild.

»Bitte?«

Jetzt schaute er mir in die Augen. »Ich war es. Ich habe deinen Vater geliebt. Und er mich.«

»Was?« Ich schrie es heraus und stand so abrupt auf, dass mein Sessel mit einem Knirschen nach hinten rutschte. Ich starrte Nathan an.

»Soll das ein Witz sein?«

Er schüttelte leicht den Kopf. »Nein, Kind. Das ist kein Witz, das ist die Wahrheit.«

Er atmete tief ein. »Komm, setz dich wieder hin, ich versuche es dir zu erklären.«

Ich blieb stehen und starrte ihn weiterhin an. »Da gibt es nichts zu erklären, das ist doch totaler Unsinn. Mein Vater war doch nicht schwul. Und du … und Noemi … und die Kinder … Warum erzählst du mir so einen Schwachsinn?«

Er bewahrte die Ruhe und wählte seine Worte mit Bedacht. »Ich verstehe deine Aufregung, und du wirst jetzt auch verstehen, warum ich das Thema aufgeschoben habe. Ich wäre dir dankbar, wenn du dich doch wieder setzen würdest. Ich möchte dich ungern so gehen lassen.«

Ich ließ mich in den Sessel fallen und fing an zu schluchzen. Es gab kein Oben und kein Unten mehr, keine Zukunft und keine Vergangenheit, keine Nähe und keine Ferne, es gab nur das totale Chaos. Als ich wieder zu mir kam, verbreitete eine Ständerlampe ein angenehm warmes Licht. Ich blickte mit verheulten Augen zu Nathan. Seine Miene war ernst, aber er wirkte gefasst und souverän, und das half mir sehr in diesem Moment.

An einem der nächsten Tage kam Noemi mich im Spital besuchen. Zwar fühlte ich mich schon etwas besser, ich konnte im Liegen den Kopf wieder bewegen, ohne dass mir übel oder schwindlig wurde, aber Noemis unerwartetes Erscheinen löste ein nie gekanntes Gefühl von Panik in mir aus. Wenn ich doch nur davonlaufen könnte, bis ans Ende der Welt, und auf dem Weg dahin tot umfallen würde. Ich war schuld am Tod ihres Sohnes. Ich konnte nicht davonlaufen, ich lag hilflos im Bett und wusste nicht, wohin ich schauen, geschweige denn, was ich sagen sollte. Durch die halb geschlossenen Augen sah ich Noemi an der Türe stehen bleiben. Sie war sehr blass, wie eine welke Blume wirkte sie. Ich öffnete die Augen.

»Vielen Dank, dass du gekommen bist.«

Und nun? Es gab keine Worte, mit denen ich hätte ausdrücken können, was mich umtrieb. »Es tut mir leid«? Das sagt man, wenn man sich verspätet hat oder das Telefon nicht hat klingeln hören, aber gewiss nicht angesichts des Todes eines Kindes. Es war der Beginn einer Not, die mich noch lange bedrängen sollte: die Unfähigkeit, das Unglück und meine Beteiligung daran, meine Schuld, um genau zu sein, in Worte zu fassen.

Noemi kam langsam auf mich zu, gab mir einen Kuss und setzte sich aufs Bett. Diese Zeichen der Vertrautheit berührten mich so sehr, dass ich wieder anfing zu schluchzen, wie beim Besuch von Marianne und Andreas vor einigen Tagen. Ich wollte sofort damit aufhören, es kam mir ebenso unangemessen vor wie zu sagen »Es tut mir leid«, aber ich konnte nicht aufhören. Ich wurde geschüttelt wie im Krampf und spürte, wie die Übelkeit und der Schwindel mich wieder erfassten. Noemi versuchte mit der einen Hand, mir die Tränen vom Gesicht zu wischen, die andere Hand legte sie auf meinen Arm. Schließlich versiegten meine Tränen, und ich konnte wieder richtig atmen. Nun hätte ich wirklich endlich etwas sagen sollen. Aber was?

»Danke«, wiederholte ich verzagt, »danke.« Mehr brachte ich nicht heraus. Noemi nickte. Sie hatte noch kein einziges Wort gesprochen, das fiel mir erst jetzt auf, und dafür schämte ich mich. Immerhin konnte ich die Tränen zurückhalten, die erneut in mir aufstiegen. Noemi atmete tief ein.

»Ja«, flüsterte sie, »es ist unbegreiflich.«

Auch sie schluckte schwer. Wir schwiegen beide eine Weile. Ich empfand das als stimmig, als etwas, das uns verband und kein Grund zur Scham war. Ich mochte Noemi, sehr sogar. Sie war die Freundin, die ich mir immer gewünscht hatte. Dass sie etwa fünfzehn Jahre älter war als ich, spielte dabei keine Rolle.

»Gott sei Dank ist dir nichts passiert«, fuhr sie fort, »stell dir vor ...« Ich stellte mir vor, dass auch ich tot sein könnte, und wünschte, ich wäre es.

»Magst du mir erzählen, woran du dich erinnerst?«

Nein, das wollte ich nicht. Ich durfte es nicht. Es wäre vielleicht eine Entlastung für mich, und darauf hatte ich keinen Anspruch. Noemi missverstand offenbar mein Zögern.

»Du musst natürlich nicht, wenn du nicht willst, aber wenn du sprechen kannst ... es wäre gut für dich. Ich sage das auch als Ärztin.«

Sie brachte tatsächlich den Anflug eines Lächelns zustande, was mir schon wieder die Tränen in die Augen trieb. Sie ignorierte es und schaute mich ruhig an. Ihre Hand lag noch immer auf meinem Arm, das gab mir etwas Kraft.

»Die Fähre war meine Idee«, begann ich. Es war ein Schuldbekenntnis. Ich durfte mich nicht schonen.

»Ja. Ich habe mich gewundert, dass Nathan da mitgespielt hat.«

»Wieso?«

»Er hat panische Angst vor Wasser, eine echte Wasserphobie. Er hatte als Kind einen Unfall bei einer Ruderregatta, noch in Oxford. Das Boot ist gekentert, und er ist dabei irgendwie darunter geraten und wäre beinahe ertrunken.« Beim letzten Wort zitterte ihre Stimme. Sie räusperte sich und sprach weiter.

»Er geht sonst nie freiwillig auch nur in die Nähe von Ufern oder gar Schiffen.«

»Warum ist er –«

»Er wollte euch nicht die Freude verderben, hat er gesagt. Michael –« Sie stockte wieder.

»Er hat sich bestimmt sehr gefreut auf die Fahrt.«

»Ja, das hat er. Er war ganz aus dem Häuschen.«

Es war meine Schuld.

»Und dann?«

»Wir waren noch auf der Fähre, als ich ihn schreien hörte. Die Fähre hat sehr geschwankt.« Es war meine Schuld. »Abba«, hat er geschrien, »Abba.« Ich versuchte krampfhaft, mich an den Fortgang zu erinnern.

»Es tut mir leid«, krächzte ich. Nun sagte ich doch tatsächlich: »Es tut mir leid.« Vielleicht hatte Noemi es nicht gehört. Ich sprach rasch weiter. »Ich sehe vor mir, wie sein Kopf kurz aus dem Wasser auftaucht und er die Arme hochreißt. Riesenhaft, das Bild.«

Mir war wieder schlecht. Ich konnte mich an überhaupt nichts mehr erinnern und fühlte mich dabei als großer Feigling.

»Die Amnesie, die Gedächtnislücke, ist eine gute Einrichtung der Natur«, beruhigte mich Noemi. »Sie verhindert, dass man sich an mehr erinnert, als man im Moment verkraften kann. Du musst dir deswegen keine Sorgen machen.«

»Wird die Erinnerung zurückkommen?« Ich wusste nicht, ob ich das wollte.

»Das werden wir sehen. Oft nach so einem Trauma kommt sie zurück, manchmal auch nicht. Lass dir Zeit, versuch nicht, irgendetwas zu forcieren. Erstens funktioniert es nicht, und zweitens strengt es dich unnötig an, und was du jetzt am meisten brauchst, ist Ruhe.«

»Und du? Was brauchst du jetzt am meisten? Und Nathan?« Ich hatte das nicht fragen wollen, aber nun war ich froh, dass es mir herausgerutscht war. Noemi dachte nach.

»Wir haben einander, Nathan und ich, und wir haben die Kinder, die uns mehr brauchen denn je. Nathan macht sich furchtbare Vorwürfe –«

»Aber das muss er doch nicht. Es ist allein meine Schuld«, fiel ich ihr ins Wort.

Sie schüttelte den Kopf. »Jetzt hör mir mal gut zu, Liora. Was passiert ist, ist furchtbar. Unfassbar. Es ist das Schlimmste, was überhaupt passieren kann. Wir werden vielleicht nie darüber hinwegkommen. Jedenfalls habe ich jetzt das Gefühl, dass wir nie darüber hinwegkommen werden, aber –«

Sie nahm behutsam meinen Kopf in die Hände. Ihre großen hellen Augen waren den meinen ganz nahe, als sie weitersprach. »Niemand ist schuld an dem Unglück. Niemand. Nathan nicht, und du auch nicht. Natürlich verstehe ich, dass ihr euch Vorwürfe macht, wie sogar auch der Fährmann. Der liegt übrigens nach einem Herzanfall zwei Stockwerke tiefer hier im Spital.«

»Was?«

»Ja. Dabei hat auch er nichts falsch gemacht. Und du hast dein Leben riskiert, um Mimi zu retten. Vielleicht würde ich dir doch wünschen, dass du dich eines Tages daran erinnerst, denn das war eine echte Heldentat.«

Ich kämpfte dagegen, aber ich fing wieder an zu schluchzen, und Noemi wischte mir wieder die Tränen ab.

»Und die Kinder?«, fragte ich leise.

»Die realisieren noch nicht, dass ihr Bruder nie mehr wiederkommen wird. Sie glauben es nicht. Wir ja auch nicht wirklich«, fügte sie nach einer kurzen Pause hinzu.

»Wir versuchen uns vorzustellen, dass er auf eine große Reise gegangen ist und sehr lange wegbleiben wird. Ich glaube, für Gabi ist das noch mehr oder weniger glaubhaft, aber Raphi mit seinen neuneinhalb Jahren –«

Sie schaute in die Ferne und schwieg, dabei nahm sie langsam die Hände von meinen Wangen. Es war ein wunderschönes Gefühl gewesen, dass sie mich gehalten hatte, ich hatte so etwas noch nie erlebt, jedenfalls erinnerte ich mich nicht daran.

Als ich aus dem Spital entlassen wurde, hatten die Schulsommerferien begonnen und auch die Semesterferien an der Uni und die Theaterferien sowieso. Karin und Joachim, meine Wohngenossen, waren schon zu ihren Eltern gefahren, ich hatte also die Wohnung für mich allein. Nicht, dass ich mich je in den beiden Zimmern meiner Mitbewohner aufhielt, aber ich musste Küche und Bad nicht mit ihnen teilen, und das war mir angenehm. Ich brauchte deutlich mehr Zeit für alles, aber die hatte ich ja in den nächsten Wochen auch. Ich wollte an meinem Aufsatz für das Programmheft der *Zauberflöte* weiterarbeiten. Es war meine erste Arbeit dieser Art, und ich fand es spannend, so zu schreiben, dass es fachlich hieb- und stichfest war und gleichzeitig ansprechend zu lesen für das Laienpublikum. Vielleicht würde ich versuchen, gelegentlich in die Operndramaturgie einzusteigen, da könnte ich daneben vermutlich sogar mein Dissertationsprojekt wieder aufnehmen und eines Tages Mutter mit einem Doktortitel überraschen. Dafür müsste ich allerdings Bühne und Zuschauerraum verlassen und dafür viele Stunden täglich am Schreibtisch verbringen, und das fände ich auf die Dauer einigermaßen trostlos. Die Premiere der *Zauberflöte* war erst im Dezember, ich hatte also gut Zeit und schon Verschiedenes an Vorarbeit geleistet, und ich kannte ja die Oper seit Kinderzeiten in- und auswendig.

Aber es funktionierte nicht. Ich konnte mich nicht konzentrieren, und die Buchstaben und Noten verschwammen vor meinen Augen. Ich gab mir einige Tage Zeit, schließlich war ich zwei Wochen im Spital gewesen, und so lange war überhaupt das Unglück erst her. Ich spielte ein wenig Klavier, nichts besonders Anspruchsvolles und keinen Ton Mozart. Ich machte kleine Spaziergänge im Quartier und kam mir dabei vor wie eine uralte Frau, langsam und wackelig. Nun war ich froh, dass ich eingewilligt hatte, Charlie bei Wackernagels zu lassen, bis sie in der zweiten Ferienhälfte wegfuhren. So konnte ich auch schon mal üben, ohne ihn zu sein, wie ich es als Selbststrafe vorgesehen hatte. Ich hatte ihn schon im Spital vermisst, und seit ich zuhause war, erwartete ich unbewusst ständig, dass er mich mit der Schnauze stupste, weil er fressen wollte oder gestreichelt werden oder spazieren gehen. In der Nacht erwachte ich oft mit Herzrasen, das Bild des ertrinkenden Kindes wie eine riesige Fratze vor Augen und seine Hilferufe im Ohr. Einmal wollte ich mit der Straßenbahn in die Stadt fahren, stieg jedoch an der nächsten Haltestelle wieder aus, weil mir so übel war, dass ich fürchtete, mich übergeben zu müssen. Auch essen war ein Problem, es wurde mir immer wieder schlecht dabei. Inzwischen war es richtig Sommer geworden, und ich vertrug die Hitze plötzlich nicht mehr. So war ich vollauf damit beschäftigt, die Tage und Nächte überhaupt zu überstehen, und musste, konnte mich vorübergehend nicht mit Selbstvorwürfen befassen.

Noemi hatte mich im Spital abgeholt und nach Hause begleitet. Sie hatte mir das Versprechen abgenommen, dass ich anrief, wenn ich Hilfe brauchte, und mich auf Erev Schabbat zu ihnen zum Essen eingeladen, sie würde mich mit dem Auto abholen. Es ging mir zwar nicht gut in diesen ersten Tagen, aber Hilfe brauchte ich nicht wirklich, fand ich und rief nicht an. Am späten Freitagnachmittag klingelte es wie vereinbart, es war jedoch nicht Noemi gekommen, sondern Nathan. Wir standen uns auf der Straße einen Augenblick gegenüber, eine Schrecksekunde, dann fielen wir uns in die Arme und hielten uns fest. Durch unsere sommerlich leichte Kleidung spürte ich seinen Körper. Ich hätte ewig so stehen bleiben mögen. Als wir uns schließlich voneinander gelöst hatten, sah ich, wie blass Nathan war, und er schien an Gewicht verloren zu haben. Vermutlich sah ich ihn genauso besorgt an wie er mich. Er versuchte zu lächeln.

»Wie schön, dich endlich wiederzusehen«, sagte er. »Hab nochmals Dank. Oder erstmals, damals –«

Er räusperte sich. »Damals hatte ich ja nicht die Möglichkeit, dir zu danken. Ich musste mich um den Fährmann kümmern.«

»Ja, Noemi hat mir erzählt, dass er zusammengeklappt ist. Was hast du denn gemacht mit ihm?«

»Herzdruckmassage und Mund-zu-Mund-Beatmung. Er hatte sozusagen Glück im Unglück, dass ein Arzt an Bord war.«

»Mit dir hatte er Glück, du hast ihm das Leben gerettet, und Unglück hatte er, haben alle, mit mir, denn ich bin schuld an der Katastrophe.« Warum konnte ich nicht sterben?

»Liora, Kind, wie kannst du so etwas auch nur denken? Ich habe den Fährmann retten können, das ist wahr, aber du hast dein Leben aufs Spiel gesetzt, um Michael zu retten. Verdreh' jetzt bitte nicht die Tatsachen, das hilft niemandem, und du machst dich für nichts meschugge.«

Ich verdiente seine Nachsicht nicht.

»Gott sei Dank bist du nicht auch –«

Seine Stimme brach. Ich hätte ihn gern wieder umarmt. Stattdessen wandte ich den Blick von ihm ab und blickte zu Boden. »Es ist so furchtbar.« Ich hörte die Tränen in meiner Stimme und hoffte, ihm würden sie entgehen. Ich schaute wieder zu ihm auf und sah, dass auch er Tränen in den Augen hatte, jedoch nicht versuchte, sie zu verbergen.

»Wie sehr du deinem Vater ähnlich siehst«, sagte er leise, »unglaublich.« Er räusperte sich wieder, dann nahm er die Autoschlüssel aus der Hosentasche.

»So, komm, du wirst schon sehnlichst erwartet.«

»Ich?«

»Ja, natürlich du. Du bist doch Raphaels *Zauberflöte*-Lehrerin, um nicht zu sagen: sein großer Schwarm. Und Gabriel hat ein Bild für dich gemalt und kann es kaum erwarten, es dir zu geben.«

»Wie kommen sie denn zurecht, ich meine –«

Seit ich diese Frage Noemi gestellt hatte, waren fast drei Wochen vergangen, eine lange Zeit unter diesen Umständen. Nathan öffnete die Autotür für mich, ließ mich einsteigen, ging um den Wagen herum, stieg auf der anderen Seite ein und ließ den Motor an, bevor er antwortete.

»Gabriel will nicht allein in seinem Zimmer schlafen. Zuerst fand er es toll, nun wie sein großer Bruder ein Zimmer für sich allein zu haben, aber dann –«

Er schüttelte den Kopf. »Jetzt schläft Raphi in Mimis Bett. Ich glaube, das stimmt im Moment für beide, wenn auch Raphael vermutlich nicht sagen würde, dass er auch lieber nicht allein ist in der Nacht. Gabi ist für uns alle ein Segen, ihn scheint der Tod nichts Endgültiges zu sein, er hat da seine eigene Vorstellung und ist dementsprechend fast so fröhlich wie sonst, auf diese wundervoll unschuldige Art. Raphi – du wirst ihn ja gleich sehen. Er wirkt schon sehr bedrückt. Er versucht, es sich nicht anmerken zu lassen, weil er doch schon so groß ist. Groß. Mein Gott.«

Wir fuhren schweigend zur Pilgerstraße. Kaum stand das Auto vor der Garage, da öffnete sich wie immer die Haustür von innen und Gabriel rannte uns entgegen. Jetzt kam auch Raphael heraus. Für den Bruchteil eines Augenblicks erwartete ich Michael. Wie immer. Es war aber nicht wie immer und würde es nie mehr sein, und Nathan konnte gut sagen, ich solle mich nicht meschugge machen, ich war schuld an dem Unglück.

»Schabbat Schalom, Kids.« Nathan breitete die Arme aus, und Gabriel flog ihm entgegen.

»Schabbat Schalom, Abba«, rief er feierlich, »Schabbat Schalom, Lola.«

Als ich klein war, hatte ich auch »Lola« gesagt, und Ricky tat es heute noch. Gabriel strampelte sich von seinem Vater los und kam auf mich zugelaufen, sodass ich ihn ebenfalls durch die Luft wirbeln konnte. Zwar wurde mir durch die rasche Drehung kurz schwindlig, aber es war trotzdem ein wunderbares Gefühl.

»Schabbat Schalom, ihr beiden«, keuchte ich ein wenig außer Atem, als Gabriel wieder auf dem Boden stand.

»Schabbat Schalom«, sprach nun auch Raphael, schaute kurz zu Nathan und kam dann rasch auf mich zu. Fast hätte ich auch ihn hochgehoben, aber ich traute mich nicht.

Im Haus erwartete mich die schönste Überraschung: Charlie. Er wedelte wie verrückt mit dem Schwanz, dann warf er mich fast um vor Freude, umkreiste begeistert auch Nathan und die beiden Jungen, setzte sich zuletzt vor mich hin, schaute mich an und erhob eine Pfote. Ich kniete mich zu ihm nieder und benetzte sein blondes Fell mit Freudentränen. Natürlich werde ich dich niemals weggeben, versprach ich ihm in Gedanken, du verdienst ja keine Strafe, sondern ich. Als ich aufschaute, sah ich Gabriel, der ebenfalls sein Gesicht in Charlies Fell vergrub, und dann auch Raphael, der auf der anderen Seite des Hundes kniete und ihn streichelte.

»Gut Schabbes«, lächelte Noemi, beugte sich zu mir und gab mir einen Kuss.

»Gut Schabbes«, antwortete ich und gab ihr ebenfalls einen Kuss, »und vielen Dank für die Einladung.«

Im Aufstehen wurde mir wieder kurz schwarz vor Augen. Noemi bemerkte es und zog mich an den Armen hoch. »Du bist ja noch ein echter Wackelkandidat«, fand sie. »Komm weiter, wir sind hinten, im Garten.« Ich folgte ihr durch den Flur und die Küche hinaus zu den Buben und Noemis Mutter, von deren Anwesenheit heute Abend ich vorher nicht gewusst hatte.

»Gut Schabbes, meine Liebe«, sprach sie freundlich, »wie schön, dich zu sehen. Obwohl du ziemlich grün um die Nase bist. Findest du nicht auch, Nomeli?«

»Nomeli« ist baseldeutsch für Noemi.

»Ja, doch, ausgesprochen grün um die Nase«, befand Noemi. »Komm, setz dich erstmal hin. Was möchtest du trinken? Und du, Mami?«

»Orangensaft«, entschied Gabriel. Vera und ich signalisierten Zustimmung.

»Darf ich ihn heraustragen, Imma?« Sie nickte, gab dem Kleinen einen zärtlichen Klaps und folgte ihm in die Küche. Wenig später kehrte er zurück mit einer vollen Karaffe, die er sorgfältig balancierte, um nichts zu verschütten. Noemi brachte ein Tablett mit ein paar Gläsern und verschiedenem Aperogebäck. Während sie die Gläser füllte und verteilte, tauchte Nathan wieder auf. Er hatte sich umgezogen und trug nun wie seine Söhne ein helles Hemd und ein weißes Käppchen.

Was für eine schöne Familie, dachte ich. Ich war noch nie bei Morgenthaus im Garten gewesen. Wunderbar war es hier, mit den großen alten Bäumen und den blühenden Sträuchern und Blumen. Wir hatten im Park auf Lunenburg auch alte

Bäume, die ich auch sehr liebte, aber was ich hier bei Morgenthaus als angenehm und freundlich empfand, das Spiel von Sonne und Schatten, war in meiner Erinnerung auf Lunenburg immer nur dunkel gewesen. Lunenburg. Mutter. Die drei alten Tanten. Ricky.

Streng genommen war noch nicht einmal Schabbat, als mich Nathan Stunden später nach Hause zurückfuhr, aber Noemi hatte trotzdem vor dem Nachtessen die Kerzen angezündet und Nathan hatte Kiddusch gemacht, also den Segensspruch über den Wein gesungen und die Kinder gesegnet, wie an den Freitagabenden zuvor, an denen ich bei Morgenthaus gewesen war. Schabbat beginnt, wenn man drei Sterne am Himmel sieht, oder auch, wenn man einen blauen nicht mehr von einem grauen Wollfaden unterscheiden kann, im Sommer also erst mitten am Abend. Wir hatten im Garten gegessen, sodass mir der Anblick von Michaels leerem Stuhl am Esszimmertisch erspart geblieben war. Raphael hielt sich vornehmlich an seine Oma, gelegentlich jedoch lächelte er mich mit einer zauberhaften Mischung von Schüchternheit und Bewunderung an.

Gabriel war, wie Nathan gesagt hatte, ein Segen für die ganze Gesellschaft. Nach dem Essen holte er das Bild, das er für mich gemalt hatte. In der Mitte stand Charlie, neben ihm ein kleiner Bub mit rotem Hemdchen und gelber kurzer Hose und schwarzen Ringellocken, der den Hund an der Leine hielt. Am Rand war noch jemand zu sehen, mit langer Hose bekleidet und einem blauen T-Shirt und kastanienbraunem Haar, bei dem es sich um ein Mädchen oder einen Jungen hätte handeln können.

»Das bist du«, erläuterte Gabriel, »und das ist natürlich Charlie.«

Ich fand mich selbst auf dem Bild erschreckend deutlich wieder, nicht Fisch noch Vogel, und mausallein.

»Ich halte Charlie an der Leine, dann kann er nicht von mir weglaufen zu dir.«

»Er sieht nicht aus, als wollte er zu mir laufen.«

»Will er aber. Möchtest du das Bild haben?« Er schaute mich erwartungsvoll an.

»Denn das bin natürlich ich«, fügte er hinzu und hielt einen Finger auf den kleinen Buben.

»Natürlich« war sein neues Lieblingswort.

»Das könnte auch ich sein«, meinte Raphael.

Gabriel überlegte einen Augenblick, bevor er antwortete. »Ja. Oder Mimi. Aber der ist auf einer großen Reise, darum ist es nicht Mimi, und du bist es auch nicht. Das bin ich.« Er betrachtete mit ernstem Gesichtsausdruck sein Bild.

Und da passierte es. Zweifellos hatten wir alle gedacht, der kleine Junge auf dem Bild könnte auch Michael sein, aber ausgerechnet ich verlor die Nerven. Nicht seine Mutter, nicht sein Vater, nicht sein Bruder, nicht seine Oma, sondern ich, die nicht zur Familie gehörte und trotzdem hier sein durfte, und ohne die Michael mitten unter uns wäre an diesem lauen Sommerabend. Ich stürzte davon, durch die Küche und den Flur zur Haustüre und hinaus. Ich fühlte mich so schwach, dass ich auf die Türschwelle rutschte und da sitzen blieb. Ich bekam kaum Luft, ich würgte, keuchte und zitterte am ganzen Körper. Nach einer Weile hörte ich, dass sich die Haustür hinter mir öffnete. Noemi setzte sich neben mich und legte den Arm um mich. Sie sagte nichts, sie saß einfach da und wartete, bis ich aufhörte zu heulen und wieder einigermaßen normal atmen konnte.

»Komm wieder mit herein«, schlug sie schließlich vor, »und trink ein Glas Wasser, das wird dir guttun.«

»Nein«, keuchte ich, »ich kann nicht.«

Ich schaute in Noemis schöne blaugrüne Augen. Warum hasste sie mich nicht, warum warf sie mich nicht aus dem Haus? Im Gegenteil, sie wirkte besorgt und ratlos. In diesem

Moment stand Charlie vor uns und legte mir die Schnauze in den Schoß. Offenbar hatte Noemi die Haustüre offengelassen. Ich fing wieder an zu weinen und presste das Gesicht auf Charlies Kopf.

»Siehst du, Charlie ist doch zu dir gelaufen.« Ich schaute auf und sah Gabriel. Er setzte sich neben den Hund und streichelte ihn.

»Du musst nicht traurig sein, ich weiß ja, dass er dein Hund ist«, sagte er begütigend. Noemi fasste mich fester um die Schulter und konnte so verhindern, dass ich wieder in Tränen ausbrach.

»Natürlich ist er Lioras Hund«, bestätigte sie, »aber ich denke, wir behalten ihn noch eine Weile bei uns.«

»Oh ja«, rief Gabriel.

»Bis Liora sich wieder besser fühlt. Was meinst du dazu?«

»Wie ist er überhaupt zu euch gekommen? Er war doch bei Wackernagels.« Es tat gut, über so etwas Alltägliches zu sprechen.

»Wir dachten, du freust dich, wenn du ihn heute siehst, und da hat ihn Frau Wackernagel vorhin gebracht. Herzliche Grüße übrigens, vor allem auch von Lukas, hat Frau Wackernagel mir aufgetragen. Wir nahmen an, du nähmest ihn jetzt gerne mit nach Hause, aber wenn ich dich so sehe … Ist es dir recht, wenn er noch eine Weile hierbleibt?«

»Bitte, bitte.« Gabriel war aufgestanden und schlang die Arme um mich. Nun war ich doppelt umarmt, von Noemi und von Gabriel.

»Ja, gern. Sehr gern. Vielen Dank.«

So schwer es mir fiel, mich wieder von Charlie zu trennen, so dankbar war ich Noemi, denn ich fühlte mich viel zu wackelig, als dass ich hätte für ihn sorgen und mit ihm spazieren gehen können, und ich wusste ihn unendlich viel lieber bei Morgenthaus als bei Wackernagels.

Am nächsten Tag rief Noemi an. »Liora, du Süße, wir machen uns große Sorgen um dich.«

Ich wollte abwiegeln, aber sie sprach unbeirrt weiter. »Du hast furchtbar ausgesehen gestern. Nicht erst am Ende, schon, als du kamst. So blass, so dünn, so erschöpft. Du hast versucht, dich zusammenzureißen, und das war rührend. Rücksichtsvoll, tapfer ...«

Sie machte eine Pause, ehe sie fortfuhr. »Kaum warst du mit Nathan gegangen, hat meine Mutter gesagt, sie finde es fahrlässig von uns, also von Nathan und mir, dich einfach so dir selbst zu überlassen. Wir seien doch nicht nur Freunde, sondern auch Ärzte. Als Nathan zurückkam, haben wir weiter über dich gesprochen.«

»Das ist doch im Moment nicht wichtig, ich meine, ihr habt ... ihr habt ... und ich ...«

Ich konnte schon wieder die Tränen nicht zurückhalten. »Und ich bin schuld daran.«

»Das ist kompletter Unsinn, und das weißt du auch.« Als sie weitersprach, war ihr Ton gefasst und freundlich wie immer. Woher nahm sie diese Kraft, und warum war ich so ein Schwächling?

»Wir haben uns gefragt, ob du ... Nathan hat mir erzählt, dass du keinen Kontakt mit deiner Mutter hast, aber unter diesen Umständen ... könntest du nicht –«

»Nein«, fiel ich ihr ins Wort, »das ist unmöglich.«

»Und sonst?«

Ich spürte sofort, in welcher Richtung ihre Frage ging, und fand es absolut legitim, so von Frau zu Frau, dass ihre Sorge sich mit Neugierde vermischte. Es war ja auch merkwürdig, dass man mich nie mit einem Mann sah.

»Er ist in Amerika«, antwortete ich.

»Er?«

»Ja, mein Freund, David Prinz.«

Es bestand kein Grund, daraus ein Geheimnis zu

machen, es hatte sich einfach nie ergeben, darüber zu sprechen.

»Er ist der Bruder von Yuvál, der den Ersten Knaben singen wird«, ergänzte ich, »und er ist für ein Semester in Amerika.«

»Ach so«, antwortete Noemi gedehnt und wiederholte: »Ach so. Und was studiert er, wenn ich fragen darf?«

»Musik studiert er. Cello, um genau zu sein. Nächsten Sommer macht er in Basel sein Solistendiplom.«

»Und wann kommt er aus Amerika zurück?«

»Das weiß ich nicht genau.«

Jetzt, da ich es sagte, kam es mir selbst so wenig plausibel vor wie vermutlich Noemi, dass ich von meinem Freund so wenig wusste. Hingegen hatte ich gleich nach meiner Entlassung aus dem Spital versucht, Ricky auf Lunenburg anzurufen, aber wie befürchtet hatte nicht er, sondern eine der Tanten abgenommen, Tante Dee, um genau zu sein, die mit dem rollenden R, und da hatte ich den Hörer sofort wieder aufgehängt und den Versuch wegen zu geringer Erfolgsaussicht nicht wiederholt. Diesen Teil der Geschichte wollte ich Noemi ersparen, oder es schien mir zu verzwickt, ihr am Telefon, wenn nicht überhaupt, das absurde System Lunenburg zu erklären, das ich ja letztlich selbst nicht durchschaute.

Noemi nahm den Gesprächsfaden wieder auf.

»So etwas Ähnliches haben wir uns schon gedacht, und in dem Fall … Also, wir finden, du solltest dich in Spitalpflege begeben, bevor du endgültig zusammenbrichst.«

»Nein«, schrie ich, aber Noemi ignorierte es.

»Du bist so entkräftet, es wäre unverantwortlich, dich allein weiter wursteln zu lassen. Ich könnte das auch mit meinem ärztlichen Gewissen nicht verantworten, und Nathan natürlich auch nicht. Bitte, Liora, sei vernünftig.«

Tränen liefen mir übers Gesicht, aber das konnte Noemi zum Glück nicht sehen. Ich versuchte, mich zusammenzunehmen. »Bitte nicht. Bitte, bitte nicht. Ich will in kein Spital mehr, da werde ich nur noch schwächer. Bitte lasst mich hier zuhause bleiben, hier fühle ich mich sicher. Ich werde mich schon erholen.«

Noemi schwieg. Vielleicht hatte sie nicht mit meinem Widerstand gerechnet. Ich hatte eine Idee, mit der ich etwas Zeit gewinnen konnte: »Gebt mir noch eine Woche oder so, und wenn es mir bis dann nicht besser geht –«

»Eine Woche ist zu lang in deinem Zustand. Du spielst mit deiner Gesundheit, Liora, um nicht zu sagen: mit deinem Leben.«

Umso besser, dachte ich.

»Bis am Mittwoch«, schlug ich vor. Noemi seufzte, gab aber nach.

Als am Mittwochvormittag das Telefon klingelte, wollte ich zuerst nicht drangehen, tat es dann aber doch.

»Und, wie fühlst du dich inzwischen?«, fragte Noemi.

»Besser«, log ich.

»Mhm. Du willst also noch immer in kein Spital. Das haben wir uns gedacht. Wir könnten dich dazu zwingen, wir müssten es eigentlich –«

»Bitte nicht.«

»Wir machen uns strafbar. Unterlassene Hilfeleistung.«

»Bitte nicht.«

»Wir wollen dich aber natürlich nicht zwingen. Deshalb haben wir uns etwas überlegt, Nathan und ich, und wir bitten dich inständig, unser Angebot anzunehmen. Du weißt ja, dass zu unserer Klinik auf Solberg auch ein Hotelbetrieb gehört, nicht?«

»Nein, das wusste ich nicht.«

»Ja, das bewährt sich sehr. Die Patienten fühlen sich gleich wohler, wenn sie sich als Hotelgäste ein wenig verwöhnen lassen dürfen, und die Hotelgäste bekommen kaum mit, dass unter ihnen auch psychiatrische Patienten sind. Diese Kombination ist einer der Vorteile einer Privatklinik. Nathan hat abgeklärt, ob wir ausgebucht sind, was oft der Fall ist, aber jetzt, mitten in den Sommerferien, haben wir tatsächlich ein wenig Platz, und da wollten wir dir vorschlagen, dass du für einige Zeit dorthin ziehst, in ein Einzelzimmer im Haus zur Tugend und Gerechtigkeit. Als unser Gast natürlich. Da kann man dich aufpäppeln, auch physisch. Wir glauben, dass du dich da insgesamt wohlfühlen wirst und wieder auf die Beine kommen kannst.«

Das Haus zur Tugend und Gerechtigkeit. Ich war sprachlos. »Danke«, stammelte ich schließlich, »das ist unglaublich lieb von euch und großzügig, aber –«

»Überleg's dir und ruf zurück, wenn du dich entschieden hast. Je schneller, desto besser, würde ich sagen, als deine Freundin wie auch als Ärztin. Einverstanden?«

»Rufst du jetzt von Solberg aus an?«

»Ja.«

»Würde ich dich dann manchmal sehen?«

»Sicher. Ich bin ja Oberärztin auf Station zwei. Du wärst aber natürlich nicht als meine Patientin da, sondern als unser Gast. Ich arbeite übrigens unter meinem ledigen Namen, Noemi Lustig.«

»Und Nathan?«

»Wie das so ist bei Chefärzten: Er ist zwar verantwortlich für alle Patienten, aber er betreut sie nur noch punktuell, mehr ist für ihn leider nicht mehr drin, zeitlich gesehen. Er verbringt viele Stunden in seinem Büro mit administrativem Kram.«

Schade, dachte ich.

»Darf ich noch etwas fragen?«

»Nur zu.«

»Bin ich psychisch krank?« Tatsächlich hatte ich seit dem Unglück manchmal das Gefühl, verrückt zu werden, die Kontrolle über mich gänzlich und unwiederbringlich zu verlieren, nie mehr Boden unter die Füße zu bekommen. Noemi ließ sich Zeit, was mich schier aus der Haut fahren ließ. Ich hatte entsetzliche Angst vor ihrer Antwort. Schließlich sagte sie bedächtig: »Darüber sollten wir uns besser nicht am Telefon unterhalten, sondern wenn wir uns sehen. Im Moment aber vielleicht so viel: Was du erlebt hast, was wir alle erlebt haben, ist ein schweres Trauma, eine schwere psychische Verletzung, und es ist noch keinen Monat her, seit es passiert ist. Es braucht Zeit, damit umgehen zu lernen, viel Zeit, und ein so sensibler Mensch wie du … Ich finde auf jeden Fall, dass du Unterstützung brauchst. Lass uns doch schauen, wie sich die Dinge entwickeln, wenn du dich nicht mehr um das bloße Überleben kümmern musst. Kannst du mit dieser Antwort etwas anfangen?«

Das Gespräch wühlte mich auf und verunsicherte mich, oder es vertiefte meine schon bestehende Unsicherheit. Noemi hatte nicht ausgeschlossen, dass ich psychisch krank war. Das bedeutete, dass ich jederzeit durchdrehen konnte, etwas tun, was ich nicht tun wollte, wie anfangen zu schreien oder vielleicht auch unvermittelt ohnmächtig zu werden.

Die Panik trieb mich aus dem Haus. Ich schleppte mich in die Stadt und setzte mich auf eine Bank auf dem Münsterplatz, weil ich plötzlich das Gefühl hatte, es sei weniger gefährlich, unter Menschen zu sein als allein in meiner Wohnung. Es war eine diffuse Angst, die mich erfasst hatte, und das war vielleicht das Schlimmste daran, nebst der Gewissheit, dieser unerträglich bedrohliche Zustand werde ewig andauern. Ich traute mich nicht aufzustehen, weil ich fürchtete, sofort umzukippen und von der Erde verschlungen zu werden. Mir war so schwindlig und übel wie beim Erwachen nach dem Unglück im Spital, und mein Herz raste. Vielleicht war ich dabei, einen Infarkt zu erleiden wie der Fährmann, aber hier war kein Nathan, der mich reanimierte mit Druckmassage und Mund-zu-Mund-Beatmung. Wäre er hier, wäre ich gerettet, davon war ich überzeugt. Auch wenn Noemi hier wäre. Die Vorstellung von Nathans Nähe fing an, meine Gedanken mit einer alarmierenden Intensität zu beherrschen. Gleichzeitig wünschte ich mir, wie wohl niemand je sich etwas gewünscht hat, er wäre bei mir. Ich würde mich bestimmt sofort wieder wohlfühlen, auch ohne Mund-zu-Mund-Beatmung, allein durch seine Gegenwart.

Allmählich senkte sich die Dämmerung über die Stadt. Ich konnte nicht ewig hier sitzen bleiben. Inzwischen waren die physischen Symptome etwas abgeklungen, aber ich fühlte mich noch immer furchtbar unsicher und schwach, als ich mich auf den Heimweg machte. Es fiel mir ein, dass ich den ganzen Tag nichts gegessen und nichts getrunken hatte. Hungrig war ich nicht, aber durstig, entsetzlich durstig. Die Zunge klebte mir am Gaumen, und ich fürchtete, daran zu ersticken, was einen weiteren Schub von Angst auslöste, begleitet wiederum von Schwindel und Übelkeit. Ich torkelte zur Schifflände hinunter, dann jedoch nicht nach links Richtung »Globus« und nach Hause, sondern nach rechts auf die Mittlere Rheinbrücke. Schon nach einigen Schritten musste ich stehen bleiben und lehnte mich an die breite steinerne Brüstung, die noch warm war von der sommerlichen Sonne, so warm wie Nathans Körper vor ein paar Tagen. Wunderbar warm. Der Fluss wirkte wesentlich freundlicher als an dem Tag des Unglücks, gemächlich, erhaben, und er hatte heute die schöne Farbe von Noemis Augen.

Ich schaute und schaute hinunter, die Distanz zwischen mir und dem Wasser schien immer kleiner zu werden, fast meinte ich seine Kühle auf meinem Gesicht zu spüren. Ich dachte an Robert Schumann, der mit einem Sprung in den Rhein versucht hat, seinem Leben ein Ende zu setzen. Vorher hat er den Ehering vom Finger gestreift und ihn in die Fluten geworfen. Clara, seine Frau, mochte ich nicht. Sie besuchte ihren Mann kein einziges Mal in der Klapsmühle, in die er nach seinem gescheiterten Suizidversuch verbracht wurde und wo er zwei Jahre vor sich hin vegetierte, bis er endlich sterben konnte. Ich war nicht sicher, ob die Geschichte sich so abgespielt hatte, und mir war bewusst, dass nur Idioten eine psychiatrische Einrichtung als Klapsmühle bezeichneten. Nun gehörte ich also zu diesen Idioten, die nicht nur eine psychiatrische Institution als Klapsmühle bezeichneten, sondern die einzige Wahl hatten, entweder in den Fluss zu springen und zu ertrinken wie Michael Morgenthau durch meine Schuld oder sich in die Klapsmühle mit dem irren Namen Haus zur Tugend und Gerechtigkeit zu begeben. Ein irrer Name für eine Irrenanstalt. Irrenanstalt, Klapsmühle.

Ich entschied mich für die erste Variante, den Tod durch Ertrinken, das schien mir angemessen in meiner Situation. Ich musste nur rasch auf die Brüstung steigen und dann springen, bevor mich ein Passant daran hindern konnte. Ich wandte den Blick ab vom Wasser und sah, dass nur wenige Leute unterwegs waren, ich konnte also warten, bis überhaupt niemand mehr in Sichtweite war. Ich wartete und wartete, nun rückwärts an die Brüstung gelehnt. Die Wärme der großen alten Steinbrücke an meinem Rücken erfüllte mich mit überwältigender Rührung. Als ich merkte, dass Tränen in mir aufstiegen, drehte ich mich um und starrte wieder in die Fluten. Irgendwann musste ich mir eingestehen, dass ich zu feige war, mich auf diese Weise umzubringen. Ich weiß nicht mehr, wie ich nach Hause gekommen bin. Am nächsten Tag brachte mich Noemi nach Solberg, ins Haus zur Tugend und Gerechtigkeit.

Zwischenspiel: Ist mir denn kein Herz gegeben

Herr Silberling ist ein unauffälliger Mann unbestimmbaren Alters. Er bewegt sich so flink und behände, dass er gelegentlich an mehreren Orten gleichzeitig aufzutauchen scheint. Herr Silberling hasst seine Patienten. Er hasst und verachtet sie alle, Männer und Frauen, Alte und Junge, Frauen vielleicht noch mehr als Männer. Herrn Silberlings ganze Leidenschaft gehört der Astrologie. Die Geburtsdaten neuer Patienten nimmt er jeweils begierig auf, um sie später auszuwerten. Seine astrologischen Berechnungen bestätigen seine Überzeugung, dass psychiatrische Patienten niemals das Leben führen, das sie führen könnten, weil sie allesamt Idioten sind, Faulpelze, Drückeberger. Herr Silberling macht sich ein Vergnügen daraus, den Idioten, Faulpelzen und Drückebergern mit erlesenster Höflichkeit zu begegnen. Er gibt den einfühlsamen Krankenpfleger, die Geduld in Person, immer hat er ein ermutigendes Wort auf den Lippen und ein Lächeln. Dass seine fischigen wässerigblauen Augen nicht mitlächeln, entgeht den Patienten in ihrer Not, oder sie wollen es nicht wahrnehmen, sondern danken Herrn Silberling seine Fürsorge im Rahmen ihrer Möglichkeiten, diese Schwächlinge mit ihren aufgerissenen oder trüben Augen, blass, zu dick oder zu dünn, wie sie sind, anhänglich wie Hunde oder hibbelig wie Seegras, schlaflos oder ständig schläfrig oder beides auf einmal. Patienten gehen, neue kommen, und sie haben eines gemeinsam: Sie werden innig gehasst und verachtet von Herrn Silberling.

Und hin und wieder ein wenig gepiesackt. Eine Patientin vermisst ihre Goldkette. Die Frau meldet den Verlust Herrn Silberling. Bestimmt ist das kostbare Stück gestohlen worden.

»Aber, aber, liebe Frau Ixypsilon, immer mit der Ruhe. In unserem Haus zur Tugend und Gerechtigkeit wird doch nicht gestohlen. Wo haben Sie denn Ihre Kette zuletzt gesehen?«

»Hier, in der Schublade.«

Herr Silberling öffnet lächelnd die Schublade und nimmt die Kette heraus. »Ach, was haben wir denn da«, sagt er munter und überreicht der Patientin die Kette.

Sie dankt Herrn Silberling beschämt und verunsichert, und Herr Silberling verachtet sie dafür.

Besonderes Vergnügen bereitet Herrn Silberling das Spiel mit Medikamenten. Dabei muss er umsichtig zu Werke gehen, damit die Sache nicht auffliegt. Seine Routine indessen hilft ihm dabei, Patienten unbemerkt ein Medikament vorzuenthalten und ein anderes unterzuschieben. Ein Fläschchen mit hochwirksamen K.-o.-Tropfen, mit denen er gelegentlich den Tee von Patienten anreichert, trägt er immer bei sich. Was sind das für Schwächlinge, die Medikamente zu brauchen meinen. Immerhin, die grauen Gesichter nach durchwachter Nacht und die Äußerungen von Übelkeit bestätigen Herrn Silberling wieder und wieder, dass psychiatrische Patienten verachtenswerte Kreaturen sind, allesamt.

Seit einigen Tagen liegt eine Patientin auf Herrn Silberlings Abteilung, die er noch leidenschaftlicher hasst, als er je zuvor eine Patientin oder einen Patienten gehasst hat. Diese Patientin zeigt keine Dankbarkeit gegenüber Herrn Silberlings Bemühungen. Sie zeigt auch keine Abneigung, sie scheint sich einfach nicht zu interessieren für ihn, und sie gibt ihm keine Möglichkeit, sich dafür zu rächen. Ihre Nachttischschublade ist leer, eigenartig genug, und sie nimmt keine Medikamente. Die junge Frau sitzt, wenn sie nicht auf dem Bett vor sich hin döst, das faule Stück, an ihrem Tisch und schreibt in ein Heft. Wenn er das doch wenigstens fände und verschwinden lassen könnte, nach der Lektüre, versteht sich, aber selbst das scheint sie absichtlich zu verhindern, die verstockte Göre. Herr Silberling hasst sie dafür, dass er sie nicht verachten kann. Als sie eingeliefert wurde, hatte er gerade keinen Dienst, er lernt sie erst am folgenden Wochenende kennen. Beim Übergabegespräch hat ihm die Kollegin mitgeteilt, das Zimmer sei neuerdings nicht an eine Patientin vergeben, sondern an eine junge Frau, die da als Hotelgast logiere. Solche Spitzfindigkeiten interessieren Herrn Silberling grundsätzlich nicht, die Zimmer auf seiner Station, Station zwei, unterstehen alle und jederzeit seiner Verantwortung, und damit basta. Als er den Namen Liora Sternlicht hört, lässt ihn sein astrologischer Forschergeist sofort auf die Suche nach ihren Daten eilen. Da sie jedoch perfiderweise nicht als Patientin geführt wird, kann Herr Silberling bei seiner hastigen Durchsicht in Doktor Morgenthaus Büro keine Akte über sie finden. Wenigstens wird die Mitteilung, dass Liora Sternlicht auf seiner Station liegt, seine Königin, wie Signora Regina zu nennen er das Privileg hat, aus der Fassung bringen, und diese Vorstellung lässt sein Herz jubeln.

Denn auch Herr Silberling hat ein Herz, und dieses Herz schlägt gleichermaßen feurig für die Damen Schurimuri, Stachelschwein und Gaulimauli, die Gefährtinnen der Signora Regina. Er liebt das exzentrische Primadonnengehabe von Frau Schurimuri genauso wie den verträumten Blick von Frau Stachelschwein und Frau Gaulimauli mit ihrem roten Haar, der dunklen Stimme und dem dramatisch gerollten R. Er belauscht, wann immer möglich, die drei Damen, wenn sie sich im Park auf Lunenburg ergehen, und erfreut sich aus der Ferne an ihrem Anblick. Gar zu gern würde er sie einmal einzeln treffen und sie in eine Unterhaltung verwickeln, aber weder treten die drei jemals einzeln auf, noch wüsste Herr Silberling, worüber er die eine oder die andere oder die dritte in ein Gespräch verwickeln könnte. So betet er sie heimlich an und seufzt für sich.

Kaum jemand weiß, dass Herr Silberling eine kleine Dachstube auf Lunenburg bewohnen darf, denn die Königin teilt seine Begeisterung für die Astrologie. Das jedenfalls bildet sich Herr Silberling in seiner Verblendung ein. Längst hat

Signora Regina durchschaut, dass Herr Silberling wohl die Geburtsdaten von Patienten ermitteln kann, Zeit und Ort jedoch jeweils frei dazu erfindet. Trotzdem bietet ihr dieses harmlose Spiel eine willkommene, diskrete Abwechslung zu ihrem offiziellen Leben und erinnert sie an ihr einstiges Interesse an der Astrologie, während sich Herr Silberling an den Charakterbildern berauscht, die sich aus den Berechnungen und Deutungen ergeben, und die seine Meinung über psychiatrische Patienten stets aufs Schönste bestätigen. So haben die beiden bisher in langen Nächten bei Kerzenlicht über Karten gesessen und Tabellen und Horoskope erstellt.

Die Kunde vor wenigen Tagen indessen, dass ihre Tochter im Haus zur Tugend und Gerechtigkeit gefangen gehalten wird, hat Regina Sternlichts Seelenfrieden mit einem Streich zerfetzt. Zwar hat sie endlich den jungen Prinz ausfindig gemacht und ihn, versehen mit dem wirkmächtigen Instrument, gleich auf den Weg geschickt, sie hegt aber Zweifel, ob er nicht zu spät gekommen ist und vielleicht trotz aller Liebe zu Liora zu zögerlich handelt. Wie ihre Tochter in Nathan Morgenthaus Klauen geraten ist, entzieht sich Reginas Kenntnis, aber gewiss wird er in seiner altbekannten Mischung von Charme und Hartnäckigkeit alles daran setzen, Liora gegen ihre Mutter aufzuwiegeln, indem er ihr seine Version der alten Geschichte beliebt macht und damit das schützende Lügengebäude zum Einsturz bringt, das Regina seinerzeit mit so erheblichem Aufwand für ihre Tochter errichtet hat. Regina kann nicht abschätzen, wie beeinflussbar Liora ist, sie hat nie besonderes Interesse an ihrem sogenannten Kind der Liebe gehabt, aber über die Jahre meinte sie doch einen Hang zur unkritischen Schwärmerei bei Liora festzustellen, zur Idealisierung, wenn sie sich nur erinnert an die überzogene Bewunderung des Kindes für den Korrepetitor Isidor Schubert.

Liora, das muss Regina sich eingestehen, hat keinen

Grund zur Loyalität ihrer Mutter gegenüber, und vermutlich kann sie Nathan Morgenthaus scheinheiligem Locken und seinen schönen dunklen Augen so wenig widerstehen wie seinerzeit ihr Vater, dessen Bild zur ständigen Bestätigung des Mythos vom frühen Tod bis auf den heutigen Tag im Studio auf Lunenburg zu sehen ist. Liora wird unter Nathans Einwirkung die peinliche Affäre öffentlich machen, und die gefeierte Sängerin wird bald in allen Gazetten lesen, was sie damals erfolgreich mit dem Mantel des Schweigens verhüllt hat, nämlich dass sie jahrelang ein Verhältnis mit einem schwulen Mann gehabt hat, ein recht glückliches Verhältnis sogar, ohne seine perverse Veranlagung zu bemerken, bis er sich in einen anderen Mann verliebt hat. Was für eine Schande. Ihr Ruf wäre ruiniert, und das gilt es zu verhindern, indem Liora schnellstmöglich dem Einfluss von Nathan Morgenthau entzogen wird.

Zu ihrem Spion im Haus zur Tugend und Gerechtigkeit hat Regina Herrn Silberling ausersehen, den der Gärtner Freistädtler seinerzeit im Park aufgegriffen und zur Vernehmung zu ihr gebracht hat. Er hat ihr da eine ziemlich abstruse Geschichte aufgetischt, zunächst über seine quasi professionellen Kenntnisse in der Astrologie, dann über seine Mutter, die durch die Idiotie einer psychisch gestörten Freundin ums Leben gekommen sei, worauf er, Silberling, eine Stelle als Pfleger in einer Klapsmühle gesucht habe, um die dortigen Insassen sowohl klinisch als auch astrologisch zu studieren. Durch einen Zufall sei er ins Haus zur Tugend und Gerechtigkeit geraten und an dessen Chefarzt. Als Silberling den Namen Doktor Morgenthau nennt, weiß Regina Sternlicht, dass die Götter ihr diesen komischen Heiligen geschickt haben.

Sie bestellt Herrn Silberling auf den nächsten Abend unter dem Vorwand einer astrologischen Sitzung nach Lunenburg, und er folgt ihrem Ruf mit Begeisterung. Wer hätte gedacht, dass sie ihn regelrecht dazu einladen würde, sich an ihr zu rächen, denn Rache will Herr Silberling üben dafür, dass die Königin ihm, ihrem engsten Vertrauten, die Existenz ihrer Tochter verheimlicht hat. Er lässt es sich nicht nehmen, das Gespräch nach seinem Geschmack zu eröffnen.

»Signora Regina«, verkündet er mit sorgenvoller Miene, »ich fürchte, ich habe eine schlechte Nachricht für Sie.«

»Sie? Für mich? Fürchtegott, Fürchtegott.«

Sie schüttelt leicht den Kopf. Niemand außer ihr nennt ihn beim Vornamen, Herr Silberling versucht ihn auch tunlichst zu verheimlichen und unterschreibt gegebenenfalls mit »F.G. Silberling«. Er wagt sich etwas weiter vor.

»Königin, ich wollte Ihnen die Sorge ersparen –«

»Mir muss niemand etwas ersparen, das müssten Sie doch inzwischen wissen.«

Da irrt sich die Königin ausnahmsweise, und zwar gewaltig. Gleich wird sie zu einem Häufchen Elend zusammenschrumpfen.

»Ihre Tochter Liora –« Er legt eine Pause ein und setzt eine noch ernstere Miene auf. Signora Regina erhebt sich majestätisch.

»Silberling, ich warne Sie«, sagt sie sehr leise.

Herr Silberling schluckt einmal leer, bevor er einen zweiten Anlauf nimmt. »Ihre Tochter Liora –«

Er lässt sich Zeit. Die Königin bleibt stehen. Das ist Herrn Silberling außerordentlich unangenehm. Er, der sowieso zu seinem Bedauern nicht besonders groß gewachsen ist, klebt auf seinem Sessel, und die Königin steht ihm gegenüber und blickt auf ihn herab. Immerhin, Liora Sternlicht, dieses renitente Stück, ist ihre Tochter, daran besteht nun kein Zweifel mehr.

»Was ist mit Liora?« Obwohl die Königin die Stimme nicht erhebt, wirkt sie bedrohlich. Herr Silberling lässt sich davon nicht schrecken.

»Ihre Tochter hält sich im Haus zur Tugend und Gerechtigkeit auf«, spricht er genüsslich.

Die Königin lässt sich langsam in ihrem Sessel nieder. »Ich weiß. Und es ist eine Katastrophe.«

»Eine Katastrophe?« Das ist Musik in Herrn Silberlings Ohren. Er legt nach. »Unser Herr Chefarzt scheint großes Interesse an Ihrer Tochter zu haben.«

Das ist nicht einmal gänzlich gelogen. Die Königin nickt. »Ja, eben. Eine Katastrophe«, wiederholt sie.

»Doktor Morgenthau übt eine hypnotische Macht auf seine Patienten aus. Manche nennen seine sogenannte Behandlungsmethode auch Gehirnwäsche.«

Herr Silberling ist überwältigt von diesem seinen Gedankenblitz, umso mehr, als er meint, den Atem seiner Königin stocken zu hören. Er nimmt das als gutes Zeichen und lässt sich etwas Neues einfallen, womit er nochmals nebenbei den Chefarzt denunzieren kann, was dieser unbedingt verdient, denn er zeigt tagein, tagaus Verständnis für seine psychiatrischen Patienten und ist somit in Herrn Silberlings Augen genauso ein Schwächling wie sie.

»Es scheint, dass Doktor Morgenthau Ihre Tochter gewaltsam in der Klinik festhält.«

Offensichtlich hat er wieder ins Schwarze getroffen. Die Königin erbleicht, ein Anblick, der Herrn Silberling bisher nicht vergönnt gewesen ist, und sein Herz weitet sich vor Wonne.

»Deswegen habe ich den jungen Prinz dahin geschickt, mit Löwenherz«, teilt ihm Signora Regina mit. Herr Silberling fällt fast vom Stuhl.

»Löwenherz?«, krächzt er. Er ist beleidigt. Warum Löwenherz und nicht er? Es passt ihm überhaupt nicht, dass der Fatzke Löwenherz auf seiner, Herrn Silberlings, Abteilung herumspionieren soll. Die Königin betrachtet ihn eingehend.

»Sie werden mich über diese Angelegenheit auf dem

Laufenden halten, lieber Fürchtegott«, verkündet sie, »das ist jetzt Ihre vornehmste Pflicht. Über das Verhalten des jungen Mannes –«

»Prinz?«

»Ja, Prinz. Und über meine Tochter und Morgenthaus Beziehung zu ihr.« Beziehung? Darüber muss Herr Silberling unbedingt nachdenken, aber nicht jetzt. Er lenkt die Königin geschickt ab.

»Was ist das für ein Prinz, wenn ich fragen darf?« Die Königin entspannt sich etwas. Herr Silberling nimmt es als Beweis ihrer Freundschaft und fühlt sich so geschmeichelt, dass er ihr großmütig die Heimlichtuerei über ihre Tochter verzeiht, wenn auch nicht, dass sie ihm den Fatzke Löwenherz auf seine Abteilung im Haus zur Tugend und Gerechtigkeit hetzen will.

»Er heißt Prinz, dieser junge Mann. David Prinz. Er kommt aus Amsterdam. Gute Familie. Sein Vater und ich …« Signora Regina hält kurz inne. »Jedenfalls liebt er meine Tochter über alle Maßen und er wird alles tun, um sie zu befreien. Ich kann nur hoffen, dass er nicht zu spät gekommen ist. Ach, noch etwas anderes, Fürchtegott. Unterstehen Sie sich, nach Lioras Geburtsdatum zu forschen, das werden Sie nie und nimmer finden. Hingegen würden mich die astrologischen Daten von Doktor Morgenthau interessieren, also verschaffen Sie mir die gütigerweise bis zum nächsten Mal, ja? So, und nun schauen wir noch ein wenig in die Sterne. Wen haben Sie uns denn heute mitgebracht?«

Herr Silberling hat zwar die Unterlagen einer Patientin mitgebracht, einer jüngeren Frau, die tags zuvor eingeliefert worden ist, weil sie seit Wochen die Nahrungsaufnahme verweigert. Entsprechend ausgemergelt sieht sie aus, abstoßend. Er hat sich darauf gefreut, zusammen mit Signora Regina seine Verachtung für diese Frau astrologisch zu untermauern, aber nun ist ihm die Lust dazu ziemlich vergangen. Die Königin ignoriert Herrn Silberlings Stimmung und legt auf dem Tisch verschiedene Karten und Tabellen aus.

»An die Arbeit«, befiehlt sie, und Herr Silberling fügt sich zähneknirschend in sein Schicksal.

2. Teil: Tugend und Gerechtigkeit

Solberg bestand aus der ursprünglichen Herrschaftsvilla und verschiedenen neueren ein- und zweistöckigen Häusern, die locker auf dem parkähnlichen Gelände angeordnet waren. Im Hauptgebäude, dem Haus zur Tugend und Gerechtigkeit, befanden sich ebenerdig der Hotelempfang, das öffentliche Restaurant und mehrere kleinere Nebensäle. In einem von ihnen, abgeschirmt vom allgemeinen Bereich, pflegten die Patienten ihre Mahlzeiten einzunehmen. Im ersten und zweiten Stock lagen die Zimmer, in denen entweder Hotelgäste oder Patienten logierten, sowie die Stationszimmer der beiden Abteilungen. In den Nebengebäuden waren die Büros und Therapieräume der Klinik untergebracht. Ich hatte mein Zimmer im zweiten Stock, mit Sicht auf einen blühenden Rosengarten und die schönen alten Bäume. Mitten im Rosengarten stand ein sechseckiges, ockerfarbiges Gebäude, nicht sehr groß, eine Art Pavillon, daneben eine steinerne Sitzbank. Mein Zimmer, ein normales Hotelzimmer ohne jeglichen Hinweis auf seine gelegentliche Funktion als Klinikzimmer, war in freundlichen warmen Farben gehalten und praktisch eingerichtet mit zwei kleinen Sesseln an einem runden Tisch und einer hölzernen Arbeitsfläche an der einen Wand entlang neben dem Schrank. Ich empfand es als angenehm, dass keine Bilder an den Wänden hingen. Zu Beginn verbrachte ich viel Zeit dösend auf dem Bett, weil ich zu schwach war für irgendwelche Aktivitäten.

Nach einigen Tagen brachte mir Noemi ein Spiralheft mit einem zierlichen Rosenmuster auf dem Deck- und Rückblatt und eine Schachtel mit Bunt- und Bleistiften. Ich öffnete das Heft und sah auf der ersten Seite in großen blauen, grünen und roten Buchstaben meinen Namen geschrieben, auf der zweiten eine Kinderzeichnung, die einen Esel, zwei Tigerkatzen, einen Elefanten mit riesigem Rüssel und meinen Hund Charlie darstellte. Die restlichen Seiten waren leer.

»Die Idee ist von mir«, erläuterte Noemi, »deinen Namen hat Raphael geschrieben, mit viel Liebe, wie du siehst, die Tiere hat Gabriel gezeichnet, ebenfalls eigens für dich, und Nathan hat das Heft ausgewählt und gekauft. Du siehst: eine echte Familienproduktion. Ich dachte mir, vielleicht hast du manchmal Lust, etwas zu schreiben oder zu zeichnen oder in das Heft zu kleben, einen Zeitungsausschnitt oder was weiß ich. Ach, hier sind noch Klebstoff und eine Papierschere.« Sie kramte in den Taschen ihres weißen Arztkittels und legte beides zu den anderen Dingen auf den Tisch.

Im ersten Moment konnte ich mit dem Geschenk der Familie Morgenthau minus Michael, der durch meine Schuld tot war, nichts anfangen und mir auch nicht vorstellen, es jemals zu benutzen, aber schon bald hatte ich den Drang, jede Seite des Heftes mit dem Wort »Schuld« zu beschreiben. Ich fing sofort damit an, es sollte mich lange beschäftigen und bestrafen. Während des Schreibens änderte ich den ursprünglichen Plan insofern ab, als dass ich das Wort auf ein und dieselbe Seite unzählige Male kritzelte, zuerst mit Bleistift und in Großbuchstaben, dann in verschiedenen Farben und Schriften, kreuz und quer über das ganze Blatt. Das Resultat sah furchterregend aus, ein irres Chaos. Ich konnte nicht aufhören, darauf zu starren, bis die Buchstaben vor meinen Augen anfingen zu tanzen und zu verschwimmen und ihren Sinn verloren. Das erfüllte mich mit Angst, mir wurde schwindlig und schlecht, mein Herz raste, ich meinte, ohnmächtig oder verrückt zu werden, genau wie vor einer Woche, als ich vom Münsterplatz auf die Rheinbrücke gestolpert war. Inzwischen kannte ich die Bezeichnung für diesen Zustand: Panikattacke.

Ich traute mich nicht, mein Zimmer zu verlassen, auch nicht, vor allem nicht, für die Mahlzeiten. Ich hätte sie nicht mit den Patienten zusammen einnehmen müssen, sondern hätte dank der beschämenden Großzügigkeit von Morgenthaus im Restaurant sitzen und essen können, aber auch davor fürchtete ich mich. Ich fürchtete, Patienten zu begegnen und dass ihre Verfassung sich auf mich übertragen und weitere Angstzustände auslösen könnte. So blieb ich Tag und Nacht in meinem Zimmer. Es war sehr warm da, mitten im Hochsommer, und überhaupt fühlte ich mich noch schlechter als zuhause, noch schwächer, noch verzweifelter. Ich hatte Noemi nichts von meinem abgebrochenen Selbstmordversuch erzählt, weil ich dachte, sie würde mich dann vielleicht in ihrer Klinik einsperren lassen. Auf der Fahrt hierher hatte sie mir nochmals zugesagt, dass ich als Hotelgast und nicht als Patientin geführt werde.

»Wobei es ja bei uns sowieso nicht wie in einer herkömmlichen Klinik zugeht«, fügte sie hinzu. »Das Pflegepersonal betritt zum Beispiel die Zimmer nur, wenn jemand darum bittet, und die Patienten können da tun und lassen, was sie wollen, außer Alkohol und Medikamente zu konsumieren. Die Zimmer werden von der Hotellerie saubergemacht. Es wird dir gefallen, du wirst auch sehen, dass du immer etwas gutes Vegetarisches auf der Speisekarte findest.«

Ich fand es rührend, dass sie sogar daran gedacht hatte.

Ich war seit vielen Jahren Vegetarierin, weil die Geflügelgelage auf Lunenburg mit den Haufen von abgegessenen kleinen Knochen am Ende dieser Mahlzeiten mich mit Abscheu erfüllten. Gelage waren es vielleicht nicht gerade, aber schon große Mengen von verschiedenen Vögeln, die wie zum Hohn mit ihren eigenen Federn geschmückt auf silbernen Platten gereicht wurden. Mutter und die alten Tanten konnten sich nicht sattessen und nicht sattsehen und nicht sattreden über die kulinarische Qualität der Vögel, die ich vermutlich noch am selben Morgen zwitschern oder singen gehört oder im Ententeich schwimmen oder im Park auf dem Boden oder auf Ästen sitzen gesehen hatte, und nun waren sie tot. Ricky, der einzige Mensch, dem ich mich anvertrauen konnte, fand meine Wahrnehmung und die Konsequenzen überzogen, aber so sei ich halt, meinte er gleichmütig.

Ich vermisste Ricky. Zwar hatte ich einen Apparat im Zimmer, wollte aber nicht auf Morgenthaus Kosten auch noch telefonieren. Noemi kam mir immer Guten Morgen und Guten Abend sagen, wenn sie Dienst hatte. Meistens hatte sie dann nicht Zeit für mehr, worüber ich ganz froh war, so kam ich nicht in Versuchung, ihr von meinen abnormalen Zuständen zu erzählen. Sie arbeitete von Montag bis Donnerstag in der Klinik, aber jetzt, in den Ferien, war sie weniger häufig da, weil die Kinder den ganzen Tag zuhause waren, wobei Noemis Mutter sie oft betreute und offenbar sogar gelegentlich Ausflüge mit ihnen unternahm. Auch Nathan besuchte mich manchmal, das waren Lichtmomente, von denen ich nachher lange zehrte. Ihm hätte ich vielleicht gern alles erzählt, was mich umtrieb, wagte es aber nicht, weil ich ihn nicht belasten wollte mit meinen Ängsten und Schuldgefühlen und auch nicht mit meiner Trauer um Michael, die doch so viel weniger wog als die seine. Panikattacken überfielen mich immer wieder, und in den Nächten erwachte ich manchmal schweißgebadet und mit hämmerndem Herzen, wenn ich von Michael geträumt hatte, dem ertrinkenden kleinen Jungen mit dem dunklen Schopf und hochgestreckten Armen. Ich meinte, seine Hilferufe zu hören: »Abba, Abba!« Das Bild war überlebensgroß, und die Schreie zerfetzten mir schier das Gehör, bis ich zu mir kam und dankbar die Ruhe um mich herum registrierte.

Entgegen dem, was Noemi gesagt hatte, kam an meinem ersten Wochenende im Haus zur Tugend und Gerechtigkeit mehrmals ein Pfleger in mein Zimmer, um sich nach meinem Wohlergehen zu erkundigen, ein unsympathischer Mann mit fast durchsichtig hellen Augen von einer Härte im Ausdruck, die ich noch nie erlebt hatte. Fast leblos wirkten seine Augen, außer dass sie immer in Bewegung waren, hin und her, wie ein gejagtes Tier kam mir der Mann vor. Sehr eigenartig. Instinktiv legte ich sofort eine Hand auf mein Rosenbuch, wenn er mich beim Schreiben überraschte. Ich hatte das Gefühl, dass der Pfleger außerordentlich neugierig war, dies aber hinter der Fassade von Mitgefühl verbarg. Er versuchte mehrmals, mich in ein Gespräch über meine Herkunft und den Grund meines Hierseins zu verwickeln, aber ich hatte weder die Kraft noch das Bedürfnis zu sprechen, und mit diesem Menschen schon gar nicht, und da ich nicht als Patientin da war, sondern als Hotelgast, fand ich, meine Geschichte gehe ihn nichts an. Ich war mir dessen jedoch nicht ganz sicher, und am Wochenende waren weder Noemi noch Nathan auf Solberg, und am Montag traute ich mich nicht, ihnen von den merkwürdigen Begegnungen zu erzählen, und später sowieso nicht mehr, weil ich annahm, das wäre doch mit ihnen abgesprochen. Ich wollte sie so wenig wie möglich beanspruchen, und in den ersten Tagen der neuen Woche tauchte dieser Herr Singvogel auch nicht wieder auf. Er hieß nicht Singvogel, aber so ähnlich, Vogelhändler hieß er, genau. Nein, auch Vogelhändler hieß er nicht, sein Name enthielt ein Metall, meinte ich mich zu erinnern und ärgerte mich darüber, dass mein sonst so verlässliches Gedächtnis mich ausgerechnet beim Namen dieses unerquicklichen Zeitgenossen im Stich ließ. Stahl. Nein. Eisen. Nein. Gold. Nein. Silber. Nein. Doch. Silberling hieß er, dieser aufdringliche Kerl.

Etwa von der zweiten Woche an gab es Stunden oder halbe Stunden, in denen ich an etwas anderes denken konnte als an Michaels Tod und meine Schuld. Es gab einzelne Tage und Nächte ohne Panikattacken. Mit Essen und Schlafen hatte ich noch Mühe, was jedoch vielleicht auch der hochsommerlichen Hitze zuzuschreiben war. Am späten Nachmittag ging ich nun meistens in den Rosengarten und setzte mich eine Weile auf die Steinbank, die sich so warm anfühlte wie die Rheinbrücke in Basel vor einigen Wochen. Die Erinnerung an meinen misslungenen Selbstmordversuch versetzte mich meistens, aber nicht mehr immer, in Angst, und es kam vor, dass ich bereute, damals nicht in den Fluss gesprungen zu sein. Meine Zukunftsperspektive erschien mir hoffnungslos. Es war außer der Schuld auch die Kraftlosigkeit, die mich von optimistischen Gedanken abhielt. Nicht einmal das Promotionsprojekt, an das ich bisher als unproblematische Alternative zu ehrgeizigeren Plänen gedacht hatte, würde ich verfolgen können, noch viel weniger den Traum vom Dirigieren, den ich vor dem Unglück niemals ganz aufgegeben, allerdings auch nicht mit der notwendigen Zielstrebigkeit verfolgt hatte, weil ich nicht recht gewusst hatte, wie, und weil der Zeit- und Kraftfaktor damals keine Rolle gespielt hatte. Sogar die Arbeit als Regieassistentin konnte ich mir nicht mehr vorstellen, mit den vielen langen Abenden in der Beleuchtungsinspizienz.

Die ersten zwei Wochen im Haus zur Tugend und Gerechtigkeit waren eine kräftezehrende Berg- und Talfahrt, dann ging es insgesamt langsam aufwärts, das zeigten mir meine Eintragungen ins Rosenbuch, das Nathan ausgewählt und Raphael mir gewidmet und Gabriel mit seinen Lieblingstieren geschmückt und Noemi mir überreicht hatte. Ich versuchte, mich nicht auf der Seite mit meinem irren Gekritzel des Wortes »Schuld« aufzuhalten. Ich musste versuchen, nach vorne zu schauen.

Alle zwei oder drei Tage rief mich Noemi tagsüber an. »Hallo, Liora, Süße. Ich habe gerade unerwartet ein paar Minuten frei. Hast du Lust, zu einem Schwatz in mein Büro zu kommen?«

»Jetzt sofort? Ja, sehr gern, vielen Dank, ich bin gleich bei dir.«

Da sie ihr Büro in einem Nebengebäude hatte, musste ich

nicht nur mein Zimmer, sondern auch das Haus verlassen, was mich zunächst ängstigte, jedoch mit jedem Mal leichter wurde. Wenn ich nachher zurück in meinem Zimmer war, fühlte ich mich immer viel stärker und zuversichtlicher als vorher. Ich nahm es als Zeichen der Freundschaft, dass Noemi so viel von sich preisgab und offenbar nicht fand, sie müsste mich schonen. Daraus zog ich ein ums andere Mal den ermutigenden Schluss, dass sie mich nicht für psychisch krank hielt.

Einmal erzählte sie mir von ihrer Kindheit als Tochter einer ledigen Mutter. Das war zu Beginn der Dreißigerjahre, wenn es vorkam, normalerweise eine Katastrophe für Mutter und Kind, nicht jedoch für dieses Kind und schon gar nicht für diese Mutter, denn Vera Lustig wollte unbedingt ein Kind, aber auf keinen Fall einen Mann. Sie verdiente, auch dies unüblich damals, als Journalistin ihr eigenes Geld und genoss ihre Unabhängigkeit. Noemi erbte das stabile Selbstwertgefühl ihrer Mutter und hielt den Anfeindungen, denen sie als uneheliches und noch dazu jüdisches Kind ausgesetzt war, einigermaßen gut stand. Seit sie denken konnte, wollte sie Ärztin werden. Ein Mann war in ihrem Lebensplan nicht vorgesehen, nie, bis sie Nathan begegnete. Nach der Schule schickte ihre Mutter sie für einige Monate in einen Kibbuz. Noemi hätte sich vorstellen können, in Israel zu bleiben, die enge Bindung an die Mutter führte sie jedoch zurück nach Basel, wo sie das Medizinstudium aufnahm. Das war in den frühen Fünfzigerjahren für eine Frau alles andere als ein Kinderspiel. Sie war die einzige Medizinstudentin weit und breit und musste etliche Kröten schlucken, die sie zuerst von ihren männlichen Kommilitonen und Professoren und dann als Assistenzärztin von Kollegen und Oberärzten vorgesetzt bekam. Das hätte meine Mutter hören sollen. Ärztin zu werden war damals fast so ein unrealistischer Kindertraum wie Dirigentin, aber Noemi hatte es geschafft.

Als es richtig spannend wurde, klingelte leider ihr Telefon, und so konnte sie mir an dem Nachmittag nicht erzählen, wie sie Nathan kennengelernt hatte. Als wir uns das nächste Mal zu einem dieser wunderbaren Plauderstündchen trafen, wollte ich sie danach fragen, dazu kam es jedoch nicht, weil Noemi ihrerseits mich fragte, wie ich David kennengelernt hatte.

Die Konzertkarte hatte ich ausnahmsweise nicht von Vicky bekommen, sondern von ihrem Gatten Irving Kennedy, dem Cellisten des gleichnamigen Streichquartetts, das nach einem mehrjährigen Aufenthalt in Europa vor etwa einem halben Jahr in die USA zurückgekehrt war. In Europa hatten sie jedoch in diesem Herbst noch einige Konzertverpflichtungen, unter anderem in Basel. Ob die anderen Ehefrauen auch darauf verzichtet hatten, ihre Männer auf diese Reise zu begleiten, wusste ich nicht, nur eben, dass Vicky Kennedy in Ohio geblieben war. Das Wiedersehen mit Irving fand ich ziemlich aufregend, auf der anderen Seite war ich froh, dass es zeitlich beschränkt war; vorbei ist vorbei, sagte ich mir.

Erst als die vier Herren auf dem Podium Platz genommen hatten und leise ihre Instrumente stimmten, realisierte ich, dass ich vergessen hatte, ein Programmheft zu kaufen. Ich wusste, dass in dem Konzert drei Quartette von Mozart gespielt würden, aber nicht, welche, und ich hätte gerne nachher etwas über die einzelnen Werke gelesen, und sowieso sammelte ich Konzertprogramme. Mit dem ersten Ton vergaß ich meinen Ärger und alles um mich herum. So etwas Schönes habe ich noch nie gehört, dachte ich, als der lautstarke Applaus mich in die Gegenwart zurückversetzte. Ich schaute verstohlen auf das Programmheft, das mein Sitznachbar auf dem Schoß liegen hatte, während er klatschte. Als es zu Boden fiel, hob ich es rasch auf und gab es dem jungen Mann zurück. Unsere Blicke kreuzten sich.

»Und dann?«, fragte Noemi gespannt.

»Er lächelte und gab mir das Programm. Ehe ich mich richtig bedanken konnte, spielte das Kennedy-Quartett das nächste Stück, und nachher dachte ich wieder: So etwas Schönes habe ich noch nie gehört. Beim Applaus achtete ich darauf, dass mir nicht dasselbe passierte wie dem jungen Mann vorhin und wollte ihm im Aufstehen das Programm zurückgeben, aber er schüttelte den Kopf.

»Du kannst es behalten, wenn du möchtest, ich brauche es eigentlich nicht.«

Wir gingen schweigend nebeneinander her ins Foyer zur Pause.

»Unglaublich«, murmelte er, »immer wieder. Immer mehr, nicht?« Er schaute mich an, und ich sah in seinen Augen meine eigenen und in seinem Blick mich selbst.

»Ja«, bestätigte ich, »unglaublich.« Es war uns beiden klar, dass wir von Mozart sprachen.

»Wie heißt du eigentlich?«, fragte er. »Ich bin David Prinz.« Ich ließ mir nicht anmerken, dass mir sein Name bekannt vorkam, sondern sagte ihm unkommentiert den meinen, und wir gaben uns die Hand.

»Was für ein fantastischer Beginn einer Liebesgeschichte«, fand Noemi. »Zwei junge Menschen finden sich im Zeichen von Mozart.«

»Ja. Ich fragte ihn dann, warum er das Programmheft nicht brauche. Er lachte, und dabei sah ich seine etwas schiefen Schaufelzähne, und das war, glaube ich, der Moment, in dem ich mich in ihn verliebt habe, und Sommersprossen hat er außerdem, und eher hellbraune Augen –«

»Wie du«, unterbrach Noemi.

»Ja.«

Das Programm brauche er nicht, meinte er, weil er die Köchelnummern der drei Quartette auswendig wisse.

»So? Dann sag doch mal.« Ich war etwas misstrauisch, und Wichtigtuerei mit Mozart mochte ich ganz und gar nicht.

»Das Erste war Köchelverzeichnis 387, dann spielten sie KV 458, das ist das *Jagdquartett*, und nach der Pause kommt noch das *Dissonanzenquartett*, das ist KV …« Er dachte nach.

»465«, half ich ihm nach einem Blick auf das Programmheft aus.

»Prüfung bestanden?«, fragte er vergnügt. Als ich nickte, schlug er vor, nach dem Konzert noch zusammen ein Glas Wein trinken zu gehen, und da erfuhr ich, dass er bei Irving Kennedy an der Musikhochschule Mannheim Cello studiert hatte und nun nach Basel wechseln musste, weil Kennedy mit dem Quartett zurück in die USA gegangen war. In Basel lebten seine Mutter und sein jüngerer Bruder, nachdem der Vater vor einigen Jahren verstorben war. Sie war Baslerin, darum sprach David mühelos, wenn auch mit dem Hauch eines zauberhaften Akzentes, den hiesigen Dialekt. Aufgewachsen war er in Amsterdam.

»So haben wir uns kennengelernt.« Nun, da ich es Noemi erzählt hatte, überkam mich große Sehnsucht nach David, zum ersten Mal seit dem Unglück. Ich wollte, er würde sofort hier auftauchen, und wir würden zusammen nach Hause gehen, und dann wäre alles gut. Aber er wusste ja nicht, dass ich hier war, er wusste nichts von dem Unglück und nichts von meiner Schuld und von meinem Zusammenbruch, und ich wusste nicht, wann er aus Amerika zurückkam.

Als einige Tage später mein Telefon klingelte, nahm ich an, es sei wieder Noemi, diesmal war es jedoch Nathan, der mich spontan auf einen kleinen Gedankenaustausch, wie er es ausdrückte, einlud. Dafür musste ich das Haus nicht verlassen, das Chefarztbüro lag im Erdgeschoss des Hauptgebäudes. Ich fand die Türe angelehnt und hatte noch nicht geklopft, als Nathan heraustrat und mich herzlich begrüßte. Ich war noch nie in seinem Büro gewesen. Neben dem großen Schreibtisch standen wie in meinem Zimmer ein kleinerer, runder Tisch und zwei dazu passende Sessel. Nathan wartete, bis ich mich auf den einen gesetzt hatte und ließ sich dann auf dem anderen nieder.

In einem der Büchergestelle hinter dem Schreibtisch erblickte ich eine Chanukia, also einen Kerzenständer, wie wir ihn an Chanuka, unserem Lichterfest, benutzen. Nathans Chanukia war allerdings so winzig, dass ich mir nicht vorstellen konnte, wie man sie gebrauchen konnte, ich war jedoch gerührt über dieses unaufdringliche Bekenntnis zum Judentum.

»Endlich kann ich dir mein zweites Zuhause zeigen. Es tut mir leid, dass es nicht früher dazu kam, aber ich habe so viel Schreibkram zu erledigen. Wie geht es dir?«

Ich fühlte mich etwas verunsichert. War das nun ein privates Gespräch oder eine ärztliche Konsultation? Nathan wartete geduldig auf meine Antwort.

»Ich finde, es geht mir immer besser.« Das stimmte, und ich war dankbar dafür. Ich beschloss, dass dies ein privates Gespräch war.

»Und du? Wie geht es dir?«, fragte ich leise.

Nathan ließ sich Zeit, wie immer. Ich bewunderte ihn einmal mehr dafür. »Ich bin froh um jede Ablenkung, sogar wenn es nur Schreibkram ist. Und natürlich bin ich froh um Noemi und die Kinder. Und weißt du was: Ich glaube, ich habe dir noch nie gesagt, wie froh ich bin, dass du endlich aufgetaucht bist. Froh ist nicht der richtige Ausdruck, es macht mich richtig glücklich. Besonders jetzt, wo du nicht mehr so furchtbar durchsichtig aussiehst.«

»Was heißt endlich? Endlich aufgetaucht?«

Ich hoffte, verbergen zu können, wie glücklich er mich

gerade machte. »Dein Vater hat immer wieder gesagt, du würdest ihn eines Tages finden, und wenn er es nicht mehr selbst erleben sollte, würde bestimmt ich es erleben. Die ersten Jahre habe ich oft daran gedacht, dann trat es in den Hintergrund, mit Noemi und den Kindern. Als meine Schwiegermutter nach Raphis Vorsingen deinen Namen sagte, wusste ich, dass es nun nur noch eine Frage von Wochen war, höchstens, bis wir uns kennenlernten, und ich war sehr aufgeregt. Als du dann wirklich dastandest an dem Erev Schabbat, konnte ich mein Glück kaum fassen. Ich hatte nicht damit gerechnet, dass du deinem Vater so ähnlich siehst.«

Ich brabbelte rasch etwas, um meine Erregung zu verbergen.

»Aber angesprochen darauf hast du mich nicht, ich meine, dass du meinen Vater gekannt hast. Warum denn nicht? Wenn ich nicht sein Bild in deinem Arbeitszimmer gesehen hätte, säßen wir jetzt nicht hier. Und Michael wäre noch am Leben«, fügte ich nach einem Augenblick hinzu, und aus war es mit meinem Glücksgefühl.

Ich blickte zu Boden und wünschte, ich wäre tot und Michael würde leben. Es war ganz still, begreiflicherweise fiel auch Nathan nichts zu sagen ein.

»Über Michaels Tod kann uns niemand und nichts hinwegtrösten«, sprach er endlich, »aber ich finde, wir sollten nicht deswegen zurückweisen, was das Schicksal uns an Schönem anbietet. Zu dem Schönen gehörst für mich du, und für dich vermutlich die Musik.«

»Und du«, hörte ich mich entgegen jeder Absicht gestehen.

»Umso besser.« Ich schaute auf und sah ihn lächeln.

»Und warum hast du mir an jenem Erev Schabbat nicht gesagt, dass du mich kennst, sozusagen?«

»So wollte es dein Vater. Ausdrücklich. Du solltest ihn oder inzwischen mich finden, ganz allein. Er hat es nicht begründet, aber ich denke, er wollte sich an die Vereinbarung mit deiner Mutter halten, niemals mehr mit dir Kontakt auf-zunehmen, sogar über seinen Tod hinaus. Das ist zwar eine sehr strenge Auslegung, aber so war er. Jetzt, wo wir uns gefunden haben, muss ich dir noch etwas sagen in seinem Auftrag.«

»Ja?«

»Er hat ein Dokument für dich hinterlegt, bei der Anwalts-kanzlei Adler und Roschewski in Zürich. Da solltest du dich umgehend melden.«

»Das kann ich jetzt ja nicht, aber nach fast zwanzig Jahren wird es auf ein paar Wochen auch nicht mehr ankommen. Gibt es diese Kanzlei überhaupt noch?«

»Ja, Adler und Roschewski existiert noch, wir arbeiten auch mit denen zusammen.«

»Gut, danke. Darf ich dich noch etwas fragen?«

»Gern.«

»Warum hat Noemi nicht von mir gewusst? Ich glaube, das hat sie sehr getroffen.«

Er nickte. »Ja, und das tut mir natürlich leid, aber Salomon hat mir das Versprechen abgenommen, mit niemandem jemals über seine Tochter zu sprechen, solange sie nicht aufgetaucht war. Ich nehme an, das gehört ins gleiche Kapitel, wie dass du mich finden musstest und ich dir nicht entgegenkommen durfte.«

»Ich wollte, ich hätte ihn richtig gekannt«, murmelte ich.

»Ja, ihr hättet euch bestimmt gut verstanden. Du bist ihm ja nicht nur äußerlich ähnlich.«

»Ich hoffe, ich habe charakterlich mehr von ihm als von meiner Mutter geerbt.«

»Wie meinst du das?«

»Sie ist so rechthaberisch. Selbstherrlich. Und ich glaube, sie mag mich im Grunde überhaupt nicht.« Das hatte ich noch nie in meinem Leben ausgesprochen. Zu meiner Überra-schung nickte Nathan.

»Nach allem, was sie durchgemacht hat, ist es kein Wunder, dass sie nicht wirklich beziehungsfähig ist«, sagte er nachdenklich.

»Wie meinst du das?«

»Sie hat dir wohl nie etwas über ihre Vergangenheit erzählt?«

»Nein. Was für eine Vergangenheit?«

»Ich weiß nicht sehr viel darüber, aber sie muss während des Krieges schreckliches durchlebt haben.«

»Nämlich?«

»Sie ist von einem Tag auf den anderen in Berlin untergetaucht. Hat sich eine Perücke gekauft und sich geschminkt, um nicht als Judenmädchen erkannt zu werden. Sie war ja noch ein halbes Kind damals. Sie hat in ständiger Angst gelebt –«

»Meine Mutter und Angst …« Ich konnte es nicht glauben.

»Sie ist eine unglaublich starke Frau, sonst wäre sie an diesem Trauma ganz und gar zerbrochen. Stell dir vor, jahrelang in Angst und Schrecken zu leben, ganz allein, ohne festen Wohnsitz, ohne regelmäßige Nahrung, in ständiger Gefahr, entdeckt zu werden, und das hätte bedeutet, deportiert und ermordet zu werden. Es wird dich nicht trösten, wenn ich sage, sie kann nichts dafür, dass sie keine Bindungen erträgt, aber es stimmt trotzdem.«

»Und mit meinem Vater? Wie ging das denn?«

Nathan ließ sich wieder einmal viel Zeit für seine Antwort. Ich versuchte, meine Unruhe zu beherrschen.

»Um ehrlich zu sein: Ich glaube nicht, dass sie bei Salomon geblieben wäre, wenn sie nicht schwanger geworden wäre. Und vielleicht war es ihr auch nicht unrecht, dass sie ihn meinetwegen, also mit gutem Grund, hinauswerfen konnte. Für dich ist das sicher kein Zuckerlecken, aber der Wahrheit die Ehre: Ich denke, dass du ihr starkes Naturell ebenso in dir trägst wie die Sanftmut deines Vaters, und das ist keine schlechte Mischung.«

Zurück in meinem Zimmer nahm ich sofort das Rosenbuch aus dem Schrank und setzte mich an mein Tischchen. Ich wollte versuchen, mir schreibend über das klar zu werden, was mir Nathan über meine Mutter erzählt hatte. Für ihn war es offenbar logisch, dass sie mit mir nie über ihre Vergangenheit gesprochen hatte, mir jedoch war das völlig unverständlich. Ich wollte ihn bei nächster Gelegenheit bitten, es mir zu erklären, dann würde ich vielleicht auch akzeptieren können, dass sie, wie Nathan gesagt hatte, keine normalen Beziehungen eingehen, geschweige denn aufrecht erhalten konnte. Tatsache blieb so oder so, dass sie mich über den Verbleib meines Vaters angelogen und über ihre Vergangenheit im Unklaren gelassen hatte, und obwohl Nathan der Meinung war, sie habe meinen Vater vielleicht zu meinem Schutz für tot erklärt, spürte ich in diesem Augenblick, wie sich eine Riesenwut in mir ausbreitete. Meine Mutter hatte niemals mich schützen wollen, davon war ich jetzt überzeugt, sondern immer nur sich selbst. Ich war für sie eine lästige Verpflichtung, seit ich auf der Welt war.

Meinetwegen hatte sie ihre Freiheit aufgeben müssen, wobei ich ihr zugestehen musste, dass sie sich mit einigem Aufwand ihren mütterlichen Pflichten entzogen hatte, indem sie das System Lunenburg installiert hatte. Vermutlich sah sie in mir seit jeher nur meinen Vater, der ihr zuerst ein Kind angehängt und sich dann anderweitig verliebt hatte, nämlich in einen Mann, also in ihren Augen ein Schwächling und ein Schlappschwanz war. Wie der Vater, so die Tochter. Nun begriff ich, wieso sie mich nicht mochte und mir nichts zutraute, am wenigsten so etwas Anspruchsvolles wie dirigieren. Es ging dabei überhaupt nicht um die Tatsache, dass ich ein Mädchen war, sondern darum, dass ich die Tochter von Salomon

Redlich war und also weich und untüchtig im Gegensatz zu ihr, der willensstarken, unbezwingbaren Herrscherin. Wenn sie durch ihre Erfahrungen im Krieg so schwer traumatisiert war, hätte sie sich eben nicht mit einem Mann einlassen sollen und schon gar nicht schwanger werden sollen.

Bisher hatte ich ihr gegenüber immer wieder diffuse Schuldgefühle gehabt, vielleicht war ich, hatte ich gedacht, schuld an Papas Tod, ohne zu wissen, warum, aber damit war jetzt Schluss. Im Gegenteil, sie war schuld daran, dass ich im Leben nicht richtig vorankam, sie hatte mir ja nie eine Chance gegeben, mich zu bewähren, sie glaubte nicht an mich und irgendwelche Fähigkeiten, die ich haben könnte, sie ließ sich lieber in aller Welt als Opernstar feiern, da konnte sie die Menschen auf Abstand halten.

Ich schrieb, so schnell ich konnte, meine Schrift war fast unleserlich, aber das war nicht wichtig. Wichtig war, die Wut, die ich so lange in mir vergraben hatte, endlich herauszulassen. Das Schreiben tat mir gut, am Ende hatte ich mich einigermaßen beruhigt. Als ich allerdings durchlas, was ich da gekritzelt hatte, merkte ich, dass meine neue Sicht der Dinge mehr als einseitig war, sie war geradezu boshaft ungerecht. Sei's drum, dachte ich, dann bin ich eben ungerecht. Ich wollte das Rosenbuch mit Schwung zuklappen, es blieb jedoch auf der Seite geöffnet, die ich vor zwei Wochen mit dem Wort »Schuld« vollgeschmiert hatte. Nun war ich wieder nüchtern. Was immer meine Mutter mit mir getan oder verpasst hatte, war nichts im Vergleich zu meiner Schuld, der Schuld am Tod eines Kindes. Ich warf das Rosenbuch in eine Ecke, legte mich aufs Bett, drehte mich zur Wand und heulte los.

Ich erwachte aus einem Traum, in dem ich Musik von unbeschreiblicher Schönheit gehört hatte, und fühlte mich nun so leicht und ruhig wie noch nie seit dem Unglück, wie vielleicht überhaupt noch nie in meinem Leben. Es musste

Mozart gewesen sein, welche andere Musik hätte je diese Kraft haben können, aber ich konnte sie keinem bestimmten Werk zuordnen, nicht einmal einer bestimmten Gattung. Ich meinte, jemand habe gesungen, war jedoch auch da unsicher. Nach wenigen Augenblicken war die ganze Erinnerung an den Traum verloren, nur seine wundersame Wirkung hielt an. Es war früher Nachmittag. Ich schlief normalerweise nicht während des Tages, aber offenbar hatten mich meine Tränen in den Schlaf und zu diesem eigenartigen Traum geführt. Ich stand auf, um das Rosenbuch wieder zwischen meinen Klamotten im Schrank zu verstecken und dann die Zimmertüre richtig zu schließen, die ich vorhin offenbar versehentlich etwas offengelassen hatte.

Dabei wäre ich fast über Ricky gestolpert, meinen Ziehbruder, meinen besten Freund. Statt einer Begrüßung legte er warnend den Zeigefinger an den Mund, nahm meine Hand und zog mich aus dem Zimmer. Am Ende des Flurs sah ich diesen komischen Pfleger auf einem Stuhl sitzen, Herrn Eisenhut. Er schien mich und Ricky nicht wahrzunehmen. Seine Fischaugen glänzten unnatürlich und sein offener Mund war zu einem verzückten Lächeln verzogen. Er wirkte wie in Trance. Er hieß nicht Eisenhut, sondern Goldrand. Nein, Goldrand hieß er auch nicht, Goldrand war überhaupt kein richtiger Name.

Ricky ging mit mir an der Hand rasch die zwei Stockwerke hinunter, aus dem Haus und in den Rosengarten. Bevor wir uns auf die Steinbank setzten, begrüßten wir uns endlich richtig.

»Das war knapp«, raunte Ricky, »Herr Silberling wird bestimmt bald aus seiner Verzückung erwachen und dich dann vermissen.«

Natürlich, Silberling hieß er. »Du kennst Herrn Silberling? Woher denn? Aus welcher Verzückung wird er erwachen? Und wie hast du mich gefunden?«

»Das erzähle ich dir gleich alles, lass mich erstmal Luft holen.«

Wie früher in seiner Gegenwart plauderte ich inzwischen los, ohne viel nachzudenken. »Ich habe vorhin geträumt. Komisch, sonst schlafe ich nie tagsüber. In meinem Traum hat jemand musiziert, ganz unbeschreiblich schön. Und jemand hat dazu gesungen, glaube ich. Dann bin ich erwacht und hörte den Gesang immer noch. Es war etwas von Mozart, das ich nicht kenne, es kann nur Musik von Mozart gewesen sein. Dann ging ich zur Zimmertüre, und da standest du, um mich zu entführen, oder?«

Ich war so unbeschwert wie in unseren besten Kindertagen, ohne zu wissen, ob das an Rickys unerwarteter Gegenwart lag oder eine Nachwirkung der Musik in meinem Traum war.

»Wie geht es eigentlich den drei alten Tanten?«, fragte ich munter weiter.

Es war wunderbar, endlich wieder sein vertrautes Gesicht zu sehen. Er grinste mich an. »Die sind unverwüstlich. Sie streiten sich ständig und sind doch immer nur zu dritt anzutreffen.«

»Und woher kennst du Herrn … Herrn … diesen komischen Pfleger?«

»Silberling? Der wohnt seit einiger Zeit auf Lunenburg.«
Ich musste mich verhört haben.

»Ja, ich verstehe auch nicht, welchen Narren deine Mutter an ihm gefressen hat, und man erfährt natürlich nichts Konkretes, aber man munkelt, dass er sich für Astrologie interessiert –«

»Wie Mutter früher.«

»Ja, eben. Jedenfalls sollen die beiden zusammen astrologische Studien betreiben, wenn man das so nennen kann.«

»Sehr merkwürdig. Ausgerechnet diesen widerlichen Kerl hat sich Mutter nach Lunenburg geholt? Sehr merkwürdig.«

»Ja, sehr merkwürdig«, bestätigte Ricky.

»Aber nun erzähl schon, wie bist du hierhergekommen?«

Seine Antwort nahm mir fast den Atem. Mutter habe David hierher ins Haus zur Tugend und Gerechtigkeit geschickt, berichtete er, und ihn, Ricky, als Davids Begleiter, um mich zu befreien, weil sie davon ausgehe, dass ich auf Solberg gegen meinen Willen festgehalten werde. Woher und seit wann Mutter und David sich kannten, konnte er mir nicht sagen, auch nicht, seit wann David aus Amerika zurück war. Jedenfalls habe Mutter David in seiner, Rickys, Gegenwart durch die drei Tanten ein Musikinstrument überreichen lassen.

»Das Theater hättest du miterleben müssen«, lachte er, »die alten Tanten haben sich schier geprügelt, wer es dem Herrn Prinz nun tatsächlich in die Hände geben darf.«

»Was für ein Instrument ist das denn?«

»Es sieht ein bisschen aus wie eine kleine Harfe, aber der Rahmen ist jochförmig, wie bei einem Widder. Ich glaube, es hat sechs Saiten, und man hält es wohl im linken Arm und zupft die Saiten mit der rechten Hand. ›Lyra‹ nannten sie es.«

»Und David kann es spielen? Er ist doch Cellist, kein Zupfinstrumentler.«

»Lola, das ist kein gewöhnliches Instrument, und dein Prinz gerät offenbar in eine Art Ausnahmezustand, wenn er es spielt und dazu singt. Er verzaubert seine Umgebung. Dich hat er im Traum erreicht, diesen Herrn Silberling im Dienst, und sogar zwei Katzen haben ihm zu Füßen gesessen. Aber jetzt lass uns nach Hause gehen, der Zauber hält vermutlich nicht ewig an, und dann wird Herr Silberling nach dir suchen. Dein Prinz muss noch hier irgendwo in der Nähe sein, er wird uns schon folgen.«

Er stand auf und versuchte, mich an der Hand hochzuziehen, aber ich fühlte mich plötzlich schwer wie Blei. »Ich kann hier nicht weg.« Ricky schaute mich überrascht an. Er ließ meine Hand los und setzte sich wieder neben mich.

»Signora Regina hat also wieder einmal recht. Du wirst wirklich gegen deinen Willen hier festgehalten«, stellte er fest.

»Das ist nicht so einfach. Seit wann interessiert sich meine Mutter überhaupt dafür, wie es mir geht?«

»Bist du krank?«, fragte Ricky statt einer Antwort. Ich schwieg, weil ich nicht wusste, wie ich das beantworten konnte.

»Oder liebst du David nicht mehr?«

»So stellt sich die Frage nicht«, sagte ich nach einer weiteren Pause und sprach rasch weiter, um Ricky abzulenken.

»Hast du eigentlich eine Freundin?«

Seine dunklen Augen blitzten kurz auf, und mir schien, dass ein Lächeln über sein Gesicht huschte, aber er seufzte und antwortete: »Nein, leider nicht.«

Wir saßen schweigend nebeneinander. David war hier, ganz in meiner Nähe, und er verfügte über eine musikalische Fähigkeit, von der ich nichts gewusst hatte. Ich hatte ihn zwar schon Cello spielen gehört, und das war wunderschön gewesen, kraftvoll und sensibel zugleich, aber doch nicht so, dass Menschen und sogar Tiere beim Hören in Trance verfielen, wenn es stimmte, was mir Ricky gerade erzählt hatte. Ich meinte jetzt, mich schwach daran zu erinnern, dass auf Lunenburg vor vielen Jahren einmal die Rede gewesen war von einem Zauberinstrument, das von Generation zu Generation weitergereicht wurde an einen Auserwählten, der es zum Klingen bringen konnte. Nun war also David offenbar dieser Auserwählte. Wie mochte er sich wohl fühlen in dieser Situation?

»Wieso bist du eigentlich nicht verzaubert worden von Davids Gesang?«, fragte ich Ricky mitten in die Stille hinein.

»Ich war auf der Suche nach dir, in dem Nebengebäude da hinten, und habe ihn nicht gehört. Als ich zurückkam und ihn sah, mit dem Instrument im Arm, und die Leute um ihn herum und die beiden Katzen, habe ich zwei und zwei zusammengezählt.«

Wir hingen wieder unseren Gedanken nach. Davids plötzliche Nähe verunsicherte mich. Ich glaubte schon, dass ich ihn noch liebte, aber mir schienen große Hindernisse zwischen uns zu liegen, und ich wusste nicht, ob wir die, ob ich die je würde überwinden können. Meine Schuld an Michaels Tod. Stand es mir noch zu, zu lieben und geliebt zu werden? Nathan. In seiner Nähe fühlte ich mich sicher und geborgen, und ich wünschte mir, ich wäre ständig in seiner Nähe. Nathan war Michaels Vater, der ehemalige Geliebte meines Vaters, etwa doppelt so alt wie ich, schwul, Noemis, meiner besten Freundin, Ehemann. Das alles war so kompliziert und auch beschämend, dass ich es nicht einmal Ricky anvertrauen konnte, meinem besten Freund.

Plötzlich hörte ich jemanden hinter uns hüsteln. Ich drehte mich um und sah ins Gesicht dieses widerlichen Pflegers. Sein Name war mir schon wieder entfallen. Etwas mit Metall. Rotgold? Nein. Goldblum? Nein, zumal das ein jüdischer Name war. Keine Ahnung. Seine Augen waren wieder ausdruckslos wie immer.

»So, meine Herrschaften«, sagte er mit seinem falschen Lächeln. »Jetzt wollen wir mal hübsch dahin zurückgehen, wo wir hingehören. Sie nicht, Herr Löwenherz«, fuhr er barsch fort, »Sie haben hier nichts zu suchen, und ich rate Ihnen zu Ihrer eigenen Sicherheit, sich endlich wegzuscheren. Und zur Schonung unserer Patientin«, fügte er hinzu, nun wieder sanft wie der Westwind. »Sie wollen sie doch bestimmt nicht gefährden, zerbrechlich, wie sie ist.«

Ricky schaute mich ratlos an. »Was soll ich tun?«, fragte er. Ich überlegte. Herr Blumentopf hatte leider recht. Auch Blumentopf hieß er nicht. Ich nahm mir vor, ihm in Zukunft nicht mehr die Ehre zu erweisen, ständig über seinen Namen zu stolpern. Es hatte keinen Sinn, dass Ricky hierblieb, und ich konnte ihn unter keinen Umständen nach Lunenburg begleiten.

»Er hat recht«, entschied ich schweren Herzens, »ich kann hier nicht weg, und du kannst hier nicht bleiben, aber danke, dass du gekommen bist, und bitte grüß David von mir, und bis bald.«

Ich spürte Tränen in mir aufsteigen und wandte mich rasch ab. Der Pfleger brachte mich zurück auf mein Zimmer, was ich eher wie ein polizeiliches Abführen empfand als wie einen Akt der Fürsorge.

Trotz der verwirrenden Neuigkeiten von Ricky wollte ich versuchen, später ein wenig an meinem Aufsatz über die *Zauberflöte* zu arbeiten. Ich spürte, dass ich mich allmählich wieder besser konzentrieren konnte, und das war ermutigend. Ich setzte mich ans Fenster, um gedanklich zu rekapitulieren, was ich bis jetzt schon geschrieben hatte, und was noch fehlte. Die Erinnerung an Davids Gesang kehrte mit großer Intensität zurück. Nicht an den Gesang selbst erinnerte ich mich, sondern an seine wunderbare Wirkung, und ich fragte mich, wie David selbst das erlebt haben mochte.

Ich schaute gedankenverloren in den Rosengarten und sah ihn auf der Bank sitzen, offenbar hatten wir uns um wenige Augenblicke verpasst. Er saß mit erhobenem Kopf mit dem Rücken zu mir. Vermutlich blickte er in die Ferne, das tat er gern, wenn er sich konzentrieren wollte. Ich wünschte, ich könnte über sein weiches Haar streichen, seinen Kopf in die Hände nehmen und zu mir umdrehen, in seine hellbraunen Augen blicken und mich selbst in ihnen wiederfinden, ich wünschte, ich könnte ihn küssen, dann ihn wieder anschauen. Ich wünschte, ich könnte zum Scherz anfangen, seine Sommersprossen zu zählen, wie wir es oft getan hatten. Ich tippte dann mit den Fingern leicht auf seinem Gesicht herum, und er zählte mit verspielt verstellter Stimme mit. Früher. Vor der Katastrophe.

Ich hörte ein kurzes Klopfen und drehte mich um. Wie üblich hatte Herr Stahlrohr die Tür geöffnet, ohne meine Antwort abzuwarten, und wie immer wünschte ich ihn innerlich zum Teufel, nur jetzt noch viel mehr als sonst. Vielleicht ging David in diesem Augenblick für immer fort. Wie konnte ich Herrn Stahlrohr loswerden, und zwar umgehend, und was sollte ich dann tun? Der Kerl stand mitten im Zimmer und teilte mir mit, Doktor Morgenthau habe heute leider keine Zeit für mich. Auch das noch. Ich hatte eine Idee. Ich bat um ein weiteres Glas Tee. Gleich nach dem Mittagessen hatte mir Herr Stahlrohr unaufgefordert und freudestrahlend ein Glas Tee gebracht, und auch jetzt schien sein Lächeln fast echt. Er verließ mein Zimmer, als hätte er gerade einen Schönheitswettbewerb gewonnen. Ich versuchte gar nicht erst, mich an seinen Namen zu erinnern, da fiel er mir von selbst ein. Silberling. Natürlich, Silberling.

Ich schaute wieder aus dem Fenster. Gott sei Dank, David saß noch auf der Bank. Ich fürchtete, meine Beine würden auf dem Weg zu ihm nachgeben, und rief ganz leise seinen Namen. Als hätte er mich gehört, drehte er sich um, schaute zu mir hoch und verschwand aus meinem Blickfeld. Einen Augenblick später lagen wir uns in den Armen.

»Ach, wen haben wir denn da.«

Wir drehten uns um. Herr Silberling klopfte mit einem Löffelchen an das Teeglas, das er in der Hand hielt.

»Was wird denn Herr Löwenherz dazu sagen?«

»Wieso Herr Löwenherz?«, fragte David.

»Das kann Ihnen Fräulein Sternlicht am besten selbst erklären.«

David schaute mich an. Ich setzte zu einer Erklärung an, Herr Silberling kam mir jedoch zuvor. »Allerdings nicht hier und jetzt. Sie wissen doch, dass unsere Patientin absolute

Ruhe braucht. Also los, mein Herr, machen Sie einen Abflug, und zwar ruckzuck.«

»Was geht denn hier vor?« Nathan stand in der Tür und schaute von einem zum anderen. Herr Silberling rief erstaunlich geistesgegenwärtig: »Dieser fremde Mann muss sich hier heimlich hereingeschlichen haben, Herr Doktor. Ich habe die beiden eben erwischt und wollte den Herrn zu Ihnen bringen.«

David und ich hielten uns noch immer an den Händen, aber mein Herz flog zu Nathan.

»Sie sind wohl David Prinz«, sagte der freundlich, ohne Herrn Silberling zu beachten, »es tut mir leid, dass wir uns unter diesen Umständen kennenlernen. Ich bin Nathan Morgenthau. Ich wollte sowieso mit Ihnen reden. Könnten Sie bitte im Rosengarten auf mich warten? Ich bin gleich bei Ihnen.«

David schaute mich fragend an. Ich nickte. Er wollte mich zum Abschied nochmals umarmen, aber das ging nun nicht mehr, zu meinem eigenen größten Befremden. Er nahm die Lyra, die er auf den Tisch gelegt hatte, und verließ kopfschüttelnd das Zimmer.

»Liora, geh doch bitte gleich zu Noemi in ihr Büro, sie erwartet dich.« In Nathans Stimme schwang große Wärme mit.

»Für wen ist denn dieser Tee?«, fragte er im Hinausgehen Herrn Silberling.

Ich kam ihm mit der Antwort zuvor: »Für mich. Aber wenn ich jetzt zu Noemi gehen soll ... Magst du ihn vielleicht haben?«

»Ach ja, ganz gern«, sagte Nathan, »vielen Dank, Herr Silberling.«

Der Pfleger zögerte kurz, dann übergab er Nathan mit ernster Miene das Teeglas. Seine Besorgnis wirkte ausnahmsweise echt.

»David ist hier«, erzählte ich Noemi sofort, nachdem wir uns begrüßt hatten.

»Ja, ich weiß, die Neuigkeit wollte ich dir gerade mitteilen. Ich habe ihn schon kennengelernt. Er ist ... so etwas habe ich noch nie erlebt.«

Noemi strahlte so, wie eigentlich ich hätte strahlen sollen.

»Ja, er ist wundervoll«, bestätigte ich.

»Wundervoll ist genau der richtige Ausdruck.« Noemi sah träumerisch in die Ferne.

»Ich wusste nicht, dass er ... dass er diese Fähigkeit hat ...« Nun blickte sie mich mit ihren klaren hellen Augen an.

»Ach so, jetzt verstehe ich«, sagte ich, »du hast ihn singen gehört. Ja, das ist wirklich fantastisch.«

»Ja, fantastisch. Ich habe ihn von weitem im Rosengarten stehen sehen und hatte den Eindruck, er suchte jemanden. Ich wollte ihn fragen, ob ich ihm helfen könne, aber da setzte er sich auf die Steinbank und schaute auf das Instrument, das er im Arm hielt, und schien mich überhaupt nicht wahrzunehmen.«

»Die Lyra«, ergänzte ich. »Und dann?«

»Die Saiten flimmerten in allen Farben, und das Instrument, also die Lyra, wie du sagst, schimmerte golden ...« Noemi schien in ihren Gedanken wieder weit weg zu sein.

»Und dann?« Ich konnte meine Erregung kaum in Schach halten, als Noemi weitersprach.

»Dann ... ich kann mich erst wieder erinnern an nachher. Es war wie eine Trance, oder ein Traum. Als ich daraus erwachte, war ich so glücklich wie vielleicht noch nie in meinem Leben. Die unbeschreiblich schöne Musik klang in mir weiter, dabei bin ich ja nicht einmal besonders musikalisch. Als ich mich umschaute, sah ich, dass dein David selbst auch erst wieder zu sich kommen musste, und auch die anderen Menschen, die um ihn herum standen, und stell dir vor, sogar Max und Moritz haben ihn wie gebannt angeschaut.«

»Wer sind Max und Moritz?«

»Unsere beiden Tigerkatzen hier auf dem Gelände.«

Das war alles schier unglaublich, andererseits war Noemi der vernünftigste Mensch, den ich kannte. Sie fuhr fort in ihrem Bericht: »Einige klatschten und riefen ›Bravo‹, das hat David aber offenbar in dem Moment nicht ausgehalten und ist geflohen, so habe ich es jedenfalls erlebt. Wieso hast du nie gesagt, dass er ein Zauberer ist?«

»Weil ich es nicht gewusst habe. Ich habe es vorhin auch zum ersten Mal erlebt, genau, wie du es beschrieben hast, auf der Abteilung bei uns im zweiten Stock, und Ricky hat mir erzählt –«

»Wer ist Ricky?«

»Ricky ist … Ricky ist mein bester Freund. Außer David natürlich.«

Und Nathan, dachte ich, sprach es aber nicht aus, sondern fuhr fort: »Ricky ist zusammen mit David im Auftrag meiner Mutter hergekommen, um mich zu befreien, sagt er.« Es war alles so unwahrscheinlich.

»Ich dachte, du hättest keinen Kontakt mit deiner Mutter«, wandte Noemi ein.

»Das ist auch so, und ich weiß nicht, warum sie sich plötzlich so um mich bemüht, und ich weiß auch nicht, warum sie meint, ich müsse befreit werden. Ricky hat mir auch gesagt, meine Mutter habe David mit dieser Lyra ausstatten lassen, und darum habe er jetzt plötzlich diese Zauberkraft. Ich verstehe das alles überhaupt nicht.«

Ich fühlte mich von einem Augenblick zum nächsten völlig ausgepumpt. Noemi bemerkte es.

»Das ist jetzt alles etwas viel auf einmal für dich.« Sie stand auf, ging ins Bad und kam mit einem Glas Wasser zurück.

»Hier, trink mal«, sagte sie freundlich und setzte sich wieder. »Dabei wollte ich dir noch erzählen, dass ich mit ihm doch noch habe sprechen können, aber vielleicht sollten wir das verschieben.«

»Nein, auf keinen Fall. Erzähl, bitte.«

Nach dem Zaubergesang, so schilderte es mir Noemi, sei sie auf den jungen Mann zugegangen und habe ihn gefragt, ob sie ihm helfen könne, und da stellte sich heraus, dass er David Prinz war, und dass er mit seinem Freund Richard Löwenherz auf der Suche nach mir war.

»Ich nehme an, Richard Löwenherz ist identisch mit Ricky.«

Noemi schaute mich fragend an, und ich nickte.

»David hat mir dann offenbar dasselbe erzählt wie Ricky dir, nämlich, dass die beiden im Auftrag deiner Mutter hergekommen sind, um dich zu befreien und mit dir nach Hause zu gehen. Ich wollte David bremsen, ihm erklären, warum du hier bist, was du erlebt hast, und wie es dir inzwischen geht, und dass du durchaus freiwillig auf Solberg bist. Er hat leider mein Zögern missverstanden und mir wiederholt vorgeworfen, dass wir dich gegen deinen Willen hier festhalten, und dass er das nicht duldet, sondern dich sofort sehen und mit dir reden will.«

Noemi machte eine Pause. »Willst du denn überhaupt sofort mit ihm reden? Und fühlst du dich schon stark genug, mit ihm nach Hause zu gehen?«, fragte sie.

Mir war schwindlig und ich war froh, dass ich noch einen Schluck Wasser trinken konnte. Als ich antwortete, kämpfte ich mit den Tränen. »Nein … nein … das geht mir jetzt alles viel zu schnell. Und unter ›nach Hause‹ versteht David vermutlich Lunenburg, wo meine Mutter lebt, und das kommt für mich sowieso nicht infrage, auf keinen Fall. Aber wenn David jetzt schon mal hier ist, kann ich ihn doch nicht wieder wegschicken. Was soll ich denn tun?«

Noemi dachte lange nach, und ich bewunderte und liebte sie dafür, dass sie sich für mich so viel Zeit nahm.

»Du bist eine wunderbare Freundin«, murmelte ich unter Tränen.

»Du auch.« Sie lächelte mich an.

»Und deshalb finde ich, du musst dir unbedingt die Zeit lassen, die du brauchst, auch wenn das euch beiden schwerfällt. Natürlich will David sofort mit dir reden, aber er muss, finde ich, vorher verstehen und akzeptieren, dass und warum du dich in einem Ausnahmezustand befindest. Soll ich nochmals versuchen, mit ihm zu sprechen? Oder vielleicht Nathan, von Mann zu Mann?«

Nathan. Nathan und David. Bei dieser Vorstellung fühlte ich mich sofort besser.

»Ja. Gern. Vielen Dank, ich glaube, das ist die Rettung, wenn Nathan mit David spricht, bevor wir uns richtig wiedersehen, also ich meine, David und ich.«

Ich stand auf, gab Noemi einen Kuss, bedankte mich nochmals und wollte das Büro verlassen, als die Tür von außen geöffnet wurde und Nathan mit David eintrat.

»Lolita, mein Engelchen«, rief David und wollte mich umarmen, aber das konnte ich jetzt nicht zulassen und lief irritiert zurück ins Haus zur Tugend und Gerechtigkeit.

Die Begegnung mit David, die zweite heute Nachmittag, hatte mich so verstört, dass ich am liebsten sofort von Solberg weggegangen wäre, nach Basel auf die Mittlere Rheinbrücke, um zu vollenden, was ich vor drei Wochen fälschlicherweise abgebrochen hatte. Ich legte mich in meinem Zimmer aufs Bett und versuchte, das durchzudenken. Ich müsste ein Taxi organisieren, hatte aber dafür nicht das nötige Geld, und es würde vermutlich auffallen, wenn ein Auto vorführe, und erst recht, wenn ich einstiege. Herr Judasson wäre zweifellos sofort zur Stelle und würde meine Flucht verhindern, und später müsste ich mich Noemi und Nathan und nun auch noch David und Ricky erklären, und das alles war unmöglich.

Er hieß nicht Judasson, dieser widerliche Kerl, aber das war in diesem Augenblick nicht wichtig.

Wichtig war die Frage, warum ich mich nicht von David umarmen lassen konnte, und diese Frage konnte ich sofort beantworten, sogar zweifach. Die eine Antwort, die edlere, lautete: Ich war schuld am Tod eines Kindes, und folglich stand es mir nicht mehr zu, nie wieder, zu lieben und geliebt zu werden, und darum konnte ich mich nicht von David umarmen lassen. Das war hart, aber nichts im Vergleich zu meiner Schuld. Silberling hieß der Pfleger, nun fiel mir sein Name unnötigerweise wieder ein. Die andere Antwort lautete: Nathan. Mich von David umarmen zu lassen wäre unaufrichtig, denn ich hätte mich vorhin eher von Nathan umarmen lassen mögen. Davids Anblick hatte mich ebenso erschreckt, wie Nathans Anblick mich erfreut hatte. Meine Situation erschien mir umso verzweifelter, je länger ich darüber nachdachte. Ich versuchte, mich auf David zu konzentrieren, auf sein Gesicht, seine Hände, seinen Humor, seine Musikalität, und ich dachte hier an seine bisherige, normale Musikalität, und all das war schön, und ich wünschte mir sogar, es würde in diesem Augenblick an meine Türe geklopft, und er stünde da, und wir würden uns umarmen wie immer, und ich wäre seiner Liebe sicher und er der meinen, wie immer. Wie immer, bis Michael Morgenthau durch meine Schuld zu Tode gekommen war, während David in Amerika war und von nichts wusste. Jetzt war nichts mehr wie immer.

Auch für David war nichts mehr wie immer, dachte ich nun, mit der Verfügung meiner Mutter, hierher zu kommen. Eigentlich war auch er in einer schwierigen Situation, denn wie ich meine Mutter kannte, hatte sie ihm nicht die Wahl gelassen, ob er diesen Auftrag und die Lyra überhaupt übernehmen wollte, und wie er sich dabei fühlte, über diese überirdische Musikalität zu verfügen, wusste ich auch nicht. Vielleicht verfügte er überhaupt nicht darüber, sondern war ihr so ausgeliefert wie seine Zuhörer. Mit diesem Maß an Unfreiheit konnte er vielleicht nur umgehen, weil er mich liebte. Und was tat ich, ich ließ mich treiben wie ein Stück Holz im Rhein, anstatt dankbar anzunehmen, was das Schicksal mir anbot. Nathan und Noemi hatten mich unzählige Male ermutigt, mich von meinen, wie sie sagten, unbegründeten Schuldgefühlen zu lösen. Vielleicht war heute, mit Davids Ankunft auf Solberg, der Tag gekommen, das mindestens ernsthaft zu versuchen.

Inzwischen war es später Nachmittag. Vielleicht war David noch in der Nähe, und wir könnten doch schon heute wieder damit beginnen, miteinander zu sprechen. Ich stand auf und öffnete die Türe, um David zu suchen, da stand er tatsächlich mit Ricky im Flur.

»Löwenherz, was machst du denn noch hier? Ich habe dich doch nach Hause entlassen.«

Er wirkte entspannter als vorhin, und er freute sich offensichtlich, Ricky zu sehen, aber der antwortete unsicher: »Es ist eben so ...«

In diesem Moment bemerkte er mich und lächelte mir zu.

»Ricky«, rief ich leise, »David.«

»Moment mal.« David fasste Ricky am Ärmel.

»Ihr kennt euch also wirklich. Wieso hat mir das keiner von euch beiden gesagt?«

Ricky schüttelte den Kopf. »Prinz, das ist ganz leicht zu erklären.«

»Das fürchte ich allerdings auch.« David ließ Ricky los, gab ihm einen Stoß in meine Richtung und wandte sich wütend ab.

»Nun weiß ich wenigstens, warum du mich nicht sehen willst«, zischte er mir noch zu.

»David, nein, bitte bleib da!« Ich wollte ihm nachgehen, aber ein ungeheurer Schwindel erfasste mich, und ich taumelte mit letzter Kraft zurück in mein Zimmer.

Ich legte mich wieder aufs Bett und versuchte, mich zu beruhigen. Nach einiger Zeit jedoch hörte ich durch das offene Fenster Stimmen. Ich stand auf und sah Nathan mit David und Ricky im Rosengarten stehen. Nathan bat die beiden mit einer Geste, sich auf die Steinbank zu setzen, während er selbst stehen blieb.

»Haben Sie schon mit Liora sprechen können?«, fragte er David. Der schubste mit dem Fuß einen Kieselstein weg und dann noch einen und noch einen, bevor er antwortete.

»Ich weiß nicht, ob ich überhaupt noch mit ihr sprechen will. Sie können sich das von Löwenherz erklären lassen, oder von Herrn Silberling.« Er stand auf und wandte sich ab.

»Wo wollen Sie denn jetzt hin?«, fragte ihn Nathan ausgesprochen sanft.

David drehte sich um zu ihm. »Keine Ahnung. Einfach weg von hier. Und zwar allein.«

Nathan schien einen Augenblick zu überlegen, dann griff er in die Hosentasche und hielt David einen Schlüssel hin. »Gehen Sie in den Pavillon, das wird Ihnen guttun«, bot er ihm an, »ich komme gleich nach. Lassen Sie inzwischen die Ruhe im Pavillon auf sich wirken. Was haben Sie denn da für ein schönes Instrument?«

»Das ist eine Zauberlyra«, antwortete Ricky an Davids Stelle.

»Eine Zauberlyra?«

»Eine Zauberlyra«, bestätigte Ricky, während David wortlos Nathan den Schlüssel abnahm und in Richtung Pavillon ging. Mich erfasste eine Welle von Erleichterung und Dankbarkeit darüber, dass er in meiner Nähe blieb.

»Und ich? Was wird aus mir?«, fragte Ricky. »Kann ich mitgehen? Ich soll ihn doch begleiten.«

David drehte sich nochmals um. »Du kannst vielleicht wieder einmal ein wenig Händchenhalten mit Liora.«

»David«, rief Nathan kaum hörbar und wandte sich an Ricky: »Er sollte jetzt eine Weile allein sein.«

»Und was soll ich tun in der Zeit?«

In diesem Moment kamen Raphael und Gabriel mit Charlie um die Ecke. Als sie ihren Vater sahen, stürmen sie beide zu ihm und fielen ihm um den Hals, während Charlie schnurstracks auf Ricky zusteuerte, sich vor ihn hinsetzte und ihm eine Pfote aufs Bein legte. Ich musste mich am Fensterrahmen festhalten, um der Versuchung zu widerstehen, hinunterzulaufen zu meinem Hund. Den Bruchteil eines Augenblicks später fürchtete ich, ohnmächtig zu werden, weil mir bewusst wurde, dass Charlie quietschfidel war und Michael tot, und dass ich zuerst an Charlie und dann erst an Michael gedacht hatte. Ricky ging in die Hocke und streichelte den Hund.

»Charlie, alter Knabe, was machst du denn hier?«

»Schau, Abba, Charlie gibt dem Mann Pfötchen«, rief Gabriel aufgeregt.

Nathan nickte lächelnd, als ob es normal wäre, dass ihm sein drittes Kind nicht soeben um den Hals gefallen war. Seine Kraft und Selbstlosigkeit und meine Schuld und Scham trieben mir wieder einmal die Tränen in die Augen.

»Das sind meine Söhne Raphael und Gabriel«, sagte er zu Ricky, »und das ist Herr Löwenherz, Kids, ein Freund von Liora. Hätten Sie vielleicht Lust, eine Weile bei den Jungs zu bleiben? Und Charlie? Wir haben ihn vorübergehend zu uns genommen.«

»Gern. Ich heiße Ricky. Wenn ihr Lust habt, kann ich euch etwas vorspielen.« Er nahm seine Mundharmonika aus der Tasche und setzte sie an die Lippen.

»Was ist das?«, fragte Gabriel.

»Das ist eine Mundharmonie«, wusste Raphael.

»Bleibt ihr hier mit Ricky und Charlie, bis Imma oder ich euch holen?«, schlug Nathan vor. »Ist das in Ordnung für Sie, Ricky?« Sie bejahten alle drei, und Nathan verabschiedete sich und verschwand aus meinem Blickfeld, und Ricky, Raphael und Gabriel gingen mit Charlie weiter in den Rosengarten hinein, sodass ich sie nicht mehr hören konnte.

Ich sah Davids finstere Miene vor mir, als ich mich wieder hinlegte, und konnte nachvollziehen, dass er verletzt war. Ich durfte ihn nicht weiterhin dem Wechselbad meiner Gefühle aussetzen. Entweder ich beschloss, meinen Backfisch-Fantasien mit Nathan hier und jetzt ein Ende zu setzen und mich auf eine Zukunft mit David einzulassen, oder ich machte umgehend Schluss mit ihm, denn David war kein Mann für eine Affäre, Nathan übrigens auch nicht. Was ihn mit meinem Vater verbunden hatte, war weit mehr gewesen als eine Affäre, nämlich eine echte, beständige Liebesbeziehung. Damit hatte ich keinerlei Erfahrung, hingegen wusste ich durchaus, was eine Affäre war.

Eine Affäre ist ein vorübergehendes, leidenschaftliches Liebesverhältnis, womöglich gesteigert durch den Reiz des Verbotenen. Nichts davon traf auf mich und David zu, doch: leidenschaftlich, das schon, geschweige denn auf mich und Nathan, jedoch auf mich und Irving Kennedy. Vielleicht war diese Affäre für mich unter anderem so perfekt gewesen, weil sich da die Frage meiner Beziehungsfähigkeit nicht gestellt hatte. Ich hatte ganz im Hier und Jetzt gelebt und gleichzeitig im siebten Himmel, meistens jedenfalls. Stürmisch und verboten war sie durchaus, diese Affäre, aber nicht vorübergehend, sie zog sich im Gegenteil über eine erstaunlich lange Zeit hin. Obwohl ich und vor allem der Heißgeliebte sehr darauf bedacht waren, sie geheimzuhalten, war sie vermutlich stadtbekannt.

Ich lernte Irving Kennedy kennen, als ich meinem Klavierlehrer Heinz Bonjour in einem Konzert beim *Forellenquintett* von Schubert die Seiten wenden durfte. Das Konzert fand an einem Sonntagnachmittag in der Mannheimer Musikhochschule statt. Es war Liebe auf den ersten Blick. So einen verführerischen Mann hatte ich noch nie gesehen. Er war groß, schlank, hatte dunkle Augen und den Kopf voller silbergrauer Locken. Beim Notenlesen trug er eine Brille, die seinem Gesicht eine intellektuelle Note gab, während er sonst oft wunderbar verspielt war, wie sich bald herausstellen sollte. Ich verliebte mich gleichzeitig in sein Aussehen und sein Cellospiel, und als ich ihn die ersten Worte deutsch sprechen hörte, verliebte ich mich zusätzlich in seinen amerikanischen Akzent.

Ich war mit Heinz Bonjour im Auto von Basel nach Mannheim gefahren, und so durfte ich ihn und das Kennedy-Quartett zum offiziellen Empfang nach dem Konzert begleiten. Bald kam ich ins Gespräch mit einer außerordentlich sympathischen Amerikanerin, die froh war, mit jemandem englisch sprechen zu können. Wir unterhielten uns darüber, warum wohl Schubert gerade dieses Lied, *Die Forelle*, als Thema für den Variationensatz des Quintetts gewählt hatte. Irgendwann fragte mich die Dame freundlich nach meinem Namen, mit dem sie zu meiner Erleichterung nichts zu verbinden schien, und teilte mir dann den ihren mit, mit dem ich nicht nur den vor wenigen Jahren ermordeten amerikanischen Präsidenten verband, sondern seit kaum zwei Stunden den bezauberndsten Mann auf der ganzen Welt. Sie hieß Vicky Kennedy und war die Ehefrau von Irving, dem sie mich zehn Minuten später vorstellte, weil, wie sie sagte, sie mich so sympathisch fand, und da auch sie in Basel wohnten, wäre es doch schön, wenn wir uns bald wiedersähen, dann bei ihnen zuhause und natürlich zu dritt, mit Irving. Natürlich zu dritt.

Irving Kennedy unterrichtete neben seiner Tätigkeit im Streichquartett Cello an der Musikhochschule Mannheim. Einer seiner Studenten war David Prinz. Irving erzählte mir einmal, dass dieser David Prinz, ein Rabbinersohn aus

Amsterdam, wohl der begabteste Student sei, den er je unterrichtet habe, hoch musikalisch und wie geboren für das Cello, außerdem gescheit und liebenswürdig. Da ich den Rabbinersohn aus Amsterdam damals noch nicht kannte, interessierte mich Irvings Beschreibung von ihm nur, weil mich alles interessierte, was Irving mir erzählte. Irvings Frau Vicky hieß eigentlich Victoria, ausgerechnet, und kam wie er ursprünglich aus dem amerikanischen Mittelwesten. Die beiden hatten sich noch in Ann Arbor während des Studiums kennengelernt und waren als jung verheiratetes Paar nach Europa gekommen. Die Ehe blieb kinderlos, und so konnte Vicky ihren Mann auf seinen Konzertreisen stets begleiten. Viel Zeit und Gelegenheit für eine Affäre blieb da nicht, und bei aller Verliebtheit verstand ich auch nie so ganz, warum sich Irving all die anstrengenden Umwege und Heimlichkeiten antat, umso mehr, weil Vicky eine kluge und patente Frau war, etwas spröde vielleicht, aber verlässlich wie ein Felsen. Die beiden waren ein perfekt eingespieltes Team. Er widmete sich ganz der Musik und mir, gelegentlich, und sie war für den praktischen Teil des Lebens verantwortlich.

Seit dem ersten Tag unserer Affäre mischten sich in mein himmlisches Glück zwei durchaus weltliche, gegensätzliche, trostlose Gefühle: Schuld und Eifersucht. Vicky und ich mochten uns sehr, und es war abscheulich, sie zu betrügen, während Irving nie genug Zeit für mich hatte. Immer musste ich mich seinen, genauer ihrer beider, Plänen fügen, konnte ihn nicht anrufen, wartete tagelang, wochenlang darauf, dass er sich meldete, wartete überhaupt fast nur noch. Jedes Mal, wenn ich Vicky begegnet war, machte ich schuldgeschüttelt und angewidert von mir selbst Schluss mit Irving, und jedes Mal ließ ich mich von ihm sofort und noch so gern wieder von der Unsinnigkeit dieses Entschlusses überzeugen, vorzugsweise im Bett. Ich liebte Irving über alle Maßen, und er liebte mich auf seine Weise zweifellos auch, und so ging unsere

Affäre weiter und weiter und wandelte sich allmählich zu einer Art Zweitehe mit ihrer eigenen Routine, bis Vicky und Irving vor eineinhalb Jahren für mich gänzlich überraschend beschlossen, zurück nach Amerika zu gehen, um der ehrenvollen Berufung der University of Cincinnati in Ohio zu folgen, wo das Kennedy-Quartett in Zukunft eine Meisterklasse für Kammermusik betreuen würde. Ich vermutete, dass hier Vicky die treibende Kraft war, jedenfalls war diese Entscheidung das Beste, was sie tun konnte, für die beiden und nachträglich auch für mich, denn nun war unsere Affäre endlich vorbei, nach drei Jahren der großen Liebe und der Schuld und der Scham und der Eifersucht und der Zermürbung und der Hoffnung und der Hoffnungslosigkeit und wieder der großen Liebe und der Schuld und der Scham und der Eifersucht und der Zermürbung.

Die große Liebe. Die Erinnerung an die Affäre mit Irving bestärkte mich in der Gewissheit, dass ich den Rabbinersohn aus Amsterdam niemals verlieren wollte. Das Gefühl war wie ein Silberstreifen am Horizont, eine Ahnung, eine Hoffnung, der ich zu vertrauen versuchte, obwohl ich die Hoffnung in der Zeit mit Irving hassen gelernt hatte, sie hatte mich immer nur betrogen mit sich selbst. Mit der Hoffnungslosigkeit war ich bestens vertraut. Aber was bedeutete überhaupt Hoffnung? Mit dieser Frage schlief ich ein.

Am nächsten Morgen rief mich Noemi an und erkundigte sich wie immer nach meinem Befinden.

»Heute fühle ich mich zum ersten Mal seit …, seit …«

»Seit Michaels Tod«, half sie mir weiter. Woher nahm sie diese Kraft, fragte ich mich zum hundertsten Mal.

»Ja. Heute fühle ich mich zum ersten Mal wieder wie vorher. Nein, das stimmt natürlich nicht«, korrigierte ich mich hastig und schuldbewusst.

»Es wäre wunderbar, wenn es so wäre, und die größte

Freude, die du mir machen könntest, und Nathan sicher auch, und vor allem deinem Zauberknaben. Ist das ein hinreißender Mann.«

»Ja, das finde ich auch, und ich hoffe nur, dass er mir das glaubt.«

»Darüber wollte ich kurz mit dir reden. Ich habe jetzt nicht sehr viel Zeit, aber David bittet dich, ihn in einer Stunde vor dem Pavillon zu treffen. Nathan hat gestern noch mit ihm gesprochen, wie wir es vereinbart haben.«

»Vielen Dank«, murmelte ich zögernd.

»Ist dir das nicht recht so? Ist es dir doch noch zu früh?«

Ich überlegte kurz. Ich durfte meiner Unsicherheit nicht nachgeben. »Nein. Ich freue mich darauf, David endlich richtig wiederzusehen.«

»Sehr gut. Nathan holt dich so gegen halb elf ab und begleitet dich zu David.«

Nach einer Pause fügte sie hinzu: »Du realisierst sicher, dass dies auch für David eine schwierige Situation ist. Vielleicht braucht auch er ein wenig Zeit für die Wiederannäherung.«

»Ja. Ganz vielen Dank für alles.«

»Viel Glück. Euch beiden viel Glück.«

Der Rosengarten leuchtete im vormittäglichen Sonnenlicht, und ich sah David schon vor dem Pavillon auf- und abgehen, bevor er mich und Nathan bemerkte und mit raschen Schritten auf uns zukam. Er setzte zu einer Umarmung an, unterließ sie jedoch und lächelte mich stattdessen nur an. In seinen strahlenden Augen sah ich mich selbst. Ich hatte vergessen, wie beglückend es war, mich in seinem Blick wiederzufinden.

»David.« Ich sprach seinen Namen aus wie zur beruhigenden Bestätigung, dass David tatsächlich vor mir stand.

»Mein Engelchen.«

»Dann lasse ich euch mal allein«, schaltete Nathan sich

ein, »du hast ja einen Schlüssel, David. Bitte begleite Liora nachher zurück ins Haus.«

David nickte und wollte meine Hand nehmen, aber bei der Vorstellung, Nathan würde verschwinden, packte mich völlig unerwartet und seit längerem zum ersten Mal wieder die Angst. Ich schaute von einem zum anderen, ohne in ihren Gesichtern das geringste Anzeichen von Panik zu sehen. Das war merkwürdig, denn ich war sicher, dass die Welt gerade dabei war, sich verkehrt herum zu drehen.

Ich schlug beide Hände vors Gesicht. Ich fürchtete umzukippen und sie beide verloren zu haben, David und Nathan, falls ich je wieder zu mir kommen würde. Mir schien der Zustand ewig anzuhalten, aber vermutlich waren nur einige Augenblicke vergangen, als ich Davids besorgte Stimme wie von weitem hörte.

»Lolita, Engelchen, was hast du denn?«

Er fasste behutsam meine Hände, legte sie an meinen Rücken und küsste mich. Ich fürchtete zu ersticken, drehte den Kopf weg und bedeckte meine Augen wieder mit den Händen.

»Nein«, schrie ich leise, »nein.« Ich fing an zu schluchzen und zu würgen. Ich konnte nicht mehr klar denken, ich hatte nur noch Angst.

»Liora, versuch, dich zu beruhigen«, besänftigte mich Nathan, »schau, wir sind beide bei dir, David und ich. Es wird gleich vorbei sein. Versuch, regelmäßig zu atmen. David, komm, lass uns zur Bank gehen. Ich hole dir ein Glas Wasser.«

Ich ließ die Arme sinken. Das Herz schlug mir noch immer bis zum Hals. »Geh nicht weg«, bat ich Nathan mit weinerlicher Stimme wie ein kleines Kind, während ich mich auf die Steinbank fallen ließ, »bitte bleib bei mir.« Er nickte und setzte sich neben mich.

»Kann mir vielleicht jemand erklären, was hier gerade vor sich geht?« Davids Gesicht war gerötet. Er wirkte größer, als ich ihn in Erinnerung hatte, wie er da vor uns stand. Ich hätte gern etwas gesagt, aber ich brachte kein Wort heraus.

»Verstehe ich dich richtig, dass Nathan bleiben soll, und ich soll weggehen?«, fragte er.

»Nein, bitte nicht«, krächzte ich, »bitte bleibt beide da.«

David folgte kopfschüttelnd meiner Bitte und setzte sich auf meine andere Seite. Fass mich jetzt nur nicht wieder an, dachte ich, und dann an den blöden Witz, den mein Kollege Bruno Cancellara neulich erzählt hatte: Eine junge Frau sitzt im dunklen Kino zwischen zwei Männern. Nehmen Sie die Hand von meinem Knie, flüstert sie. Nein, zischt sie, nicht Sie, sondern Sie. Ich musste lachen, mitten in dem Schlamassel. David fuhr hoch und fragte laut: »Was ist denn jetzt so komisch?«

»Entschuldige bitte. Nichts ist komisch. Ich möchte nur, dass Nathan bei uns bleibt.«

David schaute mich überrascht an. »Wieso das denn?«

»Ich fühle mich sicherer in seiner Gegenwart.«

»Kann es sein, dass du überhaupt nicht mit mir sprechen willst? Seit ich dich hier gefunden habe, verhinderst du, mit mir allein zu sein.«

»Ja, das stimmt. Bitte nimm es mir nicht übel, es ist nicht gegen dich gerichtet.«

»Das Gefühl habe ich aber schon, dass es gegen mich gerichtet ist. Gegen wen denn sonst?«

»Gegen niemanden. Ich fühle mich einfach noch total unsicher.«

»Und wenn der Herr Doktor dabei ist, fühlst du dich weniger unsicher?«

»Ja. In Nathans Nähe fühle ich mich weniger unsicher.«

»Großartig. Dann kann ich ja wieder gehen. Es war nicht meine Absicht, dich mit meiner Gegenwart zu verunsichern. Ich war davon ausgegangen, dass du dich freust, mich wiederzusehen. Das war offenbar falsch. Entschuldige bitte, dass ich es nicht schneller begriffen habe.« Er drehte sich um und lief davon.

»David.« Nathan stand auf, ging ihm die paar Schritte nach und legte den Arm um seine Schulter.

»Bleib hier. Gib deinem Herzen einen Stoß«, sagte er eindringlich, »tu es für Liora.«

David nahm wortlos den Schlüssel aus der Hosentasche und wandte sich um zum Pavillon. Nathan und ich folgten ihm. Ich war zum ersten Mal im Pavillon, den ich von meinem Zimmer aus so oft betrachtet und mich gefragt hatte, wie er innen wohl aussehe. Nathan holte aus einem Nebenzimmer drei Stühle in den Hauptraum, während mir David die hebräische Inschrift unter der Kuppel zeigte. »Beit Schalom«, Haus des Friedens. Tatsächlich herrschte in diesem Raum eine einzigartige Atmosphäre von Harmonie. Womit sollte ich beginnen? Was konnte ich David heute anvertrauen, was vielleicht erst später und was niemals? War es überhaupt an mir, dieses Gespräch zu eröffnen? Das hatte ich mir nicht überlegt, aber keiner der beiden Männer ergriff die Initiative. Zwei Themen bewegten mich: erstens der Tod von Michael und meine Mitschuld daran und zweitens, dass ich David nicht verlieren wollte. Vielleicht fing ich mit dem zweiten Punkt an, er schien mir in diesem Augenblick der unproblematischere zu sein.

»Ich bin so froh, dass du wieder da bist«, begann ich also. Es kam von Herzen, aber David schaute mich nur ausdruckslos an. Ich versuchte, mich nicht schon jetzt entmutigen zu lassen.

»Du wirst mir viel zu erzählen haben, über die Arbeit mit Irving Kennedy und über Amerika. Und ich dir natürlich auch, über meine Arbeit im Theater, mit der *Zauberflöte* und so …« Er verzog keine Miene.

»Eigentlich bist du ja nicht wieder da«, fuhr ich fort, »sondern zum ersten Mal, wie ich auch, auf Solberg, meine ich. Da hatte meine Mutter einmal eine wirklich gute Idee, dass sie dich hierher geschickt hat.« Es sollte locker klingen, aber es kam schlecht an. Immerhin brach David sein Schweigen.

»Was war das überhaupt für ein absurder Zauber, den deine Mutter da abgezogen hat?«

Lunenburg. Ich hatte ihm nie davon erzählt. Er war offenbar irgendwie in den Park geraten und sogar meiner Mutter begegnet, ich wusste nicht wie und konnte es mir auch nicht vorstellen.

»Ich weiß es nicht«, antwortete ich wahrheitsgemäß, denn ich wusste wirklich nichts über den Zauber von Lunenberg, außer dass er mich und Ricky in seinen Bann schlug seit jeher.

In Davids Blick sah ich, dass er mir nicht glaubte. Er stand auf und wandte sich ungeduldig an Nathan. »Was redet sie da? Ist sie deswegen hier, und niemand will mir sagen, ob sie krank ist?«

Wie üblich antwortete Nathan erst nach einer Überlegungspause und mit großer Besonnenheit. »Ich verstehe nicht, wovon ihr jetzt gerade sprecht. Ich habe Lioras Mutter zuletzt vor fast zwanzig Jahren gesehen, privat meine ich. Wir haben sie mehrmals auf der Bühne erlebt, Noemi und ich. Großartig. Und Liora hat mir erzählt, dass sie seit längerem keinen Kontakt mehr zu ihr hat. Das darf ich David doch sagen?«

Ich nickte. Er durfte David alles sagen, noch so gern. Ich wartete darauf, dass er weitersprach, aber das tat er nicht, also ergriff nach einer Pause ich wieder das Wort. »Ich kann dir deine Frage vielleicht beantworten. Nein, ich bin nicht deswegen hier. Wegen des Zaubers, meine ich, wobei dein Gesang gestern wahrscheinlich die beglückendste Erfahrung meines Lebens war.«

David setzte sich wieder hin, wenn auch sichtlich ohne

Enthusiasmus. Ich wusste nicht, wie weiter. Meine Liebeserklärung war offenbar nicht angekommen, und auf seine zweite Frage wusste ich keine Antwort. Ich schaute zu Nathan.

»Bin ich krank?«

Er ließ sich wieder Zeit. »Ich finde, es geht dir schon deutlich besser. Die ganzen Umstände, die deinen Vater betreffen … das hat natürlich ein seelisches Erdbeben in dir ausgelöst. Damit kam ja ungefähr alles ins Wanken, was du bis dahin über dich und deine Eltern gewusst hast.«

Ich bewunderte ihn, dass er das so ruhig erklären konnte. »Das zu verarbeiten, also es irgendwie zu integrieren ins eigene Leben, das war und ist eine riesige Aufgabe, und ich finde, du machst das ganz toll. Ich habe von dir zum Beispiel nie ein schlechtes Wort über deinen Vater gehört, im Gegenteil, obwohl er dich im Stich gelassen hat. Und über mich übrigens auch nicht, obwohl ich daran ja eigentlich schuld war.«

»Du? Du bist doch nicht schuld daran.«

»Ich verstehe kein Wort«, unterbrach David und wandte sich an mich, »aber vielleicht hast du ja die Güte, mich aufzuklären.«

»David.« Nathan schüttelte andeutungsweise den Kopf, während er David anlächelte.

»Traust du dir zu, David deine Geschichte jetzt zu erzählen?«, fragte er mich.

»Ja.«

»Soll ich euch allein lassen?«

»Nein, bitte nicht.«

David machte eine resignierte Geste, blieb aber immerhin sitzen, und so erzählte ich ihm die ganze Geschichte, die mich am Ende hierher geführt hatte nach Solberg. Zuerst ging es noch etwas stockend, das Sprechen fiel mir jedoch immer leichter. Gelegentlich blickte ich zu Nathan, in der Hoffnung, er würde bestätigen, was ich sagte. Er saß jedoch die ganze

Zeit unbeweglich, den Kopf gesenkt, während David mich unverwandt anschaute.

Ich begann mit der Entdeckung des Bildes meines Vaters in Nathans Arbeitszimmer im Pilgerhaus und Nathans Erklärung, wie es dahin gekommen war. Ich schob ein, wie Noemi mich nach einer Probe der Drei Knaben im Theater, von der sie Raphael abholte, auf Erev Schabbat zu sich eingeladen hatte, kurz nach Davids Abreise nach Ohio, und wie wohl ich mich im Kreise der Familie Morgenthau fühlte. Wie es mich verstört hatte, von Nathan zu erfahren, dass mein Vater einen Mann mehr geliebt hatte als meine Mutter. Dass dieser Mann ... wieder suchte ich Nathans Blick vergeblich, so musste ich selbst aussprechen, dass dieser Mann Nathan war.

David stand so abrupt auf, dass sein Stuhl mit einem lauten Schlag nach hinten fiel. »Du bist schwul?«, schrie er. »Du bist doch verheiratet und hast Kinder.«

»Salomon war die Liebe meines Lebens. Bevor ich Noemi kennengelernt habe«, flüsterte Nathan, ohne den Kopf zu heben. David starrte ihn an, dann mich.

»Bitte, David, bleib hier und hör dir die Geschichte bis zum Ende an«, bat ich ihn. »Wenn wir jetzt unterbrechen, finde ich vielleicht nicht mehr den Mut, dir auch das andere anzuvertrauen.«

Er schüttelte verständnislos den Kopf, stellte jedoch den Stuhl auf und setzte sich wieder hin. Ich bewunderte ihn sehr dafür. Ich merkte, dass ich lächelte. Ich merkte es, weil es das erste Mal seit Michaels Tod war, dass ich lächelte. Nun stand ich auf, ging zu ihm, gab ihm einen Kuss auf den Kopf, ging zu meinem Stuhl zurück und setzte mich ebenfalls wieder hin. Plötzlich fühlte ich mich durch Nathans Gegenwart irritiert. Konnte ich ihm zumuten, David hier und jetzt von Michaels Tod zu erzählen? Ich hatte keine Wahl, also versuchte ich es und schilderte den späten Sonntagnachmittag im Juni. Wie

Nathan zu Wackernagels gekommen war, um Michael da abzuholen, und wie ich vorgeschlagen hatte, mit der Fähre über den Rhein zurückzufahren, um Michael eine Freude zu machen.

»Und dann ist Charlie ans Ufer gerannt und Michael ihm nach, und dabei ist er in den Fluss gestürzt.«

Ich schluckte und schluckte, ich musste verhindern, dass mir die Stimme versagte. »Er ist ertrunken«, flüsterte ich und konnte die Tränen nicht mehr zurückhalten.

»Um Gottes willen.« David war leichenblass. Er erhob sich langsam, ging zu Nathan und wollte ihm, der inzwischen auch stand, die Hand geben, aber Nathan schlang beide Arme um ihn, und so standen sie lange, bis Nathan ihn losließ und sich wieder setzte. David ging mit starrem Blick zurück zu seinem Stuhl.

»Das Schlimmste, was überhaupt passieren kann, ist passiert«, sagte Nathan kaum hörbar, »mein Kind ist tot, ertrunken vor meinen Augen, und ich konnte es nicht retten.«

Die Verzweiflung in Davids Gesichtsausdruck machte es mir schwer, nicht zu ihm zu gehen und ihn in den Arm zu nehmen, ich widerstand jedoch der Versuchung, um nicht Nathans Aufmerksamkeit auf mich zu lenken. Er sprach mit gesenktem Blick weiter.

»Wir werden darüber nie wirklich hinwegkommen. Wir, damit meine ich uns alle. Auch die Leute, die mit uns auf der Fähre waren, werden sich immer an dieses Unglück erinnern. Der Fährmann. Meine Familie. Ich selbst.«

Nun hob er den Blick zu David. »Und Liora. Sie ist meinem Sohn nachgesprungen, ohne einen Augenblick zu zögern, während alle anderen wie versteinert am Ufer standen oder noch auf der Fähre. Auch ich. Ich besonders. Sie ist zu ihm geschwommen, so schnell es überhaupt ging. Sie war schon fast bei ihm –« Seine Stimme brach.

Ich war David dankbar, dass er diese Situation mit uns

aushielt, mit Nathan und mir. Schließlich sprach Nathan leise weiter.

»Obwohl Liora alles getan hat, was menschenmöglich war, fühlt sie sich schuldig an Michaels Tod. Auch ich fühle mich schuldig, weil ich mich nicht habe rühren können in dem Moment. Aus meiner beruflichen Erfahrung weiß ich, dass das normal ist. Dass Trauer und Schuldgefühle durcheinandergehen und einen Menschen fast umbringen können. Ich bin kein Prophet, aber ich gebe Liora gute Chancen. Sie ist extrem sensibel, wie du ja auch. Sie ist aber auch stärker, als sie selbst glaubt, und viel stärker, als sie sich im Moment fühlt. Das habe ich gemerkt, als ich sie zum ersten Mal mit Raphi und den anderen beiden Jungen bei einer *Zauberflöte*-Probe erlebt habe. Die Kraft ihrer Begeisterung für Mozarts Musik hat sich in einem Maß auf die Buben übertragen ... ich wollte, Noemi wäre jetzt hier mit uns.«

»Ja«, sagten David und ich unisono.

»Aber heute ist ja Freitag, da ist sie nicht hier«, stellte er mit Bedauern fest.

Er schaute auf seine Armbanduhr und räusperte sich. »Es tut mir leid, aber ich muss hier noch das eine oder andere erledigen, bevor ich nach Hause fahre. Kann ich euch jetzt euch selbst überlassen? Oder sollen wir für heute die Sitzung beenden und nächste Woche zu dritt weiterreden?«

Ich blickte zu David. Die Verkrampfung war aus seinem Gesicht gewichen, nur sehr blass war er noch. »Ich bin bei Freunden meiner Mutter zum Nachtessen eingeladen«, sagte er, »aber bis dahin ist ja noch Zeit. Was meinst du, Lolita? Und was machst du überhaupt über Schabbes? Bleibst du mausallein hier? Ich könnte dich am Sonntag wieder besuchen, oder wir könnten zusammen einen Spaziergang machen. Sie darf doch hier raus, oder?«

Das Eis war gebrochen. Welch unpassender Ausdruck mitten im August. Trotzdem, das Eis war gebrochen. Ein Stein vom ungefähren Gewicht des Himalaja fiel mir vom Herzen. David war zurück. Ich schaute zu Nathan. Der war versunken in Davids Anblick, als sähe er ihn gerade zum ersten Mal. Sie hatten sich ja auch erst gestern kennengelernt, und er hatte David vielleicht noch nie so lange und so relativ locker reden hören wie eben, aber mich verwirrte seine Miene trotzdem, und David offenbar auch.

»Oder darf sie doch nicht raus hier?«, fragte er unsicher. »Oder ist es, weil ich dir nicht mein Beileid …? Ich weiß nicht, was ich sagen soll … es ist so furchtbar …«

»Ist ja gut, mein Junge, ist ja gut. Und natürlich darf Liora hier raus.«

Nathan versuchte, ihn anzulächeln. Sein Lächeln war selten seit dem Unglück und kostbarer als jeder Edelstein. Auch ich kämpfte schon wieder mit den Tränen. Ich würde ihn die nächsten zwei Tage nicht sehen.

»Wie fühlst du dich denn überhaupt?« Jetzt lächelte er mich an.

»Das war ja ein großes Stück Arbeit für dich«, ergänzte er.

»Danke … ja … ich …«

»Ach, hier seid ihr, ich suche euch schon überall.«

»Nomilein, wie schön. Gerade haben wir von dir gesprochen.«

Nathan stand auf und umarmte seine Frau. Auch David erhob sich, ging zu ihr und ergriff wortlos ihre Hand. Sie nickte und fuhr ihm mit der anderen Hand leicht durchs Haar, dann begrüßte sie mich in ihrer wunderbar warmherzigen Art. Währenddessen verschwand David im Nebenraum und kam mit einem Stuhl für Noemi wieder. Auch die Lyra hatte er mitgebracht. Als er wieder saß, legte er sie mit großer Sorgfalt auf seinen Schoß.

»Was führt dich denn her an einem Freitag?«, fragte Nathan Noemi.

»Ich wollte nochmals vor dem Wochenende nach dem neuen Patienten sehen.« Sie brachte neuen Wind in den Raum, das tat mir gut und den beiden Männern sichtlich auch. Nathan nickte, er wusste natürlich, von wem sie sprach, und David und mich ging es nichts an.

»Und dann wollte ich mir Silberling vorknöpfen.«

»Ach ja, das wollte ich auch«, sagte Nathan, »ich habe es aber vergessen, ehrlich gesagt.«

»Er ist auch gar nicht hier«, beruhigte ihn Noemi, »er hat dieses Wochenende frei.«

»Gott sei Dank«, entfuhr es mir.

»Was heißt das?«, fragte Noemi, und auch Nathan sah mich erstaunt an.

»Ach, nichts, ich mag ihn einfach nicht.«

»Ich auch nicht«, doppelte David nach.

»Ich auch nicht. Obwohl ich das vielleicht nicht sagen sollte, aber wir sind ja hier quasi en famille«, ergänzte Noemi.

»Wo hast du denn die Buben gelassen? Hast du sie mitgebracht?«, fragte Nathan.

»Nein, sie sind mit meiner Mutter im Schwimmbad.«

Nathan schlug die Hände vors Gesicht. »Tony, du weißt, wie wichtig das ist. Sie dürfen keine Angst vor Wasser entwickeln. Ich bin froh, dass Mami sich das zutraut.«

Tony war Noemis Kosename für Nathan. »Ja, ich weiß, du hast ja recht«, murmelte der und ließ die Hände sinken.

»Wie geht's dir denn jetzt nach dem sicher anstrengenden Gespräch?«, fragte Noemi mich freundschaftlich.

»Ich … ich … also … ich bin froh, dass Nathan bei uns geblieben ist. Ich hatte plötzlich wieder so Angst …«

Ich schaute hinüber zu David, aber der schien der Unterhaltung nicht gefolgt zu sein. Er hielt nun die Lyra in der linken Armbeuge und die ausgestreckten Finger der rechten Hand über den Saiten. Der jochförmige Rahmen schimmerte golden und die Saiten flimmerten in allen Farben. Davids Blick ging in die Ferne.

Langsam kam ich wieder zu mir, von ganz weit weg zurück ins Hier und Jetzt. Die himmlische Musik klang noch eine Weile in mir nach, dann löste sie sich gänzlich auf und wich einem Gefühl von elementarer Dankbarkeit für so viel Schönheit. In Davids Blick sah ich ein kindliches Staunen.

»Unglaublich«, flüsterte Noemi schließlich, »ganz unglaublich. Dieses Lied habe ich nicht mehr gehört, seit ich ein kleines Kind war. Ich hatte es total vergessen. Danke, David, so etwas Schönes habe ich noch nie erlebt.«

»Ja, danke, David, danke.«

Auch Nathan flüsterte, als ob wir uns an einem heiligen Ort befänden. »So etwas Schönes ... so etwas Schönes habe ich noch nie erlebt. Wobei ...«, fuhr er an Noemi gewandt, fort, »wobei ich nicht ganz verstehe, dass du das ›Lied‹ nennst.«

»Doch. Es ist ein sephardisches Wiegenlied, glaube ich.«

Noemi schaute fragend zu David, aber der schüttelte nur leicht den Kopf.

»Das war eine Arie aus Händels *Saul*«, beharrte Nathan, »ich kann mich gut daran erinnern, ich habe im Schulchor mitgesungen seinerzeit, in Oxford.«

Ich war noch etwas benommen, aber für mich bestand kein Zweifel daran, dass die Musik von Mozart war, wie schon gestern, als ich David zum ersten Mal zur Lyra hatte singen hören. Die schönste Musik von Mozart, die ich je gehört hatte, und so schön musiziert, wie ich es noch nie gehört hatte. Allerdings hatte ich wie gestern nicht die geringste Ahnung, aus welchem Werk von Mozart die Musik stammte. Ich fragte flüsternd David.

»Ich weiß es nicht«, antwortete er, ebenfalls flüsternd. Auch er war offensichtlich noch nicht ganz wieder erwacht aus dem traumähnlichen Zustand.

134

»Ich habe keine Ahnung. Ich habe gesungen und ich höre noch die Klänge der Lyra, aber ich kann mich nicht erinnern ...«

Er schüttelte wieder leicht den Kopf und lächelte. Auch Noemi lächelte, und Nathan auch, und ich wohl auch.

»Schon Mozart, meine ich«, sagte David leise. »Ich meine ... wer sonst ...« Er verstummte. Wir saßen noch eine Weile schweigend zusammen. Schließlich erhob sich Nathan, ging zu David und gab ihm einen Kuss aufs Haar.

»Danke, David, danke«, wiederholte er kaum hörbar.

»Ja, danke, David.«

Auch Noemi war aufgestanden, dann ich, dann David. Er kam zu mir. Wir standen einander ganz dicht gegenüber. Seine Augen leuchteten. Nach einem Augenblick des Zögerns umarmte ich ihn.

Nathan lud uns spontan zum Mittagessen ein. Es war das erste Mal, dass ich mich im öffentlichen Restaurant auf Solberg aufhielt. In der Gesellschaft von Nathan und Noemi und David war es in diesem Moment überhaupt kein Problem für mich, im Gegenteil. Außerdem spürte ich wohl noch etwas von der Energie in mir, die ich von Davids Gesang empfangen hatte. Noemi lud uns beide auch noch zum Nachtessen bei ihnen zuhause ein. Die Morgenthau'sche Großzügigkeit war ohnegleichen, aber David war ja schon anderweitig vergeben.

»Dann kommt doch am Sonntag zum Mittagessen«, schlug Noemi vor. Nathan stimmte sichtlich erfreut zu. Ich hatte Sehnsucht nach dem Pilgerhaus, obwohl ich das letzte Mal dort zusammengeklappt war. Das war drei Wochen her und der Auftakt gewesen zu meinem Aufenthalt hier. Rückblickend war ich froh, dass es passiert war. Ich mochte mir nicht vorstellen, was sonst aus mir geworden wäre, vermutlich ginge es mir viel schlechter. Ich stürzte zwar noch immer gelegentlich emotional ab, aber es wurde seltener, und ich erholte mich rascher davon als zu Beginn meines Aufenthalts im

Haus zur Tugend und Gerechtigkeit, von den drei Wochen davor allein zuhause ganz zu schweigen.

Zuhause. Irgendwann musste ich anfangen, daran zu denken. Meine Wohngenossen würden bestimmt erst kurz vor Semesterbeginn wieder aufkreuzen, ich würde also noch einige Wochen die Wohnung für mich allein haben, eine angenehme Vorstellung. Ich fühlte mich gut und zuversichtlich.

»Vielen herzlichen Dank für die Einladung«, sagte ich also, »ich fände es wunderbar, zu euch zu kommen.«

»Dann holt dich jemand von uns mit dem Auto hier ab und bringt dich wieder zurück.«

Noemi wirkte zufrieden, während David mit der Gabel in seinem Salat herumstocherte.

»Was hast du, Dubi?«, fragte ich. »Wir können ja vielleicht morgen spazieren gehen, wenn du das möchtest.«

»Das ist nicht das Problem«, fand er, »es ist ... Ricky wohnt ja seit gestern bei mir, und –«

»Was? Ricky wohnt bei dir? Also bei deiner Mutter?« Ich konnte es nicht fassen.

»Ja. Er will definitiv nicht zurück nach Hause.«

»Aber was will er denn in Basel tun? Er muss ja Geld verdienen.«

»Was macht er denn beruflich?«, fragte Noemi.

»Er ist Gärtner. Und er ist überhaupt ein Alleskönner.«

»Sieh an, sieh an, ein Alleskönner ist er, dein Ricky.« Ich freute mich über Davids gute Stimmung.

»Was sagt denn deine Mutter dazu, dass er bei euch wohnt?«

»Sie und mein kleiner Bruder sind noch bei meiner Tante im Tessin, aber es ist bestimmt in Ordnung, dass ein Freund mich besucht und bei uns logiert. Was Ricky machen wird ... unter uns gesagt: Er hat sich ein wenig verliebt, glaube ich.«

Ich erinnerte mich, dass er gestern einen Moment gezögert hatte, als ich ihn fragte, ob er eine Freundin habe. So ein Schlitzohr. Wen konnte er inzwischen kennengelernt haben? Ich fragte David. Der beugte sich über den Tisch, schaute kurz nach allen Richtungen und sagte dann verschwörerisch leise: »Sie heißt Vogelsang. Den Vornamen habe ich leider vergessen, aber Vogelsang ist schön, nicht?«

»Chantal«, flüsterte Noemi vergnügt, »Frau Vogelsang heißt mit Vornamen Chantal. Auch schön, nicht?«

»Und wer ist Chantal Vogelsang?«, fragte ich.

»Sie arbeitet am Empfang hier im Hotel«, antwortete Noemi, »du bist ihr bestimmt auch schon begegnet. Sie ist eine ganz zauberhafte junge Frau, fast ein Kind noch.«

»Er ist ja auch fast noch ein Kind. Wie stellt er sich sich das denn alles vor? Und geht das nicht alles ein wenig schnell?«

Ich machte mir Sorgen um meinen Ziehbruder, er war ja ganz lebensunerfahren, jedenfalls nahm ich das an.

»Wir könnten einen tüchtigen Gärtner durchaus gebrauchen.« Meine Freundin Noemi war heute besonders initiativ, sogar an ihren eigenen Maßstäben gemessen. Ich bewunderte sie dafür und beneidete sie vielleicht auch etwas.

»Und die Buben werden entzückt sein, ihn öfter zu sehen. Wo ist denn das Problem?«, fragte sie David. »Warum malträtierst du deinen unschuldigen Salat?«

»Ich habe Ricky versprochen, dass wir am Sonntag zuhause zusammen zu Mittag essen.«

»Dann bring ihn doch mit«, entschied Noemi leichthin und richtete sich an mich.

»Sag mal, Süße, könntest du dir schon vorstellen, einen Besuch bei dir zuhause zu machen? Ich komme gerade drauf, weil David ›zuhause‹ gesagt hat und ich mir schon seit einigen Tagen überlegt habe, ob das bei dir schon ein Thema sein könnte oder nicht. Wenn es dir noch Angst macht, vertagen wir es natürlich. Wenn du es dir schon zutraust, wäre das ein großer Schritt in Richtung Gesundung.«

»In der Tat. Ich würde allerdings empfehlen, dass du da nicht allein bist beim ersten Mal. Deine Freunde sind ja wohl noch im Urlaub«, ergänzte Nathan.

Freunde waren Karin und Joachim nun nicht gerade, aber das war jetzt unwichtig.

»Das heißt, du hast eine sturmfreie Bude?« David grinste mich an.

»Herr Prinz, ich muss doch sehr bitten«, entgegnete ich mit gespielter Entrüstung.

»Wer würde denn mit mir nach Hause kommen?«, fragte ich, an niemanden direkt gerichtet.

»Ich, natürlich.« David.

»Ich auch, natürlich.« Noemi.

»Ich auch, wenn du das möchtest.« Nathan.

Zum ersten Mal fühlte ich mich auf Solberg ein wenig einsam und zu weit weg vom richtigen Leben. Nathan und Noemi waren nach unserem gemeinsamen Mittagessen nach Hause gefahren und hatten David nach Basel mitgenommen und das auch Ricky angeboten, der wollte aber noch in der Nähe seiner Liebsten bleiben an Tag zwei der Bekanntschaft und dann auf eigene Faust zurückkehren.

Ich schrieb an Schabbes ausführlich in mein Rosenbuch, über die freudige Wiederbegegnung mit Ricky und die komplizierte, aber inzwischen doch auch gelungene mit David, über das Gespräch mit ihm und Nathan. Mehrmals setzte ich dazu an, die Wirkung von Davids Zaubermusik zu beschreiben, aber sobald ich mich daran zu erinnern versuchte, verlor ich den Faden. Immerhin, der Nebel, der mich seit dem Unglück von allen Menschen getrennt hatte, war wie weggeblasen. Ich realisierte wohl, dass meine letzte Panikattacke gerade einmal vierundzwanzig Stunden her war, und trotzdem war ich optimistisch und freute mich auf das Mittagessen morgen, auf David und Ricky und die Morgenthaus und auf Charlie, den ich vielleicht noch mehr vermisste, seit ich ihn von meinem Fenster aus gesehen hatte.

Und ich freute mich auf meine Wohnung. Eigentlich hätte ich den Ausflug dahin gern allein gemacht, aber ich wollte die anderen nicht verprellen, und vermutlich hatte Nathan recht, wenn er fand, ich sollte in der Wohnung nicht allein sein beim ersten Mal. Wir hatten besprochen, dass Noemi mich begleiten würde, das schien mir die risikoärmste Variante zu sein, obwohl ich sowohl mit Nathan als auch mit David gern ein wenig Zeit allein verbracht hätte. Mit David auch durchaus mehr als nur ein wenig Zeit, ich wollte jedoch nichts überstürzen nach den Erfahrungen mit meiner Instabilität. Es wäre katastrophal, mittendrin wieder Angst zu bekommen, ich musste mich in Geduld üben und dafür auf Davids Verständnis hoffen, es ging mir ja dabei um uns beide.

Im Theater hatten diese Woche die Proben zu Puccinis *Tosca* begonnen, der Eröffnungsproduktion der neuen Spielzeit. Die Premiere würde Mitte September sein, also in gut fünf Wochen. Wenn ich bis dahin nicht wieder arbeitsfähig wäre, könnte und würde mich Hannes Kocher, der Erste Regieassistent, vorläufig in der Beleuchtungsinspizienz vertreten. Meinen Aufsatz für das Programmheft der *Zauberflöte* musste ich spätestens drei Wochen vor der Premiere abgeben, die kurz vor Weihnachten war. Das sollte ich schaffen, dachte ich an diesem Schabbes Anfang August. Bis zu meiner ersten Bewährungsprobe nach dem Unglück und meinem anschließenden Zusammenbruch war allerdings viel weniger Zeit, nämlich eine knappe Woche, nächsten Freitagnachmittag, um genau zu sein. Das war das letzte Wochenende vor Wiederbeginn der Schule nach den Sommerferien, und ich hatte diesen Termin schon lange für eine Probe mit Yuvál, Raphael und Lukas angesetzt. Noch hatte ich ihnen nicht abgesagt, im Gegenteil. Marianne Wackernagel hatte vor einigen Tagen Noemi angerufen, um sich nach mir zu erkundigen, nachdem sie mich trotz wiederholter Versuche zuhause nicht erreicht hatte, und hatte Noemi bei dieser Gelegenheit an die Probe erinnert, so müsste ich nur noch nach dem Wochenende Frau Prinz anrufen, um den Termin auch für Yuvál zu bestätigen, oder David darum bitten. Ich selbst wollte die Passagen der Drei Knaben endlich wieder in Gedanken und mit der Partitur durchgehen. Im Haus zur Tugend und Gerechtigkeit stand ein Klavier, ich hatte es aber bisher nicht berührt, es war mir nicht einmal in den Sinn gekommen, es anzufassen. Das wollte ich nun ändern.

Die Vorstellung, wieder musizieren zu können, und dann auch noch die *Zauberflöte*, war fast so überwältigend wie ein Angstzustand, es gelang mir jedoch, mich darin nicht zu verlieren. Natürlich wäre das alles einfacher zuhause, dachte ich nun, vom Telefonieren über den Aufsatz und das Partiturstudium bis zum Klavierspielen und Charlie. Wenn mein erster Besuch zuhause morgen gut ging, konnte ich vielleicht planen, mich nächste Woche etwas ausgiebiger und allein oder sogar mit Charlie in meiner Wohnung aufzuhalten.

Am späten Nachmittag klopfte es an meine Tür. Halb und halb erwartete ich, dass mich Herr Sperling einmal mehr ungebeten besuchte, bis ich mich erinnerte, dass er dieses Wochenende frei hatte. Aber wer sonst könnte das sein? Er hieß nicht Sperling, dieser seltsame Pfleger, der angeblich mit Mutter bekannt war und nun offenbar Schelte zu erwarten hatte von seinen ärztlichen Vorgesetzten. Es beruhigte mich, dass auch die ihn nicht leiden konnten. Nicht Sperling hieß er, sondern Sterling. Nein, zum Teufel, auch Sterling hieß er nicht.

»Silberling«, sagte ich laut, während ich zur Tür ging, »Silberling heißt er, natürlich. Silberling.«

»Was willst du denn von Silberling?«, fragte Ricky, bevor wir uns umarmten.

»Wie wunderbar, dass du da bist, komm doch rein.«

»Oder magst du ein bisschen mit mir an die frische Luft kommen? Es ist schön draußen, gar nicht mehr heiß«, schlug Ricky vor.

So gingen wir in den Rosengarten und setzten uns wie vorgestern auf die Steinbank. War es wirklich erst zwei Tage her, dass wir uns endlich wiedergesehen hatten? Das war kaum zu glauben.

»Erzähl mir etwas von deiner Freundin«, bat ich.

Ricky rutschte auf der Bank hin und her und wusste offenbar nicht, wo er beginnen sollte, also redete ich weiter.

»Vorgestern hast du mir gesagt, du habest im Moment keine Freundin, du Schlitzohr.«

»Da wusste ich noch nicht, ob sie … also, ob sie auch … ich hatte sie ja nur gesehen, als ich mit deinem Prinz ins Haus gekommen bin.«

»Und dann?«

»Sie hat mich so süß angelächelt.«

»Da sieh mal einer an, wen haben wir denn da? Das Fräulein Sternlicht und den Herrn Löwenherz in trauter Zweisamkeit, wie gehabt.«

Ich musste mich nicht umdrehen, um zu wissen, wer das war. Ich griff nach Rickys Hand und hielt sie fest, sodass er nicht aufstehen konnte.

»Ich dachte, ich hätte mich deutlich ausgedrückt, als ich Sie beide das letzte Mal erwischt habe«, sprach Herr Silberling eisig weiter. Inzwischen stand er vor uns und blickte auf Ricky herunter aus seinen ekligen Fischaugen.

»Sie haben hier nichts verloren, Herr Löwenherz, und deshalb machen Sie jetzt sofort einen ganz flotten Abgang, und Sie, mein liebes Fräulein Sternlicht –«

»Ich bin nicht Ihr liebes Fräulein Sternlicht, und Herr Löwenherz bleibt hier, so lange er möchte.«

Er staunte, der Herr Silberling, aber ich staunte noch viel

mehr, wenn ich auch versuchte, es mir nicht anmerken zu lassen. Er fasste sich erstaunlich schnell wieder.

»Ich bin verantwortlich für Ihre Gesundheit, und da muss ich –«

»Sie sind überhaupt nicht verantwortlich für meine Gesundheit«, fiel ich ihm kühl ins Wort, »und ich bitte Sie, mich nun mit meinem Freund Löwenherz allein zu lassen.«

»Sieh mal einer an, mit Ihrem Freund Löwenherz. Ich dachte, Ihr Freund ist Herr Prinz. Aber der hat Sie ja leider verlassen, und ich kann angesichts der Situation, wie ich Sie hier antreffe, seine Entscheidung mehr als verstehen.«

»Sie verstehen gar nichts, und das müssen Sie auch nicht. Wenn Sie uns jetzt bitte in Ruhe lassen«, sagte ich höflich, »zumal Sie doch heute freihaben.«

Sein Blick flackerte fast unmerklich. »Woher wollen Sie denn wissen, wann ich Dienst habe und wann nicht?«

Ich feixte ihn an, ohne zu antworten, noch immer Rickys Hand in meiner. Die Szene machte mir Spaß.

»Ach natürlich, das Fräulein Sternlicht und der Herr Chefarzt. Ich muss schon sagen, für so ein zartes Pflänzchen sind Sie ganz schön durchtrieben. Erst der Herr Chefarzt, dann der Herr Prinz und dazwischen immer wieder auch noch eben unser Herr Löwenherz ...«

»Oder wollen Sie sich ein wenig zu uns setzen?«

Er starrte mich einen Moment ungläubig an und drehte sich dann um. »Das wird ein Nachspiel haben«, rief er im Weggehen.

»Worauf Sie sich verlassen können«, rief ich ihm fröhlich nach.

»Lola, was war das denn? Ich erkenne dich ja nicht wieder. Das war ja wie in unseren besten Zeiten.« Ricky strahlte übers ganze Gesicht.

»Ich glaube, du bist über den Berg.«

»Ja, das glaube ich auch.«

Wir saßen um den Gartentisch bei Morgenthaus, Noemi, Nathan, Raphael und Gabriel, Ricky, David und ich und natürlich auch Charlie, eine große Runde, die mich indessen nicht ängstigte, weil mir alle Anwesenden so lieb und vertraut waren. Noemi hatte mich wie besprochen mit dem Auto abgeholt und war mit mir zum Höhenweg gefahren. Zitterig vor Freude kramte ich die Schlüssel hervor und ging die drei Treppen voraus zu meiner Wohnung. Noemi schnaufte wie ein Walross, aber mehr zum Spaß. Sie war noch nie bei mir zuhause gewesen, auch Nathan nicht. Alle Türen der Wohnung standen offen, das war in unserer Wohngemeinschaft üblich, auch wenn man nicht da war. In meinem Zimmer stellte ich meine Umhängetasche auf den Boden, öffnete das Fenster und schaute lange hinaus. Ich sah nichts Überraschendes, und das war gerade das Wunderbare. Alles war, wo und wie es sein sollte, und als ob ich nicht drei Wochen weg gewesen wäre. Und als ob nicht Michael Morgenthau tot wäre. Es vergingen wohl keine drei Minuten, bis mich dieser Gedanke einholte und mich zwang, mich sofort hinzusetzen. Ich sah zum unzähligsten Mal Michaels Kopf vor mir im reißenden Strom, riesengroß, seine hochgerissenen Arme, die gespreizten Hände und hörte seine Schreie: »Abba, Abba!«

Noemi stand in unserem kleinen Flur und betrachtete die Poster an den Wänden. Nun drehte sie sich zu mir um, kam ins Zimmer und setzte sich zu mir aufs Bett. Ich hätte sterben mögen vor Scham. Ich hatte heute noch nicht an Michael gedacht, und auch gestern nicht, so sehr war ich beschäftigt gewesen mit meiner neu erworbenen Zuversicht. Nicht einmal Noemis Kommen oder die Aussicht auf meinen Besuch bei ihnen zuhause hatte mich in die Realität zurückgeholt, erst die Wiederbegegnung mit meinem Zimmer und den Sachen darin, dem Klavier, dem Schreibtisch, dem Bett mit der blauweiß karierten Decke, dem Büchergestell, den Bildern an den Wänden. Was war ich für ein Scheusal, ein egoistisches. Noemi legte leicht ihre Hand auf meinen Arm. Sie hatte warme Hände, während mir plötzlich kalt war.

»Magst du reden?«, fragte sie freundlich. Als ich nichts sagte, weil ich nicht wusste, was ich hätte sagen können, fuhr sie ruhig fort: »Darum hat Nathan geraten, du sollest jetzt vielleicht besser nicht allein sein. Das war zwar nicht unbedingt zu erwarten, aber eben auch nicht auszuschließen.«

»Was war nicht auszuschließen?«, wimmerte ich.

»So ein Flashback. Du kennst ja inzwischen den Ausdruck. Und die Erfahrung.«

Nach einer Pause ergänzte sie: »Wir alle kennen jetzt nicht nur den Ausdruck, sondern auch die Erfahrung.«

»Dir passiert das auch, dass es dich wie von hinten überfällt, wenn du gerade mal nicht an ihn denkst?«

Sie nickte. »Auch Nathan. Ihm passiert es noch häufiger als mir, wahrscheinlich, weil er dabei war. Es ist eine entsetzliche Erfahrung, die wir da gemacht haben, und wir werden noch viel Zeit brauchen und Rückschläge erleben.«

Und ich bin schuld daran, dachte ich, und dann dachte ich: obwohl ich getan habe, was ich konnte.

»Du hast getan, was du konntest.«

»Kannst du Gedanken lesen?«

»Nein, aber ich bin ein Profi, und als Profi erkenne ich das Muster deines momentanen Zustands. Es ist typisch, wie du inzwischen weißt, für jemanden, der so ein schweres Trauma erlitten hat.« Noemi gestand mir einmal mehr zu, dass auch ich litt. Dass auch ich das Recht hatte zu leiden, obwohl ich nicht wie sie mein eigenes Kind verloren hatte.

»Du bist so stark, das ist unglaublich. Ich bewundere dich so sehr«, murmelte ich.

»Ich bewundere dich auch sehr, und du bist auch stark.«

»Was?« Ich blinzelte sie durch meine Tränen hindurch an. Sie lächelte ein wenig.

»Aber sicher. Du bist durch deine eigene Hölle gegangen.

Du hast in diesen nicht einmal zwei Monaten einen extrem langen Weg zurückgelegt. Trauerarbeit ist Schwerstarbeit, und du mit dieser Schuldproblematik … und so sensibel, wie du bist … toll.«

Ich atmete tief ein. Gerne hätte ich sie umarmt, aber ich traute mich nicht.

»Besser?«, fragte sie nach einer Weile.

»Viel besser«, antwortete ich und versuchte, nicht zu denken: Obwohl es mir nicht zusteht, dass es mir besser oder gar gutgeht, weil ich schuld bin am Tod von Michael Morgenthau.

Noemi hatte verschiedene Salate vorbereitet, dazu gab es harte Eier und dunkles Brot, und zum Nachtisch hatte sie einen Schokoladekuchen gebacken. Als sie jedem ein Stück davon reichte, sagte Gabriel zu Ricky: »Mimi kann auch schon Kuchen backen, wenn Imma ihm hilft. Er will vielleicht Kuchenbäcker werden, wenn er groß ist, oder Asta … Astro …«

»Astronaut? Und wer ist Mimi?«, fragte ihn Ricky.

Mein Herz blieb stehen. Ich blickte verstohlen zu Nathan, dann zu Noemi. Beide sahen mit versteinerten Gesichtern auf ihre Teller.

»Mein Bruder. Er ist auf eine große Reise gegangen«, erzählte Gabriel, »er ist jetzt auf einem Stern. Durchs Fernrohr kann man den Stern sehen, aber Mimi sieht man nicht immer. Imma, wann kommt er zurück von der großen Reise?«

»Er kommt überhaupt nicht zurück«, fiel Raphael heftig ein, bevor Noemi zu einer Antwort angesetzt hatte.

»Ich will aber, dass er zurückkommt«, schrie Gabriel und fing an zu weinen. Noemi stand auf und ging zu ihm.

»Komm mal her zu mir, Schätzelchen«, sagte sie zärtlich und nahm ihn auf den Arm. »Magst du auf meinem Schoß weiteressen?« Gabriel nickte schluchzend und verbarg sein Gesicht an ihrer Schulter.

»Michael hat manchmal mit Abba durch ein Fernrohr Sterne angeschaut«, erklärte Raphael, »darum hat sich Gabi die Geschichte mit dem Stern ausgedacht. Das andere versteht er noch nicht.« Er hackte mit der Gabel wie wild auf seinem Stück Kuchen herum.

»Ich verstehe es wohl«, protestierte Gabriel, »Mimi ist tot, und sein Herz ist zu dem Stern geflogen, und dort ist er jetzt. Abba, ist er da allein?«, fragte er nach einer Weile besorgt.

Nathan räusperte sich. »Nein, allein ist er sicher nicht«, antwortete er mit belegter Stimme, »und es geht ihm gut, und er denkt an uns, wie wir an ihn denken.«

»Ich hätte es dir vorher sagen müssen, Freund Löwenherz, aber ich wusste nicht, wie«, murmelte David.

»Komm mal mit«, forderte ich Ricky leise auf und erhob mich. Wir gingen zusammen ins Haus, setzten uns im Wohnzimmer nebeneinander auf das Sofa, und ich berichtete ihm, wann und wie Michael zu Tode gekommen war. Es gelang mir, nicht die Fassung zu verlieren. Das war der größte Freundschaftsdienst, den ich Nathan und Noemi jetzt leisten konnte. Unsere lebenslange Vertrautheit ermöglichte es, dass wir so lange schweigend sitzen bleiben konnten, bis Ricky bereit war, zu den anderen zurückzukehren. In diesem Augenblick stand Charlie vor uns, gefolgt von Gabriel.

»Schau mal«, sagte er zu Ricky und legte ein Blatt Papier vor uns auf den Clubtisch. Er setzte sich zwischen uns, sodass ich seinen kleinen Körper spürte. Auf der Kinderzeichnung war am unteren Rand eine Familie zu sehen, Vater, Mutter, zwei Kinder mit dunklen Locken. Oben rechts stand auf einem goldgelben, gezackten Stern ein drittes Kind, ebenfalls mit dunklen Locken, das die Hand zum Gruß erhoben hielt.

»Das sind wir«, erklärte Gabriel und zeigte auf die Familie, »und das da oben auf dem Stern ist mein Bruder Michael, und er winkt uns.«

»Schön«, sagte ich und gab Gabriel einen Kuss, um nicht in Tränen auszubrechen.

»Ja«, bestätigte er, »das hat Mimi gemalt und Abba zum Geburtstag geschenkt. Der hat es an den Kühlschrank geklebt, und da habe ich es jetzt weggenommen.«

Als Ricky und ich nichts sagten, fuhr er fort: »Das darf ich, ich gebe es ja gleich Abba zurück, wenn ich es euch gezeigt habe.«

Ricky starrte noch immer auf die Zeichnung, als Raphael auftauchte. Er hielt einen Teller mit einem Stück Kuchen in der Hand.

»Du hast deinen Kuchen noch nicht gegessen.« Er übergab mir den Teller.

»Kommt ihr jetzt wieder nach draußen?«, bat er.

»Ja«, beschloss Gabriel und ging voran.

»Wir kommen gleich nach.« Ich lächelte Raphael zu, so gut ich konnte, und er mir auch, bevor er seinem kleinen Bruder folgte. Ich stellte den Kuchenteller auf den Tisch, nahm die Zeichnung in die Hand und schaute sie mit Ricky zusammen genau an. Dabei sah ich in der linken unteren Ecke mit Bleistift in Erwachsenenschrift geschrieben: *Von Michael für Nathan zum 8. April (1).*

Gabriel kam zurück, wieder mit einem bunten Bild. Diesmal blieb er stehen.

»Kann ich deinen Kuchen haben?«, fragte er keck, legte das Blatt auf meinen Schoß und nahm den Kuchenteller. Ich nickte und betrachtete das Bild.

»Das hat auch Mimi gemalt«, kommentierte er im Hinausgehen, »auch zu Abbas Geburtstag, aber ich musste es aus seinem Zimmer holen. Ihr könnt es anschauen, und dann bringe ich es Abba wieder.«

Ich konnte nicht glauben, was ich hier mit eigenen Augen sah. Wasser, viel blaues Wasser mit Wellen darin, und einem Kind mit dunklen Locken, das beide Arme hochhielt, mit gespreizten Fingern. Weiter unten, ebenfalls im Wasser, war eine andere Person, von der nur der braune Kopf von hinten sichtbar war und ein gehobener Arm, auch mit gespreizten Fingern. Auf einer Art grasbewachsener Insel standen ein Mann mit hängenden Armen und ein hellbrauner Hund. Von rechts oben schien eine leuchtend gelbe Sonne mit dichten Strahlen. In der linken unteren Ecke stand in derselben Handschrift wie beim anderen Bild: *Von Michael für Nathan zum 8. April (2)*.

»Das kann doch nicht wahr sein«, flüsterte ich.

»Was kann nicht wahr sein?«, fragte Ricky mit dünner Stimme.

»Dass Michael seine eigene Sterbeszene etwas mehr als zwei Monate vor seinem Tod gemalt hat.«

Erst jetzt bemerkte ich, dass das Kind auf dem Bild fröhlich lachte. Es lachte nicht jemanden an, weder die Person im Wasser noch den Mann auf der Insel, oder vielleicht lachte es umgekehrt beide an, jedenfalls lachte es, und die Arme hatte es vielleicht nicht aus Not gehoben, sondern zum Gruß, wie auf dem Bild mit dem Stern.

»Hier seid ihr ja.«

Noemi kam näher und setzte sich auf einen Sessel. Ihr Blick fiel auf die beiden Zeichnungen. »Ach so. Unglaublich, nicht? Unbegreiflich. Wir haben inzwischen von einer anderen Familie gehört, dass ihr Kind seinen tödlichen Unfall gemalt hat, auch zwei oder drei Monate, bevor es passiert ist.«

»Er lacht.« Ich konnte kaum sprechen.

»Ja, er lacht.« Auch ihre Stimme war gepresst.

»Es gibt keinen Trost«, sagte sie leise im Aufstehen, »aber wenn es einen gäbe, wäre das dieses Bild. Und das andere, mit dem Stern.«

»Und Gabriel«, ergänzte Ricky, »der uns die Bilder gezeigt hat.«

»Und der tapfere Raphi, der doch selbst noch so ein kleiner Junge ist«, fügte ich hinzu.

»Dein *Zauberflöte*-Knabe. Das ist für ihn eine große Hilfe. Ablenkung, eine Aufgabe. Etwas, was mit dir zu tun hat. Kommt, ihr Lieben, kommt hinaus in den Garten.«

Sie legte den einen Arm um meine, den anderen um Rickys Schulter. Draußen fanden wir Nathan und David in einem offenbar außerordentlich angeregten Gespräch, jedenfalls bemerkten sie zunächst nicht, dass wir drei zurück waren. Bei der ersten Gelegenheit schleppten Raphael und Gabriel Ricky zum Spielen ab. Den leisen Protest der Eltern, dass man so nicht verfahren könne mit einem Gast, schlug Ricky selbst überzeugend in den Wind. Sich mit den Kindern abzugeben sei für ihn eine willkommene Möglichkeit, die Nachricht von Michaels Tod und die beiden verstörenden Zeichnungen vorübergehend ein wenig in den Hintergrund treten zu lassen, ließ er durchblicken. Charlie schloss sich den dreien ganz selbstverständlich an.

Mitten am Nachmittag, die Kinder und Ricky waren noch mit Charlie unterwegs, kamen wir auf Davids Gesang zur Lyra zurück, den wir vorgestern gemeinsam erlebt hatten. Das hieß: Wir wollten wohl alle vier nochmals darüber sprechen, merkten aber bald, dass das nicht möglich war. Wir erinnerten uns an die wundersame klangliche Wirkung, es war uns jedoch unmöglich, etwas darüber hinaus zu sagen oder zu beschreiben. Die Erinnerung an die Musik hatte sich bei uns allen fast sofort verflüchtigt wie ein Duft, oder wie manchmal im Erwachen ein Traum. Ich war nach wie vor davon überzeugt, Musik von Mozart gehört zu haben, während Noemi bei dem sephardischen Kinderlied und Nathan bei dem Händel-Oratorium blieb.

»Was meinst denn du dazu?«, fragte Nathan David.

»Ich kenne keine sephardischen Kinderlieder«, antwortete David zögernd, »jedenfalls nicht bewusst. Ich müsste da meine Mutter fragen. Und Händel … nein, auch nicht, nicht bewusst.«

»Ich bin sicher, dass es Mozart war«, beharrte ich, »beide Male, die ich dich gehört habe. Es muss Mozart gewesen sein.«

»Wenn man euch so sieht, könnte man denken, ihr wärt Geschwister«, stellte Nathan fest.

In seiner Stimme lag eine große Wärme, an diesem Nachmittag fast noch mehr als sonst.

»Zum Glück sind wir das nicht«, sagte David.

»Das sind wir auch. Sogar Zwillingsgeschwister«, sagte ich gleichzeitig, und wir lachten beide.

»Ja«, lenkte ich ein, »zum Glück sind wir das nicht. Aber wir sind wirklich am selben Tag geboren, am 25. Tag des Monats Adar im Jahr 5707.«

David dachte nochmals über die Erfahrung mit seinem unerklärlich verzaubernden Singen nach.

»Wenn ich es mir überlege, würde ich auch sagen, es kann nur Mozart gewesen sein, aber bei Lichte besehen habe ich nicht die Spur einer Ahnung. Davon abgesehen, dass ich nicht Leier spielen kann und auch kein Sänger bin. Das heißt, wir haben zuhause viel gesungen, aber der mit der Engelsstimme ist eigentlich mein kleiner Bruder.«

»Yuvál«, ergänzte ich, »und er hat wirklich eine Engelsstimme.«

Ich freute mich darauf, ihn in wenigen Tagen endlich wieder singen zu hören.

»Was macht eigentlich dein Vater beruflich?«, fragte Nathan.

»Er war Rabbiner. In Amsterdam.«

Schweigen breitete sich aus. »Er ist umgekommen«, erzählte David leise, »bei einem Brand. Er hat einen Krankenbesuch gemacht auf dem Land, und da ist in der Scheune ein

Feuer ausgebrochen. Er wollte offenbar nachschauen, ob da noch jemand drin war. Da war niemand mehr, aber er … er ist dabei umgekommen. Sechs Jahre ist das jetzt her.«

Ich sah Tränen in Nathans Augen. Auch Noemi bemerkte sie offenbar, und auch ich hätte am liebsten losgeheult. Ich wusste, dass Yuvál mit der Mutter allein in Basel lebte, aber nicht, wie der Vater gestorben war.

Kaum war ich in meinem Zimmer im Haus zur Tugend und Gerechtigkeit mir selbst überlassen, fing ich an, mir zu überlegen, ob und wie ich in absehbarer Zeit allein einen Ausflug in meine Wohnung machen könnte. Obwohl nicht auszuschließen war, dass mich dort die Angst wieder einholte, fand ich, es wurde Zeit, in mein normales Leben zurückzukehren. Soweit mein Leben normal sein konnte nach Michaels Tod, aber auch hier auf Solberg war ich nicht gefeit vor diesen sogenannten Flashbacks, und dann war ich meistens auch allein und musste sie aushalten. Ich hatte Lust, wieder selbst für mich zu sorgen, der Alltag erschien mir als denkbar wertvollstes Gut. Ich wollte endlich Charlie wieder um mich haben, jederzeit mit David telefonieren können, Proben im Theater mitmachen, Klavier spielen, einkaufen und kochen, in meinen Büchern und Noten schmökern. Zuhause sein.

Bei meinen Überlegungen bemerkte ich bald, dass ich mich eigentlich nicht mit einem Ausflug nach Hause beschäftigte, sondern mit meiner definitiven Heimkehr. Nathan, der am Montagvormittag bei mir hereinschaute, war etwas skeptisch. Er fand, eine vorherige Übernachtung zuhause sei eine sinnvolle Vorbereitung für die erfolgreiche endgültige Rückkehr, aber natürlich sei es letztlich meine Entscheidung. Am Mittag besuchte mich Noemi und bot mir an, mich an einem der nächsten Abende mit dem Auto nach Basel mitzunehmen und mich am nächsten Morgen wieder hierher zurückzubringen. Sie teilte Nathans Empfehlung, eine Probenacht zuhause zu verbringen.

»Könnte das schon heute sein?«, fragte ich.

»Ja, sicher. Hast du denn etwas zu essen zuhause? Du würdest da ja zu Abend essen und frühstücken.«

»Nein, natürlich nicht.« Mist. Einkaufsmöglichkeiten gab es auf Solberg nicht.

»Aber ich könnte vielleicht David anrufen und fragen, ob er etwas einkaufen und es mir bringen kann.«

»Ja, dann wärst du auch nicht allein zuhause. Wenigstens nicht die ganze Zeit. Je nachdem, was du möchtest. Was ihr möchtet.« Sie schmunzelte, von Frau zu Frau sozusagen.

Das Experiment ging ohne Zwischenfall vonstatten, und so plante ich meinen endgültigen Abschied von Solberg am Donnerstag, sodass ich zur Probe mit den Drei Knaben am Freitag von zuhause aus gehen und nachher auch dahin zurückkehren konnte. Noemi oder Vera würde Raphael ins Theater begleiten und Charlie mitbringen. Am Nachmittag waren kaum Leute da, aber wenn doch, würden sie Charlie einen triumphalen Empfang bereiten, er war jedermanns Liebling im Ensemble. David lud mich im Auftrag seiner Mutter auf Erev Schabbat zum Abendessen ein, alles schien sich günstig zu fügen, und ich freute mich wie ein Kind auf die kommenden Tage. Es war wie ein neuer Lebensabschnitt, der sich endlich abzeichnete. Ich gab ihm im Rosenbuch den provisorischen Titel *Erwachsen sein*. Den ersten Teil nannte ich *Lunenburg*, obwohl er auch die bisherige Basler Zeit umfasste, den zweiten *Solberg* oder *Das Unglück* oder *Orpheus mit Sommersprossen*, das musste ich später entscheiden oder auch gar nicht, das Rosenbuch war schließlich meine Privatsache. Seit David und ich uns wiedergefunden hatten, fühlte ich mich Nathan gegenüber freier. Ich fand ihn nach wie vor extrem liebenswert und auch attraktiv und genoss jede Minute des Zusammenseins, aber das Gefühl zerrte weniger schuldbehaftet an mir. Ich würde ihn von nun an nicht mehr fast täglich sehen, auch Noemi nicht, was mich in diesen letzten Tagen schon traurig machte.

Am Vorabend meines Auszugs klopfte es kurz an die Tür, und bevor ich antworten konnte, stand Herr Finsterling schon in meinem Zimmer.

»Ach, Herr Finsterling, das ist ja nett«, begrüßte ich ihn aufgeräumt, »da kann ich mich noch von Ihnen verabschieden.« Seine durchsichtigen Augen fixierten mich ausdruckslos wie immer, und heute ersparte er mir sein falsches Lächeln, hingegen stieg eine tiefe Röte von seinem Hals über das Gesicht bis zum Haaransatz auf.

»Sie sind die abgefeimteste sogenannte Patientin, der ich je begegnet bin«, sagte er gepresst, »und ich heiße nicht Finsterling, sondern Silberling, wenn Sie gestatten.«

»Ach ja, entschuldigen Sie bitte, Herr Finsterling ... ähm, ich meine natürlich Herr Silberling. Es tut mir leid, wenn ich Ihnen Umstände gemacht habe«, fuhr ich übertrieben höflich fort. »Dürfte ich Sie vielleicht trotzdem ein letztes Mal um ein Glas Tee bitten?«

Er griff kurz in die Hosentasche, nickte und verschwand. Wenig später kam er zurück mit dem Teeglas in der Hand. Ich nahm es ihm ab und stellte es auf den kleinen runden Tisch.

»Vielen Dank auch für alles, Sie haben sich ja so viel Mühe gegeben mit mir, und auch mit meinen Freunden Prinz und Löwenherz.«

»Ein anständiger Mensch hat nicht zwei Freunde zur selben Zeit«, zischte er.

»Ich bin sicher, Sie haben nicht einmal einen Freund, lieber Herr Schierling.«

»Silberling.«

»Ja, natürlich, entschuldigen Sie bitte, Herr Silberling. Wie heißen Sie eigentlich mit Vornamen, wenn ich fragen darf?«

»Das geht Sie sonstwas an.«

»Das stimmt allerdings, und es interessiert mich auch nicht wirklich. Ich meine mich jedoch jetzt plötzlich zu erinnern, dass Sie Fürchtegott heißen. Das ist ja ein putziger Name. Ich wollte Ihnen zum Abschied ein kleines Angebot machen.«

»Was für ein Angebot?«, fragte er misstrauisch.

»Sie wollten doch immer so gerne wissen, wo ich mein Schreibheft aufbewahrt habe.« Er blinzelte mich mit seinen toten Augen an.

»Im Schrank, ganz hinten, unter meinen Klamotten. Auf die Idee sind Sie nicht gekommen, als Sie danach gesucht haben. Dabei haben Sie sich so viel Mühe gegeben.«

Ich lächelte ihn mitleidig an und fuhr fort: »Aber vor allem möchten Sie doch so gerne wissen, wann ich geboren bin, nicht? Und auch das Geburtsdatum von Doktor Morgenthau, wenn ich mich nicht irre.« Er konnte seine Neugierde nicht verbergen, ich meinte fast Spucke in seinen Mundecken zu sehen.

»Wer interessiert Sie denn mehr? Ich oder Doktor Morgenthau?«

Er hüpfte von einem Bein aufs andere und zurück. Als er den Mund öffnete, improvisierte ich weiter: »Wissen Sie was, lieber Herr Knitterling, wir machen es so: Von mir bekommen Sie Tag und Monat und von Doktor Morgenthau das Jahr.«

»Silberling.«

»Bitte?«

»Fräulein Sternlicht, mein Name ist Silberling.«

»Ja. Und? Wollen Sie nun die Daten oder wollen Sie sie nicht?«

»Ich heiße Silberling, zum Teufel«, schrie er.

Seine Stimme überschlug sich.

»Was ist denn hier los?« Nathan betrat das Zimmer, genau aufs Stichwort, wie in einer Theateraufführung.

»Ach, Herr Doktor, das Fräulein Sternlicht beleidigt mich fortwährend, dabei habe ich mich so um sie gekümmert, seit sie hier bei uns auf Station liegt.« Nathan schüttelte ärgerlich den Kopf, warf mir einen freundschaftlichen Blick zu, kam ins Zimmer und ging zum runden Tisch.

»Was ist das hier?«, fragte er.

»Ein Glas«, antwortete Herr Silberling.

»Das sehe ich. Und was ist drin?« Der Pfleger zögerte den Bruchteil eines Augenblicks, bevor er antwortete: »Tee.«

»Und was noch?«

»Ich verstehe Ihre Frage nicht, Herr Doktor.«

»Der Spaß ist aus, Herr Silberling. Sie sind fristlos entlassen. Sie leeren jetzt sofort Ihren Spind und bringen mir Ihre Schlüssel ins Büro. Ich bin kein Jurist, aber in Richtung Versuchter Mord in mehreren Fällen wird die Anklage vermutlich schon gehen.«

»Herr Doktor, Sie tun mir unrecht«, behauptete Herr Silberling dreist.

»Soso«, antwortete Nathan, nahm das Glas und wandte sich an mich.

»Es tut mir leid, Liora. Wir haben den Tee neulich schon untersuchen lassen, da hat er deutliche Spuren von K.-o.-Tropfen enthalten. Leeren Sie doch mal eben Ihre Hosentaschen«, forderte er übergangslos Herrn Silberling auf.

Der griff in die Taschen und stülpte sie nach außen.

»Ich weiß nicht, wovon Sie sprechen, Herr Doktor«, sprach er indigniert.

»Wenn Sie jetzt bitte noch die rechte Hand öffnen. Danke.«

Nathan nahm Herrn Silberling das Fläschchen ab.

»Abmarsch«, befahl er.

Herr Silberling tänzelte wie ein aufgezogener Automat zur Türe hinaus.

»Ich komme nachher nochmal, ja?«, sagte Nathan mit seinem wunderbaren Lächeln. So endete mein Aufenthalt im Haus zur Tugend und Gerechtigkeit.

Zwischenspiel: Fürchterlich ist dieses Rauschen

Herr Silberling sieht sich gehetzt um, nach rechts, nach links, nach vorn, sogar hinter die beiden Ölgemälde an der Wand versucht er zu schauen, während er wartet. Er setzt sich auf den Besuchersessel, steht auf wie von der Tarantel gestochen, schleicht in dem großen Zimmer mit leisen Schritten an den Wänden entlang, geht zurück zu dem Sessel und lässt sich wieder nieder, als sich endlich die Tür öffnet. Er schießt hoch.

»Ach, Königin«, klagt er, »ich bin in einer schrecklich verzwickten Situation, in die mich, das muss ich leider sagen, Ihr Fräulein Tochter mutwillig gebracht hat.«

Signora Regina steht inzwischen hinter einem riesigen Pult. Die beiden befinden sich in einem ebenerdigen, dämmerigen Raum auf Lunenburg, den Herr Silberling vorher noch nie betreten hat. Die Königin wirkt hier noch majestätischer und bedrohlicher als sonst. Herr Silberling schaut schnell weg und auf die zwei Bilder in ihrem Rücken. Das eine stellt die Königin selbst dar, das andere einen Mann mit einem ekelhaft weichlichen Gesichtsausdruck, der sich durch sein Käppchen als Jude verrät, wie Herr Silberling mit Abscheu feststellt. Neben Signora Reginas Schreibtisch brennen zwei blaue Kerzen in hohen Ständern.

»Sie wissen, dass Ihre privaten Probleme mich nicht interessieren«, spricht sie kühl.

»Ich fürchte …, ich fürchte …«, stottert Herr Silberling, und sieht seine Königin hilfesuchend an.

»Ich fürchte auch, Herr Silberling. Ich fürchte nämlich, dass Sie hier meine Zeit vergeuden, und Sie wissen, dass ich dafür kein Verständnis habe.«

»Ich bin in einer schrecklich verzwickten Situation«, wiederholt Herr Silberling mit weinerlicher Stimme.

»Davon spreche ich die ganze Zeit.« Sie setzt sich. In einem Fenster hinter ihr, das er bisher nicht bemerkt hat, sieht

Herr Silberling die blonde Frau Schurimuri vorbeigehen. Er will aufspringen, um die Angebetete zu begrüßen, nach einem Augenblick jedoch ist sie verschwunden.

»Was gibt es Neues von meiner Tochter und Herrn Prinz? Und von Nathan Morgenthau?«

»Durch eine abscheuliche Verdächtigung Ihrer Tochter habe ich keinen Zugang mehr zum Haus zur Tugend und Gerechtigkeit«, gesteht Herr Silberling kaum hörbar und fällt in seinen Sessel.

Signora Regina lässt ein Geräusch vernehmen, das zunächst wie ein Knurren klingt und langsam zu einem entsetzlichen Rauschen anschwillt, bevor es allmählich verebbt. Herr Silberling leidet Höllenqualen und würde sich gern die Ohren zuhalten, traut sich aber nicht, sondern bleibt unbeweglich sitzen, nur mit seinen fischigen Augen blinzelnd.

»Mein Kind …« Die Königin scheint mit den Gedanken weit fort, ein gänzlich ungewohnter Anblick. Herr Silberling ergreift in diesem, wie er annimmt, schwachen Moment seiner Königin mutig das Wort.

»Ihr Kind hat mich hinterhältig versucht zu verführen, dabei habe ich mich so um sie gekümmert in all den Wochen –« Das wieder aufkommende Grollen aus Signora Reginas Kehle verschlägt Herrn Silberling die Sprache. Er blinzelt wieder, und der Mund steht ihm offen, während er seiner Königin zuhören muss.

»Erstens: Ich verbitte mir diesen Ton, wenn Sie über meine Tochter reden. Zweitens: Vielleicht schauen Sie mal in den Spiegel, Sie übler Wicht. Und dann denken Sie an den jungen Prinz. Und dann überlegen Sie, wen meine Tochter gegebenenfalls verführen würde.«

Signora Regina lehnt sich zurück, und Herr Silberling sieht in ihrem Rücken die brünette Frau Stachelschwein im Fenster stehen. Sie lächelt ihm verträumt zu und verschwindet.

»Herr Prinz ist nicht normal.«

»Bitte?«

Herr Silberling fühlt sich nicht wohl. Er hat das nicht sagen wollen. Er ist beunruhigt, dass er neuerdings Dinge sagt, die er nicht sagen will, er kommt sich plötzlich vor wie einer dieser psychiatrischen Schwächlinge auf seiner Station. Im Fenster zeigt sich nun die rothaarige Frau Gaulimauli, für die Herrn Silberlings Herz vielleicht noch feuriger schlägt als für die beiden anderen Damen. Frau Gaulimauli wirft Herrn Silberling eine Kusshand zu. Den hält es nicht mehr, er erhebt sich, um ans Fenster zu eilen.

»Was haben Sie denn, Fürchtegott?«, fragt die Königin.

»Ich … ich …«

Er starrt sie an, dann die Wand hinter ihr. Da ist kein Fenster zu sehen, geschweige denn Frau Gaulimauli, nur die Gesichter auf den beiden Gemälden blicken auf ihn herab, und zwar spöttisch, alle beide. Herr Silberling setzt sich entgeistert wieder hin.

»Wie darf ich das verstehen, nicht normal?«

»Er verhext mit diesem komischen Instrument Menschen und sogar Tiere.«

Nun nickt Signora Regina gnädig. »Ich werde ihm die Lyra wohl lassen, trotz allem«, murmelt sie.

»Erzählen Sie mir mehr von dem jungen Prinz«, fordert sie nach einer Pause Herrn Silberling auf. Er lässt sich Zeit mit seiner Antwort. Er kostet es aus, endlich seinerseits Signora Regina zappeln zu lassen, das hat sie mit der Bezeichnung »übler Wicht« nicht anders verdient, außerdem muss er sich über diesen hergelaufenen Zaubersänger etwas Passendes einfallen lassen.

»Herr Prinz scheint mehr an Doktor Morgenthau interessiert zu sein als an Ihrer Tochter.«

Während er sich eine möglichst dramatische und gleichzeitig plausible Fortsetzung für diese, wie er findet, vielversprechende Aussage überlegt, erhebt sich Signora Regina und nimmt damit so viel Raum in Anspruch, dass Herr Silberling kaum mehr atmen kann.

»Das beschreiben Sie mir bitte näher.«

»Königin, Sie wissen ja, dass unser Herr Chefarzt eine geradezu hypnotische Macht auf die Patienten ausübt, und mir scheint, dass auch der junge Herr Prinz sich diesem Einfluss nicht entziehen kann.« Herr Silberling kann wieder frei atmen und genießt das in vollen Zügen.

»Weiter.«

»Mir scheint, dass der junge Herr Prinz wie Wachs in den Händen von Doktor Morgenthau ist.«

»Weiter.«

»Er scheint zu tun und zu lassen, was der Herr Chefarzt ihm vorschlägt.«

Signora Reginas angespannter Gesichtsausdruck beflügelt Herrn Silberlings Fantasie.

»Ich kann nicht ausschließen, dass Herr Prinz ...«

»Ja?«

»Herr Prinz würde sich von Doktor Morgenthau jederzeit in die Wüste schicken lassen und Ihr Fräulein Tochter im Haus zur Tugend und Gerechtigkeit zurücklassen.«

Signora Regina setzt sich wieder.

»Nathan hat sich also nicht verändert, der alte Verführer.«

Ihr Gesichtsausdruck ist wie versteinert. Herrn Silberlings Stunde ist gekommen. Er erhebt sich und legt leutselig die rechte Hand auf sein Herz.

»Königin, Ihr Vertrauen und Ihre Freundschaft ehren mich zutiefst, und ich würde alles daran setzen, mich dessen würdig zu erweisen.«

»Zum Beispiel?«

»Der Herr Chefarzt stellt sich dem Glück Ihrer Tochter mit Herrn Prinz in den Weg.«

»Und, Fürchtegott? Was schlagen Sie vor?«

Die Königin hängt an Herrn Silberlings Lippen, und sein Herz jubelt. Er gönnt sich eine Pause und betrachtet nochmals den Mann auf dem Gemälde, der ihn nun wieder so scheinheilig anschaut wie zu Beginn. Ein Wolf im Schafspelz, vermutet Herr Silberling, genau wie die junge Sternlicht, diese Schlange. Er wendet den Blick zurück auf Signora Regina.

»Ihnen zu dienen, verehrte Königin.«

»Und wie wollen Sie mir dienen, Fürchtegott?«

»Doktor Morgenthau wird sich nicht länger zwischen Ihre Tochter und Herrn Prinz stellen.«

»Sprechen Sie von Mord? Sind Sie von Sinnen?«

Herr Silberling schlägt demütig die Augen nieder.

»Sie sind entlassen, Silberling. Ich gebe Ihnen als Abschiedsgeschenk vierundzwanzig Stunden Zeit, um sich eine neue Bleibe zu suchen. Ich will Sie nie wieder sehen, und ich rate Ihnen zu Ihrem Besten, sich in Zukunft von mir und Lunenburg fernzuhalten.«

»Ich wollte Ihnen aber doch –«

Signora Regina erhebt sich, und Herr Silberling ergreift die Flucht.

3. Teil: Wir wandeln durch des Tones Macht

Auf den Tag genau vier Wochen hatte ich auf Solberg verbracht, als Noemi mich am Donnerstag gegen Abend nach Hause fuhr. Sie hatte nicht viel Zeit, bestand aber darauf, mich bis in meine Wohnung zu begleiten. Sogar eingekauft hatte sie für mich, damit ich nicht nochmals weggehen musste, und schleppte die Tüte nun die drei Treppen hoch. In der Küche legte sie alles auf den Tisch: Brot, Milch, Jogurt, Käse, Tomaten, einen Kopfsalat, eine Gurke, und dann war ich plötzlich allein. Wie immer nach längerer Abwesenheit öffnete ich als erstes in meinem Zimmer das Fenster und vergewisserte mich, dass alles so aussah wie gewohnt. Mein Blick ging auf mehrere Hinterhöfe mit alten Bäumen und Sträuchern und auf eine mehrstöckige Häuserreihe mit Balkonen, auf denen es an Sommerabenden manchmal recht lebhaft zuging, aber nun war es ganz ruhig, vielleicht waren manche Familien noch nicht aus den Ferien zurück.

Ich musste ziemlich lange am Fenster gestanden haben, als ich es klingeln hörte, und erschrak über das unerwartete laute Geräusch. Ich ging zur Wohnungstür, drückte den Türöffner und blickte ins Treppenhaus hinunter. Zunächst sah ich niemanden, ich hörte nur zwei Männerstimmen und schnelle Schritte die Treppen herauf. Einen Augenblick später standen David und Ricky vor mir und grinsten mich an.

»Willkommen zuhause«, sagte David, umarmte mich und gab mir einen Kuss.

Ricky nickte, wiederholte »Willkommen zuhause«, gab mir ebenfalls einen Kuss und umarmte mich auch.

»Oh lala, Löwenherz, das müssen wir jetzt aber ganz schnell klären«, sprach David feierlich, »diese Frau ist meine Prinzessin, nicht deine.«

»Geschenkt, mein Prinz. Aber sie ist meine Schwester,

sozusagen, und ich habe sie schon geküsst und umarmt, als du sie noch ganz lange nicht einmal gekannt hast.«

Wie zum Beweis umarmte mich Ricky nochmals und gab mir einen weiteren Kuss. »Wollt ihr nicht vielleicht hereinkommen, dann können wir in aller Ruhe klären, wer wen wann küssen und umarmen darf.«

Ich war überglücklich. Die beiden gingen schnurstracks in die Küche, David voran. »Wunderbar, du hast sogar etwas zu essen«, stellte er fest und setzte sich auf einen der vier Brockenhausstühle im Wiener Stil, »da kommen wir ja genau richtig. Setz dich doch, Freund Löwenherz, und du auch, mein Engelchen, komm, setz dich zu mir.«

Ich fühlte mich etwas überrumpelt, schließlich war David hier nicht zuhause, andererseits fand ich es schön, ihn und Ricky miteinander zu erleben, und war froh, dass sie sich inzwischen so gut verstanden.

»Was machen wir denn nun mit dem angebrochenen Abend?«, fragte mich David vergnügt.

»Du bist gut. Kommst einfach daher und erwartest ein Programm. Was habt ihr euch denn gedacht, ihr beiden Helden?« Sie schauten einander an und lachten wieder. Ich verdrehte pikiert die Augen wie seinerzeit Fräulein Danzeisen, wenn ich in der Klavierstunde einen falschen Fingersatz erwischt hatte. Ich hatte vergessen, wie ausgelassen ich sein konnte und wie gern ich mit David herumalberte.

»Essen.«

David sah nicht aus, als ob er besonders gern essen würde, er war so schlank, dass Hemden und Hosen immer an ihm schlotterten, was ich ausgesprochen sexy fand.

»Du denkst wohl an nichts anderes«, stellte Ricky fest und wandte sich an mich.

»Wozu hast du denn jetzt Lust, Lola, an deinem ersten Abend zuhause?«

David machte ein erstauntes Gesicht. »Du bist ja ein echter Gentleman«, befand er, »langsam beginne ich zu verstehen, was deine Chantal an dir findet. Aber Löwenherz hat recht: Wozu hast du Lust, Lolita?«

»Lolita.«

Ricky wiederholte das Wort dramatisch gedehnt, wie Tante Ell. Auch mit ihm hatte ich in unserer Kindheit viel herumgealbert, wenn weder Mutter noch eine der alten Tanten in der Nähe waren.

»Spaghetti mit Tomatensauce.« Es gab nichts auf der Welt, was ich jetzt lieber gegessen hätte als Spaghetti mit Tomatensauce.

Bei meinem zweiten Besuch bei Morgenthaus hatte Noemi Spaghetti mit Tomatensauce für mich gekocht, und zum Nachtisch hatte es einen Schokoladekuchen gegeben, den Michael mit Noemi gebacken hatte, und nachher hatte sich durch einen Zufall herausgestellt, dass Nathan meinen Vater gekannt hatte, und das war der Beginn des Dramas gewesen, das einige Wochen danach mit Michaels Tod seinen entsetzlichen Höhepunkt erreicht hatte.

»Ich werde jetzt sofort Spaghetti mit Tomatensauce kochen«, verkündete David und stand auf. Entweder hatten er und Ricky nichts bemerkt oder sie ignorierten mein gedankliches Abdriften absichtlich.

»Spaghetti wirst du ja im Haus haben und eine Dose Tomaten auch, oder?«

Er öffnete verschiedene Türchen der riesigen, weiß gestrichenen Küchenkommode und beförderte beides zutage. Eigentlich war es wunderbar, dass er sich hier wie zuhause benahm, fand ich nun, zumal ich mich plötzlich ziemlich ausgepumpt fühlte. Ich beobachtete ihn dankbar, wie er am Herd hantierte, und Ricky, wie er den Salat putzte.

»Ich habe sogar eine Flasche Wein«, fiel mir ein, »schau mal, Dubi, da oben steht sie.«

»Dubi?«, fragte Ricky.

»Untersteh dich, mich je so zu nennen, mein Freund«, warnte David mit drohender Miene und erhobenem Zeigefinger und feixte Ricky an. »Nur meine Lolita darf mich Dubi nennen. Wo ist der Wein, hast du gesagt?«

Während des Essens gestand Ricky, dass er zum ersten Mal in seinem Leben bis über beide Ohren verliebt war. Entgegen seinen Befürchtungen hatte man auf Lunenburg relativ gelassen auf seine Mitteilung reagiert, er würde nicht dahin zurückkehren, sondern sich Arbeit und eine Wohngelegenheit in Basel suchen. Noemi hatte ihm schon einige Wochenstunden zugesagt und wollte in ihrem Freundeskreis schauen, wer sonst noch einen Gärtner beschäftigen könnte.

»Wer hat denn abgenommen, als du da angerufen hast?«, fragte ich.

»Tante Ess.«

»Da hattest du aber echt Glück. Vielleicht ist sie ja doch deine Mutter.«

»Bitte?«, schaltete sich David ein. »Wie darf ich denn das verstehen? Du weißt nicht, wer deine Mutter ist?«

»Nicht wirklich«, bestätigte Ricky und fügte achselzuckend hinzu: »Lunenburg ...«

»Davon müsst ihr mir mehr erzählen«, befand David.

Wir schauten uns an, Ricky und ich, und ich sah Ratlosigkeit in seinem Blick.

»Vielleicht ein anderes Mal«, sagte ich ausweichend, »das ist ja nicht unser letzter gemeinsamer Abend.«

»B'esrat Haschem«, murmelte David ernst.

»Mit Gottes Hilfe«, übersetzte ich für Ricky. Die beiden wuschen noch das Geschirr ab und räumten die Küche auf, dann verabschiedeten sie sich recht bald. Davids Mutter war am Abend mit Yuvál aus den Ferien nach Hause gekommen und wollte den blinden Passagier, wie David Ricky in dem Zusammenhang freundschaftlich nannte, gleich kennenlernen. Ich hatte überlegt, wie ich David gegenüber begründen könnte, dass ich diese Nacht allein verbringen wollte, und war erleichtert darüber, dass sich das von selbst ergab. Morgen war ein großer Tag für mich, und den wollte ich so konzentriert wie möglich angehen, umso mehr, weil ich mich am Abend entgegen meiner Absicht überhaupt nicht mit der *Zauberflöte* beschäftigt hatte. Der Besuch von David und Ricky war trotzdem der denkbar beste Wiedereinstieg in mein normales Leben gewesen, und ich erwachte nach einer unerwartet ruhigen Nacht optimistisch und voller Tatendrang. Unerwartet, weil ich damit gerechnet hatte, dass mich die Angst wieder überfallen könnte, sobald ich allein war. Den Vormittag verbrachte ich zum großen Teil am Klavier. Bevor ich mich den Nummern mit den Drei Knaben zuwandte, spielte ich den Beginn der Ouvertüre, den schönsten Beginn aller Ouvertüren, wie ich immer wieder fand. Ich spielte weiter, den ganzen ersten Akt. Es war fast Mittag, als ich auf die Uhr schaute, wie üblich hatte ich beim Musizieren die Zeit vergessen.

Ich war eine gute halbe Stunde vor Probenbeginn im Theater, um zu schauen, ob vielleicht die Große Bühne frei war, und ob von der Vormittagsprobe das Klavier noch da stand, und um in aller Ruhe endlich wieder Theaterluft zu atmen. Ich hatte Glück, die Bühne war frei, und das Klavier stand da, und so konnte ich Yuvál, Raphael und Lukas zum ersten Mal zeigen, wie es sich anfühlte, auf den heiligen Brettern zu stehen.

Zu meiner Überraschung hatte nicht Noemi oder Vera Raphael und Charlie ins Theater begleitet, sondern Nathan, der mich sofort fragte, ob er im Zuschauerraum die Probe verfolgen dürfe. Marianne Wackernagel, die mit Lukas gekommen war und auch Baschi, ihren Jüngsten, mitgebracht hatte, bekam das mit und schloss sich Nathans Bitte an. Nach kurzer Überlegung willigte ich ein, vielleicht war es ja ganz gut für die Jungen, wenn sie heute sowohl auf der Großen Bühne als auch mit Publikum erste Erfahrungen sammeln konnten. Ich hatte gehofft, dass David seinen Bruder begleiten würde, aber Yuvál kam allein, er sei schließlich mit seinen fast zwölf Jahren kein kleines Kind mehr, erklärte er. Er und Lukas erschienen mir deutlich größer als vor den Ferien zu sein, bei Raphael fiel mir das wohl nicht so auf, weil ich ihn immer wieder gesehen hatte.

Ich hatte mir überlegt, ob ich Michaels Tod ansprechen sollte, ließ es aber schlussendlich bleiben. Wie immer sang ich mit den dreien einige Kanons von Mozart und Haydn, bevor wir uns der *Zauberflöte* widmeten. Ich war nicht darauf gefasst, dass allein der Klang der drei Knabenstimmen mich beinahe umwerfen würde. Ich kämpfte mit den Tränen und versuchte, nicht an Michael zu denken, nicht an den Tod, sondern mich tragen zu lassen von der Kraft der Musik und der drei Buben, die sie mit Freude und Hingabe zum Leben erweckten.

Zu jeder Probe brachte ich einen Ball mit, um ihnen von Zeit zu Zeit etwas Bewegung zu ermöglichen. In so einer Pause ging ich in den Zuschauerraum zu Nathan und Marianne. Baschi nutzte die Gelegenheit, um auf die Bühne zu laufen und sich dem Ballspiel der anderen anzuschließen. Marianne versuchte, mich in ein Gespräch über Musikerziehung zu verwickeln, auf das ich mich jedoch nicht richtig einlassen konnte, weil ich in Gedanken noch zu sehr bei der *Zauberflöte* war. Nathan beteiligte sich überhaupt nicht daran, sondern blickte wie gebannt auf die Bühne.

»David«, hörte ich ihn plötzlich leise rufen, und tatsächlich, nun kickten sie da oben zu fünft.

»Wo kommst du denn her?«, fragte ich.

»Ich habe Charlie gefragt, wo ihr seid«, behauptete David

leichthin, während er einen Fuß auf den Ball stellte, »und nun bin ich da und möchte deine Knirpse endlich singen hören.«

»Wer ist der junge Mann?«, erkundigte sich Marianne.

»Das ist David Prinz«, antwortete Nathan.

»Er ist mein Bruder«, ergänzte Yuvál stolz.

»Wollen wir für David nochmals den Beginn des ersten Finales singen, ›Zum Ziele führt dich diese Bahn …‹?«, fragte ich die von nun an ›Knirpse‹ genannten Drei Knaben.

»Oh ja«, rief Raphael und warf den Ball in die Seitengasse.

Auf der Bühne begrüßte mich David mit einem Kuss und verschwand aus meinem Gesichtsfeld, während ich mich ans Klavier setzte.

Als ich dazu ansetzte, den Einwurf von Tamino zu summen, »Ihr holden Kleinen, saget an, ob ich Paminen retten kann?«, hörte ich David die Phrase singen. Er hatte offenbar hinter mir gestanden und schritt jetzt zur Bühnenmitte. Nach dem Orchesternachspiel, das diesen Auftritt der Drei Knaben abschließt, nahm ich die Hände von den Tasten, aber David führte die Partie des Tamino fort und eröffnete damit die sogenannte Sprecherszene. Einverstanden, dachte ich, und begleitete David am Klavier. Das ging wie von selbst, sowohl für mich als auch für David, der sich so sicher verhielt, als hätte er den Tamino schon tausendmal gesungen. Seine Stimme leuchtete, der Text war perfekt verständlich, und er verpatzte keinen einzigen Einsatz.

»Da seh ich noch eine Tür!«, sang er. »Vielleicht find ich den Eingang hier!«

Er ging hinüber zum rechten Portal. Damit war unsere unvorbereitete kleine Show zu Ende, denn nun sollte der »Sprecher« genannte Priester auftreten und Tamino ins Kreuzverhör nehmen.

Ich hob wieder die Hände von den Tasten, da hörte ich eine Männerstimme aus dem Zuschauerraum »Weiter« rufen, also spielte ich weiter. Beim ersten Einsatz des Sprechers, »Wo willst du, kühner Fremdling, hin?«, erkannte ich die Stimme des Kollegen Bruno Cancellara, und so musizierten er, David und ich die ganze Sprecherszene und dann noch die Quasi-Arie von Tamino, »Wie stark ist nicht dein Zauberton ...«, bei der laut Regieanweisung wilde Tiere auf die Bühne kommen, um Taminos Flötenspiel zu hören.

Nachher war es einen Augenblick ganz still, dann rief Bruno »Bravo!«, klatschte Beifall und machte sich auf den Weg zu uns auf die Bühne. David kam strahlend zu mir ans Klavier und zog mich an der Hand hoch. Die Knirpse saßen inzwischen im Zuschauerraum bei Nathan, Marianne und Baschi. Ich sah, dass sie alle klatschten, außer Nathan, der den Arm um Raphaels Schulter hielt.

»Donnerwetter«, sprach Bruno zu mir, »da verstecken sich ja ganz ungeahnte Talente. Ich wusste gar nicht, dass du so gut Klavier spielst, und das alles auswendig. Und wer sind Sie denn, Herr Kollege? Kennen wir uns?« David lachte. »Ich bin David Prinz«, antwortete er, »ich bin der Bruder des Ersten Knaben.« Er hielt mich noch immer an der Hand.

»Das ist ja interessant«, fand Bruno, »ich wusste nicht, dass Tamino der Bruder des Ersten Knaben ist. Und wenn schon Verwandtschaft, hätte ich eher gedacht, Liora sei Ihre Schwester. Ihr seht aus wie Hänsel und Gretel. Süß.«

Trotz des italienischen Namens war er ein waschechter Basler mit einem wunderbar skurrilen Humor und einer ebenso wunderbaren Bassstimme. Er war schon lange Mitglied des hiesigen Opernensembles und gehörte zum Kollegenkreis, mit dem ich oft Nachmittage oder auch ein Stündchen nach der abendlichen Vorstellung im Restaurant »Kunsthalle« verbrachte.

»Kann ich vielleicht Ihren Bruder auch singen hören?«, fragte er gut gelaunt. »Wenn wir hier schon alle so traulich vereint sind?«

David ließ meine Hand los und blickte in den Zuschauerraum.

»Achi, hast du Lust?«, rief er.

»Achi« ist hebräisch und bedeutet mein Bruder. Yuvál kam strahlend auf die Bühne geflitzt.

»Das ist mein Bruder Yuvál«, sagte David höflich zu Bruno. »Das ist freilich nicht zu übersehen. Sehr angenehm, ich bin Bruno Cancellara und der Seriöse Bass hier am Haus. ›Seriös‹ ist eine Fachbezeichnung, sie hat nichts mit meinem persönlichen Charakter zu tun.«

Er gluckste in sich hinein. David beriet sich einen Augenblick mit Yuvál, dann sangen sie zweistimmig Hatikva, die israelische Nationalhymne. »Hatikva« bedeutet die Hoffnung.

David hatte die Hand in Yuváls Nacken gelegt, und so blieben sie nach dem Lied stehen, bis Bruno zu ihnen trat und zuerst David und dann Yuvál die Hand reichte.

»Danke«, murmelte er sichtlich beeindruckt, »ich freue mich schon auf deinen Ersten Knaben. Ich bin dann der Mafiaboss Sarastro. Möchtest du eine meiner Arien hören, zum Dank, von Kollege zu Kollege?«

Yuvál sah ihn mit großen Augen an und nickte.

»Liora, Herzchen, könntest du mich bitte begleiten? Du hast doch bestimmt einen Klavierauszug dabei.«

»Brauch' ich nicht«, murmelte ich, ohne ihn anzublicken, und setzte mich wieder ans Klavier. »Welche Arie darf's denn sein?«

»Die erste, ›O Isis und Osiris‹, wenn ich bitten darf«, entschied er.

Nach der Arie und dem frenetischen Applaus aus dem Zuschauerraum wandte er sich wieder an David. »Wo sind Sie eigentlich engagiert? Und bei wem haben Sie studiert?«

»Ich studiere Cello hier in Basel.«

»Cello? Wieso das denn? So eine Mozartstimme habe ich

selten gehört. Sie sind doch ein geborener Sänger, wie übrigens Ihr kleiner Bruder auch, soweit ich das bei einer so jungen Stimme beurteilen kann. Wieso können Sie den Tamino überhaupt auswendig, wenn Sie Cellist sind?«

Er schaute David gespannt an, während er auf eine Antwort wartete, aber es kam keine, jedenfalls ziemlich lange nicht.

»Ich weiß es nicht ... ich liebe die *Zauberflöte* ... überhaupt Mozart ...«, stammelte David schließlich und schaute zu mir.

»Ich auch«, entgegnete Bruno, »ich liebe Mozart auch, sehr sogar, aber leider kann ich trotzdem keine Partie singen, ohne sie studiert zu haben. Wochenlang, mindestens. Gerade die Sprecherszene ist heikel, wegen der Einsätze. Da habe ich schon den einen oder anderen Sprecher tauchen erlebt, von den Taminos ganz zu schweigen, diesen Tenöööören. Und wenn ich den Sprecher nicht gerade als Gast in Wien gesungen hätte ... du hast uns allerdings auch prima durchgelotst«, sagte er nun zu mir, »schön, dass du wieder da bist.«

»Ja, danke, ich bin auch froh, dass ich wieder da bin. Hast du mich gesucht? Und woher wusstest du, dass ich im Haus bin?«

»Ich habe heute Vormittag meinen Schirm in der Garderobe vergessen und kam jetzt deswegen zurück. Da habe ich deinen Hund getroffen, und da dachte ich, wo Prince Charles ist, kann Princess Liora nicht fern sein.«

Ich beschloss, Charlie zuhause mit einem Extrastück Wurst dafür zu danken, dass er zuerst David und dann Bruno zu mir gesandt hatte.

Bruno wandte sich wieder an David. »Ich empfehle Ihnen dringend, Ihre Berufspläne zu überdenken. So eine Stimme bekommt man nicht vom lieben Gott oder woher auch immer, um als Cellist sein Leben zu fristen, bei aller Verehrung für Cellisten. Das gilt übrigens auch für dich«, brummte er zu mir. »Was vergeudest du deine Zeit als Regieassistentin? Du bist doch genauso eine geborene Musikerin wie dieser junge Mann. Wie heißen Sie nochmal?«

»Prinz. David Prinz.«

»Den Namen wird man sich merken müssen. Wir bleiben in Kontakt. Schönes Wochenende allerseits.« Und weg war er. Wir verabschiedeten uns bei der Pförtnerloge. Marianne und ihre beiden Söhne hatten es eilig wegzukommen, während Raphael und Yuvál bereitwillig nochmals zur Bühne hochgingen, um den Ball zu holen, den ich da vergessen hatte.

»Das war der schönste Nachmittag seit langem«, sagte Nathan und blickte in die Ferne. »Was seid ihr beide für ein zauberhaftes Paar. Mir ist unbegreiflich, wie man so begabt sein kann, ich kann mir das einfach nicht vorstellen. Die Wirkung der Lyra schon gar nicht, aber auch das eben … ich weiß nicht, wie ich euch für diesen Nachmittag danken kann.«

Nun schaute er uns an. Seine Augen glänzten. »Unbegreiflich«, wiederholte er.

»Was ist unbegreiflich?«, fragte Yuvál mit dem Ball unter dem Arm.

»Wie schön du singen kannst, findet Nathan. Aber jetzt müssen wir los, mein Kerlchen.« David fasste seinen Bruder kurz am Nacken, wie vorhin auf der Bühne.

»Bis nachher, wir freuen uns auf dich.« Er gab mir einen Kuss und den Ball.

»Schabbat Schalom, Nathan, Schabbat Schalom, Raphael, und liebe Grüße an die Familie.«

»Ja, wir müssen auch nach Hause. Komm, Raphilein, zieh die Jacke an. Schabbat Schalom allerseits.«

Obwohl es angefangen hatte zu regnen, machte ich mit Charlie einen Umweg nach Hause. Der brave Hund hatte im Theater viel länger auf mich warten müssen als geplant, und auch ich brauchte jetzt dringend frische Luft. Gestern um diese Zeit war ich noch auf Solberg gewesen, und nun war ich so wunderbar mitten im Leben wie kaum jemals zuvor. Ich hätte zuhause gern ausführlich in mein Rosenbuch geschrieben, was ich heute Nachmittag erlebt hatte, aber es blieb mir zu wenig Zeit bis zum Abendessen bei Familie Prinz.

Ich war noch nie dort eingeladen gewesen und ziemlich nervös, denn ich mochte Frau Prinz nicht, oder genauer gesagt, ich hatte ständig ein schlechtes Gewissen in ihrer Gegenwart, so war es jedenfalls bisher gewesen bei den wenigen Begegnungen mit ihr im Theater. Ich wusste von David, dass sie seit jeher recht unglücklich war, weil sie ihre pianistische Karriere mit der Heirat und dem Umzug von Basel nach Amsterdam hatte beenden müssen. Sie hatte nicht damit gerechnet, als Rebbezen, also als Frau eines Rabbiners, auf die Verwirklichung eigener Berufspläne so radikal verzichten zu müssen. Sie kam aus einer liberalen Familie, die gegen das Musikstudium ihrer Tochter keinerlei Einwände gehabt hatte, was in den späten Dreißigerjahren nicht selbstverständlich war, und nun durfte sie nicht einmal mehr, wie sie es während des Studiums und auch kurz danach in Basel getan hatte, Klavierstunden geben.

»Wieso hat sie ihn denn geheiratet?«, fragte ich.

»Aus Liebe«, antwortete David, ohne zu zögern.

»War dein Vater so orthodox, dass er ihr nicht erlaubte zu arbeiten?«

»Nein, eigentlich nicht. Ich glaube, mein Vater wäre damit durchaus einverstanden gewesen, aber sein Vater nicht. Mein Großvater ist ein orthodoxer Rabbiner alten Schlags und meine Großmutter eine Rebbezen wie aus dem Bilderbuch. Sie sind wundervoll, alle beide, aber sie leben halt in einer anderen Welt.«

An David, ihrem ersten Sohn, hatte Jeanne Prinz offenbar große Freude, genauso wie sein Vater, Rabbiner Ephraim Prinz. Sie blühte auf in ihrer Mutterrolle, bis zwei Fehlgeburten in den nächsten Jahren ihr den Lebensmut zu nehmen drohten. Yuvál, zwölf Jahre jünger als David, wurde bei seiner Geburt als unerwartetes spätes Geschenk des Himmels gepriesen. David erzählte gern von den sechs glücklichen Jahren, die nun folgten. Er selbst verliebte sich, wie er sagte, sofort in das Brüderchen und verbrachte von Anfang an viel Zeit mit ihm, und der kleine Yuvál seinerseits vergötterte ihn. »Vergöttern« ist ein Wort, das in seiner Familie verboten war, erklärte mir David, denn nur der Ewige selbst, gelobt sei Er, wird vergöttert und angebetet, niemals ein Mensch.

Es wurde wieder musiziert im Hause Prinz, die Mutter spielte Klavier und sang mit den beiden Söhnen, und der Vater nahm nach Jahren die Geige wieder aus dem Kasten. David beschrieb ihn als einen außerordentlich freundlichen, humorvollen, großzügigen Mann mit feuerrotem Haar wie Yuvál und einem ebenso feuerroten Bart. Sein plötzlicher Tod war für die ganze Familie eine Katastrophe, der Mutter jedoch brach dieses Unglück endgültig das Herz. Als David nach dem Abitur nach Mannheim ging, weil er unbedingt bei Irving Kennedy Cello studieren wollte, zog sie mit Yuvál zurück nach Basel, wo ihre ebenfalls verwitwete Schwester lebte. Zwar fühlte sie sich hier zuhause, aber die Trauer wich nicht mehr von ihr.

Ich konnte ihr das nachfühlen. Wer könnte das nicht? Oder anders herum: Niemand vermochte je den Schmerz und die Verzweiflung von Jeanne Prinz nachzuvollziehen, und da saß ich nun mit ihr und ihren beiden zauberhaften Söhnen am schabbatlich gedeckten Tisch und hatte ein schlechtes Gewissen, weil ich das Leben genießen konnte und sie nicht.

In den folgenden drei Wochen waren David und ich so häufig zusammen wie nie zuvor. Wir gingen ins Schwimmbad und ins Kino, machten Ausflüge, kochten und aßen abends in meiner Wohnung, verbrachten viel Zeit im Bett und genossen das alles sehr. Insgesamt fühlte ich mich wieder recht wohl, ich war jedoch schneller erschöpft und dünnhäutiger als vor dem Unglück, und wie aus heiterem Himmel überfielen mich gelegentlich Flashbacks und Andeutungen von Panikattacken. Da ich inzwischen wusste, dass dies der normale Verlauf solch eines Traumas war, konnte ich einigermaßen damit umgehen. David war rücksichtsvoll und guter Dinge, und wir hatten eine wunderbare, unbeschwerte Zeit. Es war, was wir damals nicht ahnten, unsere letzte unbeschwerte Zeit.

Ich beendete meinen Aufsatz für das Programmheft der *Zauberflöte*, in dem es vor allem um die Tonarten ging, ein Thema, das mich schon als Teenager interessiert hatte. Damit verabschiedete ich mich für die nächsten fast drei Monate von der *Zauberflöte* mit der Absicht, mich mit den anderen Opern der neuen Spielzeit zu befassen. Ich hatte auch mit den Knirpsen vereinbart, unsere Zusammenarbeit ruhen zu lassen bis zu den regulären Proben, um zu vermeiden, dass uns die Musik durch die vielen Wiederholungen allzu selbstverständlich wurde.

Immer wieder dachte ich, ich wäre vielleicht nicht mehr am Leben, wenn ich mich nicht dank der Großzügigkeit von Nathan und Noemi im Haus zur Tugend und Gerechtigkeit hätte erholen können, und ich überlegte mir, wie ich mich ihnen erkenntlich zeigen könnte. Beide liebten Musik, Nathan noch mehr als Noemi. Vielleicht könnte ich ihnen eine Schallplatte von meiner Mutter schenken. Oder ich könnte ihnen meinen Aufsatz über die *Zauberflöte* widmen. Oder ich könnte ihnen eine der Zeichnungen geben, die ich auf Solberg vom Rosengarten und dem Pavillon gemacht hatte, das stünde in Beziehung zum Anlass des Geschenks. All das war absurd, ich schenkte nie jemandem eine Aufnahme meiner Mutter, das war mir überhaupt noch nie in den Sinn gekommen, und mein zeichnerisches Talent war alles andere als berühmt und gewiss nicht geeignet als Geschenk, und ihnen etwas zu widmen, das ich so oder so geschrieben hätte, wäre ein ganz fauler Zauber.

Ich sprach mit David darüber. »Ein Konzert«, schlug er vor.

»Was für ein Konzert? Du meinst, ich sollte sie zu einem Sinfoniekonzert einladen oder so?« Das kostete eine ziemliche Stange Geld, und die hatte ich nicht.

»Nein, ich meine, wir könnten zusammen für sie spielen, du und ich, nur für Noemi und Nathan, und natürlich ihre Kinder, wenn sie wollen.«

»Und Oma Vera, wenn sie will.«

»Und warum sollten nicht Löwenherz und Chantal dabei sein, wenn sie wollen?«

»Genau, und deine Mutter und Yuvál, wenn sie wollen.«

»Sonst noch jemand?«

Es war schön, mit David Pläne zu schmieden.

»Lukas Wackernagel«, schlug ich vor, »mit seinen Eltern und Geschwistern natürlich. Und vielleicht Herr Nickerling?«

Mich hatte der Übermut gepackt, und ich liebte David dafür. »Wer ist bitte Herr Nickerling? Ein Freund von dir, den ich nicht kenne?«

Er griff mir an die Gurgel, aber ganz sanft, und gab mir einen Kuss. »Der Pfleger im Haus zur Tugend und Gerechtigkeit. Von wegen Freund von mir. Er heißt nicht Nickerling, sondern …«

Ich japste vor Lachen. »Mit diesen ekligen Fischaugen«, half ich David auf die Spur, »nicht Nickerling heißt er, auch nicht Dickerling, irgendetwas mit …«

»Silberling.« Nun lachte auch David. Das Leben konnte herrlich sein.

»Wo mag der wohl jetzt sein?«

»Hinter schwedischen Gardinen, nehme ich an. Dieser Mistkerl.«

Auch David genoss es sichtlich, an ihn zu denken, nun, da alles überstanden war.

»Dubi?«

»Ja, mein Engelchen?«

»Wir haben noch nie miteinander musiziert.«

»Dann wird es höchste Zeit dafür.«

»Du spielst viel besser Cello als ich Klavier.«

»Das lass mal meine Sorge sein.«

»Willst du mich blamieren?«

Er schüttelte den Kopf und gab mir noch einen Kuss. »Wie kann eine so gescheite Frau einen solchen Unsinn von sich geben.«

Wir besprachen in großer Minne das Programm. Entweder nur Mozart oder kein Mozart. Kein Mozart bei dieser Gelegenheit, entschieden wir einstimmig. Ich würde Noemi anrufen und sie fragen, ob wir im Pavillon auf Solberg spielen durften, da stand sogar, wie David sich erinnerte, ein Flügel. Wir entschieden uns für ein B-Programm: Bach, Beethoven, Brahms und Bartók. Ein Stück zusammen (Beethoven), eines David allein (Bach), zwei ich allein (Brahms und Bartók), weil ich Morgenthaus zu mehr Dankbarkeit verpflichtet war als er, befand David.

Mit Probenbeginn war ich übergangslos von früh bis spät im Theater, jeden Tag und jeden Abend. Am Vormittag waren szenische Proben, parallel dazu manchmal Orchesterproben im Musiksaal und am Nachmittag ergänzende Proben für Kolleginnen und Kollegen, die am Abend keine Vorstellung hatten. Oft war ich für Proben zur Anwesenheit verpflichtet, manchmal gebeten, und darüber hinaus war ich aus Begeisterung dabei, wo und wann immer ich es zeitlich schaffte. Es fanden in der Regel mindestens drei, oft auch vier oder fünf Opernvorstellungen in der Woche statt, immer mit mir in der Beleuchtung. So war es in der letzten Spielzeit gewesen, und so war es für die kommende, meine zweite am Stadttheater Basel, geplant.

Ich hatte während des Studiums eine Arbeit über Alban Bergs Einrichtung von Georg Büchners Dramenfragment *Woyzeck* geschrieben und freute mich nun besonders darauf, auch in Bergs andere Oper *Lulu* richtig einzutauchen. Ausnahmsweise leistete ich mir eine Orchesterpartitur und verbrachte zuhause viele Stunden damit, sie zu entziffern, kleine Phrasen zu singen oder auch nur einzelne Akkorde am Klavier zusammenzustoppeln. Da ich nicht wie gewünscht vorankam, kaufte ich auch noch die Gesamtaufnahme unter Karl Böhm, hörte sie mir mit der Partitur mehrmals an und sang einzelne Passagen mit. Mich hatte eine Mischung von Neugierde und Ehrgeiz gepackt, ich wollte mich mit *Lulu* bei der Premiere so vertraut fühlen wie mit anderen Opern auch. Der Dirigent der Produktion war als Gast Emanuel Mintz.

Ich hatte keine Zeit für David. Ich nähme mir keine Zeit für ihn, korrigierte er mich immer wieder, und er hatte recht. Ich hatte oder nahm mir überhaupt kaum mehr Zeit für Aktivitäten außerhalb der Oper, dabei baute sich am Horizont das eine oder andere handfeste Problem auf, das ich nicht ewig ignorieren konnte. Zum Beispiel teilten mir meine Wohngenossen Karin und Joachim gleich bei ihrer Rückkehr mit, dass sie eine eigene Wohnung gefunden hätten und zum ersten möglichen Termin ausziehen wollten. Ich hatte nicht mitbekommen, dass sie ein Paar geworden waren, sie waren seinerzeit unabhängig voneinander eingezogen.

Als ich Ricky davon erzählte, bat er mich sofort und eindringlich, ihm und Chantal die beiden Zimmer zu überlassen. Es leuchtete mir ein, dass er nicht auf Dauer bei Prinzens wohnen konnte, allerdings fand ich sein Tempo mit Chantal schon abenteuerlich. Das sei seine Sache und nicht meine, entgegnete er recht unwirsch, er sei schließlich volljährig und

Chantal ebenfalls, wenn auch gerade erst, und sie seien beide absolut sicher, den Rest ihres Lebens zusammen verbringen zu wollen. Er hatte eine Stelle bei der Stadtgärtnerei in Aussicht, würde also finanziell bald auf eigenen Füßen stehen, und Chantal würde nach ihrem Praktikum als Empfangsdame im Haus zur Tugend und Gerechtigkeit eine Lehre als Floristin anfangen, ebenfalls in Basel. Je länger ich mir die Sache überlegte, desto positiver sah ich sie. Es wäre schön, Ricky wieder in der Nähe zu haben. Mit ihm als Mitbewohner ging ich keinerlei Risiko ein und mit Chantal wohl ebenso wenig. Außerdem würde sich Ricky gerne zeitweise um Charlie kümmern, er konnte ihn viel besser zur Arbeit mitnehmen als ich. Auch Chantal liebte Hunde. Warum also nicht.

Die Antwort hieß David. Es stellte sich heraus, dass auch er von zuhause ausziehen wollte, und er hatte sich offenbar vorgestellt, in Zukunft mit mir zusammen zu leben. Allerdings hatte er das nie angesprochen. Wir kannten uns nun fast ein Jahr, wobei er ja drei Monate davon in Amerika gewesen war. Vorher hatten wir uns ungefähr jeden freien Abend getroffen und auch untertags, wann immer wir es einrichten konnten. Vielleicht war ich da im Theater noch nicht so eingebunden gewesen wie jetzt, vielleicht war jedoch auch für unsere Beziehung der Tag von Michaels Tod der Beginn einer neuen Ära. Die Vorstellung, meine Wohnung mit David zu teilen, machte mir Angst, weil ich dann keine Möglichkeit mehr hätte, mich zurückzuziehen, da kam mir das Modell Wohngemeinschaft in seiner Unverbindlichkeit deutlich mehr entgegen. Ich sah auch praktische Schwierigkeiten, zum Beispiel, dass ich nicht würde zuhause arbeiten können, wenn David übte. Er könnte vermehrt in der Akademie üben, wandte er ein. Ich war meistens total ausgepustet, wenn ich nach der Vorstellung und dem anschließenden Glas Wein in der »Kunsthalle« nach Hause kam. Ich könne vielleicht auf das Glas Wein in der »Kunsthalle« verzichten und sofort nach der Vorstellung nach Hause kommen, schlug David vor. Das könnte ich vielleicht, aber ich wollte es ganz bestimmt nicht, und sogar wenn, konnte ich mir nicht vorstellen, zuhause noch mit jemandem reden zu müssen.

»Aber mit deinem Freund Ricky würdest du schon reden«, entgegnete David, als wir eines Abends in meiner Küche zum soundsovielten Mal darüber sprachen.

»Dubi, mit Ricky und Chantal würde ich weiterhin in einer WG wohnen. Dazu gehört, dass man keine gesellschaftlichen Verpflichtungen miteinander pflegen muss.«

»Das heißt, mit mir musst du –«

»Das heißt, es geht mir alles zu schnell.« Ich fühlte mich erschöpft und überfordert.

»Das heißt, du bist nicht sicher, ob du mich genügend liebst, um mit mir zu leben. Anders als dein Freund Ricky, der Chantal gerade mal einige Wochen kennt und erst zweiundzwanzig ist.«

»Hast du schon einmal mit jemandem zusammengelebt? Also mit einer Frau, meine ich.« Er errötete und sah dabei zum Anbeißen aus.

»Lolita, in meinen Kreisen zieht man nicht mal eben so mit einer Frau zusammen.«

»Das meine ich ja: Wir sollten auch nicht mal eben so zusammen ziehen. Wenn jetzt nicht hier die beiden Zimmer frei würden, wärst du doch überhaupt nicht auf diese meschuggene Idee gekommen, oder?«

»Die Idee ist für uns meschugge, aber für deinen Freund Ricky und seine Dulcinea nicht? Erklär mir das doch bitte mal.«

»Vielleicht kannst du bitte hin und wieder einfach ›Ricky‹ sagen, ohne immer ›dein Freund‹ davor. Und ja: Du hast recht. Ich bin unsicher, und Ricky und Chantal sind das offenbar nicht, und du auch nicht.«

Nathan, dachte ich plötzlich, hilf mir weiter. »Es hat nichts mit dir zu tun«, fuhr ich fort und war nicht ganz sicher, ob das der Wahrheit entsprach.

»Wie meinst du das?«

»Erinnerst du dich an unser erstes Gespräch mit Nathan, im Pavillon? Nathan hat damals versucht, dir zu erklären, was ich gerade durchmache.«

»Natürlich erinnere ich mich, aber das ist Wochen her. Inzwischen bist du wieder voll arbeitsfähig. Aber für dich ist ja bekanntlich jedes Wort aus Nathans Mund pures Gold.«

Ich spürte Tränen in mir aufsteigen.

»Was hast du denn?«, fragte David erschrocken. »Entschuldige bitte, Engelchen, so habe ich das nicht gemeint mit Nathan. Ich mag ihn doch auch, sehr sogar.«

»Ich glaube, mein Leben wird nie mehr so sein wie vorher. Michael ... er war doch noch so klein ... so unschuldig ... du hättest ihn erleben sollen, und nun wird er nie wieder ... du wirst ihn nicht kennenlernen können, niemals ... es ist so furchtbar ... ich fühle mich im Moment nur richtig wohl, wenn ich mich auf etwas konzentriere und nicht dazu komme, an etwas anderes zu denken. Lass mir Zeit, bitte.«

Wir schauten einander in die Augen und sahen uns selbst, und das war gut, jedenfalls für den Augenblick, denn die Frage des Zusammenwohnens war nicht unser einziger Konfliktpunkt. Ein weiterer waren die jüdischen Hohen Feiertage. David war mit seiner Mutter und Yuvál für diese zehn Tage immer in Amsterdam und assistierte seinem Großvater, Rabbiner Moische Prinz, als Chasan, also als Kantor.

»Willst du jetzt eigentlich Sänger werden?«, fragte ich.

»Wie kommst du denn darauf?«

»Weil dir ein professioneller Sänger dazu geraten hat.« David schaute mich verständnislos an.

»Cancellara. Nach deinem Tamino neulich.«

»Ach so. Nein, niemals.«

»Und warum nicht?«

»So auf der Bühne zu stehen und zu schauspielern, das wäre überhaupt nicht mein Ding.«

»Und Chasan?«

Er überlegte. »Ich glaube, auch eher nicht. Ich liebe das Cello, seinen Klang, den Kontakt damit, das ist schon das Richtige für mich. Ich denke, dass eher Yuvál vielleicht Chasan werden könnte, oder auch Rabbiner.« Das konnte ich mir auch gut vorstellen.

David kam auf die Feiertage zurück und war entsetzt, als wir zufällig entdeckten, dass an Rosch Haschana, dem jüdischen Neujahrstag, die Generalprobe der *Schönen Helena* war, und dass ich an Jom Kippur, unserem höchsten Feiertag, Vorstellung hatte und auch an mehreren Abenden zwischen diesen beiden Tagen, die »Tage der Umkehr« heißen, an denen »anständige Juden« sich nicht mit so weltlichen Dingen wie Theater oder Oper zu beschäftigen haben, sondern mit dem eigenen Gewissen. Solange ich zuhause gelebt hatte, waren meine Mutter und ich zu den Hohen Feiertagen miteinander in die Synagoge gegangen, wenn es ihre beruflichen Verpflichtungen zuließen. Wenn nicht, ging ich ganz normal zur Schule. Während meines Studiums in Basel hatte ich es immer einrichten können, an Rosch Haschana und Jom Kippur nach Schul, also in die Synagoge zu gehen, aber schon letztes Jahr musste ich bis auf einen Gottesdienst darauf verzichten, weil ich Proben oder Vorstellungen im Theater hatte.

David mochte das nicht akzeptieren. »Wenn du wirklich wolltest, könntest du dich von deinem Kollegen Hannes vertreten lassen«, meinte er.

»Ja, das könnte ich wahrscheinlich.«

»Also willst du nicht wirklich.«

»Ich halte das so, wie meine Mutter es mir beigebracht hat.«

»Du hängst doch sonst nicht so an deiner Mutter.«

Ich sah rot. »Wie kannst du so etwas sagen? Natürlich hänge ich an meiner Mutter. Wir haben Riesenknatsch gehabt, das stimmt, aber sie hat dich immerhin trotzdem zu mir geschickt, und überhaupt, wenn man Knatsch hat, heißt das doch nicht, dass man nicht aneinander hängt.«

Ich merkte, dass ich zu viel redete, aber ich konnte nicht aufhören damit. Hätte David gesagt, ich würde an meiner Mutter hängen, hätte ich ihm genauso heftig widersprochen.

»Wir haben auch Knatsch, und wir hängen aneinander, oder?«

»Liora, wir haben nicht Knatsch, sondern ein grundsätzliches Problem.«

Es war kein gutes Zeichen, dass er mich »Liora« nannte.

»Wie soll ich meiner Mutter erklären, dass dir die Feiertage nichts bedeuten?«, fragte er. »Oder meinen Großeltern? Oder auch Yuvál? Für ihn bist du in jeder Beziehung ein Vorbild, und er will vielleicht Rabbiner werden.«

»Es geht dir also gar nicht um mich, und auch nicht um dich, sondern nur darum, was die Leute sagen.«

»Die Leute sind meine Familie, erstens. Und zweitens …« Er biss sich in die Oberlippe.

»Ja? Und zweitens?« Ich schaute ihn herausfordernd an.

»Ich könnte mein Leben nicht mit einer Frau teilen, der Theatervorstellungen wichtiger sind als Rosch Haschana und Jom Kippur.«

»Diese Theatervorstellungen sind zufälligerweise mein Beruf.«

»Eben. Wir arbeiten nicht an den Hohen Feiertagen.«

»Aber an Schabbat schon?«

»Was wird das jetzt? Ein Beit Din?« Ein Beit Din ist ein rabbinisches Gericht. David war aufgestanden und offensichtlich sehr wütend.

»Weißt du was? Das wird mir jetzt zu dumm. Ich soll ununterbrochen Rücksicht nehmen auf deine ach so verletzlichen Gefühle, und du verwickelst mich hier in eine total unfaire Diskussion. Vielleicht überlegst du dir bei Gelegenheit mal, was du eigentlich willst.«

Er stürmte zur Tür und polterte das Treppenhaus hinunter. Ich hatte den Bogen überspannt, das realisierte ich sofort. Ich konnte nicht gut Konflikte ausdiskutieren oder aushalten, ich hatte auch kaum Übung darin. Mit Irving war ich jeder Meinungsverschiedenheit ausgewichen, weil ich fürchtete, ihn durch Forderungen oder Ansprüche in die Flucht zu schlagen, und mit David konnte ich nicht rechtzeitig aufhören zu streiten, sondern provozierte und beschimpfte ihn so lange, bis er davonlief. Vor dem Unglück war das schon zwei oder drei Mal passiert, und ich war jedes Mal zu Tode erschrocken, wie auch heute, und ich bereute schnell, David in die Enge getrieben zu haben. Wenn ich bei diesem Thema nicht nachgab, würde ich ihn verlieren, darüber hinaus musste ich auch für mich selbst meinen Standpunkt überdenken und klären, da hatte David recht.

Nach einer schlaflosen Nacht reichte ich bei der Theaterdirektion für Rosch Haschana und Jom Kippur ein begründetes Urlaubsgesuch ein, nicht aber für die »Tage der Umkehr« zwischen den beiden Feiertagen. Ich wollte David sofort anrufen, um ihm das mitzuteilen, erreichte ihn jedoch nicht. Gegen Abend klingelte es bei mir, und er stand mit einer Flasche Wein vor der Tür.

»Scholem?«, fragte er mit seinem Lausbubenlächeln. »Frieden?« Ich fiel ihm um den Hals und zog ihn in die Wohnung. Wir setzten uns wie gestern an den Küchentisch. Ich erzählte ihm von meinem Urlaubsgesuch.

»Danke«, sagte er, »danke, mein Engelchen, das ist ein großes Geschenk für mich. Und du hast ja recht, ich bin mit dem Halten von Schabbat nicht konsequent. Ich versuche es, wie du weißt, aber es geht nicht immer. Ich bekäme niemals eine Orchesterstelle unter der Bedingung, am Freitagabend und am Samstag nicht zu spielen. Außer in Israel natürlich«, fügte er nach einer kurzen Pause hinzu.

»Vielleicht müsstest du dahin auswandern«, schlug ich unbedacht vor.

»Ja, vielleicht. Kämst du mit?« Ich stutzte.

»Meinst du das im Ernst?«

Er überlegte. »Ja«, antwortete er, »durchaus.«

Unser Konzert für Morgenthaus fand Mitte September statt, am letzten Sonntag vor Spielzeiteröffnung, einem wunderbar frühherbstlichen Nachmittag. Alle waren nach Solberg gekommen: Nathan und Noemi mit Raphael und Gabriel und Vera, Frau Prinz mit Yuvál, Marianne und Andreas Wackernagel mit ihren vier Kindern und auch Ricky, allerdings ohne Chantal, die Dienst hatte, was Ricky dazu veranlasste, sich öfter mal um das Haus zur Tugend und Gerechtigkeit herum an den Empfang zu schleichen, um ihr Gesellschaft zu leisten. Der Pfleger, dessen Namen ich mir nicht merken konnte, war, wie wir erfuhren, keineswegs hinter schwedischen Gardinen. Simmering hieß er. Nein, nicht Simmering, sondern Pötzleinsdorf hieß er. Blödsinn, Pötzleinsdorf stimmte noch weniger als Simmering, zum Teufel. Jedenfalls war er aus Nathans Büro geflohen, bevor die Polizei eintraf, und war seither wie vom Erdboden verschluckt.

Noemi und Vera hatten für nach dem Konzert einen Apero im Freien vorbereitet, und ich unterhielt mich gerade mit Frau Prinz, als plötzlich Raphael vor mir stand.

»Wir wollen dich etwas fragen«, sagte er, »nämlich, ob wir vielleicht etwas singen dürfen?«

Nun sah ich auch David mit Yuvál und Lukas, die aus einiger Entfernung zu uns schauten. David kam strahlend zu mir.

»Ist das nicht eine wunderbare Idee? Deine Knirpse möchten dir ein Ständchen bringen.«

»Ja, das ist allerdings wunderbar, vielen Dank«, bestätigte ich und bedeutete Lukas und Yuvál, zu uns zu kommen. Ich entschuldigte mich bei Frau Prinz und ging mit den dreien zur Steinbank.

»Was wollt ihr denn singen? Einen Kanon von Haydn oder zwei oder drei?«, fragte ich. Sie nickten, und nachdem sie sich auf drei Kanons geeinigt hatten, gingen wir zusammen zum Pavillon. Ich bat um die Aufmerksamkeit der Anwesenden.

»Ich darf eine ganz spezielle Zugabe ankündigen. Die Basler *Zauberflöte*-Knaben Yuvál Prinz, Raphael Morgenthau und Lukas Wackernagel singen für uns drei Kanons von Haydn. Ich bitte um Aufmerksamkeit für die jungen Künstler.«

Ich ging zurück zu David, während die Knirpse zum ersten Mal allein ausführten, was wir in den Proben so häufig gemeinsam geübt hatten. Abwechselnd stellte sich derjenige von ihnen in die Mitte, der die erste Stimme sang. Yuvál mit seinem absoluten Gehör summte jeweils den Anfangston. Was hatte ich für ein Glück mit diesen drei Burschen. Während des Applauses steckten sie die Köpfe zusammen und sangen dann, angestimmt von Raphael, einen vierten Kanon: »Alles schweiget, Nachtigallen locken mit süßen Melodien Tränen ins Auge, Schwermut ins Herz.«

Während sie nachher mit wechselndem Erfolg versuchten, sich den Umarmungen der Erwachsenen zu entziehen, ging ich zurück in den Pavillon, um an diesem Ort der Harmonie zum ersten Mal einen Augenblick allein zu sein und mich zu sammeln. Welch ein Tag. Ich war wieder auf Solberg, aber diesmal gesund und mit David an meiner Seite, wenn auch heute ohne den Zauber der Lyra, denn wir hatten ja miteinander für Nathan und Noemi musizieren wollen. »Meine«

Drei Knaben hatten für uns gesungen, und das war vielleicht das Allerschönste. Süße Melodien. Tränen ins Auge. Schwermut ins Herz. Ich atmete noch einmal tief durch und ging zurück zu den anderen Gästen.

Es war Abend geworden. Schließlich brachen Andreas und Marianne mit ihren Kindern auf. Sie nahmen Frau Prinz und Yuvál in ihrem kleinen Bus mit nach Basel. Ricky und Chantal hatten sich mit Charlie gleich nach Chantals Feierabend zu Fuß auf den langen Heimweg gemacht. Ricky meinte noch, er habe vielleicht den flüchtigen Pfleger, der nicht Pötzleinsdorf und auch nicht Simmering hieß, am Waldrand hinter dem Rosengarten herumschleichen sehen, er sei aber unsicher, weil der Mann einen Bart getragen und einen ziemlich verwahrlosten Eindruck gemacht habe. Silberling hieß er, natürlich, Silberling. Vera schnappte sich ihre beiden Enkelsöhne, um sie mit ihrem Auto nach Hause zu bringen.

Nathan, Noemi, David und ich wollten noch ein Weilchen im dämmerigen Rosengarten sitzen bleiben, Noemi erhob sich jedoch bald wieder, um, wie sie sagte, das Geschirr zu machen. Wir drei anderen boten ihr an zu helfen, aber das lehnte sie mit einem stummen Kopfschütteln ab. Mir war nicht wohl dabei, ich hatte schon am Nachmittag gefunden, sie mache einen bedrückten Eindruck. Ich war unwillkürlich ebenfalls aufgestanden, nach mir David, zuletzt auch Nathan.

»Ich hole mal mein Cello«, sagte David nach einem fragenden Blick zu mir und ging zum Pavillon, wo er sein wertvolles Instrument nach dem Konzert in einem Nebenraum versorgt hatte.

»Mein Gott, ist das ein begabter Junge.« Nathan schaute ihm versonnen nach, während er sich wieder hinsetzte.

»Ich glaube, ich schaue, ob ich Noemi nicht doch ein wenig helfen kann«, schlug ich vor.

»Ja, tu das mal«, antwortete er geistesabwesend.

Noemi war dabei, die gebrauchten Gläser einzusammeln und sie auf ein Tablett zu stellen.

»Können wir hier im Haus abwaschen?«, fragte ich, während ich die angebrochenen Mineralwasser- und Orangensaftflaschen auf dem langen Tisch zusammenstellte.

Sie hob den Kopf und nickte. Ich sah, dass sie Tränen in den Augen hatte, stellte die Flasche, die ich in der Hand hielt, zurück und ging zu ihr.

»Michael?«, fragte ich leise. Sie schüttelte den Kopf. »Nein. Nicht Michael. Nathan.«

»Nathan?«, wiederholte ich alarmiert. »Was ist denn mit ihm? Ist er krank?«

Etwas wie ein missglücktes Lachen entfuhr ihr. »Ob man das krank nennen kann, weiß ich nicht.«

»Bitte, sag schon, was ist los mit ihm? Ich habe dich noch nie so erlebt. Was ist denn passiert?«

»Er hat sich verliebt.« Ich musste mich verhört haben. Gut möglich, Noemi hatte so leise gesprochen. Für den Bruchteil einer Sekunde jubelte ich innerlich. Nathan hatte sich in mich verliebt.

»Was?«, fragte ich aufgeregt.

Sie wiederholte, eine Spur lauter: »Nathan hat sich verliebt. Und weißt du was: Das ist schlimmer als Michaels Tod.«

»Noemi, sag das nicht.« Eine Welle von Wut stieg in mir auf. »Nichts kann je schlimmer sein als Michaels Tod«, fuhr ich sie an, »alles andere ist zu beeinflussen, aber Michaels Tod –«

»Was weißt du schon davon«, unterbrach sie mich schroff. Ich zuckte zusammen.

»Entschuldige bitte«, sagte sie rasch, »und bitte lass mich jetzt allein. Ich hätte nicht darüber sprechen sollen. Ich danke dir nochmals für das schöne Konzert. David auch, natürlich. Vielleicht kann Nathan euch nun nach Hause bringen.«

»Und du? Wie kommst du ohne Auto nach Hause?«

Sie überlegte. Ich auch. Sie musste total durcheinander sein. Sie war meine beste Freundin. Ich sprach so ruhig wie möglich, wie mit einem kranken Kind. »Für mich wäre es furchtbar, mich so von dir zu verabschieden nach diesem Nachmittag. Bitte, komm wieder heraus zu uns.«

Sie schaute mich lange an. Ihre Augen waren noch immer tränenerfüllt, auch ihre Stimme, als sie redete. »Liora, du bist ein Schatz.«

»Du auch.«

»Interessiert dich denn nicht, in wen sich Nathan verliebt hat?«

Dass Nathan sich überhaupt verliebt hatte, war so ein Schock für mich, vielleicht wollte ich tatsächlich nicht wissen, in wen. »Doch, schon«, antwortete ich ausweichend, »ich weiß nur nicht, ob mich das etwas angeht, und ich will nicht indiskret sein.«

»Bitte versprich mir, mit niemandem darüber zu sprechen.«

»Ja, natürlich.«

»Mit absolut niemandem.«

»Ja, klar. Mit absolut niemandem.«

»David«, sagte Noemi.

»Was ist mit David?«

»Nathan hat sein Herz an David verloren.«

Sie atmete tief ein, wandte sich ab von mir und fuhr fort, Gläser zusammenzustellen.

Als ich in den Rosengarten zurückkam, waren David und Nathan verschwunden. Ich sah Licht im Pavillon und fand die beiden dort in der ersten Reihe nebeneinander sitzend. Ich blieb bei der Türe stehen, um mich zu beruhigen, bevor ich zu ihnen trat. David schien etwas zu erzählen oder zu erklären, das ihm wichtig war. Nathans Gesichtsausdruck beim Zuhören konnte ich mir genau vorstellen, den ruhigen, konzentrierten Blick, den entspannt geschlossenen Mund, ich war ja oft in der glücklichen Situation gewesen, dass er mir seine Aufmerksamkeit geschenkt hatte. Wenn ich genau hingehört hätte, hätte ich vermutlich verstanden, was David sagte, aber mir jagten so viele Gedanken durch den Kopf, dass ich nur da stand und hoffte, die beiden würden mich nicht entdecken.

Es war eine dumme Idee gewesen, hierher zu kommen. Wie sollte ich den beiden unter die Augen treten, ohne mich zu verraten? Es war eine noch dümmere Idee gewesen, Noemi zu versprechen, mit niemandem über Nathans Gefühle für David zu reden. Je länger ich darüber nachdachte, desto absurder erschien mir, das nicht mit David teilen zu dürfen. Ob er überhaupt wusste, dass Nathan, wie Noemi es nannte, sein Herz an ihn verloren hatte?

Plötzlich erfasste mich eine Wut, wie ich sie noch nie erlebt hatte, ein Tsunami an Wut im Vergleich zu der kleinen Plätscherwelle vorhin im Gespräch mit Noemi. Ich war so wütend, dass ich hätte schreien mögen oder einen Stuhl gegen die Wand schmeißen oder jemandem die Gurgel zudrücken und genüsslich zuschauen, wie das Gesicht blau anlief und die Augen hervorquollen und die Zunge aus dem Mund hing und schließlich der Kopf schlaff wurde und er tot war. Drei Menschen wollte ich sofort erwürgen: Noemi, Nathan und David. Ich wünschte, Noemi hätte mir die romantische Neuigkeit erspart, was sollte ich überhaupt damit? Es war eine Zumutung, und sie hatte mich völlig unnötigerweise in eine unmögliche Situation gebracht. David. Mir fiel kein Grund ein, ihn zu plagen, er konnte schließlich nichts dafür, dass ich nicht mit ihm sprechen durfte. Mir fiel doch ein Grund ein, ihn zu plagen: Eifersucht. Wieso hatte Nathan, wenn es schon sein musste, sich nicht in mich verliebt? Was hatte David, was ich nicht hatte? Einen Pimmel, aber dafür konnte er ja auch nichts. Nathan, der wunderbare, kluge, verantwortungsbewusste Nathan. Erst hatte er meiner Mutter den Mann und mir den Vater geraubt, nun tat er dasselbe mit meinem Freund.

Ich wollte in diesem Moment weder daran denken, dass mein Vater vermutlich durchaus freiwillig mit ihm gegangen war, noch daran, dass ich nicht wusste, welche Konsequenzen Nathan aus seiner Liebe zu David ziehen wollte. Würde er seine Familie zerstören wie einst die meine und mit David ein neues Leben beginnen? Liebte er Noemi noch? Er würde das Wohl seiner Kinder niemals aufs Spiel setzen, unter keinen Umständen, davon war ich auch in diesem Augenblick überzeugt. Bei David hatte ich nicht die Spur eines Anzeichens dafür gesehen, dass er Nathans Gefühle erwiderte, auf der anderen Seite wäre mir seinerzeit auch nie in den Sinn gekommen, dass Nathan schwul war, warum sollte also David nicht auch schwul oder mindestens bisexuell sein? Das war Unsinn, und ich wusste es, David war fast vom Stuhl gefallen, als er von der Liebesgeschichte zwischen Nathan und meinem Vater erfahren hatte, genau wie ich. Er hatte, genau wie ich, bis dahin nicht einmal gewusst, dass es bisexuelle Männer gab.

Ganz allmählich ebbte die Woge der Wut ab, und ich begann, wieder klar denken zu können. Das Problem war nur, dass ich keine Ahnung hatte, was ich nun tun sollte. Ich konnte und wollte mich auf Dauer David gegenüber nicht verstellen, das war das Hauptproblem. Vielleicht würde Noemi Nathan irgendwann sagen, dass sie sich mir anvertraut hatte, das wäre mir sehr recht. Vielleicht konnte ich sie darum bitten, und dann auch darum, mit David darüber sprechen zu dürfen.

Ich realisierte erst, dass sie in den Pavillon gekommen war, als sie mir den Arm um die Schulter legte. »Danke«, flüsterte sie, »ich bin so froh, dass ich es jemandem erzählen konnte, und ich bin sicher, dass es nirgends besser aufgehoben sein könnte als bei dir.«

Sie drückte kurz meinen Arm, dann ging sie nach vorn zu

Nathan und David. Ich folgte ihr. Meine Mordgelüste waren ziemlich vorbei, aber ich fühlte mich verwirrt und unsicher.

»Was meint ihr, Jungens, sollten wir nicht allmählich nach Hause gehen?«

Auch sie hatte sich offensichtlich wieder im Griff, ihre Stimme klang ruhig und warmherzig wie immer. Die beiden Männer drehten sich um, sahen uns und standen auf.

»Entschuldigung«, sagte Nathan nach einem Blick auf seine Uhr, »ich hatte nicht realisiert, dass es schon so spät ist. Ja, natürlich müssen wir aufbrechen, morgen ist Montag, da müssen wir früh aufstehen.«

Wir stellten die Stühle zurück in den Nebenraum, in dem die Lyra auf einem Tisch lag.

»Was machen wir eigentlich damit?«, fragte ich David.

Er überlegte. »Heilige Götter, ist sie nicht wunderschön? Ich würde mich nicht trauen, sie einfach so anzufassen, wer weiß, was dann passiert. Könnte ich sie vielleicht noch hierlassen?«, fragte er Nathan. »Ich habe das Gefühl, dass ich sie nicht mitnehmen sollte.«

»Ja, natürlich kannst du sie hierlassen«, antwortete Nathan, »hier ist sie gut aufgehoben, nur ich habe den Schlüssel zum Pavillon. Und dann musst du bald wiederkommen und sie spielen.«

Wir gingen schweigend zum Parkplatz. Ich warf einen Blick zurück auf das Haus zur Tugend und Gerechtigkeit. Vielleicht bin ich zum letzten Mal hier gewesen, dachte ich.

»Du wirst doch sicher David begleiten, wenn er wiederkommt«, sagte Nathan schmunzelnd, als ob er meine Gedanken gelesen hätte, der Verräter. Ich nickte, David auch.

Auf dem Weg nach Hause machte Noemi zuerst halt am Höhenweg. Alle drei stiegen mit mir aus, um sich zu verabschieden. Mit Morgenthaus würde ich mich in genau einer Woche wieder treffen, sie hatten mich zum Abendessen am Vorabend des jüdischen Neujahrsfestes zu sich nach Hause eingeladen. David fuhr mit Mutter und Bruder schon am Donnerstag nach Amsterdam, um den Schabbat vor den Feiertagen mit den Großeltern zu verbringen. Wir würden uns erst nach seiner Rückkehr wiedersehen, in mehr als zwei Wochen.

»Nächstes Jahr kommst du mit nach Amsterdam«, flüsterte er mir zu, als wir uns zum Abschied umarmten, und gab mir zur Bestätigung einen Kuss aufs Ohr.

Die kommenden Tage und Abende verbrachte ich wie gehabt vorwiegend im Theater. Als ich am Mittwoch von einer Premierenfeier nach Hause kam, fand ich im Briefkasten einen Umschlag vor, an mich adressiert in Davids Schrift. Er wünschte mir, wie es bei uns Juden üblich ist, ein gutes und süßes neues Jahr. Auf die Karte hatte er mit durchsichtigem Klebestreifen ein feines goldenes Halskettchen mit einem Anhänger fixiert, einem kleinen Davidstern, damit ich ihn nicht vergaß, wie er schrieb, der Witzbold. Ich legte es gleich um und beschloss, es zu tragen bis ans Ende meiner Tage. David hatte mir seine Adresse in Amsterdam aufgeschrieben. Ich konnte ihn vor seiner Abreise morgen früh nicht mehr anrufen, aber wollte ihm gleich schreiben und danken für das zauberhafte Geschenk.

Ich fühlte mich an diesen langen Tagen und Abenden im Theater wie ein Fisch im Wasser und hatte keinerlei Bedürfnis nach Ruhe oder Abwechslung. Im Gegenteil, wann immer mir Nathan in den Sinn kam, oder Noemi, oder auch David, war ich, um ehrlich zu sein, froh, keine Zeit für private Gedanken zu haben.

So stolperte ich recht unvorbereitet in die Hohen Feiertage und kam erst auf dem Weg zu Morgenthaus ein wenig zur Besinnung. Ich ging zu Fuß, nicht aus Frömmigkeit, sondern um Charlie und mir endlich wieder einmal ausgiebig frische

Luft zu verschaffen. Im Schützenmattpark legten wir eine Pause ein, damit Charlie eine Extrarunde herumrennen konnte, mein lieber alter Hund. Wir hatten noch nicht viel voneinander gehabt, seit wir wieder beide zuhause waren. Bei Morgenthaus wurde er wie üblich von Raphael und Gabriel in Empfang genommen und verschwand mit den beiden, während mich Nathan in den Salon führte. Ich beobachtete ihn verstohlen, konnte jedoch keine Veränderung an ihm feststellen, er wirkte so ausgeglichen wie eh und je.

Der Esstisch war feierlich gedeckt, Äpfel und kleine Gläser mit Honig waren Bestandteil der Dekoration, dem jüdischen Brauch folgend, mit diesen Speisen dem Wunsch nach einem guten und süßen Jahr Ausdruck zu verleihen. Noemi hatte meinetwegen Gemüsesuppe gekocht statt Hühnersuppe, wie es für feierliche Anlässe eigentlich üblich war. Ich bedankte mich dafür, und wir begannen zu essen.

»5723«, murmelte Nathan unvermittelt. Sein Suppenlöffel fiel klirrend in den Teller. »Das neue jüdische Jahr. Ohne Michael.«

Seine Stimme bebte. Noemi nickte. Sie war plötzlich sehr blass. Vera legte den Löffel nieder, ich auch. An Weiteressen war nicht zu denken.

»Ich möchte, dass Mimi jetzt von seiner großen Reise nach Hause kommt«, sagte Gabriel träumerisch und legte den Kopf an Noemis Schulter.

»Mimi kommt niemals mehr nach Hause«, schrie Raphael neben mir seinen kleinen Bruder an, »er ist tot. Tot! Tot!«

Er fing an zu schluchzen. Seine kindlichen Tränen hatten etwas unbeschreiblich Reines, etwas, was ich fast als tröstlich empfand. Seine Oma hielt den linken Arm um ihn und streichelte mit der rechten Hand seinen Kopf. Ich sah Tränen in ihren Augen. Nun weinte auch Gabriel, es war nicht klar, ob aus Trauer um seinen einen Bruder oder weil der andere ihn angeschrien hatte.

»Imma, ist das wahr?«, fragte er schließlich und hob den Kopf.

»Ja, Schätzelchen«, antwortete Noemi leise und gab ihm einen Kuss.

Er wandte sich an Nathan. »Abba?«

Nathan nickte und senkte den Kopf.

»Safta?«

»Safta« ist hebräisch und heißt Oma. Auch sie nickte wortlos.

»Lola?«

Ich war seine letzte Hoffnung. »Schon«, begann ich langsam, »aber ich glaube, du hast trotzdem recht. Ich glaube auch, dass Michael auf einer großen Reise ist.«

Ich stockte. Ich wollte Gabriel nicht enttäuschen, aber ich wollte ihn auch auf keinen Fall anlügen.

»Auf seinem Stern?«, fragte er und wischte sich die Tränen vom Gesicht. Sechs Jahre war er alt, der kleine Gabriel mit seiner fantastischen Fähigkeit zur Hoffnung.

»Ja«, antwortete ich zögernd, »vielleicht auf seinem Stern. Wahrscheinlich sogar.«

»Wie der Kleine Prinz?«

Auch Raphael wischte sich die Tränen ab und schaute mich erwartungsvoll an.

»Ja. Wie der Kleine Prinz«, bestätigte ich.

»Und da geht es ihm gut, oder?«

Gabriels Augen waren so dunkel wie die seines Vaters und seiner Brüder. Die Erinnerung an Michael, wie er um sein Leben schrie, wollte in mir hochsteigen, aber ich ließ sie nicht zu.

»Ja. Ganz bestimmt geht es ihm gut.«

Das war keine Lüge, ich glaubte in diesem Augenblick fest daran, dass es Michael gut ging auf seinem fernen Stern.

Nach dem Abend im Kreise von Nathans Familie konnte ich die Gedanken an sein verlorenes Herz nicht mehr verdrängen, im Gegenteil, ich konnte an nichts anderes mehr denken und fürchtete, dabei doch noch den Verstand zu verlieren. Ich ging davon aus, dass Nathan sein Herz nicht Hals über Kopf verlor und dann wieder fand, sondern es verlor für alle Zeit und Ewigkeit, wenn ihm das schon passierte. Es war ihm, soweit ich wusste, vor David zweimal passiert, das erste Mal mit meinem Vater, dem er in der Folge die Treue hielt bis zum Tode, das zweite Mal mit Noemi, mit der er eine Familie gegründet hatte. Aus der Eigenschaft als Vater konnte er nicht aussteigen, sogar wenn er es gewollt hätte, was ich keinen Augenblick annahm. Aus der Eigenschaft als Ehemann konnte er theoretisch aussteigen. Ob er das wollte, wusste ich nicht, so oder so unterzog er seine Ehe einer Zerreißprobe, und all das passte überhaupt nicht zu dem Nathan, den ich bisher gekannt und an den ich meinerseits bei der ersten Gelegenheit ein wenig mein Herz verloren und es seither noch nicht ganz wieder gefunden hatte.

Untreue erfüllte den Tatbestand der Schuld. Aber wann begann überhaupt Untreue, und womit? Wenn man miteinander schlief oder schon mit dem Wunsch, das zu tun? Ich konnte mir nicht vorstellen, dass Nathan mit David schlief. Der Gedanke, dass das doch der Fall sein könnte, ekelte mich bis zur körperlichen Übelkeit. Zu meiner Überraschung verspürte ich mehr Ekel als Eifersucht, wahrscheinlich war auch dies ein Symptom meiner drohenden psychischen Dekompensation. Es machte mich rasend, nicht zu wissen und auch nicht in Erfahrung bringen zu können, welcher Art Nathans Gefühle für David wirklich waren. Meine Gedanken stürzten immer wieder zurück zu Nathan, ob ich es wollte oder nicht. David kam in diesen albtraumhaften Fantasien so gut wie nicht vor, aber der sexuelle Aspekt von Nathans Gefühlen für ihn bohrte sich so unaufhaltsam ins Zentrum meiner Gedanken, dass ich mich kurz nach Mitternacht tatsächlich übergeben musste.

Der Schofar riss mich aus den Gedanken um Nathan, die sich im Morgengottesdienst ungebeten weiterhin in meinem Gehirn balgten. Hundert Töne müssen wir an Neujahr in der Synagoge von diesem furchterregenden Instrument hören, um zur Besinnung zu kommen und in die Verfassung, in den folgenden zehn Tagen unsere Taten und vor allem unsere Untaten zu überdenken, sodass wir sie an Jom Kippur, dem Versöhnungstag, bereuen können. Die Basler Synagoge war bis auf den letzten Platz besetzt. Ich stand oben auf der Empore bei den anderen Frauen ganz hinten, sodass ich kaum in den Hauptraum hinuntersehen konnte, wo die Männer sich unterhielten und beteten. Man schaute anständigerweise sowieso nicht dahin, deswegen waren Männer und Frauen schließlich getrennt. Nach der durchwachten Nacht war ich so gerädert, dass ich mehrmals umzufallen drohte. Ich schielte immer wieder nach links und nach rechts, um zu sehen, wann die anderen Frauen in ihren hebräischen Gebetbüchern blätterten, um es ihnen gleich zu tun, wobei viele Frauen überhaupt kein Gebetbuch hatten, aber immerhin war ich da und setzte mich dem Gottesdienst mit den fürchterlichen hundert Tönen des Widderhorns aus.

Am Ende verließ ich die Synagoge möglichst rasch und unauffällig, um mit niemandem sprechen zu müssen, auf der Straße lief ich jedoch sofort Nathan mit Raphael an der Hand in die Arme. Mit den beiden hatte ich nicht gerechnet, wir hatten gestern Abend nicht erwähnt, dass wir heute nach Schul gehen wollten, und da ich keine Zeit hatte nachzudenken, freute ich mich wie immer, sie zu sehen. Sie waren festlich gekleidet, Nathan mit einem Anzug und weißem Hemd mit Krawatte, Raphael mit einer dunklen Hose und ebenfalls weißem Hemd, beide schon ohne Käppchen.

Raphael war auffallend blass. Ihm war bei den ersten Tönen des Schofars schlecht geworden, wie Nathan erzählte, und obwohl er unbedingt hatte mitgehen wollen, um genau den Schofar endlich zum ersten Mal zu erleben mit seinen noch nicht zehn Jahren, musste er mit seinem Vater das Gotteshaus vorzeitig verlassen, der arme kleine Kerl.

»Weißt du was«, sagte ich, »David ist sogar noch nach seiner Bar Mitzva mehrere Male umgekippt vor Schreck, wenn er den Schofar gehört hat.«

Raphael schaute mich staunend an und fing an zu lächeln, ebenso Nathan.

»Er ist so ein unglaublich sensibler Junge«, murmelte er und blickte in die Ferne, vermutlich Richtung Amsterdam.

Ich ärgerte mich, ich hätte David nicht erwähnen sollen. Ich hatte nicht daran gedacht, was der Name für Nathan bedeutete, da würde ich in Zukunft aufpassen müssen. Wir verabschiedeten uns, versehen mit den gebräuchlichen hebräischen Wunsch- und Grußformeln zum neuen Jahr.

Zuhause zog ich mich sofort wieder um, in meinen Alltagsklamotten war es mir vielleicht eher möglich, nicht ständig an die folgenden Tage zu denken, die »Tage der Umkehr«, die auch »Bußtage« genannt werden oder »Hajamim Hanoraim«, das bedeutet »Die furchtbaren Tage« oder auch »Die Tage der Ehrfurcht«.

Auch wollte ich nicht immer an die vergangenen Tage denken, überhaupt dachte ich zu viel nach, ich tat nichts anderes als nachdenken, es dachte in mir pausenlos, ohne dass ich es beenden oder wenigstens unterbrechen konnte, und auch darin sah ich die Gefahr, verrückt zu werden, und das machte mir Angst. Ich überlegte kurz, mit Frau Doktor Bruckner Kontakt aufzunehmen, einer Psychotherapeutin, deren Telefonnummer ich von Noemi schon vor Wochen für den Notfall bekommen hatte, aber erstens wusste ich nicht, ob meine gegenwärtige Verfassung wirklich ein Notfall war, und zweitens konnte ich mir nicht vorstellen, dieser wildfremden Therapeutin meine Gedanken über ihren Kollegen Nathan Morgenthau und seine erotischen Neigungen vorzulegen, und genau darum wäre es mir gegangen. Meine Gedanken tanzten weiterhin unaufhörlich um das Thema Schuld, als ob das Wort in roten Buchstaben in meinem Gehirn stünde.

Im Unterschied zu früheren Jahren nahm ich jetzt einerseits die Mitzva, die heilige Pflicht, mich bis zum Versöhnungstag mit Fragen der Schuld zu befassen, extrem ernst, andererseits, und das entsprach überhaupt nicht den heiligen Gesetzen, befasste ich mich nicht nur mit meiner eigenen Schuld, sondern auch mit derjenigen eines anderen Menschen. Nathan. Meine eigene Schuld hieß Michael, und alles andere verblasste hinter dieser Schuld. Wenn ich wirklich alles an Michaels Rettung gesetzt hätte, wie Nathan nicht müde wurde zu behaupten, hätte ich auf der Stelle vor Anstrengung sterben müssen oder mindestens einen Herzanfall erleiden wie der Fährmann. Dass ich überlebt hatte, war der Beweis für meine ungenügende Bemühung. Ich konnte für mein Versagen und meine Schuld nicht denjenigen um Vergebung bitten, an dem ich mich versündigt hatte, denn der war tot. In diesem Fall hatte ich meine Reue und die Bitte um Vergebung dem Ewigen selbst vorzutragen an Kol Nidrei, dem Gottesdienst am Vorabend von Jom Kippur.

Mein Problem in diesem Zusammenhang war, dass ich für meine Schuld, die Schuld am Tod eines Kindes, nicht an die göttliche Vergebung glaubte, was bedeutete, dass ich nicht an Gott glaubte, denn wenn ich nicht an Gottes Güte glaubte, glaubte ich nicht an Gott. Bisher hatte ich mir immer erst kurz vor »Kol Nidrei« überlegt, wofür ich um Gottes Vergebung beten wollte. Manchmal, als ich noch auf Lunenburg lebte, ließ ich den Versöhnungstag ohne einen einzigen Gedanken an seine Bedeutung verstreichen, wenn nämlich meine Mutter die »furchtbaren Tage« irgendwo auf der Welt in einem Opernhaus verbrachte.

Plötzlich wünschte ich, ich könnte den Versöhnungstag mit ihr verbringen. Seit Jahren wusste ich nicht, wo sie wann war, außer ich sah zufällig eine Kritik über eine Aufführung mit ihr in der Zeitung. Noch mehr wünschte ich, ich könnte den Versöhnungstag mit meinem Vater verbringen und meine Schuld mit ihm besprechen. Das war absurd, ich war sechs Jahre alt gewesen, so alt wie jetzt Gabriel, als mein Vater aus meinem Leben verschwand. Ob er mit mir gebetet und mich an Schabbat gesegnet hatte wie Nathan seine Kinder? Oder meine Mutter, als ich klein war? Ich wünschte nun, sie hätten es getan, und ich könnte mich daran erinnern. Vielleicht könnte ich in dem Fall jetzt an göttliche Vergebung glauben, an Gottes Allmacht, an Gottes Existenz. Noch nie war mir Gott so wichtig gewesen wie nun, da ich nicht an Ihn glaubte.

Die *Fidelio*-Probe am nächsten Tag war für mich, als ob ich die Freude am Leben neu geschenkt bekäme. Das Theater war meine Welt, die Oper, nicht die Synagoge, oder nicht in erster Linie die Synagoge.

»Wo hast du denn deinen privaten Orpheus gelassen?«, fragte Bruno Cancellara, der den Rocco sang, in der Pause. Ich verstand erst nach einem kleinen Augenblick, wen er meinte, und realisierte mit Schrecken, dass ich ganz lange nicht an ihn gedacht hatte.

»David ist in Amsterdam bei seiner Familie.«

»Ach, er ist Holländer? Das habe ich nicht gemerkt.«

»Seine Mutter ist Schweizerin, Baslerin, um genau zu sein, und sein Vater stammte aus einer ursprünglich deutschen Familie, darum heißt er auch Prinz, mit *Z* am Schluss, nicht Prins.«

»Eine unglaublich schöne Stimme«, schwärmte Bruno, »und ein echter Wunderknabe. Er kann offenbar ganze Partien auswendig, ohne sie gelernt zu haben.«

»Das ist Unsinn«, entschied Hannes, der meistens alles besser wusste. »Schön wär's, aber das gibt es nicht, oder reden wir von ›Hänschen klein ging allein‹ als ganzer Partie?«

»Wir reden von Prinz Tamino in der *Zauberflöte*.«

Bruno sprach nun in seiner tiefsten Basslage und so feierlich wie der Oberpriester Sarastro, aber überdehnt und mit rollenden Augen.

»Unsinn«, wiederholte Hannes.

Er kam aus Niederbayern, war zwei oder drei Jahre älter als ich, klein, rundlich, und sein blondes lockiges Haar lichtete sich schon deutlich. Er war verheiratet mit Isolde und hatte eine kleine Tochter namens Agathe, oder vielleicht war es auch umgekehrt. Als Regieassistent war er tüchtig und verlässlich, was niemand besser wusste als er selbst, wie er eben auch alles andere auf der Welt besser wusste, außer dass er ganz und gar frei war von Humor.

Bruno schilderte nun den Kollegen in den buntesten Farben sein Staunen über mich bei der Probe vor ein paar Wochen mit den Drei Knaben und meinem Freund David. Hannes werde sich nächstens umsehen müssen, schloss Bruno seinen Bericht, und einen neuen Regieassistenten einarbeiten müssen, oder besser wieder eine Kollegin, denn ich sei an der falschen Stelle in dieser Funktion.

»Also, so unbegabt finde ich sie nun auch wieder nicht«, widersprach Hannes todernst und kratzte sich am Kopf. »Sehr lustig«, entgegnete Bruno, »sie ist zur Musikerin geboren, genauso wie ihr Prinz.«

»Und was soll sie also deiner Meinung nach tun?«, fragte Hannes leicht genervt.

Bruno dachte nach. »Sie spielt Klavier, wie Dirigenten Klavier spielen.«

»Korrepetition nennt man das bei uns«, knurrte der Besser- beziehungsweise Alleswisser.

»Nein, nicht wie Korrepetitoren spielen«, beharrte Bruno, »Liora spielt Klavier, wie Dirigenten spielen. Wie sie im besten Fall spielen, wenn sie mindestens so sehr zuhören, wie sie in die Tasten hämmern.«

Nun grinste mich Hannes an. »Da schau mal einer her, die kleine Sternlicht soll also der neue Karajan am Dirigentenhimmel werden.« Ich grinste zurück und hätte ihn erwürgen und Bruno umarmen mögen.

In diesen Tagen fing ich an, mich eingehend mit Alban Bergs *Lulu* zu befassen. Ich dachte, so eine große musikalische Herausforderung würde mich auch außerhalb des Theaters vor ungebetenen Gedankentänzen schützen, und das klappte auch ziemlich gut. Ich hatte den Dirigenten Emanuel Mintz inzwischen persönlich kennengelernt und ihm gestanden, dass ich bei meinen Bemühungen um das Werk bis jetzt nicht richtig vorangekommen war. Nach einer Probe nahm er sich zu meiner Überraschung Zeit, mir eingehend seine Vorgehensweise beim Studium neuer Werke zu erklären. Eine Haydn-Sinfonie hätte sich vielleicht für mich als Anfängerin besser geeignet als gerade *Lulu*, meinte er schmunzelnd, aber man solle ja bekanntlich die Feste feiern, wie sie fallen, also solle ich mich ruhig an *Lulu* versuchen und mir dabei vielleicht auch den einen oder anderen Zahn ausbeißen. Wenn ich Lust hätte, solle ich das *Lied der Lulu* auswendig lernen und ihm bei nächster Gelegenheit vorsingen. Dankbar für diese konkrete Herausforderung machte ich mich zuhause gleich an das Studium der Szene.

Als das Telefon klingelte, schreckte ich auf und schaute auf die Uhr. Ich hatte noch eine knappe Stunde, bevor ich zur Vorstellung von *Tosca* ins Theater musste. Ich freute mich, als ich Noemis Stimme hörte.

»Wobei störe ich dich?«, fragte sie in ihrer warmherzigen Art.

Ich erzählte ihr ein wenig von Mintz und *Lulu*, hingegen nichts von den qualvollen Nächten, die mir ihr Mann bescherte, sozusagen. Wir hatten uns vor drei Tagen erst gesehen, aber mir kam es viel länger vor.

»Ich dachte, du gehst Tag und Nacht in dich.« Ich meinte, leisen Spott in ihrer Stimme zu hören, und wusste nicht, worauf sie anspielte. Ich war innerlich wohl noch bei *Lulu*, diesem faszinierenden Frauenzimmer, das Männer mordet und dabei unschuldig und begehrenswert bleibt. Noemi hakte nach: »Ihr habt doch gerade diese Tage der Umkehr.«

Die hatten wir in der Tat, nun erinnerte ich mich mit dem gebotenen Schrecken daran. »Was heißt: ihr? Du bist doch auch im Club der Auserwählten.«

»Schon, theoretisch gesehen, aber du weißt ja, ich kann mit dem Klimbim nichts anfangen. Wenn ich Nathan nicht getroffen hätte, würde ich vermutlich nicht einmal realisieren, dass wir jetzt zwischen Neujahr und Versöhnungstag sind.«

So schwierig ich das Jüdischsein gerade fand, war ich doch etwas schockiert über den Ausdruck Klimbim.

»Fastest du eigentlich an Jom Kippur?«, fragte ich.

»Gott bewahre«, antwortete sie entschieden. »Warum sollte ich? Und du? Danke übrigens, Raphi hat mir strahlend erzählt, dass David früher mal umgekippt ist beim Klang des Schofars. Das hat ihm richtig gutgetan. Ach ja … David …«

Sie seufzte, dann fuhr sie mit neuem Schwung fort: »Wegen Raphi rufe ich dich jetzt auch an. Hast du überhaupt Zeit?«

Da ich zögerte, sprach sie weiter. »Oder wollen wir uns in den nächsten Tagen auf einen Kaffee in der Stadt treffen? Freitag zum Beispiel, da habe ich frei.«

Die Tage der Umkehr. Klimbim. Wir verabredeten uns für Freitag um halb drei im »Café Huguenin«.

»Entschuldige bitte die Verspätung.« Noemi beugte sich von hinten über mich und gab mir einen Kuss, bevor sie ihre Einkaufstaschen auf dem Stuhl neben mir abstellte und sich mir gegenüber hinsetzte. Ihre Stimme klang normal, aber sie sah aus, als ob sie nächtelang nicht geschlafen und tagelang nichts gegessen hätte.

»Du siehst auch nicht gerade aus wie das blühende Leben«, befand sie. »Komm ja nicht auf die meschuggene Idee, an Jom Kippur zu fasten, das befehle ich dir als Ärztin. Was ist überhaupt los mit dir? Übernimmst du dich im Theater? Isst du nicht regelmäßig? Hast du Probleme mit dem Schlafen?«

Und nach einer Pause, sehr leise: »Oder ist es wegen Mimi? Hast du wieder Flashbacks?«

Ich schüttelte fortwährend den Kopf, aber Noemi schien es nicht wahrzunehmen.

»Sondern?«, fragte sie nun doch.

»Ich dachte, du wolltest etwas mit mir besprechen«, versuchte ich abzulenken, »Raphael will Cello spielen lernen? Das ist eine tolle Idee.«

»Nach eurem Konzert fing er an, davon zu schwärmen, vorher hat er ja noch nie bewusst ein Cello erlebt, und keinen Cellisten, geschweige denn so einen wie David … Wie lange ist das jetzt her? Ich meine, man kann ja nicht auf jeden Blödsinn eingehen, den ein Kind so daherredet.«

»Etwa zehn Tage ist das her. Aber warum ist es Blödsinn? Mimi hat ja auch plötzlich Klavier spielen wollen.«

»Was? Davon weiß ich nichts.«

»Er hat Nathan beim Geburtstagsfest bei Baschi darum gebeten. An dem Tag …« Mir versagte die Stimme.

»Mein Gott«, murmelte Noemi, »wie gerne hätte ich ihm diesen Wunsch erfüllt.«

»Ja.«

Wir dachten eine Weile schweigend an Michael, wieder

einmal. Wahrscheinlich war es unsensibel von mir gewesen, ihn zu erwähnen.

»Es tut gut, über ihn zu reden, nicht? Und sogar etwas Neues über ihn zu erfahren. Danke«, sagte Noemi und lächelte andeutungsweise.

»Was meinst du denn, was ich tun könnte für Raphael?«, fragte ich.

»Das weiß ich nicht so genau.«

Nach einer Pause, während der sie ausgiebig ihre Kaffeetasse betrachtete, fuhr sie fort: »Ehrlich gesagt habe ich dich nicht deswegen treffen wollen, das war nur ein Vorwand. Wegen Raphi werde ich mich mit Frau Wackernagel in Verbindung setzen, Lukas hat ja schon Cellounterricht, ich glaube an der Musikschule. Nathan hat angeregt, David zu fragen, ob er Raphael als Celloschüler nehmen würde, aber ...«

Sie hob den Blick.

»Liora, Süße, ich weiß, es ist unmöglich von mir, dich in diese Sache hineinzuziehen, aber ich weiß nicht, mit wem ich sonst darüber sprechen könnte, und ich habe dir ja nach dem Konzert schon gesagt, dass ... dass Nathan ...«

»Dass Nathan sein Herz an David verloren hat«, ergänzte ich.

»Ja. Was soll ich denn bloß machen? Ich drehe noch durch vor Angst.«

Ich war überrascht, dass auch Psychiater durchdrehen können oder zumindest Angst davor haben, und meine eigene latente Angst wich augenblicklich dem weit angenehmeren Gefühl der Neugierde.

»Angst wovor?«, fragte ich.

»Dass Nathan mich verlässt. Du hast mich zwar neulich dafür getadelt, als ich es sagte, aber es ist wahr: Der Tod von Michael ... es ist das Schlimmste, was passieren kann, und das Leben wird nie mehr so sein wie vorher, und ich werde mein Lebtag nicht aufhören, ihn entsetzlich zu vermissen.«

»Aber?«

»Aber ich muss einfach stark sein. Ich muss funktionieren, und mehr als das: Ich muss Raphael und Gabriel und Nathan das Gefühl geben, das Leben gehe weiter und habe weiterhin einen Sinn und sei sogar schön.«

»Und was hat das mit Nathans Gefühlen für David zu tun?«

»Ich glaube, Siegmund Freud hat irgendwo gesagt, dass erst das zweite Trauma einen Menschen so richtig umwirft. Ich habe meistens die Kraft, mich der Trauer und Verzweiflung über Michaels Tod entgegenzustellen, wenigstens bis jetzt, aber ich fürchte, ich habe nicht auch noch die Kraft, mich der Angst entgegenzustellen, dass Nathan mich verlässt. Allein der Gedanke bringt mich schier um. Und ich fühle mich schuldig. Ganz furchtbar schuldig«, fügte sie leise hinzu.

»Was? Warum das denn? Wenn einer schuldig ist, ist das doch Nathan.« Ich hatte fast geschrien, ich musste mich zusammennehmen.

Noemi sprach weiter, als ob sie mich nicht gehört hätte. »Ich hätte Nathan damals nicht bedrängen dürfen. Wir hätten nicht heiraten sollen, und vor allem hätten wir keine Kinder haben dürfen. Ich wusste ja, dass er schwul ist. Ich habe ihn so sehr geliebt und er mich auch, ich war überzeugt davon, dass ich ihn alle Knaben dieser Welt für immer vergessen machen könnte, und dass unsere Liebe groß genug wäre, ihn zu einem perfekten Ehemann und Vater werden zu lassen. Ich liebe ihn heute um nichts weniger, im Gegenteil, und er ist ein wundervoller Ehemann und Vater. Ich glaube auch nicht, dass er selbst diesen Schritt je bereut hat. Er geht übrigens seit Jahr und Tag zu einer Selbsthilfegruppe von schwulen Vätern, das tut ihm gut.«

»So etwas gibt es?«

»Ja. Er sagt, es gebe viel mehr Betroffene, als man denke, bis weit hinauf in Politik und Gesellschaft. Gute Väter, treue

Ehemänner. Natürlich komme es vor, dass einer aussteigt wegen eines anderen Mannes, aber eher selten, sagt Nathan. Mehr erzählt er nicht von diesen Treffen, die sind hoch anonym und vertraulich, verständlicherweise. Nun ist er selbst offenbar neuerdings einer von diesen Wenigen, die sich trotz Frau und Familie wieder in einen Kerl verlieben. Er ist ja auch ein außergewöhnlich unwiderstehlicher junger Mann, dein Prinz.«

Wir saßen einander schweigend gegenüber. Ich fühlte mich hilflos. Und schuldig, wieder einmal. Mein Prinz. Ich hatte David ins Spiel gebracht. Nein, das stimmte nicht ganz, er war ohne mein Zutun auf Solberg aufgetaucht und Nathan in die Arme gelaufen, aber er war meinetwegen gekommen, und ich war da, um mich zu erholen nach Michaels Tod, und Michael hätte nicht sterben müssen, wenn ich ihm schneller in den Rhein nachgesprungen wäre, und dann hätte ich mich nicht erholen müssen, und Nathan hätte David nicht kennengelernt, und Noemi wäre jetzt nicht so unglücklich.

»Es tut mir so leid«, murmelte ich und realisierte sofort, dass dies als Formulierung genauso unpassend war wie damals, als ich Noemi zum Tod ihres Sohnes zu kondolieren hatte. Leidtun, was bedeutete das schon.

»Danke. Du bist ein Schatz. Danke, dass du mir zugehört hast. Man sagt ja, geteiltes Leid ist halbes Leid, und das stimmt. Zuhören und somit Leid teilen ist ja schließlich meine Parnosse.«

»Parnosse« ist jiddisch und bedeutet Lebensunterhalt.

»Du hättest auch eine gute professionelle Zuhörerin abgegeben.«

»Ein Sängerkollege von mir findet, ich sollte Dirigentin werden.«

»Das ist ja großartig. Wirst du darüber nachdenken? Was sagt denn David dazu?«

»Er weiß es noch nicht, er war schon in Amsterdam, als Bruno das im Kollegenkreis herumposaunte.«

»Bruno Cancellara?«, fragte sie bewundernd.

»Ja, genau.«

»Das sind ja Neuigkeiten. Ich kann dir nicht sagen, wie sehr ich mich darüber freue, dass du wieder mit beiden Beinen im Leben stehst.«

Sie schaute auf die Uhr. »Ich könnte noch stundenlang hier mit dir sitzen und quatschen, aber ich muss nach Hause, Schabbes vorbereiten. Was hast du vor heute Abend?«

Ich zögerte einen Augenblick. »Ich habe Vorstellung, *Schöne Helena.*«

Noemi bezahlte nach einem kurzen Wortwechsel um diese Ehre unsere kleine Zeche, und wir verabschiedeten uns mit dem üblichen »Gut Schabbes«, ohne die zusätzlichen Wünsche für den Schabbat, der aus den Tagen der Ehrfurcht als heiliger Höhepunkt herausragt.

Ich hatte Noemi soeben angelogen. Ich hatte heute Abend frei, aber ich wollte keine Einladung von ihr ablehnen, das wäre unhöflich gewesen, und noch viel weniger wollte ich sie annehmen und bei dieser Gelegenheit Nathan begegnen. Zweifellos hätte mich Noemi zum Abendessen eingeladen, das entsprach ihrem Naturell, und es war außerdem eine Mitzva, eine heilige Pflicht, dass man jemanden an Schabbat nicht bewusst allein lassen darf.

Zuhause fiel mir ziemlich sofort die Decke auf den Kopf. Die beiden leeren Zimmer erschienen mir trostlos, und ich hielt die Stille kaum aus. Es war der erste Abend seit zwei Wochen, an dem ich weder Dienst im Theater hatte, noch privat eingeladen war, und auch an Schabbes und Sonntag hatte ich nichts vor, abgesehen von *Tosca* morgen Abend. Ich könnte endlich wieder einmal in mein Rosenbuch schreiben, das hatte ich seit der Rückkehr nach Hause noch nicht getan, ich erinnerte mich aber nicht, wo ich es verwahrt hatte, worüber ich mich über Gebühr ärgerte. Oder ich könnte anfangen das *Lied der Lulu* auswendig zu lernen. Keine Lust. Klavier spielen. Keine Lust. Endlich David den Dankesbrief für das Goldkettchen schreiben. Jetzt war Wochenende, am nächsten Donnerstag kam er aus Amsterdam zurück, vielleicht würde ihn mein Brief schon jetzt nicht mehr erreichen, das hatte ich also schon einmal verpasst. Lesen. Keine Lust. Etwas essen. Im Kühlschrank war nichts Gescheites. Charlie war begeistert, schon wieder spazieren zu gehen, wenigstens er hatte gute Laune.

Als wir mit den Einkäufen zurückkamen, fing mein Gedankenkarussell sich wieder an zu drehen. Das verschollene Rosenbuch, das Nathan ausgewählt und Noemi mir überreicht hatte, mit meinem Namen auf der ersten Seite, bunt geschrieben von Raphael und mit einer Zeichnung von Gabriel auf der nächsten Seite, Charlie darstellend, im Haus zur Tugend und Gerechtigkeit stets sorgsam verborgen vor den Fischaugen von Herrn Pfifferling. Nein, nicht Pfifferling hieß er, der Mistkerl von Pfleger, mir wollte wie üblich nicht einfallen, wie er hieß, der jetzt im Knast seine gerechte Strafe absaß und niemals wieder als Pfleger arbeiten und versuchen konnte, Patienten zu vergiften mit seinem verlogenen Getue und seinen K.-o.-Tropfen. *Lulu*, keine Lust. Klavier spielen, keine Lust. Brief an David schreiben, zu spät, lesen, keine Lust. Was war ich für eine Kreatur, die zu nichts Lust hatte und nur auf dem Bett saß und dem lieben Gott die Zeit stahl?

Lieber Gott. Das war mein Stichwort, der liebe Gott, der Michael hatte zu Tode kommen lassen, nur um mich mit Schuld zu beladen. Was hatte der liebe Gott davon, dass Er so böse und zerstörerisch herrschte? Wofür bestrafte Er mich? Ich saß in meinem eigenen Knast meine eigene gerechte Strafe ab. Silberling hieß er, nicht Pfifferling, der Mistkerl von Pfleger. Ohne Gerichtsurteil, ohne »Give her a fair trial and hang her«, nicht einmal gehängt wurde ich, nur einfach mir selbst zum Fraß überlassen. Was für eine scheußliche Vorstellung, zumal ich Vegetarierin war. Ich hasste mich. Ich hasste mich für meine Nachlässigkeit, all mein Versagen beruhte letztlich auf Nachlässigkeit, angefangen bei den verschiedenen Faktoren, die zu Michaels Tod geführt hatten, über das unauffindbare Rosenbuch bis zu dem ungeschriebenen Brief und keinem Plan für das Wochenende, ein Waschlappen war ich, ein Nichtsnutz.

Ich hatte einen Einfall. Ich zog mich um, erklärte Charlie, warum ich ihn für eine Weile allein lassen müsse, und machte mich auf den Weg zur Synagoge. Ich ging in den Gottesdienst, nicht, um Ihn zu loben, sondern um Ihn an diesem Freitagabend, dem heiligen Schabbat zwischen Neujahr und Versöhnungstag, in Seinem Haus anzuklagen. Anzuklagen der Schuld an meiner Schuld und an allen anderen Schuldigen dieser Welt, denn Er hatte die Schuld in die Welt gebracht, indem Er Eva verführt hatte, kaum dass Er den Menschen erschaffen hatte. Gott liebte offensichtlich die Schuld, und vermutlich hatte Er auch Spaß am Leiden derer, die schuldig wurden im Laufe der ganzen langen Menschheitsgeschichte. Wie immer verdrückte ich mich ganz hinten auf der Empore und versuchte, mich zu konzentrieren auf meine stumme gotteslästerliche Klage. Ich hielt es keine halbe Stunde aus. Ich floh und schaffte es gerade noch auf die Straße, wo ich mich sofort in einem Hauseingang auf die Treppe setzte, um mich nicht übergeben zu müssen.

Ich brauchte dringend jemanden zum Reden, und ich wusste auch sofort, wen. Es gab nur einen Menschen auf der Welt, der mich jetzt verstünde. Er hatte in den vergangenen Monaten unzählige Male bewiesen, dass er mich in jeder Situation verstand, und er hatte mich nie verurteilt, auch und gerade nicht, wenn ich selbst das tat in Zusammenhang mit dem Tod seines Kindes. Ich konnte nicht ewig auf dieser

Treppe sitzen bleiben, nach dem Gottesdienst würden mich hier Leute sehen. Vorsichtig und noch immer ziemlich wackelig stand ich auf und setzte mich in Bewegung. Meine Füße trugen mich ohne meinen Befehl, in welche Richtung es gehen sollte. Ich versuchte zu verhindern, überhaupt nachzudenken, um nicht noch mehr gotteslästerlichen Stoff zu erzeugen, und um nicht wahrzunehmen, wie übel mir war.

Ich kam erst wieder zur Besinnung, als neben mir quietschend ein Auto hielt und der Fahrer mich anbrüllte, ob ich lebensmüde sei. »Und wenn jetzt etwas passiert wäre, wer wäre schuld daran?« Er natürlich, obwohl er im Gegensatz zu mir aufgepasst und einen Unfall verhindert habe. Guter Ausdruck, fand ich, lebensmüde. Das war am Spalentor. Mein Heimweg führte keinesfalls hier vorbei. Was wollte ich hier also? Mein Herz schlug noch schnell und hart vom Schreck über das quietschende Auto.

Ich blieb eine Weile stehen, um mich zu beruhigen. Die zweite Straße links von hier war die Pilgerstraße, wo in diesem Augenblick im Haus Nummer dreizehn die Familie Morgenthau beim schabbatlichen Abendessen saß, mit Fruchtsalat zum Nachtisch. Das hatte mir vor wenigen Stunden Noemi lachend erzählt, als sie im Café Huguenin ihre Einkaufstüten auf dem Stuhl neben mir abgestellt hatte. Sie habe eine besonders schöne Ananas gefunden und hoffte, die Jungen würden damit und mit der Aussicht auf Schlagrahm die Enttäuschung überwinden, dass es heute keinen Schokoladekuchen gebe. Sie selbst sei nicht dazu gekommen, einen zu backen, erklärte sie mir, und ihre Mutter sei den ganzen Tag und Abend mit einer Freundin bei einem Ausflug im Elsass.

Ich fand es beängstigend, dass ich ohne mein bewusstes Zutun hierhergekommen war. Was wäre, wenn Noemi oder Nathan aus irgendeinem Grund nochmals weggemusst hätten und nun auf dem Nachhauseweg wären und mich hier entdecken würden? Peinlich wäre das, unsagbar peinlich.

Und trotzdem wünschte ich mir nichts sehnlicher, als dass Nathan mich in diesem Augenblick hier entdeckte. Gut Schabbes, würde er freundlich sagen, wie schön, dich zu sehen. Bist du auf dem Weg zu uns? Nein, würde ich stottern, ich bin rein zufällig hier vorbeigekommen. Umso besser, würde Nathan sagen, und seine Augen würden leuchten und seine Lippen lächeln, und eine Andeutung von Schwermut läge auf seinem Gesicht. Umso besser, würde er sagen, Noemi und die Buben werden mich lieben dafür, dass ich dich mitbringe, du bist das beste Schabbesgeschenk, das wir uns wünschen können. Vor allem Raphi wird sich freuen, der ist ja richtiggehend verliebt in dich. Ich dachte, er ist eher in David verliebt, würde ich sagen, schließlich will er ja Cello lernen wie David, nicht Klavier wie ich. Nein, das würde ich natürlich nicht sagen, ich würde David natürlich nicht erwähnen.

Nach dem Abendessen mit dem Fruchtsalat zum Nachtisch würde Nathan zu seinen Söhnen sagen: Liora und ich machen jetzt ein Seelenstündchen, ihr könnt bitte Imma in der Küche helfen, und wir würden zu zweit in sein Arbeitszimmer in den ersten Stock gehen, wo die schöne Skizze meines Vaters hing, die Nathan gezeichnet hatte, und ich würde ihm erzählen von meinem gotteslästerlichen Unterfangen und meiner Verzweiflung und Schuld und Lebensmüdigkeit, und es würde ein Wunder geschehen, Nathan würde ein Wunder zustande bringen durch sein Zuhören und sein Verständnis und seinen Verzicht auf meine Verurteilung, und ich wäre geheilt von meinen bösen Geistern und fähig, mein Leben wieder in Zuversicht in die eigenen Hände zu nehmen und nicht Gott für meine Sünden verantwortlich zu machen.

Du hast etwas durchaus Sinnvolles getan, würde er mir in seiner besonnenen Art erklären, du hast Gott an die Stelle deines Gewissens gestellt, und indem du Ihn angeklagt hast, hast du dein eigenes Gewissen angeklagt, deine eigene innere Instanz, die verantwortlich ist für dein Bewusstsein von Gut und Böse. Es mag etwas vermessen klingen, würde Nathan sagen, das eigene Gewissen Gott zu nennen, namentlich bei uns Juden, die wir den Namen des Ewigen nicht unbedacht aussprechen dürfen. Ich glaube, du hast etwas von der spirituellen Begabung deines Vaters geerbt, Gott hab ihn selig. Du hast ihn sehr geliebt, nicht wahr, würde ich sagen, und er würde es nach einer Pause bestätigen. Ja, würde er sagen, sehr. Und David, würde ich fragen. Nein, das würde ich natürlich nicht fragen, ich würde David, wie gesagt, auf keinen Fall erwähnen, eher würde ich mir die Zunge abbeißen.

Als ich zu mir kam, saß ich auf der Bank bei der Busstation. Ich war hungrig und vor allem durstig. Sehr durstig. Die Zunge klebte mir schwer am Gaumen. Ich war so durstig, dass Panik in mir aufzusteigen drohte wie in der ersten Zeit nach Michaels Tod. Die Zwiesprache hatte mir jedoch genügend Kraft gegeben, mich gegen die Angst zu stemmen, aufzustehen und zum Spalenbrunnen zu gehen, um dort meinen Durst zu löschen. Das tat ich sonst nie, es schickte sich nicht, aus einem Brunnen zu trinken, schon gar nicht an einem Freitagabend, aber ich nahm mir die Freiheit und fühlte mit Vergnügen das kühle Wasser durch meine Kehle rinnen.

Schon im Treppenhaus hörte ich das Telefon klingeln. Nathan? Nein, der saß mit seiner Familie beim Abendessen. David? Nein, der saß ebenfalls mit seiner Familie beim Abendessen, falls er schon vom Gottesdienst zurück war. Ich rannte die Treppe hoch, schloss die Wohnungstür auf, stolperte wie üblich fast über Charlie und hob ab. Es war Ricky, der fragte, ob er in den nächsten Tagen schon anfangen könne, seine Zimmer einzurichten. Nichts lieber als das. Ich machte in meinem Zimmer ein wenig Ordnung und fand dabei das Rosenbuch mitten unter meinen Klamotten im Kleiderschrank, wie im Haus zur Tugend und Gerechtigkeit. Ich nahm es in die Hand, blätterte eine Weile darin und legte es dann auf meinen Nachttisch, wo ich es immer sehen konnte, wenn ich ins Bett ging und wenn ich erwachte. Hier war ich zuhause. Kein Herr Pfeffermann durchsuchte mein Zimmer nach dem Rosenbuch oder stellte mir Fangfragen und versuchte, einen Keil zwischen David und mich zu treiben oder zwischen meine Mutter und mich, und nannte mich Fräulein Sternlicht und kippte K.-o.-Tropfen in meinen Tee. Silberling hieß er, nicht Pfeffermann, der Mistkerl von einem Pfleger, der im Knast seine gerechte Strafe absaß, während ich zuhause mit Charlie meine Freiheit genoss und mich darauf freute, die Wohnung bald mit Ricky und später auch mit Chantal zu teilen.

Am Sonntagnachmittag rief mich Noemi schon wieder an. Sie wollte sich nach meinem Befinden erkundigen, weil ich vorgestern im Café am Anfang so blass gewesen sei, und sich entschuldigen, dass sie mich in ihre Sorgen wegen Nathan verwickelt hatte.

»Ich habe an dem Abend aus Versehen fast vor eurem Haus gestanden, dann hatte ich aber ein tolles Gespräch mit Nathan, und jetzt geht es mir viel besser.«

Es war schneller ausgesprochen, als ich denken konnte, viel schneller. Nach einer langen Pause fragte ich: »Bist du noch dran?«

»Natürlich bin ich noch dran«, antwortete Noemi langsam, »ich habe nur nicht ganz mitbekommen, was du gesagt hast, hier fuhr gerade ein Auto vorbei, und das Fenster steht offen.«

»Du hast sehr wohl mitbekommen, was ich gesagt habe, und nun machst du dir Sorgen um meine psychische Gesundheit. Als Freundin und als Ärztin.«

Es entstand wieder eine lange Pause. »Wenn das so ist: ja«, gab sie schließlich zu. »Wann hattest du denn das tolle Gespräch mit Nathan?«

Jetzt ließ ich mir Zeit, bevor ich antwortete. »Frag ihn doch selbst«, schlug ich vor.

»Liora, Nathan war das ganze Wochenende mit uns zusammen.«

»Das glaube ich gern, zumal ja David im Moment leider nicht verfügbar ist.«

»Ach so«, sagte sie fast unhörbar, »ich verstehe.«

»Was verstehst du?«

»Du bist wütend auf mich.«

»Ja. Das kann man wohl sagen.«

Nach einer weiteren Pause fragte sie: »Darf ich dich dennoch bitten, mir zu sagen, wie das mit dem Gespräch mit Nathan war?«

»Es war toll.«

»Worüber habt ihr denn gesprochen?«

»Ich weiß zwar nicht, was dich das angeht, aber es ging um Gott.«

»Um Gott.«

»Ja, um Gott. Nathan hat mir die Augen geöffnet.«

Ich sah sie vor mir, wie sie um Fassung rang und um eine angemessene nächste Frage, Frau Dr. med. Noemi Morgenthau, geb. Lustig, Fachärztin FMH für Psychiatrie und Psychotherapie, Oberärztin im Haus zur Tugend und Gerechtigkeit, und das schürte meine Wut, und das war ein großartiges Gefühl.

»Wo habt ihr euch denn getroffen?«

Eine Fangfrage. Ich ging aber nicht in die Falle. »Noemi, ich möchte darüber nicht mit dir reden. Ich möchte überhaupt im Moment nicht mit dir reden. Nur noch eines: Du hast verdammt recht, es war eine Zumutung, dass du ausgerechnet mich in deine ehelichen Probleme hineingezogen hast. Und noch etwas: Sobald er zurück ist, werde ich natürlich mit David darüber reden, denn er ist ja zufällig nicht nur der Geliebte deines Mannes, sondern auch meiner.«

Meine Wut stieg gefährlich an. Es war höchste Zeit, das Gespräch zu beenden, sonst würde ich etwas sagen, was ich nachher bereute, das wusste ich aus Erfahrung. Noemi nahm mir die Entscheidung ab, indem sie wieder das Wort ergriff.

»Ich verstehe«, wiederholte sie, was nicht besonders originell war und außerdem nicht wahr, sie verstand gar nichts in diesem Moment.

»Umso besser«, schnauzte ich und legte auf.

Ich genoss meine Wut in vollen Zügen. Ich fühlte mich lebendig und gut durchblutet und im Recht. Es war wie ein herrlicher Rausch, der mich erhob und beflügelte. Ich stellte mir Noemi vor, die starke, kontrollierte Noemi, wie sie sich schluchzend im Bad einschloss, um nicht von ihrem Mann oder ihren Kindern in dieser blamablen Situation entdeckt zu werden, in die sie sich selbst manövriert hatte. Wie sie geschüttelt wurde und im eigenen Saft schmorte und sich einsam fühlte im Gegensatz zu mir. Ich fühlte mich überhaupt nicht einsam, ich hatte das Recht auf meiner Seite, und ich musste mich nicht einschließen, denn ich war stark und autonom. Dass mir dieses Wort einfiel, zeigte, wie sehr ich meine fünf Sinne beisammen hatte. Ich missbrauchte keine Freundin, um meine Probleme zu lösen, wenn ich welche hatte, sondern ging mit mir selbst ins Gericht, und ich rannte, im Gegensatz zu Noemi, auch nicht ständig zu Mama, um mich an ihrer Brust auszuweinen. Da hatte sie Glück gehabt, dass sie Nathan getroffen hatte und seinetwegen nicht als Ärztin in den Busch gegangen war, um kleinen Negerkindern zu helfen, da hätte sie das Leben kennengelernt, ohne immer gleich ihre Mutter zur Stelle zu haben, wenn es mal ein wenig eng wurde. Sie hätte durchaus einen Schokoladekuchen backen können, um ihren Söhnen eine Freude zu machen, aber sie zog es ja vor, sich in dieser Zeit mit mir zu verabreden, um mich mit ihrem Geschwafel zu belästigen.

Gewissensbisse: kein Thema. Versöhnungstag: kein Thema. Gott: kein Thema. Das Thema war, dass Liora Sternlicht sich nicht auf der Nase herumtanzen ließ, das war das Thema. Sich vorzustellen, wie Noemi irgendwann mit ihrem verheulten Gesicht aus dem Bad kam und sich fragte, wie sie sich bei mir entschuldigen konnte, das war das Thema, denn was sie mir eben am Telefon angeboten hatte, hatte von keinerlei Einsicht oder Reue gezeugt. Nun würde sie realisieren, wie absolut unmöglich es von ihr gewesen war, mich eigens ins Kaffeehaus zu bestellen, um mich mit ihren Zores zu behelligen und mich anschließend kalten Arsches sitzenzulassen, um zuhause im trauten Kreise ihrer Familie Schabbes zu feiern, als wenn nichts geschehen wäre, und ich konnte schauen, wo ich blieb. »Zores« ist jiddisch und bedeutet Sorgen. Sogar unter einem falschen Vorwand hatte sie mich angerufen. Raphael wolle Cello lernen, so ein schwacher Vorwand, so fantasielos.

Im Grunde war Noemi überhaupt fantasielos, sie hatte keinerlei Gefühl für Kunst oder Musik, dafür war sie wesentlich ängstlicher, als man zunächst annahm, wenn man sie kennenlernte. Sie hatte Angst, dass ihr Gatte sie verlassen würde, und wusste noch nicht einmal, ob er das vorhatte. Noemi war im Grunde viel ängstlicher als ich. Ich war nicht ängstlich, ich war sensibel, und das war Noemi auch nicht, sonst hätte sie darauf verzichtet, gerade mich, die, wie sie wusste, so außerordentlich sensibel war, in ihren hausgemachten Schlamassel hineinzuzerren. Der Schlamassel war hausgemacht, von Noemi hausgemacht, denn wie jedermann wusste, musste eine Beziehung schon defekt sein, wenn ein Dritter sie aus den Angeln heben konnte, oder wenn einer der Partner, in diesem Falle der Mann, sich nach jemandem umsah, in diesem Falle David, der weniger egoistisch und dafür sensibler war als die Frau, in diesem Falle Noemi.

Sie war geradezu extrem egoistisch, das sah ich in diesem Moment ganz klar. Was war das für ein Akt der Selbstüberschätzung gewesen anzunehmen, sie könne einen schwulen Mann ein Leben lang fernhalten von Männern, weil sie ihn so sehr liebte. Nun hatte sie den Salat, das hätte sie sich eben vorher überlegen müssen. Kinder wurden natürlich auch in die Welt gesetzt, da hatte der schwule Mann keine Wahl angesichts der extrem egoistischen Frau, der er in die Fänge geraten war. Vermutlich interessierte sie Nathans Befindlichkeit überhaupt nicht, sondern nur, dass er bei ihr blieb, weil sie nicht allein sein konnte, im Gegensatz zu mir, die ich genug Fantasie hatte, um mein Leben selbst zu gestalten. Fantasie und Imagination. Imagination ging Noemi auch ganz und gar ab, sonst hätte sie sofort realisiert, dass mein Gespräch mit Nathan sich in meiner Imagination abgespielt hatte, aber auf die Idee kam sie nie und nimmer, sie nahm lieber an, ich hätte den Verstand verloren.

Die ganze Zeit ging ich mit geballten Fäusten in der leeren Wohnung herum, meiner Wohnung, und schnaubte Unflätigkeiten, und mein Herz klopfte laut und stark. Es würde mich noch lange durch mein Leben in Kraft und Stärke und Licht führen, mich, Liora, denn »Liora« ist hebräisch und bedeutet: Du bist mein Licht. Am Rande nahm ich wahr, dass Charlie mich eine Weile auf meiner stolzen Wanderung von Zimmer zu Zimmer begleitete, dann war er verschwunden, und ich fand ihn in der Küche wieder.

»Hast du Hunger?«, fragte ich zärtlich den süßesten und schönsten Hund der Welt.

»Ja, natürlich hast du Hunger«, antwortete ich, gab ihm einen Kuss auf den Kopf und bereitete seine Abendmahlzeit vor.

»Und die liebe Lola bekommt auch etwas Schönes zu essen«, versprach ich ihm.

Er war glücklich, dass die liebe Lola auch etwas Schönes zu essen bekam.

Wie immer, wenn ich mich in der Küche aufhielt, stellte ich automatisch das Radio an, und mit dem nächsten Herzschlag erfasste mich bei klarstem Bewusstsein die Gewissheit, dass der Tod nicht das Ende des Lebens bedeutete, sondern einen Übergang, und dass es auf der Welt etwas gab, das der ständigen Gefährdung des Lebens durch den Tod den Schrecken zu nehmen vermochte: die Musik von Mozart.

Gerade hatte das Vorspiel zur Ariette des Cherubino aus *Le nozze di Figaro* begonnen, dem zauberhaften jungen Pagen mit dem Kosenamen eines Engels, in der er mit unvergleichlicher Anmut von der Liebe singt, von ihren Freuden und Leiden, dem Sehnen, den Seufzern. Ich setzte mich an den Küchentisch und ließ mich forttragen in Mozarts Kosmos und wurde ganz eins mit seiner Musik, mit Gott und der Welt und der Schöpfung und dem Leben. Der Applaus am Ende des Aktes beendete recht unsanft diesen Zustand der Seligkeit. Ich stand auf und stellte das Radio aus, denn nun kam wahrscheinlich etwas Gesprochenes, und das wollte ich nicht hören. Ich wollte jetzt überhaupt nichts mehr hören, sondern so lange wie möglich Mozarts Musik in Dankbarkeit und Demut in mir weiterklingen lassen, als Ausdruck der göttlichen Ordnung und Schönheit und Weisheit.

Es war dunkel geworden, als ich allmählich zurückkehrte in meine Welt, in mein Leben, das mir selten so kostbar erschienen war wie jetzt. Der Wutrausch von vorhin war nur noch eine ferne Erinnerung. Der erste Mensch, der mir in den Sinn kam, war Michael, dem nur acht Jahre Erdenleben beschieden gewesen waren. Vielleicht kam er mir in den Sinn wegen des kleinen Pagen im *Figaro*, der in seiner Vollkommenheit nicht geschaffen war für die reale Welt und dennoch lebte: in Mozarts Musik. Ich dachte an die entsetzliche Angst, die Michael ausgestanden haben musste, während er hilflos in den Fluten trieb. Die Rufe hallten noch immer nach in mir, Abba, Abba, hatte er geschrien, war aber verstummt, als ich mich ihm näherte, und schaute mich nur groß an. Es war mir nicht vergönnt gewesen, ihn zu retten, und damit würde ich mein Leben lang hadern. Vielleicht, vielleicht jedoch hatte ich ihm bis zu seinem letzten Atemzug Hoffnung geben können, und er war mit Hoffnung im Herzen aus dieser Welt und, wer weiß, auf seinen Stern gegangen.

An den beiden folgenden Tagen hatte ich vor- und nachmittags Proben und am ersten Abend auch Vorstellung, der zweite war der Vorabend von Jom Kippur. Damit hatten die »furchtbaren Tage« ihren Schluss- und Höhepunkt erreicht, und der Versöhnungstag begann. Ich hatte es in den letzten zwei Tagen beim besten Willen nicht geschafft, mit Noemi Kontakt aufzunehmen und mich bei ihr zu entschuldigen, was ich gemäß jüdischer Tradition tun musste, bevor ich um göttliche Vergebung beten konnte, in der Hoffnung, dass der Ewige am Ende des Tages meine Bemühungen gnädig aufnehmen und mich ins Buch des Lebens einschreiben würde.

Die Vorstellung der pauschalen Selbstanklagen und der formelhaften Gebete in der Synagoge erfüllte mich plötzlich mit Widerwillen. Ich musste allein die Verantwortung für meine Sünden übernehmen, alles andere wäre nicht aufrichtig gewesen, und so verbrachte ich den Abend und den nächsten Vormittag zuhause und machte am Nachmittag einen schönen Spaziergang mit Charlie. Damit konnte ich dem Hund eine Freude bereiten und ungestört nachdenken, während Ricky zuhause seine beiden Zimmer ausmaß. Er war überraschend aufgetaucht, aber morgen kamen Prinzens aus Amsterdam zurück, und von da an würde er hier wohnen, es war also höchste Zeit für ihn, sich am Höhenweg häuslich einzurichten.

Nach dem Spaziergang wollte ich versuchen, Noemi anzurufen. Wenn ich schon nicht in der Synagoge war, gab es keinen Grund, das aufzuschieben. Ich nahm an, dass Nathan die

Gottesdienste besuchte und Noemi bei den Kindern war, wenn sie nicht sogar normal arbeitete, dann war vermutlich ihre Mutter im Pilgerhaus. Ich wusste nicht recht, was ich sagen sollte, falls ich sie erreichte, aber das würde ich morgen auch nicht wissen, ich musste so oder so meinen ganzen Mut zusammennehmen, das war meine zentrale Aufgabe für den Versöhnungstag. Ich wählte langsam die Nummer. Ricky war nicht mehr da, Charlie schlief, es war wieder ganz ruhig in der Wohnung.

»Morgenthau.«

Nathans Stimme. Damit hatte ich nun überhaupt nicht gerechnet.

»Hallo?«, fragte er nach einer Weile. »Mit wem spreche ich?«

»Ich bin es, Liora. Schalom, Nathan. Gut Jontef, bitte entschuldige die Störung …«

»Gut Jontef« ist die jiddische Begrüßungsformel für Hohe Feiertage.

»Gut Jontef, das ist ja schön«, unterbrach er mich, »ich habe dich schon gestern bei Kol Nidrei vermisst, und auch heute Vormittag in Schul. Bist du krank?«

»Nein, überhaupt nicht, ich habe … ich wollte … ist vielleicht Noemi zuhause?«

»Nein, sie ist noch in der Klinik, aber sie sollte jeden Augenblick zurück sein. Wir wollen nachher zusammen anbeißen. Hast du vielleicht Lust zu kommen? Das wäre wunderbar.«

»Anbeißen« ist jiddisch und bedeutet Fastenbrechen, also die erste Nahrungsaufnahme nach einem Fastentag wie Jom Kippur.

»Ich … ich weiß nicht, ob das Noemi recht wäre«, stotterte ich, »ich habe sie neulich am Telefon …«

»Ja, sie hat mir erzählt, dass ihr aneinandergeraten seid. Sie hat gestern oder vorgestern versucht, dich zu erreichen, aber du warst nicht zuhause, und sie wollte es auch heute wieder versuchen, aber ich dachte, du telefonierst vielleicht nicht an Jom Kippur. Da lag ich offensichtlich falsch. Umso besser, dass du angerufen hast.«

»Danke.«

»Wir sind etwas früher dran mit Anbeißen als vorgeschrieben, damit es für die Jungen nicht zu spät wird, ich denke, es wird etwa sieben Uhr. Und ich bin sicher, dass Noemi sich sehr freut, wenn du dabei bist.«

»Oder soll ich später nochmals anrufen, wenn sie zuhause ist?«

»Vertrau einem alten Ehemann, ich kenne meine Frau. So gegen sieben, ja? Wir freuen uns.«

Mir wäre es lieber gewesen, Nathan heute noch nicht wieder zu begegnen, auf der anderen Seite war seine Einladung die perfekte Gelegenheit, meine neuen Vorsätze in die Tat umzusetzen. Meine erste Prüfung war, mich bei Noemi zu entschuldigen. Das fiel mir schwer, wobei mir die Tatsache, dass sie ihrerseits schon versucht hatte, mich anzurufen, die größte Angst nahm. Als zweites musste ich aufhören damit, Nathan die Entzauberung vorzuwerfen, die seine Gefühle für David in mir ausgelöst hatten, und vor allem musste ich aufhören damit, ihn dafür zu verurteilen. Ich war nicht seine Richterin. Ich war niemandes Richterin und niemandes Vormund. Aus dieser Einsicht ergab sich die Verpflichtung, meine Gefühle und Gedanken zu beherrschen, und das konnte ich mit Nathan gleich heute Abend zu üben beginnen.

Obwohl es noch hell war, löschte ich die Kerze, die ich gestern Abend zu Michaels Gedenken angezündet hatte, weil ich Angst hatte, sie unbeobachtet brennen zu lassen, zog mich weiß an, wie es am Versöhnungstag üblich ist und machte mich auf den Weg zur Pilgerstraße. Ich hatte noch nicht geklingelt, da öffnete sich die Türe von innen, und Raphael und Gabriel liefen mir und Charlie entgegen. Wie üblich schnappten sie sich den Hund gleich nach der Begrüßung und verschwanden mit ihm, während Nathan mich hereinbat. Noemi sei noch nicht da, sagte er mit hörbarer Sorge, entweder sei sie in der Klinik aufgehalten worden oder mit dem Auto irgendwo stecken geblieben.

»Ich bin froh, dass du wohlauf bist. Ich dachte, du hättest vorgehabt, heute nach Schul zu kommen«, eröffnete er freundlich das Gespräch, als wir uns im Wohnzimmer niedergelassen hatten.

»Das hatte ich auch vor«, antwortete ich und wusste nicht weiter.

»Und?«

Seine Augen leuchteten und seine Lippen lächelten, und eine Andeutung von Schwermut lag auf seinem Gesicht, und ich fand ihn ziemlich unwiderstehlich und wusste umso weniger weiter. Es widersprach nicht meinen Vorsätzen, ihn unwiderstehlich zu finden, dachte ich kurz und war zufrieden. Er ließ mir Zeit, das war ja eine seiner großen Fähigkeiten.

»Dieses Jahr ist alles anders«, begann ich zögernd, »ich habe im Theater Urlaub eingereicht für Rosch Haschana und Jom Kippur, weil David nicht damit zurechtkam, dass ich arbeiten würde. Von mir aus hätte ich das nicht getan.«

Er nickte ermutigend. Ich sprach etwas weniger unsicher weiter. »Aber dann ist einiges passiert, und ich konnte einfach nicht nach Schul gehen, es hätte nicht gestimmt für mich.«

»Du nimmst alles ernst, was du tust oder eben nicht tust. Das finde ich bewundernswert.«

Ich verstand meinen Vater, dass er wegen dieses Mannes alles stehen und liegen gelassen und mit ihm gegangen war.

»Was wird denn David dazu sagen?«, fragte er.

»Wozu?«

»Dass es für dich nicht gestimmt hat, in die Synagoge zu gehen, obwohl du eigens dafür Urlaub genommen hast.«

An David hatte ich in diesem Zusammenhang noch nicht gedacht, im Gegensatz zu Nathan, der offensichtlich in jedem Zusammenhang sofort an David dachte.

»Keine Ahnung. Er wird es akzeptieren müssen.«

»Ja, das wird er. Wann kommt er eigentlich zurück?«

»Morgen.«

Ich hatte ihm heute endlich geschrieben, aber den Brief zuhause vergessen, statt ihn mitzunehmen und ihn auf dem Weg hierher in seinen Briefkasten zu legen, damit er ihn bei seiner Rückkehr vorfände. Prinzens wohnten hier ganz in der Nähe, in der Schützenmattstraße.

»Mist«, entfuhr es mir.

»Bitte?«

Nathan schaute mich höchst überrascht an. Ich musste lachen.

»Nicht dass er morgen zurückkommt, sondern dass ich meinen Brief an ihn zuhause vergessen habe«, erklärte ich, »ich wollte ihn nachher noch bei ihm vorbeibringen.«

»Möchtest du Papier und Stift? Du könntest ihm noch einmal schreiben und den Brief dann mitnehmen«, schlug er vor.

»Ja, gern.«

Er verließ den Raum und kam mit Briefpapier, Umschlag und Kugelschreiber wieder.

»Hat mein Vater an Schabbes geschrieben?«, fragte ich ihn spontan.

»In späteren Jahren nicht mehr«, antwortete er, »er hielt sich immer strikter an die Mitzvot, das war wohl eine Art Gegengewicht zum Leben mit mir.«

Die Mitzvot bestehen aus 613 Ge- und Verboten. Mein Vater hatte also auch seine privaten Vereinbarungen mit dem Ewigen getroffen. Frau und Kind verlassen und dafür Schabbat halten und koscher essen. Frau und Kind verlassen wegen eines anderen Mannes, notabene, und Homosexualität ist im Judentum absolut tabu. Nathan lächelte wieder. Er schien nicht unter Gewissensbissen zu leiden, wenn er an meinen Vater dachte, stellte ich mit einer Mischung aus Bewunderung und Verwirrung und vielleicht auch etwas Neid fest.

Noemi machte es mir leicht. Als sie mich sah, hellte sich ihre Miene auf, und sie umarmte mich herzlich. »Das ist der beste Moment des Tages«, fand sie. »In der Klinik war der Teufel los, ausgerechnet heute, aber diese Gojim wissen natürlich nicht, dass heute Jom Kippur und also Friede, Freude, Eierkuchen angesagt ist.«

Friede, Freude, Eierkuchen an Jom Kippur. Schon wieder mischten sich in mir Bewunderung und Verwirrung und vielleicht auch etwas Neid. »Gojim« ist unsere umgangssprachliche Bezeichnung für Nichtjuden.

»Eine Patientin hat behauptet, sie hätte Silberling auf dem Klinikgelände gesehen«, erzählte Noemi, »er ist ja noch immer flüchtig. Kein angenehmer Gedanke.«

»Dieser Mistkerl«, murmelte ich, Versöhnungstag hin oder her. Ich hatte vergessen, dass der kriminelle Pfleger noch auf freiem Fuß war.

»In der Tat«, bestätigte Noemi. »Hat Nathan dich angerufen?«

»Nein, ich habe versucht, dich anzurufen, und da hat Nathan mich zu euch eingeladen.«

Sie ließ mich los, ging zu Nathan und gab ihm einen Kuss.

»Gut gemacht, mein Tony. Ich habe auch schon versucht, dich anzurufen.«

»Ja, das hat mir Nathan erzählt.«

Wir schauten einander an, aber keine machte Anstalten, etwas zu sagen, und schließlich lachten wir beide. Es war jedoch Versöhnungstag, und ich hatte gelobt, mich bei Noemi zu entschuldigen. Mir wäre lieber gewesen, wenn Nathan dafür nicht zugegen gewesen wäre, aber das konnte ich nun nicht ändern.

»Ich muss mich bei dir entschuldigen«, fing ich also an,

»ich habe mich unmöglich verhalten neulich am Telefon. Es –«

»Ich wollte mich auch entschuldigen«, unterbrach mich Noemi, »ich hätte dich da nicht hineinziehen sollen.«

»Worum ging es denn?«, fragte Nathan arglos. Noemi warf mir einen warnenden Blick zu. Das hatte sie also nicht mit ihrem Mann besprochen.

»Zickenkrieg«, antwortete sie und grinste, »es soll nicht wieder vorkommen. Scholem?«

»Scholem«, bestätigte ich erleichtert, und wir umarmten uns nochmals kurz.

»Jetzt muss ich aber in die Küche, sonst verhungert ihr mir hier noch vor meinen Augen. Wo sind eigentlich die Buben?«

Die Buben. Dachte sie in diesem Augenblick daran, dass ein Bub fehlte? Zweifellos dachte sie daran, und Nathan auch, wir ließen es jedoch dieses Mal unkommentiert.

»Irgendwo oben mit Charlie. Raphi, Gabilein«, rief Nathan, »kommt ihr mal? Imma ist da.«

Es rumpelte im Treppenhaus, dann kamen sie mit Charlie im Schlepptau ins Zimmer gerannt, jeder mit einem Blatt in der Hand.

»Wir haben etwas für dich gemalt.« Raphi überreichte mir seine Zeichnung. »Das ist David beim Konzert«, erläuterte er, »ich will nämlich auch Cello spielen.«

»Von Raphael für Liora« hatte er über die Szene geschrieben, die einen rothaarigen Mann mit Brille beim Cellospielen zeigte. Obwohl David damals noch keine Brille trug und sein Haar in Wirklichkeit nicht so feuerrot war, war er unverwechselbar zu erkennen. Raphael war es gelungen, Davids Gestik auf dem Bild festzuhalten, außerdem hatte er das Instrument offenbar genau beobachtet und es perfekt zu Papier gebracht.

»Ganz vielen Dank«, sagte ich, »das ist wunderschön.« Raphael schenkte mir sein Lächeln, das dem seines Vaters immer ähnlicher wurde.

Nun gab mir Gabriel seine Zeichnung. Da saßen zwei Tigerkatzen mit grünen Augen unter einer großen Sonne. »Das sind Max und Moritz«, erläuterte Gabriel, »und das ist natürlich der Mond.«

»Das sieht aber aus wie die Sonne«, fand sein großer Bruder.

»Blödsinn. Das ist natürlich nicht die Sonne, die Sonne hat doch Strahlen. Das ist natürlich der Mond.«

»Natürlich« war Gabriels neues Lieblingswort. »Neben dem Mond sind Sterne, aber die sieht man natürlich nicht«, fuhr er fort, »weil es Tag ist.«

»Dann sieht man auch keinen Mond«, wandte Raphael ein.

»Ich schon«, antwortete Gabriel ungerührt, »und auf einem der Sterne sitzt Mimi, aber den sieht man natürlich nicht, wenn man keine Sterne sieht.«

Ich fand seine Fantasie und seine Logik umwerfend, versuchte aber, mir meine Rührung nicht anmerken zu lassen, und dankte den beiden mit einem kleinen Schubs vor die Brust.

Auf dem Heimweg brachte ich den Brief an David bei ihm vorbei. Morgen um diese Zeit würde er zurück sein und sich darüber freuen, zuhause ein Lebenszeichen von mir vorzufinden. Wir hatten einander viel zu erzählen. Wir hatten einander immer viel zu erzählen, auch wenn wir uns nur einen Tag nicht gesehen hatten. Ich freute mich auf ihn, wobei ich in den kommenden Wochen kaum weniger Zeit im Theater verbringen würde als bisher. In drei Tagen war die Wiederaufnahme von *Fidelio*, zwei Wochen später die Premiere von Rossinis *Barbiere di Siviglia* und nach weiteren etwa zwei Wochen schon *Lulu*. Dann waren es nur noch knapp zwei Monate bis zur Premiere der *Zauberflöte*.

Ich hoffte, dass David für mein leidenschaftliches Engagement im Theater Verständnis hatte, sonst stand uns eine unerfreuliche Zeit bevor. Er hatte mir erzählt, dass er mit Yuvál auf ihrem Wohnungsbalkon eine Sukka errichten wolle, also eine Art Behausung für Sukkot, das jüdische Laubhüttenfest, das fünf Tage nach Jom Kippur beginnt. So war auch er voraussichtlich beschäftigt, wenigstens die nächsten Tage, und Mitte Oktober begann sein letztes Studienjahr mit den Vorbereitungen zum Diplom, das ihn sicher ziemlich beanspruchen würde.

Wir hatten gestern nicht weiter über David gesprochen, was ich erst nachträglich realisierte. Der Abend bei Morgenthaus war locker und familiär verlaufen, und wenn ich nichts von Nathans Gefühlen für David gewusst hätte, wäre mir nie und nimmer in den Sinn gekommen, dass sie über freundschaftliche oder auch väterliche Sympathie hinausgingen. Mir wäre auch nie und nimmer in den Sinn gekommen, dass in dieser Familie der Haussegen schief hing. Noemi und Nathan gingen so aufmerksam und respektvoll und auch zärtlich miteinander um wie immer. Ich hatte noch ziemlich wenig Ahnung vom wirklichen Leben, dachte ich, es war wohl oft weniger schwarzweiß, als ich es mir vorstellte. Man liebte vielleicht jemanden nicht ganz oder gar nicht, und man zog vielleicht nicht immer konkrete Konsequenzen aus einer Liebe.

Wenn ich morgen von der *Fidelio*-Klavierhauptprobe nach Hause kam, war Ricky vermutlich schon eingezogen. Chantal wohnte die Woche über noch bei ihren Eltern, solange sie im Haus zur Tugend und Gerechtigkeit arbeitete, weil der Weg sonst zu lang war. Ich freute mich auf die kommende Zeit, auf die Arbeit im Theater und das intensive Studium von *Lulu*, auf Ricky als Wohngenossen und natürlich auf David, und ich war froh, den furchtbaren Sommer und die unerwartet herausfordernden jüdischen Feiertage überstanden zu haben. Warum hatte ich ein ungutes Gefühl, so oft ich an David dachte? Ich trug mit Freude sein Kettchen, und wir hatten uns vor zwei Wochen innig voneinander verabschiedet, und trotzdem hatte ich ein ungutes Gefühl, so oft ich an ihn dachte.

Heute ging ich nach der abendlichen Hauptprobe nicht mit den Kollegen auf ein Glas Wein, weil ich gleich zu Ricky nach Hause wollte. Charlie rannte das Treppenhaus hoch, so gut er das in seinem Alter noch konnte, und wedelte vor der Wohnungstüre aufgeregt mit dem Schwanz. Als ich öffnete, flitzte er hinein und gleich in die Küche, wo Ricky und David bei einer halbvollen Flasche Wein am Küchentisch saßen. Beide sprangen auf, um mich zu begrüßen. Ricky umarmte mich brüderlich, David weniger brüderlich.

»Danke für deinen Brief, mein Engelchen«, flüsterte er mir ins Ohr.

Ricky nahm ein drittes Glas aus der Kommode, stellte es auf den Tisch und goss Wein ein.

»Auf gutes Zusammenleben«, sprach er und erhob sein Glas.

»Lechajim«, sagte David und erhob ebenfalls das Glas. »Lechajim« ist hebräisch und bedeutet auf das Leben.

»Ihr habt ja vielleicht ein Tempo«, seufzte ich theatralisch und erhob als letzte mein Glas. »Lechajim und auf gutes Zusammenleben, meine beiden Helden.«

Wir stießen an, tranken einen Schluck und setzten uns. Ich lächelte David zu. »Schön, dass du auch da bist.«

»Wieso: auch? Du bist doch schließlich meine Prinzessin.« Er gab mir einen Kuss.

»Er hat mir mit meinen Sachen geholfen, und da dachte ich, er kann mich doch hierher begleiten«, erklärte mir Ricky.

»Geniale Idee. Wann seid ihr denn aus Amsterdam angekommen?«

»Wir sind mit dem ersten Zug gefahren, damit ich mit Yuvál gleich anfangen konnte mit der Sukka. So um fünf vielleicht.«

»Und was hat deine Mutter gesagt, dass du am ersten Abend gleich ausgehst?«

»Lolita, ich bin vierundzwanzig.« Er war im Ernst etwas beleidigt und sah dabei hinreißend aus.

»Ich weiß, du bist sogar vierundzwanzigeinhalb, genau wie ich«, bestätigte ich, und zu Ricky: »David und ich sind am selben Tag geboren.«

»Was? Das ist ja merkwürdig. Seid ihr am Ende Zwillinge, die gleich nach ihrer Geburt getrennt worden sind? Das ist eine tolle Story. Ähnlich genug seht ihr jedenfalls aus.«

Wir sahen wohl alle drei einigermaßen ähnlich aus, wobei Rickys Augen und Haare dunkler waren als bei David und mir, und er war kräftig gebaut, nicht so schlaksig wie David. Er stand nun wieder auf und machte sich am Herd zu schaffen.

»Ich habe darin noch nicht viel Übung«, bekannte er, »aber irgendwann muss ich ja damit beginnen zu kochen.«

»Lass mal, ich mache das.« David schubste ihn beiseite.

»Heda, Prinz, ich bin hier zuhause.« Ricky sagte es spielerisch und locker. David setzte zu einer Widerrede an, unterließ sie jedoch zu meiner Erleichterung.

»Was gibt es denn Gutes?«, fragte ich.

Es war noch nicht spät, etwa zehn vielleicht, aber ich hatte einen anstrengenden Tag hinter mir und war froh, dass ich mich nicht ums Essen kümmern musste.

»Dein Lieblingsessen«, antwortete David, »Spaghetti mit Tomatensauce. Komm her, Löwenherz, ich zeige dir, wie das geht. Schnellkurs für Anfänger. Wer hat denn bei euch zuhause gekocht?«

»Eine Köchin, und manchmal auch die Tanten«, antwortete ich, »wir hatten keinen Zutritt zur Küche.«

»Das ist aber jetzt nicht wahr.« David drehte sich um zu mir.

»In was für einer Welt habt ihr beiden eigentlich gelebt? Wie Königskinder auf einem Schloss?«

»Ja, so ähnlich«, bestätigte Ricky leichthin.

David wandte sich kopfschüttelnd wieder dem Herd zu und erklärte Ricky während des Kochens, worauf zu achten war, damit die Spaghetti am Ende al dente herauskamen und die Tomatensauce nicht anbrannte. Ich war froh um Rickys Anwesenheit, ich war nicht sicher, ob sonst nicht eine kleine Bombe zwischen David und mir geplatzt wäre, wenn ich mir auch nicht vorstellen konnte, weswegen.

Noemi wollte mit den Kindern und Vera die Herbstferien nutzen und am Sonntag für eine Woche oder zehn Tage nach Lenzerheide fahren, ein wenig Abstand würde ihnen allen guttun, das hatten die beiden Frauen kurzfristig beschlossen. Sie erzählte es mir am Telefon, als ich sie am Tag nach Jom Kippur anrief, um mich nochmals für den Abend zu bedanken, und ihr, da heute Freitag war, Gut Schabbes zu wünschen.

»Vielleicht darf dich Nathan nächste Woche einmal irgendwo zum Abendessen einladen? Also dich und David natürlich. Sonst vereinsamt er mir noch.«

Sie sagte es ohne eine Spur von Ironie, was mich wunderte, aber ich hatte jetzt keine Zeit für weitergehende Überlegungen.

»Ich bin nur am Mittwochabend frei«, antwortete ich, »sonst habe ich von heute an die nächsten zehn Tage immer Vorstellung, aber wenn Nathan am Mittwoch Zeit hat: sehr gern. Was David vorhat, weiß ich allerdings nicht, ich frage ihn so bald als möglich.«

»Was sagt er eigentlich dazu, dass du so wenig Zeit für ihn hast?«

»Wir haben darüber noch nicht gesprochen, seit er zurück ist. Er baut mit Yuvál eine Sukka, und übernächste Woche beginnt sein Semester, und üben muss er ja auch. Ich gehe davon aus, dass auch er ziemlich beschäftigt ist.«

Ihr Schweigen beunruhigte mich. »Ich kann es nicht

ändern«, fuhr ich etwas gereizt fort, »ich arbeite nun mal im Theater, und da haben wir ungewöhnliche Arbeitszeiten. Sobald David in einem Orchester ist, wird das für ihn genauso sein. Ich habe ihn zur Generalprobe heute Abend eingeladen, aber er bleibt lieber bei seiner Mischpoche, wegen Schabbes natürlich.«

Ich hatte mich über Davids Entscheidung geärgert, wollte aber keinen Streit riskieren. Ricky kam gerne zu der Probe, und das war schön.

»Ich verstehe«, sagte Noemi, »ich hoffe, ihr findet da einen Modus Vivendi, sonst habt ihr ein echtes Problem, oder sehe ich das falsch?«

»Nein, das siehst du leider goldrichtig, und ich hoffe auch, dass wir das hinkriegen.«

»Gut, meine Süße. Halt dir den Mittwochabend frei, Nathan wird dich am Wochenende anrufen, um das Wo und Wann zu besprechen, und ich melde mich, sobald wir aus Lenzerheide zurück sind. Viele Grüße in die Runde. Ach, das wollte ich noch fragen: Ist Ricky gut bei dir eingezogen?«

»Ja, sehr gut. Gestern nach meiner Abendprobe war er mit David zuhause, und die beiden haben für mich gekocht. Daran könnte ich mich glatt gewöhnen.«

Sie lachte. »Das verstehe ich. Also, pass auf dich auf, und dann bis bald wieder.«

Auf dem Weg zum Theater versuchte ich, mir das *Lied der Lulu* aus dem zweiten Akt nochmals zu vergegenwärtigen, an dem in der Probe gleich gearbeitet werden sollte. Ich war mit dem Studium weniger weit gekommen als erhofft, aber ich ging ja nicht zu einer Prüfung, sondern nur als Zuhörerin zu einer Probe, und es war meine Privatsache, wie gut ich mit dem schwierigen Stück vorankam. Im Probenraum unterhielt sich der Dirigent schon mit Meryl Grant, einer fabelhaften amerikanischen Sängerin, nur wenige Jahre älter als ich, die

die Titelpartie sang. Wenig später kam auch Klaus Eberlein dazu, im Kollegenkreis zu Unrecht Streberlein genannt, der Erster Kapellmeister und ein richtig guter Pianist war, und der heute oder vielleicht bei allen Proben dieses extrem komplexen Werks Klavier spielte.

»Wie weit sind Sie denn gekommen mit Ihren Studien?«, fragte mich Maestro Mintz mit einem väterlichen Lächeln, nachdem wir uns begrüßt hatten. Also doch eine Prüfung, dachte ich und ärgerte mich, dass ich nicht besser vorbereitet war.

»Nicht sehr weit«, gestand ich, »es ist sehr schwer.«

Die Sängerin und der Erste Kapellmeister nickten verständnisvoll. »Ja, das ist es«, bestätigte auch Mintz, »ich empfehle Ihnen, sich zunächst auf die eine oder andere gesungene Phrase zu beschränken.«

»Sie haben mir nach der letzten Probe aufgetragen, das *Lied der Lulu* auswendig zu lernen ...«

»Auswendig? So weit sind Sie schon? Lassen Sie mal hören. Brauchen Sie ein C?«

»Nein, das nicht. Ich bin nur noch nicht weit ...«

»Lassen Sie mal hören«, wiederholte er geduldig.

Klaus Eberlein schickte sich an, in die Tasten zu greifen, Mintz schüttelte jedoch diskret den Kopf. Ich sollte das Lied unbegleitet singen, so hatte ich es ja auch geübt, wenn auch zu wenig. Alle drei sahen mich gespannt an. Ich konzentrierte mich auf die Noten vor meinem inneren Auge und begann zu singen: »Wenn sich die Menschen um meinetwegen umgebracht haben, so setzt das meinen Wert nicht hinab.«

Ich schaute den Dirigenten fragend an. Er nickte. »Sehr gut. Kein falscher Ton, perfekte Intonation, rhythmisch in Ordnung, gute Textverständlichkeit. Sehr gut. Geht's noch etwas weiter?«

»Ja, etwas.«

»Bitte.«

»›Du hast so gut gewusst, weswegen du mich zur Frau nahmst, wie ich gewusst habe, weswegen ich dich zum Mann nahm …‹ Weiter bin ich noch nicht gekommen mit dem Auswendiglernen.« Es war mir peinlich, das eingestehen zu müssen.

»Sehr gut«, wiederholte Maestro Mintz jedoch, »nur weiter so. Sie werden sehen, es wird mit der Zeit und mit viel Übung etwas leichter.«

Er wandte sich freundlich an die Sängerin und den Kapellmeister. »So, Kinder, dann machen wir uns jetzt an die Arbeit. Wir beginnen einen Takt vor 490, wenn ich bitten darf.«

Nach der *Fidelio*-Generalprobe am Abend stellte ich in der »Kunsthalle« Ricky den Kollegen vor, sie würden ihn ja vermutlich in Zukunft öfter sehen.

»Ich dachte, du bist mit diesem Wunderknaben zusammen«, sagte Bruno Cancellara sofort, »der den Tamino singen kann, ohne ihn studiert zu haben, und eine unverschämt schöne Stimme hat er obendrein.«

»Bin ich auch, bin ich auch«, beeilte ich mich richtigzustellen, »Ricky ist mein Ziehbruder, sozusagen, und wir wohnen von jetzt an zusammen, mit seiner Freundin.«

»Die Kammersängerin hat ein Kind der Liebe?«, fragte Bruno und blickte uns über seinen Brillenrand mit gespielter Strenge an. Ich bin das Kind der Liebe der Kammersängerin, dachte ich und war froh, dass es mir nicht herausgerutscht war. Ricky lachte und antwortete: »Eher nein. Ich bin nicht verwandt mit Liora, wir sind nur zusammen aufgewachsen.«

»Du kennst also Kammersängerin Sternlicht?«, fragte Irmeli Kurz und starrte Ricky bewundernd an. Sie sang in *Fidelio* die Marzelline und hatte zwar Gold in der Kehle, aber nur Stroh im Gehirn, und ich konnte sie nicht ausstehen. Ricky nickte.

»Ja, natürlich kenne ich Signora Regina.«

Nach einer guten Stunde und einem Glas Wein oder zwei gingen wir mit Charlie zu Fuß nach Hause. Mir gefiel das, und auch Ricky war zufrieden und vergnügt.

»Hast du eigentlich schon etwas gegessen?«, fragte ich ihn, als wir die Treppe hochstiegen.

»Ich habe vor der Probe ein Käsebrot gegessen, aber das ist lange her. Und du?«

»Nein. Nichts seit dem Salat nach der Vormittagsprobe. Aber wir haben noch Reste von den Spaghetti von gestern, die können wir warm machen, und Salat ist wohl auch noch da.«

Als wir die Türe öffneten, sah ich Licht in der Wohnung. »Überraschung, Überraschung! Gut Schabbes, mein Engelchen, hallo, Freund Löwenherz«, rief David und umarmte mich.

»Woher hast du den Schlüssel zu meiner Wohnung?«, fragte ich irritiert.

»Begrüßt man so den liebenden Mann, der einem eine Mitternachtsmahlzeit vorbereitet hat?«

»Von mir«, schaltete sich Ricky ein, »von mir hat er den Schlüssel. Ich habe ihn ihm am Nachmittag gegeben, weil ich ja mit dir nach Hause kommen wollte, damit dein Prinz in der Zwischenzeit kochen konnte.«

»Aha.«

Ich war noch immer irritiert, wollte jedoch David auf keinen Fall die gute Laune verderben.

»Was hast du denn heute Gutes gekocht?«

»Spiegeleier mit Bratkartoffeln. Die Eier mache ich gleich, der Rest ist bereit, Salat inklusive und ein schöner Wein.«

Ricky und ich ließen unerwähnt, dass wir schon einen schönen Wein gehabt hatten.

»Ihr seid spät«, konstatierte David mit der Andeutung eines Vorwurfs, während er die Flasche öffnete.

»Liora hat mich nach der Probe noch ihren Kollegen vorgestellt«, erklärte Ricky. David stutzte.

»Als wen hat sie dich vorgestellt?«, fragte er.

»Als Ziehbruder, du Blödmann. Was dachtest du schon wieder? Du hättest ja mitkommen können, dann hätte sie dich auch vorgestellt. Als ihren Prinzen, versteht sich.«

David entspannte sich. Das war gerade noch einmal gut gegangen.

»Du hast außer ›Aha‹ noch kein Wort gesagt, mein Engelchen.«

»Ihr quatscht ja die ganze Zeit.« Es kam brüsker heraus als beabsichtigt. »Vielen Dank, dass du schon wieder gekocht hast«, fügte ich rasch hinzu. »Können wir gelegentlich essen? Ich verhungere gleich.«

»Natürlich, setzt euch, meine Lieben, ich bereite nur noch eben die Spiegeleier zu. Oder komm doch her zu mir, Löwenherz, und schau, wie ich das mache, dann kannst du das auch. Kochkurs für Anfänger, Teil zwei.«

David war ausgesprochen heiter gestimmt, dabei erzählte er während des Essens, dass er eine kleine Meinungsverschiedenheit mit seiner Mutter gehabt habe, weil er nach dem Abendessen nochmals weggehen wollte.

»Hast du nicht gestern in diesem Zusammenhang gesagt, du seist vierundzwanzig?«, fragte Ricky.

»Ja, schon, aber heute ist bekanntlich Freitag, also Schabbat.«

»Und?«

»Diesen Abend verbringt man normalerweise zuhause mit der Familie, darum bin ich ja auch nicht ins Theater gekommen. Und mein kleiner Bruder wäre heute Abend bei einem Schulfreund eingeladen gewesen, verzichtete aber selbstverständlich darauf, weil eben Schabbes ist.«

»Das verstehe ich nicht, aber vielleicht muss ich das ja auch nicht.« Ricky schüttelte den Kopf und machte sich übers Essen her.

»Gut hast du gekocht, Prinz, das muss man dir lassen.«

Ich äußerte mich nicht, denn auch ich verstand David nicht. Warum konnte er nicht zur Probe kommen, aber nachher hierher? Im Gegenteil, jetzt war es später am Abend und also schon richtig mitten im Schabbat, wenn man es denn so genau nehmen wollte, wie David normalerweise.

»Ich bin auch nur ein Mensch.« Er stand mit Getöse auf.

»Ich war zwei Wochen weg, und gestern Nacht habt ihr mich quasi rausgeschmissen.«

Sein Gesicht war leicht gerötet, was ihm gut stand, und in seinen bernsteinfarbenen Augen sah ich winzige grüne Blitze, was ihm ebenfalls gut stand. Er keuchte etwas, als er weiter zu mir sprach.

»Ich wollte dich sehen. Ich musste dich sehen, Schabbes hin oder her, ich bin auch nur ein Mann. Kannst du das denn nicht verstehen?«

»Das verstehe ich nun wieder bestens«, schaltete sich Ricky unaufgeregt ein, »das geht mir mit Chantal genauso. Setz dich wieder hin und entspann dich, Prinz, und trink noch einen Schluck Wein.«

»Und du? Vielleicht sagst du auch einmal etwas.«

David stand immer noch, schaute hitzig auf mich herab und sah unwiderstehlich aus.

»Dubi, mein Schatz, vorgestern war Jom Kippur, und ich habe mir vorgenommen, nicht mehr ständig an anderen Leuten herumzukritisieren.« Ich hatte das nicht aussprechen wollen, es war eine Sache zwischen mir und dem Ewigen, aber nun war es halt raus.

»Was du an Schabbes tust oder nicht tust, ist allein deine Sache.«

David setzte sich mit offenem Mund wieder hin. »Toll. Danke, mein Engelchen. Und freust du dich denn auch ein bisschen, dass ich hier bin?«

Er saß mir gegenüber. Ich ging zu ihm, nahm seinen Kopf

in die Hände, küsste ihn und flüsterte ihm das eine oder andere ins Ohr.

Ricky war gerade mit Charlie aus dem Haus gegangen, um sich in der Stadt mit Chantal zu treffen, als das Telefon klingelte. Ich hob ab und sagte meinen Namen.

»Schabbat Schalom, Liora. Ich bin es, Nathan.«

»Schabbat Schalom, Nathan.«

»Störe ich dich gerade?«

»Nein, überhaupt nicht.« Du kannst überhaupt nicht stören, dachte ich.

»Noemi hat mir gesagt, dass ich dich und David am Mittwoch zum Abendessen ausführen darf.«

»Ja, vielen Dank. Ich frage mal eben David, ob er dann auch frei ist, einen Augenblick, bitte.«

»Lass dir Zeit.« Lass dir Zeit, ein typischer Nathan-Satz.

»Dubi, Nathan lädt uns beide am Mittwoch zum Abendessen ein.«

»Am Mittwoch?«

»Ja, das ist mein einziger freier Abend in den nächsten zehn Tagen.«

David schwieg einen Augenblick. Einen ziemlich langen Augenblick. »Das ist dein einziger freier Abend während Sukkot, und den versprichst du Nathan, ohne mit mir darüber geredet zu haben?« Seine Stimme klang gepresst.

Es ist eine Mitzva, ein Gebot, während des einwöchigen Laubhüttenfestes in der Sukka zu wohnen, oder mindestens möglichst viel Zeit und jedenfalls die Mahlzeiten darin zu verbringen, namentlich, wenn man selbst eine solche Hütte hergerichtet hat, was ebenfalls eine Mitzva ist. Ich hatte vollkommen vergessen, dass Sukkot war, und ich nahm an, dass auch Nathan das nicht realisierte, oder es jedenfalls auch für ihn ohne praktische Bedeutung war.

»Ich rede ja gerade mit dir«, antwortete ich möglichst

gelassen, »allerdings wartet Nathan am Telefon. Kommst du nun mit oder nicht?«

Er überlegte. Ich versuchte, David so selbstverständlich Zeit zu lassen wie Nathan mir.

»Und wann kommst du zu uns in die Sukka?«

»Das können wir nachher besprechen, ja? Nathan wartet.«

»Nathan wartet«, äffte er mich nach, »Nathan darf natürlich nicht warten müssen.«

»Dubi, bitte. Ja oder nein?«

Er ließ sich wieder Zeit, bevor er missmutig nachgab. »Von mir aus.«

Ich ging zurück zum Telefon. »Entschuldige bitte, Nathan, dass es so lange gedauert hat, David musste seine Termine noch kurz überprüfen.«

»Schon gut. Und, wie sieht es aus?« Nathan war die Geduld in Person.

»Perfekt, alles in Ordnung.«

»Wunderbar. Ist euch das ›Schützenhaus‹ recht? Ich würde dann einen Tisch reservieren, sagen wir, so gegen sieben?«

»Sehr gern, vielen Dank, wir freuen uns.«

»Ich freue mich auch. Grüß bitte David inzwischen, und habt noch einen schönen Schabbes.«

Ich ging zum Tisch zurück und setzte mich wieder hin. »Nathan lässt dich grüßen. Mittwoch um sieben im ›Schützenhaus‹.«

Keine Reaktion.

»Dubi, weißt du überhaupt, was du Nathan bedeutest?«

»Nathan, Nathan, Nathan.«

»Was heißt nun das schon wieder?«

»Nathan pfeift, und Liora tanzt. Besser als Charlie je gehorcht, wenn man ihn ruft. Das heißt es.«

»Merkst du eigentlich, dass wir uns ständig streiten?«

»Das ist ja wirklich nicht zu übersehen.«

»Und? Was können wir dagegen tun?«

»Vielleicht überlegst du dir mal, was für eine Rolle ich in deinem Leben spiele. Alles ist dir wichtiger als ich. Das Theater. *Lulu.* Deine Kollegen. Löwenherz lernt sie kennen, ich aber nicht. Löwenherz wohnt hier, mit eigenem Schlüssel, versteht sich, ich aber nicht.«

»Darüber haben wir doch schon vor Wochen gesprochen …«

»Das macht es nicht besser.«

»… und du weißt, dass Ricky wie ein Bruder für mich ist.«

»Wie ein Bruder. Und ich? Was bin ich für dich?«

»Du bist mein Freund, das dachte ich jedenfalls immer …«

»Und Nathan? Was ist der für dich? Wie kommt er überhaupt dazu, dich zum Abendessen einzuladen?«

»Er lädt uns beide zum Abendessen ein, dich und mich, und hör bitte auf, mich ständig zu unterbrechen. Du bist so ein Hitzkopf.«

»Ein Hitzkopf, soso. Ganz anders als dein Nathan, Nathan, der heilige Nathan.«

»David, ich finde das nicht lustig.«

»Ich auch nicht.«

»Dann hör bitte auf damit. Du hast keinen Grund, so über Nathan zu sprechen, im Gegenteil.«

»Ich würde gern einmal hören, dass du mich so verteidigst.«

»Und ich würde gern einmal hören, dass du dich nicht ständig aufführst wie eine beleidigte Leberwurst. Einmal ist es Nathan, dann Ricky, dann meine Arbeit. Alles, was mir wichtig ist, scheint dir ein Dorn im Auge zu sein.«

»Du hast in deiner Aufzählung eine winzige Kleinigkeit vergessen: Mich.«

Ich schüttelte den Kopf. »Es ist hoffnungslos. Du legst es drauf an, dich mit mir zu streiten.«

»Das ist nicht wahr«, schrie er, »du liebst mich nicht, das ist das Problem.«

»Hoffnungslos«, wiederholte ich.

»Dann willst du wohl lieber allein mit deinem Nathan ausgehen.«

»David, bitte.«

»Was heißt ›David, bitte‹?«

»Das heißt, Himmel nochmal, dass ich mich nicht streiten will mit dir, und schon gar nicht über Nathan.«

»Worüber möchtest du dich denn lieber mit mir streiten?«

Ich wollte mich wirklich nicht mit ihm streiten. »Warum bist du eigentlich so wütend?«, fragte ich so ruhig wie möglich. »Wir hatten doch eine schöne Nacht, zum Beispiel.«

»Ja, das stimmt.«

Er spielte gedankenverloren mit seinem Kaffeelöffelchen.

»Eine sehr schöne Nacht«, bestätigte er leise.

Ich stand auf. »Dann komm mal mit. Ricky und Chantal kommen erst am Abend zurück.«

Obwohl es wieder schön gewesen war mit ihm und allfällige letzte Zweifel ausgeräumt hatte, ob David vielleicht eigentlich schwul und also ansprechbar auf Nathans Gefühle für ihn sein könnte, machte ich mir Sorgen um unsere gemeinsame Zukunft, sobald ich am späten Sonntagnachmittag wieder allein war. Unsere Lebenskonzepte waren vielleicht zu unterschiedlich, vor allem in Bezug auf die Ausübung der Religion. Als Vegetarierin aß ich zwar quasi automatisch koscher, aber wenn ich an Schabbat zu wählen hätte zwischen Theater und Synagoge, würde ich mich immer für das Theater entscheiden, und wenn ich zu wählen hätte zwischen Gott und Mozart, würde ich mich für Mozart entscheiden. Mozart bedeutete mir Wahrheit und Leben und Schönheit, was mir hingegen Gott bedeuten könnte, erschloss sich mir nicht.

War das Gotteslästerung? Jedenfalls behielt ich es wohlweislich für mich, hingegen würde ich über die Bedeutung des Judentums in unserem Alltag mit David sprechen müssen. Noch einmal sprechen müssen. Immer wieder sprechen müssen. Ich verstand darüber hinaus seine wiederholte Klage, ich hätte zu wenig Zeit für ihn, aber ich konnte daran nichts ändern, und bald hatte er wieder seine eigenen Verpflichtungen, dann war er zwangsläufig weniger fixiert auf mich, und wir würden die gemeinsamen Stunden umso mehr zu schätzen wissen und genießen. Ich war gern mit David zusammen, ich liebte seine Zärtlichkeit und seine Leidenschaft im Bett wie auch beim Musizieren, seine Sensibilität, seine Liebe zu Mozart, sein Aussehen, seine Fähigkeit zu blödeln.

Meine Gedanken wanderten zu Nathan, wieder einmal. Wie mochte er sich jetzt fühlen, ohne Noemi und die Kinder, so ganz allein in dem großen Haus? Vielleicht hätte ich ihn heute Vormittag am Telefon danach gefragt, wenn nicht David auf mich gewartet hätte. Vielleicht auch nicht, vermutlich nicht, ich hätte mich nicht getraut, und die Familie war seit gerade einmal einem Tag fort, aber es beschäftigte mich nachhaltig. Ich wusste, dass er als Kind gern seiner Mutter beim Kochen geholfen hatte, genau wie der kleine Michael, konnte mir aber nicht vorstellen, wie er heutzutage mit einem Haushalt und, noch viel weniger, wie er mit der Abwesenheit seiner Lieben zurechtkam, er war so durch und durch ein Familienmensch. Manchmal, wie jetzt, hielt ich es für undenkbar, dass er Augen für jemand anderen hatte als für Noemi und die Kinder, ob Mann oder Frau, vielleicht fantasierte sich Noemi da etwas zusammen. Vielleicht war auch sie durch Michaels Tod so dünnhäutig geworden, dass sie Gespenster sah.

So oder so fand ich es ein wenig eigenartig von Noemi, ohne Nathan zu verreisen, ein wenig rücksichtslos. Eigentlich ziemlich rücksichtslos. Ich versuchte, meine Gedanken nicht in diese Richtung weiterwandern zu lassen, sonst war ich bald wieder dort, wo ich vor Jom Kippur gewesen war, und das galt es zu vermeiden. Noemi hatte sich bestimmt genau überlegt, was sie Nathan zumuten konnte, und jedenfalls war es nicht an mir, das zu beurteilen. Ich war ziemlich stolz darauf, heute Vormittag auf Davids Provokationen nicht eingestiegen zu sein, und wollte mir dieses gute Gefühl nun auch in Bezug auf Noemi bewahren. Ich freute mich auf den Abend mit Nathan und David und war auch gespannt darauf, wie sich die beiden Männer zueinander verhalten würden.

Um ihn nicht wieder zu vergrätzen, verabredete ich mich mit David für den übernächsten Tag in seiner Sukka. Ich schlug den späteren Nachmittag vor, er bestand jedoch mehr oder weniger auf eine Mahlzeit, und so ging ich nach der Vormittagsprobe zum Mittagessen zu Prinzens. Yuvál schien schon wieder etwas gewachsen zu sein in den drei oder vier Wochen, seit ich ihn zuletzt gesehen hatte, und ich hoffte inständig, dass er nicht vor oder während der *Zauberflöte*-Periode in den Stimmbruch kommen würde. Frau Prinz war freundlich mit mir, wie immer, und mir war nicht wohl in ihrer Gegenwart, auch wie immer. In dem Verschlag auf dem Balkon war es eng und feucht und kalt, wir hatten während des Essens Decken um uns gewickelt, das gehörte offenbar zu einer gottgefälligen Sukkot-Woche unbedingt dazu. Ich fand die Erstbegegnung mit diesem jüdischen Fest nicht besonders attraktiv, bemühte mich jedoch, mir das nicht anmerken zu lassen.

Nach dem Essen fragte mich David, ob ich Lust hätte, mit ihm ein wenig zu musizieren, wir könnten uns zum Beispiel Beethovens Variationen über »Bei Männern, welche Liebe fühlen« aus der *Zauberflöte* wieder einmal vornehmen, die wir auf Solberg gespielt hatten. Dafür ließ ich die *Lulu*-Probe am frühen Nachmittag gerne sausen. Wir spielten die sieben Variationen ohne Unterbrechung durch, David wie immer makellos und mit bewundernswerter Leichtigkeit und Innigkeit. Mir passierte der eine oder andere falsche Ton, und ich nahm mir vor, wieder regelmäßig zu üben. Bloß wann? Worauf konnte und wollte ich verzichten, um meine Klaviertechnik nicht einrosten zu lassen?

»Das war wunderbar, danke, mein Engelchen.«

David legte das Cello sorgfältig auf die Seite und den Bogen darauf, kam zu mir ans Klavier und gab mir einen Kuss. In seinen Augen sah ich das Leuchten meiner eigenen Augen, das war etwas vom Schönsten zwischen uns, fast so schön, wie zusammen zu musizieren.

»Ich muss wieder mehr üben«, sagte ich etwas unglücklich.

»Ja«, bestätigte er schonungslos, »das musst du wirklich.«

Er lächelte mich an, dieser zauberhafte Mann, der mein Freund war, mein Geliebter. Seine Augen lächelten, und sein lächelnder Mund zeigte die kindlich anmutenden leicht schiefen Zähne. Sein ganzes Gesicht lächelte und war lebhaft und offen und schön.

»Du musst bitte wieder mehr üben für mein Diplomkonzert.«

»Das kann ich dir leider nicht abnehmen, mein Schatz, üben musst du schon selbst.« Auch ich spürte, wie mein ganzes Gesicht lächelte.

»Ich muss üben wie ein Verrückter, aber du auch, denn mit so Fehlerchen wie eben willst du mich doch bestimmt nicht begleiten.«

»Wohin begleiten?«

»Nicht ›wohin‹, sondern ›wo‹, mein Engelchen. Die Antwort ist: bei meinem Diplomkonzert. Ich bitte dich hiermit, mich bei meinem Diplomkonzert am Klavier zu begleiten.«

Das klingt wie ein Heiratsantrag, dachte ich.

»Wir spielen die Beethoven-Variationen, wie gehabt, und wie auf Solberg schon gut präsentiert, außerdem –«

»Dubi, ist das dein Ernst?«

Wir strahlten einander an, ein normales, jung verliebtes Paar.

In der Nacht fing ich an zu husten, und am nächsten Morgen hatte ich Halsschmerzen und eine Tropfnase. Mir war kalt, dann wieder heiß, aber nicht aus Liebe, wie dem kleinen Cherubino im *Figaro*, ich fühlte mich richtig krank. Vielleicht war das die Strafe des Ewigen dafür, dass ich bei meinem Besuch in der Sukka gestern keine heiligen Gefühle verspürt hatte, oder dass ich Mozart Ihm vorzog. Ich war ungefähr nie erkältet und entsprechend unvorbereitet. Ricky war schon aus dem Haus, als ich erwachte, er hätte mir wohl auch nicht helfen können, schon das Wort Erkältung war ja auf Lunenburg ein Tabu gewesen. Ich rief im Theater an und entschuldigte mich für die Vormittagsprobe. *Lulu* am Nachmittag wäre sowieso freiwillig gewesen, und am Abend hatte ich zum Glück keine Vorstellung.

So dachte die pflichtbewusste Liora Sternlicht, aber heute Abend war das Essen mit Nathan und David, und unter keinen Umständen wollte ich das verpassen. Es war einmalig, unwiederbringlich. Wieso musste ich ausgerechnet heute krank sein? Wenn Noemi da gewesen wäre, hätte ich sie um Rat gefragt, vielleicht hätte sie mir ein starkes Medikament geben können, eine Spritze vielleicht. Das war Unsinn, denn wenn Noemi dagewesen wäre, hätte Nathan mich und David heute nicht zum Abendessen eingeladen. Ob er mir eine Spritze geben könnte? Ich hatte seine Telefonnummer in der Klinik nicht, die könnte mir aber Chantal geben, die saß ja am Empfang des Hauses zur Tugend und Gerechtigkeit. Auf dem Notizblock neben unserem Telefon standen neuerdings verschiedene Nummern, umrahmt von einem roten Herz, gemalt natürlich von Ricky. Ich bekam von Chantal Nathans direkte Nummer und nahm allen Mut zusammen, um ihn anzurufen.

»Morgenthau.«

Statt zu antworten, hustete ich ihm in die Ohren. »Entschuldigung«, krächzte ich, »ich bin es, Liora. Guten Morgen, Nathan, entschuldige bitte, dass ich dich in der Klinik störe.«

»Oje, das klingt nicht gut. Du bist krank, nicht?« Ich hustete Zustimmung.

»Hast du Fieber?«

»Ich weiß es nicht, wir haben kein Thermometer, aber vielleicht schon. Ich rufe dich an wegen heute Abend ...«

»Ja. Natürlich. Ich fürchte, das müssen wir verschieben, so wie du klingst.« Ich hörte die Enttäuschung in seiner Stimme.

»Könntest du mir nicht ein starkes Medikament geben?«

»Liora, Kind, das einzige Medikament in dem Fall ist Bettruhe und viel Tee, so leid es mir tut.«

Ich fühlte mich so schwach, dass ich anfing zu heulen. »Entschuldige«, schniefte ich, »ich habe mich so gefreut, und David auch, und jetzt verderbe ich wieder einmal alles.«

»Ach, Kindchen, das ist doch Unsinn. Mir tut es auch leid, dass wir uns heute nicht sehen können, aber das ist Force majeure.«

Nathans ruhige Art zu sprechen wirkte vielleicht nicht auf meine Erkältung, aber sehr wohl auf meine Stimmung, und ich hatte eine Eingebung. »Willst du nicht mit David allein essen gehen?« Wenn das keine Eingebung war. Nathan antwortete nicht. »Nathan, bist du noch dran?«

Er räusperte sich. »Was meint denn David dazu?«, fragte er.

»Er weiß noch nicht einmal, dass ich krank bin, ich habe zuerst im Theater angerufen und dann gleich dich, weil ich dachte, du könntest mir vielleicht eine Spritze geben oder so. Aber David kommt bestimmt gern.«

»Ja, meinst du?«

»Bestimmt.«

Nach dem nächsten Hustenanfall schlug ich vor, dass ohne Gegenbericht David gegen sieben im Restaurant »Schützenhaus« sein werde. Nach der Andeutung eines Zögerns stimmte Nathan zu, wünschte mir gute Besserung, und ich solle Bettruhe halten und viel Tee trinken.

»Was soll ich denn mit Nathan allein? Ich kenne ihn ja kaum.« David war aufgebracht, als ich ihm telefonisch das aktualisierte Programm für den heutigen Abend unterbreitete. »Und wie kommst du überhaupt dazu, so über mich zu verfügen?«

»Ich habe nicht über dich verfügt, du wärst ja auf alle Fälle dahin gegangen.«

»Aber doch nicht ohne dich.«

»Nun gehst du eben ohne mich. Wirklich, Dubi, du wirst bestimmt einen schönen Abend haben. Und sehr gut essen im ›Schützenhaus‹.«

»Ich weiß nicht ...«

Nach einer Weile fügte er hinzu: »Es ist wahr, man kann mit Nathan gut reden. Wenn ich an Solberg denke, an die Gespräche mit ihm im Pavillon ... aber ohne dich ...«

»Das war ja auch ohne mich, diese Gespräche im Pavillon. Komm, sei kein Frosch. Wie stehe ich denn da, wenn ich Nathan jetzt absagen muss? Oder willst du das vielleicht selbst tun? Das wäre mir lieber, wenn es schon sein muss.« Ich hustete wieder ausführlich.

»Das klingt ja furchtbar. Wo hast du dich denn so erkältet?«

Wo wohl? In der heiligen Hütte natürlich, dachte ich. »Keine Ahnung.«

Das war tapfer gelogen, fand ich. Ich war erschöpft. »Dubi, mein Schatz, ich muss aufhören. Tu mir die Liebe und geh mit Nathan essen. Es gibt schlimmeres auf der Welt, das kannst du mir glauben.«

Er willigte ein. »Für dich tue ich doch alles, mein Engelchen. Schlaf dich gesund. Das hat meine Mutter immer gesagt, wenn wir als Kinder krank waren. Ich rufe dich morgen an und erzähle dir alles.«

Den ganzen Vormittag wartete ich vergeblich auf seinen Anruf. Ich hatte schlecht geschlafen und fühlte mich immer noch so miserabel, dass ich zum ersten Mal eine Vorstellung absagen musste. Wenn das meine Mutter wüsste. Ihre Tochter konnte nicht einmal als kleine Beleuchtungsinspizientin ihren Verpflichtungen nachkommen. Mir selbst war es auch peinlich, mein Kollege Hannes Kocher jedoch nahm es gelassen, vermutlich war es ihm nicht unangenehm, mich bei dieser Gelegenheit einmal mehr seine Überlegenheit spüren zu lassen. Er bot mir an, meine Abenddienste bis Ende der Woche zu übernehmen. Nachdem ich das geregelt hatte, schlief ich nochmals eine Runde. Als ich auf die Uhr sah, realisierte ich, dass es eine lange Runde gewesen war, es war schon mitten am Nachmittag.

Warum rief David nicht an? Ich war hungrig, was ich als gutes Zeichen nahm, und ging ich die Küche, um eine Kleinigkeit zu essen und Wasser für einen Tee aufzukochen. Dabei dachte ich an Nathan, der mir empfohlen hatte, viel Tee zu trinken. Ich dachte auch sonst an Nathan. Ob ich ihn anrufen könnte, um mir von ihm ein wenig von dem gestrigen Abend erzählen zu lassen? Unmöglich, viel eher könnte ich David anrufen, statt mich zu verhalten wie das Mäuschen vor der Schlange. Nach dem Käsebrot fühlte ich mich etwas wohler. Die Nase tropfte zwar immer noch, und ich hatte auch noch Halsschmerzen, aber mein Kopf war freier. Ich nahm die Partitur von *Lulu* mit ins Bett und versuchte, mir eine neue Phrase einzuprägen. Falls ich Davids Einladung annahm, ihn bei seinem Diplomkonzert zu begleiten, sollte ich allerdings so bald wie möglich anfangen, wieder regelmäßig Klavier zu üben. Heute nicht, ich war zu schwach dazu, aber so bald wie möglich.

Es war langweilig, sich so schlapp zu fühlen. Es war auch langweilig zu warten, mehr als das, es war nervtötend. Diese Erfahrung hatte ich in der Zeit mit Irving zur Genüge gemacht und mir damals geschworen, mich nie wieder in eine Situation zu bringen, in der Warten zum System gehörte. Ich stand auf. Genug gewartet, jetzt rief ich David an. Warum hatte ich das eigentlich nicht viel früher getan? Es hatte kaum einmal geklingelt, da nahm er schon ab, als ob er neben dem Telefon gewartet hätte.

»Dubi, warum rufst du nicht an?«

»Ach, Lolita, es ist so furchtbar.«

Ich verstand ihn kaum, er klang wie ein Häuflein Elend. »Was ist denn passiert?«

Keine Antwort. Nach einer langen Pause fragte er: »Wie geht es dir denn heute? Fühlst du dich besser?«

»Heulst du?«

Kein Zweifel, ich hörte ihn schluchzen. »Dubi, bitte, sag, was ist denn passiert?«

Er schluchzte wie ein Kind. »Ich … ich kann nicht …«

»Was kannst du nicht?«

»Ich kann nicht … schon gar nicht am Telefon …«

»Magst du herkommen? Oder hast du Angst, dich anzustecken?«

»Nein, nein.«

»Was nein? Hast du Angst –«

»Nein, natürlich nicht. Ich mache mich sofort auf den Weg. Danke, dass du endlich angerufen hast. Ich bin gleich bei dir.«

Bevor ich noch etwas sagen konnte, hatte er aufgelegt.

Ich vermutete schon bald und immer stärker, dass er mir mehr verschwieg als erzählte. Er hielt seine Schilderung des gestrigen Abends merkwürdig allgemein, das alles hätte er auch sagen können, ohne Nathan gesehen zu haben. Wie freundlich Nathan sei, wie großzügig, was für ein fabelhafter Zuhörer, so besonnen, so geduldig, David könne nun begreifen, dass ich auf Solberg nicht auf seine Gegenwart hätte verzichten mögen. So ging das eine Weile weiter. Wir lagen eng umschlungen in meinem Bett, da war es wesentlich gemütlicher als in der Sukka. Schließlich, fuhr David mit vielen kleinen Pausen fort, habe Nathan das Gespräch auf die Lyra gebracht. Ob David sich vorstellen könne, einem ausgewählten Kreis von Gästen seine Gabe in einem kleinen Konzert im Pavillon auf Solberg vorzustellen. Ihn selbst habe diese Erfahrung so unendlich bewegt und beglückt. David schluckte schwer. »Und dann ... und dann ...«

»Ja?«

»Und dann ... Versprichst du mir, dass du mich nicht rauswirfst, wenn ich weiterspreche?«

»Spinnst du? Natürlich werfe ich dich nicht raus.«

»Er hatte Tränen in den Augen.«

»Und?«

Ich hatte auch schon Tränen in Nathans Augen gesehen. Sie machten seine Augen noch schöner, als sie sonst schon waren. Herzergreifend. Unwiderstehlich.

»Ich bin so erschrocken, da bin ich aufgestanden und habe ihn angeschrien, und alle Leute haben zu uns hingeschaut.«

»Du hast Nathan angeschrien?«

»Ich habe die Nerven verloren.«

»Was hast du denn geschrien?«

»Es ist so furchtbar.« Er schluckte schwer, mehrmals.

»Komm, sag schon.« Ich streichelte seinen Kopf.

»Ich bin nicht schwul, habe ich geschrien, ich bin nicht schwul, und lass mich in Ruhe, und ich will nichts mehr mit dir zu tun haben. Oder so ähnlich. Und dann bin ich davongerannt.«

Nun heulten wir beide, ich hatte das Gefühl, das ganze Bett würde feucht werden von unseren Tränen. Wir hielten uns noch immer umschlungen, oder wieder. Meine Kopfschmerzen wurden wieder stärker, und mir war übel.

Ich musste eingeschlafen sein. Als ich erwachte, lag David nicht mehr neben mir. Ich fühlte mich zerschlagen, schwer krank, und wie eine Keule traf mich die Einsicht, dass ich auch an diesem Unglück schuld war. Sowohl Nathan als auch David hatten nur widerstrebend zugestimmt, sich ohne mich zu treffen, das hatte ich jedoch in meiner Selbstherrlichkeit nicht wahrhaben wollen. Ich hätte David sagen müssen, dass Nathan in ihn verliebt war, das hätte Priorität gehabt vor meinem Versprechen gegenüber Noemi, mit niemandem darüber zu sprechen. Ich wusste nicht, ob und wie sich Nathan gestern Abend geäußert hatte, was seine Gefühle für David betraf, und ob es mehr gewesen war als das, was David mir erzählt hatte, auf jeden Fall jedoch hätte ich David darauf vorbereiten können und müssen, dann wäre der Eklat nicht passiert.

Ich fand ihn in der Küche am Tisch sitzend, den Kopf in die Hände gestützt. Ich legte die Arme von hinten um seine Schultern und lehnte meinen Kopf auf den seinen. Er ergriff meine Hände und hielt sie lange fest, bevor er den Kopf zu mir drehte.

»Bist du nicht wütend auf mich?«

»Nein, ich bin nur wahnsinnig traurig, und ich habe ein schlechtes Gewissen, und ich weiß nicht weiter, aber wütend bin ich nicht.«

»Das ist das Wichtigste. Danke, mein Engelchen.«

Er stand auf und nahm mich fest in die Arme. »Du glühst ja richtiggehend«, stellte er erschrocken fest, »du hast bestimmt hohes Fieber.«

»Ja, vielleicht.«

»Geh sofort zurück ins Bett, ich mache dir einen Tee.«

Ich träumte wirres Zeug. Von David, der beim Lyraspiel plötzlich die Stimme verlor und tot umfiel, und von Nathan, der ihn aufhob und wegtrug, dann war es aber nicht mehr David, sondern Michael, winzig klein und in ein weißes Tuch gewickelt. Nathans Augen schimmerten feucht, er lächelte jedoch und sagte, nun sei alles wieder gut. Ich wollte zu ihm laufen, konnte mich jedoch nicht rühren, was mich mit Todesangst erfüllte, zumal ich die Totenglocke klingeln hörte.

»Lolita«, flüsterte David und fasste mich leicht am Arm, »Noemi ist am Telefon und will dich sprechen. Was soll ich ihr sagen?«

»Einen Augenblick, ich komme gleich.«

Ich stand so rasch auf, dass mir schwarz vor Augen wurde, setzte mich nochmals kurz aufs Bett, erhob mich vorsichtig wieder, schlüpfte in meine Pantoffeln und schlich zum Telefon. David stand daneben, den Hörer in der Hand, und bedeutete mir, mich auf den Hocker zu setzen, dann übergab er mir den Hörer und ging zurück in mein Zimmer.

»Hallo, Süße, ich wollte nur mal kurz hören, wie es dir geht«, sagte eine ausgesprochen heiter klingende Noemi. »Nathan hat mir gestern erzählt, dass du krank bist. Geht's dir schon besser?«

»Danke, es geht so.«

»Oh je, das klingt nicht gut.«

»Wann hast du denn zuletzt mit Nathan telefoniert?«

»Gestern Nachmittag. Wir haben vereinbart, in diesen Tagen auch telefonisch ein wenig Abstand zu halten. Also ich habe das mit ihm so vereinbart.«

Sie kicherte etwas, dann fuhr sie fort: »Wenn du nicht krank wärst, würde ich dir den Hals umdrehen, dass du ihm David in die Arme getrieben hast.« Sie war einmalig guter Laune.

»Wenn ich nicht krank wäre, hätte ich ja auch nicht … Noemi, es ist etwas Furchtbares passiert.«

Nach einer Schrecksekunde fragte sie: »Was ist passiert?«

»Es hat einen Eklat gegeben gestern Abend.«

»Einen Eklat? Was soll das heißen?«

Ich setzte dazu an, ihr das Drama möglichst undramatisch

zu schildern, brach aber sofort wieder in Tränen aus und war unfähig weiterzusprechen.

»Leg dich hin und gib mir nochmals David ans Telefon«, sagte Noemi ruhig, »es wird schon nicht so schlimm sein. Gute Besserung und bis bald wieder.«

»Dubi«, rief ich schluchzend. Er stand sofort neben mir. Ich hielt ihm den Hörer hin, ging ins Bett und drehte mich zur Wand. Die Zimmertür stand offen, ich konnte jedes Wort von David hören. Er wiederholte fast wörtlich, was er vorhin mir erzählt hatte, dann schwieg er eine Ewigkeit, bevor er murmelte: »Ja, danke. Es tut mir so leid. Ich würde alles tun, um das ungeschehen zu machen ... ich werde es ihr ausrichten ... danke ... ja ... auf Wiederhören, Noemi.«

Ich spürte, wie er sich aufs Bett setzte. »Lolita, ich muss los. Meine Mutter und Yuvál erwarten mich zum Abendessen in der Sukka.«

Ich heulte auf und drehte mich um zu ihm. »Bitte geh jetzt nicht weg. Was hat denn Noemi gesagt?«

»Sie will Nathan anrufen, jetzt gleich.«

»Und dann?«

»Sie wird sich wieder bei dir melden.«

»Wann?«

»Nicht mehr heute, hat sie gesagt, du sollst nicht auf ihren Anruf warten, sie weiß ja nicht, wann sie Nathan erreicht. Was habe ich da für eine Katastrophe ausgelöst. Das wird ein toller Abend mit Mama und Yuvál.«

»Kannst du sie nicht anrufen und sagen, ich bräuchte dich? Bitte, Dubi, lass mich jetzt nicht allein.«

»Es ist Jontef.«

»Der soundsovielte Tag von Sukkot ist ein Feiertag? Das ist mir aber ganz neu. Und was war gestern Abend? Da warst du auch nicht in deiner blöden Hütte zum Essen.«

»Bitte, Lolita, ich habe es meiner Mutter versprochen, umso mehr, weil ich schon gestern Abend nicht zuhause war.«

Seine Gelassenheit machte mich rasend. »Dann geh doch, du Feigling. Muttersöhnchen. Hau endlich ab.«

Ich drehte mich zurück zur Wand und bewegte mich nicht, bis ich die Wohnungstüre ins Schloss fallen hörte.

Ich erwachte, als im Flur das Licht angeschaltet wurde.

»Dubi?« Ich war erstaunt, dass er zurückkam, das hätte ich diesem Muttersöhnchen nicht zugetraut.

»Ich bin es, Ricky.« Er kam an mein Bett und sah auf mich herunter, während Charlie sich hinsetzte und mir das Gesicht ableckte.

»Bin ich froh, dass ihr wieder hier seid«, murmelte ich, »es ist alles so schrecklich.«

»Was ist alles so schrecklich?«

Ricky setzte sich aufs Bett wie vorher David.

»Wie geht es dir überhaupt?«

»Es ist alles so schrecklich.«

»Erzähl mal.«

Ricky war der einzige Mensch, den ich in diesem Augenblick ertrug. Gut, Nathan hätte ich auch ertragen, aber das war unrealistischer denn je. Ich erzählte Ricky, dass David Nathan gestern beleidigt hatte und dann wieder einmal davongelaufen war, ließ jedoch Nathans besondere Gefühle für David unerwähnt. Ricky war ein guter Zuhörer, und nach meiner nicht ganz vollständigen Beichte fühlte ich mich deutlich wohler und hatte Hunger.

»Hast du schon gegessen?«, fragte ich ihn. »Wieviel Uhr ist es eigentlich?«

»Halb neun etwa. Sag mal, solltest du nicht im Theater sein?«

»Doch, schon, aber ich musste absagen. Hannes übernimmt für mich, auch morgen und übermorgen, bis dann bin ich hoffentlich wieder auf dem Damm. Und, hast du schon gegessen?«

»Ja, aber du wahrscheinlich nicht?«

»Nein.«

»Ich könnte dir ein Spiegelei machen, dein Prinz hat mir ja gezeigt, wie das geht, und Eier sind noch da.«

Mein Prinz.

»Leistest du mir Gesellschaft?«

»Aber sicher.«

Der gemütliche Abend mit Ricky schob meine Wut auf, aber nachdem wir uns für die Nacht verabschiedet hatten und ich wieder im Bett lag, stieg sie mit so großer Heftigkeit in mir auf, dass ich mich aufsetzen musste, um nicht daran zu ersticken.

Was war David für ein Kindskopf, unbeherrscht, ängstlich, egoistisch, und am Ende jeder Auseinandersetzung wurde er laut und lief schließlich davon. Offensichtlich verhielt er sich nicht nur mir gegenüber so, das entlastete mich, mehr als das, ich befand mich in dieser Beziehung im selben Boot wie Nathan, und das war ein attraktives Gefühl, das allerdings gleich wieder zurückgedrängt wurde von der trostlosen Gewissheit, dass Nathan nun nicht nur mit David, sondern vermutlich auch mit mir den Kontakt abbrechen würde, und dieser Gedanke schürte meine Wut auf David fast bis zur Besinnungslosigkeit.

Ich war am Nachmittag sehr nachsichtig mit ihm gewesen. Zu nachsichtig, fand ich nun, und das war neu. Nun hoffte ich nicht wie sonst immer darauf, dass er sofort zurückkäme oder anriefe, im Gegenteil, er war wirklich ein unverbesserlicher Kindskopf, schon diese Heulerei heute Nachmittag war unmöglich gewesen. In friedlichen Zeiten fand ich ihn sehr süß und sehr begabt, und er sah wunderhübsch aus mit seinen dichtbewimperten Bernsteinaugen und den schmalen dunklen Brauen und den Sommersprossen und dem rötlichen Haar, das sich immer am Ende kringelte, egal, wie kurz oder lang es war. Aber waren das nicht lauter Attribute für ein

Kind? Was ich wollte und brauchte, war ein Mann. Ein Mann, der bereit war, Verantwortung zu tragen. Nathan. Es war unverzeihlich, Nathan zu beschimpfen. Ich wollte David nicht wiedersehen. Mit diesem Entschluss schlief ich ein.

Am nächsten Morgen fühlte ich mich deutlich besser. Ein Tag und Abend ohne Verpflichtung lag vor mir, sogar zwei solche Tage. Ich könnte, so gut, wie es mir ging, die heutige Vorstellung machen und die morgige sowieso, aber ich entschied mich dagegen, das mit Hannes nochmals zu diskutieren. Ricky war wie üblich schon früh weggegangen und hatte, auch wie üblich, Charlie mitgenommen, was mir heute nicht passte, aber das konnte Ricky nicht wissen. Es war sehr ruhig in der Wohnung. Ich saß lange am Frühstückstisch und ließ mir die gestrige Szene mit David noch einmal durch den Kopf gehen. Wie ich es auch drehte und wendete, ich fand sein Verhalten inakzeptabel. Er hätte seine Mutter anrufen müssen und ihr erklären, dass ich krank sei und er deswegen später nach Hause komme, Sukkot hin oder her.

Ich sah ein, dass es eine schwierige Situation für einen Vierundzwanzigjährigen war, noch, oder genauer gesagt: wieder mit seiner Mutter unter einem Dach zu wohnen und ihr ständig Rechenschaft ablegen zu müssen über seine Aktivitäten, aber im Gegensatz etwa zu Ricky hatte sich David bisher meines Wissens nicht darum bemüht, Arbeit zu finden, um sich eine eigene Wohnung oder ein Zimmer leisten zu können. Er könnte neben dem Studium ohne Weiteres einen oder zwei Nachmittage unterrichten, das taten viele Musikstudenten.

Vielleicht passten wir letztlich einfach nicht zusammen. Vielleicht waren wir zu unterschiedlich oder auch zu ähnlich, vielleicht war David zu jung für mich. Der Gedanke machte mich traurig, aber ich konnte ihn nicht ignorieren. Ich hatte keine Lust, Klavier zu üben, obwohl ich jetzt endlich Zeit dafür hatte. Ich wollte David nicht bei seinem Diplomkonzert begleiten. Abgesehen von unseren dauernden Streitereien fühlte ich mich dieser Aufgabe pianistisch nicht gewachsen. Auch mein Vorhaben, *Lulu* eingehend zu studieren, erschien mir an diesem Morgen aussichtslos. Was konnte ich überhaupt? Was sollte ich anfangen mit meinem Leben? Regieassistentin war kein Beruf, das war ein Praktikum für angehende Regisseure wie Hannes Kocher, aber mich faszinierte an der Oper nicht die Regie, sondern die Musik, und Bruno Cancellara hatte recht gehabt, als er neulich gesagt hatte, ich sei als Regieassistentin am falschen Ort, nur seine Begründung war leider falsch gewesen, ich hatte nicht das Zeug zur Dirigentin.

Es war eine trübe Lebensbilanz, die ich an diesem Freitagvormittag zog, beruflich wie privat. Wenn wenigstens Charlie hier wäre, dann könnten wir einen kleinen Spaziergang machen, alleine fühlte ich mich doch noch zu schwach. David meldete sich nicht, und auch Noemi meldete sich nicht, und ich konnte sie nicht anrufen, ich hatte ihre Nummer in Lenzerheide nicht. Ob ich trotz allem versuchen sollte, Nathan zu erreichen, um ihm Gut Schabbes zu wünschen, da ich ihn heute nicht über Noemi grüßen lassen konnte?

Die Ruhe um mich herum tat mir nicht gut, ich fühlte Panik in mir hochkriechen. Sollte ich David anrufen? Nein, diesmal musste er sich bewegen, oder er ließ es bleiben. Nathan. Jetzt war er wohl noch in der Klinik, aber später würde er nach Hause kommen und niemand würde da sein, und er hatte noch Davids Beschimpfungen im Ohr. Ob er Schabbatkerzen anzündete, wenn Noemi nicht da war? Ich wusste nicht, ob die beiden in all den Jahren je einen Schabbat nicht miteinander verbracht hatten. Wenn Nathan Noemi je gebraucht hatte, dann heute. Durfte ich ihr das nachher am Telefon sagen?

Sie war aufgelöst, als sie spät am Abend endlich anrief. Nathan war nicht zu erreichen. Chantal hatte ihn am Morgen in die Klinik kommen sehen, aber er nahm weder da noch später zuhause das Telefon ab. Noemi wollte am nächsten Tag mit Veras Auto zurückkommen, allein, die Kinder sollten mit der Oma noch ein paar Tage in Lenzerheide bleiben. Ich traute mich nicht zu sagen, dass Nathan vielleicht die Kinder ganz entsetzlich vermisste, war jedoch erleichtert, dass Noemi bereit war, das Experiment des Abstandhaltens abzubrechen. Von David hörte ich nichts und er von mir auch nicht.

Am nächsten Nachmittag rief Noemi wieder an. »Er ist verschwunden«, sagte sie mit belegter Stimme, »er hat auch nicht hier übernachtet, glaube ich, das Haus wirkt wie ausgestorben. Liora, was soll ich denn jetzt tun?«

»Soll ich auf einen Sprung zu dir kommen?«

»Das wäre toll. Aber hast du nicht Vorstellung heute Abend?«

»Ich bin noch krankgeschrieben.«

»Ist dir denn wohl genug zum Herkommen?«

»Gib mir eine Stunde, ja?«

»Du bist ein Schatz.«

So alarmiert ich über Nathans Verschwinden war, und ich war zutiefst alarmiert, so glücklich war ich, dass Noemi sich in dieser Situation an mich wandte. Von David hatte ich auch heute nichts gehört und er von mir auch nicht. Jetzt war nicht die Zeit zu überlegen, wie er aus dieser Misere herausfand, das war überdies sein Problem, nicht meines. Ich wollte in Zukunft seine und meine Probleme sorgfältiger voneinander trennen.

Es war gespenstisch, das Pilgerhaus ohne Begrüßung der Buben zu betreten, auch Charlie schien sie zu suchen. Noemi sah bleich und übernächtigt aus.

»War das eine blöde Idee von mir«, murmelte sie, kaum saßen wir im Wohnzimmer.

»Was war eine blöde Idee?«

»Wegzufahren ohne ihn. Idiotisch, und dann ausgerechnet nach Lenzerheide.«

»Was ist mit Lenzerheide?«

»Da haben wir uns kennengelernt, Nathan und ich. Beim Skilaufen. Ich bin gestürzt und habe mir das Bein gebrochen, und sofort stand der attraktivste Mann neben mir, den ich je gesehen hatte. Den Rest des Märchens kennst du ja.«

Sie seufzte. Wir verstummten beide. Ja, den Rest des Märchens kannte ich einigermaßen, Nathan selbst hatte mir seine Geschichte anvertraut in einem unserer letzten Gespräche vor dem Unglück.

Als er sechs Jahre alt war, musste Nathan mit seinen Eltern Hals über Kopf Deutschland verlassen. Die Familie flüchtete nach Oxford, wo der Bruder des Vaters als Arzt arbeitete und ihnen ein Dach über dem Kopf anbieten konnte. Da der Vater, der in Freiburg ein engagierter Gymnasiallehrer gewesen war, in Oxford keine passende Stelle fand, arbeitete die Mutter als Näherin und Büglerin, das Geld war knapp, die Not ziemlich groß. Der Vater erlebte seine Arbeitslosigkeit als Schmach, und lange kam er mit der englischen Sprache nicht zurecht. Er hatte Deutschland geliebt und sich dort zuhause gefühlt. In einer Umkehr der Wahrnehmung machte er nicht das deutsche Regime für sein Schicksal verantwortlich, sondern sein Gastland und dessen Bürger, bis er sich nach einigen Jahren in eine junge Engländerin verliebte.

Nathan, das Einzelkind, versuchte sich an allen Fronten zu bewähren. Seine Eltern sollten stolz auf ihn sein können. Er meinte jahrelang, sie hätten seinetwegen von zuhause flüchten müssen und wären nun seinetwegen unglücklich in dem fremden Land. Beide Eltern waren nicht religiös, es war nichts mehr und nichts weniger als der Name Morgenthau, der die Familie aus Deutschland vertrieben hatte. Nathan war ein guter Schüler, begabt, fleißig, beliebt. Er wurde sowohl in den Schulchor aufgenommen als auch in den Ruderclub der Schule. Beides machte ihm Freude, und er fühlte sich wohl in der Schülergemeinschaft. Während einer Ruderregatta kenterte sein Boot, er geriet unter das Schiff und verlor die Besinnung. Wie der Unfall passierte, wurde nie restlos aufgeklärt, das Gerücht hielt sich jedoch hartnäckig, er sei mit Absicht herbeigeführt worden. Nathan trug eine ausgeprägte Wasserphobie davon, jahrelang wurde ihm übel, wenn er an einem Ufer stand, er konnte nicht mehr rudern, geschweige denn schwimmen, nie wieder.

Allmählich wurde ihm bewusst, dass er sich zu dem einen oder anderen Tutor hingezogen fühlte, und gegen Ende der Schulzeit hatte er eine Affäre mit einem jungen Lehrer, die die letzten Zweifel ausräumte, dass Nathan schwul war. Es wäre ihm nie in den Sinn gekommen, sich seiner Mutter zu erklären, sie sprach ihn auch nicht darauf an, dass er noch nie eine Freundin gehabt hatte. Der Vater hatte sich inzwischen von der Familie getrennt und lebte mit seiner neuen Frau zusammen. Nathan wollte in Oxford englische Literatur studieren, begleitete dann aber seine Mutter, die nach dem Krieg so rasch wie möglich nach Deutschland zurückkehren wollte, nach Freiburg und entschied sich für ein Medizinstudium. Bald entdeckte er Freud für sich und strebte nun die Spezialisierung zum Psychiater an.

Nicht, dass Homosexualität im Adenauer-Deutschland der frühen Fünfzigerjahre kein Problem gewesen wäre, im Gegenteil, gemäß Paragraf 175, der unverändert aus der Nazizeit in die Gesetzgebung der Bundesrepublik übernommen wurde, war »Unzucht zwischen Männern« strafbar und wurde mit Gefängnis geahndet. Ein Rabbiner, dem sich Nathan in Freiburg anvertraute, denunzierte ihn bei der Polizei und zwang ihn damit ein zweites Mal zur Flucht, nun, weil er schwul war. Er entschied sich für Zürich und setzte dort sein

Studium fort. Die Mutter besuchte ihn hin und wieder, der Kontakt mit dem Vater war längst eingeschlafen.

An einem Symposium über Freud lernte Nathan den einige Jahre älteren Daniel Bondi kennen, der als Assistenzarzt auf der Psychiatrischen Abteilung eines Spitals arbeitete, und freundete sich mit ihm und seiner Frau an. Die drei teilten nicht nur das Interesse für Psychiatrie im Allgemeinen und Freud im Besonderen, sondern auch für Musik und Literatur. Doktor Bondi gehörte dem Redlich-Kreis an und stellte Nathan eines Abends meinem Vater vor. Für Nathan war es Liebe auf den ersten Blick, wenn auch ohne Hoffnung oder gar Ansprüche, zumal stadtbekannt war, dass Professor Redlich mit Regina Sternlicht liiert war.

Ich würde nie Nathans Gesichtsausdruck vergessen, als er mir die folgende Szene erzählte. Sein Blick war dabei nach innen gewandt und unbeschreiblich sanft und zärtlich, und seine Stimme war leise und doch lebhaft. Eines Abends hielt Daniel Bondi im Redlich-Kreis ein Referat über Shakespeares *Kaufmann von Venedig* und dessen ewig-jüdisches Schicksal, und Nathan las verschiedene Passagen aus dem Drama auf Englisch vor, darunter den Monolog des Shylock aus dem vierten Akt. Ergriffen waren zweifellos alle Anwesenden, Salomon Redlich jedoch, der Gastgeber und Gefährte von Regina Sternlicht, verliebte sich an diesem Abend unsterblich in Nathan, unsterblich und endgültig. Er versuchte, sich dagegen zu wehren, Vernunft walten zu lassen, sich zu verbieten, die Beziehung zu Regina und ihrer gemeinsamen kleinen Tochter zu gefährden, es half alles nichts. Als meine Mutter ihn aus dem Haus warf, hatte er längst kapituliert und beschlossen, den Rest seines Lebens mit Nathan zu verbringen. Die beiden bezogen eine Wohnung in Kilchberg am Zürichsee und lebten dort unbehelligt zusammen bis zum Tod meines Vaters.

Zwei Jahre später leistete Nathan einer jungen Frau Erste

Hilfe, die sich auf der Skipiste das Bein gebrochen hatte. Er stellte bald fest, dass er sich entgegen allen bisherigen Erfahrungen und Erwartungen in eine Frau verliebt hatte, so unsterblich und endgültig wie seinerzeit Salomon Redlich in ihn. Nathan beendete seine Geschichte, indem er mich mit glänzenden Augen anlächelte: »Und nun habe ich die wundervollste Frau der Welt und drei zauberhafte Kinder, und durch dich ist sogar Salomon in mein Leben zurückgekehrt. Was bin ich für ein Glückspilz.«

»Darf ich dich etwas Heikles fragen?«

Noemi und ich hatten lange in Gedanken versunken nebeneinander auf dem Sofa gesessen. Sie nickte. »Natürlich. Alles.«

»Es hat nicht unbedingt mit Nathans Verschwinden zu tun, aber du hast damals gesagt, er habe sein Herz an David verloren, und ich frage mich seither, was das heißt.«

»Das heißt, dass er mich und die Kinder vielleicht verlässt.«

»Hat er das gesagt?«

»Gesagt hat er gar nichts.«

»Gar nichts? Woher weißt du denn –«

»Er spricht von nichts anderem. David hier, David da, was für ein hinreißender Junge, und diese Begabung, und diese Sensibilität, und diese Augen mit dem Ausdruck eines Engels, so in der Art.«

»Ich kann mir nicht vorstellen, dass Nathan seine Familie aufs Spiel setzen würde. niemals.«

»Dein Wort in Gottes Ohr.«

Es klang alles andere als überzeugt. Nach einer Weile fragte sie: »Hat dir David eigentlich erzählt, was bei dem Essen wer gesagt hat?«

»Nicht mehr als dir gestern am Telefon, das war ja schlimm genug. Er ist manchmal unbeherrscht und trotzig wie ein kleines Kind.« Die Wut stieg wieder in mir hoch.

»Vielleicht hat er Angst bekommen«, vermutete Noemi.

»Zweifellos hat er Angst bekommen. Er bekommt bei jeder Gelegenheit Angst, und dann wird er laut, und dann läuft er davon. Ich komme damit nicht mehr zurecht.«

»Habt ihr euch gestritten wegen Nathan?«

»Nicht direkt wegen Nathan. Er hat geheult, eigentlich auch wie ein Kind, weil ihm das alles so leidtat, und ich war ja krank und habe mitgeheult, und nach dem Anruf von dir ist ihm in den Sinn gekommen, dass er sofort nach Hause musste, weil sein Mütterlein in der Sukka auf ihn wartete, und da bin ich ausgerastet und habe ihn angeschnauzt, und er ist gegangen.«

»Und dann?«

»Funkstille. Normalerweise melde ich mich immer sofort wieder, aber jetzt habe ich wirklich genug, und er ist auch noch nicht wieder aufgetaucht, dieses Muttersöhnchen. Wo könnte Nathan denn jetzt sein?«

»Wenn ich das wüsste.«

»Bei Freunden vielleicht?«

Sie dachte nach. »Das kann ich mir nicht vorstellen. Da müsste er sich ja erklären, und das wird er sicher nicht tun.«

»Du meinst –«

»Ja, dass er eigentlich schwul ist. Das Geheimnis ist so streng gehütet wie eh und je. Nicht einmal meine Mutter weiß es.«

»Das ist jetzt aber nicht dein Ernst. Und die Geschichte zwischen ihm und meinem Vater? Davon wissen ja sogar die Buben.«

»Eine Freundschaft unter Männern.«

Wir schwiegen wieder eine Weile.

»Meinst du, David hätte eine Idee«, fragte Noemi, »was Nathan vorhatte?«

»Das glaube ich kaum, er ist ja mittendrin weggelaufen.«

»Könntest du ihn vielleicht doch anrufen und fragen? Ich bin so ratlos.«

Mir schien es mehr als unwahrscheinlich, dass David uns weiterhelfen konnte, aber ich wollte Noemi die Bitte nicht abschlagen, und vielleicht war das ja auch eine elegante Weise, Stärke zu zeigen und David die Versöhnung anzubieten. Seine Mutter nahm ab, wie meistens, und ich bat sie, David ans Telefon zu holen.

»Er ist krank«, antwortete sie.

»Krank?«

»Er hat furchtbare Kopfschmerzen und hohes Fieber. Wenn es morgen nicht besser ist, werde ich Doktor Dumont anrufen müssen.«

»Morgen ist Sonntag.«

»Ich habe die private Telefonnummer von ihm. Was soll ich machen, ich kann ja nichts dafür, dass sowas immer am Wochenende passiert. Er hat die Praxis hier gleich um die Ecke, und er kam schon einmal zu uns nach Hause, wegen Yuvál, das war auch ein Sonntag. Bei David muss ich sehr vorsichtig sein, er neigt zu Lungenentzündungen.«

Sie musste vorsichtig sein. David war vierundzwanzig, bekanntlich.

»Ist Doktor Dumont Kinderarzt?«, fragte ich aus reiner Gemeinheit.

»Ja, natürlich.«

»Hoffentlich brauchen Sie ihn diesmal nicht.«

Die Mama brauchte den Arzt oder brauchte ihn nicht. Das fand ich in diesem Moment höchst befremdlich.

»Ja, hoffentlich«, seufzte Frau Prinz.

»Kann ich David bitte kurz sprechen?«

»Einen Augenblick.«

Ich wartete.

»Liora, sind Sie noch da? Er schläft endlich. Vielleicht rufen Sie morgen wieder an, ja? Gut Woch.«

»Gut Woch« ist jiddisch und die Grußformel am Abend von Schabbat für die neue Woche. Ich ging zu Noemi ins Wohnzimmer zurück.

»David ist krank und schläft, und seine Mutter will ihn nicht wecken.«

»Wenn Nathan sich etwas angetan hat, bringe ich David eigenhändig um.«

Noemi sah aus, als ob ihr damit ernst wäre.

»Kannst du dir das vorstellen, ich meine, dass Nathan –«

»Seit Michaels Tod kann ich mir alles vorstellen. Und nichts mehr.«

»Lass uns lieber überlegen, wo Nathan sein könnte.«

Den anderen Gedanken wollte ich unter keinen Umständen weiterverfolgen. Ich hatte eine Idee: »Ist er vielleicht in der Klinik? Da müsste er keine Erklärungen abgeben.«

Noemi dachte nach. »Er hat da noch nie übernachtet, aber es wäre nicht ganz unmöglich. Du bist ein Genie. Wenn es dir recht ist, fahre ich sofort nach Solberg. Soll ich dich ein Stück mitnehmen?«

»Nein danke, ein Spaziergang tut mir gut und Charlie sowieso. Wo ist er überhaupt?«

Wir fanden den Hund auf Gabriels Bett, wo er nichts zu suchen hatte. Ich entschuldigte mich für sein Fehlverhalten, aber Noemi fand, Gabriel werde sich darüber freuen, dass sich Charlie gerade dieses Bett ausgesucht hatte.

Ich war noch nicht sehr lange wieder zuhause und ziemlich ausgepumpt, da klingelte das Telefon schon. Lieber Gott, betete ich, mach bitte, dass sie Nathan gefunden hat, während ich langsam den Hörer abhob.

»Sein Auto steht auf dem Parkplatz, aber er selbst ist nicht da. Ich glaube, ich muss jetzt die Polizei anrufen.« Noemi klang bedrohlich ruhig.

»Warst du auch im Pavillon?«

»Natürlich. Frau Vogelsang, ich meine: Chantal, hatte

heute bis fünf Dienst, ich habe sie also nicht mehr angetroffen. Sind die beiden zuhause?«

»Nein, noch nicht, und ich habe keine Ahnung, was sie am Abend vorhaben. Vielleicht ist Nathan spazieren gegangen.«

»Liora, bitte, red keinen Unsinn.«

»Entschuldige bitte.«

Ich wollte verhindern, dass sie die Polizei rief, das hatte so etwas Endgültiges. Ich suchte verzweifelt nach einer neuen Idee. Wo würde ich hingehen in einer solchen Situation? Ich war auf die Mittlere Brücke gegangen, das war keine hilfreiche Erinnerung. Nathan musste doch jemanden haben, dem er sich anvertrauen konnte, so hilfsbereit und kommunikativ, wie er selbst war. Jetzt hatte ich tatsächlich wieder eine Idee, meine Erkältung schien sich auf meine Gehirntätigkeit günstig auszuwirken.

»Noemi, bist du noch dran?«

»Ja, klar.«

»Ich glaube, ich habe eine Idee. Könnte er nicht mit jemandem von seiner Selbsthilfegruppe Kontakt aufgenommen haben? Von diesen schwulen Vätern?«

»Das ist allerdings eine Idee. Aber warum steht dann sein Auto hier?«

»Keine Ahnung. Aber überleg doch mal, an wen er sich vielleicht gewandt hat. Wo bist du überhaupt gerade?«

»In Nathans Büro. Das Problem ist, dass ich diese Leute nicht kenne, da geht es ja extrem anonym zu. Nathan hat einmal einen Vornamen erwähnt oder einen Beruf, mehr weiß er vielleicht selbst nicht über diese Männer. Aber lass mich mal nachdenken.«

Lieber Gott, betete ich, während ich wartete, mach bitte, dass Noemi etwas Hilfreiches einfällt.

»Einer ist Großrat.«

»Und wie heißt er?«

»Das weiß ich nicht. Ein anderer ist Goldschmied und hat

Zwillinge, ich weiß aber auch nicht, wie er heißt. Einer heißt Olivier, aber was der beruflich macht ... Arzt vielleicht. Ich glaube, Nathan hat einmal erwähnt, dass ein Arzt in der Gruppe ist, der auch drei Söhne hat ...«

Sie atmete hörbar ein und wieder aus. »Der drei Söhne hat, meine ich, und das war Olivier, glaube ich.«

»Der Kinderarzt von Prinzens heißt Dumont.«

»Und?«

»Das ist ein französischer Name, wie Olivier. Noemi, ich rufe nochmals Frau Prinz an und frage, wie ihr Kinderarzt mit Vornamen heißt. Ich rufe dich gleich zurück.«

»Ja, gut, ich warte.«

Sie war nicht enthusiastisch, aber ich. Lieber Gott, betete ich, ich tue alles, was du willst, nur bitte lass Doktor Dumont Olivier heißen und drei Söhne haben.

Frau Prinz war nicht besonders erfreut, dass ich schon wieder anrief, es war auch schon mitten am Abend. »David schläft noch«, sagte sie sofort.

»Ich rufe auch nicht wegen David an –«

»Bitte? Weswegen denn?«

»Ich habe eine Frage zu Ihrem Kinderarzt, Doktor Dumont. Kennen Sie seine Familie?«

»Ich weiß nur, dass er auch zwei Söhne hat.«

»Zwei?«

»Zwei, vielleicht auch drei, da bin ich nicht sicher. Er hat seine Söhne erwähnt, weil ich zwei Söhne habe –«

»Und wissen Sie zufälligerweise, wie er mit Vornamen heißt?«

»Kein jüdischer Name, er ist ja auch keiner von uns, aber ein guter Mann, das muss ich sagen. Etwas Französisches.«

»Vielleicht Olivier?«

Kurzes Schweigen. Lieber Gott, dachte ich wieder, lass den Kinderarzt von Frau Prinz Olivier heißen. »Ja, genau«, antwortete sie überrascht, »Olivier Dumont. Woher wissen Sie das so plötzlich?«

»Das erkläre ich Ihnen bei nächster Gelegenheit. Tausend Dank für Ihre Information. Es geht um Leben und Tod.«

»Damit scherzt man nicht, Liora.«

»Ich scherze auch nicht. Bitte geben Sie mir noch seine Telefonnummer, dann lasse ich Sie endlich in Frieden und rufe morgen wieder an, wenn ich darf, um mich nach David zu erkundigen.«

»Natürlich dürfen Sie.«

Was sollte ich jetzt tun, Noemi anrufen oder Doktor Dumont, am späten Samstagabend? Ich war so ungeduldig, ich musste mir sofort Klarheit verschaffen.

Mir kam nicht in den Sinn, dass Doktor Dumont überhaupt nicht mit Nathans Bekanntem identisch sein musste, nur weil er Olivier hieß, oder dass er zwar in der Gruppe schwuler Väter sein könnte, aber seit dem letzten Treffen nichts von Nathan gehört hatte. Ich wählte seine Nummer. Ich kam nicht weit mit meinem nächsten Stoßgebet, als sich Frau Dumont meldete. Ich entschuldigte mich für die späte Störung und fragte nach dem Doktor.

»Er ist im Moment nicht da«, antwortete sie freundlich. »Kann ich Ihnen vielleicht weiterhelfen?« Vermutlich hielt sie mich für die Mutter eines kranken Kindes.

»Es geht um etwas Privates. Es ist dringend. Entschuldigen Sie bitte, aber darf ich Sie fragen, wie viele Kinder Sie haben?«

»Das ist allerdings ziemlich privat.«

»Es geht um einen Freund Ihres Mannes, der in Not ist. Also, es könnte sein, dass Ihr Mann ... Seine Frau und ich sind in großer Sorge. Wir wissen nur, dass Nathan einen Freund oder Bekannten hat –«

»Nathan?«

»... der Kinderarzt ist und Olivier heißt und zwei oder drei Söhne hat.«

»Nathan ist auch Arzt, nicht? Und er hat vor kurzem ein Kind verloren. Mein Mann hat mir davon erzählt, eine furchtbare Geschichte. Wie kann ich Ihnen denn helfen?«

»Ich bin eine Freundin der Familie. Nathans Frau sucht ihn, er ist seit vorgestern Abend verschwunden, und wir dachten, er könnte sich vielleicht mit Ihrem Mann in Verbindung gesetzt haben.«

»Olivier ist seit heute Vormittag mit einem Kollegen unterwegs und noch nicht wieder zurück. Soll er Sie morgen anrufen, damit Sie das alles in Ruhe mit ihm besprechen können?«

»Vielen Dank, Sie sind sehr freundlich. Ich wäre sehr froh, wenn er noch heute zurückrufen könnte, auch wenn es mitten in der Nacht ist.«

Noemis Stimmung hob sich nur wenig, als ich ihr die Ergebnisse meiner Nachforschungen mitteilte. Sie bestand darauf, sofort die Polizei einzuschalten, alles andere sei fahrlässig. Ich flehte sie an, den Anruf von Doktor Dumont abzuwarten. Sie fragte, was mich so sicher mache, dass dabei etwas Brauchbares herauskomme. Aber gut, von ihr aus, es sei ja sowieso schon dunkel, und da komme es wohl auf eine Stunde oder zwei auch nicht mehr an, und sie fahre jetzt nach Hause und warte auf meinen Anruf.

Ich bereitete mir etwas zu essen zu, nachdem ich den immer hungrigen Charlie gefüttert hatte, und aß es, alles in absichtlichem Zeitlupentempo, weil ich befürchtete, das Warten auf den Anruf von Doktor Dumont werde mich nun endgültig um den Verstand bringen, wenn die Angst um Nathan das nicht noch schneller bewirkte. Noemi hatte vielleicht recht, vielleicht war es fahrlässig, die Polizei nicht sofort einzuschalten, vielleicht gefährdeten wir damit Nathans Leben, und das war dann meine Schuld, und das war nicht auszuhalten. Seit achtundvierzig Stunden waren wir ohne Kontakt zu ihm, die einzige Spur war sein Auto auf dem Klinikgelände.

Dass er sich mit Doktor Dumont in Verbindung gesetzt hatte, war nicht mehr als eine vage Hoffnung, meine einzige Hoffnung. Ich fühlte mich erschöpft, physisch und emotional, aber ich musste aufbleiben, um Doktor Dumonts Anruf nicht zu verpassen, und schlafen hätte ich in diesem Zustand sowieso nicht können.

Wenn ich nicht krank gewesen wäre, wäre ich jetzt noch im Theater bei der *Schönen Helena*. Ich freute mich wie ein kleines Kind auf morgen Abend, *Fidelio* mit Meryl Grant als Leonore, ihr Rollendebüt. Der Alte wolle sie ausprobieren, hatte Hannes Kocher zu erzählen gewusst. Der Alte war nicht wirklich alt, man nannte ihn bloß so, mit allem Respekt, und weil sein Name allzu sehr zu den Kalauern verführte, die Theaterleute oft so lieben: Siegfried Donner. Kein Mensch heißt Siegfried Donner, sollte man meinen, aber der Alte hieß wirklich so. Er war ein Theaterdirektor und Regisseur alter Schule, insofern trug er seinen Spitznamen mit Fug und Recht. Er hatte letzte Spielzeit *Fidelio* inszeniert und die Proben für die Wiederaufnahme weitgehend Hannes anvertraut, der darüber schier aus den Nähten platzte vor Stolz. Mit dem Alten würde ich in den kommenden Wochen viel Zeit verbringen, denn er inszenierte auch die *Zauberflöte*, mit Meryl Grant als Königin der Nacht.

War das verantwortungsvoll von der Direktion, fragte ich mich, eine junge Sängerin innerhalb weniger Monate drei solche Riesenpartien singen zu lassen: Lulu, die Königin der Nacht und Leonore. Das galt übrigens auch für August von Kleist, einen noch ganz unerfahrenen Lyrischen Tenor mit einer einmalig schönen Stimme, der diese Spielzeit neu zum Basler Ensemble gestoßen war. Er gab den Paris in der *Schönen Helena* und war als Tamino in der *Zauberflöte* vorgesehen, das fand ich beides angemessen, dass man ihn hingegen jetzt schon den Florestan in *Fidelio* singen ließ, also ich würde das als Intendantin nicht tun, beschloss ich, aber ich war nicht Intendantin und hatte auch keine diesbezüglichen Ambitionen. Ich würde es auch als GMD nicht tun, als Generalmusikdirektorin, und da –«

Endlich klingelte das Telefon. Ich sprach meinen Namen besonders deutlich aus für den mir unbekannten Doktor Dumont, aber am anderen Ende hörte ich jemanden lachen.

»Liora, Süße, ich bin es, Noemi, stell dir vor, er ist da.«

Ich setzte mich ganz schnell hin, um nicht umzukippen. »Was? Was heißt da?«

»Er ist da, hier, zuhause, neben mir. Wart mal, ich geb ihn dir.«

»Liora? Es ist alles in Ordnung. Es tut mir leid, dass ihr euch Sorgen um mich gemacht habt.« Nathans warmherzige Stimme, als ob nichts gewesen wäre.

»Bist du noch dran?«

»Ja, natürlich. Das ist ja wunderbar«, stammelte ich.

»Bis bald«, sagte er, »hier kommt wieder Noemi.«

»Süße, wir melden uns so bald als möglich bei dir, wir brauchen aber jetzt etwas Zeit, ja? Tausend Dank für deine Hilfe und liebe Grüße an den Kinderarzt, wenn er dich anruft, und auch ihm herzlichen Dank von uns beiden. Gute Nacht, schlaf gut.«

Ich saß noch auf dem Hocker, als das Telefon wieder klingelte. Da ich annahm, es sei nochmals Noemi, sagte ich statt meines Namens nur: »Ja?«

»Liora, grüß Gott, hier ist Hannes Kocher. Entschuldige bitte, dass ich so spät anrufe, die Vorstellung hat bis eben gedauert.«

Ich fand es nett von ihm und unerwartet, dass er sich nach mir erkundigte. »Guten Abend, Hannes, kein Problem.«

»Danke. Wie geht es dir? Bist du wieder gesund? Ich habe nämlich eine Bitte. Morgen singt doch die Grant zum ersten Mal die Leonore, und heute Vormittag hat Bubi Scheibenkleister abgesagt, diese Pfeife, mein Gott, diese Tenöre, und nun muss ich auch noch den Florestan umbesetzen, und da mache ich um elf eine Probe mit der Grant und ihm und natürlich Streberlein und wäre froh, wenn du dazu kommen könntest. Geht das?«

Alle nannten August von Kleist »Bubi«, bei Hannes hieß er darüber hinaus »Scheibenkleister«, was außer Hannes selbst niemand lustig fand, und eine Pfeife war der junge Sänger auch nicht, im Gegenteil, aber nun war nicht der Moment, sich darüber mit Hannes zu streiten, und ich musste sowieso aufpassen, ihm nicht ständig zu widersprechen, das brachte erfahrungsgemäß nur Verdruss.

»Aber sicher«, antwortete ich also einfach. »Wer ist denn der Gast-Florestan?«

»Kellermann.«

»Kellermann? Wir können uns Max Kellermann leisten?«

»Wenn der Alte etwas will … und Kellermann ist nicht mehr der Jüngste, wer weiß, wie oft er noch einen Florestan singen darf. Die Probe wird nicht sehr lange dauern, der Herr Kammersänger wird sich am Nachmittag ausruhen wollen.«

Zwar verstand ich nicht, wozu Hannes mich bei der Probe brauchte, aber ich war froh, überhaupt noch gebraucht zu werden, nachdem Noemi mich so ausdrücklich nicht mehr brauchte. Je länger ich darüber nachdachte, desto größer wurde meine Wut auf sie, nun, nachdem Nathan, wie ich annahm, nicht mehr in Gefahr war, sondern in trauter Zweisamkeit zuhause mit ihr. Ich hätte zum Beispiel schon gern erfahren, wo sie ihn gefunden hatte und in welchem Zustand, aber das ging mich offenbar von einer Minute zur nächsten nichts mehr an. Die Mohrin hatte ihre Schuldigkeit getan und wurde jetzt mit bestem Dank aus dem Familiensystem Morgenthau hinauskatapultiert.

Um mich nicht weiter hineinzusteigern in die sinnlose Wut, nahm ich den Klavierauszug von *Fidelio* aus dem Regal und ging am Küchentisch die beiden Hauptpartien durch, auch die gesprochenen Teile, vielleicht sollte ich die ja morgen mit Meryl Grant und Max Kellermann üben. Ich war tief versunken in die herzzerreißende Liebesgeschichte zwischen Leonore und Florestan, als das Telefon wieder klingelte.

Diesmal war es endlich Doktor Dumont. »Es tut mir leid, es ist sehr spät geworden, aber ich musste noch zu einem Notfall, und Sie haben ja meine Frau gebeten, dass ich Sie heute anrufe, auch wenn es spät wird.«

Er hatte einen leichten französischen Akzent und hörte sich außerordentlich sympathisch an. »Ich kann Sie beruhigen«, fuhr er fort, »Nathan Morgenthau ist vermutlich inzwischen wieder bei sich zuhause.«

»Ja, ich weiß, seine Frau hat es mir schon mitgeteilt, aber vielen Dank für Ihren Anruf. Darf ich fragen, wo er war in diesen zwei Tagen?«

»Ja, natürlich dürfen Sie das fragen.« Er schien trotz der fortgeschrittenen Stunde alle Zeit der Welt zu haben. »Er hat zweimal in seiner Klinik übernachtet, und heute habe ich mit ihm einen langen Spaziergang gemacht, und nachher wollte er nach Hause fahren und seine Frau anrufen und sie bitten, möglichst sofort aus den Ferien zurückzukommen. Aber wie ich jetzt von Ihnen höre, ist sie schon wieder in Basel?«

»Ja, sie ist heute Mittag zurückgekommen, weil sie Nathan gestern den ganzen Tag nicht erreicht hat.«

»Er hat wohl etwas Zeit für sich gebraucht, und offenbar hatte er mit ihr sowieso vereinbart, den telefonischen Kontakt in diesen Tagen ein wenig auf Eis zu legen, wenn ich so sagen darf.«

»Herr Doktor, ich habe noch eine Frage.«

»Ja?«

»Der Notfall, zu dem Sie heute Abend noch mussten, war das David Prinz?«

Bevor er antworten konnte, sprach ich weiter: »Ich bin

seine Freundin, und seine Mutter hat mir gesagt, dass Sie sein Arzt sind. Von ihr habe ich überhaupt Ihren Namen und Ihre Telefonnummer. Und David hat sich vermutlich bei mir angesteckt.«

Nach kurzer Überlegung antwortete er. »Wenn Sie das schon alles wissen ... ja, ich war noch kurz bei Herrn Prinz.«

»Ist er so schwer krank?«

»Es ist mehr eine Vorsichtsmaßnahme, weil er schon einmal eine Lungenentzündung gehabt hat und auch jetzt wieder hohes Fieber hat. Ich bin noch bei der Nachtapotheke vorbeigegangen und habe ein Antibiotikum geholt und Herrn Prinz gebracht, die Familie wohnt ganz in meiner Nähe.«

»Ja, ich weiß.«

Der Mann schien ein Engel zu sein. »Sind Sie denn wieder gesund?«, fragte er.

»Ja, ich glaube schon.«

Er erkundigte sich fürsorglich nach meinen Symptomen, dem Verlauf und der Dauer meiner Erkrankung und danach, ob ich Fieber gehabt hätte, tadelte mich ein wenig, dass ich kein Fieberthermometer besaß, und fand am Ende, ich hätte zum Glück vermutlich alles gut überstanden. Als wir uns verabschiedeten, war es fast Mitternacht. Ich war so todmüde, dass ich sofort einschlief und mir erst Sorgen um David machte, nachdem mich der Wecker aus allerlei unzusammenhängenden Träumen gerissen hatte, aber nun musste ich mich sputen, um elf musste ich ja im Theater sein. Durfte ich endlich wieder im Theater sein.

Die Stimmung war mies, das spürte ich schon, als ich den Probenraum betrat. Klaus Eberlein saß am Klavier und starrte in die Noten, als ob er sie im nächsten Augenblick aufessen wollte, Hannes Kocher trug mit missmutiger Miene Stühle umher, um mit ihnen das Bühnenbild anzudeuten, Kammersänger Kellermann stand mitten im Raum und signalisierte

Ungeduld, und Meryl Grant war noch nicht da, allerdings war es auch erst kurz vor elf. Klaus und Hannes würdigten mich bei meinem Kommen kaum eines Blicks, also ging ich direkt auf Kammersänger Kellermann zu und stellte mich vor. Er reagierte wie alle Sängerinnen und Sänger, die ich kennenlernte. »Sternlicht? Bist du etwa verwandt mit Regina Sternlicht?«

»Ich bin ihre Tochter.«

»Das ist ja interessant«, fand er. Die Fortsetzung des Dialogs kannte ich zur Genüge:

»Ich wusste nicht, dass Regina eine Tochter hat.«

Sie gehörte bekanntlich nicht zu den Müttern, die mit ihren Kindern angaben, obwohl ich mir früher manchmal gewünscht hätte, sie täte es, wenigstens hin und wieder.

Inzwischen war auch Meryl Grant eingetroffen. Hannes begann die Probe mit der Auftrittsarie des Florestan, szenisch kein Problem, weil der in Ketten gelegt ist und sich kaum bewegen, also auch nichts falsch machen kann. Für ihn hätte man überhaupt keine szenische Probe ansetzen müssen, dachte ich, er verbringt die ganze Partie in diesen Ketten, bis Leonore ihn kurz vor Schluss endlich befreit, und es hätte genügt, wenn Kellermann direkt vor der Vorstellung allfällige musikalische Fragen kurz mit dem Dirigenten besprochen hätte. Eigentlich hätte man ihm einen Klavierauszug mit den gekürzten Dialogen ins Hotel bringen und ihn sonst bis am Abend in Ruhe lassen können.

Mitten in seiner Arie brach Kellermann ab. »Und so weiter«, sagte er, »machen wir weiter, Dialog nach dem Duett.«

Hannes öffnete den Mund, es gefiel ihm nicht, dass nicht er den Probenverlauf bestimmte, obwohl das seine Aufgabe als Stellvertreter des Regisseurs war und sein Recht, aber er fügte sich angesichts des berühmten und auch sehr erfahrenen Gastes.

»Bitte«, bestätigte er leicht pikiert und verschränkte die

Arme vor der Brust. Streberlein am Klavier nieste laut, einmal, noch einmal. Mutter würde jetzt hysterisch werden, dachte ich. Niesen war das einzige Geräusch, das sie jederzeit und sofort in Angst und Schrecken versetzte.

Kellermann, der bis dahin auf dem Boden halb gesessen, halb gekniet hatte, erhob sich erstaunlich behände, drehte sich zum Klavier um und fragte mit eisiger Stimme: »Was war das?« Zuerst begriff wohl niemand außer mir, was er meinte.

»Hat da jemand geniest?«, fragte er ungläubig.

»Ja, ich, Entschuldigung«, antwortete Streberlein und nieste wieder.

»Sind Sie etwa erkältet?« Kammersänger Kellermann war fassungslos.

»Ja, leider, ein bisschen«, bestätigte Streberlein.

»Dann darf ich Sie bitten, den Raum sofort zu verlassen.« Seine Sprechweise ließ keinen Widerspruch zu. Er hatte eine außerordentliche Präsenz, jetzt wie auch auf der Bühne, und das gefiel mir. Hannes Kocher kratzte sich am Kopf und erhob sich. Er suchte sichtlich nach einer Möglichkeit, den berühmten Gast zu beschwichtigen, ohne auf den Klavierspieler für den Rest der Probe verzichten zu müssen. Kellermann schüttelte den Kopf. »Ich oder er«, verkündete er.

»Aber, Herr Kammersänger –«

»Ich oder er, und bitte entscheiden Sie sich rasch.«

»Aber wir haben ja musikalisch überhaupt noch nicht –« Das war Streberlein am Klavier, der die heutige Vorstellung dirigieren würde.

»Na und?«, unterbrach ihn Kellermann. »Ich singe den Florestan heute nicht zum ersten Mal, also machen Sie sich um mich keine Sorgen. Wir sehen uns am Abend, ich auf der Bühne, Sie im Orchestergraben, das ist der Mindestabstand zwischen uns, wenn Sie erkältet sind. Wo ist eigentlich Sigi? Ich dachte, er wollte die Probe machen, wenn sie denn schon sein musste.«

Er war vielleicht der einzige Mensch auf der Welt, der den Alten »Sigi« nannte. Meryl Grant schaute fasziniert von einem zum anderen, ich auch.

»Was soll ich tun?«, seufzte Hannes resigniert. »Dann geh halt, Klaus, wir sehen uns heute Abend.«

»Wissen Sie was, Herr Regisseur?«, schaltete Kellermann sich ein. »Lassen wir es doch alle dabei bewenden. Wie war doch nochmal Ihr Name, meine Liebe?«

»Meryl Grant.«

»Genau. Sie werden mich heute Abend als liebende Gattin durch die Vorstellung geleiten, ja?«

Er wandte sich wieder an den verdutzten Herrn Hilfsregisseur. »Ich kenne das Stück, Sie kennen es auch, wir haben uns nett kennengelernt, was vergeuden wir hier noch länger unsere kostbare Zeit.«

Ich fand, er hatte absolut recht, hütete mich jedoch, das oder sonst etwas zu äußern. Hannes kratzte sich wieder am Kopf.

»Was meinst du dazu, kleines Sternlicht?«, fragte Kellermann mich. Er war nicht nur für seinen Gesang berühmt, sondern auch für seine blitzblauen Augen.

»Vielleicht könnten wir die Dialoge noch durchgehen?«, schlug ich vor. »Wir haben hier in Basel unsere eigenen Kürzungen und so.«

»Gute Idee. Hier ist mein Auszug, du kannst da alles reinschreiben, mit Bleistift bitte, aber deutlich, und mir dann den Auszug ins Hotel ›Drei Könige‹ bringen. Wir sehen uns heute Abend, unberufen. Schönen Sonntag, die Herrschaften. Sternlicht, zeig mir doch nochmal eben den Weg zum Portier.«

Hannes ging augenrollend zu Eberlein ans Klavier, während mich Meryl Grant freundschaftlich angrinste, obwohl sie am Vormittag ihrer ersten Leonore für nichts und wieder nichts ins Theater hatte kommen müssen, und ich begleitete

Kellermann zum Bühneneingang. Die paar Änderungen im Text hatte ich rasch eingetragen, dann schlenderten ich und Charlie mit dem *Fidelio*-Klavierauszug von Kammersänger Kellermann unter dem Arm gemütlich durch die Stadt zum Hotel »Drei Könige«.

Unterhaltsam war diese kleine Stunde im Theater zwar gewesen, trotzdem hinterließ sie einen schalen Nachgeschmack bei mir, die Wichtigtuerei, das Desinteresse, die Arroganz und nicht zuletzt die bittere Einsicht, dass ich auch da nicht gebraucht wurde. Ich würde mich dieser Einsicht nicht ewig verschließen können, aber in den nächsten Wochen war ich in meiner Funktion als Regieassistentin inhaltlich und zeitlich so gefordert, dass ich noch nicht über Alternativen nachdenken musste.

Zuhause traf ich Ricky und Chantal an, die bei einem späten Frühstück saßen und mich einluden, mich zu ihnen zu setzen. Die beiden gaben ein beneidenswert harmonisches Paar ab, obwohl, oder vielleicht auch, weil sie so unterschiedlich waren, groß und dunkel Ricky und blond und zierlich Chantal. Sie sprach nicht viel, jedenfalls nicht in meiner Gegenwart, hatte jedoch eine besondere, aufmerksame Weise zuzuhören und ein ansteckend unbeschwertes Lachen. Ich erzählte ihnen den Krimi um Nathans Verschwinden und Wiederauftauchen, vermied es aber so weit als möglich, Davids Beitrag an den Geschehnissen auszuführen. Bei David nannte ich »Beitrag«, was ich bei mir gegebenenfalls »Schuld« nannte, das fiel mir auf, während wir uns unterhielten. Ich realisierte auch, dass mich Davids Verhalten Nathan gegenüber nicht mehr ganz so sehr schockierte wie gestern, oder es interessierte mich nicht mehr so zentral angesichts seiner offenbar schweren Erkrankung, die allmählich in mein Bewusstsein zurückkehrte und mich mit Sorge erfüllte und auch mit Schuld.

Da war sie schon wieder, die Schuld, meine engste Vertraute. David hatte sich bei mir angesteckt. Ich hätte seine Nähe nicht zulassen dürfen, als ich krank war. Frau Prinz beruhigte mich am Telefon etwas, das Antibiotikum scheine anzuschlagen, das Fieber sinke, aber nein, aufstehen und mit mir sprechen dürfe David nicht, Doktor Dumont habe ihm vorerst strengste Bettruhe verordnet.

»David hat Ihnen einen Brief geschrieben, bevor er krank geworden ist.« Frau Prinz sprach ganz leise, als sie mir das mitteilte.

»Was für einen Brief denn?«

»Woher soll ich das wissen? Ich habe aber kein gutes Gefühl dabei. Er hat auch an Doktor Morgenthau geschrieben, ich musste beides noch vor Schabbes einwerfen, Sie sollten also Ihren Brief morgen bekommen.« Sie seufzte, und ja, natürlich könne ich jederzeit wieder anrufen.

Die Vorstellung von *Fidelio* am Abend ließ mich die vertane Zeit am Vormittag und meine unbefriedigende berufliche Situation und auch David vergessen. Meryl Grant war eine atemberaubende Leonore und Kellermann ein zwar etwas in die Jahre gekommener, aber sowohl stimmlich als auch charakterlich überzeugender Florestan, und warum sollte er nicht wesentlich älter sein als Leonore, Irving war schließlich auch mehr als zwanzig Jahre älter gewesen als ich, und auch Nathan –

Nathan war in Fesseln gelegt wie Florestan im *Fidelio*, angeklagt der praktizierten Homosexualität, und ich versuchte, ihn mit einer flammenden, wenn auch völlig abstrusen Rede über die Freiheit des Menschen zu retten, bis ich sah, dass es nicht Nathan war, der in Fesseln gelegt war, sondern David, aber auch das stimmte nicht, ich selbst war in Fesseln gelegt, und ich versuchte, mich zu befreien und zu schreien, aber es kam kein Laut heraus, und nun merkte ich, dass ich nackt war, und Nathan und David und noch andere Leute starrten mich aus riesigen Augen an. Nathan und David hielten sich, soweit ich mich erinnerte, an den Händen, ein Seil verband ihre abgezehrten Körper. Nun waren außer ihnen noch unzählige andere Gefangene anwesend, auch sie lebende Skelette in gestreifter Häftlingskleidung.

Als ich erwachte, war ich froh, das alles nur geträumt zu haben, und ging am Vormittag guter Dinge zur ersten Bühnen-Orchesterprobe von *Lulu*. Am Nachmittag versuchte ich, David anzurufen, aber es hob niemand ab. Nach der Abendprobe begleitete ich zum ersten Mal seit meiner Erkrankung wieder die Kollegen in die »Kunsthalle« und kam spät nach Hause. Auf meinem Bett fand ich den Umschlag mit dem angekündigten Brief von David.

Dies sei ein Abschiedsbrief, schrieb er, und unwiderruflich. Ich, Lolita, sei die Liebe seines Lebens, sein Engelchen, sein Ein und Alles, ich sei wie die gescheitere und schönere Hälfte von ihm selbst, aber er sehe ein, dass ich seine Liebe nicht erwiderte, jedenfalls nicht genug, um ihm in wesentlichen Fragen entgegenzukommen, ob es nun die jüdische Lebensführung betreffe oder das gemeinsame Wohnen oder auch nur schon, Zeit miteinander zu verbringen und nicht bei jeder Gelegenheit zu streiten. Endgültig verloren habe er mich nun aber natürlich mit seiner Beschimpfung von Nathan, der offensichtlich einen besonderen Platz in meinem Herzen habe, wobei auch er, David, Nathan sehr gern habe, wenn auch wohl nicht so gern wie ich, und darum ziehe er sich hiermit für immer von mir zurück, in ewiger Liebe, David. P. S. Ich solle bitte keinesfalls versuchen, mit ihm Kontakt aufzunehmen.

Das Schlimmste war, dass er in jedem Punkt vielleicht recht hatte, das andere Schlimmste war, dass nicht ich, sondern er das Ende unserer Beziehung bestimmte, und das dritte Schlimmste war die Vorstellung eines Lebens ohne

David. Mein Kopf war so leer wie bei der Nachricht von Michaels Tod vor vier Monaten, nicht einmal Tränen oder ein Schluchzen kamen heraus aus meinem Kopf. Ich legte mich angezogen aufs Bett und umfasste den Davidstern an meiner Halskette. Ob er ihn unter diesen Umständen zurückhaben wollte? Ich zog die Decke über mich, bis über den Kopf.

Als der Wecker schrillte, hatte ich das Gefühl, keine Minute geschlafen zu haben. Ich überlegte, mich im Theater wieder krank zu melden, gerädert, wie ich mich fühlte. Am Abend hatte ich sowieso frei und bei *Lulu* am Vormittag nicht wirklich etwas zu tun, wie Hannes das gerne formulierte. Ich entschied mich dagegen, es würde einen schlechten Eindruck machen, und außerdem war es immer noch besser, Zeit im Theater mit anderen Leuten zu verbringen, als allein zuhause, wo ich ständig der Versuchung ausgesetzt wäre, David entgegen seinem ausdrücklichen Wunsch anzurufen. An den folgenden Tagen und Abenden kam ich kaum dazu, an ihn zu denken, oder ich konnte ihn einigermaßen erfolgreich aus meinen Gedanken fernhalten, weil ich im Theater so beschäftigt war wie nie zuvor. Ich versuchte außerdem, so selten wie möglich zuhause zu sein, um nicht trotz allem auf seinen Anruf zu hoffen.

Am Freitagmittag rief Noemi an. Sie war etwas verärgert, weil sie mich an den Tagen zuvor nicht erreicht hatte, obwohl sie dringend mit mir hatte sprechen wollen, wegen David.

»Wir machen uns die größten Sorgen um ihn.«

Dazu schwieg ich.

»Was ist bloß in dich gefahren?«

Da platzte mir der Kragen.

»In mich? In mich ist gefahren, dass du es nicht einmal für nötig gefunden hast, mir zu sagen, wie es Nathan geht nach Davids Attacke, das ist in mich gefahren. Und dass David mit mir Schluss gemacht hat, das ist auch in mich gefahren, wenn dich das überhaupt interessiert.«

Nach einer Pause fragte sie leise nach: »David hat Schluss gemacht mit dir?«

»Das sagte ich gerade.«

»Auf welchem Weg hat er das getan?«

»Schriftlich. Er hat ja auch Nathan geschrieben, hat mir seine Mutter gesagt.«

»Wann hat sie dir das gesagt?«

Ich überlegte. »Vor einer Woche etwa, glaube ich. Sie ließ mich nicht mit David sprechen, weil er krank war. Am nächsten Tag auch nicht, und dann kam der Brief, glaube ich. Warum fragst du?«

»Liora, der Brief an Nathan ist ein echter Abschiedsbrief.«

»Der Brief an mich auch.«

Ich war noch immer wütend. Noemi ließ sich wieder Zeit, bevor sie weitersprach. »Ein Abschiedsbrief, Liora. Überleg doch mal, was das bedeutet. Bedeuten kann.«

Ich überlegte, was das bedeutete. Bedeuten konnte.

»Ich weiß es natürlich nicht«, fuhr Noemi fort, »aber der Brief an Nathan wirkt sehr ernst und endgültig, und David ist so sensibel ... Hast du denn nicht versucht, mit ihm Kontakt aufzunehmen?«

»Das will er ausdrücklich nicht.«

»Na und?«

»Wenn ihr euch so große Sorgen macht, warum habt ihr ihn denn nicht angerufen?«, fragte ich so schroff als möglich.

»Das ist ja das Problem. Wir haben es versucht. Nathan hat es versucht, mehrmals, er ist völlig aufgelöst vor Sorge. Aber da geht niemand ans Telefon.«

Das war in der Tat eigenartig.

»Und, was schlägst du vor? Willst du wieder die Polizei einschalten?«

»Wieso bist du eigentlich so bissig mit mir?«

»Bin ich das? Vielleicht bin ich auch einmal ein wenig sensibel, nicht nur der liebe David.«

»Ja«, räumte sie rasch ein, »natürlich, entschuldige bitte. Wir sind alle ein wenig durch den Wind, denke ich. Sag mal, hast du heute Vorstellung? Wir wollten dich nämlich zum Essen einladen. Also eigentlich wollten wir euch beide zum Essen einladen, um in Ruhe über alles zu reden.«

»In Ruhe ... nein, ich habe heute frei. Und ich höre zu meiner Erleichterung, dass du und Nathan wieder ein Herz und eine Seele seid.« Ich nahm den Zynismus in meiner Stimme wahr und fand ihn gut.

»Ja«, antwortete Noemi ruhig, »das war eine Art heilsamer Schock für uns beide. Insofern sind wir David sogar wirklich zu Dank verpflichtet. Wir haben wieder einmal gemerkt, was wir aneinander haben. Und, Liora, ich möchte noch etwas sagen, als deine Freundin, etwas Heikles. Darf ich?«

»Bitte.«

»Gib David nicht auf. Kämpf um ihn. Die Götter haben euch doch füreinander bestimmt, sozusagen.«

Ich schwieg, weil mir die Tränen den Hals zuschnürten.

»Bist du mir böse, dass ich das gesagt habe?«

»Nein«, schluchzte ich.

»Komm heute Abend zum Essen, das wird uns allen guttun.«

»Danke. Ich gehe vorher bei Prinzens vorbei und schaue, ob jemand zuhause ist.«

»Ja, tu das, und wir erwarten dich so gegen sieben wie immer. Viel Glück. Bis nachher. Moment, Liora, bist du noch dran?«

»Ja.«

»Nathan lässt dich fragen, ob du dich schon bei Adler und Roschewski gemeldet hast.«

»Wer sind Adler und Roschewski?«

»Eine Anwaltskanzlei in Zürich. Ich weiß nicht, was –«

»Ach ja, ich erinnere mich. Nein, das habe ich noch nicht

getan, ich schreibe es mir aber jetzt auf. Vielen Dank und bis später.«

Ich kritzelte die beiden Namen auf den Block neben dem Telefon und nahm mir vor, da so bald wie möglich einen Termin zu vereinbaren.

Bei Prinzens war niemand zuhause, das schloss ich aus meinem mehrmaligen erfolglosen Klingeln und dem überfüllten Briefkasten. Ich nahm es als gutes Zeichen, ohne mir genau vorstellen zu können, was es bedeutete, dass alle drei offenbar seit mehreren Tagen nicht da waren. Wenn es David wieder schlechter ginge, wären Frau Prinz und Yuvál nicht verreist. Vielleicht machten sie sich zusammen irgendwo ein paar schöne Tage, bevor nächste Woche für Yuvál die Schule und für David sein letztes Studienjahr begann.

Auch Noemi war über das Ergebnis meiner Suche einigermaßen beruhigt, Nathan hingegen kam immer wieder auf David zu sprechen, in Sorge und in großer Wärme, die mir indessen eher väterlich als erotisch vorkam, aber davon verstand ich wohl nicht viel. Ich selbst versuchte, als ich wieder zuhause war, so wenig als möglich an David zu denken, am Sonntagmorgen jedoch brach unerwartet der Damm meiner aufgestauten Gedanken und Gefühle, und ich konnte nicht mehr aufhören zu heulen. Ricky war mit Chantal und Charlie ausgeflogen, ich war wieder einmal mausallein und hätte viel darum gegeben, jetzt so eine überflüssige Umbesetzungsprobe wie vor einer Woche zu haben, das würde mich wenigstens für einige Zeit ablenken.

Ich setzte mich an den Küchentisch und las den Brief wieder und wieder. Ich nahm mir vor, alles daran zu setzen, die Uneinigkeiten zwischen uns zu lösen. Warum sollte ich nicht im Rahmen meiner Möglichkeiten Schabbat halten, wenn David das so wichtig war? Und ich musste wirklich dringend mehr Zeit für uns beide finden, da wäre zusammen zu wohnen ein wichtiger Schritt, sobald wir uns das finanziell leisten konnten. Ich hatte das Bedürfnis, das alles sofort mit David zu besprechen, und versuchte, ihn anzurufen, sie mussten ja spätestens heute im Laufe des Tages zurückkommen.

Ich ließ fast den Hörer fallen, als sich Frau Prinz tatsächlich meldete und freundlich bestätigte, dass sie mit ihren beiden Söhnen einige erholsame Tage bei ihrer Schwester im Tessin verbracht hatte. Ich fragte nach David. Nach kurzem Zögern behauptete sie, er sei ausgegangen.

»Entschuldigen Sie bitte, aber das glaube ich nicht«, entgegnete ich höflich. »Er will nicht mit mir sprechen, richtig?«

»Richtig.« Sie seufzte. »Ach, Liora, was ist denn nur los mit euch beiden? David hat mir eigentlich verboten, mit Ihnen darüber zu reden, aber ich muss Ihnen einfach sagen, wie kreuzunglücklich er ist. Sie sind doch eine kluge junge Frau …«

Zurück in meinem Zimmer studierte ich meinen Arbeitsplan der kommenden Woche und sah, dass ich übermorgen erst am Abend Dienst hatte. Da schmiedete ich einen Plan, und meine Lebensgeister kehrten endlich zurück.

Die paar Stunden bis zur Vorstellung mochte ich nicht weiter zuhause herumhocken, also spazierte ich zum Theater, holte den Klavierauszug von *Lulu* von meinem Arbeitsplatz im Beleuchtungsstellwerk und ging in einen leeren Probenraum, um etwas auszuprobieren, was ich schon lange vorgehabt hatte: die Orchesterbegleitung des *Lieds der Lulu* auf dem Klavier zu spielen. Es klappte erstaunlich gut, und ich tauchte tief ein in Alban Bergs wunderschöne und sinnliche Klangwelt, bis ich ein Räuspern hörte und mich erschrocken umdrehte. Maestro Mintz stand in der Tür.

»Ach, Sie sind das«, sagte er statt einer Begrüßung und kam näher. »Was machen Sie denn mitten am Sonntagnachmittag im Theater?«

»Mir ist zuhause gerade etwas die Decke auf den Kopf gefallen, und ich habe ja am Abend Dienst, und da dachte ich, ich probiere mal ein wenig, *Lulu* auf dem Klavier zu spielen.«

Er lächelte mich väterlich an. »Es ist Ihnen wirklich ernst mit diesem Stück, nicht? Sie sind ganz schön beharrlich, um nicht zu sagen: stur. Sehr schön. Lassen Sie es mich doch hören, bitte.« Er setzte sich auf einen Stuhl, und ich stieg nochmals ein in das schwierige Unternehmen.

»Prima machen Sie das, auch wie Sie sich durchschummeln bei dieser Flötenpassage«, fand er. »Können Sie denn die Melodie der *Lulu* noch auswendig?«

»Ich glaube schon.«

Ich sang ihm den Beginn vor, ohne in die Noten zu schauen, wie vor etwa drei Wochen. Er nickte anerkennend.

»Was haben Sie eigentlich beruflich vor?«

»Ich weiß es nicht wirklich. Vielleicht schreibe ich eine musikwissenschaftliche Dissertation.«

»Worüber würden Sie denn gerne schreiben?«

»Am liebsten über Mozart. Die Tonarten. Ich habe für das Programmheft zur *Zauberflöte* einen Aufsatz geschrieben, da geht es auch um die Tonarten. Auf jeden Fall am liebsten über Mozart. Aber ...«

»Aber?«

»Ich bin eigentlich keine Wissenschaftlerin, glaube ich. Ich liebe das Theater. Die Oper. Also die Musik, Regie interessiert mich nicht so sehr, darum werde ich auch nicht ewig Regieassistenz machen. Vielleicht wechsle ich in die Dramaturgie. Ich schreibe sehr gern, aber am liebsten musiziere ich natürlich.«

»Natürlich.«

Den hätte ich gern zum Vater, dachte ich.

»Meine Tochter Leonie ist auch so ein Mozart-Fan. Sie ist Sängerin, sie ist in Bern im Engagement, und nächsten Sommer singt sie den Sextus bei der Mozart-Woche in Interlaken.«

»Toll.«

»Können Sie mir vielleicht etwas aus der *Zauberflöte* vorspielen? Wenn Sie einen Aufsatz darüber geschrieben haben, kennen Sie ja das Stück wohl ziemlich gut.«

»Gern. Was möchten Sie denn hören?«

»So gut kennen Sie das Stück, dass ich wählen kann? Auswendig?«

»Ja.«

»Dann spielen Sie doch bitte den Anfang des ersten Aktes: ›Zu Hilfe, zu Hilfe‹.«

Auch er kannte das Stück offenbar gut. Ich spielte also, bis er mich beim Auftritt der Drei Damen unterbrach.

»Donnerwetter. Kompliment. Sagen Sie, haben Sie Lust, morgen nach der Probe mit mir zum Mittagessen zu gehen? Ich würde gerne etwas mehr über Sie erfahren.«

Ich nahm seine Einladung an und dachte, ich träume ausnahmsweise wieder einmal etwas Erfreuliches.

»Nur noch eine Frage: Heute Abend ist *Fidelio*, nicht? Kennen Sie den auch so gut wie die *Zauberflöte*?«

Ich überlegte. »Nicht ganz so gut, nein«, gestand ich.

»Aber ziemlich gut? Können Sie mir daraus irgendetwas vorspielen? Oder anspielen? Aus dem Kopf?«

»Ja, das schon. Auch den Anfang vielleicht?«

Er nickte, und ich spielte den Beginn des Duetts von Jaquino und Marzelline »Jetzt, Schätzchen, jetzt sind wir allein«, bis er lachend abbrach.

»Gut, dann bis morgen nach der Probe. Schönen Abend.«

Während des Essens erkundigte sich Maestro Mintz zunächst nach meinen musikalischen Vorlieben und Erfahrungen, dann ließ er sich detailliert schildern, wie ich die *Zauberflöte*-Knaben auf ihre Aufgabe vorbereitet hatte. Er hatte von Bruno Cancellara von der Sprecherszene mit David als Tamino und mir am Klavier gehört, was, wie er sagte, seine

Neugierde erweckt habe, nicht nur mich kennenzulernen, sondern auch den jungen Mann mit der märchenhaften Begabung und Stimme, der, wenn er das richtig verstanden habe, mein Freund sei, was ich bestätigte, ohne in meiner Euphorie zu bedenken, dass der junge Mann sich gerade von mir getrennt hatte.

Irgendwann lenkte Maestro Mintz das Gespräch zurück auf meine berufliche Zukunft. Er denke, sagte er, ich hätte die Voraussetzungen zum Dirigieren, was das Gehör, das Gedächtnis und das musikalische Vorstellungsvermögen betreffe, außerdem, wie meine Arbeitsweise mit den Drei Knaben zeige, die Fähigkeit, das zu kommunizieren und durchzusetzen, und dass ich gut Klavier spiele, sei auch kein Fehler.

»Was meinen Sie dazu?«, fragte er in seiner freundlichen Art.

»Ich bin … Es ist das Schönste, was ich mir vorstellen kann.«

»Eben.«

Er lächelte, wurde jedoch sofort wieder ernst. Zweifellos würde ich es als Dirigentin ein Leben lang schwerer haben als meine männlichen Kollegen, sagte er, also immer besser sein müssen als sie, aber er sehe für mein Lebensglück, wie er es nannte, keine Alternative. Er sei befreundet mit Florian Frantzen, der an der Freiburger Musikhochschule die Klasse für Orchesterdirigieren leite. Der wäre vermutlich der ideale Lehrer für mich, und wenn es mir recht sei, werde er gerne den Kontakt zu ihm herstellen.

Als ich wieder alleine war, überlegte ich, wem ich von meinem Glück erzählen konnte, denn ich musste es sofort jemandem erzählen. David. Mutter. Was war ich für ein Monstrum, dass die beiden Menschen, die mir am nächsten standen, nichts von mir wissen wollten? Ich rief bei Morgenthaus an, es war jedoch niemand zuhause, also blieb ich vorläufig unfreiwillig allein auf meinem neuen Glück sitzen, und dann frei-

willig, denn ich behielt es beim Glas Wein nach der Abend-
vorstellung den Kollegen gegenüber weiterhin für mich, als
ob es zerspringen würde, das neue Glück, das noch nicht
mehr war als eine Absicht und eine Hoffnung, wenn ich es in
diesem Kreis aussprüche.

Am nächsten Tag wollte ich ins Konservatorium gehen
und dort David suchen, das war der Plan, den ich geschmie-
det hatte. Am zweiten Tag des Semesters hatte er bestimmt
irgendwelchen Unterricht, und wenn wir uns erst gegenüber
stünden, wäre er überglücklich, und wir würden uns endlich
wieder um den Hals fallen.

Zunächst ging ich hoch zum Zimmer achtundvierzig, in
dem Klassenstunden abgehalten wurden, aber dort war niemand, also stieg ich wieder hinunter in den ersten Stock, wo
ganz hinten das Unterrichtszimmer von Ivan Gilels, Davids
Cellolehrer, lag. Ich öffnete vorsichtig den äußeren Teil der
Doppeltüre und lauschte, ob drinnen jemand sprach oder
spielte, was der Fall war. Ich hörte die Solosuite von Bach, die
David auf Solberg gespielt hatte, was nicht unbedingt hieß,
dass er das jetzt war, aber es könnte immerhin sein, also
schloss ich die Türe leise wieder und setzte mich auf die Holz-
bank schräg gegenüber. Nach einer Weile stand ich auf und
begann, auf dem Flur hin und her zu gehen. Meine Unruhe
stieg, bald wusste ich nicht mehr, ob ich mir eher wünschte,
David zu begegnen, oder ob ich es eher befürchtete. Endlich
öffnete sich die Tür, und eine junge Frau mit einem Cellokasten kam heraus, ging an mir vorbei und verschwand über die
Treppe. Zögernd folgte ich ihr. Vielleicht war David in der
Bibliothek, vielleicht war er auch überhaupt nicht hier, oder er
übte in einem freien Zimmer.

Es ist ein unüberlegter Plan gewesen, hierher zu kommen,
dachte ich, aber dann sah ich David, einen Augenblick früher
als er mich, wie er mit seinem Cellokasten die Treppe herauf-

kam. Er blieb stehen, starrte mich kurz mit aufgerissenen Augen an und stolperte an mir vorbei. Ich ging ihm langsam nach und sah gerade noch, wie sich die Zimmertür seines Lehrers schloss, David war nun vermutlich zum Unterricht da drin und für mich unerreichbar. Ich fühlte mich miserabel, übergriffig und gedemütigt zugleich, als ich mich auf den Heimweg machte.

Zuhause kramte ich wieder einmal das Rosenbuch hervor, um schreibend meine Gefühle und Gedanken zu ordnen. Ich hielt mich nicht lange beim Gespräch mit Maestro Mintz auf, darauf wollte ich später zurückkommen, im Augenblick ging es darum, meine Beziehung mit David zu retten. Nach dem Fiasko heute Vormittag fühlte ich mich so leer, dass ich keinen klaren Gedanken fassen konnte. Es könnte hilfreich sein, mich mit Nathan oder Noemi zu beraten, dachte ich und rief nach langem Zögern ausnahmsweise Noemi in der Klinik an, schilderte ihr kurz den Stand der Dinge und nahm dankbar ihre Einladung zu einem Nachmittagstee am nächsten Sonntag an. Die Zeit verging wie im Fluge, ich war froh, dass die Krise mit David wenigstens in eine Periode fiel, in der ich so viel um die Ohren hatte. Ich nahm Charlie mit zu Morgenthaus, aber Raphael und Gabriel waren mit Vera im Zoo, ich nahm an, sie sollten von unserem Gespräch und den Sorgen nichts mitbekommen.

Was steckte wirklich hinter Davids Rückzug? Das war meine Hauptfrage an die beiden Seelenexperten.

»Ich denke, David fühlt sich an allen Fronten überfordert«, meinte Noemi. »Er ist aus Amerika gekommen und hat dich auf Solberg als Häufchen Elend wiedergesehen. Zuerst hast du ihn zurückgewiesen, was er nicht verstanden hat, begreiflicherweise, und nun ist er ständig hin- und hergerissen zwischen dir und seiner Mutter, und er steuert auf seine Abschlussprüfungen zu. Ich könnte mir auch vorstellen, dass die ganze Geschichte um dieses Zauberinstrument ihn vielleicht belastet, und nun noch die Sache mit Nathan … Das alles ist ziemlich viel für so einen zartbesaiteten Menschen.«

Das leuchtete mir ein, und auch Nathan nickte.

»Ich glaube, es kommt noch etwas dazu«, führte er die Gedanken seiner Frau fort, »etwas ganz Schwieriges: Scham.«

»Scham?«

»Ja, Scham. Was die Krise bei ihm letztlich ausgelöst hat, war ja vermutlich sein Verhalten bei unserem fatalen Nachtessen. Zuerst hat er herumgeschrien, dann ist er davongerannt. Es muss schrecklich für ihn gewesen sein, als er irgendwann zur Besinnung gekommen ist.«

»Das alles muss für dich genauso schrecklich gewesen sein«, wagte ich einzuwenden.

»Schon, aber mein Reaktionsmechanismus ist anders als seiner, außerdem habe ich viel mehr Lebenserfahrung, und gerade mit dieser Thematik … Ich brauchte einen oder zwei Tage, dann konnte ich mich einem Freund anvertrauen und nachher meiner Frau. Später ist bei mir allerdings ebenfalls die Scham hochgestiegen, das muss ich gestehen, vielleicht komme ich daher auf die Idee, das könnte auch bei David der Fall sein.«

Ich traute mich nicht zu fragen, wessen er sich geschämt hatte, und auch Noemi schaute ihn nur abwartend an. Nach einer Weile sprach er weiter. »Ich habe den Jungen in diese Notsituation gebracht an dem Abend. Ich habe nicht gemerkt, dass er sich bedrängt fühlte, bis es zu spät war. Wahrlich keine Meisterleistung für einen Psychotherapeuten.«

»Aber dann muss er doch nicht mit mir Schluss machen.«

»Ich glaube, Nathan hat recht«, widersprach Noemi, »David denkt wohl, er köne dir nie mehr unter die Augen treten, so beschämend, wie er sich Nathan gegenüber benommen hat.«

»Das schreibt er ausdrücklich in dem Brief an mich«, bestätigte ich.

»Auch in dem an mich«, fügte Nathan hinzu.

»Eben. Und dann ist er ja gleich krank geworden, mit hohem Fieber, vielleicht hat das auch noch hineingespielt.«

»Und was machen wir jetzt?« Ich sah kein Ende des Tunnels.

»Wir müssen ihn davon überzeugen, dass wir ihn mögen, oder lieben, wie zuvor«, antwortete Noemi nachdenklich.

»Dafür müssten wir ihn zuerst erreichen«, wandte ich ein, »die Funkstille dauert nun schon zwei Wochen. Habe ich euch eigentlich erzählt, dass seine Mutter mir gesagt hat, er sei kreuzunglücklich?«

»Nein, hast du nicht, aber das ist die beste Nachricht des Tages«, fand Noemi.

»Wieso?«

»Es bestätigt Nathans These. Er möchte sich nicht von dir trennen, aber er schämt sich.«

»Und jetzt? Soll ich ihm schreiben? Aber einen Brief von mir öffnet er sicher nicht einmal.«

Kein Ende des Tunnels. Schweigen breitete sich aus.

»Vielleicht könntest du ihm schreiben, Tony«, schlug Noemi schließlich vor, »dich hat er ja so arg beleidigt, vielleicht würde er akzeptieren, dass du den Kontakt mit ihm trotzdem nicht aufgeben willst.«

»Oder er würde sich wieder bedrängt fühlen.« Nathan war skeptisch.

»Oder vielleicht auch nicht«, widersprach er sich wenig später selbst, »ich könnte ihn vielleicht darum bitten, nun den Cellounterricht mit Raphael aufzunehmen. Wir haben ja an sich vereinbart, dass wir damit nach den Herbstferien beginnen.«

»Das finde ich eine gute Idee. Er kann dir eigentlich eine Bitte nicht abschlagen.« Noemi lächelte ihm zu.

»Und ich? Was kann ich tun?« Ich hatte den Eindruck, David entgleite mir mehr und mehr.

»Ich könnte ihn noch um etwas anderes bitten«, nahm Nathan Noemis Gedanken auf, »oder wir beide, Noemi und ich. Ich habe ja mit ihm auch darüber gesprochen, dass ich ihm so dankbar wäre, wenn er für ein paar Bekannte von uns auf der Leier spielen würde, im Pavillon auf Solberg. Das ist allerdings eine große Bitte. Was meint ihr dazu?«

Nach einer Pause antwortete Noemi lakonisch: »Je größer, desto besser.«

»Bitte?«

»Große Scham, großer Aufwand für die Entschuldigung. Tolle Idee. Was meinst du, Süße?«

»Vielleicht ist es den Versuch wert, aber nochmals: Was kann ich tun, um ihn zurückzugewinnen?«

»Wir spannen dich in das Konzert mit ihm und der Leier ein«, antwortete Noemi lebhaft, »du spielst zuerst etwas auf dem Klavier, und dann soll er … Das würde auch den Druck auf ihn verkleinern. Wenn es je nicht klappt mit der Verzauberung, kannst du die Veranstaltung retten, indem du noch etwas spielst.«

Am nächsten Tag begannen die Proben zu Sergej Prokofjews *Liebe zu den drei Orangen* auf der Großen Bühne, einer Oper, die für mich ganz neu war. Beim Konzeptgespräch vor etwa zwei Wochen hatte uns der Gastregisseur Frederick Douglas eine interessante Werkeinführung gegeben und dabei auch seine eigenen, wie ich fand, hinreißenden Bühnenbild- und Kostümentwürfe gezeigt und kommentiert. Douglas war Oberspielleiter in Graz und gebürtiger Amerikaner. Er realisierte wohl nicht, dass er die Proben meistens auf Englisch führte, was auch niemanden zu stören schien außer Hannes Kocher, der sich darüber bei mir beklagte. Ich hatte meine Englischkenntnisse mit Irving erweitert und verstand und sprach mühelos englisch, eine Art von Übung, die für Hannes undenkbar war, der verheiratet war mit Isolde und Vater von Agathe, oder umgekehrt, und darüber hinaus streng katholisch.

Ich genoss die Proben in vollen Zügen, ich mochte die pfiffige Musik, und ich mochte den Regisseur, sehr sogar. Ich bewunderte seine Fantasie und seine Professionalität. Ungefähr nie musste er am nächsten Tag etwas von der gestrigen Probe korrigieren, und die Sänger behandelte er mit ruhigem Respekt. Er war wohl an die sechzig und hatte schöne dunkle Augen. Ihn schien eine gewisse Einsamkeit zu umgeben, was mir gefiel. Mir gefiel außerdem die Art, wie er sich kleidete, und sein Rasierwasser, und dass er mir mehr Aufmerksamkeit schenkte als je ein Regisseur zuvor, was wiederum meinem Kollegen Kocher überhaupt nicht gefiel, schließlich war er Erster Regieassistent und nicht ich.

Nach der Vormittagsprobe an einem der nächsten Tage stand David im Theaterhof, die Hände in den Hosentaschen vergraben wie immer, wenn er aufgeregt war. Ohne sich zu bewegen, schaute er mich an, bis er mich lächeln sah, dann liefen wir einander entgegen und umarmten uns, allerdings so vorsichtig, als bestünden wir beide aus zerbrechlichem Glas.

»Gehen wir zusammen essen?«, schlug ich vor.

Als er nickte, fügte ich hinzu: »Vielleicht nicht in der ›Kunsthalle‹, da sind jetzt bestimmt die Kollegen von der Prokofjew-Probe.«

Unter ihnen Fred Douglas, was ich nicht erwähnte. Wir gingen also in unsere Alternativkneipe, den »Braunen Mutz«, und setzten uns ganz hinten in eine Ecke. Ich versuchte den Balanceakt, David die Freude und Erleichterung über sein Kommen zu zeigen und ihn nicht damit zu überfahren, zumal er noch immer ziemlich angespannt wirkte. Ohne es zu realisieren, hielten wir uns an den Händen, wie gewöhnlich, das musste ein gutes Omen sein, aber David hatte bis jetzt nicht ein einziges Wort gesprochen, und das machte mich unruhig.

Ich wagte den Sprung ins kalte Wasser, wir konnten uns ja nicht ewig anschweigen.

»Danke, dass du gekommen bist. Es ist schön, dich endlich wiederzusehen.«

Er drückte meine Hand fester und nickte, blieb aber weiterhin stumm. Ich könnte ihn nach seiner Gesundheit fragen oder nach seiner Mutter oder nach Yuvál, den ich mit den anderen beiden Knirpsen für den nächsten Tag zu einer Auffrischungsprobe ins Theater bestellt hatte, oder ob er sein letztes Studienjahr gut begonnen hatte, aber das alles schien mir aufdringlich und banal, und ich konnte ihm auch nichts über mich erzählen, dafür war jetzt nicht der richtige Zeitpunkt, fand ich, also schwieg auch ich wieder, ziemlich resigniert und traurig. Als ich einen Salat und ein Mineralwasser bestellte, hörte ich wenigstens seine Stimme.

»Für mich dasselbe«, murmelte er und starrte weiterhin auf die Speisekarte, bis sie ihm aus der Hand fiel, wie bei unserer ersten Begegnung seinerzeit das Konzertprogramm.

Er ließ mich los, um sich nach der Karte zu bücken, was ich automatisch ebenfalls tat, sodass unter dem Tisch unsere Köpfe aneinander stießen. Da packte er meinen Kopf mit beiden Händen und küsste mich auf den Mund. Als wir wieder zum Vorschein kamen, war sein Gesicht gerötet, was seine Sommersprossen etwas hervortreten ließ, ein süßer Anblick, und er lächelte andeutungsweise. Er nahm meine Hand wieder, drückte sie fest und ließ sie los.

»Ich weiß nicht, wo ich anfangen soll. Ich hätte dir so viel zu erzählen«, murmelte er.

»Was heißt: hätte?«

»Ich weiß ja nicht, ob es dich interessiert, nach allem, was passiert ist.«

»Passiert ist unter anderem, dass ich dich schon letzte

Woche treffen wollte, aber das hat für dich leider offenbar nicht gestimmt.«

»Ich war so überrascht ... nachher habe ich gedacht, was für ein Idiot ich war, aber dann warst du natürlich schon wieder weg.«

»Nun gut, jetzt haben wir es immerhin geschafft, uns die Köpfe fast einzuschlagen.«

Nun lächelte er richtig und fasste mich wieder an der Hand.

»Wollen wir das in Zukunft wieder häufiger tun?«, fragte er.

»Unbedingt.«

Endlich sah ich in seinen Augen das Leuchten, in dem ich mich selbst wiederfand, und nun rückte er damit heraus, was ihn gerade am meisten beschäftigte: Nathans Anfrage.

»Ich kann das nicht entscheiden ohne dich«, meinte er. »Einerseits würde ich alles tun, worum Nathan mich bittet, ich bin so froh, dass er mir verziehen hat. Ich bin noch viel froher, dass du mir verziehen hast«, fügte er hinzu und gab mir einen Kuss.

»Andererseits weiß ich nicht, ob es funktionieren wird, ich meine, ob mich die Lyra immer noch in diesen eigenartigen Zustand versetzt und ich damit andere Menschen verzaubere, und ob das auf Befehl funktioniert, und mit Zuhörern, die eigens dafür kommen. Was ist, wenn nicht? Mehr als peinlich wäre das, und ich würde Nathan wieder enttäuschen, und dich und Noemi und alle anderen Leute.«

Ich erzählte ihm, dass Nathan, Noemi und ich diese Bedenken teilten und wir deswegen zusammen darüber nachgedacht hatten, ob ich vorher ein wenig Klavier spielen sollte.

Es stellte sich heraus, dass David dasselbe gedacht hatte. Im gemeinsamen Überlegen, was ich bei der Gelegenheit spielen könnte, wich die Beklommenheit zwischen uns. Wie für unser erstes Konzert auf Solberg vor etwa sechs Wochen waren wir uns sofort einig, dass mein Programm aus nur Mozart oder keinem Mozart bestehen sollte, aber dieses Mal entschieden wir uns, auch das einstimmig, für nur Mozart.

»Ich habe da eine Idee, aber vielleicht ist sie meschugge.«

»Nur zu, meschuggene Ideen sind immer willkommen«, ermutigte ich ihn.

»Yuvál singt doch so gern.«

»Und so schön.«

»Ja, genau. Und eigentlich bist du daran schuld.«

»Ich? Wieso das denn?«

»Durch dich hat er Mozart richtig kennengelernt, und nun ist er eben meschugge mit Mozart-Opern und singt den ganzen Tag Mozart.«

»Was denn zum Beispiel?«

»Das Ständchen aus *Don Giovanni* in Sopranlage zum Beispiel. Und den Cherubino.«

»In Originallage.«

»Genau, und das ist meine vielleicht meschuggene Idee: Ob er an dem Abend die eine Arie von Cherubino singen könnte, ›Voi che sapete‹, was meinst du?«

Ich überlegte weniger als eine Sekunde, bevor ich antwortete. »Ich sehe da ein Problem.«

»Nämlich?«

»Ich werde mich zusammennehmen müssen, um nicht zu heulen, weil er so schön singt, dein kleiner Bruder, statt ihn anständig zu begleiten. Im Ernst: Das ist eine zauberhafte Idee. Sofern er mitmacht.«

»Worauf du dich verlassen kannst.«

Yuvál hatte, wie David mir erzählte, seine Lieblingsstücke durch das wiederholte Anhören von Schallplatten gelernt, und er war zwar offenbar erdbebensicher in den Melodien, nicht aber im Text. Ich versprach, möglichst bis morgen die Arie zu fotokopieren, dann konnte ich sie Yuvál gleich mitgeben mit dem Auftrag, den Text auswendig zu lernen. Wir vereinbarten auch, dass David umgehend Nathan schreiben sollte, er würde die Einladung am vorgeschlagenen Termin sehr gerne annehmen und sich nächstens noch telefonisch melden, um die Einzelheiten zu besprechen. Der vorgeschlagene Termin war ein Sonntagnachmittag Anfang Dezember, mitten in der Probenzeit der *Zauberflöte*, ich musste mich also gut organisieren und am besten heute damit anfangen, die Mozart-Stücke am Klavier aufzufrischen.

Die Arie, die Yuvál singen wollte, war ausgerechnet die, die mich an Jom Kippur aus meinem Wutrausch erlöst hatte.

Es gab Tage, an denen ich nicht an Michael dachte. Wenn mir das bewusst wurde, überfielen mich schwere Schuldgefühle, weil ich nicht nur nicht tot war, sondern das Leben genoss wie nie zuvor, mit Mozart, mit David, mit der neuen beruflichen Perspektive, mit interessanten Leuten, namentlich mit Fred Douglas, der dazu übergegangen war, mich während der Proben nicht von seiner Seite gehen zu lassen. Wenn jemand einen Kaffee wollte oder ein Termin im Sekretariat abgeklärt werden musste, schickte Fred Hannes los, den Ersten Regieassistenten. Dass der nun ständig beleidigt war, schien Fred nicht wahrzunehmen, oder es interessierte ihn nicht. Wenn er den Zuschauerraum betrat und mich nicht sofort sah, rief er: »Where is my Starlight?«

Während der Proben und vorher und nachher besprach er ausgiebig und ernsthaft szenische und musikalische Fragen mit mir.

Vermutlich wäre er auch ganz gern mit mir ins Bett gegangen, wurde aber nie zudringlich, sodass ich mit seinen Galanterien einigermaßen entspannt umgehen konnte und seine Einladung zu einem Abendessen zu zweit nach kurzem Zögern annahm. Er wählte ein elegantes Lokal in der Nähe des Apartmenthauses etwas außerhalb der Stadt, in dem er logierte. Als ich ihm sagte, dass ich kein Fleisch aß, ließ er sich nicht davon abhalten, an dem Abend ebenfalls auf Fleisch zu verzichten, und freute sich, dass ich wenigstens ein Glas Wein mit ihm trank. Mitten am Abend gestand er mir, dass er vor Bühnenproben mit dem Chor oder anderen Massenszenen solche Angst hatte, dass er vorher einen Wodka zu trinken pflegte, oder auch zwei. Ich erzählte ihm vom Tod von Michael, und dass ich seither ebenfalls mit Angst zu kämpfen hatte, und dass mir eine befreundete Psychiaterin erklärt habe, dass dies nach so einem Trauma normal sei. Fred nickte, schwieg eine Weile und vertraute mir dann seine Lebensgeschichte an.

Er war in Karlsruhe als Fritz Dessauer geboren worden. Sein Vater war Opernsänger gewesen, und er selbst wollte Schauspieler werden, seit er denken konnte. Kurz vor dem Abitur musste die Familie von einem Tag auf den nächsten Deutschland verlassen. Der Vater besorgte für Fred und die Mutter Fahrkarten für die Überfahrt nach New York und wollte so bald wie möglich mit den beiden jüngeren Geschwistern nachkommen, aber sie schafften die Ausreise nicht mehr.

»Vor dem Krieg war deutsch für mich die Sprache von Goethe und Schiller, nach dem Krieg ist es für alle Zeiten die Sprache von Hitler.«

Er sprach so leise, dass ich ihn kaum verstehen konnte, und in seinen Augen standen Tränen. Ich hatte bis zu diesem Moment nicht realisiert, dass er Jude war.

»Weißt du, was merkwürdig ist?«, fuhr er flüsternd fort. »Ich habe darüber noch nie mit jemandem gesprochen, außer mit Rahel, vor Jahren. Ist das nicht eigenartig?«

»Wer ist Rahel?«, fragte ich.

»Entschuldigung«, sagte er, »ich meine natürlich Regina. Deine Mutter, Regina Sternlicht.«

»Und wieso nennst du sie Rahel?«

»Weißt du das nicht? Sie hieß ursprünglich Rahel, wie ich Fritz. Aus gegebenem Anlass haben wir uns beide nach dem Krieg anders genannt. Sie ist ja einige Jahre jünger als ich, sie war damals wirklich fast noch ein Kind.«

Er lächelte sein wehmütiges Lächeln.

»Sie blieb in Deutschland und hat sich hier durchgeschlagen, und ich bin zurückgekommen, obwohl ich wusste, dass ich hier nie wieder glücklich werden würde.«

»Und warum bist du zurückgekommen?«

»Ich kann nicht leben ohne Theater, ohne europäisches Theater. Als Opernregisseur kann ich meinem Problem mit der deutschen Sprache einigermaßen ausweichen, auch wenn das nicht allen gefällt, wie zum Beispiel deinem Kollegen Hannes Kocher.«

»Er versteht halt kein Englisch.«

»Wie süß von dir, dass du ihn verteidigst, obwohl er zu dir doch oft ziemlich arrogant ist.«

»Das ist dir aufgefallen?«

Er hob andeutungsweise die Hände.

»Du bist doch mein Starlight. Deine Mutter kann sich glücklich schätzen, dass sie so eine süße und begabte Tochter hat.«

»Rahel«, murmelte ich, »und das erfahre ich erst heute.«

»Entschuldige bitte, ich wollte dich nicht traurig machen.«

Als wir uns am nächsten Tag im Theater wiedertrafen, hatte sich etwas zwischen uns verändert. Unser Umgangston war vertrauter, und ich fühlte mich Fred gegenüber überhaupt nicht mehr unsicher. In der Pause fragte ich Hannes, ob er gerne nach Graz ginge, es war eine spontane Idee von mir.

»Wieso fragst du? Hast du mir da vielleicht eine Stelle anzubieten? Bist du schon so weit mit deinem Mister Douglas?«

»Wer weiß? Ich könnte ihn ja fragen, wenn du das möchtest.«

»Das würdest du tun?«

»Warum nicht? Ich habe nichts zu verlieren dabei, und du auch nicht.«

»Natürlich würde ich gern nach Graz gehen, meine Frau ist ja Österreicherin und liegt mir schon lange in den Ohren, dass ich mir eine Stelle in Österreich suchen soll. Aber wie soll ich das machen ohne Vitamin B?«

»Gut, ich frage Fred bei der nächsten Gelegenheit.«

Es war mir sehr recht, Hannes nicht mehr zum Feind zu haben. Ich ging mit ihm zurück zum Regiepult, wo Fred schon wieder Platz genommen hatte.

»Da bist du ja endlich, my Starlight«, rief er und erhob sich leicht, bis ich bei ihm war.

Ich hörte hinten im Parkett eine Türe knallen, achtete aber nicht darauf, es kamen und gingen immer wieder Sänger in den und aus dem Zuschauerraum, wenn sie nicht auf der Bühne zu tun hatten. Wenig später tippte mir Bruno Cancellara von hinten auf die Schulter.

»Ich bin hinter der Bühne gerade deinem privaten Orpheus begegnet«, flüsterte er, »er hat mich nicht gesehen. Er ist wie ein wildgewordener Stier die Treppe zum Portier hinuntergerannt.«

»David? Was wollte er denn hier?«

»Ich sage dir doch, ich habe nicht mit ihm gesprochen, keine Ahnung, was er wollte.«

»Könnt ihr vielleicht eure Privatgespräche sonstwo führen?«

Das war Fred, in deutscher Sprache, und er hatte natürlich recht. Ich fühlte, wie mir die Schamesröte ins Gesicht stieg, entschuldigte mich leise und fragte ihn, ob er kurz auf mich verzichten könne.

»Gibt es Probleme?«, fragte er besorgt. »Kann ich etwas tun für dich?«

Ich verneinte, und er entließ mich mit einer charmanten

Handbewegung. Draußen regnete es in Strömen. David war nirgends mehr zu sehen, also ging ich zurück in den Zuschauerraum mit der Absicht, ihn nach der Probe anzurufen. Wie ein wildgewordener Stier, hatte Bruno gesagt, sei David davongelaufen. Mir wurde fast schlecht bei dem Gedanken, dass das immer so weitergehen sollte. Es passte ihm etwas nicht, also lief er davon. Ich sah nicht, was ich dazu beitragen konnte, dass sich da etwas änderte, und es musste sich etwas ändern. Ich konnte mich überhaupt nicht mehr auf die Probe konzentrieren und wurde deswegen so wütend auf David, dass ich beschloss, ihn nicht anzurufen, jedenfalls nicht sofort. Stattdessen ging ich mit den Kollegen in die »Kunsthalle« zu Mittag essen. Aber sicher, meinte Fred, würde er mir noch so gerne meinen Kollegen Kocher vom Halse schaffen und für ihn eine passende Beschäftigung in Graz finden.

In dem Punkt hatte Hannes recht, dachte ich auf dem Heimweg, mit Vitamin B ging alles leichter, das gehörte wohl zu den Spielregeln im richtigen Leben. Ich hatte mich darüber nicht zu beklagen, Maestro Mintz hatte mir für die kommende Woche einen Termin bei Professor Frantzen in Freiburg vermittelt, den ich sonst vielleicht auch nicht bekommen hätte. Ich hatte den Rest des Tages frei, unter normalen Umständen hätte ich mich gut mit David treffen können, aber mein privater Orpheus hatte dafür gesorgt, dass die Umstände wieder einmal nicht normal waren.

Zuhause setzte ich mich sofort ans Klavier und übte an den beiden Stücken für den Anlass auf Solberg, den David und ich inzwischen »Leierkonzert« nannten, wohl realisierend, dass der Ausdruck nicht dem Ernst des Ereignisses entsprach, im Gegenteil. Ohne Pause spielte ich weiter, alle Szenen mit den Drei Knaben, denn morgen war das Konzeptgespräch für die *Zauberflöte* und damit der Auftakt zu den szenischen Proben.

Die Vorfreude stimmte mich so versöhnlich, dass ich gleich bei Prinzens anrief. Wie üblich nahm Frau Prinz ab, und wie auch ziemlich üblich sagte sie, David sei nicht da.

»Das ist schade«, antwortete ich. »Dürfte ich Sie bitten, ihm auszurichten, dass ich ihn heute um halb sieben bei mir zuhause erwarte?«

»Ich weiß nicht …«

»Ich auch nicht, aber wenn er nicht kommt, weiß ich wirklich nicht mehr weiter. Vielen Dank, Frau Prinz.« Ich legte schnell auf.

Punkt halb sieben kam er, völlig durchnässt und mit finsterer Miene. »Zieh dich aus, sonst wirst du wieder krank. Hol dir etwas zum Anziehen in Rickys Zimmer.«

Ich ging voraus und wartete am Küchentisch.

»Kannst du mir bitte erklären, was das heute für ein Auftritt im Theater war?«, fragte ich, als er in Rickys Bademantel auftauchte.

»Hast du etwas mit ihm?« Er war sehr aufgebracht.

»David, so geht das nicht weiter.«

»Das sehe ich genauso.«

»Und, was soll jetzt werden?«

»Du bist in den Kerl verknallt, oder? Dabei könnte er dein Vater sein, mindestens.«

»Er ist aber nicht mein Vater, und das ist auch nicht unser Problem.«

»Und was ist unser Problem, deiner Meinung nach?«

»Dass du immer wegläufst, das ist unser Problem, und ich weiß nicht, wie ich damit umgehen kann.«

»Wie würdest denn du reagieren, wenn du mich mit einer anderen Frau in flagranti erwischen würdest?«

Ich überlegte einen Augenblick. »Ich würde dich erschlagen, auf der Stelle.«

Wir schauten uns kurz in die Augen und fingen beide an zu prusten vor Lachen. Rickys Bademantel brauchten wir in den nächsten Stunden nicht mehr, wir fanden eine weit angenehmere Weise, nicht zu frieren.

»Du trägst ja meine Kette noch«, stellte David viel später fest.

»Natürlich, was denkst du denn? Ich werde diese Kette tragen bis zum Ende meiner Tage.«

»Ich will versuchen, nicht mehr davonzulaufen«, raunte er mir ins Ohr und gab zur Bekräftigung einen Kuss drauf.

Am folgenden Tag waren wir wieder einmal bei Morgenthaus zu Erev Schabbat eingeladen. Wie üblich öffneten die beiden Buben die Tür, bevor wir geklingelt hatten.

»Kann ich bitte Charlie mit nach oben nehmen?«, fragte Gabriel statt einer Begrüßung. Ich nickte und ließ den Hund von der Leine. Die beiden verschwanden im Treppenhaus.

»Was hast du da drin?«, fragte Raphael David und deutete auf den Cellokasten, obwohl er bestimmt wusste, was da drin war.

Bevor David antworten konnte, stand Nathan in der Türe. »Schabbat Schalom, ihr Lieben, kommt herein und entschuldigt bitte meine Herren Söhne, sie haben sich so auf euch gefreut, dass sie wohl ihre gute Erziehung vorübergehend vergessen haben.« Er legte Raphael lächelnd die Hand auf die Schulter.

»Schabbat Schalom«, sprachen David, Raphael und ich unisono.

Für mich war diese Grußformel etwas vom Schönsten an Schabbat, friedlich, beruhigend, verbindend.

»David, ist das mein Cello?« Raphael schaute erwartungsvoll zu David hoch.

»Ja, das ist dein Cello. Ich zeige es dir gleich, ja?«

»Noch vor dem Essen, bitte. Abba, darf ich?«

»Von mir aus, aber erst wollen wir die Kerzen zünden. Hol doch bitte Gabi nochmals, mein Schatz.«

Raphael sauste los, und wir drei blieben ein wenig verlegen in der Türe stehen. Es war das erste Wiedersehen von David und Nathan nach dem Eklat, sie hatten inzwischen lediglich korrespondiert und telefoniert, und auch ich fühlte mich plötzlich etwas befangen. Glücklicherweise erschien in diesem Augenblick Noemi.

»Gut Schabbes zusammen, was steht ihr denn hier draußen herum? Kommt doch bitte herein.«

Sie umarmte zuerst mich, dann David und ging voraus ins Wohnzimmer. David und ich folgten ihr Hand in Hand. Nathan schloss die Haustür und kam uns dann nach.

»Wie schön, dass wir wieder zusammen sind«, sagte Noemi, »Gott sei Dank.«

»Ja, Gott sei Dank«, wiederholte Nathan leise.

»Gott sei Dank«, bestätigten David und ich.

Raphael und Gabriel kamen mit Charlie zurück. Wir erhoben uns alle, und Noemi zündete die beiden Schabbatkerzen an. Bei der ersten hielt Raphi als der Ältere seine Hand auf die ihre, bei der zweiten Gabriel, dann sprach Noemi den dazugehörenden Segensspruch. Wie ein Stich durchfuhr mich das Bewusstsein, dass Michael an diesem kleinen Ritual nie mehr teilnehmen würde. David, der neben mir stand, spürte offenbar meine Erregung und legte den Arm um meine Schulter, bis Raphael ihn am anderen Ärmel zog und fragte: »Kommst du?«

»Wohin geht ihr?«, fragte Gabriel.

»David zeigt mir mein Cello«, antwortete Raphael stolz.

»Kann ich mitkommen?«

Nathan griff ein: »Gabilein, wenn Liora es erlaubt, darfst du inzwischen mit Charlie wieder nach oben gehen.«

David nahm den Cellokasten, hängte ihn Raphael um, und die beiden verschwanden. Charlie, mein verständiger süßer alter Hund, stupste Gabriel mit der Schnauze, und auch die beiden verließen den Raum.

»Was ist ein Konzeptgespräch?«, fragte Noemi, als wir uns gesetzt hatten. »Du hast am Telefon gesagt, heute sei das Konzeptgespräch für die *Zauberflöte*.«

»Da erklären der Regisseur, der Bühnenbildner und der Dirigent den mitwirkenden Sängern und den anderen Beteiligten, dem Chordirektor zum Beispiel und uns Assistenten, was eben ihr Konzept für das Stück ist, und zeigen uns Modelle des Bühnenbilds und Skizzen von den Kostümen. Vor allem der Regisseur spricht darüber, was für ihn an dem Stück besonders interessant ist. Für die *Zauberflöte* ist das Siegfried Donner, und der Dirigent ist Klaus Eberlein, unser Erster Kapellmeister. Eigentlich ist die *Zauberflöte* ein Chefstück, aber der musikalische Oberleiter –«

»Wie heißt er noch, der musikalische Oberleiter?«, unterbrach Nathan, der mit seiner Schwiegermutter öfters Opern besuchte.

»Marc-Antoine Rieux. Er hat in dieser Spielzeit *Tosca* dirigiert und den *Barbiere di Siviglia*, und jetzt die *Liebe zu den drei Orangen*. *Lulu* ist auch ein Chefstück, aber manche sagen, *Lulu* könne er nicht und die *Zauberflöte* wolle er nicht dirigieren. Er ist ein komischer Typ«, fügte ich hinzu.

»Wieso?«

»Wie kann jemand die *Zauberflöte* nicht dirigieren wollen? Das ist doch absurd.«

»Ja«, bestätigte Nathan, »das ist wirklich absurd. Und was ist nun das Konzept von Herrn Donner für die *Zauberflöte*?«

»Er will den freimaurerischen Aspekt ins Zentrum rücken, und die Bühne wird ziemlich leer sein, quasi ohne gebaute Elemente, nur mit Projektionen.«

»Gefällt dir das?«, fragte Noemi.

»Das kann ich noch nicht sagen. Ich finde es aber grundsätzlich gut, wenn die Musik nicht erschlagen wird von optischen Eindrücken.«

Ich erzählte den beiden auch, dass mir Siegfried Donner,

genannt der Alte, die Verantwortung für alles übertragen hatte, was die Drei Knaben betraf, inklusive Urlaubsgesuche in der Schule für die Proben und der organisatorischen Kommunikation zwischen dem Theater und den Knirpsen, und darüber hinaus solle ich auch dem Dirigenten assistieren. Den Tipp habe er von Emanuel Mintz bekommen, und merkwürdigerweise auch von Frederick Douglas.

»Wer ist Frederick Douglas?«, fragte Noemi.

»Der Gastregisseur der *Liebe zu den drei Orangen*. Er ist Oberspielleiter in Graz.«

Ich spürte, dass Noemi mich beobachtete, und dass ich errötete.

»Und wie kommt der dazu, dich dem sogenannten Alten zu empfehlen? Ich meine, ich finde das toll, und sicher verdienst du es auch. Aber ist das nicht eher ungewöhnlich?«

»Ja, schon. Im Moment ist alles eher ungewöhnlich. Er ... also, wir ...«

»Ja?« Noemi ahnte bestimmte etwas.

»Wir haben uns angefreundet«, erklärte ich.

»Soso, angefreundet.« Sie grinste mich an und stand auf.

»Ihr Lieben, ich gehe jetzt mal in die Küche. Tony, rufst du bitte David und die Kinder zum Händewaschen, wir können in zehn Minuten essen.«

»Nächste Woche werde ich Florian Frantzen kennenlernen, das hat Maestro Mintz für mich arrangiert«, erzählte ich Nathan, während David und die Kinder beim Händewaschen waren.

»Wer ist Florian Frantzen nun schon wieder?«, fragte Noemi und stellte die Suppenschüssel auf den Tisch. »Im Moment höre ich alle paar Tage einen neuen Männernamen von dir ... was heißt, alle paar Stunden, oder täusche ich mich da?«

David betrat mit Raphael und Gabriel das Zimmer, sodass ich meine Antwort kurz halten konnte: »Er ist Professor für Orchesterdirigieren in Freiburg.«

Raphael war so aufgeregt, dass er bei Tisch kaum stillsitzen konnte. »David hat mir ein halbes Cello mitgebracht«, berichtete er.

»Ein halbes?«, fragte Noemi. »Und wo ist die andere Hälfte?«

»Man nennt das doch nur so. Kinder lernen zuerst auf einem halben Cello, bis sie größer werden, dann bekommen sie ein ganzes. Meines hat aber vier Saiten wie ein großes Cello, mit den gleichen Tönen. Ich darf es behalten, aber niemand außer mir darf es anfassen.«

Er schaute voller Bewunderung zu David. »Das stimmt doch, oder?«

»Ja, das stimmt. Mein Cello darf auch niemand anfassen außer mir.«

»Nicht einmal Lola?«, fragte Gabriel ungläubig.

»Nicht einmal ich«, bestätigte ich.

Gabriel schielte während des Essens immer wieder zu seinem großen Bruder hinüber. Schließlich verkündete er, er wolle auch ein Instrument spielen lernen.

»Dafür bist du noch viel zu klein«, entschied Raphael.

»Bin ich nicht«, protestierte Gabriel.

Solche Wortwechsel hatte ich schon oft mitbekommen, immer etwas neidisch auf die selbstverständliche Geschwisterlichkeit der beiden.

»Welches Instrument möchtest du denn gerne spielen?«, fragte ich.

Gabriel überlegte kurz, dann antwortete er: »Harmonie.«

Wir schauten ihn verständnislos an, bis Raphael uns aufklärte: »Er meint, was Ricky spielen kann. Die Mundharmonika.«

»Sag ich ja, Mundharmonika.«

Gabriel schaute gespannt vom einen zum anderen, aber seine Eltern schüttelten nur ratlos den Kopf.

»Gute Idee«, fand hingegen David, »Freund Löwenherz kann dir sicher zeigen, wie man sie spielt, die Mundharmonika.«

Die Kinder fügten sich relativ klaglos ins Schlafengehen, nachdem ich ihnen angeboten hatte, Charlie nochmals mit nach oben zu nehmen.

Vermutlich gaben wir vier unter uns dem Leierkonzert diesen harmlosen Namen, um die Unberechenbarkeit der Veranstaltung und unsere Unsicherheit herabzuspielen, denn wir wussten ja alle vier nicht, ob Davids Zaubergabe organisierbar war. Noemi und Nathan waren entzückt zu hören, dass Yuvál meine beiden Klavierstücke von Mozart mit der Cherubino-Arie ergänzen würde.

»Was seid ihr beide für begabte Jungens«, bemerkte Noemi. »Habt ihr eigentlich eure Musikalität geerbt?«

»Ja, vermutlich. Unsere Mutter hat ja ein Klavierdiplom«, antwortete David, »und früher hat sie viel mit uns gesungen, sie hat an sich eine schöne Stimme, aber nach dem Tod unseres Vaters ist sie verstummt. Und Papa hat auch gut gesungen und sehr gut Geige gespielt, er hätte von der Begabung her sicher Berufsmusiker werden können.«

Nathan realisierte wohl nicht, mit welcher Zärtlichkeit er David anschaute. Noemi und ich wechselten einen Blick. Sie machte eine kleine resignierte Geste, lächelte aber dazu.

»Wir sollten noch über die Gästeliste sprechen«, schlug sie vor.

»Ja, genau«, bestätigte Nathan und nahm das Blatt in die Hand, das vor ihm lag. »Also, wir haben gedacht: wir zwei, dann meine Schwiegermutter, Frau Prinz, Ricky und Chantal, der Kollege Olivier Dumont mit Frau, unser Psychiaterkollege Daniel Bondi aus Zürich, ein sehr musischer Mann, mit seiner Frau, die auch Psychiaterin ist. Was meint ihr zu Wackernagels?«

David sah mich an. »Das musst du entscheiden, Lolita, ich kenne sie ja kaum.«

Ich überlegte. »Ich weiß nicht recht. Ich habe kein so gutes Gefühl dabei. Sie sind beide so ... so nüchtern, so pragmatisch.«

»Und? Da wäre vielleicht diese Erfahrung erzieherisch wertvoll«, meinte Noemi.

»Wenn sie funktioniert«, schränkte David ein.

»Ich finde, wir sollten auf Lioras Gefühl hören und auf ihre Gegenwart verzichten«, beschloss Nathan. Noemi und David nickten.

»Mir kommt gerade etwas anderes in den Sinn«, sagte Nathan, »wir könnten doch Emanuel Mintz und seine Frau einladen. Was meinst du dazu, Liora?«

»Ja, das wäre natürlich sehr schön. Wenn er dann in Basel ist. Er ist beruflich sehr viel unterwegs. Sie übrigens auch, glaube ich, sie ist offenbar eine ziemlich bekannte Malerin. Und was ist mit euren Kindern?«

»Dass Michael nicht da sein wird ...«, murmelte Nathan fast unhörbar, und ich schämte mich in Grund und Boden, dass ich an ihn in diesem Moment nicht gedacht hatte.

David schien Nathans Worte nicht mitbekommen zu haben. »Wir wissen nicht, was an dem Abend passieren wird«, gab er zu bedenken.

»Wir wissen aber, was bisher passiert ist«, entgegnete Noemi lebhaft, »und das war für uns alle wie ein Geschenk der Götter, für alle, die dich gehört haben. Ich finde, wir sollten das Raphael und Gabriel nicht vorenthalten, und dein Bruder ist ja nun sowieso dabei. Sogar Max und Moritz hast du verzaubert, die beiden Katzen. Nebst den Patienten, die zufällig da waren, und dem Pfleger Silberling.«

»Silberling? Und andere Leute? Und Katzen? Daran erinnere ich mich überhaupt nicht.«

David wirkte verunsichert. Ich nahm seine Hand. »Es

wird wundervoll, Dubi, ganz sicher. Und wenn es nicht funktionieren sollte, spiele ich noch ein wenig mehr Mozart, das ist zwar keine Zauberei, aber immerhin. Ich meine, wie ich spiele, ist keine Zauberei, Mozart natürlich schon.«

Ich fieberte dem Tag entgegen, an dem ich nach Freiburg fahren durfte, um Professor Frantzen kennenzulernen. Soviel ich wusste, war er ursprünglich Geiger, und sein besonderes Interesse galt der historisch informierten Aufführungspraxis Alter Musik. Er empfing mich in seiner geräumigen Wohnung in der Innenstadt, ein großgewachsener Mann um die fünfzig mit einem klar geschnittenen Gesicht, blondem Haar und einem hellen, offenen Blick. Im Wohnzimmer standen ein Konzertflügel und ein Cembalo.

Als wir einander gegenübersaßen, sagte er ohne weitere Einleitung, sein verehrter Kollege Emanuel Mintz habe ihm erzählt, dass er den Eindruck habe, ich hätte die Voraussetzungen zum Dirigieren. Er selbst habe gewisse Vorbehalte Frauen gegenüber, die sich zum Dirigieren berufen fühlten, er wolle sich jedoch gerne ein Bild von meinen Fähigkeiten machen, wenn mir das recht sei.

»Dafür bin ich ja gekommen«, sagte ich.

Dem Kerl werde ich zeigen, was in mir steckt, dachte ich, von wegen Vorbehalte. Er nickte, stand auf und ging zum Flügel, der in meinem Rücken stand. Er schlug einen Ton an.

»Was ist das für ein Ton?«, fragte er.

»Ein F.«

»Gut, und das?«

»Ein H.«

»Ja, und das?«

»Ein Dis.«

»Singen Sie ein G.«

Ich sang ein G.

»Gut. Ohne absolutes Gehör hätte ich Ihnen geraten, Ihre

Träume sofort zu begraben, aber das ist immerhin schon einmal in Ordnung.«

Nun spielte er Akkorde und ließ sie mich bestimmen, dann den Beginn einer Melodie, die ich nachsingen und ergänzen sollte, dann klopfte er einen Rhythmus, den ich nachklopfte, dann gab er mir etwas zum Blattsingen, schließlich fragte er, ob ich ihm auf dem Klavier etwas vorspielen könne. Mintz habe ihm gesagt, Mozart sei mein Lieblingskomponist, also bitte.

Ich spielte die d-moll-Fantasie, die ich für das Leierkonzert geübt hatte, ohne dass er mich unterbrach, was ich als gutes Zeichen nahm. Am Ende nickte er nur und legte mir eine Bach-Kantate vor.

»Kennen Sie das Stück?« Ich verneinte.

»Aha. Spielen Sie doch bitte den Eingangschor.«

Irgendwann brach er ab und blätterte weiter. »Hier, das Rezitativ, bitte.« Da unterbrach er ziemlich bald.

»Gut, das genügt. Können Sie etwas aus einer Oper auswendig spielen? Nicht Mozart, wenn möglich.«

Sein Lächeln war zurückhaltend, aber sympathisch.

»Vielleicht etwas Italienisches?«, schlug er vor.

Ich überlegte kurz, dann begann ich mit dem Vorspiel zu Verdis *Traviata*. Diesmal ließ er mir wieder länger Zeit, bis er abbrach.

»Gut, kommen Sie, setzen Sie sich wieder zu mir.« Ich nickte und ging zurück zu meinem Platz auf dem Sofa. »Wie war das für Sie, diese kleine Prüfung?«, fragte er.

Ich hörte keine Ironie in seiner Stimme. »Wundervoll«, antwortete ich aus der Tiefe meines Herzens.

»Donnerwetter. Sie sind ganz schön stur, nicht?«

»Ja, schon.«

Ich mochte diesen Mann, obwohl er mich nicht gerade mit Komplimenten überschüttete. Ich hatte das Gefühl, seinem Urteil vertrauen zu können.

»Ich will Ihnen mal was sagen. Ich habe einen Dirigier-schüler, der mindestens so begabt ist wie Sie. Er ist neunzehn. Sie sind eine Frau, vierundzwanzig, und dann auch noch Jüdin. Verstehen Sie, was ich meine?«

»Wenn ich eine akademische Karriere machen wollte, hätte ich dieselben Hindernisse, jüdisch zu sein inbegriffen.«

»Da haben Sie allerdings recht.«

»Maestro Mintz hat das auch schon angesprochen. Ich würde es schwer haben als Dirigentin, hat er gesagt, und immer besser sein müssen als meine männlichen Kollegen.«

»Und?«

»Dann werde ich eben besser als meine männlichen Kollegen.«

»Ganz schön stur«, wiederholte er freundlich, »gut, machen wir einen Versuch. Sie besorgen sich das *Lehrbuch des Dirigierens* von Hermann Scherchen und eine Taschenpartitur von Beethovens erster Sinfonie. Haben Sie viel zu tun im Moment?«

»Ja, ziemlich. Ich bin als Regieassistentin in den Proben von zwei Produktionen und habe fast jeden Abend Vorstellung.«

»Was machen Sie da?«

»Beleuchtungsinspizienz.«

»Das ist gut, dabei lernen Sie das Opernrepertoire kennen. Regieassistenz ist Quatsch für Sie, vertane Zeit, die Sie für das Studium brauchen, da es Ihnen damit ernst zu sein scheint.«

»Und in zehn Tagen spiele ich auch noch Klavier bei einer Art Hauskonzert.«

»Sehr gut. Üben Sie richtig Klavier, das werden Sie brauchen. Mein neunzehnjähriger Student spielt schlecht Klavier, da sind Sie ihm voraus. Ich möchte Sie in zwei Wochen wiedersehen. Bis dahin lernen Sie den ersten Satz der Beethoven-Sinfonie auswendig und spielen ihn mir auf dem Klavier vor. Dann schauen wir weiter.«

Ich konnte mein Glück kaum fassen, nur wusste ich nicht, wie ich das finanzieren sollte.

»Machen Sie sich wegen des Geldes keine Gedanken«, sagte Professor Frantzen, »das kriegen wir schon geregelt. Ich denke, Sie können den Unterricht bei mir abverdienen. Ich werde Sie in eine Art Frondienst nehmen.« Er ließ wieder sein kühles Lächeln spielen.

»Sie können mir da und dort assistieren, wenn Sie sich bewähren. Nicht am Pult, aber immerhin schon mal am Klavier, in Proben mit Sängern und Instrumentalisten, und auch mal Orchester- und Chorstimmen für mich einrichten, wenn Sie das wollen und zeitlich flexibel sind.«

»Wunderbar, vielen Dank. Ich werde alles dafür tun, dass das klappt.«

»Davon gehe ich aus. Ohne Gegenbericht sehen wir uns heute in zwei Wochen wieder, um dieselbe Zeit, das ist der – ach, das geht ja nicht, da bin ich in Hamburg. Morgen in zwei Wochen, am Freitag, geht das für Sie?«

»Natürlich. Ich werde im Theater wieder Urlaub einreichen und ihn sicher auch bekommen.«

»Schön, dann viel Spaß, auf Wiedersehen in zwei Wochen.«

Ich wusste nicht, wo mir der Kopf stand, aber ich wusste jetzt endlich, was mein Ziel im Leben war. Vorbei war es mit den gemütlichen Nachmittagen in der »Kunsthalle«, stattdessen suchte ich mir jeweils einen freien Probenraum im Theater, um an der Beethoven-Sinfonie und den Mozart-Stücken für das Leierkonzert zu arbeiten. Nur David erzählte ich, was sich aus der Begegnung mit Professor Frantzen ergeben hatte. Er umarmte und küsste mich und versprach, mich nach Kräften zu unterstützen, das hieß im Moment vor allem, mir Zeit zu geben.

Nach dem Unglück hatte ich fast vergessen, wie gern ich Klavier spielte und wie leicht mir das Lernen fiel, und wie schön es war, über ein gutes Gedächtnis zu verfügen. Musik war mein Lebenselixier. Musik und Liebe waren mein Lebenselixier, ich konnte nicht sein ohne das eine und nicht ohne das andere. Vielleicht, überlegte ich mir, durfte ich das so erleben trotz Michaels Tod, weil es mir mit beidem so ernst war, mit der Musik wie mit der Liebe.

Am nächsten Tag wartete David nach der Probe beim Theaterpförtner auf mich. Als er mich sah, schoss er auf und wedelte mit einem Stück Papier in der Luft herum.

»Hast du Zeit? Ich muss dir unbedingt etwas zeigen.«

Eigentlich hatte ich keine Zeit, aber natürlich wollte ich wissen, worüber er sich so sehr freute, und ich war glücklich, ihn wieder einmal fröhlich zu sehen. In den letzten Tagen war er mir matt und lustlos erschienen, er wollte aber darüber nicht sprechen, also willigte ich ein, nun mit ihm zum Mittagessen zu gehen. Wir saßen kaum in unserer traditionellen Ecke im »Braunen Mutz«, als er mir das Papier zu lesen gab.

»Was sagst du dazu? Ist das nicht toll?«

Bevor ich etwas sagen konnte, fragte er: »Kommst du mit?«

Es war ein Brief von Irving Kennedy, ich hatte die Schrift schon im Theater erkannt. Ich war jedes Mal schier aus dem Häuschen geraten, wenn ich sie gesehen hatte, aber das war nun weit mehr als ein Jahr her.

»Wieso sagst du nichts?«, fragte David aufgeregt.

»Ich bin ja noch nicht zum Lesen gekommen.«

»Kannst du eigentlich gut Englisch?«

Er hatte offenbar nicht mitbekommen, dass ich mit Fred Douglas englisch sprach, geschweige denn, mit wem ich es vorher ziemlich gründlich geübt hatte.

»Ja, einigermaßen.«

»Das musst du auch, wenn wir zusammen nach Ohio gehen.«

Er war in bester Stimmung. Ich überflog den Brief. Irving

lud David ein, im Herbst für mindestens ein Jahr als sein Assistent und Solocellist im Orchester nach Ohio zu kommen. Ich atmete tief ein.

»Das ist ein traumhaftes Angebot, herzliche Gratulation.« Ich gab ihm den Brief zurück und außerdem einen Kuss.

»Ja, nicht? Und: kommst du mit?«

»Dubi, mein Schatz, das geht mir jetzt alles etwas zu schnell.«

»Du liebst mich nicht.« Er verzog das Gesicht wie ein kleiner Junge.

»Natürlich liebe ich dich, aber erstens bin ich dann noch mitten in meiner Dirigierausbildung bei Frantzen, und ich werde oft da sein, um ihm zur Hand zu gehen, Orchester- und Chormaterial einzurichten, in seinen Proben Klavier zu spielen, was eben so ansteht. Ich habe dir erzählt, dass ich damit meinen Unterricht bei ihm ableisten kann, und das ist sehr entgegenkommend von ihm und sehr lehrreich für mich.«

»Und es ist dir wichtiger als unsere gemeinsame Zukunft.«

»Dasselbe könnte ich dir sagen, du weißt doch, dass Frantzen in Freiburg ist.«

»Und zweitens?«, fragte er.

Entweder ich verschwieg es ihm für alle Ewigkeit, oder ich sagte es ihm jetzt. Ich entschied mich für die zweite Option, aus einem diffusen Gefühl heraus, dass das Verschweigen nicht anständig wäre.

»Als wir uns kennenlernten, du und ich, in dem Konzert damals mit Kennedy und seinem Quartett, da war er gerade nach Ohio zurückgekehrt. Vorher haben sie einige Jahre in Basel gelebt.«

»Sie« waren die Mitglieder des Quartetts und ihre jeweiligen Ehefrauen, unter ihnen Victoria Kennedy, genannt Vicky, das erwähnte ich jedoch nicht.

»Ich weiß«, bestätigte David, »da hat Kennedy ja in Mannheim unterrichtet, und ich war sein Student. Und weil er nach

Amerika zurückging, musste ich nach Basel wechseln, zu diesem ollen Gilels. Allerdings hätte ich dich nicht kennengelernt, wenn ich nicht zu meiner Mutter und Yuvál hierher gezogen wäre.« Er strahlte mich an, und ich fand ihn unwiderstehlich.

»Aber was hat das mit uns und mit jetzt zu tun?«, fragte er.

»Als wir uns kennenlernten, du und ich …«

»Was war, als wir uns kennenlernten?« Er lächelte noch immer.

»Da war es schon etwa ein halbes Jahr vorbei, aber vorher … also, ich kenne Irving Kennedy ziemlich gut.«

»Das hast du mir nie gesagt. Warum nicht? Wir haben doch manchmal über ihn gesprochen.«

»Ich bin ja gerade dabei. Es ist nicht ganz einfach.« David riss die Augen auf. »Du hattest ein Verhältnis mit ihm.«

»Ja. Wie gesagt, es war schon deutlich vorbei, als wir –«

»Du hattest ein Verhältnis mit meinem Lehrer und hast es mir verschwiegen bis heute?«, schrie er.

»Dubi, bitte, schrei nicht herum.«

»Nenn mich nicht ›Dubi‹!«, schrie er und packte seine Sachen.

»Dubi, wenn du jetzt wegrennst …«

»Ja? Was ist dann?«

»Dann haben wir vielleicht wirklich keine Chance miteinander. Hör dir nur noch einen Satz von mir an. Bitte.«

Er setzte sich widerwillig wieder hin.

»Die Sache mit Irving hat mit dir nicht das Geringste zu tun«, sagte ich, und als er nichts einzuwenden hatte, fuhr ich fort: »Obwohl er manchmal von dir gesprochen hat, dem sympathischen Rabbinersohn aus Amsterdam.«

»Was hat er denn über mich gesagt?«

»Dass du der begabteste Student seist, den er je unterrichtet habe, und dass er dich am liebsten gleich nach Amerika mitnehmen würde.«

David konnte ein erfreutes kurzes Lächeln nicht unterdrücken und ließ mich weitersprechen. »Die Sache zwischen Irving und mir war längst aus und vorbei, als wir uns begegnet sind, du und ich, und darum fand ich es nicht nötig, dir davon zu erzählen.«

»Und jetzt findest du es nötig? Warum?«

»Vielleicht war es falsch, es dir jetzt zu sagen. Andererseits hätte ich das Gefühl, dir etwas zu verheimlichen, wenn du zu ihm nach Amerika gehst und es nicht weißt.«

»Warum hast du es mir nicht gesagt, bevor ich letzten Frühling dahin ging?«

»Da war mir vielleicht noch nicht so klar, was aus unserer Beziehung wird.«

»Mir schon.«

»Du bist halt ein Hellseher. Aber im Ernst, ich habe keine Lust, Irving in Ohio wieder ständig über den Weg zu laufen. Und auch seiner Frau nicht, nebenbei gesagt.«

Wir schwiegen lange Zeit.

»Du bist nicht weggelaufen«, stellte ich fest, »danke.« Er ließ zu, dass ich ihn küsste.

»Was soll denn jetzt aus uns werden?«, fragte er verzagt.

»Das müssen wir uns gut überlegen.«

Dass ich bis zu den Endproben der *Liebe zu den drei Orangen* dispensiert war, bedeutete, nicht mehr jeden Tag an Freds Seite zu verbringen, andererseits ließ mich Streberlein in den *Zauberflöte*-Proben oft Klavier spielen, um seinerseits dirigieren zu können, vor allem die Teile mit mehreren Sängern oder dem Chor. Es war wie eine Erlösung für mich, in der Welt der *Zauberflöte* zu leben und aufzugehen, und zwar mit Sängerinnen und Sängern, die sich mit ihren Rollen zwar zu identifizieren suchten, aber eben nur für die Dauer der Proben und nicht jahrein und jahraus, wie im skurrilen Spuk des Systems Lunenburg.

Bruno Cancellara verlieh der Gestalt des Oberpriesters Sarastro mit seiner weichen Bassstimme Schönheit und Würde. Neu in Basel war neben August von Kleist und Josef Maria Leu die unsägliche Irmeli Ganz, die mich immer wieder fast in den Wahnsinn trieb. Sie hatte zwar, wie sie schon als Marzelline im *Fidelio* gezeigt hatte, ein mädchenhaft süßes Stimmtimbre, von der Figur der Pamina hingegen war sie etwa so weit weg wie ein Elefant vom Fliegen. Der Alte tat in der Regiearbeit sein Bestes, sie ein wenig in Schwung zu bringen, aber da war alle Liebesmüh vergebens, sie stand, wohin er sie stellte, und da blieb sie auch und starrte ins Leere, oft mit leicht geöffnetem Mund, ohne von ihren Partnern auf der Bühne die geringste Notiz zu nehmen. Sie war in Tränen ausgebrochen, als sie im Programmheft von *Fidelio* als »Irma Ganz« statt »Irmeli Ganz« aufgeführt worden war, dabei stammte sie nicht etwa aus dem Norden, wo Irmeli wohl ein normaler Name ist, sondern aus dem Emmental in der Schweiz, was in den Dialogen unüberhörbar war und ein Grund mehr für meine fundamentale Abneigung. In den Szenen mit Cancellara und Seppl Leu war ihre Ignoranz nicht so offensichtlich, weil die beiden alten Hasen sie unauffällig auf der Bühne hin und her bugsierten, aber ihre übrigen Auftritte waren für mich schier unerträglich, denn sie schien nichts zu spüren, gar nichts, weder musikalisch noch emotional.

»Bubi« Kleist als Tamino tröstete mich mit seiner wunderbaren lyrischen Stimme über die Tatsache hinweg, dass auch er kein begnadeter Schauspieler war, wobei er im Gegensatz zu der Ganz den gesprochenen Text kultiviert und akzentfrei gestaltete, was umso verblüffender war, da er zum Stottern neigte, wenn er nicht auf der Bühne stand. Er war ein mittelgroßer, gutaussehender Mann, der mit seinem stets besorgten Gesichtsausdruck älter wirkte, als er war. August Wilhelm Ferdinand von Kleist, wie er mit vollem Namen hieß, war der ängstlichste Mensch, dem ich je begegnet war. Er fürchtete sich im Dunkeln, hatte Angst vor Gewittern und traute sich nicht, auf eine Leiter zu steigen. Zu den Proben und Vorstellungen begleitete ihn meistens seine ältliche Schwester Marie Luise Charlotte. Über das Privatleben des adligen Geschwisterpaares kursierten die buntesten Gerüchte, weil niemand irgendetwas Konkretes darüber wusste.

Josef Maria Leu, unser Papageno, verfügte nebst viel Erfahrung über eine natürliche, kräftige Stimme und war sogar ein echter Wiener. Ihn mochte ich besonders, weil er mich immer wieder verblüffend an Ricky erinnerte, sowohl im Aussehen als auch in den Bewegungen, und so hatte ich manchmal ein Gefühl von Vertrautheit mit ihm, das in keiner Weise der Realität entsprach. Meryl Grant war eine hinreißende Königin der Nacht, temperamentvoll, souverän und auch leidensfähig.

Als eine mittlere Sensation erlebte ich Theophil Küpfer. Er hatte offenbar früher einen Solovertrag gehabt, war nun jedoch seit Jahren Mitglied des Theaterchors. Wer warum darauf gekommen war, ihn nun den bösen Mohren Monostatos singen zu lassen, wusste ich nicht, aber es erwies sich als Glanzidee. Küpfer hatte eine helle, klare Stimme, war klein und gedrungen und bewegte sich flink wie ein Wiesel, ein wenig wie der Mistkerl von Pfleger, dessen Namen ich mir nie hatte merken können, wobei Küpfer zum Glück nicht so fischige Augen hatte, aber doch etwas Aalglattes und zutiefst Verlogenes, auf der Bühne wohlgemerkt, privat war er ausgesprochen nett und lustig.

Die Drei Damen schließlich trugen identische Frisuren in verschiedenen Farben, blond die Erste, brünett die Zweite und rot die Dritte. Die Erste hatte blaue Augen und war primadonnenhaft zickig, die Zweite war braunäugig und stets etwas verträumt, während die Dritte eine extrem dunkle Sprechstimme hatte, bestimmt tiefer als der Tenor Küpfer, grüne Augen und ein dramatisch gerolltes R, das jeweils minutenlang nachzuhallen schien.

Siegfried Donner inszenierte die *Zauberflöte* vermutlich zum ungefähr hundertsten Mal und wusste genau, was er wollte und wie er seine Vorstellungen mit diesem Ensemble verwirklichen konnte. Auch Streberlein, unser Erster Kapellmeister, kannte das Stück wie seine Westentasche. Er machte alles gut und recht, aber manches hätte ich mir von ihm inniger gewünscht, intensiver, frischer, auch manche Tempi etwas anders.

Insgesamt jedoch standen die Zeichen gut, dass diese Basler *Zauberflöte* gelingen würde, was man jedoch nicht aussprechen durfte, denn das brachte Unglück, genauso wie auf der Bühne zu pfeifen und »Danke« zu sagen, nachdem man ein kollegiales »Toi toi toi« empfangen hatte. Wenn es dennoch passierte, musste man dreimal auf die Bühne spucken, um die bösen Geister zu bannen. Die Vormittagsproben der *Zauberflöte* dauerten in der Regel länger als die der *Liebe zu den drei Orangen*, trotzdem trafen wir uns meistens zum gemeinsamen Mittagessen in der »Kunsthalle«, sodass ich nicht gänzlich auf Freds Gesellschaft verzichten musste. Seine Premiere rückte näher, und dann würde er aus meinem Gesichtsfeld verschwinden, und daran mochte ich nicht denken.

Die kurzfristige Einladung von Marianne Wackernagel zum Mittagessen am Sonntag kam für David und mich recht ungelegen, wir nahmen sie trotzdem an, aus Dankbarkeit für ihre Unterstützung nach Michaels Tod, als ich im Spital lag und sie spontan Charlie bei sich aufnahm. Als wir vor dem gepflegten Haus in der sogenannten Solitude standen, fing ich plötzlich an zu zittern.

»Was hast du denn, mein Engelchen?«, fragte David erschrocken.

»Ich war nicht mehr hier seit dem Tag, an dem Michael

verunglückt ist … aber wir müssen jetzt da durch. Ich bin so froh, dass du bei mir bist.«

»Ich auch«, sagte er und gab mir einen Kuss.

Er war wie immer lieb und zärtlich mit mir, weigerte sich aber nach wie vor, mir zu sagen, was ihn wirklich bedrückte, sondern behauptete, dass die ständigen Diskussionen mit Gilels, seinem Lehrer, ihm auf den Geist gingen, weil der ihn am Diplomkonzert nicht die Stücke spielen lassen wolle, die er, David, am liebsten und zweifellos auch gut spielte, und das mache ihn nervös.

Als ich bei Wackernagels geklingelt hatte, hörten wir drinnen einen Hund bellen, dann öffnete sich die Haustüre, und Lukas begrüßte uns, einen jungen dunklen Hund an seiner Seite.

»Das ist Diana«, erklärte er stolz, »wir haben jetzt nämlich einen eigenen Hund.«

Hinter ihm erschienen seine Eltern und die ununterscheidbaren Zwillingsschwestern Esther und Salome.

»Baschi«, rief Marianne ins Haus, »kommst du bitte herunter, unsere Gäste sind da.« Sie entschuldigte sich gleich nach der Begrüßung, sie müsse kurz nach dem Schweinebraten und dem Kartoffelstock schauen. David und ich wechselten einen Blick. Ich folgte ihr in die Küche, während David mit Andreas, den Kindern, Charlie und der kleinen Diana ins Wohnzimmer ging.

»Marianne, entschuldigen Sie bitte«, begann ich, »es ist keine große Sache, es ist nur so, dass ich überhaupt kein Fleisch esse und David kein Schweinefleisch. Wir freuen uns aber umso mehr auf den Kartoffelstock, und hier sehe ich einen wunderbaren gemischten Salat. Es tut mir leid, dass wir Ihnen Umstände machen.«

»Darf ich fragen, warum Sie überhaupt kein Fleisch essen und Herr Prinz kein Schweinefleisch?«, fragte sie nach einer kurzen Pause.

Nein, dachte ich, das geht dich eigentlich nichts an, ich antwortete jedoch höflich: »Ich bin schon seit vielen Jahren Vegetarierin, das hat sich einfach so ergeben, und David hält sich an die jüdischen Speisegesetze, und Schweinefleisch ist nicht koscher.«

»Ach so. Herr Prinz ist also … ist also israelitisch?«

»Ja.« Ich sah ein, dass sie das nicht hatte wissen können.

»Und Sie … ich meine, sind Sie auch …?« Sie brachte das Wort »jüdisch« offenbar nicht über die Lippen.

»Ja«, bestätigte ich, »ich bin auch jüdisch. Sternlicht ist ein typisch jüdischer Name, etwa wie Morgenthau, und Liora ist hebräisch und heißt –«

»Wollen Sie damit sagen, dass Doktor Morgenthau auch …?«

»Ja, natürlich.«

»Und Frau Doktor Morgenthau …?« Ich nickte.

»Und Ihre Mutter auch, in dem Fall …« Ich lachte.

»Ach so«, murmelte sie.

»Ist das ein Problem für Sie?«, fragte ich.

»Nein, natürlich nicht«, antwortete sie hastig, »natürlich nicht, wir hatten nur nicht realisiert, dass ihr alle … dass Sie …« Ihre Stimme verlor sich.

»David und ich werden bestimmt auch ohne den Braten satt. Kann ich Ihnen etwas helfen, wenn ich schon in Ihrer Küche herumstehe?«

»Nein danke, Sie können mir nur bitte die Mädchen schicken.«

Während des Essens kam Andreas darauf zu sprechen, dass Raphael Morgenthau doch neuerdings Cellounterricht bei David habe, und Lukas spiele ja auch Cello, schon seit mehr als zwei Jahren, und würde so gern zu David wechseln.

»Was meinen Sie dazu?«, fragte er David.

»Natürlich käme ein Lehrerwechsel frühestens im nächsten Semester infrage«, schaltete sich Marianne ein, »das

Wintersemester hat ja gerade erst begonnen.« Andreas warf seiner Frau einen erstaunten Blick zu, und Lukas wollte offensichtlich etwas sagen, schloss aber den Mund wieder.

»Ich würde dich gerne unterrichten«, sagte David zu Lukas, »du kannst so schön singen, ich bin sicher, dass du auch schon gut Cello spielst. Es macht Spaß, im Theater aufzutreten, nicht? Und besonders in einer so tollen Oper wie der *Zauberflöte* und mit einer so tollen Lehrerin wie Liora.« Lukas nickte und warf mir einen bewundernden Blick zu.

»Er ist ja eben auch in der Knabenkantorei«, erklärte Andreas, »Sebastian übrigens neuerdings auch, im Vorbereitungskurs. Nicht wahr, Baschi?«

Bevor sein Jüngster sich äußern konnte, sprach der Hausherr weiter. Die Basler Knabenkantorei sei ein Elitechor für Buben, nicht direkt kirchlich gebunden, aber doch auf, wie Andreas sich ausdrückte, christlichem Fundament.

»Und ihr beide, singt ihr denn nicht auch gern?«, wandte sich David an die Mädchen.

Die tauschten einen Blick und zogen die Schultern hoch, bevor Salome sagte: »Das ist eben nichts für Mädchen.« Vielleicht war das auch Esther. »Wir gehen dafür ins Ballett«, ergänzte die andere.

Die beiden hatten Glück, fand ich, dass sie einander hatten in dieser Familie. Ich freute mich auf nachher, wenn ich mit David ein wenig über Wackernagels lästern und andere angenehme und unterhaltsame Dinge mit ihm tun konnte. Inzwischen gaben wir uns alle Mühe, Andreas aufmerksam zuzuhören, was nicht immer ganz leicht war, weil seine Meinung über die Basler Kulturpolitik ziemlich weitschweifig ausfiel und wir an dem Thema auch nicht übermäßig interessiert waren. Zu Mariannes Befriedigung erwies sich David als dankbarer Esser, auch heute, bei Kartoffelstock und gemischtem Salat und Schokoladencreme zum Nachtisch.

Nachher, bei mir zuhause, nahmen wir uns endlich wieder

einmal richtig viel Zeit füreinander und vereinbarten, bevor sich David verabschieden musste, über unsere Zukunft gemeinsam und konkret nachzudenken, sobald mich Professor Frantzen definitiv als Studentin aufnahm, womit ich nach meinem nächsten Besuch in Freiburg rechnete.

Wir hatten beide eine anspruchsvolle Woche vor uns, für mich beginnend mit der Probe, die ich in jeder Produktion am wenigsten mochte, weil sie immer endlos lang war, oft langweilig und gänzlich ohne Musik und ohne Sänger, die sogenannte Dekorations- und Beleuchtungsprobe. Hier wurde festgelegt, wo, wann, wer und was auf der Bühne genau zu stehen hatte und wie es beleuchtet werden sollte.

Im Fall der *Liebe zu den drei Orangen* war diese Probe alles andere als fad, weil Fred Douglas in Personalunion von Regisseur und Bühnenbildner eine so präzise Vorstellung von jeder Position hatte und auch wusste, wie sie bühnen- und beleuchtungstechnisch umzusetzen war, dass man ausnehmend zügig vorankam. Fred hatte den Alten gebeten, mich für diesen Tag von der *Zauberflöte* zu dispensieren und ihm zu überlassen, damit ich gelegentlich auf der Bühne die Position einer Sängerin oder eines Sängers einnahm und die Scheinwerfer genau eingestellt werden konnten. Die übrige Zeit verbrachte ich mit Fred, Hannes und dem Beleuchtungsmeister am Regiepult und träumte ein wenig vor mich hin.

Ich würde Fred arg vermissen, wenn er in zehn oder zwölf Tagen seine Zelte hier abbrach. Nicht dass ich wirklich in ihn verliebt gewesen wäre, oder allenfalls nur ein bisschen, aber ich fand ihn schon sehr attraktiv, und noch nie hatte ich einen Regisseur erlebt, der sein eigenes Konzept so flexibel mit den Möglichkeiten der Sänger verbinden konnte, und ich liebte die Skizzen, die er manchmal im Gespräch mit Kollegen mit wenigen Strichen aufs Papier warf, vornehmlich auf die Rückseite von Speisekarten. An diesem Nachmittag bot er mir gar eine Stelle in Graz an. »Ich werde die Regieassistenz aufgeben«, vertraute ich ihm an.

Wir verbrachten ausnahmsweise eine Probenpause allein am Regiepult. »Ich würde dir auch eine Spielleiterstelle aus dem Boden stampfen, wenn ich dich damit nach Graz locken kann.«

Er lächelte, aber seine Augen behielten wie immer ihren melancholischen Ausdruck. »Vielen Dank, aber ich wechsle sozusagen die Fronten, wenn es klappt. Sag es aber bitte noch niemandem.«

»Was heißt das?«

»Ich will Dirigentin werden.«

Fred nickte langsam. »Das leuchtet mir ein. Wenn es um Sänger und Singen geht, überhaupt um Musik, bist du ganz anders dabei als sonst. Souverän, selbstsicher, um nicht zu sagen: manchmal ein wenig besserwisserisch. Das steht dir gut, du bist dann ganz besonders süß.«

»Wenn du eine Spielleiterstelle aus dem Boden stampfen kannst, könntest du sie vielleicht meinem Kollegen Kocher anbieten«, schlug ich vor und tat, als hätte ich seinen letzten Satz nicht gehört, obwohl ich ihn gern gehört hatte. Er nickte wieder. »Ja, das werde ich mir überlegen. Aber zurück zu dir: Wie willst du es anstellen, Dirigentin zu werden?«

»Ich kann wahrscheinlich bei Professor Frantzen studieren.«

»Bei Florian Frantzen? Das ist ja großartig. Sigi Donner hat mir übrigens gesagt, du spielest die ganze *Zauberflöte* auswendig am Klavier, so groß ist die Überraschung deshalb nicht für mich, ehrlich gesagt, dass du der Regie untreu wirst.«

Er kramte in den Papieren auf dem Regiepult, zog ein Blatt mit einer wunderhübschen Farbstiftzeichnung des Prinzen aus der *Liebe zu den drei Orangen* heraus, drehte es um und skizzierte rasch einen Dirigenten von hinten, im Frack und mit erhobenem Taktstock. Darunter schrieb er in seiner großzügigen Schrift, er, Frederick Douglas, Oberspielleiter der Oper, lade hiermit mich, Liora Sternlicht, ein, zur Eröffnung der nächsten Spielzeit in Graz die *Zauberflöte* zu dirigieren. Inszenierung und Bühnenbild: er selbst, darunter Datum und Unterschrift.

Ich schaute ihn ungläubig an. »Du bist so ein begabtes Mädchen, es wäre eine Schande, dich nicht zu fördern. Und wozu hast du mir altem Esel den Kopf verdreht?«, sagte er. »Und wozu ist der alte Esel Oberspielleiter und kann für seine eigene Produktion den Dirigenten wählen, oder sogar eine Dirigentin? Und weißt du was: Merkwürdigerweise habe ich die *Zauberflöte* noch nie inszeniert, wir werden sie also zusammen ein erstes Mal auf die Bühne zaubern. Meinst du, du schaffst das? Das Stück in einem guten halben Jahr in eigener Verantwortung einzustudieren und zu dirigieren? Sicher schaffst du das.«

Er faltete das Blatt und überreichte es mir. »Selbstverständlich schaffe ich das. Tausend Dank.« Ich gab ihm einen dicken Kuss und steckte das Dokument in meine Tasche.

In den knapp zwei Wochen bis zur Premiere pendelte ich wieder zwischen den Proben der *Liebe zu drei Orangen* und jenen der *Zauberflöte*. Dazwischen arbeitete ich an der Beethoven-Sinfonie und spielte so oft wie möglich Klavier, um meinen Anschlag zu verfeinern, denn mir fiel auf, dass unsere Operndirigenten zwar alles am Klavier spielen konnten, dass es jedoch oft lieblos klang, und das wollte ich auf keinen Fall. Mit den Mozart-Stücken für das Leierkonzert kam ich gut voran, fand ich, mit meiner Klavierversion der Beethoven-Sinfonie war ich jedoch nicht zufrieden und hoffte, Professor Frantzen würde mir da bei unserer nächsten Begegnung auf die Sprünge helfen.

Die *Liebe zu den drei Orangen* wurde ein großer Erfolg, Freds Fähigkeit, auf der Bühne mit Menschen und Farben zu zaubern, kam beim Publikum gut an. Der Abschied nach der Premierenfeier war für mich noch härter als erwartet, ich hatte mit den Tränen zu kämpfen, als Fred mich umarmte. »Wir seh'n uns wieder«, sagte er leise lächelnd, »ich danke dir, dass du mir altem Esel manchmal Gesellschaft geleistet hast. Es war eine unerwartet schöne Zeit hier in Basel.«

»Du bist kein alter Esel, und es war auch für mich eine wunderbare Zeit, und ich danke dir und freue mich auf unsere *Zauberflöte*.«

»Ich auch. Du wirst bald von mir hören, my Starlight.«

»Ich bin eingeladen, nächste Spielzeit in Graz die *Zauberflöte* zu dirigieren.«

Wie vor zwei Wochen saß ich Professor Frantzen auf dem Sofa gegenüber. Er musterte mich kurz, bevor er sich zu der Neuigkeit äußerte.

»Nächste Spielzeit«, wiederholte er, »die *Zauberflöte*.«

»Ja, zur Spielzeiteröffnung.«

Er war offensichtlich weit weniger begeistert als ich. »Haben Sie eigentlich schon einmal vor einem Orchester gestanden?«, fragte er.

»Nein, noch nie. Aber ich dirigiere im Beleuchtungsstellwerk immer die ganzen Opern mit. Ich kann am Vorhang vorbei den Dirigenten sehen, und ich habe ja den Klavierauszug vor mir.«

Er schüttelte den Kopf. »Ich fürchte, Sie machen sich da schwerwiegende Illusionen. Dirigieren bedeutet nicht nur, den Takt richtig zu schlagen. Die Schlagtechnik ist keine große Sache. Man muss sie beherrschen, man muss auch eine Begabung dafür haben, aber sie ist nur die Spitze des Eisbergs.«

»Könnten wir vielleicht mit dieser Spitze des Eisbergs beginnen und dann oder gleichzeitig weitersehen?«

Er schüttelte wieder den Kopf. »Ich halte nicht viel davon,

den Leuten die Schlagtechnik beizubringen, und dann denken sie, nun wären sie schon fertige Dirigenten.«

»Sondern?«

Er antwortete mit einer Gegenfrage. »Wie sind Sie vorangekommen mit der Beethoven-Sinfonie? Lassen Sie mal hören.«

Ich ging zum Flügel und legte los. Ich war stinksauer. Am Ende des ersten Satzes machte ich eine kleine Pause. Als ich spürte, dass Frantzen etwas sagen wollte, spielte ich weiter, den ganzen langsamen Satz, so schön und innig wie möglich.

»Für die Fortsetzung bräuchte ich leider noch die Partitur, aber das hat keinen großen Sinn, da wäre ich ständig am Seitenwenden«, erklärte ich, stand auf und setzte mich ihm wieder gegenüber.

»Das war nicht schlecht. Das war sogar richtig gut, und eine gute Idee, den zweiten Satz gleich mit zu studieren, ohne meine ausdrückliche Anweisung.«

Ich feixte ihn an, und er lächelte sein apartes hanseatisches Lächeln. »Wie gut kennen Sie denn überhaupt die *Zauberflöte*?«, fragte er.

»Jeden Ton. Außerdem sind wir in Basel dran, die Premiere ist in drei Wochen, und ich spiele in den Proben oft Klavier, damit der Dirigent die Hände zum Dirigieren frei hat.«

»Jeden Ton, sieh mal einer an. Welche Stellen halten Sie denn dirigentisch für besonders schwierig, Sie spätzündendes Wunderkind?« Spätzündendes Wunderkind, immerhin.

»Den Beginn der Ouvertüre wegen der Auftakte. Ich glaube, ich würde sie als Synkopen dirigieren, dann sind sie wenigstens zusammen. Und dann die Sprecherszene.«

Er nickte. »Manche Dirigenten machen das tatsächlich so in der Ouvertüre, obwohl es natürlich nicht ganz im Sinne des Erfinders ist. Und die Sprecherszene, wie gut kennen Sie die?«

»Darf ich sie Ihnen vorspielen?«

Ich ging zurück zum Flügel und begann singend und spielend: »Die Weisheitslehre dieser Knaben sei ewig mir ins Herz gegraben. Wo bin ich hier? Was wird aus mir? Ist dies der Sitz der Götter hier?«

»Ist ja gut, ist ja gut«, unterbrach er schmunzelnd, »kommen Sie wieder her. Hand aufs Herz, kennen Sie wirklich das ganze Stück so gut? Sie tun sich keinen Gefallen, wenn Sie mich jetzt anflunkern.«

»Ja, absolut. Ich habe die *Zauberflöte* sozusagen mit der Muttermilch eingesogen.«

»Sind Sie eigentlich mit Regina Sternlicht verwandt?«

»Ja, auch das. Sie ist meine Mutter.«

»Welche Bläser spielen am Anfang der Ouvertüre mit?«

»Alle, also zwei Flöten, Oboen, Klarinetten, Fagotte, vier Hörner, und natürlich die drei Posaunen.«

»In welcher Tonart?«

»Es-Dur natürlich.«

»Natürlich, soso. Und wo setzen in der Sprecherszene zum ersten Mal Bläser ein?«

Ich ging den Beginn der Szene in Gedanken durch, da spielten nur die Streicher. »Bei ›Wo Tätigkeit thronet …‹«, sang ich.

Er brach lachend ab.

»G-Dur, die beiden Fagotte«, ergänzte ich.

»Ich gebe zu, Sie haben allerhand auf dem Kasten. Der Kollege Emanuel Mintz hat mir übrigens gesagt, er habe Sie das *Lied der Lulu* auswendig lernen lassen. Können Sie das noch?«

Vorgestern war *Lulu* gewesen, zum zweitletzten Mal leider schon. Ich überlegte einen Moment und sang ihm dann die Passage vor.

»Gut«, nickte er, »sehr gut.«

»Darf ich Sie etwas fragen? Ich finde, der erste Satz der Beethoven-Sinfonie klingt nicht befriedigend, so wie ich ihn gespielt habe. Woran liegt das?«

Nun überlegte er einen Moment, bevor er antwortete. »Erstens: Das Klavier ist kein Orchester, da kann man so virtuos spielen, wie man will, und bei einer Beethoven-Sinfonie ist das schon viel problematischer als noch bei Haydn und Mozart. Zweitens und vor allem: Sie haben sich zu viel vorgenommen. Sie haben versucht, immer möglichst alle Stimmen zu spielen, statt sich zu überlegen, was Sie in der Reduktion aufs Klavier weglassen können, vor allem beim ersten Satz, auch wegen des raschen Tempos. Sie müssen Prioritäten setzen. Und da sind wir schon mitten drin im Dirigierunterricht, denn mit dem Orchester müssen Sie dann erst recht Prioritäten setzen, um einen transparenten Klang zu erzielen. Ich habe Sie bei der Beethoven-Sinfonie absichtlich schwimmen lassen, um das heute mit Ihnen zu besprechen. Gut, dass Sie es selbst gemerkt haben.«

Nun erklärte er mir, wie ich beim Studieren vorzugehen hätte. Auf die Idee hätte ich eigentlich auch selbst kommen können, dachte ich, ich war jedoch zu ungeduldig gewesen, ich hatte möglichst viel in möglichst kurzer Zeit schaffen wollen.

»Und wie ist das jetzt mit der *Zauberflöte*? Und überhaupt mit der Schlagtechnik? Werden Sie mich da unterstützen?«, fragte ich am Ende des Unterrichts.

»Habe ich eine Wahl?«

Ich mochte sein Lächeln. Heute war nicht die Rede davon gewesen, dass Frauen die Hände vom Dirigieren lassen sollten, und ich nahm an, dass das in meinem Fall auch so blieb.

»Nicht wirklich. Aber ich verspreche Ihnen, dass Sie es nicht bereuen werden. Ich werde übrigens meine Stelle als Regieassistentin spätestens zum Ende der Spielzeit aufgeben, um mich ganz aufs Dirigieren zu konzentrieren, auf das Studium, meine ich.«

Er nickte. Von nun an wollte er mich alle zwei Wochen

zum Unterricht sehen. Das betrachtete ich als seine definitive Zusage, mich zur Dirigentin auszubilden. Er versah mich mit diversen anspruchsvollen Aufgaben, erste richtige Dirigierübungen inklusive, und ich war der glücklichste Mensch der Welt, als wir uns verabschiedeten.

Es war Freitag, und ich war zum Abendessen wieder einmal bei Prinzens eingeladen. Yuvál war geradezu aufgekratzt, er war begeistert von den *Zauberflöte*-Proben und freute sich auf das Leierkonzert, an dem er ja ebenfalls solistisch auftreten durfte. Auch Frau Prinz schien mir weniger matt als bei früheren Begegnungen, David hingegen war wieder blass und schweigsam. Mein Bericht vom heutigen Unterricht bei Professor Frantzen schien ihn ebenso wenig zu interessieren wie das köstliche Essen seiner Mutter, und das war beides alarmierend.

Wie immer begleitete er mich nach Hause. Als wir vor meinem Haus angekommen waren, sagte ich: »Dubi, wenn du mir jetzt nicht sagst, was mit dir los ist, kommst du nicht mit mir nach oben.«

»Das ist Erpressung«.

»Ja. Und?«

»Ich … ich bin so ein Feigling … Bist du sicher, dass du mich liebst?«

»Das werde ich dir gerne beantworten, wenn wir oben sind. Gerne und ausführlich. Bitte entscheide dich heute noch, sonst erfriere ich hier draußen.«

»Ich auch. Also gut, gehen wir hoch zu dir.«

»Und wir sind uns einig, dass wir zuerst reden, und erst dann … du weißt schon.«

»Himmel, bist du stur.«

»Das ist eine meiner besten Eigenschaften.«

Ich öffnete die Haustüre, zog ihn an der Hand hinein und ließ ihn erst wieder los, um ihn in meiner Wohnung zu umarmen. Dann ging ich voraus in die Küche, schaltete das Licht an und setzte mich mit einer einladenden Geste an den Tisch.

»So, mein Schatz, jetzt bist du dran.«

»Du hast neuerdings ganz schön Dampf drauf«, stellte er fest.

»Den werde ich auch brauchen«, bestätigte ich freundlich, »versuch nicht abzulenken. Was ist los mit dir?«

»Ich habe Angst.«

Er schaute mich an, und endlich sah ich wieder einmal mich selbst in seinem Blick, und das war wunderbar.

»Angst? Wovor denn?«, fragte ich.

»Vor dem Leierkonzert. Wenn ich daran denke, wird mir fast schlecht.«

Ich war froh, dass die Katze aus dem Sack war. »Das kann ich verstehen. Wir wissen nicht, ob es funktionieren wird.«

»Ja. Und selbst, wenn es funktioniert, ist es mir irgendwie unheimlich.«

»Der Zustand, in den dich die Lyra versetzt, ist dir unheimlich? Ich hatte bisher den Eindruck, dass du beim Singen und Spielen genauso selig bist wie deine Zuhörer.«

»Das war ich auch, aber ich wusste ja nie im Voraus, ob und wann es wieder passieren würde, und jetzt ist es geplant, und da habe ich etwas wie Lampenfieber, nur viel stärker. Wie Prüfungsangst, aber ganz extrem. So etwas habe ich noch nie erlebt.«

Das konnte ich nachvollziehen. »Und warum hast du mir das nicht schon viel früher gesagt?«

»Ich wollte dich nicht enttäuschen.«

Ich schüttelte den Kopf. »Manchmal hast du vielleicht zu wenig Vertrauen zu mir. Das brauchen wir aber, wenn wir zusammen durchs Leben gehen wollen.«

»Ach, Engelchen, manchmal ist das alles nicht ganz leicht.«

»Ja, da hast du natürlich recht. Sag mal, was ich dich schon die ganzen Tage fragen wollte: Was sagt eigentlich deine Mutter zur Einladung von Kennedy?«

»Sie hält sich zurück, sie will mir wohl nicht im Weg stehen, aber Yuvál will auf keinen Fall, dass ich wieder nach Amerika gehe, und diesmal wäre es noch viel länger als beim ersten Mal. Ich verstehe das, ich bin ja auch sein Vaterersatz, und ich bereite ihn auf seine Bar Mitzva vor und so weiter. Und wenn du ja sowieso nicht mitkommst …«

»Heißt das, dass du zuhause wohnen bleiben musst? Und dass du nur in Basel eine Stelle suchen wirst, falls du nicht nach Amerika gehst?«

»In der Sekunde, in der du einer gemeinsamen Wohnung zustimmst, fange ich an, eine zu suchen.«

»Und dann pendelst du täglich zwischen Basel und Ohio.«

»Und dann gehe ich zu jedem Orchestervorspiel für Cello, das ich ausgeschrieben sehe, sagen wir, in der Deutschen Schweiz, und verdiene haufenweise Geld.«

»Das klingt nach einer Vorentscheidung gegen Kennedy.«

»Das klingt nach einer Liebeserklärung, und so ist es auch gemeint.«

Er lächelte mich an und ich ihn auch.

»Möchtest du das Leierkonzert absagen?«, fragte ich ihn.

»Dann denkst du wieder, ich laufe davon, wenn es schwierig wird.«

»Nein, aber ich finde, wir sollten vielleicht mit Nathan und Noemi darüber reden, und zwar möglichst bald, das Konzert ist ja schon in zehn Tagen.«

Er überlegte eine Weile. »Ich glaube, das möchte ich nicht«, entschied er schließlich, »ich glaube, ich will versuchen, es durchzustehen. Du bist ja dabei, und du wirst Mozart spielen, und das wird auf jeden Fall wundervoll, und wenn du mich nicht für einen Feigling hältst … und wolltest du mir nicht ausführlich zeigen, wie sehr du mich liebst?«

Nun, da er seine Befürchtung ausgesprochen hatte, sah

auch ich dem Leierkonzert mit gemischten Gefühlen entgegen. Auf der einen Seite freute ich mich auf Davids göttergleichen Gesang, andererseits fragte ich mich, ob ich im Fall, dass Davids Zauber nicht funktionieren würde, die Nerven hätte, weiter Klavier zu spielen. Glücklicherweise war ich auch in der kommenden Woche im Theater so beschäftigt, dass mir nicht allzu viel Zeit für zweiflerische Gedanken blieb.

Nach der letzten Vorstellung von *Lulu* luden Emanuel Mintz und seine Frau alle Mitwirkenden zu einer Dernierenfeier in die »Kunsthalle« ein. Bei dieser Gelegenheit erzählte ich den Kolleginnen und Kollegen von meinen neuen Berufsplänen, dem Dirigierunterricht bei Florian Frantzen und der Einladung von Fred Douglas nach Graz und bedankte mich bei Maestro Mintz, der diesen Stein ins Rollen gebracht hatte.

»Das haben Sie nicht mir zu verdanken«, widersprach er in seiner bescheidenen Art, »sondern nur sich selbst. Bei Florian Frantzen sind Sie wahrscheinlich in den denkbar strengsten Händen, aber das ist gerade in Ihrem Fall das Beste, was Ihnen passieren kann.«

»Weil du eine Frau bist«, ergänzte Hannes Kocher. »Ich kann mir das nicht vorstellen, eine Frau, die dirigiert, aber bitte, wenn ihr meint …«

»Du bist ein alter Miesmacher«, fauchte Bruno Cancellara, stand auf und erhob sein Glas. »Auf den aufgehenden Stern am Dirigentenhimmel namens Liora Sternlicht«, sprach er feierlich, »ich glaube an dich. Toi toi toi.«

»Ich glaube auch an dich«, schloss sich Meryl Grant an, »und es ist höchste Zeit, dass Frauen dirigieren dürfen, wenn sie begabt dafür sind. Evviva Liora Sternlicht.«

»Das finde ich auch«, bestätigte Cornelia Briloner, die Frau von Maestro Mintz, die Malerin war, »von Künstlerin zu Künstlerin, und von Frau zu Frau. Toi toi toi, Liora.«

»Wenn ihr meint …«, wiederholte Hannes und kratzte sich am Kopf.

»Übrigens, lieber Hannes, für dich habe ich noch eine andere Überraschung«, raunte ich ihm zu, nachdem wir uns wieder gesetzt hatten. »Stichwort Graz.«

Er brauchte einen Moment, dann fielen ihm fast die Augen aus dem Kopf. »Wirklich?«, fragte er. »Du hast mit Mister Douglas über mich gesprochen?«

»Natürlich, das hatte ich dir doch versprochen. Setz dich mit ihm möglichst bald in Verbindung.«

»Danke. Dafür hast du etwas gut bei mir.«

Die Basler Direktion war bereit, mich schon zum Ende des Kalenderjahres aus dem Vertrag als Regieassistentin zu entlassen, die Abenddienste in der Beleuchtung behielt ich das halbe Jahr bis zum Ende der Spielzeit bei. Hannes wurde damit beauftragt, sich potenzielle Nachfolger für die Assistentenstelle anzuschauen, und war über diese neue Verantwortung so glücklich, dass er offenbar nichts mehr gegen dirigierende Frauen einzuwenden hatte. Er kam mir sogar so weit entgegen, dass er in den kommenden Monaten meine Abenddienste übernehmen wollte, wenn das wegen meiner Verpflichtungen für Frantzen hin und wieder nötig würde. Das sei sein Dank, dass ich mich bei Fred, wie er sich ausdrückte, für ihn verwendet hätte.

Neben den *Zauberflöte*-Proben beschäftigte ich mich weiterhin mit der ersten Sinfonie von Beethoven, die ich Frantzen nächstes Mal ganz auswendig vorspielen wollte, und mit den diversen Übungen, die er mir aufgetragen hatte, und spielte möglichst viel Klavier für das Leierkonzert am nächsten Sonntag. Ich hatte auch endlich, da Nathan mich nochmals daran erinnert hatte, bei der Anwaltskanzlei Adler und Roschewski in Zürich einen Termin für die kommende Woche vereinbart. Da die Tage und Abende mit Arbeit ausgefüllt waren, blieben für David und mich meistens nur die Nächte übrig. Ich wusste nicht, ob er dafür die ausdrückliche Erlaubnis oder nur das stillschweigende Einverständnis seiner Mutter bekommen hatte, jedenfalls wurde bald zur Normalität, was ich noch vor einigen Wochen für undenkbar gehalten hatte. Auf mich wirkte Davids allnächtliche Nähe körperlich und emotional beruhigend, und wenn er einmal eine Nacht nicht da war, schlief ich schlecht, und ihm erging es wohl genauso. Es blieb uns wenig Zeit für Blödeleien wie Sommersprossenzählen, aber immerhin.

Ich saß in der ersten Reihe zwischen Yuvál und David, hinter uns waren Frau Prinz, Noemi, Nathan und Noemis Mutter, hinter ihnen Raphael, Ricky und Gabriel, in der vierten Reihe Cornelia und Emanuel Mintz und Doktor Dumont mit Gemahlin, in der letzten Reihe Bruno Cancellara, Siegfried Donner und Doktor Bondi mit seiner Frau. Vor uns standen etwas links von der Mitte der Konzertflügel mit Schemel und auf der rechten Seite ein kleiner Tisch mit einer weißen Seidendecke, auf dem die Lyra lag. Die warme Beleuchtung verlieh dem Pavillon eine festliche Atmosphäre, anders als vor zwei Monaten, als es bei unserem Konzert am späten Nachmittag draußen noch hell gewesen war.

Als Nathan nach vorn ging, verstummte das allgemeine Gemurmel, und er begrüßte alle Gäste namentlich. Bruno und den Alten hatte Noemi noch ein oder zwei Tage zuvor spontan eingeladen, als ich ihr erzählt hatte, dass ich beiden zu großer Dankbarkeit verpflichtet und Bruno darüber hinaus ein lebhafter Bewunderer von David sei.

Nathan versprach den Anwesenden ein besonderes Erlebnis, ohne es näher zu erläutern, fand einige außerordentlich freundliche Worte über mich, bat mich an den Flügel und ging zurück zu seinem Platz zwischen seiner Frau und seiner Schwiegermutter.

Ich sagte, was ich spielen würde, wechselte einen Blick mit David, setzte mich hin, hielt einen Augenblick inne und spielte dann zuerst Mozarts a-moll-Rondo und nachher die d-moll-Fantasie. Das Publikum dankte mir mit ausgiebigem Applaus, den ich mit der Ankündigung beendete, dass nun Yuvál Prinz, Davids jüngerer Bruder, eine Arie des Cherubino aus *Le nozze di Figaro* singen würde. Als er einsetzte mit seiner ersten Phrase, »Voi che sapete«, ging ein Ruck durch den Raum, eine Art unhörbares Raunen. Am Ende blieb es einige Sekunden still, bevor die Leute anfingen zu klatschen und »Bravo« zu rufen. Nathan hat den Gästen ein besonderes Erlebnis versprochen, dachte ich, und ein besonderes Erlebnis haben die Leute nun in der Tat gehabt, was immer der Abend noch bringen wird. Der Applaus hörte nicht auf, bis Yuvál sich nach einer letzten kleinen Verbeugung wieder in die erste Reihe setzte.

Wir hatten keine Pause geplant, aber Noemi verkündete nun, dass wir in zehn Minuten weitermachen würden. Yuvál verschwand mit Raphael und Gabriel sofort nach draußen, während die Erwachsenen stehend kleine Grüppchen bildeten und sich unterhielten, bis Noemi alle bat, wieder Platz zu nehmen. David und ich waren sitzen geblieben und hielten uns an den Händen.

»Du hast wundervoll gespielt, mein Engelchen«, flüsterte er. Er wirkte nun zu meiner Erleichterung deutlich gelöster als in der letzten Zeit.

»Und dein kleiner Bruder hat noch wundervoller gesungen«, flüsterte ich zurück, »und du wirst jetzt gleich die Leute vollends verzaubern, und ich liebe dich.«

»Ich liebe dich auch.«

Nathan bat David auf dem Weg nach vorn, mit ihm zu kommen. Erst jetzt bemerkte ich, dass Yuvál nicht mehr neben mir saß. Als ich mich umschaute, bedeutete mir Noemi, er sei mit Raphael und Gabriel draußen geblieben. Nathan versuchte, seine bisherigen Erfahrungen bei Davids Gesang zur Lyra zu beschreiben, geriet dabei leicht ins Stottern und erklärte resigniert lächelnd, das sei der Grund, dass er und seine Frau David eingeladen hätten, den anwesenden Damen und Herren heute Abend seine rätselhafte Gabe zu demonstrieren. Er bat David, vorher zu erzählen, wie er, dessen Instrument ja eigentlich das Violoncello sei, zu der Lyra gekommen sei.

Nathan setzte sich wieder, und David ging nachdenklich zum Tisch, auf dem die Lyra lag, hob sie an ihrem jochförmigen Rahmen hoch, damit alle Leute sie sehen konnten, und legte sie mit größter Sorgfalt zurück. Sein Blick ging in die Ferne, wie immer, wenn er sich konzentrierte. Er schüttelte andeutungsweise den Kopf und schaute zu Nathan.

»Wie ich zu der Lyra gekommen bin, weiß ich eigentlich nicht«, sagte er langsam, »aber ich kann vielleicht erzählen, woran ich mich erinnere.«

Nathan nickte ermutigend, und David fing nach einer Pause an zu sprechen. Seine Schilderung wurde immer lebhafter, bis sein Blick schließlich aus der Ferne zurückkehrte zu den Zuhörern. »Vielen Dank für Ihre Aufmerksamkeit«, schloss er seinen Bericht.

»Entschuldigen Sie bitte, Herr Prinz. Wir kennen uns ja flüchtig, auch über Ihren Bruder, der zweifellos der beste Erste Knabe ist, den ich in meinem langen Leben gehört habe, und wahrscheinlich auch der zauberhafteste Cherubino«, meldete sich Siegfried Donner, genannt der Alte, mitten in das Schweigen zu Wort. »Für die anderen anwesenden Damen und Herren möchte ich sagen, dass ich am Basler Stadttheater gerade die *Zauberflöte* inszeniere, die Premiere ist heute in zwei Wochen. Verehrter Herr Prinz, Ihnen ist schon klar, dass Sie uns gerade den Beginn der *Zauberflöte* erzählt haben. Nur haben Sie, wenn wir davon ausgehen, dass Ihre Geschichte irgendwie der Wahrheit entspricht, von den Drei Damen der Nächtlichen Königin nicht eine Zauberflöte erhalten, sondern eine Zauberleier, oder Lyra, wie Sie das Instrument nennen.«

»Wie Orpheus«, ergänzte Doktor Bondi, Nathans Psychiaterkollege aus Zürich, »der griechische Sänger, Sohn des Gottes Apoll und der Muse Kalliope.«

»Und wie David Hamelech, König David«, sagte Nathan zärtlich.

»Ja«, bestätigte David, »während des Erzählens habe ich natürlich realisiert, dass das der Beginn der *Zauberflöte* ist. Das Problem ist, dass ich im Moment nicht weiß, ob ich das alles nicht nur geträumt habe. Ich glaube eigentlich, dass ich das alles nur geträumt habe.«

Er schaute zuerst wieder in die Ferne, wie vor seinem Bericht, dann zu mir. »Liora, kannst du mir nicht helfen?«

»Ich werde aller Orten an deiner Seite sein«, hörte ich mich wispern, bevor meine Stimme gänzlich versagte.

Mit der Andeutung eines Nickens wandte David den Blick von mir ab und zurück zur Lyra. »Aber hier ist ja das Instrument«, stellte er erleichtert fest, »und das ist real.« Er hob es nochmals kurz in die Höhe.

»Wo hat sich denn diese Begebenheit abgespielt, und wann, wenn ich fragen darf?« Das war wieder Doktor Bondi.

»Wo …? In einem Park, glaube ich. Es war ein großer Park mit alten Bäumen und mittendrin eine Villa, glaube ich. Es hieß … es hieß Mondstein, glaube ich. Nein, nicht Mondstein … Mondburg vielleicht … nein, das stimmt auch nicht. Lunenburg hieß es, ja, Lunenburg. Ich weiß aber nicht, wie ich da hineingeraten bin, jedenfalls stand plötzlich Richard Löwenherz –«

Ein Schmunzeln ging durch den Raum, nur ich war noch immer wie zu Stein erstarrt.

»Er heißt wirklich so, das können verschiedene Herrschaften hier bestätigen. Jedenfalls hat er mich zu Liora geführt, wie ich vorhin schon erzählt habe, genau wie Papageno den Tamino zu Pamina führt in der *Zauberflöte*, hierher, nach Solberg, ins Haus zur Tugend und Gerechtigkeit. Fünf Monate ist es her, das weiß ich sicher.«

»Jetzt machen Sie aber bitte einen Punkt«, unterbrach ihn der Alte ziemlich ungehalten. »Lunenburg für das Reich der Königin der Nacht, dargestellt in Ihrer Geschichte von der verehrten Frau Kammersängerin mit dem ausnehmend passenden Namen Regina Sternlicht, und Solberg für den Ort der Eingeweihten, ist das nicht ein bisschen dick aufgetragen? Vermutlich haben Sie hier auf Solberg auch einen Kasper in der Funktion des Oberpriesters Sarastro, mit einem passenden Namen natürlich –«

»Doktor Morgenthau ist der Chefarzt hier«, bestätigte David.

»Morgenthau ist nicht schlecht«, fand Doktor Bondi, »als Symbol der Aufklärung.«

»Und unser privater Orpheus ist ein Prinz, wie Tamino, wenigstens dem Namen nach«, ergänzte Bruno Cancellara gut gelaunt.

»Doktor Morgenthau heißt mit Vornamen Nathan.« In Davids Stimme klang etwas wie Verlegenheit mit. Der Alte schoss sofort zurück.

»Nathan der Weise. Sie sind im falschen Stück, mein Lieber. Aber beim Haus zur Tugend und Gerechtigkeit sind wir wieder richtig, das ist ein Teil des Chortextes am Ende des ersten Aufzugs der *Zauberflöte*.«

»Ja, ich weiß«, gab David betreten zu, »es ist alles ziemlich unglaubhaft, die ganze Geschichte.«

Er dachte eine Weile nach. Man hätte die sprichwörtliche Stecknadel fallen gehört, so still war es nun im Pavillon, bis er weitersprach. »Ich habe darüber noch nie darüber gesprochen, nicht einmal mit Liora. Ich glaube, ich habe das alles überhaupt vergessen gehabt, bis eben.«

Er wirkte recht verloren, aber plötzlich hellte sich seine Miene auf. »Aber ich habe ja einen Zeugen«, rief er, »Richard Löwenherz, der ist ja hier. Freund Löwenherz, wo bist du? Komm doch bitte zu mir nach vorn.« Davids Blick wanderte durchs Publikum. Niemand regte sich.

»Er ist nicht mehr da«, konstatierte er. »Er war aber da. Was sollen wir jetzt tun?«

Er nahm gedankenverloren die Lyra vom Tisch und setzte sich mit dem Gesicht zu uns gewandt auf den Klavierschemel. Der Rahmen der Lyra leuchtete nun golden, und die sechs Saiten flirrten in allen Farben, als David leise anfing zu singen.

Es mochten Minuten vergangen sein, vielleicht auch nur Sekunden oder auch Stunden. Im Erwachen aus dem traumartigen Zustand klang die Musik noch in mir nach, zunächst als eine Art Fortsetzung der Cherubino-Arie von Yuvál, wenn auch engelhaft lyrisch überhöht, dann als himmlische Krönung aller Musik überhaupt, oder wohl eher aller Musik von Mozart. Der Text war ein zauberhaft poetisches Gedicht, oder jedenfalls Worte, die sich allerdings sofort wieder auflösten, ich hätte auch nicht sagen können, in welcher Sprache David gesungen hatte. Wie bei den vorigen Malen verschwand die Musik bald gänzlich aus meiner Erinnerung. In der Gewissheit, noch nie so etwas Schönes erlebt zu haben, kam ich mit einem unbeschreiblichen Glücksgefühl und gänzlich gelöst wieder in die Gegenwart zurück. Ich schaute David an, wie er noch etwas verträumt auf seinem Schemel saß, und sah mich einen Augenblick selbst in seinem liebenden Blick, bevor ich einen eisigen Windstoß verspürte.

»David«, schrie ich, stürzte zu ihm und umfing seinen Kopf fest mit beiden Armen. Er hob instinktiv die linke Hand mit dem Instrument zur Seite, um es vor meinem Druck zu schützen. Ich blickte zurück und sah einen bärtigen Mann mit fast durchsichtigen Augen auf uns zu stürmen. Er riss David die Lyra aus der Hand, schmetterte sie zu Boden und trampelte auf ihr herum, sodass sie mit einem fürchterlichen Klagelaut in mehrere Stücke zerbrach und die Saiten weggesprengt wurden. Dann hob er wieder die Fäuste, um auf mich und David einzuschlagen.

»Hör auf, du Mistkerl.« Ich hob etwas den Kopf und sah Ricky neben uns stehen. Er drehte dem Mann einen Arm auf den Rücken und hielt ihn fest.

»Es ist alles in Ordnung, Prinzessin«, sagte er lächelnd zu mir.

Auch David schaute auf. »Löwenherz«, murmelte er, »da bist du ja endlich wieder. Was ist denn passiert?«

»Ich ging mit Raphi und Gabriel und Yuvál nach der Pause ins Haus zur Tugend und Gerechtigkeit«, berichtete Ricky. »Chantal hat Dienst am Empfang, und wir haben ein wenig ›Eile mit Weile‹ gespielt. Plötzlich hörte ich Charlie knurren und sah diesen Mistkerl draußen herumlungern. Ich bin ihm hierher in den Pavillon gefolgt, aber leider nicht schnell genug. Immerhin, das Versteckspiel hat ein Ende.«

Er schüttelte den Mann, ohne den Griff zu lockern. »Möchten Sie noch etwas sagen, bevor wir die Polizei rufen?«, fragte er ironisch.

»Die Königin hat mich hergeschickt«, kreischte der Mann, »der Prinz ist des Zauberinstruments nicht würdig.«

David schaute mich kurz an, stand auf und erblickte die zertrümmerte Lyra. »Nein«, schluchzte er und fiel auf die Knie, »nein!«

Ich hörte Stimmen hinter mir, offenbar erwachten die Leute allmählich aus ihrer Schockstarre. Ich ging zu David und kniete mich neben ihm hin.

»Gott sei Dank«, flüsterte ich, »Gott sei Dank.«

»Seid ihr verletzt?«, fragte Noemi, die zu uns getreten war. Ich schüttelte den Kopf.

»Dann ruf doch bitte sofort die Polizei an«, bat Ricky

Noemi, »sie sollen kommen, um Herrn Silberling endlich in Gewahrsam zu nehmen.«

»Silberling?«

Er sah verwahrlost aus mit dem Bart und dem struppigen Haar, aber seine ekelhaft fischigen Augen verrieten ihn. Noemi warf ihm einen angewiderten Blick zu und verließ den Pavillon.

»Vielleicht wollen Sie sich von den Herrschaften hier noch verabschieden?«, fragte ihn Ricky. »Sonst gehen wir beide jetzt zusammen zum Empfang und warten dort auf die Polizei.«

»Ich bin unschuldig«, schrie Silberling auf dem Weg nach draußen, »die Königin hat mir befohlen, ihre Tochter zu töten, weil sie diesen hergelaufenen Zauberknaben mit dem Fatzken Löwenherz betrogen hat. Herr Doktor, Sie kennen mich doch, Sie müssen mir glauben –«

»Nun gehen Sie schon«, unterbrach ihn Nathan barsch. »Danke, Ricky, dass du ihn endlich dingfest gemacht hast, und dass du das Leben von diesen beiden gerettet hast. Was sind Sie für ein Scheusal, Silberling«, murmelte er kopfschüttelnd, während er nach vorn kam und David und mich sanft an den Händen hochzog.

»Ich begleite die beiden, falls dieser merkwürdige Mann Schwierigkeiten machen sollte.«

Doktor Dumont erhob sich und ging mit Ricky, der Herrn Silberling vor sich her aus dem Pavillon schob. Die ganze Gesellschaft schaute ihnen nach. Ohne viel zu denken, stand ich auf, setzte mich an den Flügel und fing an zu spielen.

»Ja, genau«, unterbrach mich der Alte, »das kam mir auch gerade in den Sinn, mein Kind. Los, Cancellara, das ist dein Stichwort.« Er gab dem Sänger, der neben ihm saß, einen kleinen Stoß, und der stolperte zu mir an den Flügel. Ich wiederholte die beiden Eingangstakte, und er setzte ein: »In diesen heilgen Hallen kennt man die Rache nicht …«, die Arie des

Sarastro aus dem zweiten Akt der *Zauberflöte*. Zu Beginn klang seine Stimme noch etwas wackelig, aber schon im Verlauf der ersten Strophe fasste er sich. Am Ende klatschte zuerst der Alte allein Beifall. Ich meinte fast körperlich zu spüren, wie die allgemeine Spannung sich löste, als sich ihm die anderen Gäste anschlossen. Bruno nickte und setzte sich wieder.

David schritt zum Tisch, auf dem die Lyra gelegen hatte, nahm das weiße Tuch, kam damit zurück, kniete sich wieder hin und breitete es sorgfältig auf dem Boden aus. Ich ging zu ihm, und gemeinsam legten wir die Bruchstücke des Instruments auf das Tuch. Am Ende legten wir die gegenüberliegenden Ecken des Tuches übereinander und verschlossen es mit einem lockeren Knoten. David brachte es zum Tisch zurück und legte es hin, strich noch einmal leicht darüber und kam wieder zu Nathan und mir. Er wirkte auf mich plötzlich erwachsen, ein verantwortungsvoller junger Mann, der diese außerordentliche Situation sicher und ruhig meisterte. Ich hob die sechs Saiten auf, bündelte sie und legte sie über Nathans Arm.

Nathan nahm Davids und meine rechte Hand und legte das Saitenband um unsere Handgelenke und darauf seine rechte Hand. Er blickte zuerst David, dann mich fragend an. Wir nickten beide, dann kreuzten sich unsere Blicke, und inniger als je zuvor sah ich in Davids leuchtenden Augen meine eigenen. Während des ganzen improvisierten Rituals war es absolut ruhig gewesen, jetzt jedoch brach ein befreiter, jubelnder Applaus los. Nathan nahm das Saitenband, legte es auf das weiße Tuch und ging zurück zu seinem Platz. Die Gäste erhoben sich, klatschten und riefen wiederholt »Bravo«.

»Meine sehr verehrten Damen und Herren, lieber Herr Doktor Morgenthau, liebes junges Paar, ich erlaube mir, nochmals das Wort zu ergreifen«, sagte der Alte, indem er aufstand und sich an die übrigen Gäste wandte, »weil ich ein abgebrühter alter Theaterhase bin, der bis heute geglaubt hat, ihn könnte nichts mehr erschüttern, was mit Theater und Oper zu tun hat, und schon gar nichts, was mit der *Zauberflöte* zu tun hat.«

Er räusperte sich kurz, bevor er weitersprach. »Wir wurden hier jedoch Zeugen einer Begebenheit, die ich als Wunder bezeichnen muss, denn es fällt mir kein anderes Wort dafür ein. Ich spreche nicht von dem Zwischenfall eben, noch nicht, sondern von dem, was uns vorher widerfahren ist. Wir alle, die wir hier versammelt sind, haben uns für eine Weile in einer Art musikalischem Paradies aufhalten dürfen. David Prinz hat uns mit seinem Gesang und seinem Saitenspiel dahin mitgenommen. Unser Gastgeber hat uns bei seiner freundlichen Begrüßung ein besonderes Erlebnis versprochen, und ich für meine Person wäre schon in der Pause sehr zufrieden gewesen mit dem, was ich bis dahin gehört hatte, aber was nachher geschah, sprengt für mich alle Grenzen des Vorstellbaren.«

David quittierte den Applaus, indem er kurz die Augen schloss.

Der Alte fuhr fort: »Meine sehr verehrten Herrschaften, bitte geben Sie mir noch ein paar wenige Augenblicke, denn es ist mir ein großes Anliegen, mich bei Ihnen zu entschuldigen«, sagte er, nun zu David gewandt. »Was war ich für ein eingebildeter Besserwisser, Ihre Geschichte anzuzweifeln, weil sie derjenigen der *Zauberflöte* so verwandt ist und ich ja schließlich weiß, was da gespielt wird und was nicht. Pustekuchen. Natürlich ist die Geschichte wahr, die Sie uns erzählt haben, mitsamt dem bösen Monostatos, der hier offenbar Silberling genannt wird und, etwas abweichend vom Original, von Ihrem Papageno mit Namen Richard Löwenherz überwältigt worden ist. Der schönste Beweis für die Wahrheit sind Sie selbst und das Geschenk, das Sie uns mit Ihrem Gesang zur Leier gemacht haben, und für das wir Ihnen nicht genug danken können.«

Er verbeugte sich leicht und setzte sich, und das Publikum klatschte, bis Nathan nach vorn gekommen war. »Lieber Herr Donner, ich danke Ihnen«, sprach er, noch immer sichtlich bewegt, »Sie haben mir die Not erspart, nicht in Worte fassen zu können, was ich hier eben erlebt habe. Und ich danke Ihnen, meine Damen und Herren, dass Sie unserer Einladung gefolgt sind, und darf Sie nun gleich zum gemütlichen Teil hinüber ins Haus zur Tugend und Gerechtigkeit bitten. Und endlich danke ich euch beiden, Liora und David, dass ihr uns habt teilnehmen lassen an eurer Berufung zur Musik. Ich habe noch eine Frage auf dem Herzen, und zwar an dich, lieber David.«

Als er nach einem kurzen Zögern weiterreden wollte, öffnete sich die schwere Eingangstüre, und Noemi, Doktor Dumont und Ricky nahmen wieder Platz, während Yuvál, Raphael und Gabriel zu uns nach vorn gerannt kamen. »Lola, Lola«, rief Gabriel aufgeregt, »Ricky hat einen Räuber gefangen, aber einen richtigen Räuber, und ein Polizist hat –«

»Zwei Polizisten haben ihn festgehalten«, korrigierte Raphael, ebenfalls ganz atemlos, »als er ins Polizeiauto stieg.«

»Das ist ein richtiger Räuber«, wiederholte Gabriel begeistert, »und Ricky hat ihn gefangen, und –«

»Und jetzt muss er ins Gefängnis«, ergänzte Yuvál, »für ganz lange, hat Ricky gesagt.«

Nathan schickte sich an einzugreifen, aber David schüttelte fast unmerklich den Kopf. Nathan nickte und ging zu seinem Platz zurück. In Davids Blick sah ich, dass wir beide dieselbe Idee hatten, wie wir die Jungen beruhigen und die Veranstaltung für uns alle würdig abrunden konnten.

»Wollt ihr vielleicht noch etwas singen?«, fragte David lächelnd. »Mit Liora und mir?«

»Ja«, riefen Raphael und Yuvál nach einer kurzen Überraschungspause.

David wandte sich ans Publikum: »Meine Damen und

Herren, meinen Bruder Yuvál kennen Sie ja schon, und das sind Raphael und Gabriel Morgenthau. Raphael singt in der Inszenierung von Herrn Donner den Zweiten Knaben und hat gerade angefangen, Cello zu spielen, und Gabriel –«

»Ich kann doch gar nicht singen.« Der Kleine sah aus, als ob er im nächsten Moment anfangen würde zu weinen.

»Aber natürlich kannst du singen«, widersprach David. »Komm her zu mir, wir beide singen zusammen. Ich wollte den Leuten nur noch erzählen, welches Instrument du spielst.«

»Mundharmonika«, antwortete Gabriel stolz. »Ricky zeigt mir, wie man sie spielt.«

»Meine Damen und Herren«, fuhr David fort, »ich habe Ihnen ja geschildert, wie mich Freund Löwenherz auf Lunenburg mit seinem Harmonikaspiel verzaubert hat.«

»Ricky kann natürlich überhaupt gut zaubern«, bestätigte Gabriel, »er kann nämlich ohne Streichholz Feuer machen.«

»Mit einer Lupe«, erklärte Raphael.

David nickte. »Ja, genau. Und was wollen wir denn nun singen?«

»Vielleicht einen Kanon von Mozart?«, schlug ich vor. Yuvál und Raphi nickten und wirkten dabei schon wieder erstaunlich ruhig.

»Welchen?«, fragte David.

»Den *Freistädtler*«, entschied Raphael sofort.

David wandte sich ans Publikum. »Was meinen Sie, meine Damen und Herren?«

Die Gäste waren wirklich sehr geduldig, fand ich. Sie nickten und klatschten, und Yuvál und Raphi verbeugten sich leicht, wie sie es gelernt hatten. Gabriel folgte ihrem Beispiel und erntete dafür einen Sonderapplaus. Wir organisierten uns noch kurz und sangen dann zum Abschluss des Leierkonzerts diesen vierstimmigen Kanon von Mozart:

»Lieber Freistädtler, lieber Gaulimauli, lieber Stachelschwein, wo gehn sie hin, wo gehn sie hin, wo gehn sie hin?

Etwa zum Finto, oder zum Scultetti, ha, wohin, wohin? Zum Scultetti, zum Finto, zum Finto, zum Scultetti?

Ei, zu kein'm von beiden, ei, zu kein'm von beiden, nein, sondern zum Kitscha geht der Herr von Lilienfeld, und nicht der Freistädtler, nein, auch nicht der Gaulimauli, weder der Stachelschwein, sondern der Herr von Lilienfeld.«

Schließlich flaute der Applaus ab, die Gäste nahmen ihre Mäntel und gingen zum Apero hinüber ins Haus zur Tugend und Gerechtigkeit. David, Nathan und ich waren die letzten, die den Pavillon verließen. Nathan löschte die Lichter und verschloss die Türe von außen. Es war kalt, und wir legten die Schritte zwischen dem Pavillon und dem Hauptgebäude wortlos zurück, David und ich wie immer Hand in Hand. Als wir die Empfangshalle betraten, waren die Leute schon dabei, sich von den Köstlichkeiten zu bedienen, die Noemi und ihre Mutter wieder einmal gezaubert hatten.

Ich löste mich von David, um mich ihnen anzuschließen, drehte mich nochmals kurz nach ihm um und sah, dass er weiß wie die Wand war. »Was hast du?«, fragte ich ihn. »Ist dir nicht wohl?«

»Nicht besonders.«

»Komm, wir setzen uns da hinten hin.«

Ich wollte ihn wieder an der Hand nehmen, aber er schüttelte den Kopf. »Ich glaube, ich kann nicht hierbleiben«, sagte er.

»Setz dich trotzdem einen Augenblick hin.« Ich schubste ihn auf den nächsten Stuhl. »Was ist los mit dir, Duvidl?«

Frau Prinz war zu uns getreten. »Ihm ist nicht wohl«, antwortete ich alarmiert, »ich glaube, wir gehen am besten sofort nach Hause.«

Sie nickte. »Das ist eine gute Idee. Es war wohl alles etwas viel für dich, nicht?« Sie strich ihm mit der Hand übers Haar. »Es war ganz wunderbar, ganz, ganz wunderbar, und ich bin sehr stolz auf dich«, sagte sie, »auf euch beide, was heißt: auf euch alle drei. Passen Sie gut auf ihn auf, Liora.«

Ich war froh, dass sie so unaufgeregt war und es offenbar für selbstverständlich hielt, dass David jetzt mit mir kommen würde. Das Problem war, dass wir nicht einfach so verschwinden konnten, und sowieso mussten wir erst ein Taxi bestellen und darauf warten.

»Bitte lass uns gehen, Engelchen«, bat David, »sofort.«

»Wir müssen –«

»Ist Ihnen nicht gut, David?« Das war Doktor Dumont, der sich mit zwei Mänteln über dem Arm zu uns gesellte.

»Ich möchte einfach nur mit Liora nach Hause«, antwortete David.

»Wir nehmen Sie mit dem Auto mit, wir müssen sowieso leider gehen, meine Frau und ich, unsere Jungmannschaft ist allein daheim. Heute ist ja dritter Advent, und ich hoffe nur, die Kinder warten auf uns, bevor sie mit den Kerzen herumspielen. Es ist nicht verwunderlich, dass Sie erschöpft sind, David, sicher werden Sie sich zuhause bald wieder besser fühlen. Ich sage nur schnell Nathan Bescheid und hole meine Frau, und dann machen wir hier einen Abgang à la française.«

David legte sich zuhause sofort hin, und ich ging in die Küche, um uns etwas zu essen zu machen. Als ich ihn holen wollte, schlief er tief und fest, und er schlief immer noch tief und fest, als ich am nächsten Morgen relativ früh ins Theater musste.

Ricky war gestern später als erwartet mit Charlie nach Hause gekommen und hatte mir beim Essen Gesellschaft geleistet. Da ich zu erschöpft zum Reden war, erzählte er mir ein wenig vom Apero nach dem Leierkonzert, und wie schade es sei, dass David und ich die Kommentare der Gäste nicht gehört hätten. Alle seien begeistert gewesen, fasziniert, überrascht, glücklich, die Stimmung sei so gut gewesen, dass die Leute viel länger geblieben seien als geplant. Alle hätten übrigens verstanden, dass David nach seinem Auftritt nicht noch Energie für Konversation gehabt habe, und natürlich auch, dass ich mit ihm gegangen sei.

»Wie gut, dass Charlie geknurrt hat«, beendete Ricky seine Erzählung. Charlie kam sofort an den Tisch, als er seinen Namen hörte, aber ich hatte ja nichts für ihn, also stand Ricky auf und nahm einen Wurstzipfel aus dem Kühlschrank.

»Braver Hund«, sagte er, während Charlie sich über den unerwarteten Leckerbissen freute. »Wann hat Charlie geknurrt?«, fragte ich. »Das tut er doch eigentlich nie.«

»Als sich vorhin auf Solberg der Mistkerl von Silberling draußen herumtrieb.«

»Ach ja, natürlich, das hast du ja erzählt. Braver Hund.«

Nun setzte sich Charlie vor mich hin und hoffte zweifellos auf mindestens einen weiteren Wurstzipfel, aber ich war zu müde, um aufzustehen. Welche Ironie, dachte ich später im Bett, als ich nicht einschlafen konnte. Vor einem Dreivierteljahr hatte Charlie die Unglücksfähre unbeaufsichtigt verlassen und damit Michaels Tod mitverursacht, und heute hatte er vielleicht David und mir das Leben gerettet.

Ich hatte schlecht geschlafen und war gerade noch pünktlich im Theater erschienen. Wie immer während Dekorations- und Beleuchtungsproben, außer bei der letzten mit Fred, langweilte ich mich ein bisschen mit den ewigen Diskussionen am Regiepult zwischen dem Bühnenbildner, dem Beleuchtungsmeister, dem Regisseur und Hannes, der sich wieder einmal aufblähte wie ein Hahn. Im Laufe des Vormittags stellte sich allmählich heraus, wie die Bühne schlussendlich aussehen würde, aber das merkte ich lange nicht, weil ich vor mich hin döste und überdies alles, was ich sah, für provisorisch hielt.

Erst durch die allgemeine Übereinstimmung und Zufriedenheit am Regiepult, so gegen Mittag, wurde mir klar, dass das, was ich sah, das definitive Bühnenbild für den Beginn der Oper war.

»Aber das geht doch so nicht«, sagte ich entgeistert.

»Was geht so nicht?«, fragte Hannes, neben dem ich saß.

»So sieht es doch nicht aus am Anfang.«

Er schaute mich fragend an. »Am Anfang ist doch ein Park mit alten Bäumen und einer Villa mittendrin.« Ich hatte ziemlich laut gesprochen, es erschien mir lebenswichtig, ihn und die anderen Verantwortlichen zu überzeugen. Hannes schüttelte den Kopf.

»Noch nie etwas was von Abstraktion gehört? Von Peter Brooks leerem Raum? Von Wieland Wagner?«

»Doch, natürlich, aber doch nicht für die *Zauberflöte*.«

»Und warum nicht für die *Zauberflöte*?«, fragte Hannes leicht genervt. Die Antwort blieb mir im Halse stecken, weil ich über Lunenburg nicht sprechen konnte. Gleich würde ich entweder ersticken oder anfangen zu heulen oder umkippen oder mich übergeben.

»Und übrigens wäre es nicht ein Park mit einer Villa drin, wenn wir schon so originalgetreu sein wollen«, belehrte mich Hannes unnötigerweise, »sondern eine felsige Gegend mit einem runden Tempel.«

Ich schaffte es gerade noch nach draußen, wo mich die Dezemberkälte so unerwartet umfing, dass ich mich an die Wand lehnen konnte, ohne umzukippen oder mich übergeben zu müssen. »Mutter«, flüsterte ich, »Mutter.«

Mein Zustand fühlte sich so bedrohlich an wie die Panikattacken nach Michaels Tod. Ich versuchte, tief und ruhig zu atmen und zu rekapitulieren, was mir da eben passiert war, aber mein Gehirn streikte wieder einmal. Ich kam nicht weiter, als dass es etwas mit Lunenburg und meiner Mutter zu tun hatte und mit der Unmöglichkeit, darüber zu sprechen, heute genauso wie gestern beim Leierkonzert. Auch als ich mich allmählich beruhigte, bereitete mir der Gedanke, über den

Zusammenhang von Lunenburg und der *Zauberflöte* nachzudenken oder gar zu sprechen, die altbekannte Mischung von Übelkeit und Schwindel, und ich wünschte mir, meine Mutter wäre hier und würde mich endlich von dem Zauber befreien.

Auf der Treppe begegnete ich den Leuten von der Probe, die auf dem Weg zum Mittagessen waren.

»Komm doch eben nochmal mit mir«, ordnete Regisseur Donner an, genannt der Alte, und ging mit mir zurück in den Zuschauerraum.

»Zuerst möchte ich dir nochmals gratulieren zu dem gestrigen Anlass. Ihr wart ja nachher gleich weg, begreiflicherweise, und heute habe ich dich vor der Probe auch noch nicht wieder gesehen. Drum hole ich es jetzt nach. Chapeau, das hast du toll gemacht.«

»Ich? Der Orpheus von uns beiden ist David.«

»Ja, das ist er. Aber du hast außerordentlich schön Klavier gespielt und diesen kleinen Bengel bei seiner Arie wunderbar begleitet, und mit deiner Geistesgegenwart hast du deinem Freund ja wohl das Leben gerettet.«

So hatte ich das bis jetzt nicht gesehen, aber ich war gestern zu ausgepumpt gewesen, um über das Leierkonzert oder überhaupt irgendetwas nachzudenken, und auch jetzt fühlte ich mich noch schwach und unfähig, mich zu konzentrieren.

»Nachträglich habe ich mich allerdings darüber gewundert, dass du zur Geschichte von Herrn Prinz so beharrlich geschwiegen hast.«

Ich merkte, dass ich anfing zu schwitzen und gleich einen Herzanfall erleiden würde. »Ich konnte nicht …«, stammelte ich, »ich kann nicht …« Ich schüttelte heftig den Kopf und fiel dabei fast aus dem Sessel.

»Und was war eben los? In der Probe? Mit dem Bühnenbild?« Er war weder wütend noch erbost, eher väterlich besorgt, schien mir. Er war ein ruhiger, behäbiger Mann, der allerdings höchst ungemütlich werden konnte, wenn Leute sich unprofessionell verhielten. Es war fast dunkel in dem leeren Zuschauerraum, was mir angenehm war.

»Es tut mir leid … Ich kann es nicht erklären …« Mir war sterbenselend.

»Auch du hast eine außerordentlich intensive Beziehung zur *Zauberflöte*«, stellte der Alte fest, »das sehe ich schon die ganzen Wochen, und das ist an sich auch sehr schön. Für mich ist die *Zauberflöte* auch etwas Besonderes, das hast du ja gestern wohl bemerkt, aber du scheinst dich in einem Maß mit dem Stück zu identifizieren … merkwürdig … dein Orpheus … und jetzt du …«

Er schaute mich nachdenklich an. »Aber du musst bei aller Liebe doch eine professionelle Distanz entwickeln, sonst entgleitet dir das Stück, statt dass du es gestalten kannst.«

»Ja, ich weiß.« Ich versuchte, ruhig zu atmen und normal zu sprechen.

»Und du willst es doch in wenigen Monaten dirigieren.« Jetzt schmunzelte er, und mir war plötzlich wieder wohl.

»Das wissen Sie natürlich auch schon.«

»Das weiß inzwischen jeder hier im Haus, und es wird sich rasch weiter herumsprechen. Ich könnte mir sogar vorstellen, dass dir die Tatsache, dass du eine Frau bist, zunächst eher nützt als schadet. Es ist etwas Exotisches, verstehst du? Mal was anderes. Also, herzliche Gratulation zu deinem ersten Engagement als Kapellmeisterin, und jetzt, mein Kind, gehen wir endlich zum Mittagessen.«

Er erhob sich etwas schwerfällig. »Wir tun alle unser Bestes mit der *Zauberflöte*, ja? Jeder an seiner Stelle. Kompliment bei der Gelegenheit auch noch für deine Drei Knaben, die könnten nicht besser vorbereitet sein.«

Eine Stunde später saßen wir alle wieder am Regiepult. Der Alte bat mich hin und wieder, auf der Bühne die Position eines Sängers oder einer Sängerin einzunehmen, um präzise ausgeleuchtet zu werden. Die Vermischung mit Lunenburg passierte mir nicht mehr, und am Ende der Probe konnte ich nicht mehr rekonstruieren, was genau am Vormittag mit mir geschehen war, die Erinnerung löste sich ähnlich traumartig auf wie nach Davids Gesängen zur Lyra. Als ich spät nach Hause kam, saß mein privater Orpheus lesend am Küchentisch. Bei einem Glas Wein erzählte ich ihm ein wenig von der langen Probe, verschwieg ihm jedoch den vormittäglichen Zwischenfall.

Nachdem wir beide lange geschlafen hatten, fühlte ich mich am nächsten Morgen wieder einigermaßen wohl, aber David blieb, wie offenbar auch gestern, den ganzen Tag im Bett. Um ihn nicht zu stören, ging ich schon am frühen Nachmittag ins Theater und arbeitete in einem freien Probenraum an der Beethoven-Sinfonie und den Dirigierübungen, die Frantzen mir aufgetragen hatte. Am Abend hatte ich Vorstellung, *Tosca*, und war froh, wieder in meinem Opernalltag angekommen zu sein.

Am nächsten Mittag fuhr ich direkt nach der Probe nach Zürich, um endlich den Termin bei Adler und Roschewski wahrzunehmen. Im Zug las ich in Scherchens *Lehrbuch des Dirigierens* und ging in Zürich zu Fuß zu der Kanzlei in der Nähe des Paradeplatzes. Nicht im Geringsten war ich darauf vorbereitet, was mich bei Adler und Roschewski erwarten würde, ich hatte daran auch keinen Gedanken verschwendet.

Doktor Adler empfing mich in einem großen, elegant eingerichteten Büro. Er war ein sehr alter, ausnehmend charmanter Herr. Nach der Begrüßung fragte er als Erstes, ob ich einen Ausweis dabei hätte, entschuldigte sich gleich dafür, dass er auf diesem Umstand bestehen müsse, und lächelte mich ausgiebig und herzlich an, als er mir meinen Pass zurückgab.

»Es wäre eigentlich in diesem Fall nicht nötig gewesen, das zu überprüfen, höchstens Ihr Geburtsdatum, aber Ordnung muss halt immer sein bei uns Anwälten. Dabei sehen Sie Ihrem Herrn Vater so ähnlich, es ist kaum zu glauben.«

Er habe seinerzeit als junger Jurist dem Redlich-Kreis angehört, erzählte er, nachdem es ihn schon gleich nach dem »Anschluss« aus Wien nach Zürich verschlagen habe. Jahre später, nach seinem ersten Schlaganfall, habe ihn mein Vater zu sich nach Kilchberg eingeladen, mit der Bitte, bei dieser Gelegenheit etwas Persönliches zu besprechen. Doktor Adler sei bei der Wiederbegegnung mit dem lieben Freund schockiert gewesen, denn der ehemals so vitale, wenn auch immer schon eher zarte Mann sei nur noch ein Schatten seiner selbst gewesen und offensichtlich angewiesen auf die Hilfe von Doktor Morgenthau, mit dem ihn eine tiefe Freundschaft zu verbinden schien.

Eine tiefe Freundschaft, dachte ich, so kann man das auch nennen. Doktor Adler sprach ohne eine Spur von Ironie, in seiner Stimme schwang vielmehr große Zuneigung mit, für meinen Vater wie auch für Nathan. Nun griff er nach dem Briefumschlag, der zwischen uns auf dem Tisch lag.

»Das ist die letztwillige Verfügung Ihres Herrn Vaters, die wir an jenem Nachmittag zusammen aufgesetzt haben. Er hat mir damals in meiner Eigenschaft als Anwalt das Dokument zur Aufbewahrung und Verwaltung anvertraut, bis Sie, liebes Fräulein Redlich, Entschuldigung: liebes Fräulein Sternlicht, eines Tages kommen würden, um seinen Inhalt zu erfahren. Wie schön, dass Sie endlich den Weg zu unserer Kanzlei gefunden haben, gerade noch rechtzeitig, wenn ich das so sagen darf. Ich nehme an, Doktor Morgenthau hat Sie zu uns geschickt?«

Ich nickte. Mir war nicht wohl. Doktor Adler sah es mir offenbar an. »Darf ich Ihnen ein Glas Wasser anbieten? Es ist nicht ungewöhnlich, dass Leute vor einer Testamentseröffnung nervös sind. Sie, liebe Liora, haben jedoch dazu nicht den geringsten Grund.«

Er legte den Umschlag wieder hin, erhob sich, ging zu einem kleinen Tisch und kam mit einem Glas Wasser und einem silbernen Brieföffner zurück. Nachdem ich rasch ausgetrunken hatte, fragte er mich freundlich: »Wollen wir?«

Ich nickte wieder. Er setzte eine Brille auf, öffnete den Umschlag, nahm ein Blatt Papier heraus und las es mir vor. Ich war so perplex, dass ich mich nicht rühren konnte.

»Haben Sie eine Frage?«, erkundigte er sich lächelnd, während er die Brille auf den Tisch legte. Ich hatte tausend Fragen, aber keine, die sich in diesem Augenblick formulieren ließ.

»Könnte ich vielleicht bitte noch ein Glas Wasser haben?«

»Aber sehr gern.« Er ließ mir Zeit zu trinken, bevor er weitersprach.

»Wenn es Ihnen recht ist, würde ich vorschlagen, dass unsere Kanzlei die Administration zunächst wie bisher fortführt. Für die konkrete Abwicklung wenden Sie sich dann bitte jederzeit wieder an mich oder an meinen Sohn Gustav, der mein Nachfolger hier wird. Das weitere Prozedere hat ja keine Eile mehr. Grüßen Sie Herrn Doktor Morgenthau bitte von mir, und ich freue mich sehr darüber, Professor Redlichs Tochter heute endlich kennengelernt zu haben.«

Zuhause fand ich David in Rickys Morgenrock am Küchentisch sitzend vor, den Kopf auf die Hände gestützt, unrasiert und blass. Ich hatte ihn vorgestern Nacht zum letzten Mal wach gesehen, gestern und auch heute war ich ja aus dem Haus gegangen, als er noch schlief, und als ich gestern nach der Vorstellung nach Hause gekommen war, hatte er ebenfalls geschlafen. Auf der Rückfahrt von Zürich hatte ich mir überlegt, mit welchen Worten ich ihn am wirkungsvollsten überraschen konnte, aber bei seinem Anblick vergaß ich augenblicklich meinen Besuch bei Doktor Adler.

»Um Gottes willen, bist du krank?«, fragte ich und ging

auf ihn zu, um ihn zu umarmen. Er schaute mich an, schüttelte den Kopf und wehrte mit der Hand meine Umarmung ab.

»Bist du brojges mit mir? Habe ich etwas falsch gemacht?«

»Brojges sein« ist jiddisch und bedeutet schmollen. Er schüttelte wieder den Kopf. Ich setzte mich ihm gegenüber. »Sondern?«

Er blickte auf die Stelle, wo meiner Meinung nach zu dieser abendlichen Stunde gut ein Teller hätte stehen können. Ich war hungrig, das merkte ich jetzt, und es machte mich vielleicht ungeduldiger als gerechtfertigt, meine Stimme klang jedenfalls schroffer als beabsichtigt. »Kannst du vielleicht mit mir reden?« Er rührte sich nicht.

»Dubi, bitte, sprich mit mir.« Ich streckte meine Hand aus, aber er nahm sie nicht.

»Wann hast du zuletzt etwas gegessen?«

Keine Antwort. Ich stand auf und öffnete den Kühlschrank. Kein großartiger Anblick, aber immerhin, ich konnte Spiegeleier für uns machen, Brot war auch noch da und eine angebrochene Rotweinflasche. Schweigend bereitete ich alles vor, stellte unsere Teller auf den Tisch und erhob mein Glas.

»Lechajim.« Auch David erhob sein Glas, stellte es jedoch wortlos wieder hin, ohne getrunken zu haben. Ich begann zu essen, während David mit seiner Gabel nur herumstocherte. Nach einer Weile stand er auf, murmelte etwas Unverständliches und verschwand in meinem Zimmer.

Ich beendete rasch die Mahlzeit und rief dann bei Morgenthaus an. Das hatte ich sowieso vorgehabt, ich wollte mich mit Nathan verabreden, um ihm von Adler und Roschewski zu erzählen. Noemi hob ab.

»Gott sei Dank, dass du anrufst«, sagte sie statt einer Begrüßung. »Wir machen uns Sorgen, weil bei dir nie jemand ans Telefon geht.«

»Es tut mir leid, ich bin ständig unterwegs gewesen, und David …«

»Was ist mit David? Ist er bei seiner Mutter?«

»Nein, er ist hier bei mir, aber … aber …«

»Liora, bitte sprich mit mir.«

»Das habe ich vorhin zu David auch gesagt.«

»Und?« Ich erzählte ihr, wie David aussah, und dass er nichts gegessen hatte und nicht mit mir sprach.

»Und offenbar ging er auch nicht ans Telefon«, ergänzte Noemi, »das gefällt mir überhaupt nicht. Als Ärztin, meine ich, nicht, dass ich ihm das übelnehme.«

»Was soll ich denn tun?« Ich war den Tränen nahe. Sie überlegte eine Weile.

»Jetzt würde ich ihn in Ruhe lassen, es ist ja schon recht spät, und schau du, dass du auch ein paar Stunden Schlaf bekommst. Das Leierkonzert war ganz wunderbar, deswegen wollten wir ja mit euch telefonieren, um uns nochmals zu bedanken, aber es war sicher auch extrem anstrengend für euch beide. Morgen … was habt ihr morgen vor?«

»Ich weiß nicht, was David vorhat, er hätte in diesen Tagen ja bestimmt irgendwann Cellostunde und müsste üben. Ich habe am Vormittag Probe, und am Nachmittag muss ich mich vorbereiten für meinen Dirigierunterricht übermorgen. Am Abend habe ich frei.«

»Dann komm doch morgen Abend zum Essen zu uns, und bring David mit, wenn er möchte, sonst komm allein. So gegen sieben wie immer?«

»Tausend Dank.«

»Ach, Süße, bring doch, wenn möglich, Charlie mit, dann sind unsere Jungens glücklich und wir Großen unter uns.«

Am nächsten Morgen schlief David noch, als ich aufstand, und auch, als ich die Wohnung verließ, oder er tat so. Ich hatte Ricky am Abend noch einen Zettel geschrieben, Charlie solle gegen Abend zuhause sein. Das war inzwischen nicht mehr selbstverständlich, denn Ricky nahm ihn früh immer mit zur

Arbeit und kam zu den unterschiedlichsten Zeiten mit ihm zurück. Ich hätte auch gern mit Ricky direkt über David gesprochen, aber wir waren in diesen Tagen nie gleichzeitig zuhause, außer vielleicht mitten in der Nacht.

Beim Weggehen war ich außer mir vor Sorge und überlegte sogar, mich im Theater gleich beim Alten zu entschuldigen und zurück nach Hause zu gehen. Er hätte, dachte ich, Verständnis dafür, dass David nach dem Leierkonzert fast krank war vor Erschöpfung und mich brauchte. Als ich jedoch den Zuschauerraum betrat und aus dem Orchestergraben die verschiedenen Instrumente leise durcheinander Motive aus der *Zauberflöte* spielen hörte, beschloss ich zu bleiben. Ich saß heute nicht wie sonst immer in der Mitte des Parketts am Regiepult, sondern in der ersten Reihe schräg hinter Streberlein, damit er mir Stellen, die er nachher mit dem Orchester oder einem Sänger korrigieren wollte, während des Dirigierens angeben konnte. Diesen Platz hätte ich nie mehr hergeben wollen, außer zugunsten des Dirigentenpultes, aber was das anging, musste ich mich noch einige Monate gedulden.

Auf dem Nachhauseweg kaufte ich einige Leckereien ein, in der Hoffnung, David damit zu erfreuen, aber als ich die Wohnungstüre öffnete, sah ich, dass meine Zimmertür offen war, das Bett einigermaßen gemacht und David verschwunden. Meinen aufkeimenden Ärger versuchte ich zu unterdrücken und ging in die Küche, um die Einkäufe zu verstauen. Auf dem Tisch fand ich eine Notiz von David, er sei bei seiner Mutter zum Mittagessen. Sonst nichts, keine Anrede, kein Gruß, nur gerade die Mitteilung. Nun gut, wenigstens war er aufgestanden und hatte bestimmt vorher mit seiner Mutter telefoniert, vielleicht ging es ihm also besser.

Nachdem ich stehend ein Käsebrot vertilgt hatte, wollte ich bei Prinzens anrufen, ich hatte ja David nicht mitteilen können, dass wir heute Abend bei Morgenthaus eingeladen waren. Auch über meinen gestrigen Besuch bei Doktor Adler hatte ich nicht mit ihm sprechen können, und nun konnte ich das Glücksgefühl nicht mit ihm teilen, das Mozarts Musik heute Vormittag einmal mehr in mir ausgelöst hatte, und das war das Traurigste von allem: die Vorstellung, dass vielleicht Mozarts Musik David nicht interessierte, nicht erreichte im Moment, und wer konnte sagen, wie lange dieser Moment dauern würde.

Frau Prinz bestätigte mir am Telefon Davids Apathie und Appetitlosigkeit, schien sich jedoch darüber weniger Sorgen zu machen als ich. Er sei halt besonders sensibel, und das Leierkonzert sei wohl über die Grenze seiner Belastbarkeit gegangen, besonders, meinte sie, der Auftritt dieses gewalttätigen Pflegers, und sie glaube, er brauche einfach Zeit und Ruhe, um sich zu erholen. Sie schlug vor, dass er die nächste Nacht bei ihr schlafen und morgen Abend, wenn möglich, Yuvál zur Probe ins Theater begleiten würde und nachher zurück nach Hause. Sie hielt es für ausgeschlossen, dass David heute mit mir zu Morgenthaus gehen könne, sagte sie, und da sie vermutlich recht hatte, verzichtete ich auf eine Diskussion. Sie lud mich auf Schabbes zum Mittagessen ein, dann würden wir zusammen weitersehen.

Nachträglich kam es mir vor, als hätten wir über unser gemeinsames krankes Kind gesprochen, aber das störte mich nicht besonders, ich fühlte mich im Gegenteil, wenn ich ehrlich war, entlastet, dass David in der Obhut seiner Mutter war, zumal morgen mein nächster Unterricht bei Frantzen anstand und ich mich also sowieso nicht um David hätte kümmern können.

Es war die erste Nacht seit längerem ohne David, und ich wünschte, es wäre für immer die letzte. Mein Bett war plötzlich viel zu breit, und ich drehte mich stundenlang von einer Seite auf die andere, ohne Schlaf zu finden. Nathan hatte sich am Abend kaum geäußert zu Davids Verhalten, er hatte nur mit sorgenvoller Miene zugehört, als Noemi mir ans Herz gelegt hatte, das Gespräch mit David zu suchen. Sie teilte nicht die Meinung von Frau Prinz, David habe sich beim Leierkonzert nur ein wenig übernommen und werde sich schon von selbst erholen.

Das Problem war, dass ich ihn allenfalls morgen Nachmittag zwischen dem Unterricht bei Frantzen und der *Zauberflöte*-Probe am Abend entweder bei seiner Mutter besuchen oder mit ihm telefonieren konnte. Aber was sollte ich tun, wenn er den Mund nicht aufmachte?

»Ich habe das Gefühl, er wird den Mund schon aufmachen, wenn du ihm genug Zeit gibst«, meinte Noemi, »oder vielleicht kannst du ihm etwas auf dem Klavier vorspielen, und die Musik löst ihm die Zunge.«

»Oder ich könnte ihm endlich von meinem Besuch bei Adler und Roschewski erzählen«, schlug ich vor.

»Ach, du warst inzwischen dort?« Ein zufriedenes Lächeln breitete sich auf Nathans Gesicht aus.

»Möchtest du darüber sprechen?«, fragte Noemi. Ich zögerte. Eigentlich hatte ich das mit Nathan allein bereden wollen.

»Wisst ihr was«, sagte sie sofort, »ich gehe mal nach oben und schaue, dass die Kinder ins Bett kommen.«

»Danke«, sagte ich, »du bist ein Schatz.«

»Du auch.« Sie warf mir eine Kusshand zu und verließ das Zimmer, und so konnte ich endlich jemandem von dem Besuch bei Doktor Adler erzählen, und zwar dem Menschen, den die Angelegenheit am meisten anging, außer mir selbst natürlich. Allerdings enthielt mein Bericht nichts, was Nathan nicht schon wusste, denn er war dabei gewesen, als mein Vater vor fast fünfzehn Jahren mit Doktor Adler seine letztwillige Verfügung formuliert hatte.

»Darum habe ich versucht, ein wenig Dampf zu machen«, erklärte er. »Wann genau wirst du fünfundzwanzig?«

»In drei Monaten.«

»So bald schon. Wunderbar, dass es noch geklappt hat. Ich bin sicher, dass Salomon sich sonst blau und grün geärgert hätte, wenn man das über einen lieben Verstorbenen sagen darf.«

»Wieso hat er denn diese Klausel überhaupt hineingenommen?«

»Das habe ich ihn damals auch gefragt. Er meinte, wenn du bis zu diesem Zeitpunkt nicht auftauchen würdest, sei dein Interesse an ihm zu klein, und er würde dann sozusagen einen Schlussstrich unter seine von vorneherein etwas holprige Vaterschaft ziehen. Ich fand die Begründung nie plausibel, aber das Ganze war ja schließlich seine Sache.«

In diesem Moment erfasste mich eine Traurigkeit, die ich überhaupt nicht einordnen konnte. Ohne Grund fühlte ich so etwas wie Abschiedsschmerz.

»Ich danke dir für alles, was du für mich getan hast«, sagte ich mit tränenerstickter Stimme.

Nathans Augen glänzten. »Ich danke dir auch für alles. Du hast unsere Trauer so intensiv mitgetragen, bis an deine eigenen Grenzen und fast darüber hinaus. Das war eine wundervolle Erfahrung in dieser schweren Zeit und ist es immer noch, auch übrigens für Noemi, von den Kindern ganz zu schweigen. Raphi würde für dich durchs Feuer gehen.«

»Durch Feuer und Wasser«, murmelte ich, »ich würde für euch auch durchs Feuer gehen.«

»Du bist für Michael ins Wasser gesprungen, und auch dafür werden wir dir immer dankbar sein, und du hast Salomon wieder in mein Leben gebracht, und auch dafür … und ich habe durch dich David kennenlernen dürfen …«

Er stand auf, und ich auch, und er nahm meinen Kopf in seine Hände und gab mir einen Kuss auf die Stirn. Diesen Augenblick wollte ich im Gedächtnis behalten bis zu meinem letzten Atemzug. Seine Augen waren den meinen ganz nahe, als er flüsterte: »Geliebtes Kind, wir werden in Kontakt bleiben, was immer auch passiert, ja?«

»Sie wirken heute etwas angespannt. Sind Sie überfordert mit dem Unterricht bei mir und Ihrer Tätigkeit im Theater? Bitte seien Sie ehrlich zu mir, alles andere hat keine Zukunft.«

Ich saß zum dritten Mal mit Professor Frantzen in seinem Wohnzimmer in Freiburg und bewunderte die positive Energie, die er ausstrahlte, und seine Selbstsicherheit, die keine Spur von Überheblichkeit hatte.

»Nein, bestimmt nicht«, beeilte ich mich zu erwidern, »ich habe nur im Moment … Ich habe ja mit meinem Freund letzten Sonntag dieses Hauskonzert gespielt, und seither geht es David nicht gut, und das macht mir Sorgen. Aber darf ich Ihnen jetzt die Beethoven-Sinfonie vorspielen? Ich habe auch den ersten Satz entflochten.«

»Entflochten. Das ist ein guter Ausdruck. Schön, legen Sie los.«

»Das machen Sie gut«, befand er, nachdem er einige Passagen meiner Klavierversion der Beethoven-Sinfonie kommentiert und sie sich dann ein zweites Mal angehört hatte.

»Aber lassen Sie sich das nicht zu Kopfe steigen. Sie realisieren bitte schon, dass Sie noch sehr viel zu lernen haben, und ich spreche hier beileibe nicht nur von der Schlagtechnik. Sie müssen in überschaubarer Zeit das ganze sinfonische Repertoire beherrschen, zeitgenössische Musik, und von barockem Stil haben Sie überhaupt noch nicht viel Ahnung. Das dirigentische Leben besteht nicht nur aus Mozart.«

Vielleicht hatte er sich vorgenommen, mich heute ein wenig zu verunsichern, aber er erreichte nur, dass ich mich über ihn ärgerte und ihm die übrigen Hausaufgaben umso intensiver ablieferte. Beim Abschied lächelte er endlich wieder sein schönes kühles Lächeln.

»Ihre Sturheit ist eine echte Qualität von Ihnen, solange

sie sich so temperamentvoll äußert. Üben Sie weiterhin viel Klavier. Ihre dirigentische Karriere beginnt zwar einigermaßen kometenhaft, aber ein zweites Standbein als Begleiterin wäre nicht schlecht, da Sie nun schon einmal eine brauchbare Pianistin sind.«

Eine brauchbare Pianistin, und dies aus dem Munde von Florian Frantzen. Kein zweites Fräulein Danzeisen, die nach Mottenkugeln riecht und kleinen Kindern das Klavierspielen verleidet. Ich wollte, ich könnte das meiner Mutter erzählen.

Auf der Rückfahrt überlegte ich, ob ich David anrufen oder unangemeldet bei Prinzens auftauchen sollte auf die Gefahr hin, dass er mich nicht sehen wollte. Für ihn wäre es einfacher, sich von seiner Mutter telefonisch einmal mehr verleugnen zu lassen, als mich abzuweisen, wenn ich vor der Türe stand, also ging ich vom Bahnhof aus gleich zur Schützenmattstraße. Ich nahm mir vor, David Zeit zu geben, so wie es Nathan mit mir immer gehalten hatte, als ich das brauchte. Geduld zu üben. Keinen Zweifel an meiner Liebe zuzulassen. Ich stellte mir David vor, und zwar nicht so, wie ich ihn zuletzt gesehen hatte, sondern so lebhaft und zärtlich, wie er bei mir zuhause nach der etwas verunglückten Einladung bei Wackernagels gewesen war. Oder beim Musizieren. Oder beim Sommersprossenzählen, was wir viel zu lange nicht getan hatten.

Er selbst öffnete auf mein Klingeln hin die Türe, schaute überrascht, schickte sich an, in das Zimmer zu gehen, das er sich mit Yuvál teilte, schüttelte leicht den Kopf und biss sich auf die Oberlippe.

»Nicht weglaufen«, sagte er leise, wie zu sich selbst, und ließ mich eintreten.

Seine Mutter war mit Yuvál Einkäufe für Schabbes machen, das traf sich schon mal gut, fand ich. Wir setzten uns im sogenannten großen Zimmer an den Esstisch einander gegenüber, sodass wir uns nicht anfassen konnten, ganz schicklich.

»Danke, dass du mich hereingelassen hast«, eröffnete ich das Gespräch und kam mir ein wenig vor wie Nathan.

»Was hätte ich schon sonst tun sollen.« Ich sah nicht wirklich ein Lächeln, aber immerhin keine Ablehnung.

»Dubi, weißt du was, ich finde es furchtbar ohne dich im Bett. Das will ich gesagt haben, bevor deine Mutter und dein unschuldiger kleiner Bruder zurückkommen.«

»Weißt du was, das finde ich auch.« Wir sahen einander in die Augen, und ich sah in seinem Blick mich selbst, und das war für mich das Versprechen, dass am Ende alles gut würde.

»Und danke, dass du wieder mit mir sprichst. Kannst du auch wieder essen?« Er zog die Schultern hoch. Schmal sah er aus, aber wenigstens war der Dreitagebart weg, und er war normal angezogen.

»Und üben?« Er schloss die Augen und schüttelte den Kopf.

»Warum nicht?«

»Ich bin nicht würdig.«

»Was soll das denn heißen?« Er antwortete nicht, und ich übte Geduld. Was würde Nathan jetzt tun? Er würde mir Zeit lassen, ohne mir seine Zuneigung zu entziehen.

»Dubi, ich muss dir etwas sagen.«

»Nämlich?«

»Ich liebe dich.«

»Ich liebe dich auch, aber –«

»Was aber?«

»Ich habe es versemmelt.«

»Was hast du versemmelt?«

Keine Antwort. »Bedeutet ›nicht würdig sein‹, etwas versemmelt zu haben?«, legte ich nach.

Nach einer Weile bejahte er das. Ich fand das Zeitlassen ziemlich anstrengend und fragte mich, ob es Nathan auch so ergangen war mit mir.

»›Versemmelt haben‹ ist einfacher zu konjugieren als ›würdig sein‹«, stellte ich fest.

»Stimmt, aber es heißt: ›Ist würdig, und wird eingeweiht‹, nicht: ›Hat versemmelt‹, und so weiter.«

»Ach so, *Zauberflöte*, Finale Zwei, vor der Feuer- und Wasserprobe.«

»Eben.«

»Ein Weib, das Nacht und Tod nicht scheut –«, sang ich.

»Ist würdig, und wird eingeweiht«, fiel David ein, und wir wiederholten zweistimmig: »Ist würdig, und wird eingeweiht.« Seine Stimme klang frei und leuchtend wie immer.

»Du hast gesungen. Du hast gesungen.« Ich war so glücklich, dass ich nicht sitzenbleiben konnte. Ich lief zu David, umarmte ihn von hinten und küsste seinen Kopf. Er nahm meine Hände in die seinen und hielt sie lange fest, dann sauste ich zu meinem Anstandsstuhl zurück und wiederholte leise: »Du hast gesungen. Willkommen zurück im Leben.«

»Ja, tatsächlich, ich habe gesungen«, bestätigte er nach einer langen Pause, »und ich kann wieder sprechen, und beides hast du zustande gebracht.«

»Dann kann ich dir jetzt endlich erzählen, was –«

»Aber damit ist das Problem nicht gelöst.«

»Und was ist das Problem?« Ich atmete tief ein und übte von Neuem Geduld.

»Ich bin nicht würdig.«

»Dubi, das hatten wir schon. Sag mir doch bitte einfach, was du versemmelt hast.« Ich war erstaunt und auch ein wenig stolz, dass keine Ungeduld in meiner Stimme mitschwang.

»Silberling hat es doch geschrien, bevor Löwenherz ihn abgeführt hat.«

Ich schaute ihn verständnislos an. »Silberling hat geschrien, die Königin habe ihn geschickt, weil ich des Instruments nicht würdig sei, und dann hat er auch noch geschrien, die Königin habe ihm befohlen, dich zu töten. Ich habe dich nicht schützen können vor Silberlings Angriff, und ich habe die Lyra nicht schützen können, und wenn du dich nicht zwischen Silberling und mich geworfen hättest, wäre ich jetzt vielleicht tot, und das wäre richtig, denn ich habe alles versemmelt.« Er senkte den Kopf und starrte auf die Tischdecke.

»Dubi, du bist nicht weggelaufen.«

Er hob den Kopf. »Wann bin ich nicht weggelaufen?«

»Jetzt, eben. Und als ich vorhin kam. Und als das mit der Lyra geschehen war, bist du auch nicht weggelaufen, sondern du hast das ganze Ritual durchgestanden. Das ist so ungefähr das Gegenteil von versemmeln, finde ich.«

»Du bist wundervoll«, sagte er.

»Du auch. Aber ich verstehe dich noch immer nicht. Du wirst doch diesem Mistkerl von Zimmerling –«

»Silberling.«

»Von mir aus. Du wirst doch diesem Mistkerl nicht glauben, was er da herumgebrüllt hat.«

»Es passt alles. Er hatte recht.«

Ich atmete wieder so tief und ruhig wie möglich ein. »Dubi, die Königin ist zufälligerweise meine Mutter, ja?«

»Ja. Zufälligerweise.«

»Und sie ist zwar eine Zauberin, aber weder eine Hexe noch eine Mörderin. Wie kannst du sowas überhaupt nur denken?«

»Ich habe das Zauberinstrument auf dem Gewissen, dafür verdiene ich Strafe. Und ich bin schuld daran, dass du in Gefahr geraten bist durch den Angriff von Silberling, und auch dafür verdiene ich Strafe.«

»Und du meinst, meine Mutter würde deshalb die Todesstrafe über dich verhängen? Dubi, komm zur Besinnung, das ist doch alles Unsinn.«

»Vielleicht nicht die Todesstrafe, aber mit der Lyra habe ich diese orphische Gabe verliehen bekommen, und die habe ich jetzt natürlich verloren, und vielleicht kann ich auch nicht

mehr Cello spielen, das wäre eine Todesstrafe auf Raten, sozusagen. Und ich habe alle Menschen enttäuscht, die mir etwas
bedeuten, und auch das –«

»Das ist so ein kompletter Unsinn«, wiederholte ich.

Wir saßen einander schweigend gegenüber. Ich fühlte
mich hilflos und erschöpft. David schien rationalen Argu-
menten nicht zugänglich zu sein, er hatte sich in diese Ver-
semmelungsgeschichte offenbar hoffnungslos verrannt, und
ich hatte keine Ahnung, wie ich ihm da wieder heraushelfen
konnte. Schließlich sagte er leise: »Das Schlimmste ist, dass
ich dich enttäuscht habe.«

Ich schüttelte den Kopf, aber ich hatte im Moment nicht
die Kraft, ihm zu widersprechen. Ich schaute auf die Uhr. »Ich
muss vor der Probe noch nach Hause, aber wir sehen uns später im Theater, ja?«

»Wieso das denn?«

»Deine Mutter hat gesagt, du würdest Yuvál zur Probe
begleiten. Bitte seid eine halbe Stunde vorher da zum Einsingen, wie ich es auf Yuváls Probenplan geschrieben habe.«

»Es ist Freitag«, stellte er fest.

»Ja. Und?«

»Freitagabend. Erev Schabbat. Und meine Mutter hat
wirklich vorgeschlagen, dass ich mit Yuvál weggehe?«

Ich stand auf, ging wieder zu ihm und gab ihm wieder
einen Kuss auf den Kopf.

»Genau. Yuvál hat Probe, und du begleitest ihn, weil es
draußen dunkel ist, und weil deine Mutter das möchte. Alles
klar? Also bis später, und grüß deine Mutter und Yuvál schon
mal von mir.«

Am Abend kam Raphael mit seiner Oma zur ersten
Orchesterprobe auf der Großen Bühne, Lukas mit seinem
Vater und Yuvál wie besprochen mit David. Die drei Erwach-
senen bekamen die Erlaubnis, der Probe im Zuschauerraum

zu folgen. Ich hatte Klaus Eberlein vorgeschlagen, mit den Nummern zu beginnen, in denen die Drei Knaben mitwirkten, damit die nicht allzu spät nach Hause kamen, zumal sie für den nächsten Vormittag schon wieder aufgeboten waren. Streberlein leistete meiner Bitte Folge, und so sangen die Knirpse nacheinander alle ihre Szenen. In der Inszenierung des Alten hatten sie nicht viel herumzulaufen, während sie sangen, und so klappte ihr erster Auftritt mit Orchester so gut, dass sie am Ende Applaus aus dem Orchestergraben bekamen. Sie bedankten sich dafür, indem sie sich leicht verbeugten, womit sie einen weiteren Applaus und viel Heiterkeit provozierten, dann allerdings vom Alten väterlich instruiert wurden, dass sie in Zukunft Szenenapplaus, sollten sie später auch vom Publikum welchen bekommen, zu ignorieren hatten.

In der Pause holte ich die drei Helden hinter der Bühne ab, um sie zu ihren Betreuern zurückzuführen und mich mit großem Dank bis morgen von ihnen zu verabschieden. Sie strahlten alle drei, und ihre Backen waren gerötet, und ich war unendlich stolz auf sie. Auch ihre Erwachsenen waren sichtlich beeindruckt, am wenigsten vielleicht Andreas Wackernagel, jedenfalls schnappte er sich ziemlich hastig seinen Sohn, verabschiedete sich pauschal und verließ den Zuschauerraum.

»Was für eine Broche«, murmelte hingegen Vera ein ums andere Mal zu mir, »was für eine Broche. So etwas Schönes habe ich noch nie erlebt, und dass mein eigener Enkel mitwirkt ... wunderbar.«

»Broche« ist jiddisch und bedeutet Segen. Sie lächelte Raphael an und legte ihm eine Hand auf die Schulter.

»Was hast du angestellt mit den dreien?«, fragte sie mich mit glänzenden Augen. »Dass sie so ... so ... wie aus einer anderen Welt wirken sie.«

Wie aus einer anderen Welt. In einer anderen Welt war Michael. Ich spürte Tränen in mir aufsteigen und blickte zu

David, der mit Yuvál halb hinter mir stand. Unsere Blicke kreuzten sich, und nun umarmte er mich fest und lange.

»Bis morgen«, seufzte er schließlich, »war das wundervoll. Gut Schabbes, Oma Vera, gut Schabbes, Raphi. Bis morgen, mein Engelchen, Gut Schabbes. Und schlaf gut.« Er verdrehte verschwörerisch die Augen und brachte mich damit zum Lachen.

»Morgen früh musst du mich aber nicht begleiten«, mischte sich Yuvál ein, »da komme ich allein hierher, wie sonst auch, dann ist ja Tag, und du kannst nach Schul gehen in der Zeit.«

»Du musst mich auch nicht begleiten«, wandte sich Raphael an Vera, »ich komme ja sonst auch allein.«

»Vielleicht will ich dich aber begleiten«, widersprach sie, »oder dein Vater, wenn wir ihm nachher erzählen, wie fantastisch es heute war.«

Yuvál war während des Mittagessens so gesprächig, dass mir Davids Schweigen zunächst nicht groß auffiel. Gestern war ich nach der Probe wieder einmal mit den Kollegen in der »Kunsthalle« gewesen, und Meryl Grant, die die Knirpse zum ersten Mal erlebt hatte, dachte laut darüber nach, welchen sie als ersten mit nach Hause nehmen wollte. Den mit den schönen dunklen Augen und Locken und dem eifrigen Gesichtsausdruck vielleicht, also Raphael, oder den klugen blonden Lukas oder am Ende doch Yuvál, den Feuerkopf mit den süßen Sommersprossen und der Engelsstimme, oder am besten gleich alle drei.

Irgendwann merkte ich dann doch, dass David sich nicht an der Konversation beteiligte und wieder kaum etwas aß. Seine Mutter erwiderte meinen Blick mit einer ratlosen Geste. Gestern in der Probenpause hatte David so normal gewirkt, genauso glücklich wie ich selbst, sodass ich davon ausgegangen war, dass er seine Krise überwunden hatte, die Erschöp-

fung und vor allem die absurden Gedanken über sein angeb-
liches Versagen beim Leierkonzert. Offenbar war das nicht
der Fall, und nun machte ich mir Vorwürfe, dass ich es nicht
früher beachtet hatte.

»Dubi, wollen wir nach dem Essen ein wenig musizieren?«, fragte ich ihn. Er saß mit gesenktem Kopf neben mir,
ohne sich zu rühren.

»Das ist eine gute Idee.« Seine Mutter schenkte mir ein
Lächeln, was mich umso mehr freute, weil ich nicht ganz
sicher war, wie sie zum Musizieren am Schabbat stand.

»Wir könnten zu mir nach Hause gehen« schlug ich vor
und nahm an, dass nur sein kleiner Bruder nicht realisierte,
was das implizierte. Normalerweise schlug David dieses
Angebot nie aus.

»Ich gehe vielleicht nach Amerika«, murmelte er jetzt
jedoch.

»Aber nicht heute Nachmittag«, versuchte ich zu scher-
zen.

»Aber vielleicht noch vor Weihnachten, gleich nach eurer
Premiere.« Er hob den Kopf und schaute nacheinander mich,
seine Mutter und Yuvál an.

»So bald schon?«, fragte Frau Prinz. »Das wäre ja in nicht
einmal zwei Wochen. Ich dachte, Professor Kennedy hätte
dich erst zum Herbst eingeladen, wenn du dein Solistendiplom in der Tasche hast.«

»Das hat er auch, aber was soll ich hier noch lange herum-
sitzen. Ich kann sicher früher anfangen bei ihm, auch ohne
dieses blöde Diplom.«

Yuvál schoss auf, stolperte hinaus und schlug die Tür des
Kinderzimmers hinter sich zu.

»Was erzählst du da? Heute ist Schabbes, und du
erschreckst so deinen Bruder«, schalt Frau Prinz leise. »Geh
und hol ihn zurück an den Tisch, wir haben noch nicht
gebenscht.«

»Benschen« ist jiddisch und bedeutet, nach dem Essen zu beten. Als David sich nicht rührte, erhob sie sich, verschwand im Kinderzimmer und kam nach langen Minuten mit Yuvál zurück.

»So«, sagte sie ruhig, »nun können wir benschen.« David sprach kaum hörbar und in rekordverdächtigem Tempo das Gebet, und ich schielte zu Yuvál. Er hielt den Kopf gesenkt wie zuvor David, aber ich sah, dass Tränen über seine Backen liefen.

»Duvidl, jetzt sprich mit uns bitte über deine Pläne.« Heute bewunderte ich Frau Prinz. Sie behielt die Ruhe und nahm ihre beiden Söhne ernst und mich auch, aber David hüllte sich wieder in Schweigen.

»Bitte, Dubi«, legte ich nach und kam mir ziemlich albern vor dabei.

»Bitte, Dubi«, äffte er mich denn auch nach und machte Anstalten aufzustehen.

»Dubi, du läufst jetzt bitte nicht weg, das ist eine ernste Situation, und da müssen wir gemeinsam durch.« Nun kam ich mir ausgesprochen albern vor, er aber schaute mich verdutzt an und blieb sitzen.

»Danke«, sagte ich und legte ihm kurz die Hand aufs Bein.

»Bitte, Dada, geh nicht nach Amerika«, schluchzte Yuvál, »ich brauche dich doch. Was soll ich denn tun ohne dich? Und du musst doch mit mir für meine Bar Mitzva lernen. Du kannst auch unser Zimmer für dich allein haben, für immer, und ich schlafe hier auf dem Sofa.«

Er hielt die Hände vors Gesicht, aber seine Schultern zuckten weiterhin. David blickte zu ihm, schloss einen Moment die Augen und ging dann zu ihm, setzte sich neben ihn und nahm ihn in den Arm. »Ist ja gut, mein Kerlchen, ist ja gut«, murmelte er.

Nachdem Yuvál sich einigermaßen beruhigt hatte, spielten die Brüder eine Partie Schach, während ich mich in der Küche zum ersten Mal ausgiebiger mit Frau Prinz unterhielt. Das war eine gute Erfahrung, ermutigend und beruhigend. Dann aßen wir noch ein Stück Kuchen, und da es inzwischen später Nachmittag geworden war, feierten wir noch Havdala zusammen, das Ritual zum Ende des Schabbats und zum Beginn der neuen Woche, bevor David und ich uns endlich verabschiedeten.

Er hatte sich erst nach einem kleinen Wortwechsel bereit erklärt, das Cello mitzunehmen. Er hatte es seit dem Leierkonzert vor fast einer Woche nicht angerührt und war auch jetzt unsicher, ob er es bei mir überhaupt auspacken würde, aber ich fand, besser, er hatte es zur Verfügung und wollte nicht spielen als umgekehrt.

»Wenn wir heute noch musizieren wollen, müssen wir es jetzt gleich tun, sonst wird es zu spät für die Nachbarn. Und morgen geht es ja überhaupt nicht, weil am Sonntag musizieren verboten ist«, erinnerte ich David, als wir die Treppe zu meiner Wohnung hochgingen.

»Was für eine idiotische Bestimmung«, stellte er fest, »statt dass die Nachbarn sich freuen, wenn sie gratis und franko ein Konzert durch die Wände hören dürfen.« Ich versuchte, mir nicht anmerken zu lassen, wie froh ich war, dass er wieder normal mit mir sprach.

»Ja«, bestätigte ich rasch, »in der Tat, idiotisch, und jetzt haben wir auch nur noch knapp eine halbe Stunde, also komm, lass uns die Beethoven-Variationen spielen, die dauern ja nur etwa zehn Minuten.«

Ich setzte mich sofort ans Klavier und spielte den Beginn des Duetts aus der *Zauberflöte* »Bei Männern, welche Liebe fühlen«, das Beethovens Variationen zugrunde liegt. David stand einen Moment unschlüssig neben mir, dann nahm er langsam das Cello aus dem Kasten. Ich griff einen d-moll-Dreiklang, damit er stimmen konnte, und gleichzeitig mit der anderen Hand nach den Beethoven-Noten, die auf dem Klavier lagen. Ich führte diese vorbereitenden Handgriffe möglichst selbstverständlich aus, um David nicht auf den Gedanken kommen zu lassen, dass er vielleicht nicht spielen wollte oder konnte. Er brauchte keine Noten, er hatte am Leierkonzert alles auswendig präsent gehabt, und so war es auch nun, und er spielte mit schlafwandlerischer Sicherheit und so klangschön und innig wie eh und je.

Bis kurz vor dem Schluss, wo das Cello nochmals das Thema aufnimmt und es genauso spielt, ohne Verzierungen, wie Mozart es Pamina in der *Zauberflöte* zu Beginn des Duetts mit Papageno singen lässt. An dieser Stelle riss David den Bogen so schroff über die Saiten, dass das Cello ein Knirschen von sich gab, als ob es zerbersten wollte. Ich brach erschrocken ab. David ließ den Kopf hängen, und die rechte Hand mit dem Bogen hing schlaff an seiner Seite hinunter.

»Es geht nicht«, murmelte er, »und es wird auch nie wieder gehen.«

»Aber das ist doch nicht wahr, du hast gespielt wie immer«, widersprach ich vehement. »Du hast so schön gespielt wie letzten Sonntag beim Leierkonzert und wie bei unserem ersten Konzert auf Solberg und überhaupt, du hast einfach fantastisch gespielt.«

Er hob etwas den Kopf. »Ich habe kein Recht mehr zu musizieren, schon gar nicht Mozart und auf keinen Fall etwas, das mit der *Zauberflöte* zu tun hat.«

»Das ist kompletter Unsinn, und das weißt du auch.«

»Ist es nicht, und das weißt du auch.«

Offenbar war wieder eine Situation eingetreten, in der ich Geduld zu üben hatte. Im Moment traute ich mir das noch zu. »Erklär mir bitte nochmal, warum du dieses Recht nicht mehr hast. Falls man überhaupt ein Recht braucht, um zu musizieren. Apropos Recht: Ich muss dir später unbedingt noch etwas erzählen.«

Als ob er mich nicht gehört hätte, sprach er weiter: »Wenn man so begabt ist wie ich, oder natürlich auch wie du, ist das eine Verpflichtung. Einverstanden?«

»Einverstanden.«

»Die Verpflichtung besteht darin, verantwortungsvoll umzugehen mit dem, was einem anvertraut ist.«

»Ja. Und?«

»Ich bin schuld an der Zerstörung der Lyra, die mir anvertraut worden ist. Ich habe zwar jetzt eben zu meiner eigenen Überraschung erlebt, dass ich noch Cello spielen kann. Du hast mir diese Erfahrung ermöglicht.« Er dachte kurz nach. »Aber ich darf nicht mehr Cello spielen.«

»Dubi, es ist sowas von verquer, was du da alles zusammenwirfst. Erstens: Nicht du bist schuld an der Zerstörung der Lyra, sondern der Mistkerl von Pfleger. Zweitens –«

»Stimmt nicht, ich hätte verhindern müssen, dass es passierte.«

»Zweitens: Die Lyra und das Cello haben doch nichts miteinander zu tun. Vielleicht kannst du ohne die Lyra nicht mehr so total die Menschen verzaubern, aber –«

»Stimmt auch nicht.«

»Sondern?« Ich übte mich weiterhin nach Kräften in Geduld.

»Ich bin schuld«, wiederholte er dumpf.

»Es ist einfach nur unsinnig, was du dir da zusammenreimst. Ich sehe das anders«, nahm ich nach einer langen Pause den Gesprächsfaden wieder auf, ohne genau zu wissen, was ich anders sah.

»Wie hast du das vorhin formuliert?«, improvisierte ich. »Die Verpflichtung heißt uns, verantwortungsvoll umzugehen mit dem, was uns anvertraut ist, oder so ähnlich. Einverstanden?«

»Einverstanden.«

»Deine Musikalität und die Begabung für das Cello sind

dir anvertraut worden, in die Wiege gelegt sozusagen, das hat doch mit dieser blöden Leier –«

»Liora«, unterbrach er schockiert.

»... nichts zu tun. Und weißt du was: Wenn es nicht sein sollte, dass du weiterhin Cello spielst, hättest du die Fähigkeit dazu verloren mit dem Verlust der ollen Leier.«

»Also Liora, wirklich ...«

»Das hast du aber nicht. Einverstanden?«

Er zögerte kurz. »Einverstanden.«

»Und darum wirst du bitte am Montag wieder anfangen zu üben. Wenn du mich liebst ...«

»Das ist Erpressung.«

»Genau. Liebst du mich?«

Daran ließ er im Folgenden keinen Zweifel, wenn auch nicht beim Cello spielen.

Mitten am Abend rief Noemi an, erstens, um sich nach David zu erkundigen, und zweitens, um uns beide für morgen zum Abendessen einzuladen.

»Es ist ein wenig Berechnung dabei«, fügte sie hinzu. »Morgen ist ja der erste Abend Chanuka, und Raphi ist auf die Idee gekommen, seinen Cellolehrer und seine *Zauberflöte*-Lehrerin dazu einzuladen.«

Chanuka ist das jüdische Lichterfest, und am ersten Abend wird feierlich eine Kerze angezündet.

»Dabei kann ich keine Berechnung erkennen, das ist doch einfach eine ganz reizende Idee. Allerdings ...«

»Ja? Geht es David noch nicht wieder besser?«

David saß in der Küche und konnte jedes Wort mithören. »Das weiß ich nicht so ganz sicher, aber das andere Problem ist, dass ich morgen Abend Vorstellung habe, *Tosca*.«

»Ist David bei dir?«

»Ja.«

»Und spricht er wieder mit dir?«

»Ja, das schon, wobei …«

»Er sitzt neben dir, und du kannst nicht reden, richtig?«

»Richtig.«

»Immerhin, er spricht wieder, das ist doch schon mal eine gute Nachricht. Her mit ihm. Und wir sehen uns hoffentlich sonst bald.«

»Spätestens morgen in einer Woche bei der Premiere.«

»Ach, die ist schon in einer Woche? Unglaublich, wie die Zeit vergeht. Also, Süße, hol jetzt bitte kurz deinen David ans Telefon.«

David erzählte Noemi, dass er und ich morgen am späten Nachmittag bei seiner Mutter Chanuka feiern wollten, mit Yuvál natürlich, weil ich ja am Abend Dienst hätte. Noemi reagierte offenbar wie üblich schnell und pragmatisch.

»Allein zu euch zum Abendessen«, murmelte David nach einer Weile zögernd. Ich hörte nicht, was Noemi weiter sagte, jedenfalls schwieg er ziemlich lange und schaute dann zu mir.

»Ich soll das Cello mitnehmen und mit Raphi ein wenig Unterricht machen, weil er sonst nächste Woche keine Zeit hat, mit der Schule und den Proben im Theater«, raunte er mir mit fragendem Gesichtsausdruck zu.

Alle Achtung, dachte ich, wer hat sich wohl diesen klugen Schachzug ausgedacht? Noemi selbst oder Nathan, der sich gewiss sehr sorgte um David?

Wir kamen am nächsten Abend ungefähr gleichzeitig nach Hause, David von Morgenthaus und ich von *Tosca*. Er sah viel besser aus als die ganzen letzten Tage. Bei unserem traditionellen Glas Rotwein erzählte er, Nathan habe nach dem Kerzenzünden mit ihm allein gesprochen, während Noemi mit den Kindern das Abendessen vorbereitete.

»Ich habe Nathan etwas gesagt, was ich dir noch nicht gesagt habe«, gestand David.

»Also allmählich werde ich eifersüchtig auf Nathan.«

»Dann weißt du endlich, wie sich das anfühlt.« Nun grinste er endlich wieder einmal richtig.

»Und was hast du mir noch nicht gesagt?«, fragte ich.

»Dass ich mich zu einem Celloprobespiel angemeldet habe, beim Tonhalle-Orchester in Zürich.«

Ich war perplex. »Wann hast du das getan, und warum hast du es mir nicht gesagt?«

»In der Woche vor dem Leierkonzert habe ich die Bewerbung geschrieben und abgeschickt. Ich dachte, wenn es klappt, muss ich üben, was auch immer im Leierkonzert passiert.«

»Was heißt: wenn es klappt?«

»Ehrlich gesagt habe ich nicht damit gerechnet, dass ich zu dem Probespiel überhaupt eingeladen werde, weil ich ja noch kein entsprechendes Diplom habe. Aber Gilels hat offenbar irgendwelche Beziehungen spielen lassen, und vermutlich deswegen wurde ich eingeladen.«

»Und warum hast du es mir nicht gesagt?«

»Es sollte eine Überraschung sein für dich.«

»Die ist dir gelungen. Und wann ist das Vorspiel?«

»Nächsten Donnerstag.«

»Nächsten Donnerstag? In vier Tagen? Du hast vielleicht Nerven.«

»Ich wollte es eigentlich absagen nach dem Leierkonzert, aber ich hatte nicht die Kraft dazu.«

»Dann hatte deine Krise doch etwas Positives.«

»Das hat Nathan auch gesagt.«

»Und was hat er sonst noch gesagt?«

Davids Blick ging in die Ferne. »Nathan hat meine Niedergeschlagenheit wegen der zerstörten Lyra verglichen mit deinen Schuldgefühlen nach dem Tod seines Sohnes. Bei dir hätte ich realisiert, dass deine Schuldgefühle in keinem Verhältnis zu deiner Schuld ständen, weil dich überhaupt keine Schuld getroffen habe, hat Nathan gesagt.«

»Das sehe ich leider ganz anders.«

»Eben, das ist ja dein Problem, aber Nathan sagt, du habest alles getan, was dir möglich war, um Michael zu retten. Und mir sagte er, ich hätte mich jetzt auch in so einer Schuldproblematik verheddert, die ich aber nicht als solche erkennen würde.«

»Das habe ich dir in aller Laienhaftigkeit auch schon versucht zu vermitteln.«

»Ja, das hast du, mein Engelchen, und wenn ich nicht gestern beim Musizieren mit dir die Erfahrung gemacht hätte, dass ich trotz der zertrümmerten Lyra noch Cello spielen kann, hätte ich Nathan heute kein Wort geglaubt, aber von morgen früh an werde ich mich auf das Probespiel vorbereiten, und zwar mit Volldampf.«

»Dubi, ich liebe dich. Ich liebe allerdings auch Nathan, sehr sogar. Kannst du damit leben?«

Am nächsten Morgen ging David mit seinem Cello schon früh weg, um am Vormittag zuhause zu üben, wo er alle seine Noten hatte. Am Nachmittag wollte er im Konservatorium einen freien Raum suchen und wegen des Probespiels möglichst eine improvisierte halbe Stunde oder so mit seinem Cellolehrer einbauen, zu dem er offenbar endlich Vertrauen gefasst hatte. Wir hatten vereinbart, uns am Abend mit Ricky und Chantal zu einem gemütlichen Essen zuhause zu treffen.

Es war tatsächlich das erste Mal, dass wir zu viert an unserem Küchentisch saßen. »Wir müssen euch etwas mitteilen«, kündigte Ricky bei der ersten Gelegenheit an.

»Ich muss euch auch etwas mitteilen«, ergänzte ich.

Chantal strahlte Ricky an, und auch David wirkte am Ende seines langen Arbeitstages zwar etwas erschöpft, aber ziemlich gelöst.

»Du zuerst«, regte ich an.

Ricky nahm Chantals Hand. »Das hier ist eine nette Wohnung«, begann er, »aber auf die Dauer wird es etwas eng für uns alle, und wir beide möchten sowieso eher auf dem Land leben.«

Er lächelte Chantal an und sie ihn, ein Traumpaar. »Und weil man leichter eine Wohnung bekommt, also nicht nur deswegen natürlich, aber es ist ja so, dass man offenbar manchmal eine Wohnung nicht bekommt, wenn man … also wenn man nicht … Wir wollen heiraten«, beendete er seine kleine Rede. »Wir haben uns vor einer Woche verlobt, am Sonntag des Leierkonzerts, um genau zu sein. Darum wollte ich lieber bei Chantal am Empfang bleiben als bei euch im Pavillon. Zwar habe ich deine Abenteuergeschichte deswegen leider verpasst, Prinz, aber dafür habe ich Silberling noch so rechtzeitig erwischt, dass er dich und Lola nicht erschlagen konnte, dieser –«

»Jetzt mach mal einen Punkt«, unterbrach ich, »und lasst euch gratulieren, ihr beiden, das ist ja eine fantastische Neuigkeit.«

Ich stand auf und umarmte zuerst Ricky, dann Chantal, und David folgte meinem Beispiel, und dann lachten wir alle vier, weil Charlie in diesem Moment einen Laut von sich gab, was er sonst eigentlich nie tat.

»Wissen deine Eltern schon davon?«, fragte ich Chantal. Sie nickte. »Wir waren gestern bei ihnen, und Ricky hat um meine Hand angehalten.« Sie wirkte etwas verlegen und sah dabei sehr süß aus.

»Und? Sind sie einverstanden mit dem zukünftigen Schwiegersohn?«, fragte ich.

»Und wie. Nebst allem anderen ist mein Papi glücklich, dass er jetzt weiß, wer seine Gärtnerei eines Tages übernehmen wird.«

»Ich fange Anfang des Jahres an, dort zu arbeiten«, ergänzte Ricky stolz, »und ich darf auch Auto fahren lernen, weil ich das später können muss.«

»Hast du eigentlich Geschwister?«, fragte ich Chantal weiter.

Familien übten nach wie vor eine besondere Faszination auf mich vaterloses Einzelkind aus.

»Ja«, antwortete meine zukünftige Quasi-Schwägerin, »ich habe einen kleinen Bruder und eine ältere Schwester. Maxim geht noch zur Schule, und Nadine lernt Krankenschwester.«

»Und wo ist eure Gärtnerei?«, wollte David wissen.

»In Allschwil. Oberhalb von Allschwil eigentlich, und da wollen wir auch hinziehen«, antwortete Ricky.

»Und wann heiratet ihr?«

»An deinem Geburtstag. An eurem Geburtstag.«

Ricky schaute mich an, dann David. »Ich dachte, das ist sicher auch für uns ein Glückstag. Es ist ein Freitag. Natürlich seid ihr eingeladen, wir wollten euch auch fragen, ob ihr unsere Trauzeugen sein möchtet.«

Ich stand nochmals auf und umarmte die beiden, und wieder ließ Charlie einen Kommentar hören. Ich ging zum Kühlschrank, um ein Stück Wurst für ihn herauszunehmen, er sollte schließlich mit uns feiern, unser lieber alter Hund. Ich kniete mich neben ihn, aber er zeigte kein Interesse an dem Wurstzipfel, sondern blieb liegen, die Schnauze auf den Vorderpfoten.

»Was hast du denn? Magst du plötzlich keine Wurst mehr?«

Er schaute mich mit einem merkwürdigen Blick an, ohne sich zu bewegen. Ich setzte mich wieder an den Tisch, wo die Männer über die Vorzüge und Nachteile einzelner Automarken diskutierten.

»Jetzt du, Engelchen«, sagte David, »du hast bestimmt auch gute Neuigkeiten?«

»Oh ja, sehr sogar. Ich war doch letzte Woche in Zürich bei dieser Anwaltskanzlei, Adler und Roschewski. Bei Herrn Dr. Adler.« Ich machte eine Pause.

»Ja, und? Erzähl schon«, drängte Ricky.

»Es handelt sich sozusagen um einen ziemlich dicken

Hund.« Ich sah kurz zu Charlie, der seinen Wurstzipfel immer noch vor sich liegen hatte. »Was ist denn los mit ihm?«, fragte ich in die Runde.

»Komm, lenk nicht ab«, entgegnete David, »erzähl lieber von deinem dicken Hund.«

»Also, ich habe von diesem Anwalt erfahren, dass mein Vater ... dass mein Vater ...« Alle schauten mich gespannt an, und mir war die Situation plötzlich peinlich.

»Nun? Was ist mit deinem Vater?«

David schubste mich leicht mit dem Ellbogen. Ich suchte nach einer passenden Formulierung. »Er hat ... er hat ...«

»Lola, mach es nicht so spannend«, half Ricky nach.

»Warum nicht?«, fragte ich und grinste nach allen Seiten. »Spannung ist das halbe Leben. Ratet doch mal.«

Sie strengten sich sichtlich an, alle drei, und das rührte mich. Ich wartete eine Weile, bevor ich sie erlöste. »Ich habe geerbt. Viel Geld. Ein Vermögen. Mein Vater hat es mir hinterlassen. Die Einzelheiten erzähle ich euch sonst mal, aber wir können zum Beispiel an Davids und meinem Geburtstag ein schönes großes Fest für unser Hochzeitspaar machen. Wie findet ihr das?«

»Toll«, antwortete Chantal sofort, »vielen Dank, das ist ganz toll, nicht, Schatz?«

Ihr Verlobter strahlte zwar, aber ihm wie auch David schien meine Neuigkeit die Sprache zu verschlagen.

»Und wir können uns jetzt diese oder auch eine andere Wohnung spielend leisten, Dubi, wenn du das möchtest«, fuhr ich fort, »du und ich ohne Untermieter. Wenn du überhaupt in Basel bleiben und mit mir zusammenziehen möchtest, richtig, meine ich.«

Er verschloss mir den Mund mit einem Kuss.

Kaum waren wir allein, sprach David es aus, es lag ja auf der Hand. »Mein Engelchen«, begann er, »die beiden sind jünger als wir, und sie kennen sich noch kein halbes Jahr, und uns haben bekanntlich die Götter füreinander bestimmt ...«

Er kniete sich vor mich hin und schaute mir in die Augen, und ich sah mich selbst in seinem klaren Blick, und das war ein großes Glück.

»Möchtest du meine Frau werden?«

Ich liebte David, ich liebte ihn in diesem Augenblick vielleicht mehr als je zuvor. Wir schauten uns lange schweigend an, dann zog er mich an der Hand zu sich auf den Boden und küsste mich.

»Wir könnten doch am gleichen Tag heiraten wie Chantal und Freund Löwenherz, an unserem fünfundzwanzigsten Geburtstag«, schlug er vor, als wir uns wieder erhoben. »Vielleicht könnten wir das Fest auf Solberg machen.«

Er war so aufgeregt, dass seine Wangen sich röteten und damit seine Sommersprossen etwas hervortraten. Er war unwiderstehlich, zauberhaft, er war der Mann meines Lebens.

»Du sagst ja gar nichts«, stellte er schließlich fest. »Liebst du mich nicht mehr?«

»Doch. Und wie ich dich liebe. Du bist der Mann meines Lebens.«

Wir setzten uns nebeneinander auf mein Bett, Hand in Hand. »Ich liebe dich sehr«, wiederholte ich, »und das weißt du auch, und bitte zweifle niemals einen Augenblick daran.«

»Aber? Ich verstehe dich nicht.«

Ich verstand mich selbst auch nicht. Wir saßen da und schwiegen wieder. Ich war ihm dankbar, dass er mir so viel Zeit gab. Irgendwann ließ er meine Hand los. Wir schwiegen weiter.

»Ich liebe dich wirklich«, flüsterte ich.

»Aber du willst mich nicht heiraten.«

Wir schwiegen weiter. Schließlich stand er auf.

»Ich glaube, ich war noch nie in meinem Leben so traurig«, murmelte er.

»Bitte geh jetzt nicht weg, Dubi. Lass uns schlafen gehen. Bitte.«

»Weißt du überhaupt, was du mir gerade antust? Spielst du mit mir? Bin ich dir nicht mehr gut genug, weil du plötzlich reich bist?« Seine Stimme war immer lauter geworden, und ich brach in Tränen aus.

»Bitte bleib hier«, schluchzte ich, »ich liebe dich, aber ich habe ganz furchtbar Angst vor dem Heiraten. Ich weiß nicht, wieso.«

»Aber ich weiß, wieso: Du willst lieber eine große Dirigentin werden als meine Frau.«

»Das ist nicht wahr«, entgegnete ich, obwohl ich nicht ganz sicher war, ob er nicht recht hatte. Auf der anderen Seite konnte ich mir ein Leben ohne ihn wirklich nicht vorstellen.

»Kannst du mir etwas Zeit geben, damit ich versuchen kann, meine Gedanken zu ordnen?«, fragte ich ihn nach einer Weile ohne große Hoffnung.

Er stand noch immer vor mir, mit aufeinander gepressten Lippen und düsterem Blick. »Vielleicht bis morgen Abend?«, schlug ich vor. Ich wollte ihn nicht verlieren, unter keinen Umständen.

»Ich will nicht lieber eine große Dirigentin werden als deine Frau«, fügte ich hinzu und glaubte es nun auch.

»Aber?«

»Ich will dich nicht verlieren, auf keinen Fall, aber ich habe Angst, dass genau das passiert, wenn wir heiraten.«

»Das verstehe ich nicht.«

»Ich auch nicht, aber bitte, Dubi, gib mir Zeit bis morgen Abend.«

»Gut«, stimmte er zu, »oder nicht gut, aber was soll ich tun. Vielleicht kannst du inzwischen mit Noemi oder Nathan telefonieren?«

»Das ist eine Glanzidee, danke, ja, das werde ich versuchen. Können wir nun schlafen gehen?«

Er überlegte einen Augenblick, dann schüttelte er den Kopf. »Ich glaube, es ist für uns beide besser, wenn ich jetzt nach Hause gehe, ich meine, in die Schützenmattstraße. Morgen muss ich sowieso wieder früh raus und üben, wenn ich das unter diesen Umständen überhaupt kann.«

Mit seinem ersten Punkt hatte er wohl recht, und diesmal, schien mir, wollte er nicht davonlaufen, sondern einen sinnvollen vorübergehenden Abstand zwischen uns legen.

»Dubi, wenn du mich liebst –«

»Erpresserin.«

»Richtig. Also wenn du mich liebst, übst du morgen um dein Leben, sozusagen. Um sieben gibt es hier Kerzenzünden mit Sufganiot und dann Abendessen mit Schokoladekuchen zum Nachtisch.«

Morgen war der dritte Abend Chanuka, es wurden also drei Kerzen angezündet, und Sufganiot sind süße Krapfen, auch Berliner genannt, die man an Chanuka traditionellerweise nach dem Kerzenzünden isst.

»Willst du mich bestechen?«

»Und wie.«

Er küsste mich, allerdings eher geschwisterlich, zog seine dicke Jacke an, nahm seinen Cellokasten und ging.

Es war fast Mitternacht, aber morgen hatte ich den ganzen Tag frei und konnte also ausschlafen, und so ging ich zurück in die Küche, um in Charlies Gesellschaft noch ein Glas Milch zu trinken. Der Wurstzipfel war weg, aber ich hatte das Gefühl, dass etwas nicht stimmte mit dem Hund, oder vielleicht sah ich nach meiner absurden Reaktion auf Davids Heiratsantrag überall Gespenster. Ich fühlte mich miserabel. Ich könnte David nicht verübeln, wenn er mich aufgäbe. Ich stellte mir vor, ich hätte ihm den Antrag gemacht, und er hätte ihn nicht sofort angenommen, ich hätte ihn auf der Stelle aus dem Haus geworfen. Aus dem Haus geworfen war, wenn ich mich richtig erinnerte, der Ausdruck, den Nathan verwendet hatte, als er mir von der Trennung meiner Eltern erzählt hatte.

Nathan. Ich wollte, ich könnte mit ihm sprechen, jetzt gleich. Seit meiner imaginären Zwiesprache mit ihm an Jom Kippur hatte ich nicht mehr so intensiv an ihn gedacht, nicht mehr so sehnlich ihn herbeigewünscht wie jetzt, kaum eine Stunde nach dem Heiratsantrag vom Mann meines Lebens. Ich sah Nathan vor mir, seine dunklen Augen, den locker geschlossenen Mund, die Aufmerksamkeit und das Wohlwollen, wenn er jemandem zuhörte. Nathan, würde ich sagen, bitte erkläre mir, warum ich so Angst habe vor dem Heiraten. Habe ich Angst vor dem Heiraten, oder habe ich Angst davor, David zu heiraten? Das mit David würde ich Nathan besser nicht fragen, ich würde ihn nur fragen, warum ich Angst habe vor dem Heiraten. Hast du selbst eine Erklärung dafür, auch wenn sie dir im Moment ziemlich abwegig vorkommt, würde er mich vielleicht zurückfragen. Hattest du denn keine Angst vor dem Heiraten, würde ich ihn vielleicht statt einer Antwort fragen.

Nein, das würde ich natürlich auf keinen Fall tun, obwohl es mich schon interessieren würde, mit welchen Gefühlen er Noemi geheiratet hatte, die erste Frau in seinem Leben. Ich habe keine Ahnung, würde ich wahrheitsgemäß antworten, es fällt mir nichts zu deiner Frage ein, auch nichts ziemlich Abwegiges. Aber du liebst David schon sehr, oder, würde er vielleicht weiter fragen, und ich würde antworten: Ja, sehr, und du weißt ja, wie es sich anfühlt, David sehr zu lieben. Nein, auf den Nachsatz würde ich natürlich verzichten.

Wir würden beide eine Weile nachdenken, und das Schweigen zwischen uns wäre mir nicht peinlich, weil ich mich in Nathans Nähe so gut aufgehoben fühlte. Bin ich nicht normal, würde ich Nathan vielleicht fragen. Was heißt schon normal, würde er vielleicht antworten, ruhig und besonnen, wie es seine Art war, darüber haben wir ja auch schon gesprochen. Du bist insofern nicht normal, wie David übrigens auch nicht, als dass ihr beide besonders sensibel seid und daher besonders verletzlich und vielleicht auch ein wenig ängstlicher als andere Leute. Die Sensibilität ist eure Stärke, sie macht euch zu den wunderbaren Musikern, die ihr beide seid, aber sie hat eben auch ihren Preis. Ich würde euch empfehlen, würde Nathan vielleicht fortfahren, die Zeit für euch spielen zu lassen. Und einen Gedanken möchte ich dir noch auf den Weg mitgeben, Liora. Du bist das Kind von zwei ganz außerordentlichen Menschen, die jedoch als Eltern beide nicht wirklich für dich da waren. Dadurch fehlt dir die Erfahrung des Vertrauenkönnens, das sogenannte Urvertrauen. Aber wie gesagt, die Zeit wird dir helfen, da bin ich ziemlich sicher, und ich könnte mir keinen besseren Partner für dich vorstellen als David. Ich hoffe nur, würde ich vielleicht sagen, dass –

»Wuff«, ließ sich Charlie leise hören und schüttelte den Kopf, den er nach einem tiefen Atemzug wieder auf die Vorderpfoten legte. Ich kniete mich vor ihn hin und nahm seinen Kopf in die Hände.

»Charlie, süßer Charlie, was hast du denn?« Sein Blick schien mir traurig, und ich meinte, in seinen Augen Tränen zu sehen. Ich erschrak, und nicht nur, weil mich Angst packte um ihn, sondern auch um mich. Befand ich mich jetzt wieder auf der Kippe zwischen Wirklichkeit und Wahn wie an Jom Kippur, als ich gefürchtet hatte, den Verstand zu verlieren? Ich versuchte, im Moment nicht mehr an Nathan zu denken, es war wirklich klüger, ihn morgen anzurufen und um ein Gespräch zu bitten, wie David es vorgeschlagen hatte.

Ich stand auf und nahm noch ein Stück Wurst aus dem Kühlschrank. »Schau her, Charlie, das ist für dich, weil du der liebste Hund auf der ganzen Welt bist.« Er gab eine Art leises Fiepen von sich, ohne sich zu rühren.

»Bist du etwa krank? Du warst noch nie krank in all den Jahren.« Er war wohl etwa zwölf Jahre alt. Ich wusste nicht, wie alt Hunde durchschnittlich wurden, und hatte auch nicht die Möglichkeit, das mitten in der Nacht zu eruieren. Ich kniete mich wieder vor ihn und küsste ihn auf den Kopf. »Charlie, süßer Charlie, bitte sei nicht krank. Bitte bleib bei mir.«

Meine Tränen flossen auf sein blondes Fell. Die Vorstellung, ihn zu verlieren, nahm mir den Atem. Lieber Gott, betete ich, bitte lass Charlie nicht sterben. Ich tue alles, was du willst, aber bitte nimm mir Charlie nicht weg, noch nicht jetzt, Amen. Vor dem Zubettgehen schrieb ich für Ricky einen Zettel, ich sei nicht sicher, ob Charlie krank sei, und was ich tun solle, und legte ihn auf den Küchentisch.

Meine Sorgen bescherten mir eine weitgehend schlaflose Nacht und trieben mich schon früh wieder aus dem Bett, sodass ich Ricky noch beim Frühstück antraf, bevor er wegging. Er wollte Charlie mitnehmen, beobachten, wie sich sein Zustand entwickelte, und allenfalls am Nachmittag mit ihm zu einem Tierarzt gehen, den er durch Chantals Eltern kennengelernt hatte. Ich ließ die beiden mit sehr gemischten Gefühlen ziehen. Die Nacht ohne David war trostlos gewesen, es zog mich mit allen Fasern zu ihm, aber meine Angst vor dem Heiraten saß unveränderlich tief in mir drin.

Die plötzliche Stille in der Wohnung ließ Panik in mir hochsteigen, seit vielen Wochen zum ersten Mal wieder. Ich fragte mich, ob mir der Ewige nun Charlie wegnehmen wollte, um mich für meine Schuld an Michaels Tod zu bestrafen. Mit rasendem Herzen rief ich in Solberg an und erfuhr von Chantal, dass Nathan heute und morgen bei einer Tagung außer Haus und Noemi den ganzen Tag mit Terminen besetzt war, aber sie, Chantal, werde gern versuchen, Noemi wissen zu lassen, dass ich angerufen habe. Nach kurzer Überlegung lehnte ich das ab, packte meine Sachen, ging ins Theater und suchte mir einen freien Raum, um an den Hausaufgaben von Frantzen zu arbeiten. Hier war es mir vielleicht eher möglich, dachte ich, mich zu konzentrieren, als in meiner schreiend leeren Wohnung.

Frantzen hatte mich gefragt, ob ich in zwei Solistenproben, die er Mitte Januar in Freiburg abhalten würde, Klavier spielen wolle, wozu ich natürlich sofort »ja« gesagt hatte. Er hatte es mir überlassen, ob ich aus dem Klavierauszug oder aus der Orchesterpartitur spielen wollte, vorläufig, wie er präzisiert hatte, später wolle er keine Klavierauszüge mehr sehen, und übrigens sei er gespannt, wie lange ich brauchte, um Generalbass spielen zu lernen, und dies dann »natürlich« auf dem Cembalo. Vielleicht sollte ich mir ein eigenes Cembalo anschaffen, fuhr es mir durch den Kopf, so etwas konnte ich mir ja neuerdings leisten. Nebst anderen Vorzügen könnte ich darauf Tag und Nacht spielen, ohne die Nachbarn zu stören. Das wollte ich mit dem Lehrer der Schola Cantorum besprechen, bei dem ich nach Weihnachten mit dem Generalbassunterricht begann.

Ich hatte Frantzens Herausforderung angenommen und gestern von beiden Werken Partituren gekauft, die ich nun zum ersten Mal aufschlug, Bachs viertes Brandenburgisches Konzert und die Kantate *Ich habe genug*. Beide Werke kannte ich ziemlich gut, von der Kantate besaß ich eine Aufnahme mit Dietrich Fischer-Dieskau, die ich unzählige Male gehört hatte. Ich fing an, die Kantate ein erstes Mal auf dem Klavier durchzuspielen, und vergaß wie üblich beim Musizieren vorübergehend alles um mich herum, bis jemand an die Tür klopfte und Bruno Cancellara den Kopf hereinsteckte.

»Ach, du bist das. Und heute nicht mit Mozart. Du hast wohl nasse Wände zuhause, oder warum bist du an einem freien Tag hier in diesen heiligen Hallen?«

»Und du? Hast du nicht auch frei?«, konterte ich.

»Von wegen frei, ich hatte eine musikalische Probe für *Fra Diavolo*. Kommst du mit mir essen? Oder bist du mit deinem privaten Orpheus verabredet?« Ich verneinte, und wir gingen wieder einmal zusammen in die »Kunsthalle«.

»Herzliche Gratulation, wobei ich sagen muss, dass das in meinen Augen ja eine reine Formsache ist.« Bruno erhob sein Glas. »Aber trotzdem: auf das Hochzeitspaar Liora Sternlicht und ihren privaten Orpheus, lang soll es leben.« Er wartete darauf, dass auch ich mein Glas erheben würde.

»Das Problem ist, dass ich seinen Antrag ... also, dass ich ...«

»Du willst aber jetzt nicht sagen, dass du seinen Antrag abgelehnt hast.« Er stellte sein Glas wieder hin und schaute mich erwartungsvoll an.

»Abgelehnt habe ich ihn nicht –« Ich zögerte. »Aber ich habe ihn eben auch nicht angenommen.«

Er blinzelte mich an. Seine braunen Augen wirkten hinter den dicken Brillengläsern kleiner, als sie waren. »Liora, wo genau liegt das Problem?«

»Darf ich eine Gegenfrage stellen? Wie kommst du auf den Gedanken, heiraten sei für uns eine reine Formsache?«

»Ihr habt doch im Tempel auf Solberg dieses Ritual mit den Saiten durchgeführt, mit Doktor Morgenthau. Ich dachte, das wäre vielleicht ein freimaurerisches Hochzeitsritual.«

»Ich verstehe nur Bahnhof.«

»Doktor Morgenthau hat dir und David die Saiten des kaputten Zauberinstruments über die Hände gelegt, wie ein Pfarrer oder ich als Sarastro, wenn auch nicht in unserer Inszenierung, statt Ringen, sozusagen. Eindrücklich, fand ich. Ist das ein freimaurerischer Brauch?«

»Bruno, das war reine Improvisation, und von Freimaurerei habe ich etwa so viel Ahnung wie ... wie die Ganz von der Pamina.«

»Wie die Ganz von der Pamina«, wiederholte er versonnen, »das ist allerdings eher bescheiden. Und das war nicht geprobt, dieses Szene neulich?« Ich schüttelte den Kopf.

»Trotzdem, die ganze Veranstaltung stand doch im Zeichen der *Zauberflöte*, nicht?«

Ich zögerte, weil ich nicht ganz sicher war, was ich antworten sollte. »Zunächst ging es eigentlich nur um diese orphische Gabe von David. Nathan Morgenthau hatte ihn gebeten, sie bei dieser Gelegenheit zu demonstrieren, das hat er bei der Begrüßung ja auch so gesagt. Dann allerdings geriet die *Zauberflöte* immer mehr ins Zentrum, da hast du schon recht.«

»Mit Tamino und dem Zauberinstrument, dank dem er am Ende mit Pamina zusammenkommt, etwas verkürzt gesagt«, ergänzte Bruno.

»Ja.«

»Und im richtigen Leben ist dieser Tamino dein privater Orpheus, und die Pamina bist du.«

Ich schluckte schwer.

»Und der Priester in Gestalt von Doktor Morgenthau hat euch, Liora und David, quasi vor Gott und der Welt getraut. Davon abgesehen, dass Gott und die Welt schon vorher mitbekommen haben, dass ihr beiden zusammengehört. Da ist doch eine Ziviltrauung nur noch … eben eine reine Formsache.«

Auf dem Heimweg kaufte ich nebst einem Schokoladekuchen vier süße Krapfen. Ich nahm zwar nicht an, dass Ricky früh genug nach Hause kommen würde, um mit uns die Chanuka-Kerzen zu zünden und dann Berliner zu essen, und mit Chantal war während der Woche sowieso nicht zu rechnen, aber David und auch Ricky waren zu jeder Zeit verlässliche Abnehmer von Süßigkeiten. Ich plante zum Abendessen wieder einmal Spaghetti mit Tomatensauce und einen gemischten Salat, wobei ich David die Zubereitung der Sauce überlassen wollte, er konnte das viel besser als ich.

Ich versuchte, mich auf die Essensvorbereitungen in der

Küche zu konzentrieren, aber was im Theater tagsüber ziemlich gut funktioniert hatte, klappte nun überhaupt nicht mehr, meine Stimmung sank im gleichen Maß, wie meine Nervosität stieg. In welchem Zustand würde Ricky Charlie nach Hause bringen, und in welcher Stimmung würde David bei seinem Kommen sein? Und wie würde er darauf reagieren, dass ich mir immer noch nicht vorstellen konnte, seinen Antrag anzunehmen, obwohl mir Brunos Ausführungen heute Mittag durchaus eingeleuchtet hatten? Vielleicht bereute er seinen gestrigen Schritt und überlegte sich in dieser Minute, wie er mir schonend beibringen konnte, dass er unter diesen Umständen keine gemeinsame Zukunft mehr für uns sah. Ich reinigte sorgfältig die Chanukia, also den Kerzenständer für Chanuka, den uns Frau Prinz freundlicherweise zur Verfügung gestellt hatte, da wir keinen eigenen hatten. Ich hätte heute eine Chanukia kaufen können, dachte ich nun, darüber hätte sich David bestimmt gefreut, aber nun war es zu spät, er würde jeden Moment nach Hause kommen.

Die Wohnungstüre öffnete sich, und er kam mit leuchtenden Augen herein. Er gab mir einen Kuss, einen deutlich weniger geschwisterlichen als gestern, bevor er gegangen war, stellte den Cellokasten und seine Mappe in Chantals unbenutztes Zimmer und hängte seine Jacke auf.

»Du wirst nie erraten, von wem ich heute einen Brief bekommen habe.« Er zog mich an der Hand in mein Zimmer, ohne meine Tränen zu beachten, schubste mich mit Schwung aufs Bett, tänzelte zurück in Chantals Zimmer, kam mit der Mappe wieder und setzte sich neben mich.

»Dann sag es mir bitte«, schniefte ich. Seine aufgeräumte Stimmung verwirrte mich.

»Erst musst du raten. Dreimal.« Ich überlegte. Es war sicher in jedem Fall sinnvoll, ihn möglichst lange bei guter Laune zu halten.

»Irving Kennedy?«, schlug ich vor. »Der dich einlädt, schon nach Weihnachten nach Ohio zu kommen?«

»Ganz falsch. Zweiter Versuch.«

»Und was geschieht, wenn ich dreimal danebenliege?«

»Das überlege ich mir, wenn wir so weit sind.« Er strahlte mich an wie ein kleiner Junge.

»Nathan?«

»Auch falsch. Jetzt bin ich aber sehr gespannt. Kennedy und Nathan, deine beiden Säulenheiligen. Wer kommt jetzt?«

»Ist es ein Mann oder eine Frau?«

»Weil du es bist, und weil das deine letzte Chance ist, sage ich es dir: Es ist eine Frau.« Eine Frau. Mir kam beim besten Willen keine Frau in den Sinn, die David einen Brief schreiben würde.

»Vielleicht kenne ich die Frau überhaupt nicht? Ist das vielleicht deine Art, mir deine neue Freundin bekannt zu machen?«

Er lachte. »Meine neue Freundin ... das kann man so nicht sagen. Und du kennst die Frau.« Er schaute mich erwartungsvoll an. »Lolita, denk doch mal nach. Eine Frau, die du kennst ...«

»Ich kenne viele Frauen. Zum Beispiel deine Mutter. Noemi. Ihre Mutter. Meryl Grant. Marianne Wackernagel –«

»Mutter ist das Schlüsselwort«, verkündete er, »aber nicht meine Mutter, und auch nicht Noemis. Nun?«

Ich schüttelte den Kopf. »Das kann ich nicht glauben. Meine Mutter?«

Er nickte heftig.

»Meine Mutter hat dir geschrieben?«

»Genau. Siehst du, du hast es doch noch geschafft. Erst beim dritten Anlauf, und mit ein wenig männlicher Unterstützung, aber immerhin. Ja, deine Mutter hat mir geschrieben.«

»Und willst du mir vielleicht auch sagen, was meine Mutter dir geschrieben hat?«

»Oh ja, unbedingt.«

Er griff nach der Mappe, die er neben sich auf das Bett gelegt hatte, nahm einen hellblauen Umschlag heraus und zeigte ihn mir.

»Kein Zweifel, das ist Mutters Schrift«, bestätigte ich. »David Prinz z.g.H.« stand da nur, in ausladenden königsblauen Buchstaben.

Mein Herz fing wieder an zu rasen, wie heute Vormittag, und auch das Gefühl von Panik kroch wieder in mir hoch. Ich wandte den Blick ab von dem Umschlag und schaute in Davids freudestrahlendes Gesicht. »Los, zeig schon her«, bat ich ihn so locker wie möglich.

Er nahm ein hellblaues Blatt Papier aus dem Umschlag, betrachtete es kurz und griff nochmals in den Umschlag. »Das verstehe ich nicht«, murmelte er, »das Blatt ist leer.«

»Das sehe ich. Und?«

»Das ist der Brief deiner Mutter, aber es steht nichts mehr da. Er war in derselben blauen Schrift geschrieben wie mein Name auf dem Umschlag, aber jetzt … das verstehe ich nicht.«

Aber ich verstand es. Der Spuk von Lunenburg baute sich blitzartig in meinem Kopf auf, drohte ihn zu sprengen und löste sich dann rasch auf. Ich atmete tief durch. Die Panik war weg.

»Meine Mutter ist eine Zauberin, das hast du ja selbst schon einmal erlebt.«

David starrte auf das leere Blatt.

»Dubi, ich glaube, das Schlimmste haben wir hinter uns. Was stand denn nun wirklich in dem Brief?«

»Sie hat etwas beigelegt«, sagte er leise, als ob er mich nicht gehört hätte, »aber vielleicht ist das auch weg. Das wäre furchtbar, ganz furchtbar. Wenn es aber noch da wäre … dann bräuchten wir vielleicht den Brief gar nicht unbedingt.«

Vorsichtig nahm er den Umschlag wieder in die Hand und griff hinein. Seine Miene hellte sich auf.

»Jetzt müssen sie nur noch drin sein.«

Ich beobachtete ihn verständnislos. Er stand auf und hielt triumphierend die rechte Hand in die Luft, wie die amerikanische Freiheitsstatue.

»Ja«, rief er, »ja. Steh auf, mein Engelchen.«

»Du willst mich also nicht aufgeben?«, fragte ich.

»Wie kommst du denn auf so etwas?«

»Dein Heiratsantrag ...«

»Das hat Zeit. Steh auf«, unterbrach er mich, »komm schon.«

»Dein Heiratsantrag hat Zeit? Ist das dein Ernst?«

»Was soll ich tun? Kommt Zeit, kommt Rat. Los, steh schon endlich auf.«

Ich konnte nicht glauben, was ich hörte, aber Davids freudiger Gesichtsausdruck ließ keinen Zweifel daran, dass ihm ernst war mit dem, was er sagte, zumindest im Moment. Kommt Zeit, kommt Rat.

Während ich mich ziemlich zitterig erhob, was er nicht zu bemerken schien, zeigte er mir ein kleines nachtblaues Etui aus Samt. Er nahm meine rechte Hand, schaute mir in die Augen und schob mir einen Ring über den Finger. Dann entnahm er dem Etui einen zweiten, identisch aussehenden Ring.

»Auch ich soll ihn am rechten Ringfinger tragen, hat deine Mutter geschrieben, als Zeichen unserer Liebe und Treue.«

»Als Zeichen unserer Liebe und Treue«, wiederholte ich benommen. Ich streifte ihn ihm über. Auch sein Ring saß wie angegossen.

»Ricky, guten Abend. Wie schön, dass ihr schon zurück seid. Schau, was meine Mutter David und mir geschickt hat.«

Er blieb bei der Wohnungstüre stehen. »Wo ist Charlie?«, fragte ich und musste mich rasch setzen.

»Bei Urs Helfenstein, dem Tierarzt.«

Nachdem Ricky seinen Mantel ausgezogen und an den Garderobehaken gehängt hatte, kam er in mein Zimmer. »Guten Abend, ihr beiden. Es tut mir leid, dass ich so in euer Glück platze, aber ich dachte –«

»Was ist mit Charlie? Ist er –« Die Stimme versagte mir. Ricky nahm den Klavierschemel und setzte sich vor David und mich.

»Er hat immer wieder so komische Geräusche von sich gegeben und wollte nichts fressen, und da bin ich vorhin mit ihm zu diesem Tierarzt gegangen, den ich kenne, kurz bevor der die Praxis zugemacht hat.«

»Und? Was hat der Tierarzt gesagt? Bitte, Ricky, red schon.«

»Ich bin ja dabei. Charlie …« Er räusperte sich.

»Ja?«, drängte ich. »Er ist aber nicht … ist er … ist er tot?« David legte den Arm um meine Schulter.

»Nein, das Gott sei Dank nicht, aber er ist offenbar wirklich krank. Der Tierarzt konnte auf die Schnelle nicht sagen, was ihm fehlt, er tippt aber darauf, dass etwas mit den Zähnen faul ist, im wahrsten Sinne des Wortes. Er hat vorgeschlagen, Charlie über Nacht dazubehalten, zur Beobachtung sozusagen.«

Rickys Stimme war belegt, als er weitersprach. »Er hat mir angeboten, Charlie zu sich mit nach Hause zu nehmen. Wenn sich sein Zustand dramatisch verschlechtern sollte, würde Urs uns anrufen, jederzeit, auch mitten in der Nacht. Wie alt ist Charlie jetzt eigentlich?«

»Ich denke, ungefähr zwölf. Ich meine, du warst etwa zehn, als du ihn nach Lunenburg geschmuggelt hast.«

»Ja, das habe ich dem Tierarzt auch so gesagt. Das ist offenbar ziemlich alt für so einen großen Hund«, fügte er nach einer Pause hinzu.

»Morgen nimmt Urs ihn mit in die Praxis und untersucht ihn. Das müsse allerdings unter Narkose passieren, und das sei immer ein gewisses Risiko, hat er gesagt, und bei einem so alten Hund ...« Ricky hatte Tränen in den Augen, was ich noch nie erlebt hatte.

»Das muss furchtbar für euch sein«, murmelte David nach einer langen Pause, »Charlie ist ja für euch wie ein Familienmitglied. Für mich ist es auch schlimm, er gehört inzwischen ja auch für mich zur Mischpoche. Ein Leben ohne Charlie –«

»Hör auf, bitte«, unterbrach ich ihn schärfer als beabsichtigt.

Wir blieben noch eine Weile sitzen, dann stand David auf. »Ist es euch recht, wenn wir trotzdem Kerzen zünden und dann zusammen essen?«, fragte er.

Ich liebte ihn sehr für seine Anteilnahme und seine Rücksicht und auch dafür, dass er jetzt die Initiative ergriff, und am meisten liebte ich ihn dafür, dass er nicht mehr auf seinen Heiratsantrag zu sprechen kam, wenigstens vorläufig nicht.

»Was hat dir denn die alte Zauberin geschrieben?«, fragte Ricky, als wir endlich bei den Spaghetti mit Tomatensauce saßen. David hörte auf zu essen und ließ den Blick in die Ferne schweifen. Ohne es zu realisieren, spielte er mit dem Ring an seinem Finger.

»Wörtlich bekomme ich es natürlich nicht mehr zusammen, ich habe den Brief nur ein einziges Mal durchgelesen, leider. Wer konnte schon ahnen, dass er später ... weggezaubert war?«

»Ich«, antworteten Ricky und ich unisono, und alle drei lachten wir.

»Sie ist halt wirklich eine Zauberin«, ergänzte Ricky, »aber los, Prinz, lass uns endlich hören, was sie geschrieben hat.«

»Die Anrede war: ›Lieber junger Prinz‹, und dann folgte ihr Glückwunsch, dass ich mich ihrer Wahl als würdig erwiesen hätte.«

»Würdig«, murmelte ich. »Das ist ja eigenartig, dass sie gerade dieses Wort verwendet hat.«

»Würdig wozu?«, fragte Ricky.

»Als Lioras Gefährte und als Sänger zur Lyra, und dann stand da, ich sei auserkoren zur Musik, und der Mistkerl von Pfleger –«

»Das hat meine Mutter geschrieben? Mistkerl von Pfleger?«

»Nein, sie hat es anders formuliert, aber jedenfalls habe er zwar aus Rache das Instrument in Trümmer gelegt, aber seinen … seinen Geist … also den Geist des Instruments … nein, das stimmt nicht, nicht Geist, sondern … seinen Zauber, ja, Zauber, das war das Wort. Den Zauber der Lyra hätte ich in die Welt getragen, und da werde er weiter wirken in alle Zeit.«

»Ist das nicht wundervoll?«, fand ich. »Jetzt hast du es schriftlich, oder hattest es immerhin vorübergehend schriftlich, dass dich keine Schuld an der Zerstörung der Lyra trifft. Nun muss nur noch Charlie wieder gesund werden –«

»Willst du nicht hören, was deine Mutter noch geschrieben hat?«, unterbrach mich Ricky.

»Doch, natürlich, Entschuldigung.«

David dachte einen Moment nach, bevor er weitersprach. »Dann kam der Teil über die Ringe. Sie seien aus den Saiten der Lyra gefertigt, und Liora und ich sollten sie am Ringfinger der rechten Hand tragen –«

»Zum Zeichen unserer Liebe und Treue«, ergänzte ich.

Ricky schaute mich erstaunt an. »Kannst du plötzlich Gedanken lesen?«

»Nein, aber das hat mir David schon gesagt.«

»Ja«, fuhr David fort, »und zur Erinnerung an die Zeit der Prüfung, die heute abgeschlossen sei, und jetzt seien Liora und ich bereit, hinaus ins Leben zu treten. Dann folgten noch Wünsche an uns beide, ›David und Liora, meine geliebten Kinder‹, hat sie geschrieben. Sie –«

»Was? Das glaube ich nicht. Mutter würde niemals –«

»Hat sie aber«, beharrte David, »genauso schließt der

Brief. Meine geliebten Kinder. Punkt. Regina Sternlicht. Punkt. Ende.«

»Aus den Saiten der Lyra«, wiederholte ich und versank in den Anblick meines Rings.

»Gib mal her«, bat Ricky, »damit ich ihn richtig anschauen kann.«

Etwas widerstrebend zog ich ihn vom Finger und gab ihn Ricky. Er betrachtete ihn eingehend. »Sehr speziell«, befand er, »wie die verschiedenen Farben aufblitzen, je nach Lichteinfall … bei so einem extrem schmalen Ring … Was bedeutet das Datum?«

»Welches Datum?«

»Das auf der Innenseite eingraviert ist. ›David‹ steht da, und dann ein Datum … Das ist nächsten Sonntag, glaube ich.«

David nahm seinen Ring ab, suchte die winzige Gravur auf der Innenseite und bestätigte: »Da steht ›Liora‹ und dieses Datum. Was mag das bedeuten? Es ist jedenfalls nicht unser Geburtstag.«

»Ich hab's«, rief ich, »das ist das Premierendatum der Basler *Zauberflöte*.«

Ich saß im Beleuchtungsstellwerk und wartete darauf, dass die Probe endlich beginnen würde. Ich hätte lieber in der ersten Reihe im Parkett gesessen, nahe dem Dirigenten, aber von der Klavierhauptprobe an war mein Platz auch bei der *Zauberflöte* hier, wie in den Vorstellungen, um meine Arbeit als Beleuchtungsinspizientin wahrzunehmen. Der Vorhang war geschlossen, so bekamen wir hier oben nicht mit, was im Zuschauerraum verhandelt wurde und warum die Probe nicht begann, bis Hannes Kocher zu uns hochgeklettert kam.

»Ich übernehme die Beleuchtungsinspizienz«, teilte er ein wenig außer Atem mit.

»Wieso das denn?«, fragte ich.

»Geh runter zu Streberlein, da wirst du es schon erfahren. Und wenn sich dann Herr Scheibenkleister dazu entschließen kann aufzutreten, können wir vielleicht irgendwann mit der Probe beginnen. Mein Gott, ist das ein Theater. Los, Sternlicht, verdrück dich. Toi toi toi.«

Er feixte mich an, was ich als ungewohnt kollegial empfand, denn selbstredend saß er lieber mitten im Parkett mit den anderen sogenannten Vorständen am Regiepult als hier oben.

Ich verabschiedete mich von den beiden Beleuchtern, kletterte die Leiter hinunter auf die Bühne und lief von da in den Zuschauerraum. Am Regiepult sah ich den Alten mit dem Bühnenbildner und dem Beleuchtungsmeister sitzen, wie das üblich war, aber bei ihnen, statt im Orchestergraben, stand mit verschränkten Armen Klaus Eberlein. Die Stimmung schien mir angespannt, und ich näherte mich der kleinen Gruppe nur zögernd. Vielleicht hatte mir Hannes einen Streich gespielt, und ich hatte hier überhaupt nichts zu suchen.

»Liora, mein Kind, komm her zu uns«, brummte jedoch der Alte. »Eberlein, erklär ihr, was du von ihr willst.«

»Du musst bitte Klavier spielen«, sagte der lakonisch.

»Bitte?«, fragte ich und konnte kaum verbergen, wie fantastisch ich das fand.

»Es ist offenbar kein Korrepetitor verfügbar«, brabbelte der Alte, »jemand hat da eine mittlere organisatorische Unterlassungssünde begangen.«

Ich meinte, in seinen Augen einen ganz ungewohnten Schalk zu sehen. Hatte er etwa diese Panne vorsätzlich herbeigeführt, um mir eine Freude zu machen oder um mich zu testen, oder beides?

»Eberlein will die Hände freihaben zum Dirigieren«, fuhr er fort, »also troll dich schon mal in den Orchestergraben. Vielen Dank und toi toi toi.«

»Und was ist mit unserem Tamino?«, wagte ich noch zu fragen.

»Herr von Kleist hat sich auf der Toilette eingeschlossen und weigert sich, die Bühne zu betreten, weil irgendein Spaßvogel behauptet hat, wir hätten im ersten Bild eine richtige Schlange.«

Ich fand das ausgesprochen lustig, aber als ich Siegfried Donner ansah, wagte ich nicht zu lachen. Er erhob sich. »Ich gehe jetzt selbst mal nach hinten, und gnade ihm Gott, wenn er nicht umgehend zur Vernunft kommt.«

Ich hatte eine Idee. »Ist seine Schwester anwesend? Die könnte Ihnen vielleicht dabei helfen, ihn zur Vernunft zu bringen.«

Er nickte, wandte sich um und rief ins dunkle Parkett: »Fräulein von Kleist, sind Sie hier?«

Und tatsächlich, Marie Luise Charlotte von Kleist stand auf und schloss sich dem Alten an, und zehn Minuten später begann die Probe.

Niemand nahm Notiz davon, dass ich im Orchestergraben saß und Klavier spielte, außer den Knirpsen. Sie hatten einen ersten, stummen Auftritt, und dabei bemerkte mich Raphael und flüsterte es offensichtlich Yuvál zu und der Lukas. Anstatt sich auf Tamino und Papageno und die Drei Damen zu konzentrieren, schauten sie strahlend zu mir, und Raphi winkte mir sogar zu. Ich hatte die drei wie vor jeder Probe gesehen, aber da hatte ich noch nichts von meinem Glück gewusst, die heutige Probe statt im Beleuchtungsstellwerk im Orchestergraben zu verbringen.

Am späteren Nachmittag rief David an, um mich zu fragen, ob wir uns bitte vor meiner Vorstellung in der Stadt treffen könnten. Ich erklärte ihm, dass ich möglichst lange zuhause bleiben wollte, um Rickys eventuellen Anruf nicht zu verpassen.

»Oder kannst du dich an den Namen des Tierarztes erinnern? Dann könnte ich vielleicht dort anrufen.«

»Urs«, sagte er nach kurzer Überlegung, »der Tierarzt heißt Urs mit Vornamen.«

Das stimmte, aber wie hieß er weiter? »Helfenstein. Urs Helfenstein.«

»Dubi, du bist ein Genie.« Das hörte er gern, und so verabredeten wir uns in knapp zwei Stunden im »Braunen Mutz«. Inzwischen wollte ich die Telefonnummer von diesem Doktor Helfenstein suchen. Hoffentlich war die Praxis in Basel selbst und nicht in einem der Vororte, sonst war die Chance klein, sie zu finden.

Ich hatte gerade angefangen, im Telefonbuch zu blättern, als endlich Ricky anrief. »Wie geht es Charlie?«, fragte ich statt einer Begrüßung.

Schweigen.

»Ricky, bitte sag etwas.«

Er räusperte sich. »Die gute Nachricht ist, dass er lebt.«

»Gott sei Dank.«

»Ja. Gott sei Dank.«

»Und was ist die schlechte Nachricht?«

»Er ist noch nicht wieder aufgewacht aus der Narkose. Er wird mindestens bis morgen in der Praxis bleiben müssen, vielleicht auch länger. Wenn er überhaupt …« Rickys Stimme verlor sich.

»Offenbar besteht die Gefahr, dass er … dass er …«

»Dass er was?«

»Dass er nicht mehr erwacht. Nie mehr«, sagte Ricky leise.

»Wo ist die Praxis von Doktor Helfenstein?« Auch meine Stimme klang rau.

»In Oberwil. Wieso fragst du?«

»Kann ich morgen dort anrufen und mich nach Charlie erkundigen?« Ricky meinte, das könnte ich ganz sicher tun.

David hörte kaum zu, was ich ihm über Charlie und die Hauptprobe mit mir im Orchestergraben zu erzählen hatte.

»Was ist, wenn ich morgen dieses Vorspiel verhaue?«, fragte er stattdessen.

»Erstens: Warum solltest du es verhauen? Gilels glaubt an dich und Kennedy und ich natürlich auch, und zweitens –«

»Gilels hat mich heute im Unterricht mehrmals unterbrochen. Die Solostücke fand er in Ordnung, aber die Orchesterstellen eben nicht, besonders die eine nicht, aus *Schwanensee*.«

»Das kann ich mir nicht vorstellen.«

»*Schwanensee* habe ich noch nie gespielt, und Tschaikowsky ist der Lieblingskomponist von Gilels, glaube ich, und er will ihn so … so verschnulzt gespielt haben, und das kann ich nicht, und ich will es auch nicht. Und was ist zweitens?«

Ich verstand seine Frage nicht. »Du hast gesagt, erstens glaubtest du nicht, dass ich –«

»Ach ja, und zweitens wäre das nicht das Ende der Welt. Wenn es dieses Mal nicht klappt, wird es beim nächsten Mal klappen.«

»Das kannst du gut sagen, mit einem Gastvertrag in der Tasche und einem Vermögen im Hintergrund.«

»Dubi, das ist unfair.«

»Ja, entschuldige, aber ich bin so aufgeregt … die Stelle wäre perfekt für mich. Das tolle Orchester, Zürich als Stadt … nicht weit von Basel … Ich will diese Stelle oder keine. Wenn ich sie nicht bekomme, mache ich etwas anderes.«

»Spinnst du? Hast du schon vergessen, was meine Mutter dir geschrieben hat? Und was anderes würdest du überhaupt machen?«

»Vielleicht gärtnern, wie Löwenherz«, antwortete er in allem Ernst.

»Dubi, bleib auf dem Teppich. Du bist zum Gärtner vermutlich so geeignet wie Ricky zum Cellisten.« Ich war drauf und dran, die Geduld zu verlieren, es gab auf der Welt schließlich noch andere Probleme außer Davids zarten Nerven, zum Beispiel meinen Hund, der zwischen Leben und Tod schwebte.

»Du glaubst doch auch nur so lange an mich, wie ich Erfolg habe«, behauptete David nun.

»Jetzt hör aber endlich auf. So einen Unsinn muss ich mir nicht anhören.« Ich packte meine Sachen.

»Siehst du, du verlierst schon die Geduld mit mir, bevor ich das Probespiel überhaupt verhauen habe. Ist es das, was du unter Liebe und Treue verstehst?«

»Ich muss ins Theater, ich habe bekanntlich Vorstellung, das ist nämlich mein Broterwerb, und nachher gehe ich noch in die ›Kunsthalle‹ auf ein Glas Wein mit den Kollegen.«

»Und was wird mit mir?«

»Du hast doch gesagt, du würdest heute bei deiner Mutter übernachten. Ich wünsche dir viel Glück morgen. Gutes Gelingen. Toi toi toi.« Ich war aufgebracht, aber ich wollte mich nicht in Unfrieden von David trennen.

»Ruf mich an, wenn du aus Zürich zurück bist«, schlug ich ihm im Aufstehen ohne viel Enthusiasmus vor. »Du weißt aber, morgen Abend ist Orchester-Hauptprobe, und am Tag werde ich vielleicht versuchen, ob ich Charlie in dieser Tierklinik besuchen kann.«

»Lolita, warte.« Er stand ebenfalls auf.

»Es tut mir leid, dass ich so zappelig bin, und dass Charlie so krank ist. Bitte sei mir nicht böse. Ich will doch diese Stelle auch deinetwegen. Du sollst doch stolz sein können auf mich.«

»Schon gut. Ich muss jetzt wirklich los.«

Ich verabschiedete mich mit einem flüchtigen Kuss und lief hinaus in die kalte Winterluft. Wenn Charlie etwas passierte, würde ich das David nie verzeihen. Obwohl ich realisierte, dass diese Logik keine war, kam ich davon nicht los. Wieder einmal hatte David es mit seiner kindischen Ichbezogenheit fertiggebracht, mir die sowieso schon angeschlagene Stimmung endgültig zu verderben. Während der Vorstellung der *Liebe zu den drei Orangen* ertappte ich mich mehrmals dabei, mit den Gedanken bei Fred Douglas zu sein, bei der schönen Probenzeit mit ihm im Theater und außerhalb.

Ich hatte inzwischen eine Einladung nach Graz bekommen, um Verschiedenes in Zusammenhang mit unserer gemeinsamen *Zauberflöte* nächsten September zu besprechen. Ob ich im Januar oder Februar einige Tage frei hätte, fragte Fred und hatte eine wunderhübsche Farbstiftskizze beigelegt, auf der Papageno in einem bunten Vogelkleid zu sehen war und eine sternenumflammte Königin der Nacht, die unverkennbar Züge meiner Mutter trug. Fred konnte zaubern. Ganz anders als Mutter, aber auch er konnte zaubern mit seinen Figurinen und Bühnenbildern, und ein wenig zaubern konnte er, wenn ich ehrlich war, auch mit mir.

Das Telefon riss mich aus einem Traum von Charlie, der am Rheinufer entlanglief und auf mein Rufen nicht reagierte, sondern sich im Gegenteil immer weiter von mir entfernte. Ich wollte lauter rufen, aber die Stimme blieb mir weg, und auch meine Beine versagten mir plötzlich den Dienst, sodass ich tatenlos zusehen musste, wie Charlie aus meinem Blickfeld verschwand. Ich schaute auf den Wecker, erst acht Uhr, stürzte aus dem Bett und hob den Hörer ab.

»Guten Morgen«, sagte eine mir unbekannte Stimme auf Schweizerdeutsch, »hier ist die Kleintierklinik Helfenstein, Müller am Apparat, spreche ich mit Frau Sternlicht?«

Bitte nicht. Lieber Gott

»Hallo? Frau Sternlicht?«

»Guten Morgen«, krächzte ich, »Sie rufen bestimmt wegen meines Hundes an.«

»Ja, genau«, bestätigte sie fröhlich. Diese Art von unechter Fröhlichkeit kannte und hasste ich. Lieber Gott, bitte, bitte –

»Ich möchte Ihnen mitteilen, dass Sie ihn abholen können. Er ist –«

»Charlie lebt?«

»Das sage ich doch. Er ist gestern Abend aus der Narkose
erwacht, und –«

»Dem Himmel sei Dank. Und Ihnen auch, Frau …«

»Müller.«

»Frau Müller. Entschuldigen Sie, ich habe …« Ich fing an
zu heulen.

»Aber, aber, Frau Sternlicht, Ihr Hund ist über den Berg,
da müssen Sie doch nicht weinen. Wir haben ihm gestern den
kranken Zahn gezogen, und er hat heute früh sogar schon
wieder ein bisschen gefressen. Wie gesagt, Sie können ihn
jederzeit bei uns abholen, er ist allerdings noch ziemlich
schwach.«

»Das kann ich mir vorstellen.«

»Herr Löwenherz sagte gestern, Sie wohnten im dritten
Stock ohne Lift.«

»Ja, das stimmt.«

»Das schafft er heute wahrscheinlich noch nicht, und er
braucht übrigens auch Medikamente, ein Antibiotikum und
Schmerzmittel, beides in Tablettenform. Haben Sie vielleicht
eine Freundin, die ihn ein paar Tage bei sich aufnehmen
könnte, und die ebenerdig wohnt?«

Ich war unfähig, klar zu denken, die Erleichterung war zu
groß. »Da wird sich bestimmt eine Lösung finden«, improvisierte ich, »wenn Sie mir bitte die Adresse geben, dann
komme ich ihn spätestens heute Nachmittag holen.«

»Lassen Sie sich nur Zeit, er schläft jetzt wieder und ist
ganz zufrieden.«

»Sehen Sie ihn in diesem Moment?«

»Ja, er liegt hier neben mir, nicht, Charlie? So ein braver
Hund.«

Ich kroch zurück ins Bett und versuchte, mich zu beruhigen. Wenn mir der Ewige Charlie jetzt nicht wegnahm, hatte er mir dann meine Schuld an Michaels Tod verziehen? Was für ein Frevel, einen Hund und den Ewigen und den Tod eines Kindes in einen gedanklichen Sack zu stecken. Aber war es nicht auch ein Frevel, Gottes Barmherzigkeit auszuschließen, weil sie sich in der unscheinbaren Gestalt eines Hundes zeigte?

Schade, dass Ricky offenbar schon weg war, ich hätte die Nachricht von Charlies Überleben gern mit ihm geteilt oder mit David, aber der war wahrscheinlich auf dem Weg nach Zürich, er sollte wohl um zehn oder halb elf Uhr in der Tonhalle sein, und sowieso hätte er heute Morgen sicher kein Interesse an meinem Hund. Überhaupt hatte er im Grunde kein großes Interesse an ihm. Als das Telefon erneut klingelte, wollte ich zuerst nicht drangehen, das war sicher nochmals Frau Müller, die mir mitteilen musste, dass Charlie leider gerade aufgehört hatte zu atmen. Ich riss mich zusammen, rannte zum Telefon, nahm den Hörer und hauchte meinen Namen.

»Lolita … mein Engelchen …«

»David? Du bist noch zuhause?«

»Ich glaube, ich schaffe es nicht«, schluchzte er.

»Bist du krank?«

»Nein, das nicht, aber ich habe so schrecklich Lampenfieber … wenn ich das heute verhaue … ich kann nicht –«

Ich setzte zu einer harschen Reaktion an, konnte mich aber gerade noch bremsen. »Natürlich kannst du, und wie. Von verhauen kann keine Rede sein, im Gegenteil, du wirst spielen wie ein junger Gott. Wann fährt dein Zug?«

»In einer knappen halben Stunde.«

»Sehr gut, dann schnapp dir jetzt dein Cello und mach dich auf den Weg. Und versuch, mich anzurufen, wenn du zurück bist, ja? Toi toi toi.«

»Lolita?«

»Dubi, wir haben jetzt keine Zeit –«

»Hast du etwas von Charlie gehört?«

Hast du etwas von Charlie gehört. Mein geliebter David.

»Er ist über den Berg.«

»Das ist ja wunderbar.« Seine Stimme klang plötzlich lebendig und optimistisch. »Lolita, mein Engelchen, das ist ein gutes Omen. Bis später, ich muss mich beeilen. Ich liebe dich.«

Ich hatte nicht realisiert, dass David unter so schwerem Lampenfieber litt. Seine extreme Anspannung vor dem Leierkonzert hatte ich der besonderen Situation zugeschrieben, denn vorher hatte ich nie mitbekommen, dass er vor Auftritten außergewöhnlich nervös war. Vielleicht hatte er den Schock des Leierkonzerts doch noch nicht ganz überwunden, das war ja schließlich noch keine zwei Wochen her.

Nach einigem gedanklichen Hin und Her nahm ich meinen Mut zusammen und versuchte, Noemi in der Klinik anzurufen, um sie zu fragen, ob sie Charlie die nächsten Tage bei sich aufnehmen könnte. Obwohl ich sie bestimmt bei der Arbeit störte, sagte sie in aller Ruhe zu.

»Das einzige Problem ist, dass bis am Abend niemand bei uns zuhause ist, und dann habt ihr ja eure Hauptprobe. Meine Mutter begleitet Raphi ins Theater, bis dann sollte Nathan zuhause bei Gabriel sein, aber vorher … Wie machen wir das …?«

»Ich könnte mit Charlie vielleicht direkt von der Tierklinik ins Theater gehen, und dann könnten ihn Raphi und deine Mutter nach der Probe mit zu euch nach Hause nehmen.«

»Ja, das wäre machbar, aber ich finde, es ist zu anstrengend für ihn, den ganzen Abend … Weißt du was, ich rufe kurz meine Mutter an, vielleicht hat sie tagsüber Zeit, ihn mit dir zu holen und zu uns zu bringen. Bleib in der Nähe, ich rufe dich gleich zurück.«

Wenige Minuten später klingelte das Telefon tatsächlich

schon wieder. »Liora, meine Liebe, ich bin es, Vera. Was für ein Glück, dass Charlie wieder soweit in Ordnung ist. Wenn du einverstanden bist, holen wir beide ihn am Nachmittag mit meinem Auto ab und fahren zusammen in die Pilgerstraße. Da muss ich ja sowieso hin, um Raphi zur Probe abzuholen.«

»Das wäre natürlich ganz wunderbar, vielen Dank.«

Was für eine patente Frau. Sie bestand darauf, mich von zuhause abzuholen, und gab mir das Gefühl, dass sie sich auf den kleinen Ausflug mindestens so freute wie ich.

»Eigentlich hatte ich ein gutes Gefühl. Zunächst«, fing David an zu erzählen. Wir lagen noch im Bett, obwohl es schon mitten am Vormittag war.

»Die Passage aus *Schwanensee* wollten sie zum Glück nicht hören, dafür den Beginn des langsamen Satzes der zweiten Sinfonie von Brahms. Und natürlich das Haydn-Konzert, also den ersten Satz davon, mit Kadenz. Ich dachte, ich hätte beides gut gespielt, aber die Leute von der Jury unterhielten sich nachher ganz lange, ganz leise, sodass ich nichts verstehen konnte.«

»Das muss kein schlechtes Zeichen sein, oder?«

»Das weiß ich eben nicht. Dann fragte mich jemand nach meiner Staatsangehörigkeit und dann, ob ich mit einer Schweizerin verheiratet sei. Bist du Schweizerin?«

»Nein, und wir sind nicht –«

»Ich weiß. Er dachte, ich wäre verheiratet, weil ich diesen Ring trage.« Er lächelte mich an.

»Hast du einen deutschen Pass?«, fragte er.

»Ja. Und du?«

»Einen niederländischen. Meine Mutter ist ja gebürtige Schweizerin, vielleicht hätte ich sogar Anspruch auf einen Schweizer Pass, aber ich habe mich darum nie gekümmert.«

»Und dann?«

»Dann hat mich der Solocellist gefragt, ob ich noch einen

Satz aus einer Bach-Partita spielen könne. Klar, habe ich gesagt, die dritte spiele ich ja bei meinem Diplom, und da wollten sie dann auch noch die Sarabande daraus hören.«

»Und dann?«

»Dann haben sie wieder getuschelt, und dann ist der Solocellist zu mir gekommen, um mich zu verabschieden, und ich würde spätestens bis Ende nächster Woche von ihnen hören.«

»Das klingt doch alles nicht schlecht«, sagte ich, ohne es wirklich beurteilen zu können.

»Es ist blöd, so lange auf das Urteil warten zu müssen.«

»Ja, das stimmt, aber ich finde, wir sollten uns dadurch nicht die Laune verderben lassen. Heute Abend ist die Generalprobe unserer Lieblingsoper, und Charlie geht es gut, und Morgenthaus sind tolle Freunde –«

»Und du bist die wundervollste Frau der Welt.«

Wir hatten beide den ganzen Tag frei, und Ricky war längst aus dem Haus.

Am nächsten Morgen erwachte ich entsetzlich niedergeschlagen, vielleicht weil David nicht da war. Er hatte nach der abendlichen Generalprobe Yuvál nach Hause begleitet und wollte heute nach dem Gottesdienst direkt zu Morgenthaus kommen, bei denen wir zum Mittagessen eingeladen waren. Ich versuchte, den Zauber von Mozarts Musik in mir wachzurufen, aber das gelang mir nicht, und das machte mich noch trauriger, weil es ganz ungewöhnlich war und in krassem Gegensatz stand zu meinem Glücksgefühl gestern während der Probe. In der Pause hatte ich von mehreren Leuten Komplimente für meinen Programmheft-Beitrag bekommen und deshalb vor dem Einschlafen beschlossen, nochmals einen Text über die *Zauberflöte* zu schreiben und ihn anlässlich meines Dirigats in Graz im Programmheft zu veröffentlichen. Heute Morgen erschien mir das alles unrealistisch, Teil eines hochstaplerischen, auf tönernen Füßen stehenden Lebenskonzepts.

In dieses pessimistische Bild fügte sich Davids berufliche Situation bestens ein. Zwar hatte ich mich ihm gegenüber gestern zuversichtlich gezeigt, was jedoch würde wirklich passieren, wenn er diese Stelle im Tonhalle-Orchester nicht bekäme? Er war zweifellos ein exzellenter Cellist, aber vielleicht suchte man jemanden mit mehr Erfahrung oder mit einem Schweizer Pass oder mit einem anderen Geschmack oder mit einer anderen Technik, und dann? Ich hatte zu ihm gesagt, und es auch so gemeint, dass, wenn es dieses Mal nicht klappte, es bei einem nächsten Mal klappen werde, aber nun war ich unsicher, ob er sich einem nächsten Probespiel überhaupt stellen würde, zumal er ja selbst absurderweise behauptet hatte, stattdessen Gärtner werden zu wollen.

Andererseits war denkbar, dass er sich schon um andere Stellen beworben hatte, ohne es mir zu sagen. Wenn er jedoch jedes Mal vorher so nervös wäre wie gestern, sah ich schwarz für seine berufliche Zukunft, jedenfalls an diesem Schabbatmorgen, wobei es doch im Ernst nicht sein konnte, dass David, mein privater Orpheus, als Musiker scheiterte. Zu allem Elend packten mich nun auch noch Zweifel, ob unsere Beziehung es aushalten würde, wenn ich weiterhin so viel und David vielleicht unverdient wenig berufliches Glück hätte. Für unsere Beziehung wäre es wohl besser, wenn ich meine Arbeit als Regieassistentin fortsetzen oder eine Dissertation schreiben würde, aber das kam für mich nicht infrage, es musste möglich sein, meine dirigentische Karriere zu verfolgen, ohne David zu verlieren.

Ich saß noch immer unschlüssig auf dem Bett und spielte mit meinem Ring, den ich tragen wollte bis zum Ende meiner Tage. So schmal er war, schimmerte er in allen Farben wie die Saiten der Lyra, wenn David sie zum Klingen gebracht hatte. Wie war wohl Mutter an diese einzigartige Kostbarkeit gekommen? Ich zweifelte keinen Augenblick daran, dass die Ringe tatsächlich aus diesen Saiten, oder aus einer von ihnen, gefertigt waren und meinte nun, eine starke, positive Kraft zu spüren. Ich rappelte mich auf, um die Zeit bis zum Mittag noch für meine Arbeit an der Bach-Kantate für Frantzen zu nutzen, und als ich mich schließlich auf den Weg zum Pilgerhaus machte, fühlte ich mich nicht gerade euphorisch, aber doch etwas weniger deprimiert als beim Erwachen.

Heute öffnete sich die Türe nicht, bevor ich geklingelt hatte, und auch danach nicht. Ich wartete etwas und wollte eben ein zweites Mal klingeln, als Nathan aufmachte.

»Schabbat Schalom, Liora, entschuldige bitte, ich dachte, meine Herren Söhne wollten dir entgegenkommen, aber offensichtlich weichen sie nicht von Charlies Seite.« Er lächelte und nahm mir damit die Sorge, dass es Charlie nicht gut ging.

»Komm doch herein, es ist ja furchtbar kalt hier draußen«, fuhr er fort und rief ins Innere des Hauses: »Nomilein, Raphi, Gabilein, Liora ist da.«

Ich hatte meine Jacke noch nicht ausgezogen, da stand Noemi vor mir und gab mir einen Kuss. »Gut Schabbes, du Süße. Wie schön, dass wir uns doch noch sehen können vor der großen Premiere. Komm rein, die Kinder erwarten dich schon sehnlichst.«

Sie ging voraus ins Wohnzimmer, und da saßen die beiden Jungen auf dem Boden neben Charlie, der auf einer blaurot gestreiften Decke lag. Als ich mich zu ihm hinkniete, setzte er sich langsam auf und leckte mir das Gesicht ab.

»Das macht er mit uns nie«, stellte Gabriel fest.

»Er ist eben Lioras Hund«, erklärte Raphael.

»Wollt ihr vielleicht Liora erst einmal richtig begrüßen?«

»Schabbat Schalom, Lola«, kam Gabriel der Aufforderung seines Vaters nach, »Charlie ist noch ein bisschen krank, und darum muss er Medimente nehmen, und wir geben sie ihm, und Imma hilft uns dabei.«

»Schabbat Schalom, ihr beiden, das ist ja toll, wie ihr für Charlie sorgt.«

Die Kinder sollten nicht merken, wie nahe mir Charlies Schwäche ging, deshalb herzte ich ihn nur nochmals kurz, bevor ich aufstand und mich Noemi zuwandte. »Tausend Dank, ich wüsste wieder einmal nicht, was ich ohne euch täte.«

»Wir wüssten auch nicht, was wir ohne dich täten«, antwortete sie.

In dem Moment erklang die Hausglocke. »Das ist David«, rief Raphael, flitzte an seiner Mutter vorbei und öffnete die Türe.

»Schabbat Schalom allerseits.«

David gab jedem die Hand, bis er bei mir angekommen war. Mir gab er einen Kuss. »Schabbat Schalom, mein Engelchen, endlich sehe ich dich wieder.«

»Lola ist doch kein Engelchen«, protestierte Gabriel, »sie ist doch eine Frau.«

»Da hast du recht«, pflichtete David ihm bei, »sie ist eine Frau, aber sie ist eben auch mein Engelchen.«

Weder David noch ich erwähnten sein Probespiel in Zürich, aber er war ja gestern in der Generalprobe gewesen und berichtete nun begeistert davon.

»Wie war das für dich, im Zuschauerraum zu sitzen und einen anderen Tamino auf der Bühne zu erleben?«, fragte ihn Nathan. »Nachdem du da selbst einmal gestanden hast, wenn auch leider nur für die eine Szene mit Herrn Cancellara.«

»Ehrlich gesagt war das sehr eigenartig. Ich musste mir ständig quasi den Mund zuhalten, um nicht mitzusingen.«

»Ich freue mich auf morgen, auf die Premiere«, seufzte Nathan, »endlich wieder einmal die *Zauberflöte* vollständig auf der Bühne zu erleben … und sogar mit meinem Sohn …«

Seine Augen glänzten. Noemi nickte. »Ich bin auch gespannt, wie es sein wird. Raphi hat so viel von den Proben erzählt und auch meine Mutter und jetzt du, David. Es wird bestimmt großartig.«

»Ich darf auch mitgehen«, verkündete Gabriel. »Ich darf so lange aufbleiben, weil Raphi mitsingt.«

»Mitsingen ist noch viel schöner als zuhören. Das habe ich von Liora gelernt.« Raphael schenkte mir sein scheues Lächeln.

»Wie fühlt es sich denn für dich an, dass es morgen, wie soll ich sagen, vorbei sein wird?«, fragte mich Noemi.

»Und für dich?«, ergänzte Nathan leise und sah David an.

Ich spürte, wie alle Blicke sich auf mich richteten, und hatte plötzlich mit den Tränen zu kämpfen. Ich fand auf Noemis Frage keine Antwort. David, der neben mir saß, nahm meine Hand. Auch er brauchte eine Weile, bis er antworten mochte. »Für mich war es die spannendste Zeit meines Lebens, aber auch eine extrem schwierige Zeit, und verwirrend.«

»Was heißt verwirrend?«, fragte Gabriel.

»Ich wusste manchmal nicht, was richtig war, und manchmal wusste ich nicht einmal, ob ich das alles vielleicht nur träumte, wie während des Leierkonzerts«, antwortete David, »aber zwei Dinge weiß ich jetzt.«

»Was für zwei Dinge?«

Das war Raphael. David schien ihn nicht gehört zu haben.

»Und etwas drittes werde ich wohl nie erfahren.«

»Was ist das dritte?«

Nathans Augen schimmerten.

»Das dritte ist die Frage, was mir Signora Regina seinerzeit in Zusammenhang mit der Lyra wirklich aufgetragen hat. Die orphische Fähigkeit war unbeschreiblich, aber wahrscheinlich habe ich sie zu rasch wieder verloren, als dass ich mit ihrer Wirkung mehr hätte auslösen können als Freude nur gerade in meiner engsten Umgebung. Das werde ich nie erfahren, und das macht mich traurig. Aber trotzdem: Zwei Dinge weiß ich jetzt, und an beides will ich immer denken. Das eine ist Mozart …«

Als er weitersprach, war seine Stimme fast unhörbar. »Diese Musik … sie ist so schön … sie ist stärker als der Tod.«

Er schluckte schwer und schaute mir in die Augen. »Das zweite bist du.«

Nach einer Pause wandte er sich an Nathan. »Die Musik von Mozart ist unzerstörbar, aber die Liebe ist verletzlich und eine Herausforderung, und da habe ich noch viel zu lernen.«

Er legte meine Hand auf den Tisch und blickte in die Runde. »Wir tragen diese Ringe zum Zeichen unserer Liebe und Treue.«

»Die sind ja zauberhaft«, rief Noemi und wirbelte um den Tisch herum zu uns, um sie sich genauer anzuschauen, »sehr exquisit. Woher habt ihr sie?«

»Von der Königin der Nacht«, antwortete David, und nicht nur die beiden Buben blickten ihn mit großen Augen an.

»Von der Königin der Nacht?«, fragte mich Noemi.

»Von meiner Mutter«, sagte ich.

Als ich später mit Noemi allein in der Küche war, fragte ich sie, wie sie Charlies Zustand einschätzte. »Ich bin natürlich keine Tierärztin, aber ich finde schon, dass er noch ziemlich mickerig wirkt. Vielleicht braucht er etwas zur Stärkung.«

Sie fasste mich freundschaftlich am Arm. »Wenn es ihm bis Montag nicht eindeutig besser geht, rufen wir den Tierarzt an, ja?«

Ich nickte. »Ja, natürlich. Er … er darf nicht …«, schluchzte ich, »er ist doch mein bester Freund. Wenn ich daran denke, dass er vielleicht sterben wird, macht mir die ganze *Zauberflöte* keine Freude mehr.«

»Liora, Süße, von sterben kann doch keine Rede sein, er hat sich einfach von der Narkose noch nicht wieder völlig erholt.«

»Er ist alt«, widersprach ich, »das hat offenbar auch der Tierarzt gesagt. Da weiß man nie ...«

In diesem Augenblick wurde mir bewusst, wie unmöglich es war von mir, Noemi wegen meines Hundes etwas vorzuheulen, und ich wäre am liebsten im Erdboden versunken. »Entschuldige bitte«, murmelte ich.

»Was soll ich entschuldigen?«, fragte sie arglos.

»Charlie ... er war ja schuld daran, sozusagen, dass Michael ins Wasser gestürzt ist ... also schuld daran bin natürlich ich, aber Charlie ... und da behellige ich dich mit –«

»Liora, hör auf damit. Das eine hat nichts mit dem anderen zu tun, und deine Selbstvorwürfe ...« Ich befürchtete, dass sie mich nun zurechtweisen würde, und dazu hatte sie auch allen Grund.

»Versuch, dich nicht darin zu verlieren«, sagte sie jedoch einfach. »Es ehrt dich, dass du nach diesem halben Jahr noch immer so intensiv an Michael denkst, aber sein Tod darf dich nicht am Leben hindern und auch nicht daran, dich um deinen Hund zu sorgen, und schon gar nicht daran, dich auf die Premiere morgen zu freuen.«

»Du bist so unglaublich stark«, murmelte ich.

»Du auch.« In ihren schönen hellen Augen standen Tränen.

David und ich gingen wie immer Hand in Hand. »Woran denkst du gerade?«, fragte er, und ich realisierte, dass wir bisher den ganzen Weg geschwiegen hatten.

»An Noemi. Sie ist so unglaublich stark. Und an Charlie.« Und daran, was aus uns wird, wenn du diese Stelle nicht bekommst, fügte ich hinzu, aber nur in Gedanken.

»Und du? Woran denkst du gerade?«

»Was aus uns wird, wenn ich diese Stelle nicht bekomme«, antwortete er.

»Und was ist deine Antwort?«

»Du glaubst also auch, dass ich sie nicht bekomme.«

Was ich jetzt am wenigsten brauchen konnte, war eine Verstimmung mit David. »Ich finde«, entgegnete ich zuversichtlicher, als ich war, »wir sollten uns mit dieser Frage befassen, wenn sie sich stellt. Falls sie sich je stellt. Natürlich glaube ich daran, dass du die Stelle bekommst.«

»Ja?«

Es war rührend, wie sehr ihn meine Worte zu ermutigen schienen.

»Aber sicher«, legte ich also nach, »die wären doch schön blöd, wenn sie dich nicht nähmen.«

»Würdest du mich dann heiraten?«

»Dubi, du weißt doch, dass das nichts mit dir zu tun hat.«

»Bitte?« Er blieb stehen. Seine bernsteinfarbenen Augen blitzten. War er darauf aus, mit mir zu streiten?

»Willst du mit mir streiten?«, fragte er aufgebracht, und ich fing an zu lachen.

»Was ist jetzt so komisch?«

»Du sagst immer, was ich gerade denke, und das ist nicht komisch, sondern fantastisch, und ich würde niemals einen anderen Mann heiraten wollen. Los, gehen wir weiter, es ist kalt.«

»Immerhin hast du gelacht«, stellte er fest, »das ist doch schon einmal gut.«

»Ich mache mir Sorgen um Charlie.«

»Ich mir auch, aber Nathan meint, der wird sich schon erholen.«

»Du hast mit Nathan über Charlie gesprochen?«

»Ja, als du mit Noemi in der Küche warst.«

Wir hörten das Telefon klingeln, als ich die Wohnungstüre öffnete, aber waren zu spät, um den Hörer noch rechtzeitig abzuheben. »Wer könnte das gewesen sein?«, fragte ich. »Vielleicht Ricky, oder deine Mutter?«

»Schabbes ist noch nicht vorbei, da telefoniert sie nur im Notfall.«

»Vielleicht ist etwas mit Yuvál?«

»Lolita, du siehst heute überall Gespenster. Was hast du denn nur? Komm, gib deine Jacke her, und dann trinken wir einen gemütlichen Tee zusammen. Einverstanden?«

»Einverstanden, ich habe allerdings nur noch etwa eine halbe Stunde, bevor ich ins Theater muss. Und woher weißt du, dass mit Yuvál alles in Ordnung ist?«

»Das spüre ich.«

Er nahm zwei Teegläser aus der Kommode und setzte Wasser auf, während ich mich schon hinsetzte. Als das Telefon erneut klingelte, schoss ich auf und riss den Hörer von der Gabel. Davids Mutter meldete sich.

»Um Himmels willen, ist etwas mit Yuvál?«, fragte ich statt eines Grußes.

»Mit Yuvál ist alles in Ordnung, unberufen«, antwortete sie lachend, »außer dass er mich fast meschugge macht wegen seiner Premiere morgen. ›Meine Premiere‹ sagt er ständig, als ob er mindestens den Oberpriester singen würde.« Ich hatte Frau Prinz noch nie so aufgeräumt erlebt.

»Nein«, fuhr sie fort, »ich rufe an, trotz Schabbes, um David eine Telefonnummer weiterzugeben. Ich weiß nicht, wer das war, aber es klang einigermaßen wichtig, und David sollte noch heute Abend zurückrufen. Ich dachte, es sei vielleicht er, der versuchte, mich anzurufen, darum habe ich abgenommen. Aber euch beiden geht es gut, nicht?«

»Ja, danke, uns geht es gut. Hier ist David. Gut Woch, Frau Prinz, und bis morgen.«

Außer dass wir nicht wissen, was aus uns wird, wenn Ihr Sohn diese Orchesterstelle nicht bekommt, und dass Charlie krank ist, und dass ich eine Art Abschiedskoller habe und Angst vor der Ehe, dachte ich, während sich David mit seiner Mutter unterhielt, aber sonst geht es uns gut.

David saß mit Ricky und Chantal bei einer Flasche Wein am Küchentisch, als ich nach der Vorstellung nach Hause kam. Alle drei schienen ausnehmend guter Stimmung zu sein, im Gegensatz zu mir. Meine Zweifel und Sorgen waren mit jeder Minute wieder gestiegen, seit ich aus dem Theater in die nasskalte Nacht getreten war.

»Wir müssen dir etwas erzählen«, sagte Ricky sofort, nachdem wir uns begrüßt hatten.

»Ich muss dir auch etwas erzählen«, ergänzte David.

»Nämlich?«

Ich versuchte, meine gedrückte Stimmung zu verbergen. »Wer erzählt mir zuerst etwas? Aber bitte nur etwas Gutes.«

»Ich«, antworteten David und Ricky unisono.

»Vielleicht lasst ihr ausnahmsweise die Frau in eurer Mitte etwas sagen?« Es fiel mir schwer, heitere Laune vorzutäuschen.

»Ausnahmsweise ist gut«, lachte Ricky, »aber bitte, Schatz, sag du es ihr.«

»Wir haben unsere Traumwohnung bekommen. Wir können schon am ersten März einziehen, obwohl wir dann noch nicht ganz verheiratet sind.« Sie strahlte. Sie war wirklich ein süßes Geschöpf.

»Herzliche Gratulation, das ist die beste Nachricht des Tages.«

Ich setzte mich neben Ricky. »Stell dir vor, wenn die alten Tanten erfahren, dass ihr Richardherzchen heiratet«, fügte ich hinzu.

David stellte ein Glas vor mich hin, schenkte Wein ein und erhob sein Glas. »Lechajim, mein Engelchen, lechajim Chantal und Freund Löwenherz. Chantal, wirst du eigentlich Frau Löwenherz heißen, wenn ihr verheiratet seid?«

»Ja, natürlich.«

»Ja, natürlich«, doppelte Ricky nach und beugte sich über den Tisch, um seiner Braut einen Kuss zu geben.

Wir stießen an, und ich fragte David, was er mir zu erzählen habe. Er schluckte mehrmals und wirkte plötzlich verlegen.

»Komm schon, Prinz, lass die Katze aus dem Sack«, ermutigte ihn Ricky.

»Ich … ich …« Er nahm meine Hand. »Ich liebe dich.«

»Das ist schön, aber zum Glück nichts Neues.«

»Ab nächster Saison bin ich stellvertretender Solocellist des Tonhalle-Orchesters Zürich.«

Es war, als ob der Nebel in meinem Gehirn sich im Bruchteil eines Augenblicks auflöste. Ich fühlte mich so leicht und frei wie nie zuvor.

»Warum schüttelst du den Kopf?«, erkundigte sich David freundlich.

»Das ist fast zu schön, um wahr zu sein. Dubi, du bist der Größte.«

»Ich weiß.«

»Seit wann weißt du es?«

»Dass ich der Größte bin?«

»Nein, du Schelm, dass du die Stelle bekommst.«

»Die Telefonnummer von meiner Mutter vorhin, das war der Solocellist, der mir möglichst schnell mitteilen wollte, dass sie sich für mich entschieden haben. Einstimmig. Offiziell wird es erst nächste Woche, aber entschieden ist es schon.« In seinem leuchtenden Blick sah ich mich selbst. Nun wird alles gut, dachte ich.

»Ja«, sagte er leise, »nun wird alles gut.«

Finale: Es siegte die Stärke

Als ich mich in der Pause dem Foyer näherte, hörte ich festliches Gemurmel. Ich meinte, das Premierengemurmel von sonstigem Pausengemurmel unterscheiden zu können, aber vermutlich übertrug ich meine eigene festliche Stimmung auf die Menschen im Foyer, und meine eigene Stimmung war wahrlich festlich. Ich hatte im Beleuchtungsstellwerk jeden Augenblick des ersten Aktes in mir aufgenommen, als wäre heute meine erste *Zauberflöte*, oder auch meine letzte, so intensiv, so glücklich, so dankbar. Es herrschte ein ziemliches Gedränge im Foyer, und ich musste mich etwas umsehen, bevor ich Frau Prinz und Noemis Mutter entdeckte.

»Was für ein unvergesslicher Abend«, schwärmte Vera.

»Ja, es ist wirklich wunderbar«, bestätigte Frau Prinz, »und was Sie aus unseren Kindern gemacht haben, Liora … echte Engel, mindestens auf der Bühne. Vielen Dank, dass Sie Yuvál diese Erfahrung ermöglicht haben. Seht, hier ist auch David.«

Er kam rasch und mit hell leuchtenden Augen auf uns zu.

»Nun habe ich ja vorgestern die Generalprobe erlebt und war hingerissen, aber heute ist es noch einmal viel, viel schöner«, fand er. »Diese Musik … es ist einfach unbegreiflich … Hallo, Freund Löwenherz und zukünftige Frau Löwenherz, kommt her.«

Die beiden gesellten sich freudestrahlend zu uns und ließen sich von den Damen Prinz und Lustig zu ihrer Verlobung beglückwünschen.

»Lilly, da bist du ja.«

Ich musste mich verhört haben. Es gab nur einen Menschen auf der Welt, der mich Lilly nannte, und sie tat es auch nur ausnahmsweise, und es war schon lange her seit dem letzten Mal. Ich drehte mich langsam um.

»Mutter?«

Sie erschien mir heute mit ihrem eleganten nachtblauen Kleid und der raffinierten silbergrauen Frisur nicht weniger eindrucksvoll, aber irgendwie weicher, als ich sie in Erinnerung hatte. Die Tanten standen neben ihr, alle drei, unverändert: die exaltierte blonde Tante Lina, die brünette Tante Sina, die oft etwas verträumt wirkte, und Tante Dina, die Rothaarige, Grünäugige, die mit ihrer dunklen Stimme das R so unvergleichlich zu rollen verstand. Auch sie trugen Abendkleider in verschiedenen Blautönen, und auch sie lächelten. Ich konnte mich nicht daran erinnern, sie je lächeln gesehen zu haben.

»Guten Abend allerseits, ich bin Regina Sternlicht, und dies sind die Damen Schurimuri, Stachelschwein und Gaulimauli. Guten Abend, Lilly, guten Abend, junger Prinz, guten Abend, Richard.«

Rickys ungläubiger Gesichtsausdruck brachte mich zum Lachen, und das half mir, meine Fassung wiederzuerlangen, wenigstens einigermaßen. Mutter nahm von unserer Verwirrung keine Notiz, sondern wandte sich an David:

»Ich freue mich, junger Prinz, Sie heute und an diesem Ort wiederzusehen.«

»Danke, Signora Regina.«

Sie reichte ihm die Hand. »Und an Lioras Seite.« Sie schenkte uns ein Lächeln und ließ Davids Hand los.

»Und was ist mit dir, mein Richardherzchen?«, fragte Tante Sina, genannt Tante Ess. »Ist es dir auch ernst mit diesem entzückenden Mädchen?«

Ricky schaute sie irritiert an. Es war nicht üblich, dass eine der Tanten in Gegenwart von Mutter das Wort ergriff.

»Antworte deiner Mama, wenn sie dich etwas fragt«, ermunterte ihn Mutter schmunzelnd.

»Was?«, riefen Ricky und ich so laut, dass sich Leute nach uns umdrehten. Mutter hob beschwichtigend die Hand, doch

Marianne Wackernagel löste sich aus ihrem Grüppchen und steuerte eilig auf uns zu.

»Was für eine Ehre, Frau Kammersängerin, Sie hier zu sehen«, lispelte sie und blinzelte vor Aufregung. »Ich habe mich mit Ihrer Tochter Liora angefreundet, als sie meinen Sohn Lukas für den Dritten Knaben vorbereitet hat.«

Mutter nickte huldvoll, machte jedoch keine Anstalten, die ausgestreckte Hand zu ergreifen, sodass sich Marianne zurückzog, uns jedoch unauffällig, wie sie wohl annahm, im Blick behielt.

»Nun, Richard«, wandte sich Mutter wieder an Ricky, »sag deiner Mama schon endlich, was du im Sinn hast mit diesem süßen Mädchen.«

Ricky schluckte und schaute wieder von Mutter zu Tante Sina und zurück. »Ich liebe Chantal«, sagte er schließlich, »und sie liebt mich auch.«

»Die beiden sind verlobt«, ergänzte ich, »sie heiraten an meinem Geburtstag.«

»An eurem Geburtstag«, präzisierte Frau Prinz, die bisher, wie auch Noemis Mutter, die Szene nur staunend verfolgt hatte, »Liora und David sind ja am selben Tag geboren.«

»Die Ähnlichkeit ... wirklich erstaunlich ...«, murmelte Mutter.

»Und du bist tatsächlich Rickys Mama?«, wagte ich Tante Sina zu fragen.

»Habt ihr das wirrrklich nicht gemerrrkt in all den Jahrrren?«, fragte Tante Dina zurück. Ricky und ich schüttelten den Kopf.

»Die drei Damen sind meine leiblichen Schwestern«, erklärte Mutter, »und Sina Stachelschwein ist Richards Mutter. Natürlich heißt sie nicht Stachelschwein, so wenig wie die beiden anderen Schurimuri und Gaulimauli heißen, aber das tut im Moment nichts zur Sache.«

Wenn wir als Kinder darüber spekuliert hatten, ob eine der sogenannten alten Tanten Rickys Mutter sein könnte, hatten wir uns immer recht schnell auf Tante Sina geeinigt, weil sie von den dreien mit Abstand die freundlichste war, und weil sie braune Augen hatte wie Ricky, aber wir hatten nie im Ernst angenommen, dass die Damen tatsächlich unsere Tanten waren, wir beide also Cousin und Cousine, geschweige denn, dass eine von ihnen Rickys Mutter war.

So sehr ich mich für Ricky freute, so völlig verwirrt war ich darüber, dass Mutter drei Schwestern hatte und mir auch diese Tatsache über all die Jahre erfolgreich hatte verheimlichen können und wollen. Nun fiel es mir wie Schuppen von den Augen, wie ähnlich sich die vier Frauen im Grunde sahen. Alle waren von schlanker Statur, mit hohen Wangenknochen, schmalen Nasen und zierlichen Mündern. Was sie unterschied, waren die Farben ihrer Augen und Haare und vor allem ihre Attitüden. Dies alles, davon war ich nun überzeugt, hatten sie sich seinerzeit angeeignet, um mich und Ricky nicht auf die Idee ihrer wahren Identität kommen zu lassen. Aber warum, fragte ich mich, warum dies alles? Und mir war im selben Augenblick klar, dass Mutter mir darüber niemals Auskunft geben würde, niemals Auskunft geben konnte, und ihre Schwestern vermutlich auch nicht.

Vielleicht könnte ich das alles irgendwann mit Nathan besprechen, dachte ich, als mich jemand am Ärmel zog.

»Lola, Lola, schau her.«

»Gabriel.«

»Ich habe ein Bild für dich gemalt.«

Ich ging in die Hocke, um ihn zu umarmen und die Zeichnung entgegenzunehmen. »Tsali« stand oben geschrieben, darunter »von Gabriel für Lola«, und Charlie war stehend auf der blaurot gestreiften Decke von Morgenthaus zu sehen. Gabriel hatte sich große Mühe gegeben, die Streifen um Charlie herum zu malen, was wie eine Art fliegender

Teppich aussah und dem Bild etwas wunderbar Lebendiges verlieh.

»Du musst nicht traurig sein, er ist ja bald wieder gesund«, versprach Gabriel, und wir standen beide auf. Er schaute mit großen Augen an meiner Mutter hinauf.

»Bist du die Königin aus der *Zauberflöte*?«, fragte er ehrfürchtig. »Lola, das ist doch die Königin der Nacht.«

»Und du«, entgegnete meine Mutter überrascht, »du bist doch einer der Drei Knaben.«

Er nickte, ohne den Blick von ihr zu lassen.

»Also tatsächlich ist das Gabriel, und sein Bruder Raphael singt einen der Drei Knaben«, präzisierte ich.

»Gabilein, wir suchen dich schon überall.« Nathan legte ihm die Hand auf den Kopf.

»Allerdings hätten wir uns denken können, dass du bei Liora bist.«

»Und bei Oma und David und Oma Prinz und Ricky und Chantal«, antwortete Gabriel aufgeregt. Nathan lächelte uns nacheinander zu.

»Und die Königin der Nacht ist auch da, schau, Abba.«

Nathan blickte meine Mutter ungläubig an. »Regina?«

»Ja, ich bin es. Guten Abend, Nathan.«

Was mag in ihren Köpfen vorgehen, dachte ich, bei diesem Wiedersehen nach fast zwanzig Jahren. Sie betrachteten einander schweigend, während die Tanten sich im Gespräch mit den Damen Prinz und Lustig auf den Weg zum Getränkebüffet machten. Ricky und Chantal schlossen sich ihnen an, dann auch David mit Gabriel an der Hand, sodass nur noch ich bei Mutter und Nathan stand.

»Es ist so lange her«, sprach Mutter schließlich zu Nathan, »und ich zweifle nicht mehr daran, dass du Salomon wirklich geliebt hast.« Ich fand, dass sie beide heute Abend schöner aussahen als je zuvor.

»Und ich bin inzwischen auch davon überzeugt, dass du nie die Absicht hattest, mir meine Tochter zu entfremden«, fuhr sie fort. »Kannst du mir verzeihen?«

Bevor Nathan antworten konnte, sprach sie weiter. »Und kannst du mir auch verzeihen, dass ich dachte, du hieltest Liora gegen ihren Willen fest?«

»Wie kamst du überhaupt auf diese absurde Idee?«, schaltete ich mich ein. Mutter schien um eine Antwort verlegen, was ich noch nie erlebt hatte. Vielleicht war sie auch irritiert von meiner forschen Einmischung, denn so etwas hatte wiederum sie noch nie erlebt.

»Die alte Geschichte …«, murmelte sie, »die Gerüchte … das Geld …«

»Im Gegenteil«, unterbrach ich sie, »Nathan hat mich nebst allem anderen auch noch zu Adler und Roschewski geschickt.«

Ich erwartete eine Reaktion von Mutter, aber es kam keine.

»Papa hat mir ein beträchtliches Vermögen hinterlassen.« Auch dies kommentierte sie nicht.

»Allerdings hat er eine Klausel in das Testament geschrieben, dass das Geld an eine gemeinnützige Institution geht, wenn ich nicht vor meinem fünfundzwanzigsten Geburtstag bei der Kanzlei vorspreche. Das ist in drei Monaten.«

Nun atmete sie tief ein und wieder aus, schwieg aber weiterhin.

»Ich habe das Gefühl, dass das etwas mit Nathan und Papa und dir zu tun hat«, fuhr ich beharrlich fort, obwohl ich fürchtete, damit ein Unwetter heraufzubeschwören. Sie atmete nochmals tief ein und wieder aus, wie Sänger es professionellerweise tun, einatmen durch die Nase mit geblähten Nüstern und ausatmen durch den Mund mit geschürzten Lippen, bevor sie sich äußerte.

»Du hast recht, Lilly. Ich bin immer davon ausgegangen,

dass dein Vater sein ganzes Vermögen bei der ersten Gelegenheit Nathan Morgenthau überschreibt, und die Klausel –«

»Das hätte Nathan doch niemals angenommen«, schrie ich beinahe, es kam aber nur wie ein Fiepen heraus. »Wie konntest du so etwas von ihm denken?«

Nathan legte die Hand leicht auf meinen Arm. »Liora, Kind«, beruhigte er mich, »wir waren damals beide jung und hitzig, deine Mutter und ich, und ungerecht ... und auch Salomon ... aber am Ende ist es immerhin nicht zu deinem Nachteil ausgegangen, wenigstens was das Geld betrifft, und darüber bin ich froh.«

Er streckte die Hand aus, und Mutter ergriff sie. »Danke, Nathan«, flüsterte sie, »danke.«

Sie wandte sich wieder an mich. »Du selbst hast Nathan Morgenthau gesucht und gefunden, nicht wahr, Lilly?«

»Gesucht habe ich ihn eigentlich nicht, aber Gott sei Dank habe ich ihn gefunden, und durch ihn die Wahrheit über meinen Vater.«

Dazu mochte Mutter keine Stellung beziehen, was mich erneut aufbrachte. »Wieso hast du ihn für tot erklärt, statt mir zu sagen, dass er sich anderweitig verliebt hat?«, fragte ich.

Es kam lauter heraus als beabsichtigt, und Mutter schaute sich erschrocken um. Auch das hatte ich noch nie erlebt.

»Ich wollte dir nicht wehtun, Lilly«, setzte sie schließlich zu einer Antwort an, ziemlich lahm, wie ich fand.

»Das hast du aber«, schnitt ich ihr das Wort ab. »Warum?«

»Es ... es war mir äußerst peinlich, auf einen Mann mit dieser ... mit dieser Neigung hereingefallen zu sein, auf einen ...«

Sie rang nach Worten. »Auf einen schwulen Mann«, beendete ich deutlich den Satz.

»Lilly, das ist zwanzig Jahre her, da dachte man darüber noch anders. Wenn es öffentlich geworden wäre, hätte es das Ende meiner Karriere bedeuten können.«

»Und deine Karriere war dir natürlich wichtiger als dein Kind.«

»Ich bin als Mutter nicht geeignet gewesen.«

Ich presste die Lippen zusammen, um nichts Freches zu sagen, und richtete mich an Nathan, der mit gesenktem Kopf dastand. »Nathan, du weißt, wie dankbar ich dir bin für alles, und wie wichtig du in meinem Leben bist und immer bleiben wirst.«

Er hob den Kopf. »Und du weißt, wie glücklich ich darüber bin, dass du endlich in mein Leben getreten bist. Salomons Tochter, seine zauberhafte Tochter, die ihm so ähnlich ist ...«

Er schenkte mir sein wärmstes Lächeln und fuhr bedächtig fort: »Liora, wir haben ja mehr als einmal über deine Kindheit gesprochen, und ich kann mir vorstellen, wie schwierig diese Begegnung für dich ist, so unerwartet und heftig.«

»Was willst du damit sagen?«

Er ließ sich Zeit mit einer Antwort, wieder einmal, obwohl die Premierenpause nicht ewig dauern würde. Mutter stand mit versteinerter Miene daneben.

»Es steht mir nicht zu, dir Ratschläge zu erteilen.«

»Aber?«

»Wenn es dir möglich ist, euch eine zweite Chance zu geben, dir und deiner Mutter, wäre das ganz wunderbar.«

»Ich weiß nicht ... das kommt jetzt alles so plötzlich, und es ist so viel passiert ... aber gut, von mir aus ... ich will es versuchen«, stimmte ich zögernd zu, »aber nur, weil du es mir zutraust.«

Er nickte leicht und richtete sich an Mutter. »Regina, hast du nicht die entzückendste Tochter der Welt?«

Bei jedem anderen Menschen wäre ich sicher gewesen, in diesem Augenblick Tränen zu sehen, aber nicht bei meiner Mutter, das war einfach nicht möglich.

»Kannst du mir verzeihen?«, fragte sie mit bebender

Stimme. Unsere Blicke verschmolzen ineinander, und das war so überwältigend, dass ich die Augen schließen musste, um nicht loszuheulen vor Glück.

»Dabei kann ich dir nicht sagen, wie stolz ich auf dich bin«, sagte sie zaghaft lächelnd, »dass du deinen Kindertraum vom Dirigieren nicht aufgegeben hast, obwohl ich deine Begabung so sträflich unterschätzt habe.«

»Das weißt du?«

»Natürlich weiß ich das, Fritz hast du ja nebenbei auch ganz schön den Kopf verdreht.«

»Fritz?«

»Ich meine Fred. Frederick Douglas, bei dem du nächstes Jahr die *Zauberflöte* dirigieren wirst. Was für eine Fügung für meine Tochter, dass es ausgerechnet die *Zauberflöte* sein wird.«

»Imma, Imma, schau, hier sind Abba und Liora und die Königin aus der *Zauberflöte*.«

Gabriel zog Noemi an der Hand und schaute wieder staunend an meiner Mutter hoch. Nathan räusperte sich. »Regina, ich möchte dir meine Frau Noemi vorstellen. Nomilein, das ist Regina Sternlicht.«

»Wie schön, Sie kennenzulernen, Frau Sternlicht. Nathan und ich sind große Bewunderer von Ihnen, aber fast noch wichtiger, wenn ich das so sagen darf –«

Noemi zögerte. »Fast noch wichtiger ist für uns die Freundschaft mit Liora«, fuhr sie fort. »Nein, viel wichtiger. Ganz wichtig. Liora – wir haben sie alle sehr ins Herz geschlossen.«

»Ja«, bestätigte Nathan leise, »das haben wir. Und David.«

»Kennst du Lola?«, fragte Gabriel meine Mutter erstaunt.

»Oh ja, ich bin ihre Mama.« Mama. Der Ausdruck war, bezogen auf sie und mich, bis zu diesem Augenblick tabu gewesen.

»Lola ist natürlich meine Freundin, und Charlie ist natürlich mein Freund, und David und Ricky –«

»Das ist wunderbar«, fand Mutter und strich ihm leicht über die dunklen Locken, eine Geste, derer ich sie nicht für fähig gehalten hätte.

»Liora, Entschuldigung«, hörte ich jemanden hinter mir sagen, drehte mich um und erblickte Hannes Kocher und David, der mir ein Glas Orangensaft reichte.

»Hast du den Arzt gesehen?«, fragte Hannes. »Ich brauche ihn dringend in der Herrengarderobe.«

»Cancellara?« Ich wusste wie alle Kollegen, dass der Bluter war.

»Nein, Bubi Scheibenkleister. Oh, diese Tenöre.« Er hob die Brauen und kratzte sich am Kopf.

»Entschuldigen Sie«, stammelte er, als er realisierte, dass er vor der berühmten Regina Sternlicht stand, »Herr von Kleist hat sich in den Finger geschnitten und macht ein Riesentheater. Offenbar kann er kein Blut sehen, unser Herr Aristokrat, nicht einmal sein eigenes, blaues.«

Er gluckste ein wenig über seinen Witz und teilte uns dann in vertraulichem Ton mit: »Wir müssen die Pause wohl etwas verlängern, aber das wird vermutlich niemandem groß auffallen bei einer Premiere. Wenn ich nur diesen Arzt endlich fände.«

»Ich bin Ärztin«, meldete sich Noemi unaufgeregt. »Soll ich mitkommen?«

»Ja, gern, wenn ich Sie Ihrer Gesellschaft entreißen darf.«

Noemi verabschiedete sich mit einem Gruß in die Runde und folgte dem Regieassistenten hinter die Bühne, während sich Ricky und Chantal mit Tante Ess zu uns gesellten, Tante Ess, die vermutlich ursprünglich nicht Sina hieß, sondern eher Sara oder Simcha.

»Vielleicht kommst du heute doch noch dazu, den Tamino zu singen.« Ich grinste David an und nahm seine Hand.

»Bloß nicht.« Er verdrehte die Augen.

Meine Mutter räusperte sich andeutungsweise, was sie sonst nie tat, da es der Stimme schadete.

»Meine Lieben, wir werden uns so bald nicht wiedersehen. Umso dankbarer bin ich, dass ich mich von euch allen in Frieden verabschieden kann«, sprach sie und wiederholte mit Blick auf mich: »In Frieden. Ich habe eine Professur angenommen im hohen Norden. Meine Schwestern gehen endlich wieder ihre eigenen Wege. Eure Tante Dina wird viel Zeit mit Herrn Freistädtler verbringen wollen und Tante Lina mit Herrn Schubert, und deine Mama, Richard, möchte dir vielleicht selbst sagen, was sie für Pläne hat.«

»Ich werde … ich möchte …«, stotterte Tante Sina, »also, ich habe mich neu verliebt.« Sie errötete.

»Neu heißt nicht, in einen neuen Mann, sondern … ich habe mich neu verliebt in deinen Papa, mein Richardherzchen.«

»Mein Vater lebt?«

»Oh ja, gewiss, und wie er lebt. Du kannst dich heute Abend davon überzeugen, denn du siehst und hörst ihn auf der Bühne.«

»Der Papageno«, rief ich leise, »Seppl Leu. Ich habe gleich beim ersten Kennenlernen gefunden, dass du ihm ähnlich siehst. Das ist ja unglaublich.« Wir fielen uns um den Hals.

»Ich habe Lunenburg verkauft«, nahm Mutter ihre kleine Ansprache in ungewohnt leichtem Ton wieder auf.

»Was?« Ich traute meinen Ohren nicht.

»Ja, Lilly. Ich höre auf zu zaubern. Nach Silberlings wahnwitzigem Mordanschlag auf dich und David hatte ich endgültig genug davon. Du trittst mein Erbe offensichtlich anders an, als ich mir das vorgestellt habe, zielstrebiger, ehrgeiziger, mutiger –«

»Sie ist unglaublich mutig«, murmelte Nathan, »und zielstrebig ist sie wohl auch sehr.«

»Und ehrgeizig erst …« David seufzte.

Mutter ließ sich durch die leisen Einwürfe nicht ablenken.

»… und es wäre sowieso sinnlos, Lunenburg aufrechtzuerhalten, nachdem du die Wahrheit über deinen Vater herausgefunden hast. Vielleicht komme ich selbst sogar durch die neue Situation etwas zur Ruhe, und jedenfalls will ich euch alle endlich in die Freiheit entlassen. Euch, meine lieben Schwestern, und vor allem dich, Lilly, mein Kind.«

Sie streckte beide Hände etwas nach vorn, die Handflächen nach oben. David reagierte sofort und legte seine rechte in ihre linke Hand, während ich länger brauchte, um die Aufforderung zu verstehen, oder mich nicht gleich traute, Mutter zu berühren.

»Liora und David, in euren Ringen ist das heutige Datum eingraviert. Die Sterne stehen günstig. Mozart, die *Zauberflöte*, die Premiere … tragt Sorge füreinander, auch wenn euer Leben nicht immer leicht sein wird. Warum sollte es auch immer leicht sein …? Ich wünsche euch alles Glück dieser Welt.«

Sie legte unsere Hände ineinander und ließ ihre Rechte kurz auf ihnen ruhen. Kommt Zeit, kommt Rat, schoss es mir durch den Kopf, aber ich verscheuchte den störenden Gedanken rasch.

»Alles Glück dieser Welt«, wiederholte sie.

Nach einem langen Blick auf Gabriel sagte sie leise zu Nathan: »Es tut mir unendlich leid, dass du ein Kind verloren hast.«

»Michael ist nicht verloren«, protestierte Gabriel lebhaft,

»er ist auf eine große Reise gegangen. Wir sehen ihn immer durch das Fernrohr auf seinem Stern sitzen, und manchmal winkt er mir. Abba, Abba, es hat geklingelt, geht es jetzt endlich weiter mit der *Zauberflöte*?«